HANSERS BIBLIOTHEK DER ERZÄHLER

Elias Canetti
Die Blendung

Roman

Carl Hanser Verlag

ISBN 3-446-10938-2
8. Auflage 1988

Druck und Bindung:
Franz Spiegel Buch GmbH, Ulm
Printed in Germany

Erster Teil

Ein Kopf ohne Welt

Der Spaziergang

»Was tust du hier, mein Junge?«

»Nichts.«

»Warum stehst du dann da?«

»So.«

»Kannst du schon lesen?«

»O ja.«

»Wie alt bist du?«

»Neun vorüber.«

»Was hast du lieber: eine Schokolade oder ein Buch?«

»Ein Buch.«

»Wirklich? Das ist schön von dir. Deshalb stehst du also da.«

»Ja.«

»Warum hast du das nicht gleich gesagt?«

»Der Vater schimpft.«

»So. Wie heißt dein Vater?«

»Franz Metzger.«

»Möchtest du in ein fremdes Land fahren?«

»Ja. Nach Indien. Da gibt es Tiger.«

»Wohin noch?«

»Nach China. Da ist eine riesige Mauer.«

»Du möchtest wohl gern hinüberklettern?«

»Die ist viel zu dick und zu groß. Da kann keiner hinüber. Drum hat man sie gebaut.«

»Was du alles weißt! Du hast schon viel gelesen.«

»Ja, ich lese immer. Der Vater nimmt mir die Bücher weg. Ich möchte in eine chinesische Schule. Da lernt man vierzigtausend Buchstaben. Die gehen gar nicht in ein Buch.«

»Das stellst du dir nur so vor.«

»Ich hab's ausgerechnet.«

»Es stimmt aber doch nicht. Laß die Bücher in der Auslage. Das sind lauter schlechte Sachen. In meiner Tasche hab ich was Schönes. Wart, ich zeig's dir. Weißt du, was das für eine Schrift ist?«

»Chinesisch! Chinesisch!«

»Du bist aber ein aufgeweckter Junge. Hast du schon früher ein chinesisches Buch gesehen?«

»Nein, ich hab's erraten.«

»Diese beiden Zeichen bedeuten Mong Tse, der Philosoph Mong. Das war ein großer Mann in China. Vor 2250 Jahren hat er gelebt und man liest ihn noch immer. Wirst du dir das merken?«

»Ja. Jetzt muß ich in die Schule.«

»Aha, da siehst du dir auf dem Schulweg die Buchhandlungen an? Wie heißt du denn selbst?«

»Franz Metzger. Wie mein Vater.«

»Und wo wohnst du?«

»Ehrlichstraße vierundzwanzig.«

»Da wohn ich ja auch. Ich kann mich gar nicht an dich erinnern.«

»Sie sehn immer weg, wenn jemand über die Stiege geht. Ich kenne Sie schon lange. Sie sind der Herr Professor Kien, aber ohne Schule. Die Mutter sagt, Sie sind kein Professor. Ich glaube schon, weil Sie eine Bibliothek haben. So was kann man sich gar nicht vorstellen, sagt die Marie. Das ist unser Mädchen. Bis ich groß bin, will ich eine Bibliothek. Da müssen alle Bücher drin sein, in allen Sprachen, so ein chinesisches auch. Jetzt muß ich laufen.«

»Wer hat denn dieses Buch geschrieben? Weißt du das noch?«

»Mong Tse, der Philosoph Mong. Vor genau 2250 Jahren.«

»Schön. Du darfst einmal in meine Bibliothek kommen. Sag der Wirtschafterin, daß ich es erlaubt habe. Ich zeig dir Bilder aus Indien und China.«

»Fein! Ich komm! Ich komm bestimmt! Heut nachmittag?«

»Nein, nein, mein Junge. Ich hab' zu arbeiten. Frühestens in einer Woche.«

Professor Peter Kien, ein langer, hagerer Mensch, Gelehrter, Sinologe von Hauptfach, steckte das chinesische Buch in die volle Tasche, die er unterm Arm trug, verschloß sie sorgfältig und sah dem klugen Jungen nach, bis er verschwand. Wortkarg und mürrisch von Natur, machte er sich einen Vorwurf aus dem Gespräch, das er ohne zwingenden Grund begonnen hatte.

Auf seinen Morgenspaziergängen zwischen sieben und acht pflegte er in die Auslagen jeder Buchhandlung, an der er vorüberkam, einen Blick zu tun. Beinahe angeheitert stellte er fest, daß Schund und Schmutz immer weiter um sich griffen. Er selbst besaß die bedeutendste Privatbibliothek dieser großen Stadt. Einen winzigen Bruchteil führte er immer mit sich. Seine Leidenschaft für sie, die einzige, die er sich in einem strengen und arbeitsreichen Leben gestattete, zwang ihn zu Vorsichtsmaßregeln. Bücher, auch schlechte, verlockten ihn leicht zum Kauf. Die meisten Buchhandlungen öffneten zum Glück erst nach acht. Manchmal erschien ein Lehrjunge, der das Vertrauen seines Chefs erringen wollte, schon früher und wartete auf den ersten Angestellten, dem er die Schlüssel feierlich abnahm. »Ich bin seit sieben hier!« rief er, oder »Ich kann nicht hinein!« Soviel Eifer steckte einen Kien leicht an; es kostete ihn Überwindung, nicht auf der Stelle zu folgen. Unter den Besitzern kleinerer Läden gab es oft Frühaufsteher, die sich ab halb acht hinter ihren offenen Türen zu schaffen machten. Diesen Versuchungen zum Trotz pochte Kien auf seine wohlgefüllte Tasche. Er hielt sie eng an sich gepreßt, auf eine besondere Art, die er sich ausgedacht hatte, um möglichst viel von seinem Körper mit ihr in Berührung zu bringen. Die Rippen spürten sie durch den dünnen, schlechten Anzug hindurch. Der Oberarm lag in der seitlichen Vertiefung; er paßte genau hinein. Der Unterarm stützte von unten. Die gespreizten Finger verbreiteten sich über alle Flächen, nach denen es sie gelüstete. Seine übertriebene Sorgfalt entschuldigte er vor sich mit dem Wert des Inhalts. Fiel die Tasche zufällig zu Boden, öffnete sich der Verschluß, den er jeden Morgen vor dem Weggehen nachprüfte, doch gerade in diesem gefährlichen Augenblick, so war es um kostbare Werke geschehen. Nichts haßte er mehr als schmutzige Bücher.

Als er heute auf dem Heimweg vor einer Auslage stehenblieb, trat plötzlich ein Junge zwischen das Fenster und ihn. Kien empfand diesen Schritt als Ungezogenheit. Platz war wohl genug da. Er stellte sich immer in einem Meter Entfernung von der Scheibe auf; trotzdem las er spielend, was sich an Buchstaben dahinter fand. Seine Augen funktionierten nach Belieben; bei einem vierzigjährigen Menschen, der den ganzen Tag über Büchern und Manuskripten sitzt, eine Tatsache von Bedeutung. Morgen für Morgen bewiesen ihm seine Augen, wie gut es ihnen ging. Im Abstand von den feilen und öffentlichen Büchern drückte sich auch seine Verachtung aus, die sie, gegen die spröden und schweren Werke seiner Bibliothek gehalten, in hohem Maße verdienten. Der Junge war klein, Kien von ungewöhnlicher Länge. Leicht sah er über ihn hinweg. Mehr Respekt hätte er aber doch erwartet. Bevor er ihm sein Benehmen verwies, rückte er zur Seite, um ihn zu beobachten. Der Junge starrte die Titel der Bücher an und bewegte langsam und leise die Lippen. Ausdauernd glitt er von Band zu Band. Alle paar Minuten warf er den Kopf herum. Auf der andern Straßenseite hing über dem Laden eines Uhrmachers eine ungeheure Uhr. Es war zwanzig Minuten vor acht. Offenbar fürchtete der Kleine, etwas Wichtiges zu versäumen. Den Herrn hinter ihm beachtete er nicht. Vielleicht übte er sich im Lesen. Vielleicht lernte er die Titel auswendig. Er behandelte sie gleichmäßig und gerecht. Man merkte genau, wo er einen Augenblick hielt.

Kien tat er leid. Da verdarb er an diesem niederträchtigen Zeug seinen frischen, vielleicht schon lesehungrigen Geist. Manches miserable Buch würde er in späteren Jahren bloß deshalb lesen, weil ihm der Titel von früh auf geläufig war. Wie soll man die Empfänglichkeit der ersten Jahre beschränken? Sobald ein Kind laufen und buchstabieren kann, ist es dem Pflaster irgendeiner schlecht angelegten Straße, der Ware irgendeines Händlers, der, weiß der Teufel warum, sich auf Bücher geworfen hat, auf Ungnade ausgeliefert. Kleine Knaben müßten in einer bedeutenden Privatbibliothek aufwachsen. Der tägliche Umgang mit nur ernsten Geistern, die kluge, dunkle, gedämpfte Atmosphäre, eine hartnäckige Gewöhnung an peinlichste Ordnung, im Raum wie in der Zeit, — welche Umgebung eignete sich besser, um so zarten Geschöpfen über ihre Jugend hinwegzuhelfen? Der einzige Mensch in dieser Stadt, der eine ernstzunehmende Privatbibliothek besaß, war eben Kien selbst. Er konnte keine Kinder zu sich nehmen. Seine Arbeit erlaubte ihm keine Abschweifungen. Kinder machen Lärm. Man muß sich mit ihnen beschäftigen. Ihre Pflege erfordert eine Frau. Fürs Kochen genügt eine gewöhnliche Wirtschafterin. Für Kinder muß man sich eine Mutter halten. Wenn eine Mutter nur Mutter wäre; welche begnügt sich aber mit ihrer eigentlichen Rolle? Im Hauptfach ist eine jede *Frau* und stellt Ansprüche, die ein ehrlicher Gelehrter nicht im Traum zu erfüllen gedenkt. Kien verzichtet auf eine Frau. Frauen waren ihm bisher gleichgültig, gleichgültig werden sie ihm bleiben. So kommt der Junge mit den starren Augen und dem beweglichen Kopf zu kurz.

Aus Mitleid sprach er ihn gegen seine Gewohnheit an. Durch eine Schokolade hätte er sich gern von seinen erzieherischen Gefühlen losgekauft. Da zeigte es sich, daß es Neunjährige gibt, die ein Buch einer Schokolade vorziehen. Was dann folgte, überraschte ihn noch mehr. Der Junge interessierte sich für China. Er las gegen den Willen seines Vaters. Die Gerüchte von den Schwierigkeiten der chinesischen Schrift reizten ihn, statt ihn abzuschrecken. Auf den ersten Blick erkannte er sie, ohne sie je gesehen zu haben. Eine Intelligenzprüfung bestand er mit Auszeichnung. Das Buch, das man ihm zeigte, rührte er nicht an. Vielleicht schämte er sich seiner schmutzigen Finger. Kien prüfte sie; sie waren sauber. Ein anderer hätte auch mit schmutzigen hingegriffen. Er war in Eile, die Schule begann um acht, doch blieb er bis zur letzten Sekunde. Auf die Einladung stürzte er sich wie ein Verhungerter, der Vater quälte ihn wohl sehr. Am liebsten wäre er gleich am Nachmittag gekommen, mitten in der Arbeitszeit. Er wohnte ja im selben Hause.

Kien vergab sich das Gespräch. Die Ausnahme, die er sich gestattet hatte, schien ihm der Mühe wert. Den schon entschwundenen Jungen begrüßte er in Gedanken als einen kommenden Sinologen. Wer interessierte sich für diese abgelegene Wissenschaft? Knaben spielten Fußball, Erwachsene gingen ihrem Verdienst nach; ihre freie Zeit vertrieben sie sich mit Liebe. Um acht Stunden zu schlafen und acht Stunden nichts zu tun, ergaben sie sich die restliche Zeit einer verhaßten Arbeit. Nicht den Bauch, aber den ganzen Körper hatten sie zu ihrem Gott erhoben. Der Himmelsgott der Chinesen war strenger und würdiger. Selbst wenn der Junge nächste Woche nicht kam, unwahrscheinlich genug, so hatte er einen Namen im Kopf, der sich schwer vergaß: den des Philosophen Mong. Gelegentliche Stöße, unerwartet empfangen, geben Menschen ihre Richtung fürs Leben.

Lächelnd setzte Kien seinen Heimweg fort. Er lächelte selten. Selten war es jemandes höchster Wunsch, eine Bibliothek zu besitzen. Als Neunjähriger sehnte er sich nach einer Buchhandlung. Die Vorstellung, als ihr Besitzer darin auf und ab zu gehen, erschien ihm damals frevelhaft. Ein Buchhändler ist ein König, ein König kein Buchhändler. Für einen Angestellten kam er sich zu klein vor. Einen Laufjungen schickte man immer weg. Was hatte er von den Büchern, wenn er sie bloß als Pakete unterm Arm trug? Lange suchte er nach einem Ausweg. Eines Tages ging er nach der Schule nicht heim. Er trat in das größte Geschäft der Stadt, sechs Auslagen voller Bücher, und fing laut zu weinen an. »Ich muß hinaus, rasch, ich hab Angst!« plärrte er. Man wies ihm den Ort. Er merkte ihn sich gut. Als er zurückkam, dankte er und fragte, ob er nicht etwas helfen könne. Sein strahlendes Gesicht belustigte die Leute. Noch vor kurzem war es von jener komischen Angst verzerrt. Sie zogen ihn ins Gespräch; er wußte viel über Bücher. Für sein Alter fanden sie ihn klug. Gegen Abend schickten sie ihn weg, mit einem schweren Paket. Er fuhr auf der Elektrischen hin und zurück. Soviel Geld hatte er sich erspart. Knapp vor der Geschäftssperre, es dämmerte schon, meldete er, der Auftrag sei ausgerichtet und legte die Bestätigung auf den Ladentisch. Jemand gab ihm zur Belohnung ein saures Bonbon. Während die Angestellten in ihre Mäntel schlüpften, schlich er leise nach hinten, an jenen sichern Ort, und sperrte sich dort ein. Niemand merkte was; die dachten wohl alle an ihren freien Abend. Da wartete er lange. Erst nach vielen Stunden, spät in der Nacht, wagte er sich hervor. Im Laden war es finster. Er suchte nach dem Schalter. Bei Tage hatte er nicht daran gedacht. Als er ihn fand und schon in der Hand hatte, fürchtete er sich, Licht zu machen. Vielleicht sah ihn jemand von der Straße und holte ihn nach Hause.

Sein Auge gewöhnte sich von selbst ans Dunkel. Nur lesen konnte er nicht, das war sehr traurig. Einen Band nach dem andern holte er herunter, blätterte drin und wirklich entzifferte er manchen Titel. Später kletterte er auf der Leiter herum. Er wollte wissen, ob die oben Geheimnisse versteckten. Er fiel herunter und sagte: Ich hab' mir nicht weh getan! Der Boden war hart. Die Bücher waren weich. In einer Buchhandlung fällt man auf Bücher. Er hätte einen Turm vor sich aufbauen können, aber Unordnung fand er gemein und stellte, bevor er ein neues herunternahm, das alte an seinen Platz. Der Rücken tat ihm weh. Vielleicht war er nur müde. Zu Hause hätte er jetzt schon längst geschlafen. Hier ging es nicht, die Aufregung hielt ihn wach. Aber seine Augen erkannten die größten Titel nicht mehr, das ärgerte ihn. Er rechnete aus, wie viele Jahre es sich hier lesen ließe, ohne daß man einmal auf die Straße und in die dumme Schule ging. Warum blieb man nicht immer da! Ein kleines Bett hätte er zusammengespart.

Die Mutter fürchtete sich. Er auch, aber nur ein wenig, weil es so still war. Die Gaslaternen auf der Straße gingen aus. Schatten krochen herum. Gespenster gab es doch. In der Nacht flogen sie alle her und hockten sich über die Bücher. Da lasen sie. Die brauchten kein Licht, die hatten so große Augen. Jetzt hätte er oben kein Buch mehr angerührt, nein, auch unten keines. Er kroch unter den Ladentisch und klapperte mit den Zähnen. Zehntausend Bücher, auf jedem hockte ein Gespenst. Drum war es so still. Manchmal hörte er sie blättern. Sie lasen genauso rasch wie er. Er hätte sich an sie gewöhnt, aber es waren zehntausend, da konnte einer beißen. Gespenster ärgern sich, wenn man sie streift, sie glauben, man will sie auslachen. Er machte sich ganz klein; sie flogen über ihn weg. Der Morgen kam erst nach vielen Nächten. Da schlief er ein. Als die Leute aufsperrten, merkte er nichts. Sie fanden ihn unterm Ladentisch und schüttelten ihn wach. Erst tat er, als ob er noch schliefe, dann begann er rasch zu heulen. Sie hätten ihn gestern eingesperrt, er fürchtete sich vor seiner Mutter, die habe ihn sicherlich überall gesucht. Der Inhaber fragte ihn aus und schickte ihn, sobald er seinen Namen erfahren hatte, mit einem Angestellten nach Hause. Er lasse sich bei der Dame entschuldigen. Der Junge sei irrtümlich eingesperrt worden, aber sonst wohlauf. Er selbst verbleibe mit besten Empfehlungen. Die Mutter glaubte es und war glücklich. Jetzt besaß der kleine Lügner von damals eine großartige Bibliothek und einen ebenso berühmten Namen.

Kien verabscheute die Lüge; von klein auf hielt er sich an die Wahrheit. Er entsann sich keiner einzigen Lüge, außer dieser. Auch sie war verfemt. Nur das Gespräch mit dem Schulbuben, der ihm als das Ebenbild seiner Jugend erschien, hatte sie wachgerufen. Weg damit, dachte er, es ist gleich acht. Punkt acht begann die Arbeit, sein Dienst an der Wahrheit. Wissenschaft und Wahrheit waren für ihn identische Begriffe. Man näherte sich der Wahrheit, indem man sich von den Menschen abschloß. Der Alltag war ein oberflächliches Gewirr von Lügen. Soviel Passanten, soviel Lügner. Drum sah er sie gar nicht an. Wer unter den schlechten Schauspielern, aus denen die Masse bestand, hatte ein Gesicht, das ihn fesselte? Sie veränderten es nach dem Augenblick; nicht einen Tag lang verharrten sie bei derselben Rolle. Das wußte er zum Vorhinein, Erfahrung war hier überflüssig. *Er* legte seinen

Ehrgeiz in eine Hartnäckigkeit des Wesens. Nicht bloß einen Monat, nicht ein Jahr, sein ganzes Leben blieb er sich gleich. Der Charakter, wenn man einen hatte, bestimmte auch die Gestalt. Seit er denken konnte, war er lang und zu mager. Sein Gesicht kannte er nur flüchtig, aus den Scheiben der Buchhandlungen. Einen Spiegel besaß er zu Hause nicht, vor lauter Büchern mangelte es an Platz. Aber daß es schmal, streng und knochig war, wußte er: das genügte.

Da er nicht die geringste Lust verspürte, Menschen zu bemerken, hielt er die Augen gesenkt oder hoch über sie erhaben. Wo Buchhandlungen waren, spürte er ohnehin genau. Er durfte sich ruhig seinem Instinkt überlassen. Was Pferde zuwege bringen, wenn sie in ihre Ställe heimtrotten, gelang ihm auch. Er ging ja spazieren, um die Luft fremder Bücher zu atmen, sie reizten ihn zum Widerspruch, sie frischten ihn ein wenig auf. In der Bibliothek lief alles am Schnürchen. Zwischen sieben und acht Uhr früh gönnte er sich einige der Freiheiten, aus denen das Leben der übrigen ganz besteht.

Obwohl er diese Stunde auskostete, hielt er auf Ordnung. Vor Überschreiten einer belebten Straße zögerte er ein wenig. Er ging gern gleichmäßig; um nicht zu hasten, wartete er auf einen günstigen Augenblick. Da rief jemand laut jemand andern an: »Können Sie mir sagen, wo hier die Mutstraße ist?« Der Gefragte entgegnete nichts. Kien wunderte sich; da gab es auf offener Straße noch außer ihm schweigsame Menschen. Ohne aufzublicken, horchte er hin. Wie würde sich der Fragende zu dieser Stummheit verhalten? »Verzeihen Sie, bitte, können Sie mir vielleicht sagen, wo hier die Mutstraße ist?« Er steigerte seine Höflichkeit; sein Glück blieb gleich gering. Der andere sagte nichts. »Ich glaube, Sie haben mich überhört. Ich möchte Sie um eine Auskunft bitten. Vielleicht sind Sie so freundlich und erklären mir, wie ich jetzt in die Mutstraße finde.« Kiens Wißbegier war geweckt, Neugier kannte er nicht. Er nahm sich vor, den Schweiger anzusehen, vorausgesetzt, daß er auch jetzt in seiner Stummheit verharrte. Zweifellos war der Mann in Gedanken und wünschte jede Unterbrechung zu vermeiden. Wieder sagte er nichts. Kien belobte ihn. Unter Tausenden ein Charakter, der Zufällen widersteht. »Ja, sind Sie taub?« schrie der erste. Jetzt wird der zweite zurückschlagen, dachte Kien und begann die Freude an seinem Schützling zu verlieren. Wer beherrscht seinen Mund, wenn man ihn beleidigt? Er wandte sich der Straße zu; der Augenblick, sie zu überqueren, war da. Erstaunt über das fortgesetzte Schweigen, hielt er inne. Noch immer sagte der zweite nichts. Zu erwarten war ein um so stärkerer Ausbruch seines Zorns. Kien hoffte auf einen Streit. Erwies sich der zweite als gewöhnlich, so blieb er, Kien, unbestritten das, wofür er sich hielt: der einzige Charakter, der hier spazierenging. Er überlegte, ob er bereits hinblicken solle. Der Vorgang spielte zu seiner Rechten. Dort tobte der erste: »Sie haben kein Benehmen! Ich hab' Sie in aller Höflichkeit gefragt! Was bilden Sie sich denn ein! Sie Grobian! Sind Sie stumm?« Der zweite schwieg. »Sie werden sich entschuldigen! Ich pfeife auf die Mutstraße! Die kann mir jeder zeigen! Aber Sie werden sich entschuldigen! Hören Sie!« Jener hörte nicht. Dafür stieg er in der Achtung des Lauschenden. »Ich übergebe Sie der Polizei! Wissen Sie, wer ich bin! Sie Skelett! Und das will ein gebildeter Mensch sein! Wo haben Sie Ihre Kleider her? Aus dem Pfandhaus! So sehen sie aus! Was halten Sie da unterm Arm? Ihnen zeig' ich's noch! Hängen Sie sich auf! Wissen Sie, was Sie sind?«

Da bekam Kien einen bösen Stoß. Jemand griff nach seiner Tasche und riß daran. Mit einem Ruck, der weit über seine normalen Kräfte ging, befreite er die Bücher aus den fremden Klauen und wandte sich scharf nach rechts. Sein Blick galt der Tasche, fiel aber auf einen kleinen, dicken Mann, der heftig auf ihn einschrie. »Ein Flegel! Ein Flegel! Ein Flegel!« Der zweite, der Schweiger und Charakter, der seinen Mund auch im Zorn beherrschte, war Kien selbst. Ruhig drehte er dem gestikulierenden Analphabeten den Rücken. Mit diesem schmalen Messer schnitt er sein Geschwätz entzwei. Ein fetter Wicht, dessen Höflichkeit nach einigen Augenblicken in Frechheit umschlug, konnte ihn nicht beleidigen. Auf alle Fälle ging er rascher, als er vorhatte, über die Straße. Wenn man Bücher bei sich trug, waren Handgreiflichkeiten zu vermeiden. Er trug immer Bücher bei sich.

Denn schließlich ist man nicht verpflichtet, auf die Dummheiten jedes Passanten einzugehen. Sich in Reden zu verlieren, ist die größte Gefahr, die einen Gelehrten bedroht. Kien drückte sich lieber schriftlich als mündlich aus. Er beherrschte über ein Dutzend östliche Sprachen. Einige westliche verstanden sich von selbst. Keine menschliche Literatur war ihm fremd. In Zitaten dachte er, in wohlüberlegten Absätzen schrieb er. Unzählige Texte verdankten ihre Herstellung ihm. An schadhaften oder verderbten Stellen uralter chinesischer, indischer, japanischer Manuskripte fielen ihm Kombinationen ein, soviel er wollte. Andere beneideten ihn drum, er hatte der Überfülle zu wehren. Von peinlicher Vorsicht, monatelang erwägend, langsam bis zum Überdruß, am strengsten gegen sich selbst, schloß er seine Meinung über einen Buchstaben, ein Wort oder einen ganzen Satz nur dann ab, wenn er ihrer Unangreifbarkeit sicher war. Seine bisherigen Abhandlungen, gering an Zahl, aber jede ein Fundament für hundert andere, hatten ihm den Ruf des ersten Sinologen seiner Zeit verschafft. Die Fachkollegen kannten sie genau, beinahe auswendig. Sätze, die er einmal niedergeschrieben hatte, galten als entscheidend und bindend. In strittigen Fragen wandte man sich an ihn, die oberste Autorität auch auf Nachbargebieten der Wissenschaft. Wenige beehrte er mit Briefen. Wen er aber erwählte, der empfing, in einem einzigen Schreiben, Anregung über Anregung und hatte auf Jahre hinaus Arbeit, deren Ergebnisse, in Anbetracht des Anregenden, zum Vorhinein sicherstanden. Persönlich verkehrte er mit niemandem. Einladungen schlug er aus. Wo immer eine Lehrkanzel für östliche Philologie frei wurde, trug man sie zu allererst ihm an. Er lehnte mit verächtlicher Höflichkeit ab.

Zum Redner sei er nicht geboren. Bezahlung für seine Tätigkeit würde ihm diese verleiden. Seiner bescheidenen Meinung nach sollten dieselben unproduktiven Popularisatoren, denen man den Unterricht an den Mittelschulen anvertraue, die Lehrkanzeln an den Hochschulen besetzen, damit die eigentlichen, wirklichen, schöpferischen Forscher sich ausschließlich ihrer Arbeit widmen könnten. An mittelmäßigen Köpfen sei ohnehin kein Mangel. Vorlesungen, die er abhalte, könnten, da er an seine Hörer die höchsten Forderungen stellen müßte, nur auf wenig Zulauf rechnen. Bei Prüfungen käme voraussichtlich kein einziger Kandidat durch. Er würde seinen Ehrgeiz darein setzen, die jungen, unreifen Menschen so lange durchfallen zu lassen, bis sie ihr dreißigstes Jahr erreicht und sei es aus Langeweile, sei es aus beginnendem Ernst, einiges, wenn auch vorläufig nur weniges gelernt hätten. Schon die Aufnahme von Menschen, deren Gedächtnis man sorgfältig geprüft habe, in die Hörsäle der Fakultät, käme ihm bedenklich und zumindest nutzlos vor. Zehn nach schwersten Vorprüfungen ausgewählte Studenten würden, blieben sie unter sich, unzweifelhaft mehr leisten, als wenn sie sich unter hundert träge Biernaturen, die üblichen an den Universitäten, mischten. Seine Bedenken seien also gewichtiger und prinzipieller Art. Er bitte das Kollegium, auf den Vorschlag, der, obwohl er ihn nicht ehre, doch ehrend gemeint sei, nicht mehr zurückzukommen.

Auf Kongressen, wo es sehr redselig herzugehen pflegt, war Kien eine meistbesprochene Figur. Die Herren, während der längsten Zeit ihres Lebens stille, scheue und kurzsichtige Mäuse, traten da alle paar Jahre einmal ganz aus sich heraus. Sie begrüßten einander, steckten die unpassendsten Köpfe zusammen, tuschelten, ohne etwas zu sagen und stießen bei den Banketten linkisch an. Aufs tiefste gerührt und aufs freudigste bewegt, hielten sie ihr Banner hoch, ihren Ehrenschild rein. Fort und fort gelobten sie in allen Sprachen dasselbe. Auch ohne sie einzugehen, hätten sie ihre Gelübde gehalten. In den Zwischenpausen schlossen sie Wetten ab. Wird Kien diesmal wirklich erscheinen? Man sprach von ihm mehr als von einem berühmten Kollegen, sein Verhalten reizte die Neugier. Daß er seinen Ruhm nie einkassierte, Begrüßungen und Banketten, wo man ihn seiner Jugend zum Trotz gefeiert hätte, seit über zehn Jahren hartnäckig auswich, daß er bei jedem Kongreß einen wichtigen Vortrag ankündigte, den dann ein anderer vom Manuskript für ihn ablas, betrachteten seine Kollegen als bloßen Aufschub. Einmal, vielleicht diesmal, wird er plötzlich auftauchen, den durch lange Zurückhaltung um so heftigeren Applaus mit Würde einstreichen und sich durch Akklamation zum Präsidenten der Versammlung wählen lassen, eine Stelle, die ihm zukam, und die er selbst als Abwesender auf seine Art einnahm. Aber die Herren täuschten sich. Kien erschien nicht. Der gläubigere Teil verlor seine Wetten.

Kien sagte in letzter Stunde ab. Die Sendungen seiner Manuskripte an irgendeinen Bevorzugten waren von ironischen Wendungen begleitet. Falls man neben dem reichen Unterhaltungsprogramm zur Arbeit gelange, was er im Interesse des allgemeinen Wohlbefindens durchaus nicht wünsche, bitte er, diese Kleinigkeit, das Ergebnis von zweijähriger Arbeit, dem Kongreß vorzulegen. Neue und überraschende Resultate seiner Forschung pflegte er für solche Augenblicke aufzusparen. Ihre Wirkung, die Diskussionen, welche sich darüber entspannen, verfolgte er aus der Ferne argwöhnisch und gewissenhaft, als hätte er sie auf ihre textliche Stichhaltigkeit hin zu prüfen. Die Versammlung ließ sich seinen Hohn gefallen. Von hundert Anwesenden stützten sich achtzig auf ihn. Seine Leistungen waren unschätzbar. Man wünschte ihm langes Leben. Über seinen Tod wäre die Mehrzahl zu Tode erschrocken.

Die wenigen, die ihm in seinen jüngeren Jahren persönlich begegnet waren, hatten die Erinnerung an sein Gesicht verloren. Wiederholt bat man ihn schriftlich um seine Photographie. Er besitze keine, erwiderte er, und denke auch keine zu besitzen. Beides entsprach der Wahrheit. Zu einer anderen Konzession ließ er sich freiwillig herbei. Als Dreißigjähriger vermachte er, ohne im übrigen ein Testament aufgesetzt zu haben, seinen Schädel samt Inhalt einem Institut für Hirnforschung. Er begründete diesen Schritt mit dem Vorteil, den es brächte, sein wahrhaft phänomenales Gedächtnis durch eine besondere Struktur, vielleicht doch auch ein größeres Gewicht seines Hirns zu erklären. Zwar glaube er nicht, schrieb er an den Leiter jenes Instituts, daß Genie Gedächtnis sei, wie man seit einiger Zeit vielfach anzunehmen beliebe. Er selbst sei nichts weniger als ein Genie. Aber den Nutzen des fast erschreckenden Gedächtnisses, über das er verfüge, für seine wissenschaftliche Arbeit zu leugnen, wäre unwissenschaftlich. Er trage gleichsam eine zweite Bibliothek im Kopf, ebenso reichhaltig und verläßlich wie die wirkliche, von der man, wie er höre, allgemein so viel Aufhebens mache. Er sitze an seinem Schreibtisch und entwerfe Abhandlungen, in denen er bis auf die exaktesten Einzelheiten eingehe, ohne außer eben in seiner Kopfbibliothek je nachzuschlagen. Wohl prüfe er später Zitate und Quellenangaben an Hand der realen Literatur genau nach; aber nur aus Gewissenhaftigkeit. Irgendeines Gedächtnisfehlers, der ihm je unterlaufen sei, könne er sich nicht entsinnen. Selbst seine Träume hätten eine schärfere Fassung als die bei den meisten Menschen übliche. Unplastische, farblose, verschwommene Visionen seien den Träumen, die er bis jetzt berücksichtigt habe, fremd. Nie stelle bei ihm die Nacht etwas auf den Kopf; Laute, die er höre, hätten ihren normalen Ursprung; Gespräche, die er führe, blieben durchaus vernünftig; alles behalte seinen Sinn. Es sei nicht seines Fachs zu untersuchen, ob der vermutete Zusammenhang zwischen seinem präzisen Gedächtnis und den eindeutigen, klaren Träumen zu Recht bestehe. Er weise nur in aller Bescheidenheit darauf hin und bitte, die persönlichen Angaben, die er sich in diesem Brief erlaube, nicht als Zeichen von Anmaßung oder Geschwätzigkeit zu betrachten.

Kien reproduzierte sich noch einige Tatsachen aus seinem Leben, die sein zurückgezogenes, redescheues und jeder Eitelkeit bares Wesen ins rechte Licht rückten. Aber der Ärger über den frechen und kecken Menschen, der ihn erst nach einer Straße gefragt und dann beschimpft hatte, wurde von Schritt zu Schritt größer. Es wird mir also doch nichts anderes übrigbleiben, sagte er, trat unter ein Haustor, sah sich um — niemand beobachtete ihn — und zog ein langes, schmales Notizbuch aus der Tasche. Auf dem Titelblatt stand in hohen, eckigen Buchstaben: DUMMHEITEN. Sein Auge verweilte erst hier. Dann blätterte er um, mehr als die Hälfte des Notizbuches war beschrieben. Alles, was er vergessen wollte, trug er da ein. Mit Datum, Stunde und Ort begann er. Es folgte die Begebenheit, welche wieder die Dummheit der Menschen illustrieren sollte. Ein angewandtes Zitat, immer ein neues, bildete den Beschluß. Die gesammelten Dummheiten las er nie; ein Blick auf das Titelblatt genügte. In späteren Jahren dachte er sie herauszugeben, als »Spaziergänge eines Sinologen«.

Er zog einen scharf gespitzten Bleistift hervor und schrieb auf die erste leere Seite: »23. September, $^3/_4$8 Uhr. Auf der Mutstraße begegnete mir ein Mensch und fragte mich nach der Mutstraße. Um ihn nicht zu beschämen, schwieg ich. Er ließ sich nicht beirren und fragte noch einige Male; sein Benehmen war höflich. Plötzlich fiel sein Blick auf ein Straßenschild. Er bemerkte seine Dummheit. Statt sich in aller Eile zu entfernen, wie ich es an seiner Stelle getan hätte, überließ er sich einem maßlosen Zorn und beschimpfte mich auf das gröblichste. Hätte ich ihn nicht geschont, so wäre mir die peinliche Szene erspart geblieben. Wer war der Dümmere?«

Mit dem letzten Satz bewies er, daß er auch vor sich nicht halt machte. Er war unbarmherzig gegen jedermann. Befriedigt steckte er das Notizbuch ein und vergaß den Mann. Die Bücher waren während des Schreibens in eine unbequeme Lage geraten. Er rückte sie zurecht. An der nächsten Straßenecke scheute er vor einem Wolfshund. Das Tier bahnte sich rasch und sicher einen Weg. An straffer Leine zog es einen Blinden hinter sich her. Dessen Gebrechen war, falls man den Hund übersah, an einem weißen Stock kenntlich, den er in der Rechten trug. Auch die eilfertigsten Menschen, die für den Blinden keine Zeit hatten, schenkten dem Hund einen bewundernden Blick. Er stieß sie mit geduldiger Schnauze zur Seite. Da er schön und kräftig war, litt man ihn gern. Plötzlich holte der Blinde seine Mütze vom Kopf herunter und hielt sie, zugleich mit dem Stock, den Leuten entgegen. »Fürs Hundefutter!« bat er. Es regnete Münzen. Mitten auf der Straße drängte man sich um die beiden. Der Verkehr stockte; zum Glück stand an dieser Ecke kein Polizist, der ihn regelte. Kien sah sich den Bettler aus der Nähe an. Er war mit ausgesuchter Armut gekleidet und trug ein gebildetes Gesicht. Weil er die Muskeln rings um die Augen unaufhörlich bewegte — er zwinkerte, zog die Brauen in die Höhe und runzelte die Stirn —, mißtraute ihm Kien und beschloß, ihn für einen Schwindler zu halten. Da erschien ein vielleicht zwölfjähriger Junge, drückte eifrig den Hund beiseite und warf in die Mütze einen schweren Knopf. Der Blinde starrte hin und bedankte sich, um ein Haar noch freundlicher als bisher. Der Klang, den man vom Knopf gehört hatte, war wie von Gold. Kien gab es einen Stich ins Herz. Er packte den Jungen beim Schopf und schlug ihm, da er behindert war, mit der Tasche eine über den Kopf. »Schäm' dich«, rief er, »einen Blinden zu betrügen!« Als es geschehen war, fiel ihm ein, was die Tasche enthielt: Bücher. Er schrak zusammen, ein so großes Opfer hatte er noch nie gebracht. Der Junge rannte heulend davon. Um auf die gewöhnliche, viel tiefere Ebene des Mitleids zurückzugelangen, leerte Kien sein ganzes Kleingeld in die Mütze des Blinden. Die Umstehenden nickten laut; er kam sich jetzt vorsichtiger und kleinlicher vor. Der Hund zog wieder an. Gleich darauf, als ein Polizist auftauchte, waren Führer und Geführter im alten Trott.

Kien schwor sich zu, sobald ihn Blindheit bedrohte, freiwillig zu sterben. Immer wenn er einem Blinden begegnete, ergriff ihn dieselbe peinliche Angst. Stumme liebte er; Taube, Lahme und sonstige Krüppel waren ihm gleichgültig; Blinde beunruhigten ihn. Er begriff nicht, daß sie ihrem Leben kein Ende machten. Selbst wenn sie die Blindenschrift beherrschten, waren ihre Lesemöglichkeiten beschränkt. Eratosthenes, der große Bibliothekar von Alexandria, ein Universalgelehrter des dritten vorchristlichen Jahrhunderts, der über eine halbe Million Schriftrollen gebot, machte als Achtzigjähriger eine furchtbare Entdeckung. Seine Augen begannen ihm den Dienst zu versagen. Er sah noch, aber er vermochte nicht mehr zu lesen. Ein anderer hätte die völlige Erblindung abgewartet. Er hielt seine Trennung von den Büchern für Blindheit genug. Freunde und Schüler flehten ihn an, bei ihnen zu bleiben. Er lächelte weise, dankte und hungerte sich in wenigen Tagen zu Tode.

Dieses große Beispiel wird der kleine Kien, dessen Bibliothek nur aus fünfundzwanzigtausend Bänden besteht, kommt die Zeit, mit Leichtigkeit nachahmen.

Den restlichen Weg bis zu seiner Wohnung erledigte er in beschleunigtem Tempo. Sicher war es schon acht. Um acht begann die Arbeit. Unpünktlichkeit verursachte ihm Brechreiz. Hie und da griff er verstohlen nach seinen Augen. Sie sahen in Ordnung und fühlten sich angenehm und ungefährdet an.

Im vierten und obersten Stock des Hauses Ehrlichstraße 24 befand sich seine Bibliothek. Die Wohnungstüre war durch drei komplizierte Schlösser gesichert. Er sperrte sie auf, durchschritt den Vorraum, in dem nur ein Kleiderständer war, und betrat sein Arbeitszimmer. Behutsam legte er die Tasche auf einen Lehnstuhl nieder. Dann schritt er ein paarmal durch die gerade Flucht der vier hohen, weiten Räume, die seine Bibliothek bildeten, auf und ab. Sämtliche Wände waren bis zur Decke mit Büchern ausgekleidet. Langsam hob er an ihnen den Blick. In die Decke waren Fenster eingelassen. Auf sein Oberlicht war er stolz. Die Seitenfenster waren vor Jahren nach hartem Kampf mit dem Hausbesitzer zugemauert worden. So gewann er in jedem Raum eine vierte Wand: Platz für mehr Bücher. Auch schien ihm ein Licht, das alle Regale von oben gleichmäßig erhellte, gerechter und seinem Verhältnis zu den Büchern angemessener. Die Versuchung, das Treiben auf der Straße zu beobachten — eine zeitraubende Unsitte, die man offenbar mit auf die Welt bekommt — fiel mit den Seitenfenstern weg. Täglich, bevor er sich an den Schreibtisch setzte, segnete er Einfall und Konsequenz, denen er die Erfüllung seines höchsten Wunsches dankte: den Besitz einer reichhaltigen, geordneten und nach allen Seiten hin abgeschlossenen Bibliothek, in der ihn kein überflüssiges Möbelstück, kein überflüssiger Mensch von ernsten Gedanken ablenkte.

Der erste Raum diente als Arbeitszimmer. Ein mächtiger alter Schreibtisch, ein Lehnstuhl davor, ein zweiter in der Ecke gegenüber waren seine ganze Einrichtung. Außerdem machte sich da ein Diwan schmal, den Kien gern übersah, weil er auf ihm bloß schlief. An der Wand hing eine verschiebbare Leiter. Sie war wichtiger als der Diwan und wanderte im Laufe eines Tages von Raum zu Raum. Die Leere der drei übrigen nämlich störte nicht ein Stuhl. Nirgends ein Tisch, ein Schrank, ein Ofen, der das bunte Einerlei der Regale unterbrochen hätte. Schöne, schwere Teppiche, von denen der Boden überall bedeckt war, erwärmten das schroffe Halbdunkel, welches durch die weit geöffneten Türen alle vier Räume zu einer einzigen hohen Halle verband.

Kien hatte einen steifen, nachdrücklichen Gang. Auf den Teppichen trat er besonders fest auf; es freute ihn, daß solche Schritte nicht den leisesten Widerhall weckten. In seiner Bibliothek war selbst einem Elefanten die Möglichkeit, Lärm aus dem Boden zu stampfen, verwehrt. Drum schätzte er die Teppiche sehr hoch ein. Er überzeugte sich davon, daß sämtliche Bücher die Ordnung, in der er sie vor einer Stunde verlassen mußte, beibehalten hatten. Dann begann er die Tasche ihres Inhalts zu entleeren. Bei seinem Eintritt pflegte er sie auf den Stuhl vor dem Schreibtisch zu legen. Sonst vergaß er sie vielleicht und setzte sich, bevor sie weggeräumt war, an die Arbeit, zu der es ihn um acht Uhr auf das heftigste drängte. Mit Hilfe der Leiter verteilte er die Bände, wohin sie gehörten. Trotz seiner Vorsicht fiel der letzte — da er schon so weit war, beeilte er sich noch mehr — vom dritten Regal, für das er nicht einmal die Leiter brauchte, zu Boden. Es war jener Mong Tse, den er über alles liebte. »Dummkopf!« schrie er sich an, »Barbar! Analphabet!«, hob ihn zärtlich auf und ging rasch zur Tür. Bevor er sie erreicht hatte, fiel ihm etwas Wichtiges ein. Er kehrte zurück und schob die Leiter, die an der Wand gegenüber hing, möglichst leise an die Unfallstelle heran. Den Mong Tse legte er mit beiden Händen auf den Teppich zu Füßen der Leiter nieder. Jetzt durfte er zur Tür. Er öffnete sie und rief hinaus:

»Das beste Staubtuch, bitte!«

Kurz darauf klopfte die Wirtschafterin an die bloß angelehnte Tür. Er antwortete nicht. Sie steckte den Kopf diskret in die Spalte und fragte:

»Ist was passiert?«

»Nein, geben Sie nur her!«

Aus seiner Antwort hörte sie, gegen seinen Willen, eine Klage. Sie war zu neugierig, um das auf sich sitzen zu lassen. »Aber ich bitt' Sie, Herr Professor!«, sagte sie vorwurfsvoll, trat herein und erkannte auf den ersten Blick, was geschehen war. Sie glitt auf das Buch zu. Unter dem blauen, gestärkten Rock, der bis zum Teppich reichte, sah man die Füße nicht. Ihr Kopf saß schief. Beide Ohren waren breit, flach und abstehend. Da das rechte die Schulter streifte und von ihr zum Teil verdeckt wurde, erschien das linke um so größer. Beim Gehen und Sprechen wackelte sie mit dem Kopf. Ihre Schultern machten dazu abwechselnd die Musik. Sie bückte sich, hob das Buch auf und fuhr mit dem Staubtuch ein Dutzendmal gründlich drüber. Kien suchte ihr nicht zuvorzukommen. Höflichkeit war ihm verhaßt. Er stand daneben und paßte auf, ob sie ihre Arbeit ernstlich verrichte.

»Ja, das passiert leicht, wenn man auf der Leiter oben steht, ich bitt' Sie.«

Dann reichte sie ihm das Buch wie einen staubfreien Teller hin. Sie hätte gar zu gern ein Gespräch mit ihm angeknüpft. Aber es gelang ihr nicht. Er sagte kurz »danke« und kehrte ihr den Rükken. Sie verstand und ging. Als sie die Türschnalle in der Hand hielt, drehte er sich plötzlich um und fragte mit erheuchelter Freundlichkeit:

»Das ist Ihnen wohl schon oft passiert?«

Sie durchschaute ihn und war ehrlich entrüstet: »Aber, ich bitt' Sie, Herr Professor!« Das »bitt' Sie« stach spitz wie ein Dorn durch ihre ölige Sprache. Sie kündigt mir noch, dachte er und erklärte begütigend:

»Ich meinte ja nur. Sie wissen, was für Werte in dieser Bibliothek stecken!«

Auf einen so leutseligen Satz war sie nicht gefaßt. Sie wußte nichts zu erwidern und verließ befriedigt das Zimmer. Als sie draußen war, machte er sich Vorwürfe. Über seine Bücher sprach er wie der schmutzigste Händler. Wie sollte er eine solche Person denn anders dazu bringen, Bücher anständig zu behandeln? Ihren wirklichen Wert verstand sie nicht. Sie mußte glauben, daß er mit der Bibliothek spekuliere. Das waren Menschen! Das waren Menschen!

Nach einer unwillkürlichen Verbeugung, die den japanischen Manuskripten auf ihm galt, setzte er sich endlich an den Schreibtisch.

Das Geheimnis

Vor acht Jahren hatte Kien folgende Annonce in die Zeitung gesetzt:

»Gelehrter mit Bibliothek von ungewöhnlicher Größe sucht verantwortungsbewußte Haushälterin. Nur charaktervollste Persönlichkeiten wollen sich melden. Gesindel fliegt die Treppe hinunter. Gehalt Nebensache.«

Therese Krumbholz hatte damals einen guten Posten, auf dem sie sich soweit wohl fühlte. Sie las täglich, bevor sie ihrer Herrschaft das Frühstück anrichtete, den Annoncenteil des »Tagblatts« gründlich durch, um zu wissen, was in der Welt vorgeht. Sie dachte nicht daran, ihr Leben bei dieser gewöhnlichen Familie zu beschließen. Sie war noch eine junge Person, keine 48 Jahre alt und wollte am liebsten zu einem alleinstehenden Herrn. Man kann sich da alles besser einteilen, und mit Frauen ist ja doch nicht auszukommen. Sie wird sich aber schön hüten, ihre sichere Stelle mir nichts dir nichts aufzugeben. Bevor sie nicht weiß, mit wem sie's zu tun hat, bleibt sie. Sie kennt das falsche Gerede in den Zeitungen und die goldenen Berge, die ehrbaren Frauen versprochen werden. Kaum ist man im Haus, so wird man gleich vergewaltigt. 33 Jahre bringt sie sich jetzt allein durch auf der Welt, aber das ist ihr noch nie passiert. Es wird ihr auch nicht passieren, da paßt sie schon gut auf.

Diesmal stach ihr die Annonce gewaltig in die Augen. Bei »Gehalt Nebensache« blieb sie hängen und las die Sätze, die durch gleichmäßig fetten Druck hervorgehoben waren, einige Male von rückwärts nach vorwärts durch. Der Ton imponierte ihr; das war ein Mann. Es schmeichelte ihr, sich als charaktervollste Persönlichkeit vorzustellen. Sie sah das Gesindel die Treppe herunterfliegen und freute sich aufrichtig darüber. Keinen Augenblick lang befürchtete sie, selbst als Gesindel behandelt zu werden.

Am nächsten Morgen stand sie in aller Frühe, um sieben, vor Kien, der sie in den Vorraum einließ und sofort erklärte:

»Ich muß es mir ausdrücklich verbieten, daß ein fremder Mensch meine Wohnung betritt. Sind Sie in der Lage, die Haftung für den Bücherbestand zu übernehmen?«

Er musterte sie scharf und argwöhnisch. Bevor sie auf diese Frage antwortete, wollte er seine Meinung über sie nicht abschließen. »Aber ich bitt' Sie, was glauben Sie denn von mir?«

In ihrer Verblüffung über seine Grobheit gab sie eine Antwort, an der er nichts auszusetzen fand.

»Sie müssen wissen«, sagte er, »warum ich meine letzte Haushälterin entlassen habe. Ein Buch aus meiner Bibliothek hat gefehlt. Ich hab' die ganze Wohnung durchsuchen lassen. Es ist nicht zum Vorschein gekommen. Ich sah mich gezwungen, sie auf der Stelle zu entlassen.« Empört schwieg er. »Sie werden das verstehen«, fügte er dann noch hinzu, als hätte er ihrer Intelligenz zuviel zugetraut.

»Ordnung muß sein«, erwiderte sie prompt. Er war entwaffnet. Mit großartiger Gebärde lud er sie in die Bibliothek ein. Sie betrat bescheiden den ersten Raum und wartete.

»Ihr Pflichtenkreis«, sagte er ernst und trocken. »Täglich wird ein Zimmer von oben bis unten gestaubt. Am vierten Tag sind Sie fertig. Am fünften beginnen Sie wieder mit dem ersten. Können Sie das übernehmen?«

»Ich bin so frei.«

Er ging wieder hinaus, öffnete die Wohnungstür und sagte: »Auf Wiedersehen. Sie treten heute an.«

Sie stand schon auf der Treppe und zögerte noch. Vom Gehalt hatte er nichts gesagt. Bevor sie ihre Stelle aufgab, mußte sie ihn fragen. Nein, lieber nicht. Da könnte man sich schön anschmieren. Wenn sie nichts sagte, gab er vielleicht von selber mehr. Über die zwei streitenden Kräfte: Vorsicht und Gier, siegte eine dritte: die Neugier.

»Ja, und wie steht es mit dem Gehalt?« Verlegen über die Dummheit, die sie vielleicht beging, vergaß sie »ich bitt' Sie« voranzusetzen.

»Soviel Sie wollen«, sagte er gleichgültig und schlug die Wohnungstür zu.

Ihren gewöhnlichen Herrschaften, die sich auf sie verließen — ein altes Möbelstück, das nun seit über zwölf Jahren im Hause stand —, erklärte sie, zu deren Entsetzen, sie halte das nicht mehr aus, diese Wirtschaft, da möcht' sie noch lieber ihr Brot auf der Straße verdienen als so. Sie war durch keine Vorstellung von ihrem Entschluß abzubringen. Sie gehe gleich, wenn man zwölf Jahre im Hause sei, könne man mit der Kündigung schon eine Ausnahme machen. Die biedere Familie ergriff die Gelegenheit, das Monatsgehalt bis zum 20. zu ersparen. Sie weigerte sich, es auszubezahlen, weil die Person ihre Kündigungsfrist nicht einhalte. Therese dachte sich: das muß er eben zahlen, und ging.

Ihre Pflichten den Büchern gegenüber erfüllte sie zu Kiens Zufriedenheit. Im stillen sprach er ihr dafür seine Anerkennung aus. Sie öffentlich, in ihrer Gegenwart zu beloben, erschien ihm unnötig. Das Essen war immer pünktlich fertig. Ob sie gut oder schlecht kochte, wußte er nicht; es war ihm herzlich gleichgültig. Während der Mahlzeiten, die er auf seinem Schreibtisch einnahm, beschäftigten ihn wichtige Gedanken. Gewöhnlich hätte er nicht zu sagen gewußt, was er gerade im Mund hatte. Das Bewußtsein bewahre man für wirkliche Gedanken; sie nähren sich von ihm, sie brauchen es; ohne Bewußtsein sind sie nicht denkbar. Kauen und Verdauen versteht sich von selbst.

Therese hatte vor seiner Arbeit einen gewissen Respekt, weil er ihr das hohe Gehalt regelmäßig ausbezahlte und zu keinem Menschen freundlich war, auch mit ihr redete er nie. Für gesellige Naturen, wie ihre Mutter eine war, hatte sie von Kind auf eine große Verachtung. Ihre eigene Arbeit nahm sie sehr genau. Sie ließ sich nichts schenken. Auch gab ihr gleich von Anfang an ein Rätsel zu schaffen. Das hatte sie gern.

Punkt sechs Uhr früh stand der Professor von seinem Schlafdiwan auf. Das Anziehen und Waschen dauerte kurz. Abends, bevor sie zu Bett ging, richtete sie seinen Diwan her und rollte den Waschtisch, der auf Rädern lief, bis in die Mitte des Arbeitszimmers hinein. Über Nacht durfte er hier stehen. Eine vierteilige spanische Wand, außen mit fremden Buchstaben bemalt, wurde so aufgestellt, daß ihm der schlechte Anblick erspart blieb. Er konnte Möbel nicht schmecken. Den »Waschwagen«, wie er ihn nannte, hatte er selbst erfunden, damit das ekelhafte Zeug, sobald es benützt war, rascher verschwand. Um 6¼ sperrte er auf und schleuderte den Wagen mit Wucht hinaus. Den ganzen langen Gang hinunter hielt der Schwung vor. Neben der Küchentür stieß er krach gegen die Mauer. Therese wartete in der Küche; ihr kleines Zimmer lag gleich dabei. Sie öffnete die Tür und rief:

»Schon auf?« Er sagte nichts und sperrte sich wieder ein. Dann blieb er noch bis sieben zu Haus. Kein Mensch wußte, was er in der langen Zeit bis sieben tat. Sonst saß er immer am Schreibtisch und schrieb.

Der dunkle, schwere Koloß war innen bis zum Bersten mit Manuskripten gefüllt, außen mit Büchern überladen. Bei der vorsichtigsten Bewegung dieser oder jener Schublade gab er einen schrillen Pfiff von sich. Obwohl ihm der Lärm zuwider war, beließ Kien das uralte Erbstück bei dieser Einrichtung, damit die Haushälterin, falls er einmal nicht zu Hause sei, sofort auf Einbrecher aufmerksam würde. Diese komischen Käuze pflegen nämlich nach Geld zu suchen, bevor sie sich hinter die Bücher machen. Er hatte Therese den Mechanismus des kostbaren Tisches in drei Sätzen knapp und erschöpfend erklärt. Er hatte bedeutungsvoll hinzugefügt, daß es keine Möglichkeit gebe, den Pfiff abzustellen, auch für ihn nicht. Bei Tag bekam sie ihn jedesmal zu hören, wenn Kien ein Manuskript hervorsuchte. Sie wunderte sich: mit diesem Lärm hatte er Geduld. Nachts räumte er alle Papiere ein. Bis um acht Uhr früh blieb der Schreibtisch stumm. Wenn sie aufräumte, fand sie auf ihm nur Bücher und vergilbte Schriften. Neues Papier mit seinen eigenen Buchstaben suchte sie vergebens. Es war klar, daß er zwischen 6¼ und 7, dreiviertel Stunden lang, überhaupt nichts arbeitete.

Betete er vielleicht? Nein, das glaubte sie nicht. Wer wird denn beten? Fürs Beten hat sie nichts übrig. In die Kirche geht sie nicht. Man braucht sich nur das Gesindel anzuschauen, das in die Kirche läuft. Da sitzt eine schöne Rasse beisammen. Das ewige Betteln ist ihr auch zuwider. Man muß was geben, weil alle auf einen hinschauen. Was mit dem Geld geschieht, das weiß kein Mensch. Zu Hause beten — wozu? Es ist schade um die schöne Zeit. Ein anständiger Mensch braucht das nicht. Sie ist von selber anständig. Die anderen beten nur. Das möcht' sie aber doch gern wissen, was zwischen 6¼ und 7 in dem Zimmer vorgeht. Neugierig ist sie nicht, das kann ihr niemand nachsagen. Sie mischt sich nicht in fremde Angelegenheiten. Die Frauen sind heute so. Die stecken in alles ihre Nase herein. Sie tut bloß ihre Arbeit. Es wird ja alles von Tag zu Tag teurer. Die Kartoffeln kosten bereits das Doppelte. Es ist eine Kunst, bei den Preisen auszukommen. Er sperrt alle vier Türen zu. Sonst könnte man einmal im Nebenzimmer zuschauen. Ein Herr, der mit seiner Zeit sonst so gut wirtschaftet und keine Minute unnütz vertut!

Während seines Spaziergangs durchsuchte Therese die ihr anvertrauten Räume. Sie vermutete ein Laster; was für eins, blieb unentschieden. Erst schwebte ihr eine Frauenleiche im Koffer vor. Da unter den Teppichen zu wenig Platz für sie war, gab sie die gräßlich Verstümmelte auf. Kein Schrank half aus, wie hätt' sie sich welche gewünscht: an jeder Wand einen. So steckte das Verbrechen sicher hinter einem Buch. Wo denn sonst? Vielleicht hätte sich ihr Pflichtgefühl damit begnügt, mit dem Staubtuch über die Rücken zu fahren; das unsittliche Geheimnis, dem sie auf der Spur war, zwang sie, auch hinter die Bücher zu sehen. Sie nahm jedes einzeln heraus, klopfte dran — vielleicht war es hohl —, streckte die plumpen, schwieligen Finger bis zur Holztäfelung hin, tastete und zog sie, unzufrieden den Kopf schüttelnd, zurück. Ihr Interesse verleitete sie nie so weit, die festgesetzte Arbeitszeit zu überschreiten. Fünf Minuten bevor Kien die Wohnung aufsperrte, stand sie schon in der Küche. Sie nahm ruhig eine Abteilung nach der andern vor, ohne Übereilung, ohne Nachlässigkeit und ohne je die Hoffnung völlig zu verlieren.

Während dieser Monate unermüdlicher Nachforschungen verbot sie sich, ihr Gehalt auf die Sparkasse zu tragen. Sie rührte nichts davon an, wer weiß, was das für Geld war. Die Scheine legte sie, so wie sie ihr überreicht wurden, in einen saubern Umschlag, der das ganze Briefpapier, mit dem sie ihn vor zwanzig Jahren gekauft hatte, noch unberührt enthielt. Nach Überwindung gewichtiger Bedenken brachte sie ihn im Koffer unter, der ihre Aussteuer umfaßte, lauter ausgesucht schöne Stücke, für teures Geld im Laufe der Jahrzehnte erstanden.

Nach und nach sah sie ein, daß sie nicht so bald dahinterkommen würde. Macht nichts, sie hat Zeit. Sie kann warten. Es geht ihr nicht schlecht. Wenn dann schließlich was herauskommt — sie ist nicht schuld. Das kleinste Fleckchen der Bibliothek hat sie abgegrast. Ja, wenn man einen Vertrauten bei der Polizei hätte, einen soliden, anständigen Menschen, der Rücksicht auf die gute Stelle nähme, den könnte man höflich drauf aufmerksam machen. Bitte, sie läßt sich vieles gefallen, aber daß man gar keine Stütze hat. Wofür interessieren sich die Menschen heute? Fürs Tanzen, fürs Baden, fürs Unterhalten, nur nicht fürs Ernste und nur nicht fürs Arbeiten. Ihr Herr, der ernste Mensch, hat auch seine unsittlichen Seiten. Er geht erst um zwölf zu Bett. Der beste Schlaf ist vor Mitternacht. Ein anständiger Mensch geht um neun zu Bett. Was Besonderes wird es ja eh nicht sein.

So schrumpfte das Verbrechen zu einem Geheimnis zusammen. Dicke, zähe Verachtung legte sich um das verborgene Laster. Nur neugierig blieb sie, zwischen 6¼ und 7 war sie immer auf dem Sprung. Sie rechnete mit seltenen, aber menschlichen Möglichkeiten. Vielleicht trieben ihn plötzliche Bauchkrämpfe einmal heraus. Sie wird sich hineinbeeilen und ihn fragen, ob ihm was fehlt. Krämpfe vergehn nicht so rasch. In ein paar Minuten weiß sie, woran sie ist. Doch das mäßige und vernünftige Leben, das Kien führte, bekam ihm zu gut. Während acht langer Jahre, die er Therese schon im Hause hatte, wurde er nie von Magenbeschwerden geplagt.

Am Vormittag nach der Begegnung mit dem Blinden und seinem Hund geschah es Kien, daß er verschiedene alte Abhandlungen dringend benötigte. Er warf die Schubladen des Schreibtisches wüst durcheinander. Haufen von Papieren hatten sich angesammelt. Entwürfe, Verbesserungen, Kopien, alles, was sich auf die Arbeit bezog, hob er sorgfältig auf. Er fand Wische, deren Inhalt überholt und widerlegt war. Bis auf seine Studentenzeit reichte dieses Archiv zurück. Um eine Kleinigkeit hervorzusuchen, die er ohnehin auswendig wußte, um einer bloßen Bestätigung willen, verlor er Stunden. Dreißig Blätter las er, eine Zeile brauchte er. Unnützes, längst erledigtes Zeug geriet in seine Hände. Er verfluchte es, wozu war es da. Gedrucktes oder Geschriebenes, worauf sein Auge einmal fiel, konnte er nicht übergehen. Ein anderer hätte sich eine so ausschweifende Lektüre versagt. Er hielt vom ersten bis zum letzten Wort aus. Die Tinte war verblaßt. Er hatte Mühe, den schwachen Umrissen zu folgen. Der Blinde von der Straße fiel ihm ein. Da spielte er mit seinen Augen, als wären sie für die Ewigkeit offen. Statt ihre Leistung einzuschränken, erweiterte er sie leichtfertig von Monat zu Monat. Jedes Papier, das er zurücklegte, kostete ein Stück Sehkraft. Hunde leben kurz und Hunde lesen nicht; drum helfen sie Blinden mit ihren Augen aus. Ein Mensch, der sie vergeudet, ist seinen Führerhund wert.

Kien beschloß, seinen Schreibtisch von Unrat zu entleeren, am Morgen, gleich nach dem Aufstehen, denn jetzt war er bei der Arbeit.

Am nächsten Tag, punkt sechs, er steckte noch mitten in einem Traum, schnellte er vom Diwan hoch, stürzte vor den strotzenden Koloß und riß seine sämtlichen Laden auf. Der Pfeifenlärm brach los; es gellte durch die Bibliothek und schwoll herzzerreißend an. Es war, als besäße jede Lade eine eigene Kehle und suche lauter als die nächste um Hilfe zu schreien. Man bestahl sie, man quälte sie, man raubte ihr das Leben. Sie konnten nicht wissen, wer sich an sie wagte. Augen hatten sie keine; ihr einziges Organ war eine schrille Stimme. Kien sichtete die Papiere. Es dauerte lang genug. Er verbiß den Lärm; was er begann, führte er durch. Einen Turm von Makulatur auf den dürren Armen, stelzte er ins vierte Zimmer hinüber. Hier, in einiger Entfernung von den Pfeifen, zerriß er unter Fluchen Stück für Stück. Es klopfte; er knirschte mit den Zähnen. Es klopfte wieder; er stampfte auf. Das Klopfen ging in Hämmern über. »Ruhe!« befahl er und fluchte. Den eigenen Spektakel hätte er sich gern erlassen. Doch tat es ihm leid um seine Manuskripte. Nur die Wut gab ihm den Mut, sie zu vernichten. Schließlich stand er, ein langbeiniger, einsamer Marabu, mitten in einem Berg von Papierfetzen, die er scheu und verlegen, als hätten sie Leben, anfühlte und leise bedauerte. Um sie nicht noch unnötig zu verletzen, spreizte er behutsam ein Bein. Als er den Friedhof hinter sich hatte, atmete er auf. Vor der Tür fand er die Haushälterin. Mit müder Gebärde wies er auf den Haufen und sagte: »Wegräumen!« Die Pfeifen waren verstummt, er kehrte zum Schreibtisch zurück und schloß die Laden. Sie blieben ruhig. Er hatte sie zu stark aufgerissen. Der Mechanismus war zerstört.

Therese hatte sich gerade bemüht, in den gestärkten Rock, mit dem sie ihre Toilette beschloß, hineinzufinden, als der Lärm begann. Sie erschrak zu Tode, band sich den Rock provisorisch fest und glitt eilig an die Tür des Arbeitszimmers. »Ums Himmelswillen«, klagte sie, eine Flöte, »was ist geschehen?« Sie klopfte erst schüchtern, dann immer lauter. Da sie keine Antwort bekam, suchte sie zu öffnen, vergeblich. Sie glitt von Tür zu Tür. Im letzten Zimmer hörte sie ihn selbst, wie er zornig rief. Hier hämmerte sie mit aller Kraft. »Ruhe!« schrie er böse, so böse war er noch nie. Halb aufgebracht, halb resigniert ließ sie die harten Hände auf den harten Rock sinken und erstarrte zu einer Holzpuppe. »So ein Unglück!« flüsterte sie, »so ein Unglück!« und stand, mehr aus Gewohnheit, noch da, als er öffnete.

Langsam von Natur, begriff sie doch im Nu, was für eine Gelegenheit sich jetzt ergab. Mit Mühe sagte sie »sofort« und entglitt in die Küche. Auf der Schwelle fiel ihr ein: »Ums Himmelswillen, er sperrt wieder zu, was die Gewohnheit alles macht! Es kommt bestimmt was dazwischen, im letzten Augenblick, so geht es! Ich hab' kein Glück, ich hab' kein Glück!« Das sagte sie sich zum erstenmal, da sie sich sonst für eine verdienstvolle und drum auch glückliche Person hielt. Vor Angst geriet ihr Kopf in heftiges Wackeln. Sie schlich sich wieder auf den Gang hinaus. Ihr Oberkörper war tief vornübergebeugt. Die Beine schlenkerten, bevor sie aufzutreten wagten. Der steife Rock verfiel in Wallungen. Mit Gleiten hätte sie ihren Zweck viel leiser erreicht, aber das war ihr zu gewohnt. Die festliche Gelegenheit erforderte einen festlichen Schritt. Das Zimmer war offen. In der Mitte lag noch das Papier. Zwischen Tür und Rahmen schob sie eine dicke Falte des Teppichs, damit der Wind sie nicht zuschlug. Dann kehrte sie in die Küche zurück und wartete, Schaufel und Besen in der Rechten, auf das vertraute Rollen des Waschwagens. Am liebsten wäre sie ihn abholen gekommen, es dauerte heut' so lang. Als er endlich gegen die Wand schlug, vergaß sie sich und rief wie immer: »Schon auf?« Sie schob ihn zur Küche hinein und kroch gebückter noch als früher in die Bibliothek hinüber. Schaufel und Besen legte sie auf den Boden. Langsam pirschte sie sich durch die trennenden Räume hindurch bis an die Schwelle seines Schlafzimmers. Nach jedem Schritt blieb sie stehen und warf den Kopf auf die andre Seite herum, um mit dem rechten, weniger abgenützten Ohr zu hören. Für den dreißig Meter langen Weg brauchte sie zehn Minuten; sie kam sich tollkühn vor. Ihre Angst nahm im selben Verhältnis wie ihre Neugier zu. Tausendmal hatte sie sich ihre Haltung am Ziel ausgemalt. Fest preßte sie sich an den Türrahmen. Der frisch gestärkte Rock fiel ihr ein, als es schon zu spät war. Mit einem Aug' suchte sie einen Überblick zu gewinnen. Solang das zweite im Hinterhalt blieb, fühlte sie sich sicher. Sie durfte nicht gesehen werden, sie durfte nichts übersehen. Den rechten Arm, den sie gern in die Seite stemmte, der immer wieder einknicken wollte, zwang sie stillzuhalten.

Kien ging vor seinen Büchern ruhig auf und ab und gab unverständliche Laute von sich. Unterm Arm hatte er die leere Aktentasche. Er blieb stehen, überlegte einen Augenblick, holte sich die Leiter her und kletterte hinauf. Aus dem obersten Regal zog er ein Buch heraus, blätterte drin und legte es in die Aktentasche. Unten angelangt, ging er wieder auf und ab, stutzte, zerrte an einem Buch, das nicht folgen wollte, runzelte die Stirn, und gab ihm, als er es hatte, einen starken Klaps. Dann verschwand es in der Tasche. Fünf Stück suchte er sich aus. Vier kleine, ein großes. Plötzlich hatte er es eilig. Mitsamt der schweren Tasche kletterte er auf die höchste Sprosse der Leiter und schob das erste zurück an seinen Platz. Seine langen Beine behinderten ihn; beinahe wäre er heruntergefallen.

Wenn er fiel und sich was tat, war das Laster zu Ende. Theresens Arm hob sich, er ließ sich nicht mehr meistern; er griff nach ihrem Ohr und zupfte es kräftig. Mit beiden Augen glotzte sie auf den gefährdeten Herrn. Als seine Füße den dicken Teppich erreichten, atmete sie auf. Die Bücher sind ein Schwindel. Das Richtige kommt erst. Sie kennt die Bibliothek genau, aber Laster macht erfinderisch. Es gibt Opium, es gibt Morphium, es gibt Kokain, wer kann sich das alles merken? Sie läßt sich nichts weismachen. Hinter den Büchern steckt es. Warum zum Beispiel geht er nie quer durch das Zimmer? Er steht bei der Leiter und will was vom Regal genau gegenüber. Er könnte es sich einfach holen, aber nein, er geht immer schön an der Wand entlang. Mit der schweren Tasche unterm Arm macht er den großen Umweg. Hinter den Büchern steckt es. Den Mörder zieht es an die Mordstelle. Jetzt ist die Tasche voll. Es geht nichts mehr hinein, sie kennt die Tasche, sie staubt sie täglich aus. Jetzt muß was geschehen. Es ist doch nicht schon sieben? Wenn es sieben ist, geht er weg. Aber wo ist es sieben? Es darf nicht sieben sein.

Frech und sicher beugt sie den Oberkörper vor, stemmt die Arme in die Seiten, spitzt die flachen Ohren und reißt die schmalen Augen gierig auf. Er packt die Tasche an zwei Enden und legt sie fest auf den Teppich. Sein Gesicht sieht stolz aus. Er bückt sich und bleibt gebückt. Sie ist in Schweiß gebadet und zittert am ganzen Körper. Die Tränen kommen ihr, also doch unterm Teppich. Sie hat sich's gleich gedacht. Wie man so dumm sein kann. Er richtet sich auf, knackst mit den Knochen und spuckt aus. Oder hat er nur »so« gesagt? Er greift nach der Tasche, nimmt einen Band heraus und führt ihn langsam an seinen Platz zurück. Dasselbe macht er mit allen andern.

Therese wird übel. Pfui Teufel und danke! Da gibt's nichts mehr zu sehen. Das ist der ernste Mensch, der nie lacht und nie ein Wort redet! Sie ist auch ernst und fleißig, aber tut sie das? Ihr könnte man die Hände abhacken, bevor sie so was tut. Da macht er sich vor der eigenen Wirtschafterin dumm. Und so was hat Geld! Das viele, viele Geld! Der gehört unter Kuratel. Wie der mit dem Geld wirtschaftet! Wenn der eine andre Person im Haus hätte, so eine saubere Rasse, wie die jungen Leute von heute, das letzte Bettuch unterm Leib hätte sie ihm schon weggezogen. Er hat nicht einmal ein Bett. Was macht er mit den vielen Büchern? Er kann sie doch nicht alle auf einmal lesen. Bei ihr nennt man so einen Menschen einen Narren, nimmt ihm das Geld weg, damit er das Geld nicht vertut und läßt ihn laufen. Sie wird es ihm zeigen, ob er eine anständige Person ins Haus gelockt hat oder nicht. Er glaubt, er kann jede zum Narren halten. Sie hält man nicht zum Narren. Acht Jahre lang vielleicht, aber länger nicht, nein!

Als Kien die zweite Büchergarnitur für den Spaziergang beisammen hatte, war Theresens erster Zorn verflogen. Sie merkte, daß er sich zum Gehen anschickte, glitt in normaler, gefaßter Haltung zum Papierhaufen zurück und schlug die Schaufel mit Würde hinein. Sie kam sich jetzt bedeutender und interessanter vor.

Nein, entschied sie, aufgeben wird sie die Stelle nicht. Aber auf eine Verrücktheit ist sie ihm gekommen. Sie hat etwas in Erfahrung gebracht. Wenn sie etwas gesehen hat, weiß sie es zu verwerten. Sie sieht wenig in ihrem Leben. Sie ist nie über die Stadtgrenzen hinausgekommen. Ausflüge macht sie nicht, weil es schade ums Geld ist. Baden geht sie nicht, weil es unanständig ist. Reisen mag sie nicht, weil man sich nirgends auskennt. Wenn sie nicht einkaufen müßte, würde sie am liebsten immer zu Hause bleiben. Man wird sowieso von allen Menschen angeschwindelt. Die Preise steigen von Jahr zu Jahr und früher war alles anders.

Konfuzius, ein Ehestifter

In gehobener Laune kehrte Kien nächsten Sonntag von seinem Spaziergang heim. An Sonntagen waren die Straßen um diese frühe Zeit leer. Ihren freien Tag traten die Menschen mit Schlaf an. Dann warfen sie sich in ihre besten Kleider. Vor dem Spiegel verbrachten sie die ersten wachen Stunden in Andacht. Während der übrigen erholten sie sich von ihren Fratzen an andern. Zwar war jeder sich selbst der Beste. Aber um es zu beweisen, ging man unter Mitmenschen. Wochentags schwitzte oder schwatzte man für sein Brot. Sonntags schwatzte man umsonst. Mit dem Ruhetag war ursprünglich ein Schweigetag gemeint. Was aus dieser wie aus allen Institutionen geworden war, ihr genaues Gegenteil, sah Kien mit Spott. Er hatte für einen Ruhetag keine Verwendung. Denn er schwieg und arbeitete immer.

Vor seiner Wohnungstür fand er die Haushälterin. Offenbar wartete sie schon lange auf ihn.

»Der junge Metzger vom zweiten Stock war da. Sie haben's ihm versprochen. Sie sind schon zu Hause, hat er gesagt. Das Stubenmädchen hat gesehen, wie jemand Großer über die Treppe geht. In einer halben Stunde kommt er wieder. Er will nicht stören, es ist nur wegen dem Buch.«

Kien hatte nicht hingehört. Als das Wort »Buch« fiel, wurde er aufmerksam und erfaßte nachträglich, worum es sich handelte. »Er lügt. Ich habe nichts versprochen. Ich habe gesagt, daß ich ihm Bilder aus Indien und China zeigen werde, wenn ich einmal Zeit habe. Ich habe nie Zeit. Schicken Sie ihn weg!«

»Die Leute werden gleich unverschämt. Ich bitt' Sie, das ist eine saubere Rasse. Der Vater war ein gewöhnlicher Arbeiter. Das möcht' ich wissen, wo der sein Geld her hat. Aber das kommt davon. Jetzt heißt es immer: Alles für die Kinder. Es gibt keine Strenge mehr. Frech sind die Kinder, es ist nicht zum glauben. In der Schule spielen sie immerwährend und gehen mit dem Lehrer spazieren. Ich bitt' Sie, wie war das zu unserer Zeit! Wenn ein Kind nichts hat lernen wollen, haben's die Eltern aus der

Schule genommen und in die Lehre gegeben. Zu einem strengen Meister, damit es was lernt. Heut' ist nichts mehr los. Ja, wollen die Menschen vielleicht arbeiten? Es gibt keine Bescheidenheit mehr. Schauen Sie sich die jungen Leute nur an, wenn sie am Sonntag spazierengehen. Jedes Arbeitermädel muß eine neue Bluse haben. Ich bitt' Sie, wozu brauchen sie denn das teure Zeug? Sie gehen ja eh alle baden und ziehen's wieder aus. Und mit den Burschen baden's zusammen. Wo hat's das früher gegeben? Die sollen lieber was arbeiten, das wär viel gescheiter. Ich sag' immer, wo nehmen die das Geld dazu her? Es wird ja alles von Tag zu Tag teurer. Die Kartoffeln kosten bereits das Doppelte. Ist es ein Wunder, wenn die Kinder frech werden? Die Eltern erlauben ihnen alles. Früher haben's den Kindern ein paar Ohrfeigen heruntergehaut, rechts und links. Da hat ein Kind parieren müssen. Es ist nicht mehr schön auf der Welt. Solang sie klein sind, lernen sie nichts, und wenn sie groß sind, arbeiten sie nichts.«

Kien, erst gereizt, weil sie ihn mit einer langen Rede aufhielt, spürte bald eine Art erstauntes Interesse für ihre Worte. Diese ungebildete Person legte so viel Wert aufs Lernen. Sie hatte einen guten Kern in sich. Vielleicht seit sie täglich mit seinen Büchern umging. Auf andre ihres Standes hatten die Bücher nicht abgefärbt. Sie war empfänglicher, vielleicht sehnte sie sich nach Bildung.

»Sie haben ganz recht«, sagte er, »es freut mich, daß Sie so vernünftig denken. Lernen ist alles.«

Sie hatten inzwischen die Wohnung betreten. »Warten Sie!« befahl er und verschwand in die Bibliothek. Mit einem kleinen Band in der Linken kehrte er zurück. Während er aufblätterte, stülpte er die schmalen, strengen Lippen nach außen um. »Hören Sie!« sagte er und winkte sie etwas weiter weg. Was da kam, erforderte Raum. Mit einem Pathos, der zur Schlichtheit des Textes in grellem Gegensatz stand, las er:

»Mein Lehrer gebot mir, alltäglich dreitausend Lettern und allabendlich weitere tausend zu schreiben. An den kurzen Wintertagen ging die Sonne früh unter und ich hatte meine Aufgabe noch nicht vollbracht. Ich trug mein Täfelchen auf die Veranda, welche gegen Westen lag, und schrieb dort zu Ende. Spät abends, wenn ich das Geschriebene durchsah, konnte ich gegen meine Müdigkeit nicht mehr ankämpfen. Da stellte ich hinter mir zwei Wassereimer auf. War meine Schläfrigkeit zu groß, so zog ich mein Kleid aus und goß mir den ersten Eimer über. Ausgezogen setzte ich mich an die Arbeit zurück. Dank dem kalten Wasser blieb ich einige Zeit frisch. Allmählich wurde ich wieder warm und mich schläferte aufs neue. Da verwandte ich den anderen Eimer. Mit Hilfe zweier Güsse konnte ich meine Pflicht fast immer erfüllen. In jenem Winter ging ich in mein neuntes Jahr.«

Angeregt und voller Bewunderung klappte er das Buch zu. »So hat man früher gelernt. Ein Stück aus den Jugenderinnerungen des japanischen Gelehrten Arai Hakuseki.«

Therese war während der Vorlesung nähergerückt. Ihr Kopf gab den Takt zu seinen Sätzen an. Das lange linke Ohr streckte sich von selbst den Worten, wie er sie frei aus dem Japanischen übersetzte, entgegen. Unwillkürlich hielt er das Buch etwas schräg; sicher sah sie die fremden Zeichen und bewunderte die Flüssigkeit seines Vortrags. Er las, als hätte er ein deutsches Buch in der Hand. »Nein so was!« sagte sie, er war fertig, sie atmete tief. Ihr Staunen belustigte ihn. Sollte es zu spät sein, dachte er, wie alt mag sie sein? Lernen kann man immer. Mit einfachen Romanen müßte sie beginnen.

Da läutete es heftig. Therese öffnete. Der kleine Metzger steckte die Nase herein. »Ich darf!« rief er laut, »der Herr Professor hat es erlaubt!« »Bücher gibt's nicht!« schrie Therese und schlug die Tür zu. Draußen tobte der Junge. Er stieß Drohungen aus; er war so zornig, daß man kein Wort verstand. »Bitte, er will gleich die ganze Hand. Auf einmal sind Flecken drin. Der ißt auf der Stiege sein Butterbrot.«

Kien stand auf der Schwelle zur Bibliothek; der Junge hatte ihn nicht bemerkt. Freundlich nickte er der Haushälterin zu. Er sah es gern, wenn man die Interessen seiner Bücher wahrte. Sie verdiente einigen Dank: »Falls Sie einmal etwas lesen möchten, dürfen Sie sich ruhig an mich wenden.«

»Ich bin so frei, ich hätt' schon lang drum bitten wollen.«

Die griff aber zu, wenn es um Bücher ging! Sonst war sie doch nicht so. Bisher hatte sie sich bescheiden aufgeführt. Er dachte nicht daran, eine Leihbibliothek einzurichten. Um Zeit zu gewinnen, erwiderte er: »Gut. Ich werde morgen etwas für Sie heraussuchen.«

Dann setzte er sich an die Arbeit. Sein Versprechen beunruhigte ihn. Zwar staubt sie die Bücher täglich ab und hat noch keines beschädigt. Aber Abstauben und Lesen ist zweierlei. Sie hat dicke, rohe Finger. Zartes Papier will zarte Behandlung. Ein harter Einband hält mehr als empfindliche Blätter aus. Und ob sie überhaupt lesen kann? Sie ist weit über fünfzig, sie hat sich Zeit gelassen. Einen spätlernenden Greis nannte Plato seinen kynischen Gegner Antisthenes. Jetzt tauchen spätlernende Greisinnen auf. Sie will ihren Durst an der Quelle löschen. Oder schämt sie sich vor mir, weil sie gar nichts weiß? Wohltätigkeit, gut, aber nicht auf fremde Kosten. Warum sollen die Bücher die Zeche bezahlen? Ich zahle ihr ein hohes Gehalt. Das darf ich, es ist mein Geld. Ihr Bücher auszuliefern, wäre feig. Ungebildeten gegenüber sind sie wehrlos. Ich kann nicht dabeisitzen, während sie liest.

In der Nacht stand ein Mann, von allen Seiten festgebunden, auf einer Tempelterrasse und wehrte sich mit Holzklötzchen gegen zwei aufrechte Jaguare, die ihn von rechts und links auf das heftigste bedrängten. Beide waren mit sonderbaren Bändern in vielerlei Farben geschmückt. Sie fletschten die Zähne, fauchten und rollten die Augen so wild, daß es einem kalt über den Rükken lief. Der Himmel war schwarz und eng und hatte seine Sterne in der Tasche versteckt. Glaskugeln flossen aus den Augen des Gefangenen und sprangen am Boden in tausend Splitter. Da sich gar nichts änderte, gewöhnte man sich an den grausamen Kampf und gähnte. Da fiel durch Zufall der Blick auf die Füße der Jaguare. Es waren Menschenfüße. Oho, fuhr es dem Betrachter, einem langen, gebildeten Herrn, durch den Kopf: das sind mexikanische Opferpriester. Sie führen eine heilige Komödie auf. Das Opfer weiß wohl, daß es sterben muß. Die Priester sind als Jaguare verkleidet, aber ich durchschaue sie gleich.

Da zückt der rechte Jaguar einen wuchtigen Steinkeil und stößt ihn dem Opfer mitten ins Herz. Eine Kante schneidet die Brust scharf auf. Kien schließt geblendet die Augen. Er denkt, daß Blut bis zum Himmel spritzt, und rügt diese mittelalterliche Barbarei. Er wartet, bis er das Blut verflossen glaubt, und öffnet die Augen. Entsetzlich: aus der aufgerissenen Brust springt ein *Buch* hervor, ein zweites springt nach, ein drittes, viele. Sie nehmen kein Ende, sie fallen zu Boden, sie werden von klebrigen Flammen erfaßt. Das Blut hat den Holzstoß angezündet, die Bücher verbrennen. »Brust zu!« ruft Kien zum Gefangenen hinüber. »Brust zu!« Er gestikuliert mit den Händen, *so* müsse er es machen, nur rasch, nur rasch! Der Gefangene versteht; durch einen starken Ruck entledigt er sich der Fesseln und greift mit beiden Händen vors Herz, Kien atmet auf.

Da reißt das Opfer die Brust weit, weit auseinander. Bücher, Bücher kollern hervor. Dutzende, Hunderte, sie sind nicht zu zählen, das Feuer leckt Papier, jedes jammert um Hilfe, gellendes Geschrei auf allen Seiten erhebt sich. Kien streckt die Arme nach den Büchern aus, die lichterloh brennen. Der Altar ist viel weiter, als er gedacht hat. Er macht ein paar Sätze und kommt nicht näher. Jetzt heißt es laufen, wenn er sie lebend antreffen will. Er rennt und stürzt, das verfluchte Keuchen, das kommt davon, wenn man seinen Körper vernachlässigt, zerstückeln hätte er sich können vor Wut. Ein unbrauchbarer Mensch, wo es drauf ankommt, versagt er. Diese elenden Bestien! Von Menschenopfern hat er gewußt, aber Bücher, Bücher! Jetzt steht er knapp vor dem Altar. Das Feuer versengt ihm Haare und Brauen. Ungeheuer ist der Holzstoß, von weitem hielt er ihn für klein. In der Mitte des Feuers müssen sie stecken. Hinein mit dir, du Feigling, du Prahlhans, du elender Wicht!

Aber warum beschimpft er sich? Er steckt doch mittendrin. Wo seid ihr? Wo seid ihr? Die Flammen blenden ihn. Was ist das, zum Teufel, wo er hingreift, bekommt er schreiende Menschen zu fassen. Sie klammern sich mit aller Gewalt an ihn. Er schleudert sie weg, sie kommen wieder. Von unten kriechen sie heran und umfassen seine Knie, von oben fallen brennende Fakkeln auf ihn herab. Er blickt nicht hinauf und sieht sie doch deutlich. Sie packen seine Ohren, seine Haare, seine Schultern. Sie fesseln ihn mit ihren Leibern. Wahnwitziger Lärm. »So laßt mich doch los!« brüllt er, »ich kenn' euch nicht. Was wollt ihr von mir! Wie soll ich die Bücher retten!«

Da hat sich ihm schon einer an den Mund geworfen und hält sich an den zusammengepreßten Lippen fest. Weiterreden will er, aber er bringt den Mund nicht auf. Er fleht in Gedanken: Sie gehen mir ja zugrunde! Sie gehen mir ja zugrunde! Weinen will er, wo bleiben die Tränen, die Augen sind grausam fest verschlossen, auch dort haben Menschen sich angeklammert. Aufstampfen will er, er zerrt das rechte Bein hoch, umsonst, es fällt zurück, mit brennenden Menschen, mit Blei belastet. Er verabscheut sie, diese gierigen Geschöpfe, nie haben sie vom Leben genug, er haßt sie. Wie er sie kränken, quälen, beschimpfen möchte, er kann nicht, er kann nicht! Keinen Augenblick lang vergißt er, wozu er hier ist. Man hält seine Augen mit Gewalt geschlossen, aber im Geist hat er ein gewaltiges Gesicht. Er sieht ein Buch, das nach vier Seiten hin wächst und Himmel und Erde, den vollen Raum bis zum Horizont erfüllt. An den Rändern wird es von einer roten Glut langsam und ruhig verzehrt. Still, lautlos und gefaßt erduldet es den Martertod. Die Menschen kreischen, das Buch verbrennt stumm. Märtyrer schreien nicht, Heilige schreien nicht.

Da verkündet eine Stimme, sie weiß alles und gehört Gott: »Hier gibt es keine Bücher. Alles ist eitel.« Sogleich weiß Kien, daß die Stimme wahrsagt. Spielend schüttelt er das brennende Gesindel ab und springt aus dem Feuer. Er ist gerettet. Hat es denn weh getan? Höllisch, gibt er sich zur Antwort, aber doch nicht so arg, wie man gewöhnlich glaubt. Er ist über die Stimme unendlich glücklich. Er sieht sich selber, wie er vom Altar davontanzt. In einiger Entfernung kehrt er sich um. Es reizt ihn, über das leere Feuer zu lachen.

Da steht er, in die Betrachtung Roms versunken. Zappelnde Gliedmaßen sieht er, die Gegend stinkt nach verbranntem Fleisch. Wie dumm die Menschen sind, er vergißt seinen Groll, ein Sprung und sie wären gerettet.

Plötzlich, er weiß nicht, wie ihm geschieht, verwandeln sich die Menschen in Bücher. Er schreit laut auf und stürzt besinnungslos in die Richtung des Feuers. Er rennt, keucht, beschimpft sich, springt hinein und sucht und wird von flehenden Leibern gefesselt. Die alte Angst ergreift ihn, Gottes Stimme befreit ihn, er entkommt und betrachtet vom gleichen Fleck das gleiche Schauspiel. Viermal läßt er sich zum Narren halten. Die Geschwindigkeit der Geschehnisse nimmt von Mal zu Mal zu. Er weiß, daß er in Schweiß gebadet ist. Heimlich sehnt er sich nach der Atempause, die ihm zwischen Aufregung und Aufregung gegönnt ist. Bei der vierten Rast ereilt ihn das Jüngste Gericht. Riesige Fuhren, haus-, berg-, himmelhoch nähern sich von zwei, zehn, zwanzig, von allen Seiten dem fressenden Altar. Die

Stimme, stark und vernichtend, höhnt: »Jetzt sind es Bücher!« Kien brüllt auf und erwacht.

Von diesem Traum, dem bösesten, dessen er sich entsann, war er noch eine halbe Stunde später bedrückt und benommen. Ein mißratenes Zündholz, während er auf der Straße seinem Vergnügen nachging, — und die Bibliothek war verloren! Er hatte sie mehrfach versichert. Doch zweifelte er an seiner Kraft, nach Vernichtung von fünfundzwanzigtausend Bänden weiterzuleben, geschweige denn sich um das Einkassieren einer Versicherung zu kümmern. In einer verächtlichen Stimmung hatte er sie abgeschlossen; später schämte er sich ihrer. Am liebsten hätte er sie rückgängig gemacht. Nur um das Institut, in dem für Bücher und Vieh dieselben Gesetze galten, nicht wieder zu betreten, nur um von Agenten, die man ihm zweifellos ins Haus geschickt hätte, verschont zu bleiben, zahlte er die fälligen Beträge ein.

In seine Bestandteile zerlegt, verliert ein Traum seine Macht. Mexikanische Bilderhandschriften hatte er vorgestern betrachtet. Eine von ihnen stellte die Opferung eines Gefangenen dar, durch zwei als Jaguare verkleidete Priester. An Eratosthenes, den greisen Bibliothekar von Alexandria, hatte er, wenige Tage war es her, anläßlich der Begegnung mit einem Blinden gedacht. Der Name Alexandria erweckte in jedem die Erinnerung an den Brand der berühmten Bibliothek. Auf einem mittelalterlichen Holzschnitt, über dessen Naivität er immer lachte, waren einige dreißig Juden verzeichnet, die lichterloh brannten und verstockt noch auf dem Scheiterhaufen ihre Gebete schrieen. Michelangelo bewunderte er; am höchsten stellte er sein »Jüngstes Gericht«. Da wurden die Sünder von herzlosen Teufeln in die Hölle gezerrt. Einer der Verdammten, Bild der Angst und des Jammers, preßte die Hände vor den feigen Dickkopf; an seinen Beinen machten sich Teufel zu schaffen; fürs Elend hatte er nie ein Auge, auch fürs eigene nicht, das ihn jetzt betraf. Oben stand Christus, gar nicht christlich, und verdammte mit hartem, wuchtigem Arm. Aus alledem hatte der Schlaf einen Traum gebraut.

Als Kien den Waschwagen zum Zimmer hinausrollte, hörte er ein ungewohnt hohes »Schon auf?« Was hatte die Person so laut zu rufen, in aller Frühe, man schlief noch beinah? Richtig, er hatte ihr ein Buch versprochen. Für sie kam bloß ein Roman in Betracht. Nur wird von Romanen kein Geist fett. Den Genuß, den sie vielleicht bieten, überzahlt man sehr: sie zersetzen den besten Charakter. Man lernt sich in allerlei Menschen einfühlen. Am vielen Hin und Her gewinnt man Geschmack. Man löst sich in die Figuren auf, die einem gefallen. Jeder Standpunkt wird begreiflich. Willig überläßt man sich fremden Zielen und verliert für länger die eigenen aus dem Auge. Romane sind Keile, die ein schreibender Schauspieler in die geschlossene Person seiner Leser treibt. Je besser er Keil und Widerstand berechnet, um so gespaltener läßt er die Person zurück. Romane müßten von Staats wegen verboten sein.

Um sieben öffnete Kien wieder die Tür. Therese stand davor, zuversichtlich und diskret wie immer, das Ohr etwas schiefer.

»Ich bin so frei«, erinnerte sie frech.

Kien schoß sein bißchen Blut zu Kopf. Da klebte dieser verdammte Rock am Boden und merkte sich, was man einmal unbedacht versprach. »Sie wollen das Buch!« schrie er, seine Stimme schnappte über. »Sie sollen es haben!«

Er warf ihr die Tür ins Gesicht, stelzte bebenden Schrittes ins dritte Zimmer hinüber und holte mit einem Finger »Die Hosen des Herrn von Bredow« heraus. Er besaß das Buch noch aus der frühesten Schulzeit, hatte es damals sämtlichen Klassenkameraden geliehen und konnte es wegen der übeln Verfassung, in der es sich seither befand, um nichts in der Welt leiden. Der fleckige Einband und die schmierigen Blätter erregten seine Schadenfreude. Ruhig kehrte er zu Therese zurück und hielt ihr das Buch ganz nah vor die Augen.

»Das war nicht notwendig«, sagte sie und zog unterm Arm einen dicken Stoß von Papieren hervor, Packpapiere, er bemerkte sie erst jetzt. Umständlich suchte sie ein passendes aus und legte es dem Buche um, wie einem Kind ein Kleid. Dann nahm sie ein zweites Packpaier her und sagte: »Doppelt genäht hält besser.« Als der neue Einband nicht gut genug saß, riß sie ihn weg und probierte es mit einem dritten.

Kien folgte ihren Bewegungen, als sähe er sie in seinem Leben zum erstenmal. Er hatte sie unterschätzt. Sie behandelte die Bücher besser als er. Ihm war das alte Zeug verhaßt, sie gab gleich zwei Umschläge drüber. Die Handballen hielt sie vom Einband fern. Sie arbeitete mit den Fingerspitzen allein. Ihre Finger waren gar nicht so dick. Er spürte Scham über sich und

Freude über sie. Sollte er nicht doch was andres holen? Sie verdiente eine weniger schmutzige Lektüre. Nun, den Anfang konnte sie ja mit diesem machen. Ohnehin würde sie bald ein zweites wollen. Bei ihr war die Bibliothek geborgen, acht Jahre lang schon, und er wußte es nicht.

»Ich muß morgen verreisen«, behauptete er plötzlich, sie strich gerade den Umschlag mit den Knöcheln glatt. »Auf einige Monate.«

»Da kann ich einmal anständig fertigstauben. Ist denn eine Stunde vielleicht genug?«

»Was werden Sie tun, wenn ein Brand ausbricht?«

Sie erschrak. Die Papiere fielen zu Boden. Das Buch blieb in ihrer Hand. »Um's Himmels willen, retten!«

»Aber ich fahre ja gar nicht, ich mach' nur Spaß.« Kien lächelte. Von der Vorstellung äußersten Vertrauens hingerissen, er verreist und die Bücher allein, trat er an sie heran, klopfte ihr mit den knochigen Fingern auf die Schulter und meinte beinahe freundschaftlich: »Sie sind eine nette Person.«

»Ich muß doch einmal schau'n, was Sie für mich ausgesucht haben«, sagte sie, ihre Mundwinkel reichten schon hart bis an die Ohren. Sie schlug das Buch auf, las laut: »Die Hosen ...«, unterbrach sich und wurde nicht rot. Ihr Gesicht bedeckte sich mit einem leichten Schweiß.

»Aber ich bitt' Sie, Herr Professor!« rief sie und entglitt im schleunigsten Triumph in die Küche.

Während der folgenden Tage bemühte sich Kien, in seine alte Konzentration zurückzufinden. Auch er kannte Augenblicke, in denen er seiner buchstäblichen Leistungen müde wurde und die heimliche Lust verspürte, für länger, als es ihm sein Charakter gestattete, unter Menschen zu gehen. Bekämpfte er solche Regungen offen, so verlor er viel Zeit; im Streit pflegten sie an Stärke zu gewinnen. Da hatte er sich klügere Methoden erdacht: er überlistete sie. Er legte den Kopf nicht auf den Schreibtisch und verlor sich in keine müden Wünsche. Er lief nicht auf die Straße und ließ sich mit keinem Narren in irgendwelche gleichgültigen Gespräche ein. Im Gegenteil, er belebte die Bibliothek mit erlesenen Freunden. Am liebsten neigte er zu alten Chinesen. Er hieß sie dem Band und der Wand, welcher sie zugehörten, entsteigen, winkte sie heran, bot ihnen Platz, begrüßte, bedrohte sie, je nachdem, legte ihnen ihre eigenen Worte in den Mund und focht seine Meinung so lange durch, bis sie schwiegen. Debatten, die er schriftlich zu führen hatte, gewannen auf diese Weise einen unerwarteten Reiz. Er übte sich im mündlichen Gebrauch des Chinesischen und richtete sich an klugen Wendungen hoch, wie sie ihm leicht und schlagend von den Lippen flossen. Geh ich ins Theater, so höre ich eine läppische Konversation, die unterhält, statt zu belehren, und statt zu unterhalten langweilt. Zwei, drei vollgültige Stunden soll ich opfern und mich schließlich verärgert schlafen legen. Meine eigenen Dialoge dauern kürzer und haben Niveau. So rechtfertigte er vor sich sein harmloses Spiel, weil es einem Zuschauer merkwürdig erschienen wäre.

Nicht selten begegnete Kien auf Straßen oder in Buchhandlungen Barbaren, die ihn durch menschliche Äußerungen in Staunen versetzten. Um Eindrücke zu verwischen, die seiner Verachtung für die Masse widersprachen, legte er sich in solchen Fällen eine kleine Rechnung vor. Wieviel Worte spricht dieser Kerl im Tag? Gering gerechnet zehntausend. Drei davon haben einen Sinn. Zufällig habe ich diese drei gehört. Die Worte, die ihm zu Hunderttausenden pro Tag durch den Kopf triefen, die er denkt und nicht spricht, Unsinn über Unsinn, die sieht man seinen Zügen wohl an; zum Glück hört man sie nicht.

Die Haushälterin allerdings sprach wenig, weil sie immer allein war. Mit einem Schlag hatten sie etwas gemein, zu dem seine Gedanken stündlich zurückkehrten. Wenn er sie sah, fielen ihm auf der Stelle die sorgfältig eingepackten »Hosen des Herrn von Bredow« ein. Jahrzehntelang stand das Buch in seiner Bibliothek. Sooft er vorüberging, gab ihm der bloße Rücken einen Stich ins Herz. Doch beließ er ihn so, wie er eben war. Warum fiel es ihm nicht ein, durch einen hübschen Umschlag für Besserung zu sorgen? Er hatte kläglich versagt. Da kam diese einfache Haushälterin daher und lehrte ihn, was sich gehörte.

Oder spielte sie ihm nur eine Komödie vor? Vielleicht schmeichelte sie sich ein, um ihn in Sicherheit zu wiegen. Seine Bibliothek war berühmt. Um manche Unika hatten ihn Händler schon bestürmt. Vielleicht bereitete sie einen großen Diebstahl vor. Man müßte wissen, was sie treibt, wenn sie mit dem Buch allein ist.

Eines Tages überraschte er sie in der Küche. Sein Mißtrauen quälte ihn, er wollte Klarheit. War sie erst entlarvt, so warf er sie hinaus. Ein Glas Wasser möchte er, sein Rufen habe sie offenbar überhört. Während sie eiligst seinem Wunsche nachkam, prüfte er den Tisch, vor dem sie gesessen war. Auf einem kleinen, gestickten Samtkissen lag sein Buch. Seite 20. Sehr weit war sie noch nicht gekommen. Sie reichte ihm das Glas auf einem Teller hin. Da hatte sie weiße Glacéhandschuhe an. Er vergaß die Finger ans Glas zu drücken, es fiel zu Boden, der Teller ihm nach. Lärm und Ablenkung waren willkommen. Er hätte kein Wort über die Lippen gebracht. Seit seinem fünften Lebensjahr, fünfunddreißig Jahre lang, las er. Der Gedanke, sich zum Lesen Handschuhe anzuziehen, war ihm nie gekommen. Seine Verlegenheit kam ihm selbst lächerlich vor. Er riß sich zusammen und fragte leichthin: »Sie halten noch nicht weit?«

»Ich lese jede Seite ein dutzendmal, sonst hat man nichts davon.«

»Gefällt es Ihnen?« Er zwang sich weiter zu fragen, sonst wäre er dem Wasser nachgestürzt.

»Ein Buch ist immer schön. Verstehn muß man's. Es waren Fettflecken drin, ich hab's mit allem versucht, sie gehn nicht heraus. Was soll ich nur machen?«

»Die waren schon früher drin.«

»Schad' ist es doch. Ich bitt' Sie, was so ein Buch für einen Wert hat!«

Sie sagte nicht »kostet«, sie sagte »Wert hat«. Sie meinte den innern Wert, nicht den Preis. Und er hatte ihr immer vom Kapital vorgeschwatzt, das in seiner Bibliothek steckte. Diese Frau mußte ihn verachten. Sie war eine großartige Seele. Da saß sie nächtelang über alten Flecken und plagte sich mit ihnen ab, statt zu schlafen. Er gab ihr sein lumpigstes, abgegriffenstes, schmierigstes Buch, aus Gehässigkeit, sie nahm es in liebevolle Pflege. Sie hatte Erbarmen, nicht mit Menschen, da war es keine Kunst, sondern mit Büchern. Sie ließ die Schwachen und Bedrückten zu sich kommen. Des letzten, verlassenen, verlorenen Wesens auf Gottes Erdboden nahm sie sich an.

Kien verließ die Küche in tiefer Erregung. Zur Heiligen sprach er nicht ein Wort. Sie hörte ihn auf dem Gang draußen murmeln und wußte, woran sie war.

In den hohen Zimmern seiner Bibliothek ging er auf und ab und rief nach Konfuzius. Der kam ihm von der gegenüberliegenden Wand entgegen, ruhig und gefaßt — kein Verdienst, wenn man sein Leben längst hinter sich hatte. Mit ungeheuren Schritten lief Kien auf ihn zu. Er vergaß alle schuldige Ehrerbietung. Seine Aufgeregtheit stach von der Haltung des Chinesen merkwürdig ab.

»Ich glaube einige Bildung zu haben!« schrie er ihn von fünf Schritt Entfernung an, »ich glaube auch einigen Takt zu haben. Man wollte mir einreden, daß Bildung und Takt zusammengehören, daß eines ohne das andere unmöglich ist. Wer mir das einreden wollte? Du!« Er scheute sich nicht, Konfuzius zu duzen. »Da kommt plötzlich ein Mensch ohne einen Funken von Bildung daher und hat mehr Takt, mehr Herz, mehr Würde, mehr Menschlichkeit als ich und du und deine ganze Schule der Gelehrten zusammengenommen!«

Konfuzius ließ sich nicht aus der Fassung bringen. Er vergaß nicht einmal, sich zu verbeugen, ehe er angesprochen wurde. Trotz der unglaublichen Beschimpfung zogen sich seine dichten Brauen nicht zusammen. Unter ihnen blickten uralte schwarze Augen hervor, weise wie die eines Affen. Gemessen öffnete er den Mund und gab folgenden Ausspruch von sich:

»Mit fünfzehn Jahren stand mein Wille aufs Lernen, mit dreißig stand ich fest, mit vierzig hatte ich keine Zweifel mehr — aber erst mit sechzig war mein Ohr aufgetan.«

Kien hatte diesen Satz genau im Kopf. Als Entgegnung auf seinen heftigen Angriff verdroß er ihn aber sehr. Rasch verglich er die Daten, ob sie stimmten. Als er fünfzehn alt war, verschlang er heimlich, gegen den Willen seiner Mutter, bei Tag in der Schule, bei Nacht unter der Decke, eine winzige Taschenlampe als karge Beleuchtung, Buch um Buch. Wenn sein jüngerer Bruder Georg, von der Mutter als Wächter aufgestellt, nachts zufällig erwachte, unterließ er es nie, die Decke probeweise wegzureißen. Von der Behendigkeit, mit der er Lampe und Buch unterm Leib versteckte, hing das Leseschicksal der folgenden Nächte ab. Mit dreißig stand er fest zu seiner Wissenschaft. Professuren lehnte er höhnisch ab. Mit den Zinsen seines väterlichen Erbes hätte er bis an sein Lebensende ein angenehmes Auskommen gefunden. Er zog es vor, das Kapital auf Bücher zu verwenden. In wenigen, vielleicht noch ganzen drei Jahren war alles verbraucht. Von der bedrängten Zukunft träumte er nie, also fürchtete er sie nicht. Vierzig war er jetzt. Bis zum heutigen Tage hatte er keine Zweifel gekannt. Über die Hosen des Herrn von Bredow allerdings kam er nicht hinweg. Sechzig war er noch nicht, sonst hätte er sein Ohr schon aufgetan. Wem sollte er auch sein Ohr auftun?

Konfuzius trat, als hätte er die Frage erraten, um einen Schritt näher, beugte sich, obwohl Kien um zwei Köpfe größer war als er, freundlich zu ihm nieder und gab ihm folgenden vertraulichen Rat:

»Betrachte der Menschen Art zu sein, beobachte die Beweggründe ihres Handelns, prüfe das, woran sie Befriedigung finden. Wie kann ein Mensch sich verbergen! Wie kann ein Mensch sich verbergen!«

Da wurde es Kien sehr traurig zumute. Was nützt es, solche Worte auswendig zu wissen? Man muß sie anwenden, erproben, erhärten. Acht Jahre lang hat ein Mensch in meiner nächsten Nähe umsonst gelebt. Ihre Art kannte ich, an die Beweggründe dachte ich nicht. Was sie für meine Bücher tat, wußte ich. Ich hatte das Ergebnis täglich vor Augen. Ich dachte, sie täte es für Geld. Seit ich weiß, woran sie Befriedigung findet, kenne ich ihre Beweggründe besser. Sie entfernt Flecken von elenden, verstoßenen Büchern, für die kein Mensch ein gutes Wort mehr übrig hat. Das ist ihre Erholung, das ist ihr Schlaf. Hätte ich sie nicht aus gemeinem Mißtrauen in der Küche überrascht, ihre Tat wäre nie an den Tag gekommen. In ihrer Verborgenheit hat sie für ihr Pflegekind ein Kissen gestickt und es sanft gebettet. Acht Jahre lang trug sie nie Handschuhe. Bevor sie sich entschloß, ein Buch, dieses Buch, zu öffnen, ging sie aus und kaufte sich von ihrem sauer verdienten Geld ein Paar Handschuhe. Sie ist nicht dumm, sonst ist sie eine praktische Person, sie weiß, daß sie statt der Handschuhe dasselbe Buch dreimal neu haben kann. Ich habe einen großen Fehler begangen. Acht Jahre lang war ich blind.

Konfuzius ließ ihn das nicht zweimal denken. »Fehlen, ohne sich zu bessern, das nennt man Fehlen. Hast du einen Fehler begangen, so schäme dich nicht, ihn gutzumachen.«

Er wird gutgemacht, rief Kien. Ich werde ihr die acht verlorenen Jahre ersetzen. Ich werde sie heiraten! Sie ist das beste Mittel, um meine Bibliothek in Ordnung zu halten. Bei einem Brand kann ich mich auf sie verlassen. Hätte ich eine Person nach meinen Plänen konstruiert, sie wäre nicht so zweckmäßig ausgefallen. Sie hat gute Anlagen. Sie ist die geborene Pflegerin. Sie hat das Herz am rechten Fleck. In ihrem Herzen treibt sich kein Analphabetengesindel herum. Sie könnte sich einen Liebhaber halten, einen Bäcker, einen Fleischhacker, einen Schneider, irgendeinen Barbaren, irgendeinen Affen. Sie bringt es nicht über sich. Ihr Herz gehört den Büchern. Was ist einfacher als heiraten?

Auf Konfuzius achtete er nicht mehr. Als er zufällig in seine Richtung blickte, hatte er sich aufgelöst. Nur die Stimme hörte er noch schwach, aber deutlich sagen: »Das Rechte sehen und es nicht tun, ist Mangel an Mut.«

Kien hatte keine Zeit, ihm für diese letzte Aufmunterung zu danken. Er stürzte vor die Küche und griff heftig nach der Tür. Die Klinke brach ab. Therese saß vor ihrem Kissen und stellte sich lesend. Als sie spürte, daß er schon hinter ihr stand, erhob sie sich und gab den Blick auf sein Buch frei. Der Eindruck des vorigen Gesprächs war ihr nicht entgangen. Drum hielt sie wieder auf Seite 3. Er zögerte einen Augenblick, wußte nicht, was er sagen sollte, und blickte auf seine Hände. Da bemerkte er die abgebrochene Türklinke; wütend warf er sie zu Boden. Dann stellte er sich steif vor sie hin und sagte: »Geben Sie mir Ihre Hand!« Therese hauchte: »Aber ich bitt' Sie!« und streckte sie ihm hin. Jetzt kommt die Verführung, dachte sie und begann am ganzen Leibe zu schwitzen. »Aber nein«, sagte Kien, er meinte die Hand nicht wörtlich, »ich will Sie heiraten!« Eine so rasche Entscheidung hatte Therese nicht erwartet. Sie warf den erschütterten Kopf auf die andere Seite herum und entgegnete stolz und gegen das Stottern ankämpfend: »Ich bin so frei!«

Die Muschel

Die Trauung ging in aller Stille vor sich. Als Zeugen fungierten ein alter Dienstmann, der aus seinem zerbrochenen Leib letzte kleine Leistungen schlug, und ein fideler Schuster, der, jeder eigenen Trauung mit List entwischt, sich fremde für sein versoffenes Leben gern ansah. Feinere Kunden bat er inständig um eine baldige Heirat ihrer Töchter und Söhne. Für den Wert früher Ehen fand er überzeugende Worte. »Liegen die Kinder erst beieinander, no so kommen auch gleich die Enkel. Jetzt schaun Sie, daß die Enkel auch bald heiraten, das gibt dann Urenkel.« Zum Schluß verwies er auf seinen guten Anzug, der ihm eine x-beliebige Anwesenheit erlaube. Vor besseren Ehen lasse er ihn auswärts bügeln, bei gewöhnlichen bügle er ihn selbst zu Hause. Um eines flehte er, um rechtzeitigen Bescheid. War er schon lange nicht mehr dabeigewesen, so bot er, von Natur aus ein langsamer Arbeiter, prompte Reparaturen gratis an. Versprechen, die sich auf dieses Bereich bezogen, hielt er, sonst unverläßlich, pünktlich ein und forderte wirklich einen geringen Preis. Kinder, die so entartet waren, gegen den Willen ihrer Eltern heimlich zu heiraten, aber nicht entartet genug, um auf die Trauung zu verzichten, meist Mädchen, pflegten sich seiner zuweilen zu bedienen. Die Geschwätzigkeit selbst, war er hierin verschwiegen. Nicht durch die leiseste Andeutung verriet er sich, wenn er ahnungslosen Müttern breit und pompös von der Trauung ihrer eigenen Töchter erzählte. Bevor er sich in sein »Ideal«, wie er es nannte, begab, hängte er an die Tür der Werkstatt ein mächtiges Schild. Da las man in krausen, kohlschwarzen Buchstaben: »Bin bei einem Bedürfnis. Komme vielleicht. Der Unterzeichnete: Hubert Beredinger.«

Er war der erste, der von Theresens Glück erfuhr. Er zweifelte so lange an der Wahrheit ihrer Worte, bis sie ihn beleidigt aufs Standesamt lud. Als es geschehen war, folgten die Zeugen dem Paar auf die Straße. Der Dienstmann nahm sein Entgelt mit krummem Dank entgegen. Gratulationen murmelnd entfernte er sich. »... mich wieder brauchen ...«, klang es Kiens in den Ohren. Noch zehn Schritt weit weg war der leere Mund voller Eifer. Hubert Beredinger aber war bitter enttäuscht. Um so eine Trauung stand er nicht an. Er hatte seinen Anzug zum Bügeln gegeben, der Bräutigam war wie am Werktag erschienen, mit schiefen Sohlen, das Gewand zerschlissen, ohne Lust und Liebe, statt der Braut sah er immer die Akten an. Das »Ja« sagte er, als hätte er danke gesagt, nachher bot er der Schachtel keinen Arm und der Kuß, von dem der Schuster wochenlang lebte — ein fremder Kuß gab ihm für zwanzig eigene aus —, der Kuß, für den er was springen ließ, der Kuß, der als Bedürfnis vor der Werkstatt hing, der öffentliche Kuß, dem ein Beamter zusah, der Kuß in Ehren, der Kuß auf ewig, der Kuß, der Kuß fand überhaupt nicht statt. Beim Abschied verweigerte der Schuster seine Hand. Seine Kränkung verbarg er hinter einem gehässigen Grinsen. »Einen Moment bitte«, kicherte er, wie ein Photograph, Kiens zögerten. Da beugte er sich plötzlich nieder zu einer Frau, zupfte sie am Kinn, sagte laut »Gu-gu« und prüfte lüstern ihre vollen Formen. Dicker und dicker wurde sein rundes Gesicht, die Backen strafften sich, ein Doppelkinn quetschte sich wüst hervor, um die Augen zuckten kleine, flinke Schlangen, seine steifen Hände beschrieben immer weitere Bögen. Von Sekunde zu Sekunde nahm die Frau zu. Zwei Blicke galten ihr, mit dem dritten munterte er den Hochzeiter auf. Dann riß er sie ganz an sich und griff mit der Linken frech an ihre Brust.

Zwar war die Frau, mit welcher der Schuster es trieb, nicht vorhanden, aber Kien begriff das schamlose Spiel und zog Therese, die zusah, fort.

»Das säuft schon am hellichten Vormittag!« sagte Therese und klammerte sich an den Arm ihres Mannes, auch sie war empört.

Bei der nächsten Haltestelle warteten sie auf die Elektrische. Um zu betonen, daß ein Tag wie der andere sei, auch dieser, nahm Kien kein Auto. Ihr Wagen kam; als erster sprang er die Stufen hinauf. Schon auf der Plattform, fiel ihm ein, daß seiner Frau der Vortritt gebühre. Mit dem Rücken zur Straße stieg er hinunter und stieß auf das heftigste gegen Therese an. Der Schaffner gab ein zorniges Fahrtsignal. Die Tram fuhr ohne die beiden fort. »Was gibt's?« fragte Therese vorwurfsvoll. Er hatte ihr wohl sehr weh getan. »Ich wollte Ihnen hinaufhelfen — dir — pardon.« »So«, sagte sie, »das wär' noch schöner.«

Als sie endlich saßen, zahlte er für zwei. So hoffte er seine Ungeschicklichkeit wieder gutzumachen. Der Schaffner gab die Fahrkarten ihr in die Hand. Statt zu danken, zog sie den Mund in die Breite; mit der Schulter stieß sie den Mann neben sich an. »Ja?« fragte er. »Man könnte glauben«, meinte sie spöttisch und schwenkte die Karten hinterm feisten Rücken des Schaffners. Sie lacht ihn aus, dachte Kien und schwieg.

Er begann sich unbehaglich zu fühlen. Der Wagen füllte sich. Eine Frau nahm ihm gegenüber Platz. Sie führte im ganzen vier Kinder mit, eins kleiner als das andere. Zwei drückte sie fest auf ihren Schoß, zwei blieben stehen. Ein Herr, der rechts von Therese saß, stieg aus. »Da, da!« rief die Mutter und gab ihren Bälgen rasch einen Wink. Die Kinder drängten hin, ein Knabe, ein Mädchen, im schulpflichtigen Alter war noch keins. Von der anderen Seite näherte sich ein älterer Herr. Therese hielt die Hände schützend über den freien Platz. Die Kinder krochen von unten durch. Sie hatten es eilig, etwas selbst zu tun. Hart bei der Bank tauchten ihre Köpfe auf. Therese wischte sie weg wie Staub. »Meine Kinder!« schrie die Mutter, »was fällt Ihnen ein?«

»Aber ich bitt' Sie«, entgegnete Therese und sah ihren Mann bedeutungsvoll an. »Kinder kommen zuletzt.« Da war der ältere Herr so weit, bedankte sich und saß.

Kien erfaßte den Blick seiner Frau. Er wünschte sich seinen Bruder Georg her. Der hatte sich als Frauenarzt in Paris etabliert. Noch keine fünfunddreißig Jahre alt, genoß er einen verdächtig guten Ruf. In Frauen kannte er sich besser als in Büchern aus. Kaum zwei Jahre, nachdem sein Studium beendet war, überlief ihn die gute Gesellschaft, soweit sie krank war, und sie war es immer, mit all ihren leidenden Frauen. Schon dieser äußere Erfolg trug ihm die verdiente Verachtung Peters ein. Seine Schönheit hätte er Georg vielleicht verziehen, sie war ihm angeboren, er konnte nichts dafür. Eine künstliche Verunstaltung, um den lästigen Wirkungen von soviel Schönheit zu entgehen, brachte er nicht über den Charakter, der leider schwach war. Wie schwach, bewies der Umstand, daß er sein einmal erwähltes Spezialfach verriet und mit fliegenden Fahnen zur Psychiatrie überging. Da hatte er angeblich einiges geleistet. Im Herzen blieb er Frauenarzt. Das unsittliche Leben lag ihm nun einmal im Blut. Vor bald acht Jahren hatte Peter, über Georgs Wankelmut entrüstet, die Korrespondenz mit ihm kurzerhand abgebrochen und eine Anzahl besorgter Briefe zerrissen. Was er zerriß, pflegte er nämlich nicht zu beantworten.

Die Heirat jetzt hätte die beste Gelegenheit geboten, wieder anzuknüpfen. Peters Anregungen verdankte Georg die Liebe zur wissenschaftlichen Laufbahn. Seinen Rat in Anspruch zu nehmen, da er doch in sein eigentliches, natürliches Fach fiele, wäre durchaus keine Schande. Wie sollte man dieses scheue, zurückhaltende Wesen behandeln? Sie war nicht mehr jung und nahm das Leben sehr ernst. Die Frau ihr gegenüber, sicher viel jünger, hatte bereits vier Kinder, sie noch keines. »Kinder kommen zuletzt.« Das klang sehr klar, aber was meinte sie wirklich damit? Sie wollte vielleicht keine Kinder; er auch nicht. Er hatte nie an Kinder gedacht. Wozu sagte sie das? Vielleicht hielt sie ihn für einen unsittlichen Mann. Sie kannte sein Leben. Seit acht Jahren war sie mit seinen Gewohnheiten vertraut. Sie wußte, daß er Charakter hatte. Ging er denn nachts je aus? Hatte ihn je eine Frau besucht, auch für eine Viertelstunde nur? Als sie damals bei ihm den Dienst antrat, hatte er ihr ausdrücklich erklärt, daß er Besuche, männliche oder weibliche, von Säuglingen angefangen bis zu Greisen, prinzipiell nicht empfange. Sie solle jedermann wegschicken. »Ich habe nie Zeit!« Das waren seine eigenen Worte. Welcher Teufel war in sie gefahren? Der haltlose Schuster vielleicht. Sie war ein naives, unschuldiges Geschöpf, wie hätte sie sonst, bei ihrer Unbildung, zu Büchern eine solche Liebe gefaßt? Aber der schmutzige Kerl hatte zu drastisch gespielt. Seine Bewegungen waren deutlich, ein Kind, selbst ohne zu wissen, warum er das treibt, hätte begriffen, daß er eine Frau berührte. Solche Leute, die sogar auf offener Straße ihre Beherrschung verlieren, gehören in geschlossene Anstalten. Sie bringen fleißige Menschen auf häßliche Gedanken. Fleißig ist sie. Der Schuster hat sie infiziert. Wie käme sie sonst zu den Kindern? Es ist nicht ausgeschlossen, daß sie davon gehört hat. Frauen reden viel untereinander. Sie muß eine Geburt gesehen haben, in einer früheren Stellung. Was wäre dabei, wenn sie alles wüßte. Besser, als man hätte sie selbst aufzuklären. Eine gewisse Verschämtheit liegt in ihrem Blick, bei ihrem Alter wirkt das beinahe komisch.

Ich habe nie dran gedacht, Gemeinheiten von ihr zu fordern, nicht im entferntesten. Ich hab' nie Zeit. Sechs Stunden Schlaf brauch' ich. Bis zwölf arbeite ich, um sechs muß ich aufstehn. Hunde und sonstige Tiere mögen sich auch bei Tag mit derlei abgeben. Vielleicht erwartet sie das von einer Ehe. Kaum. Kinder kommen zuletzt. Dummkopf. Sie wollte sagen, daß sie alles weiß. Sie kennt die Kette, an deren Ende fertige Kinder stehen. Sie drückt das auf anmutige Weise aus. Sie knüpft an ein kleines Abenteuer an, die Kinder waren zudringlich, der Satz lag nahe, doch der Blick galt mir allein, statt jeder Beichte. Begreiflich. Solche Kenntnisse sind ja peinlich. Ich habe wegen der Bücher geheiratet, Kinder kommen zuletzt. Das muß nichts bedeuten. Sie fand damals, daß Kinder zu wenig lernen. Ich las ihr ein Stück aus Arai Hakuseki vor. Sie war ganz benommen vor Freude. So hat sie sich zuerst verraten. Wer weiß, wann ich ihre Beziehung zu Büchern erkannt hätte. Damals sind wir uns nahegekommen. Vielleicht will sie nur daran erinnern. Sie ist noch dieselbe. Ihre Meinung über Kinder hat sich seither nicht verändert. Meine Freunde sind ihre Freunde. Meine Feinde bleiben es auch für sie. Der kurzen Rede unschuldiger Sinn. Von andern Beziehungen hat sie keine Ahnung. Ich muß aufpassen. Sie könnte erschrecken. Ich werde vorsichtig sein. Wie sag' ich es ihr? Sprechen ist schwer. Bücher darüber hab' ich nicht. Kaufen? Nein. Was denkt sich der Buchhändler? Ich bin kein Schwein. Jemand hinschicken? Wen? Sie selbst — pfui — meine eigene Frau! Wie kann man so feig sein. Ich muß es versuchen. Ich selbst. Wenn sie nicht will. Sie wird schreien. Hausparteien — Hausbesorger — Polizei — Gesindel. Man kann mir nichts tun. Ich bin verheiratet. Mein gutes Recht. Widerwärtig. Wie komm' ich darauf? *Mich* hat der Schuster infiziert, nicht sie. Schäm' dich. Vierzig Jahre lang. Auf einmal. Ich werd' sie schonen. Kinder kommen zuletzt. Wenn man wüßte, was sie wirklich gemeint hat. Sphinx.

Da stand die Mutter von vier Kindern auf. »Achtung!« warnte sie, und schob sie links voran. Auf der Rechten, neben Therese hielt *sie* sich, ein tapferer Offizier. Gegen Kiens Erwartung nickte sie, grüßte freundlich ihre Feindin, sagte: »Sie haben's gut, Sie sind noch ledig!« und lachte, Goldzähne winkten zum Abschied aus ihrem Mund. Erst als sie draußen war, fuhr Therese hoch und schrie mit verzweifelter Stimme: »Bitte, mein Mann, bitte, mein Mann! Wir wollen eben keine Kinder! Bitte, mein Mann!« Sie wies auf ihn, sie riß ihn am Arm. Ich muß sie beruhigen, dachte er. Die Szene war ihm peinlich, sie bedurfte seines Schutzes, sie schrie und schrie. Endlich erhob er sich zu voller Länge und sagte vor allen Fahrgästen: »Ja.« Man hatte sie beleidigt, sie mußte sich wehren. Ihre Erwiderung war so unfein wie der Angriff. Sie trug keine Schuld. Therese sank auf ihren Sitz zurück. Niemand, auch der Herr neben ihr nicht, dem sie den Platz verschafft hatte, nahm für sie Partei. Die Welt war von Kinderfreundlichkeit verseucht. Zwei Stationen weiter stiegen Kiens aus. Therese ging voran. Er hörte plötzlich jemand hinter ihm sagen: »Das Beste an ihr ist der Rock.« »Eine Festung.« »Der arme Mann.« »Was willst du, eine harte Schachtel.« Alle lachten. Der Schaffner und Therese, die schon auf der Plattform ruhte, hatten nichts gehört. Der Schaffner lachte doch. Auf der Straße empfing Therese froh ihren Mann und meinte: »Lustig ist der Mensch!« Der Mensch beugte sich zum fahrenden Wagen hinaus, hielt die Hand vor den Mund und brüllte zwei unverständliche Silben. Er schüttelte sich, gewiß vor Lachen. Therese winkte und entschuldigte sich, auf einen befremdeten Blick, mit den Worten: »Er fällt mir noch herunter.«

Kien aber betrachtete verstohlen ihren Rock. Er war blauer als gewöhnlich und noch steifer gestärkt. Der Rock gehörte zu ihr, wie die Schale zur Muschel. Versuch' es wer, mit Gewalt die Schale einer geschlossenen Muschel zu öffnen. Einer Riesenmuschel, so groß wie dieser Rock. Man muß sie zertreten, zu Schleim und Splittern, wie damals als Junge am Meeresstrand. Die Muschel gab keine Ritze nach. Er hatte noch nie eine nackt gesehen. Was für ein Tier hielt die Schale mit solcher Kraft zu? Er wollte es wissen, sofort, er hatte das harte, hartnäckige Ding auf den Händen, mit Fingern und Nägeln plagte er sich, die Muschel plagte sich auch. Er gelobte sich, nicht einen Schritt von der Stelle zu tun, bevor sie erbrochen war. Sie gelobte das Gegenteil, sie wollte nicht gesehen sein. Warum schämt sie sich, dachte er, ich laß sie dann laufen, meinetwegen mach' ich sie wieder zu, ich tu' ihr nichts, ich versprech' es, wenn sie taub ist, soll ihr doch der liebe Gott mein Versprechen ausrichten. Er verhandelte einige Stunden mit ihr. Seine Worte waren so schwach wie seine Finger. Umwege haßte er, nur gerade gelangte er gern an sein Ziel. Gegen Abend fuhr ein großes Schiff vorbei, weit draußen. Er stürzte sich auf die mächtigen, schwarzen Buchstaben an der Seite und las den Namen »Alexander«. Da lachte er mitten in seiner Wut, zog sich blitzrasch die Schuhe an, schleuderte die Muschel mit aller Kraft zu Boden und führte einen gordischen Freudentanz auf. Jetzt war ihre ganze Schale umsonst. Seine Schuhe zerdrückten sie. Bald lag sie splitternackt vor ihm da, ein Häuflein Elend, Schleim und Schwindel und überhaupt kein Tier.

Therese ohne Schale — ohne Rock existierte nicht. Er ist immer tadellos gestärkt. Er ist ihr Einband, blaues Ganzleinen. Sie hält was auf gute Einbände. Warum fallen die Falten mit der Zeit nicht zusammen? Es ist klar, daß sie ihn sehr oft bügelt. Vielleicht besitzt sie zwei. Man merkt keinen Unterschied. Eine geschickte Person. Ich darf ihr doch nicht den Rock zerdrücken. Sie wird ohnmächtig vor Kummer. Was tu' ich, wenn sie plötzlich ohnmächtig wird? Ich werde sie vorher um Entschuldigung bitten. Sie kann den Rock dann gleich wieder bügeln. Ich gehe indessen in ein anderes Zimmer. Warum zieht sie nicht einfach den zweiten an? Viel zu viel Schwierigkeiten legt sie mir in den Weg. Sie war meine Haushälterin, ich hab' sie geheiratet. Sie soll sich ein Dutzend Röcke kaufen und öfters wechseln. Dann genügt es, sie weniger steif zu stärken. Übertriebene Härte ist lächerlich. Die Leute in der Tram haben recht.

Es ging sich nicht leicht die Treppe hinauf. Ohne es zu merken, verlangsamte er seinen Schritt. Im zweiten Stock meinte er schon bei sich oben zu sein und erschrak. Da kam der kleine Metzger singend gelaufen. Kaum hatte er Kien erblickt, als er auf Therese zeigte und klagte: »Sie läßt mich nicht herein! Sie schlägt immer die Tür zu. Schimpfen Sie doch mit ihr, Herr Professor!«

»Was soll das heißen?« fragte Kien drohend, dankbar für den Prügelknaben, der ihm plötzlich wie gerufen in die Arme lief.

»Sie haben mir's doch erlaubt. Ich hab's ihr gesagt.«

»Wer ist ›sie‹?«

»Die.«

»Die?«

»Ja, meine Mutter hat gesagt, sie soll nicht frech sein, sie ist nur ein Dienstbot'.«

»Elender Lümmel!« rief Kien und holte zu einer Ohrfeige aus. Der Junge bückte sich, stolperte, fiel hin und klammerte sich, um nicht über die Treppe herunterzukollern, an Theresens Rock. Man hörte das Geräusch, das gestärkte Wäsche beim Brechen gibt.

»Was!« schrie Kien, »frech wirst du auch noch!« Der Bengel verhöhnte ihn. Außer sich vor Zorn, trat er ihn einigemal mit Füßen, riß ihn keuchend am Schopf in die Höhe, haute ihm zwei, drei knochige Ohrfeigen herunter und warf ihn dann weg. Der Kleine rannte weinend die Stufen hinauf. »Ich sag's meiner Mutter! Ich sag's meiner Mutter!« Eine Tür ging oben auf und wieder zu. Eine Frauenstimme begann zu keifen.

»Es ist ja schad' um den schönen Rock«, entschuldigte Therese die harten Schläge, blieb stehen und blickte ihren Schützer irgendwie an. Es war höchste Zeit, sie vorzubereiten. Etwas mußte gesagt sein. Auch er blieb stehen.

»Ja, wirklich, der schöne Rock. Was hat Bestand?« zitierte er, glücklich über den Einfall, mit den Worten eines schönen, alten Gedichtes anzudeuten, was später auf jeden Fall kommen mußte. Mit einem Gedicht läßt sich alles am besten sagen. Gedichte passen in jede Situation. Sie nennen das Ding bei seinem umständlichsten Namen und man versteht sie doch. Schon im Weitergehen drehte er sich zu ihr um und meinte:

»Ein schönes Gedicht, nicht wahr?«

»O ja, Gedichte sind immer schön. Verstehen muß man sie eben.«

»Alles muß man verstehn«, sagte er, langsam und betont, und wurde rot.

Therese stieß ihm den Ellbogen in die Rippen, zuckte mit der rechten Schulter, warf den Kopf auf die ungewohnte Seite herum und sagte spitz und herausfordernd:

»Man wird ja sehen. Stille Wasser sind tief.«

Er hatte das Gefühl, sie meine ihn damit. Ihre Äußerung faßte er als Mißbilligung auf. Er bereute seine schamlose Anspielung. Der spöttische Ton ihrer Antwort raubte ihm den letzten Rest von Mut.

»Ich — ich hab's nicht so gemeint«, stotterte er.

Die Wohnungstür rettete ihn vor weiterer Verlegenheit. Er

war froh, in die Tasche zu greifen und nach den Schlüsseln zu suchen. So durfte er wenigstens unauffällig den Blick senken. Er fand sie nicht.

»Ich hab' die Schlüssel vergessen«, sagte er. Jetzt mußte er die Wohnung aufbrechen, wie damals die Muschel. Schwierigkeiten auf Schwierigkeiten, nichts gelang einem. Kleinlaut griff er in die andre Hosentasche. Nein, die Schlüssel waren nirgends. Er suchte noch, da hörte er vom Schloß her ein Geräusch. Einbrecher! fuhr ihm ein Blitz durch den Kopf. Im selben Augenblick bemerkte er ihre Hand am Schloß.

»Dafür hab' ich meine mit«, sagte sie, vor Zufriedenheit strotzend.

Ein Glück, daß er nicht »zu Hilfe« gerufen hat. Es lag ihm schon auf der Zunge. Sein Lebtag hätte er sich vor ihr schämen müssen. Er benahm sich wie ein kleiner Junge. Daß er die Schlüssel nicht mithatte, passierte ihm zum erstenmal.

Endlich standen sie in der Wohnung. Therese öffnete die Tür zu seinem Schlafzimmer und wies ihn hinein. »Ich komm' gleich«, sagte sie, und ließ ihn allein zurück.

Er blickte sich um und atmete auf, aus einem Zuchthaus in die Freiheit entlassen.

Ja, das ist seine Heimat. Hier kann ihm nichts geschehn. Er lächelt bei der Vorstellung, daß ihm hier was geschehen könnte. Er vermeidet es, in die Richtung des Schlafdiwans zu sehen. Jeder Mensch braucht eine Heimat, nicht eine, wie primitive Faustpatrioten sie verstehn, auch keine Religion, matten Vorgeschmack einer Heimat im Jenseits, nein, eine Heimat, die Boden, Arbeit, Freunde, Erholung und geistigen Fassungsraum zu einem natürlichen, wohlgeordneten Ganzen, zu einem eigenen Kosmos zusammenschließt. Die beste Definition der Heimat ist Bibliothek. Frauen hält man am klügsten von seiner Heimat fern. Entschließt man sich doch, eine aufzunehmen, so trachte man, sie der Heimat erst völlig zu assimilieren, so wie er es getan hat. In acht langen, stillen, zähen Jahren haben die Bücher für ihn die Unterwerfung dieser Frau besorgt. Er persönlich hat keinen Finger dazu gerührt. Seine Freunde haben die Frau in seinem Namen erobert. Sicher läßt sich viel gegen die Frauen sagen, nur ein Narr heiratet ohne Probezeit. *Er* war so klug, bis zu seinem vierzigsten Lebensjahr zu warten. Diese achtjährige Probezeit soll ihm ein anderer nachmachen. Was kommen mußte, ist allmählich herangereift. Herr seines Schicksals ist der Mensch allein. Wenn man es genau bedenkt, hat ihm nur noch eine Frau gefehlt. Er ist kein Lebemann — bei »Lebemann« sieht er seinen Bruder Georg, den Frauenarzt, vor sich —, er ist alles, nur kein Lebemann. Aber die schweren Träume der letzten Zeit dürften mit seinem übertrieben strengen Leben zusammenhängen. Das wird jetzt anders.

Es ist lächerlich, sich weiterhin vor der Aufgabe zu drücken. Er ist ein Mann, was hat jetzt zu geschehen? Geschehen? Das geht zu weit. Erst sei festgestellt, wann es zu geschehen hat. Jetzt, sie wird sich verzweifelt wehren. Er darf sich daran nicht stoßen. Es ist begreiflich, wenn eine Frau sich um ihr Letztes wehrt. Sobald es geschehen ist, wird sie ihn bewundern, weil er ein Mann ist. So sollen alle Frauen sein. Es geschieht also jetzt. Abgemacht. Er gibt sich sein Ehrenwort.

Zweitens: Wo hat es zu geschehen? Eine häßliche Frage. Tatsächlich hat er schon die ganze Zeit über einen Diwan vor Augen. Sein Blick war an den Regalen entlanggeglitten, der Diwan glitt mit. Die Muschel vom Strand lag drauf, riesengroß und blau. Wo er sein Auge verweilen ließ, stellte sich auch der Diwan hin, erniedrigt und plump. Er sah aus, als trüge er die Lasten der Regale. Geriet Kien in die Nähe des wirklichen Diwans, so riß er den Kopf auf die Seite herüber und wanderte den weiten Weg zurück. Jetzt, wo ein ehrenwörtlicher Beschluß gefaßt ist, nimmt er ihn schärfer und länger her. Wohl prallt das Auge, aus Gewohnheit vielleicht, noch einigemal ab. Schließlich bleibt es doch haften. Der Diwan, der eigentliche, lebendige Diwan ist leer und trägt weder Muschel noch Lasten. Und wenn er nun künstlich Lasten trüge? Wenn man ihn mit einer Schicht schöner Bücher belüde? Wenn er ganz verdeckt wäre von Büchern, daß man ihn fast nicht sieht?

Kien gehorcht seinem genialen Impuls. Er trägt eine Menge von Bänden zusammen und türmt sie vorsichtig auf dem Diwan auf. Am liebsten hätte er oben welche ausgesucht, doch die Zeit ist knapp, sie hat gesagt, sie kommt gleich. Er verzichtet, die Leiter läßt er Leiter sein und begnügt sich mit ausgewählten Werken von unten. Vier bis fünf schwere Stücke legt er übereinander und streichelt sie in der Eile, bevor er neue holt. Schlechtere Sachen nimmt er nicht, um die Frau nicht zu kränken. Zwar versteht sie wenig davon, aber er sorgt für sie, weil sie Büchern gegenüber Einsicht und Takt hat. Gleich wird sie da sein. Sobald sie den überladenen Diwan sieht, wird sie, ordnungsliebend, wie sie ist, darauf zugehen und fragen, wo die Bände hingehören. So lockt er das ahnungslose Geschöpf in die Falle. An die Namen der Bücher knüpft sich leicht ein Gespräch. Schritt um Schritt geht er vor und lenkt langsam hinüber. Die Erschütterung, die ihr bevorsteht, ist das größte Ereignis im Leben einer Frau. Er will sie nicht erschrecken, er will ihr helfen. Die einzige Möglichkeit, kühn und entschieden zu handeln. Überstürzung haßt er. Er segnet die Bücher. Wenn sie nur nicht schreit.

Schon vorhin hat er ein leises Geräusch gehört, als ob die Tür im vierten Zimmer gegangen wäre. Er achtet nicht darauf, er hat Wichtigeres zu tun. Er betrachtet den gepanzerten Diwan vom Schreibtisch her, auf seine Wirkung hin, und fließt von Liebe und Ergebenheit gegen die Bücher über. Da sagt ihre Stimme:

»Jetzt bin ich da.«

Er dreht sich um. Sie steht auf der Schwelle zum Nebenzimmer, in einem blendend weißen Unterrock, der mit breiten Spitzen besetzt ist. Aufs Blau, die Gefahr, hat er zuerst geblickt. Er gleitet erschreckt an der Gestalt hinauf: ihre Bluse hat sie anbehalten.

Gott sei Dank. Der Rock ist weg. Jetzt brauch' ich nichts zu zerdrücken. Ist das anständig? So ein Glück. Ich hätt' mich geschämt. Wie kann sie das tun. Ich hätte gesagt: Leg' ihn weg. Das hätt' ich nicht können. So selbstverständlich steht sie da. Wir müssen uns schon sehr lange kennen. Natürlich, meine Frau. Bei jeder Ehe. Woher sie das weiß. Sie war in Stellung. Bei einem Ehepaar. Hat alles mit angesehen. Wie die Tiere. Die finden das Richtige, von selbst. Sie hat keine Bücher im Kopf.

Therese nähert sich mit wiegenden Hüften. Sie gleitet nicht, sie watschelt. Das Gleiten kommt also nur vom gestärkten Rock. Sie sagt freudig: »So nachdenklich? Ja, die Mannsbilder!« Sie krümmt den kleinen Finger, droht und zeigt mit ihm auf den Diwan. Ich muß auch hingehn, denkt er, und steht schon, er weiß nicht wie, neben ihr. Was soll er jetzt tun — auf die Bücher hinlegen? Er schlottert vor Angst, er betet zu den Büchern, der letzten Schranke. Therese fängt seinen Blick, sie bückt sich und fegt mit einem umfassenden Schlag des linken Armes sämtliche Bücher zu Boden. Er macht eine hilflose Bewegung, zu ihnen hin, er will aufschreien, Entsetzen schnürt ihm die Kehle zu, er schluckt und bringt keinen Laut hervor. Ein furchtbarer Haß steigt langsam hoch: das hat sie gewagt. Die Bücher!

Therese zieht sich den Unterrock aus, faltet ihn besorgt zusammen und legt ihn auf die Bücher am Boden. Dann macht sie sich's auf dem Diwan bequem, krümmt den kleinen Finger, grinst und sagt: »So!«

Kien stürzt in langen Sätzen aus dem Zimmer, sperrt sich ins Klosett, dem einzigen bücherfreien Raum der Wohnung ein, zieht sich an diesem Ort mechanisch die Hosen herunter, setzt sich aufs Brett und weint wie ein kleines Kind.

»Ich werde doch nicht allein in der Küche essen wie ein Dienstbot. Die Hausfrau ißt bei Tisch.«

»Der Tisch existiert nicht.«

»Das sag' ich ja immer, der Tisch muß her. Wo gibt's das in einem anständigen Haus, daß ein Mensch auf dem Schreibtisch ißt? Die acht Jahre her hab' ich mir's schon gedacht. Jetzt muß es heraus.«

Der Tisch wurde gekauft, mitsamt einem Speisezimmer in Nußholz. Die Arbeiter stellten es im vierten Raum auf, der am weitesten vom Schreibtisch entfernt war. Täglich aß man, meist schweigend, an neuen Möbeln zu Mittag und Abend. Nach kaum einer Woche sagte Therese:

»Heut hätt' ich eine Bitte. Vier Zimmer sind da. Mann und Frau haben gleiche Rechte. Heutzutage sind die Gesetze so. Jedem gehören zwei davon. Was dem einen recht ist, ist dem andern billig. Ich nehm' mir das Speisezimmer und das daneben. Der Mann behält das schöne Schreibzimmer und das große daneben. So ist es am einfachsten. Die Einrichtung bleibt, wie sie ist. Da braucht man nicht viel herumrechnen. Es ist ja schad' um die viele Zeit. Man muß das erledigen. Dann hält beide Teile nichts mehr auf. Der Mann geht zum Schreibtisch, die Frau an ihre Arbeit.«

»So, und die Bücher?«

Kien wittert ihren Plan. Ihn betrügt man nicht. Und wenn es ihn auch zwei Sätze kostet, er forscht sie aus.

»Die nehmen in meinen Zimmern bald den ganzen Platz weg.«

»Ich werd' sie zu mir herübernehmen!«

Seine Stimme ist bös. Mein Gott, er gibt eben nichts gern aus der Hand. Es ist ihm leid um die paar Stückchen Möbel.

»Ich bitt' dich, warum? Das viele Herumhantieren tut den Büchern nicht gut. Ich weiß was. Laß die Bücher, wie sie sind. Ich rühr' nichts an. Ich nehm' mir dafür das dritte Zimmer dazu. So gleicht sich das aus. Es steht ja sowieso nichts drin in dem Zimmer. Das schöne Schreibzimmer gehört dem Mann allein.«

»Verpflichtest du dich, bei Tisch zu schweigen?«

Die Möbel sind ihm gleichgültig. Er verkauft sie ihr teuer. Bei Tisch fängt sie manchmal zu reden an.

»Aber ja, ich schweig gern.«

»Machen wir das lieber schriftlich ab!«

Mit größter Behendigkeit glitt sie zum Schreibtisch, ihm nach. Der Vertrag, den er rasch entwarf, war noch gar nicht trocken, als sie schon ihren Namen drunter setzte.

»Du weißt, was du unterschrieben hast!« sagte er, hob das Papier in die Höhe und las ihr zur Sicherheit seine Sätze laut vor.

»Ich bestätige, daß sämtliche Bücher, die sich in den mir gehörigen drei Zimmern befinden, das rechtmäßige Eigentum meines Mannes sind und daß sich an diesem Besitzstand niemals und unter keinen Umständen etwas ändern wird. Für die Überlassung dreier Zimmer verpflichte ich mich, bei den gemeinsamen Mahlzeiten zu schweigen.«

Beide waren befriedigt. Zum erstenmal seit dem Standesamt gaben sie sich die Hand.

So erfuhr Therese, die früher aus Gewohnheit schwieg, wieviel ihm ihr Schweigen wert war. Die Bedingung, von der ihre Schenkung abhing, hielt sie peinlich ein. Bei Tisch reichte sie ihm stumm die Speisen hin. Einen alten, lange genährten Wunsch, ihrem Mann zu erklären, wie es in einer Küche beim Kochen zugeht, gab sie freiwillig auf. Den Wortlaut des Vertrags hatte sie fest im Kopf. Schweigenmüssen fiel ihr schwerer als Schweigen.

Eines Morgens, als er, zum Spaziergang bereit, sein Zimmer verließ, trat sie ihm in den Weg und sagte:

»Jetzt darf ich reden. Mahlzeit ist keine. Auf dem Schlafdiwan könnt' ich nicht schlafen. Wo paßt der zum Schreibtisch? So ein teures, altes Stück und der schäbige Diwan. In ein anständiges Haus gehört ein anständiges Bett. Man muß sich ja schämen, wenn Leute kommen. Der Diwan hat mich schon immer gedrückt. Grad gestern hab' ich es sagen wollen. Aber ich hab' mich dann doch zurückgehalten. Der Frau im Haus kann eine Abfuhr nicht passen. Der Diwan, der ist ja viel zu hart! Wo gibt es so einen harten Diwan? Hart ist nicht schön. Unsittlich bin ich nicht, das kann mir niemand nachsagen. Aber schlafen muß ein Mensch können. Rechtzeitig schlafengehn und ein gutes Bett, das ist das Richtige, nicht so ein hartes!«

Kien ließ sie reden. Ihres Schweigens zu jeder Tageszeit sicher, hatte er den Kontrakt falsch aufgesetzt und sich nur für die Mahlzeiten Ruhe bedungen. Ein Bruch im juristischen Sinn lag nicht vor. Zwar gab sie sich eine moralische Blöße. Ein Geschöpf ihres Schlages focht das nicht an. Das nächste Mal dachte er klüger zu sein. Sprach er, so bot er ihr Anlaß zu sprechen. Als wäre sie stumm, als wäre er taub, trat er zur Seite und ging seines Wegs.

Doch sie kam wieder. Morgen für Morgen stellte sie sich vor die Tür und strich den Diwan ein wenig härter heraus. Ihre Rede wurde länger, seine Laune schlechter. Obwohl er mit keiner Wimper zuckte, hörte er sie, aus Genauigkeit, bis zu Ende an. Über den Diwan schien sie so gut informiert, als schliefe sie selber seit Jahren drauf. Die Unverfrorenheit ihres Urteils machte Eindruck auf ihn. Der Diwan war eher weich als hart. Es reizte ihn, ihr mit einem einzigen Satz den dummen Mund zu verschließen. Er fragte sich, wie weit ihre Frechheit ginge und wagte, um es zu erfahren, ein kleines, tückisches Experiment.

Als sie einmal wieder hart, hart und hart über den Diwan herzog, sah er ihr höhnisch von nahem ins Gesicht, zwei feiste Bakken, ein schwarzes Maul, und erklärte:

»Das kannst du nicht wissen. *Ich* schlafe drauf!«

»Ich weiß es aber doch, daß der Diwan hart tut.«

»So! Und woher denn?« Sie grinste.

»Das verrat' ich nicht. Man hat seine Erinnerungen.«

Plötzlich kam sie und ihr Grinsen ihm gut bekannt vor. Ein stechend weißer Unterrock tauchte auf, von Spitzen zersetzt, ein plumper Arm schlug auf Bücher los. Da lagen sie auf dem Teppich herum wie Tote. Ein Scheusal, halb nackt, halb Bluse, faltete den Unterrock scharf zusammen und deckte ihn darüber, ihr Leichentuch.

An diesem Tag wurde Kien seine Arbeit trüb. Er brachte nichts zuwege; vor dem Essen spürte er Ekel. Einmal war es ihm mit dem Vergessen gelungen. Dafür entsann er sich jetzt um so besser. Nachts schloß er kein Auge. Der Diwan schien verflucht und verpestet. Wäre er nur hart gewesen! Eine schmutzige Erinnerung klebte an ihm. Einige Male stand er auf und strich die Last weg. Aber das Weib war schwer und blieb, wo es ihr gefiel. Er warf sie förmlich vom Diwan herunter. Kaum lag er, fühlte er wieder ihr Bild. Er schlief nicht vor Haß. Er brauchte sechs Stunden

Schlaf. Seiner Arbeit stand morgen das heutige Schicksal bevor. Er bemerkte, daß alle bösen Gedanken nur um den Diwan kreisten. Ein glücklicher Einfall rettete ihn gegen vier Uhr früh. Er beschloß, den Diwan zu opfern.

Eiligst lief er vors Zimmer der Frau, das neben der Küche lag, und trommelte so lang gegen die Tür, bis sie aus ihrem Schreck erwachte. Geschlafen hatte sie nicht. Sie schlief wenig, seit sie verheiratet war. Noch jede Nacht hatte sie heimlich auf das große Ereignis gewartet. Jetzt war es da. Sie brauchte Minuten, um es zu glauben. Leise erhob sie sich vom Bett, legte das Nachthemd ab und zog sich den spitzenbesetzten Unterrock an. Nacht für Nacht nahm sie ihn aus dem Koffer heraus und hängte ihn über den Stuhl zu Füßen des Bettes, auf alle Fälle, konnte man wissen. Um die Schultern warf sie einen breiten, durchbrochenen Schal, das zweite und eigentliche Prachtstück ihrer Aussteuer. Jene erste Niederlage schrieb sie der Bluse zu. Die riesigen, breiten Füße steckten in roten Pantöffelchen. Vor der Türe flüsterte sie laut:

»Um's Himmels willen, soll ich aufsperren?« Eigentlich wollte sie sagen: »Was ist geschehn?«

»Um's Teufels willen, nein!« schrie Kien, wütend über ihren vermeintlich festen Schlaf.

Sie bemerkte ihren Irrtum. Der gebieterische Ton seiner Stimme hielt ihre Hoffnung noch einen Augenblick wach.

»Morgen wird das Bett für mich gekauft!« brüllte er. Sie gab keine Antwort.

»Verstanden?«

Sie nahm alle Kunst zusammen und hauchte durch die Tür: »Wie du willst.«

Kien machte kehrt, schlug zur Bekräftigung die Tür seines Zimmers dröhnend zu und schlief sofort ein.

Therese riß ihren Schal herunter, legte ihn schonungsvoll auf den Stuhl und warf die schwere Brust übers Bett.

Sind das Manieren? Tut man das? Man könnte glauben, ich steh drum. Was so ein Mann sich alles einbildet! Ist das ein Mann? Ich hab' die schönen Hosen mit den teuren Spitzen an und er rührt sich nicht. Das kann kein Mann sein. Da hätt' ich ganz andere Liebschaften gehabt. Was war das für ein stattlicher Mann bei der frühern Herrschaft, der immer zu Besuch gekommen ist! Bei der Tür hat er mich am Kinn gefaßt und jedesmal gesagt: »Sie wird von Tag zu Tag jünger!« Das war ein Mensch, groß und stark, der hat was vorgestellt, nicht so ein Skelett. Wie der einen angeschaut hat! Ich hätt' nur muh sagen brauchen. Wenn er da war, bin ich ins Wohnzimmer herein und hab' gefragt:

»Was wollen die Herrschaften morgen lieber? Rindfleisch mit Kohl und Geröstete oder Geselchtes mit Kraut und Knödel?«

Die beiden Alten haben sich nie vertragen. Er war für Knödel, sie war für Kohl. Da bin ich auf den Besuch zu und hab' ihn gefragt:

»Der Herr Neffe sollen sagen!«

Ich seh' mich noch heute, wie ich vor ihm steh und er, so ein Frechdachs, aufspringt und mir mit beiden Händen — stark war der Mensch! — auf die Schultern schlägt.

»Rindfleisch mit Kohl und Knödel!«

Da muß man doch lachen. Rindfleisch mit Knödel! Wo gibt's das? Das hat es noch nie gegeben.

»Immer gut gelaunt, der Herr Neffe!« hab' ich gesagt.

Ein abgebauter Bankbeamter war er, ohne Posten, mit einer schönen Abfertigung, das schon, aber was fängt man an, wenn die Abfertigung aufgegessen ist? Nein, ich nehm' nur einen ernsten Menschen mit Pension oder dann einen bessern Herrn, der selber was hat. Jetzt wär man soweit. Wegen einer Liebschaft darf man sich nichts verpatzen. Gescheit sein muß man. In unserer Familie werden alle alt. Ist das ein Wunder bei dem soliden Leben? Das macht doch was aus, wenn man zeitig schlafen geht und immer zu Hause bleibt. Die Mutter, das zerlumpte Weib, ist auch erst mit 74 gestorben. Dabei ist sie gar nicht gestorben. Sie ist vor Hunger krepiert, weil sie nichts zu fressen gehabt hat auf ihre alten Tage. Die hat ja verschwendet. Jeden Winter war eine neue Bluse da. Wie der Vater noch keine sechs Jahre tot war, hat sie sich einen Kerl genommen. Das war eine Rasse, ein Fleischer, geschlagen hat er sie und war alleweil hinter den Mädchen her. Dem hab' ich schön das Gesicht zerkratzt. Er hat mich wollen, mir war er zuwider. Ich hab' ihn nur zugelassen, damit die Mutter sich ärgert. Die war immer: alles für ihre Kinder. No, die hat Augen gemacht, wie sie von der Arbeit nach Hause kommt und den Kerl bei der Tochter findet! Es war noch gar nicht dazugekommen. Der Fleischer will grad herunterspringen. Ich halt ihn fest, daß er nicht loskommen kann, bis die Alte im Zimmer drin ist, beim Bett. Das gibt ein Geschrei. Mit bloßen Fäusten jagt die Mutter den Mann zum Zimmer hinaus. Mich packt sie, heult und will mich gar küssen. Ich laß mir das nicht gefallen und kratz.

»Eine Stiefmutter bist, ja, das bist!« schrei ich. Bis zu ihrem Tod hat sie geglaubt, der Mann hat mir meine Jungfernehre geraubt. Dabei ist es gar nicht wahr. Ich bin eine anständige Person und hab' mit keinem Menschen noch was gehabt. Ja, wenn man sich nicht wehren täte, hätt' man zehn an jedem Finger. Aber was macht man dann? Es wird ja alles von Tag zu Tag teurer. Die Kartoffeln kosten bereits das Doppelte. Kein Mensch weiß, wohin das noch führt. Da mach' ich nicht mit. Jetzt bin ich verheiratet und ein einsames Alter steht mir bevor ...

Aus den Zeitungsannoncen, ihrer einzigen Lektüre, kannte Therese verschiedene schöne Wendungen, die sie in aufgeregten Stunden oder nach schwerwiegenden Entschlüssen in ihre Gedanken einflocht. Solche Worte übten eine beruhigende Wirkung auf sie aus. Sie wiederholte: ein einsames Alter steht mir bevor, und schlief ein.

Tags darauf saß Kien nicht schlecht bei der Arbeit, als zwei Männer das neue Bett brachten. Der Diwan verschwand, was dran klebte, mit ihm. Das Bett nahm dieselbe Stelle ein. Beim Fortgehen vergaßen die Männer, die Türe zu schließen. Plötzlich trugen sie einen Waschtisch herein. »Wo kommt der hin?« fragte einer den andern.

»Nirgends!« verwahrte sich Kien. »Ich habe keinen Waschtisch bestellt.«

»Der ist schon bezahlt«, sagte der Kleinere von den beiden. »Der Nachtkasten auch«, ergänzte der Zweite, und holte ihn rasch von draußen, einen hölzernen Beweis.

Therese erschien auf der Schwelle. Sie kam vom Einkauf. Bevor sie eintrat, klopfte sie an die offene Tür. »Ist es gestattet?«

»Ja!« riefen statt Kien die Männer und lachten.

»Schon da, die Herren?« Sie glitt mit Anstand auf ihren Mann zu, grüßte ihn vertraut mit Schulter und Kopf, als wären sie seit Jahren die nächsten Freunde, und sagte:

»Bin ich nicht tüchtig? Für dasselbe Geld! Ein Stück erwartet der Mann, drei bringt die Frau nach Hause.«

»Ich will sie nicht. Ich brauch nur das Bett.«

»Ja, warum nicht gar; ein Mensch muß sich waschen.«

Die Männer stießen sich an. Sie glaubten wohl, er habe sich bis jetzt nie gewaschen. Therese zwang ihm ein häusliches Gespräch auf. Er hatte keine Lust, sich lächerlich zu machen. Wenn er vom Waschwagen zu reden anfinge, würden sie ihn für einen Narren halten. Da ließ er den neuen Tisch lieber stehen, trotz der kalten Marmorplatte. Man konnte ihn hinterm Bett zur Hälfte verstecken. Um das unangenehme Möbel rasch zu erledigen, legte er selber mit Hand an.

»Der Nachttisch ist überflüssig«, sagte er dann und wies auf das magere, niedere Ding, das sich in der Mitte des hohen Raumes — da stand es noch — komisch ausnahm.

»Und der Nachttopf?«

»Der Nachttopf?« Die Vorstellung eines Nachttopfs in der Bibliothek verblüffte ihn.

»Der kommt vielleicht so unters Bett?«

»Was fällt dir ein!«

»Blamiert man die Frau vor fremden Leuten?«

Es war ihr also nur ums Reden zu tun. Sie wollte reden, reden und nichts als reden. Zu diesem Zweck mißbrauchte sie die Anwesenheit der Arbeiter. Er aber ließ sich kein Geschwätz diktieren. Gegen ihre Worte gehalten, war ein Nachttopf ein Buch.

»Stellen Sie ihn dorthin, ans Bett!« sagte er barsch zu den Männern. »So, jetzt können Sie gehen.«

Therese begleitete sie hinaus. Sie war von ausgesuchter Freundlichkeit und gab ihnen gegen ihre Gewohnheit ein Trinkgeld, aus der Tasche des Mannes. Als sie zurückkam, kehrte er ihr den Rücken des Stuhls, auf dem er wieder saß. Er wünschte nichts mehr mit ihr gemein zu haben, auch keine Blicke. Da er den Schreibtisch vor sich hatte, konnte sie nicht an ihn heran und begnügte sich mit seinem bösen Gesicht von der Seite. Sie spürte, wie sehr eine Rechtfertigung nottat, und beklagte sich über den alten Waschwagen.

»Zweimal dieselbe Arbeit am Tag. Einmal am Morgen, einmal am Abend. Ist das gescheit? Man muß auf die Frau auch Rücksicht nehmen. Ein Dienstbot kriegt ja ...«

Kien sprang auf und befahl, ohne sich umzudrehen:

»Ruhe! Kein Wort mehr! Die Einrichtung bleibt, wie sie ist. Eine Diskussion erübrigt sich. Von nun an werde ich die Türe zu deinen Zimmern geschlossen halten. Ich verbiete dir, diesen Raum zu betreten, solang ich drin bin. Bücher, die ich von drüben brauche, hole ich mir selbst. Punkt eins und Punkt sieben erscheine ich zu den Mahlzeiten. Ich ersuche, mich nicht zu rufen, da ich die Uhr von allein lesen kann. Gegen Störungen werde ich einschreiten. Meine Zeit ist kostbar. Bitte hinaus!«

Er klappte die Hände mit den Fingerspitzen gegeneinander. Er hatte die richtigen Worte gefunden: klar, sachlich und distanziert. Wie hätte sie mit ihrer plumpen Sprache darauf zu erwidern gewagt. Sie ging und zog die Verbindungstür hinter sich zu. Endlich war ihm der Strich durch ihre geschwätzige Rechnung geglückt. Statt Verträge mit ihr zu schließen, deren Sinn sie ja doch nicht achtete, zeigte er ihr den Herrn. Er opferte einiges: den freien Blick durch die dunklen, von Büchern erfüllten Räume, die Möbelreinheit seines Arbeitszimmers. Was er dafür gewann, war ihm mehr; die Möglichkeit, seine Arbeit fortzusetzen, für die erste und oberste Bedingung Ruhe war. Er schnappte nach Schweigen wie andere nach Luft.

Immerhin galt es erst, sich an die schwerwiegenden Veränderungen seiner Umgebung zu gewöhnen. Während einiger Wochen plagte ihn die Enge seines neuen Wohnviertels. Auf ein Viertel des früheren Raumes beschränkt, begann er das Elend von Gefangenen zu begreifen, die er vorher — welch seltene Gelegenheit zu lernen, in der Freiheit lernten die Menschen nie — im Gegensatz zur öffentlichen Meinung glücklich gepriesen hatte. Mit dem Aufundabgehen bei großen Einfällen war es vorbei. Damals, als alle Türen noch offenstanden, ging durch die Bibliothek ein guter Wind. Die Oberfenster ließen Luft und Gedanken ein. In aufgeregten Augenblicken erhob man sich und lief ein paarmal vierzig Meter hin, vierzig Meter her. Der unbehinderte Blick nach oben entsprach dieser erfrischenden Weite. Durchs Glas der Fenster spürte man den allgemeinen Zustand des Himmels, gedämpfter und stiller, als er in Wirklichkeit war. Ein mattes Blau sagte: die Sonne scheint, aber nicht bis zu mir. Ein ebenso mattes Grau, es wird regnen, aber nicht auf mich. Ein zartes Geräusch verriet fallende Tropfen. Ganz von ferne nahm man sie auf, sie berührten einen nicht. Man wußte nur: die Sonne strahlt, Wolken gehen, Regen fällt. Es war, als hätte sich jemand gegen die Erde verbarrikadiert; gegen alles bloß materielle Beziehungswesen, gegen alles nur Planetarische eine Kabine erbaut, eine ungeheure Kabine, so groß, daß sie für das Wenige ausreichte, welches an der Erde mehr als Erde und mehr als der Staub ist, zu dem das Leben wieder zerfällt, sie dicht verschlossen und mit diesem Wenigen erfüllt. Auf der Fahrt durch das Unbekannte war man wie auf keiner Fahrt. Es genügte, sich durch die Beobachtungsfenster von dem Weiterbestehen einiger Naturgesetze zu überzeugen: dem Wechsel von Tag und Nacht, dem launenhaften, unaufhörlichen Treiben des Klimas, dem Flusse der Zeit, und man fuhr von selbst.

Jetzt hatte sich die Kabine zusammengezogen. Wenn Kien von seinem Schreibtisch aufsah, der eine Ecke des Zimmers abschnitt, stieß sein Auge auf eine sinnlose Tür. Sicher lagen dahinter drei Viertel der Bibliothek, er spürte sie, er hätte sie durch hundert Türen hindurch gespürt; aber nur zu spüren, woran er früher rührte, fand er bitter. Manchmal machte er sich Vorwürfe, weil er einen einheitlichen Organismus, sein eigenes Geschöpf, aus freiem Willen zerschnitten hatte. Bücher hatten kein Leben, gut, es fehlte ihnen an Gefühl, also auch an Schmerz, wie ihn Tiere und wahrscheinlich auch Pflanzen erleiden. Aber wer hatte denn je die Fühllosigkeit des Anorganischen wirklich bewiesen, wer weiß, ob ein Buch sich nicht nach anderen sehnt, mit denen es lange beisammen war, auf eine Art, die uns fremd ist und die wir darum übersehen? Jedes denkende Wesen überkommen Augenblicke, in denen ihm die hergebrachte Grenze, welche die Wissenschaft zwischen Organischem und Anorganischem gezogen hat, künstlich und überholt erscheint, wie alle menschlichen Grenzen. Unser heimlicher Widerspruch gegen diese Scheidung verrät sich im Ausdruck »tote Materie«. Was tot ist, hat gelebt. Müssen wir schon von einem Stoff gestehen, daß er nicht lebe, so wünschen wir ihm doch an, daß er einmal gelebt habe. Am sonderbarsten dünkte es Kien, daß man von Büchern geringer dachte als von Tieren. Das Mächtigste, das unsere Ziele, also unser Dasein bestimmt, soll weniger Anteil am Leben haben als unser ohnmächtiges Schlachtopfer, das Tier? So zweifelte er, aber er fügte sich doch der gangbaren Meinung. Die Stärke eines Gelehrten besteht in der Einschränkung aller Zweifel auf sein Spezialgebiet. Hier läßt er sie, eine immerwährende, hartnäckige Brandung los; im übrigen und im ganzen ergibt er sich dem, was gerade herrscht. Er zweifelt mit guten Gründen an der Existenz des Philosophen Lie-Tse. Er hält es für ausgemacht, daß die Erde sich um die Sonne dreht und der Mond um uns.

Auch hatte Kien Wichtigeres zu bedenken und zu überwinden. Die Möbel flößten ihm Widerwillen ein. Sie störten ihn, weil sie beharrten, sie hakten sich in seine Abhandlungen ein. Der Platz, den sie einnahmen, stand im Widerspruch zu der Geringfügigkeit ihrer Bedeutung. Er war ihnen ausgeliefert, groben Klötzen, was ging es ihn an, wo er schlief und wo er sich wusch? Nächstens würde er noch anfangen, vom Essen zu reden, wie neun Zehntel der Menschheit; die zuviel davon haben, noch mehr, als denen es daran fehlt.

Er war eben in die Wiederherstellung eines Textes versunken; die Worte knisterten. Gierig wie ein Jäger, das Auge gespannt, erregt, aber kalt, pirschte er sich von Satz zu Satz. Da brauchte er ein Buch, erhob sich und holte es. Bevor er es noch hatte, drängte sich das verdammte Bett in seinen Kopf. Es zerriß den straffen Zusammenhang, es entfernte ihn um Meilen von seinem Wild. Waschtische kreuzten die schönsten Fährten. Am hellichten Tage sah er sich schlafend. Wenn er saß, hieß es wieder von vorn beginnen, das Revier aufsuchen, in Stimmung geraten. Wofür dieser Zeitverlust? Wofür diese Vergeudung an Kraft und Aufmerksamkeit?

Nach und nach schöpfte er Haß gegen das vierschrötige Bett. Er ließ es nicht durch den Diwan ersetzen, der war ja ärger. Er ließ es nicht entfernen, die andern Zimmer gehörten ja der Frau. In eine Abtretung dessen, was sie einmal besaß, hätte sie nie gewilligt. Das fühlte er, ohne mit ihr darüber zu sprechen. Er wollte die Verhandlungen gar nicht aufnehmen. Denn einen unschätzbaren Vorteil hatte er jetzt über sie. Seit Wochen fiel zwischen ihnen kein Wort. Er hütete sich wohl, das Schweigen zu brechen. Bevor er so toll war, ihr Mut zu neuem Geschwätz zu machen, ertrug er lieber Nachtkasten, Waschtisch und Bett. Um den Zustand der Dinge zu sanktionieren, mied er ihre Räume. Was er an Büchern von drüben brauchte, nahm er mittags oder abends nach dem Essen mit, da er im Speisezimmer, wie er sich sagte, ohnehin zu tun hatte. Während der Mahlzeiten blickte er an ihr vorbei. Die leise Angst, sie könnte plötzlich was sagen, wurde er nie ganz los. Aber so unangenehm sie ihm war, eines mußte er gestehen: sie hielt sich an den Wortlaut des Vertrages.

Beim Waschen schloß Kien vor dem Wasser die Augen. Es war dies eine alte Gewohnheit von ihm. Er drückte die Lider viel fester zu, als notwendig war, um das Eindringen des Wassers zu verhindern. Für seine Augen war ihm nichts sicher genug. Nun kam ihm die alte Sitte beim neuen Waschtisch zugute. Sobald er des Morgens erwachte, freute er sich aufs Waschen. Denn zu welcher andern Zeit war er von den Möbeln frei? Übers Becken gebeugt, sah er keines von den verräterischen Objekten. (Alles, was ihn von der Arbeit ablenkte, war im Grunde Verrat.) In das Becken vertieft, den Kopf unterm Wasser, träumte er gern von früheren Jahren. Da herrschte eine heimliche, stille Leere. Glückliche Konjekturen flatterten durch den Raum und stießen nirgends an. Ein Diwan machte wenig Aufhebens von sich, man hätte glauben können, er sei nicht da, ein Trugbild, das hart überm Horizont erschien und schon wieder verschwand.

Es ergab sich von selbst, daß Kien den geschlossenen Augen Lust abgewann. War er mit dem Waschen fertig, so öffnete er sie noch nicht. Eine kleine Weile länger verblieb er in der Phantasie von den plötzlich verschwundenen Möbeln. Und bevor er beim Waschtisch war, eben stieg er aus dem Bett, schloß er die Augen, im Vorgefühl baldiger Erleichterung. Als einer von den Menschen, die gegen ihre Schwächen ankämpfen, die sich Rechenschaft ablegen und Mühe an ihre Veredlung wenden, sagte er sich, daß dies keine Schwäche, sondern eine Stärke sei. Man müsse sie fördern, und wenn auch eine große Schrulle draus würde. Wer erführe davon, er lebe ja allein, was der Wissenschaft nütze, sei der Meinung der Menge an Wichtigkeit voraus. Therese werde ihn kaum ertappen, wie könnte sie es wagen, ihn, seinem Verbot entgegen, bei sich zu überraschen?

Zuerst verlängerte er die Blindheit über das Ankleiden hinaus. Dann fand er den Weg zum Schreibtisch blind. Bei der Arbeit vergaß er, was hinter ihm stand, um so eher, als er es nicht gesehen hatte. Vor dem Schreibtisch ließ er seinen Augen freien Lauf. Sie freuten sich ihrer Offenheit, sie gewannen an Flinkheit. Vielleicht zogen sie Kraft aus der Ruhezeit, die er ihnen so freigebig gönnte. Er sicherte sie vor plötzlichen Überfällen. Er wandte sie nur dort an, wo sie fruchtbar waren: beim Lesen und Schreiben. Bücher, die er benötigte, holte er sich blind. Anfangs lachte er selbst über solche seltene Streiche. Wie oft griff er falsch und kehrte ahnungslos, geschlossenen Auges, zum Schreibtisch zurück. Da bemerkte er wohl, daß er um drei Bände zu weit nach rechts, um einen nach links oder zuweilen sogar tiefer geraten war, um ein ganzes Regal. Das bekümmerte ihn nicht, er hatte Geduld und er machte sich ein zweites Mal auf den Weg. Nicht selten überkam ihn die Lust, auf den Titel zu schielen, den Rücken zu erspähen, bevor er an Ort und Stelle war. Dann zwinkerte er zwar; unter Umständen blickte er rasch hin und wieder weg. Meist aber war er Herr über sich und erwartete den Schreibtisch, wo das Sehen keinerlei Gefahren barg.

Die Übung im Blindgehen machte aus ihm einen Meister. Drei, vier Wochen verstrichen, und er fand in kürzester Zeit, was er wollte, ohne Betrug und Hinterlist, mit wirklich versperrten Augen, eine Binde hätte ihn nicht mehr geblendet. Seinen Instinkt behielt er selbst auf der Leiter. Präzis, wo er sie haben mußte, legte er sie an. Mit langen, heftigen Fingern faßte er sie zu beiden Seiten und kletterte blind die Sprossen hinauf. Auch oben und beim Hinuntersteigen bewahrte er spielend sein Gleichgewicht. Schwierigkeiten, die er in sehenden Zeiten nie völlig überwand, weil sie ihm gleichgültig waren, schaffte er jetzt nebenbei aus dem Weg. So gewöhnte er sich als Blinder an den Gebrauch seiner Beine. Früher behinderten sie ihn bei jeder Bewegung; für ihre Höhe waren sie viel zu dünn. Jetzt traten sie fest und berechnend auf. Es war, als hätten sie angesetzt, Muskeln und Fett, er verließ sich auf sie, sie stützten ihn. Sie sahen für ihn, den Blinden; er dagegen half den ehemals lahmen mit neuen besseren Beinen aus.

Verschiedene seiner Eigenheiten legte er ab, solange er der Waffe, die er sich in den Augen schmiedete, noch nicht unbedingt sicher war. Beim Morgenspaziergang nahm er die Tasche voller Bücher nicht mehr mit. Wie leicht fiele ein Blick, wenn er eine Stunde lang unschlüssig vor Regalen stand, auf die böse Drei, so nannte er das Trio von Möbelstücken, das seinem Bewußtsein allmählich nur, leider, entschwand. Später wurde er an seinen Erfolgen kühn. Frech und blind füllte er die Tasche an. Paßte ihm ihr Inhalt plötzlich nicht, so leerte er sie aus und suchte wieder, als wäre sich alles gleichgeblieben, er, die Bibliothek, die Zukunft und die exakte, praktische Einteilung der Stunden.

Sein Zimmer jedenfalls war in seiner Gewalt. Die Wissenschaft blühte. Abhandlungen schossen wie Pilze aus dem Schreibtisch. Wohl hatte er früher Blinde und ihre Freude am Leben, trotz *die-*

sem Gebrechen, verhöhnt und verachtet. Sobald er aber sein Vorurteil gegen einen Vorteil umtauschte, fand sich die entsprechende Philosophie von selbst.

Blindheit ist eine Waffe, gegen Zeit und Raum; unser Dasein eine einzige, ungeheuerliche Blindheit, bis auf das Wenige, das wir durch unsere kleinlichen Sinne — kleinlich ihrem Wesen wie ihrer Reichweite nach — erfahren. Das herrschende Prinzip im Kosmos ist die Blindheit. Sie ermöglicht ein Nebeneinander von Dingen, die unmöglich wären, wenn sie einander sähen. Sie gestattet das Abreißen der Zeit dort, wo man ihr nicht gewachsen wäre. Was zum Beispiel ist eine Dauerspore anderes als ein Stück Leben, das sich bis auf Widerruf mit Blindheit umhüllt? Der Zeit, die ein Kontinuum ist, zu entrinnen, gibt es nur ein Mittel. Indem man sie von Zeit zu Zeit nicht sieht, zerbricht man sie in die Stücke, die man von ihr kennt.

Kien erfindet die Blindheit nicht, er wendet sie nur an, eine natürliche Möglichkeit, von der die Sehenden leben. Benützt man heute nicht alle Energien, deren man habhaft wird? Auf welche Möglichkeiten haben die Menschen noch keine Hand gelegt? Tölpel hantieren mit Elektrizität und komplizierten Atomen. Gebilde, für die einer wie der andere mit Blindheit geschlagen ist, erfüllen Kiens Zimmer, Finger und Bücher. Diese bedruckte Seite, so klar und gegliedert wie nur irgendeine, ist in Wirklichkeit ein höllischer Haufe rasender Elektronen. Wäre er sich dessen immer bewußt, so müßten die Buchstaben vor seinen Augen tanzen. Wie feine Nadelstiche empfänden die Finger den Druck jener bösen Bewegung. Am Tag brächte er eine schwache Zeile hinter sich, mehr nicht. Es ist sein Recht, die Blindheit, die ihn vor solchen Sinnesexzessen schützt, auf alle störenden Elemente in seinem Leben zu übertragen. Die Möbel existieren für ihn so wenig, wie das Heer von Atomen in ihm und um ihn. »Esse percipi«, Sein ist Wahrgenommenwerden, was ich nicht wahrnehme, existiert nicht. Wehe den schwachen Geschöpfen, die sich sehen und gehen lassen, wie es sich trifft!

Woraus sich mit zwingender Logik ergab, daß Kien sich keineswegs selbst betrog.

Liebste Gnädigste

Auch Theresens Sicherheit wuchs mit den Wochen. Von ihren drei Zimmern hatte nur eines Möbel, das Speisezimmer. Die beiden andern waren leider noch leer. Gerade in diesen hielt sie sich auf, um die Möbel im Speisezimmer nicht abzunützen. Gewöhnlich stand sie hinter der Tür, die zu seinem Schreibtisch führte, und horchte. Stunden und halbe Tage blieb sie da, den Kopf an einer Ritze, durch die man gar nichts sah, die Ellbogen spitz auf ihn gerichtet, ohne Stuhl als Stütze, auf sich und ihren Rock gestellt, und wartete, sie wußte genau worauf. Sie ermüdete nie. Sie erwischte ihn, wenn er plötzlich zu reden anfing, obwohl er allein war. Die Frau war ihm zu schlecht, da redete er mit der Luft, eine gerechte Strafe. Vor dem Mittag- und Abendessen verzog sie sich in die Küche.

Er fühlte sich bei der Arbeit, so weit von ihr weg, zufrieden und wohl. Sie war, die meiste Zeit über, genau zwei Schritte von ihm entfernt.

Zwar stieg zuweilen der Gedanke in ihm auf, daß sie eine Rede gegen ihn im Schilde führe. Aber sie schwieg und schwieg. Er beschloß, einmal im Monat den Bestand der Bücher in ihren Räumen zu kontrollieren. Vor Bücherdiebstählen war niemand geschützt.

Eines Tages um zehn, eben horchte sie so schön, stieß er voller Inspektionslust die Türe auf. Sie prallte zurück; beinahe fiel sie hin.

»Ist das eine Art?« rief sie, frech vor Entsetzen. »Man klopft, bevor man hereinkommt. Man könnte glauben, ich horche, in *meinen* Zimmern. Was hab' ich vom Horchen? Ein Mann erlaubt sich alles, weil er verheiratet ist. Da sagt man pfui, wie ungezogen, pfui!«

Was, er soll anklopfen, bevor er zu seinen Büchern darf? Unverschämtheit! Lächerlich! Grotesk! Sie hat den Verstand verloren. Er wird ihr lieber eine Ohrfeige herunterhauen. Vielleicht kommt sie zur Besinnung.

Er malte sich die Spuren seiner Finger auf ihrer feisten, gemästeten, glänzenden Wange aus. Ungerecht wäre es, die eine Backe zu bevorzugen. Man müßte mit beiden Händen zugleich schlagen. Trifft man schlecht, so liegen die roten Linien der einen Seite höher als die der anderen. Das wäre häßlich. Die Beschäftigung mit chinesischer Kunst hatte einen leidenschaftlichen Sinn für Symmetrie in ihm gezüchtet.

Therese merkte, daß er ihre Wangen prüfte. Sie vergaß das Anklopfen, drehte sich weg und sagte einladend: »Es muß nicht sein.« So hatte er auch ohne Ohrfeigen gesiegt. Sein Interesse für ihre Wangen erlosch. Voller Genugtuung wandte er sich den Regalen zu. Sie verharrte wartend. Warum sagte er nichts? Vorsichtig schielend entdeckte sie die Veränderung auf seinem Gesicht. Da ging sie lieber gleich in die Küche. Ihre Rätsel pflegte sie hier zu lösen.

Warum hat sie das nur gesagt? Jetzt will er wieder nicht. Sie ist zu anständig. Eine andere hätte sich ihm gleich an den Hals geworfen. Nichts kann man mit ihm anfangen. So ist sie eben. Wenn sie älter wäre, hätt' sie gleich eingeschnappt. Heißt man das überhaupt einen Mann? Vielleicht ist er gar kein Mann? Es gibt unheimliche Männer, die kein Mann sind. Die Hosen haben nichts zu sagen, die tragen sie so. Sie sind aber auch keine Frauen. Das hat es schon gegeben. Wer weiß, wann er wieder will. Das dauert Jahre bei so einem Menschen. Alt ist sie nicht, aber ein junges Mädchen auch nicht. Das weiß sie selbst, das braucht ihr niemand zu sagen. Wie dreißig ist sie, aber nicht mehr wie zwanzig. Auf der Straße schau'n ihr ja alle Männer nach. Was hat ihr der Verkäufer im Möbelgeschäft gesagt: »Ja, so um die dreißig herum, da heiraten die Herrschaften gern, ob Damen oder Herren.« Eigentlich hat sie immer gedacht, wie vierzig — ist das eine Schande bei sechsundfünfzig? Aber wenn der das selbst sagt, so ein junger Mensch, der muß sich doch auskennen. »Aber ich bitt' Sie, was Sie alles wissen!« war ihre Antwort. Ein interessanter Mensch. Sogar die Heirat hat er ihr gleich angesehen, nicht nur das Alter. Und sie muß mit so einem alten Mann leben. Die Leute könnten glauben, er liebt sie nicht.

»Lieben« und »Liebe« in sämtlichen Formen gehörten zu Theresens Annoncenworten. In ihrer Jugend war sie treffendere Worte gewöhnt. Später, als sie bei ihren Herrschaften zu manchen andern auch diesen Stamm erlernte, blieb er für sie ein bewundertes Fremdwort. Sie selbst nahm so heilige Tröstungen nie in den Mund. Doch nützte sie jede gute Gelegenheit: überall, wo sie »Liebe« las, verweilte sie und studierte gründlich das Ringsherum. Zu Zeiten wurden glänzende Stellenangebote von Liebesangeboten in den Schatten gestellt. Sie las »hohes Gehalt« und streckte den Arm; freudig krümmte sich ihre Hand unter dem Gewicht des erwarteten Geldes. Da glitt ihr Blick einige Spalten nebenan auf »Liebe«; hier ruhte er sich aus, hier haftete er breite Minuten. Sie vergaß dann darüber nicht, was sie vorhatte, das Geld auf der Hand gab sie keinesfalls wieder her. Sie verdeckte es nur für eine kurze, schaurige Weile mit Liebe.

Therese wiederholte laut: »Er liebt mich nicht.« Das Wort, auf das es ankam, sprach sie wie »lippt« aus und spürte schon einen Kuß auf den Lippen. Das tröstete sie. Sie schloß die Augen. Sie legte die fertiggeschälten Kartoffeln beiseite, wischte sich die Hände an der Schürze ab und öffnete die Tür zu ihrer kleinen Kammer. Ein Flimmern hielt ihr die Augen zu. Plötzlich war es heiß. Kügelchen tanzten durch die Luft, Glühkäfer, rote, eng war es, der Boden ging auf, die Füße fielen hinein, Nebel, Nebel, ein fremder Nebel, oder war es Rauch, wo man hinsah, alles leer, ausgeräumt, so viel Platz, sie hielt sich an, irgendwo, totenübel war ihr, der Koffer, die Aussteuer, wer hat die Sachen fortgetragen, zu Hilfe!

Als sie zu sich kam, lag sie über dem Bett. Sauber und ordentlich tauchte die Kammer auf, jedes Stück, wo es hingehörte. Da hatte sie Angst. Erst war die Kammer leer, dann wieder voll. Wer kannte sich aus? Da blieb sie nicht. Die Hitze nahm einen her. Da war es zu klein, da war es zu schäbig. Auf einmal ging sie hier einsam zugrunde.

Sie rückte ihre zerdrückten Kleider zurecht und glitt in die Bibliothek hinüber.

»Jetzt wär' ich beinah gestorben«, sagte sie schlicht. »Ohnmächtig war ich. Das Herz hat ausgesetzt. Die viele Arbeit, die schlechte Kammer. Da muß man ja sterben!«

»Wie, gleich als du von hier weg bist, ist dir übel geworden?«

»Übel nicht, aber ohnmächtig.«

»Das ist lang her. Ich stehe schon eine Stunde bei den Büchern.«

»Was, so lang?« Therese schluckte. Nie war sie krank gewesen, solang sie wußte.

»Ich werde den Arzt holen.«

»Ich brauch keinen Arzt. Ich zieh lieber um. Wie komm ich dazu, nicht zu schlafen. Einen gesunden Schlaf brauch ich. Das Zimmer neben der Küche ist das schlechteste in der ganzen Wohnung. Das ist doch ein Dienstbotenzimmer. Wenn ich einen Dienstboten hätte, müßte die dort schlafen. Da kann man ja gar nicht schlafen. Du hast dir das beste Zimmer ausgesucht. Da darf ich mir doch das zweitbeste nehmen, das daneben. So ein Mann glaubt wirklich, nur er braucht den Schlaf. Wenn das so weitergeht, werd' ich krank und dann stehst du da. Du hast ganz vergessen, was ein Dienstbot' kostet!«

Was wollte sie von ihm? Mit ihren Zimmern durfte sie nach Belieben schalten. Es war ihm gleichgültig, wo sie schlief. Ihrer Ohnmacht wegen unterbrach er sie nicht. Ein Glück, daß Ohnmachten selten passieren. Aus Mitleid — falschem, wie er sich sagte — zwang er sich, wieder hinzuhören.

»Wer denkt ans Belästigen? Jeder hat sein Zimmer. Da kann nichts geschehen. Ich bin nicht so. Andere Frauen benehmen sich, daß es eine Schande ist. Man könnte ja rot werden. Hab' ich das nötig? Neue Möbel brauch ich! Das große Zimmer, da geht schon was 'rein. Bin ich vielleicht eine Bettlerin?«

Jetzt wußte er, was sie wollte: schon wieder Möbel. Er hatte ihr die Tür ins Gesicht geschlagen. Die Schuld an ihrer Ohnmacht trug also er. Man soll Türen nicht so heftig aufreißen. Die Erschütterung hatte sie hergenommen. Er selbst war erschrocken. Sie verschonte ihn mit Vorwürfen; als Entschädigung konnte man ihr die Möbel gönnen.

»Du hast recht«, sagte er, »kauf nur eine neue Schlafzimmereinrichtung.«

Gleich nach Tisch glitt Therese straßauf, straßab, bis sie das vornehmste Möbelgeschäft fand. Hier ließ sie sich die Preise für Schlafzimmer aufzählen. Nichts war ihr unverschämt teuer genug. Als die Inhaber, zwei dicke Brüder, einander überbietend, ihr schließlich einen Preis nannten, der einem ehrlichen Menschen sicher zu hoch war, riß sie den Kopf herum, schleuderte ihn zur Tür und erklärte herausfordernd:

»Die Herren Chefs glauben, man hat sein Geld gestohlen!«

Sie verließ ohne Gruß das Lokal und begab sich schnurstracks nach Hause, ins Arbeitszimmer ihres Mannes.

»Was willst du?« Er war wütend; um vier Uhr nachmittags betrat sie sein Zimmer.

»Ich muß den Mann auf die Preise vorbereiten. Sonst kriegt er ja Angst, wenn die Frau auf einmal das viele Geld verlangt. Was die Schlafzimmer jetzt kosten! Hätt' ich's nicht selbst gesehn, ich würd's nicht glauben. Ich hab' mir was Gediegenes ausgesucht, nichts Besonderes. Überall sind es dieselben Preise.«

Ehrfurchtsvoll sprach sie die Summe aus. Er verspürte nicht die leiseste Lust, Dinge, die längst, seit Mittag schon, erledigt waren, wiederzukäuen. Hastig füllte er einen Scheck aus, auf die genannte Summe, wies mit dem Finger auf den Namen der Bank, wo sie ihn einzulösen hatte, und dann auf die Tür.

Erst draußen überzeugte sich Therese davon, daß wirklich der verrückte Preis auf dem Papier stand. Da tat es ihr leid um das schöne Geld. Sie muß nicht das feinste Schlafzimmer haben. Sie hat bisher anständig und solid gelebt. Soll sie auf ihre Ehetage plötzlich unsittlich werden? Sie braucht keinen Luxus. Da kauft sie lieber eins, das halb soviel kostet, und trägt den Rest auf die Sparkasse. So hat man doch was, worauf man sich verlassen kann. Wie lang sie arbeiten müßte, um das viele Geld zu verdienen! Das kann man sich gar nicht ausrechnen. Sie wird noch genug Jahre für ihn arbeiten. Kriegt sie was dafür? Nein! Ein Dienstbot' hat es besser als die Frau im Haus. Die Frau muß selbst schau'n, sonst kommt sie zu nichts. Warum war sie so dumm? Das hätt' sie sich vor dem Standesamt mit ihm ausmachen sollen. Ihren Lohn müßt' sie weiterkriegen. Sie hat dieselbe Arbeit. Sie hat mehr Arbeit, weil das Speisezimmer dazugekommen ist und die Möbel in seinem Zimmer. Das muß alles gestaubt werden. Ist das vielleicht eine Kleinigkeit? Sie müßte noch mehr Lohn kriegen als früher. Es gibt keine Gerechtigkeit.

Vor Empörung zitterte der Scheck in ihrer Hand.

Beim Abendessen setzte sie ihr bösestes Lächeln auf. Augen- und Mundwinkel trafen sich in der Nähe des Ohres. Aus ihrem schmalen Schlitz stachen die Augen grünlich hervor.

»Mit dem Kochen morgen ist es nichts. Ich hab' keine Zeit. Ich kann nicht alles auf einmal machen.« Neugierig auf die Wirkung ihrer Worte hielt sie inne. Sie rächte sich für seine Schlechtigkeit. Sie brach den Vertrag und redete bei Tisch. »Soll ich mir was Schlechtes anhängen lassen wegen einem Mittagessen? Mittagessen ißt man jeden Tag. Das Schlafzimmer kauft man nur einmal. Eile mit Weile. Ich koch' morgen nicht. Nein!«

»Wirklich nicht?« Ein ungeheurer Gedanke war in ihm aufgezuckt und verschlang die Nöte und Rechte des Alltags. »Wirklich nicht?« Seine Stimme klang, als ob er lachte.

»Das ist nicht zum Lachen!« erwiderte sie gereizt. »Man kommt ja zu nichts vor lauter Arbeit. Bin ich vielleicht ein Dienstbot'?«

In glänzender Laune unterbrach er sie:

»Sei nur vorsichtig! Geh in möglichst viele Geschäfte! Vergleiche die verschiedenen Preise miteinander, bevor du dich zu etwas entschließt. Kaufleute sind Schwindler von Natur. Frauen suchen sie doppelt übers Ohr zu hauen. Mittags mußt du dich in einem Restaurant ausruhen, weil dir heute nicht gut war, und eine reichliche Mahlzeit einnehmen. Komm nicht nach Hause! Es ist warm, du überanstrengst dich noch. Nach dem Essen kannst du in Ruhe weitersuchen. Übereil dich nur nicht! Wegen des Abendessens mach dir keine Sorge. Ich rate dir dringend, den ganzen Tag bis zur Geschäftssperre auszubleiben.«

Er vergaß mit Gewalt, daß sie das Zimmer schon ausgesucht und die genaue Summe, die es kosten würde, von ihm verlangt hatte.

»Man kann ja zum Nachtmahl was Kaltes essen«, sagte Therese und dachte: jetzt will er mich wieder einfangen. Da sieht man gleich, wenn ein Mensch sich schämt. Tut man das, daß man seine Frau so ausnützt! Mit einem Dienstbot' darf man machen, was man will. Bitte, man zahlt ja. Aber mit der Frau nicht. Dafür ist man ja die Frau im Haus.

Als sie am nächsten Morgen das Haus verließ, nahm sich Therese fest vor, nur bei dem interessanten Menschen zu kaufen, der ihr alles gleich angesehen hatte, das richtige Alter und die Ehe.

Sie löste den Scheck bei der Bank ein und trug die Hälfte der Summe sofort auf die Sparkasse. Um sich in den Preisen auszukennen, suchte sie verschiedene Möbelgeschäfte auf. Den Vormittag verbrachte sie unter hartnäckigem Feilschen. Sie sah, daß es mit dem Sparen ganz gut ging. Sie würde noch mehr Geld auf die Sparkasse tragen. Als Neuntes betrat sie das Lokal, gegen dessen Preise sie gestern protestiert hatte. Man erkannte sie auf der Stelle wieder. Ihre Kopfhaltung und das Sprechen in Rucken prägte sich jedem, der sie einmal sah, für immer ein. Nach der gestrigen Erfahrung zeigte man ihr heute die billigeren Sachen. Sie besichtigte die Betten von oben bis unten, klopfte ans Holz und legte das Ohr an die Lehne, um zu horchen, ob es innen nicht hohl klang. Die Sachen sind oft schon zerfressen, bevor man sie kauft. Sie öffnete jedes Nachtkästchen, bückte sich und steckte die Nase hinein, um zu prüfen, ob es nicht schon gebraucht war. Spiegel hauchte sie an und fuhr dann mit einem Tuch, das sie von den »Herren Chefs« erzwungen hatte, ein paarmal drüber. Sämtliche Schränke erregten ihre Unzufriedenheit.

»Da geht ja nichts herein. Ich bitt' Sie, wie sind diese Kästen heutzutage! Das ist was für arme Leute. Die haben nichts. Unsereiner braucht Platz.«

Man behandelte sie zuvorkommend, trotz ihrem bescheidenen Äußern. Man hielt sie für dumm. Dumme Leute genieren sich, nichts zu kaufen. Mit der Kundenpsychologie der Brüder war es nicht weit her. Sie beschränkte sich auf junge Ehepaare, deren Glück sie durch zweideutige Ratschläge, zynisch oder heimelig zu verstehen, je nachdem, mit raschem Erfolge anfeuerten. Für die Erregtheit dieser ältlichen Person hatten sie, ältliche Lebemänner, gar nichts übrig. Nach einer halben Stunde persönlicher Garantieangebote erlahmte ihr Eifer. Auf eine solche Beleidigung hatte Therese gelauert. Sie öffnete die riesige Handtasche, die sie unterm Arm mitführte, griff nach dem dicken Notenbündel und sagte spitz:

»Ich muß doch schauen, ob ich genug Geld da hab'.«

Vor den Augen der schwarzen, rundlichen Brüder, die auf einen solchen Inhalt der Tasche nicht gefaßt waren, zählte sie die Scheine langsam nach. »Donnerwetter, die hat aber Geld!« dachten sie begeistert, eine Firma, ein Mann. Sobald sie fertig war, verstaute sie die Scheine zärtlich in der Tasche, drückte diese zu und ging. Auf der Schwelle drehte sie sich um und rief: »Die Herren Chefs legen ja keinen Wert auf anständige Kunden!«

Sie schlug die Richtung nach jenem interessanten Verkäufer ein. Da es bereits ein Uhr war, beeilte sie sich sehr, um vor der Mittagssperre hinzukommen. Sie erregte Aufsehen; unter all den Männern in Hosen und Frauen in kurzen Röcken war sie die einzige, deren Beine, unter dem blauen gestärkten Rock, der bis zu den Füßen reichte, heimlich funktionierten. Es geht auch mit

Gleiten, wurde allgemein festgestellt. Es ging sogar gut, denn sie überholte alle. Therese spürte die Blicke der Menschen. Wie dreißig, dachte sie und begann vor Freude und Eile zu schwitzen. Es kostete sie Mühe, den Kopf ruhig zu halten. Sie setzte ein bewundertes Lächeln auf. Von den Ohren, breiten Schwingen, getragen, flogen die Augen zum Himmel empor und ließen sich in einem billigen Schlafzimmer nieder. Therese, ein spitzenbesetzter Engel, machte es sich darin bequem. Und doch war sie nicht aus den Wolken gefallen, als sie plötzlich vor dem bewußten Laden stand. Ihr stolzes Lächeln verwandelte sich in ein freudiges Grinsen. Sie trat ein und glitt auf den jungen Menschen zu, wobei sie die Hüften so heftig wiegte, daß der weitgespannte Rock in Wallungen geriet.

»Da bin ich wieder!« sagte sie bescheiden.

»Küss' die Hand, Gnädigste, welche unerwartete Ehre! Was führt Sie zu uns, Gnädigste, wenn ich fragen darf?«

»Ein Schlafzimmer. Sie wissen doch.«

»Das hab' ich mir gleich gedacht, Gnädigste. Für zwei natürlich, wenn ich so sagen darf.«

»Aber ich bitt' Sie, Sie dürfen alles.« Er schüttelte tief betrübt den Kopf.

»O nein, ich nicht, Gnädigste. Bin ich der Glückliche? Mich hätten Gnädigste garantiert nicht geheiratet. Ein armer Angestellter.«

»Warum. Man kann nie wissen. Arme Leute sind auch Menschen. Ich bin nicht fürs Stolze.«

»Daran erkennt man das goldene Herz, Gnädigste. Der Herr Gemahl sind zu beneiden.«

»Aber ich bitt' Sie, wie sind die Männer heutzutage!«

»Gnädigste wollen doch nicht sagen ...«, der interessante Mensch zog die Brauen erstaunt hoch. Eine feuchte Hundeschnauze waren seine beiden Augen, und er rieb sie an ihr.

»Die glauben ja, man ist ihr Dienstbot'. Dabei zahlen sie einem nichts. Ein Dienstbot' kriegt gezahlt.«

»Dafür werden sich Gnädigste jetzt ein schönes Schlafzimmer aussuchen. Darf ich bitten! Exzellente Primaware, ich hab' gewußt, daß Gnädigste wiederkommen und hab' es eigens für Gnädigste reserviert. Wir hätten es schon sechsmal verkaufen können, Hand aufs Herz! Der Herr Gemahl werden sich freuen. Gnädigste kommen nach Hause, küss' die Hand, Liebling, sagen der Herr Gemahl. Guten Tag, Liebling, sagen Gnädigste, ich hab' ein Schlafzimmer für uns, Liebling — Sie verstehen mich, Gnädigste, so sagen *Sie*, und setzen sich dem Herrn Gemahl auf den Schoß. Sie entschuldigen schon, Gnädigste, ich spreche, wie mir der Schnabel gewachsen ist, aber da kann kein Mann widerstehen, das gibt es auf der ganzen Welt nicht, auch ein Herr Gemahl nicht. Wenn ich verheiratet wäre, ich sag' nicht mit Ihnen, Gnädigste, wie komm' ich armer Angestellter dazu, ich sag' mit einer Frau, ich sag' sogar mit einer alten Frau, sagen wir vierzig — ja, das können Sie sich gar nicht vorstellen, Gnädigste!«

»Aber ich bitt' Sie, ich bin auch nicht mehr die Jüngste.«

»Da bin ich doch anderer Meinung, wenn Gnädigste nichts dagegen haben. Ich gebe zu, daß Gnädigste die Dreißig grad schon überschritten haben, aber drauf kommt es nicht an. Ich sag' immer: bei einer Frau sind die Hüften das Wichtigste. Die Hüften müssen da sein und man muß die Hüften sehn. Was hab' ich sonst davon, wenn sie da sind und ich sie nicht seh'? Bitte, überzeugen Sie sich selbst — hier haben Sie doch prachtvolle ...« Therese wollte schreien, in ihrer Verzückung fand sie kein Wort. Er zögerte einige Augenblicke und ergänzte: »Einlagen!«

Sie hatte die Möbel noch keines Blickes gewürdigt. Er redete sie in einschlägige Aufregung hinein, er führte seine Hand bis knapp an ihre zitternden Hüften heran und ersetzte sie durch die praktischen prachtvollen Betteinlagen. Die resignierte Handbewegung, mit der er Abschied nahm, ein armer Angestellter von unerreichbaren Hüften, rührte Therese womöglich noch mehr. Sie kam heute aus dem Schwitzen gar nicht heraus. Verhext folgte sie den Bewegungen seines Mundes, seiner Hand. Ihre Augen, sonst in vielerlei bösen Farben funkelnd, jetzt friedlich, wäßrig und beinahe blau, flossen gehorsam über die Einlagen. Natürlich, die sind prachtvoll. Der interessante Mensch weiß alles. Wie der sich in Möbeln auskennt! Man muß sich ja vor ihm schämen. Ein Glück, daß sie nicht reden muß. Was hätte er sich von ihr gedacht. Sie kennt sich ja gar nicht aus in Möbeln. Von den andern hat keiner was gemerkt. Warum, weil die andern dumm sind. Der interessante Mensch merkt gleich alles. Es ist gut, sie redet nicht. Der hat ja eine Stimme wie zerlassene Butter.

»Ich beschwöre Sie, Gnädigste, vergessen Sie nicht die Hauptsache! Wie man den Herrn Gemahl bettet, genauso revanchiert er sich. Liegen der Herr Gemahl gut, da können Sie mit ihm machen, was Sie wollen. Glauben Sie mir, Gnädigste. Das Eheglück geht nicht bloß durch den Magen, das Eheglück geht durch die Möbel, ganz eminent durch das Schlafzimmer, aber ich möchte sagen prominent durch die Betten, durch die Ehebetten sozusagen. Verstehn Sie mich, liebe Gnädigste, der Herr Gemahl sind auch nur ein Mensch. Er kann die schönste Gnädigste besitzen, die Gnädigste in den blühendsten Jahren, was hat er davon, wenn er schlecht schläft? Schläft er schlecht, so ist er schlecht gelaunt. Schläft er gut, no, dann rückt er auch gern näher. Ich will Ihnen was sagen, Gnädigste, mir können Gnädigste was glauben, ich versteh was vom Geschäft, 12 Jahre bin ich in der Branche tätig, 8 Jahre steh ich hier auf demselben Fleck, was nützen die Hüften, wenn das Bett schlecht ist? Der Mann pfeift auf die schönsten Hüften. Auch wenn er ein Herr Gemahl ist. Gnädigste können orientalische Bauchtänze aufführen, Gnädigste können Ihrer Schönheit den letzten Schliff anlegen und sich ausgezogen vor ihn hinstellen, nackt sozusagen — ich garantiere Ihnen dafür, daß es nichts nützt, wenn der Herr Gemahl schlecht gelaunt ist, nicht einmal bei Ihnen, meine sehr verehrte Gnädigste, und das will etwas heißen! Wissen Sie, was der Herr Gemahl tun, gesetzt den Fall, Gnädigste sind alt und schlecht — das Bett mein' ich, der Herr Gemahl fliegen aus und suchen sich bessere Betten aus. Und was glauben Sie, was für Betten? Betten von unserer Firma. Ich könnte Ihnen Anerkennungsschreiben zeigen, meine schönste Gnädigste, von Gnädigsten wie Sie. Sie würden staunen über die glücklichen Ehen, die wir stolz auf unserem ruhigen Gewissen haben. Bei uns gibt es keine Scheidungen. Scheidungen kennen wir nicht. Wir tun, was wir können und die Herrschaften sind zufrieden. Am meisten rate ich Ihnen zu dieser Garnitur, Gnädigste. Gut sind alle, dafür garantiere ich Ihnen, Gnädigste, aber diese hier lege ich Ihnen ganz besonders an Ihr goldenes Herz, meine liebe Gnädigste!«

Therese rückte näher, nur um ihm den Gefallen zu tun. Sie war mit allem einverstanden. Sie hatte Angst, ihn zu verlieren. Sie besah die Garnitur, die er ihr empfahl. Doch hätte sie nicht sagen können, wie sie aussah. Angestrengt suchte es in ihr nach einer Möglichkeit, die Butterstimme weiterzuhören. Sagt sie »ja« und zahlt, so kann sie gehen und mit dem interessanten Menschen ist es aus. Für ihr schönes Geld kann sie sich auch was leisten. Die Leute verdienen ja an ihr. Das ist keine Schande, daß sie ihn reden läßt. Andere Leute gehen wieder weg und kaufen nichts. Die genieren sich nicht. Sie ist anständig und tut das nicht. Man braucht auch Zeit.

Sie wußte sich keinen Rat und um etwas zu sagen, sagte sie: »Aber ich bitt' Sie, das kann jeder sagen!«

»Sie gestatten, meine Gnädigste, um nicht zu sagen, meine reizende Gnädigste, ich werd' Sie doch nicht belügen. Was ich Ihnen ans *Herz* lege, leg' *ich* Ihnen ans Herz. Da können Sie mir glauben, Gnädigste, zu mir hat jedermann Vertrauen. Den Beweis dafür bleibe ich Ihnen nicht schuldig, Gnädigste. Hallo, Herr Chef!«

Der Chef, Herr Groß, ein winziges Männchen mit eingedrücktem Gesicht und gehetzten Äuglein, erschien auf der Schwelle seines abgesonderten Büros und klappte, so klein er war, in zwei noch kleinere Hälften zusammen.

»Was is?« fragte er und drückte sich verlegen, ein ängstlicher Junge, in die Nähe von Theresens umfangreichen Rock.

»Sagen Sie selbst, Herr Chef, hat schon einmal eine Kunde zu mir kein Vertrauen gehabt?«

Der Chef schwieg. Er fürchtete sich, vor der Mutter zu lügen; sie könnte ihn hauen. Auf seinen Zügen stritten Geschäftstüchtigkeit und Respekt. Diesen Kampf bemerkte Therese und deutete ihn falsch. Sie verglich den Angestellten mit seinem Chef. Der möchte auch was dreinreden, doch traut er sich nicht. Um den Triumph des interessanten Menschen zu erhöhen, kam sie ihm mit Pauken und Drommeten zu Hilfe.

»Aber ich bitt' Sie, was braucht es einen andern dazu? Ihnen glaubt eine jede auf die bloße Stimme. Jedes Wort glaub' ich Ihnen. Wer wird denn lügen? Was braucht es den dazu? Dem glaub' ich kein Wort.«

Der Kleine zog sich eiligst in sein Büro zurück. So geht es ihm immer. Er hat den Mund noch gar nicht aufgetan, und schon sagt die Mutter, er lügt. Mit jeder Frau hat er dasselbe Unglück. Als Kind war es die Mutter, dann kam die Frau, eine frühere Angestellte. Die Heirat damals begann damit, daß er seine Stenotypistin hie und da mit »Mutter« beschwichtigte, wenn sie sich über etwas beschwerte. Seit er verheiratet ist, darf er sich keine Angestellte halten. Fortwährend kommen Mütter ins Geschäft. Das war sicher eine. Drum hat er sich sein Privatbüro hinten einbauen lassen. Man darf ihn nur herausholen, wenn es absolut notwendig ist. Er wird es dem Grob schon heimzahlen. Der weiß, daß er vor einer Mutter nicht den Chef spielen kann. Der Grob möchte Teilhaber werden, und um ihn kleinzukriegen, blamiert er ihn vor den Kunden. Herr Groß ist aber selbst Chef der Möbelfirma Groß & Mutter. Seine richtige Mutter lebt noch und ist am Geschäft beteiligt. Wöchentlich zweimal, Dienstag und Freitag, kommt sie die Bücher nachprüfen und die Angestellten anschreien. Sie rechnet sehr genau nach; deswegen ist es auch so schwer, sie zu beschwindeln. Es gelingt ihm aber doch. Ohne diesen Schwindel könnte er nicht leben. Seinetwegen betrachtet er sich mit Recht als der wirkliche Chef der Firma; um so mehr, als ihr Geschrei ihm bei den Angestellten viel nützt. An den Tagen, bevor sie kommt, das ist Montag und Donnerstag, kann er herumbefehlen, wie er will. Alles folgt und rennt, weil er es ihr am nächsten Tag schon sagen könnte, wenn jemand frech war. Dienstag und Freitag hält sie sich sowieso den ganzen Tag im Geschäft auf. Da ist es mäuschenstill, niemand getraut sich ein Wort zu reden, er auch nicht, aber schön ist es doch. Nur Mittwoch und Samstag werden sie frech. Heut ist Mittwoch.

Herr Groß sitzt auf seinem Kontorstuhl und horcht hinaus. Der Grob redet wieder wie ein Wasserfall. Der Mann ist Gold wert, aber Teilhaber wird er nicht. Was, sie will, daß er mit ihr mittagessen geht?

»Der Herr Chef gestattet das auf keinen Fall, Gnädigste, es wäre mein heißester Wunsch, Gnädigste.«

»Aber ich bitt' Sie, man macht seine Ausnahmen. Ich zahl's Ihnen.«

»Ihr goldenes Herz rührt mich tief, Gnädigste, aber es ist ausgeschlossen, ganz ausgeschlossen. Der Herr Chef versteht keinen Spaß.«

»Ja, wer wird denn so grob sein?«

»Wenn Gnädigste wüßten, wie ich heiße, Gnädigste würden lachen. Grob ist mein Name.«

»Ich lach' gar nicht, warum, Grob ist auch ein Name. Sie sind ja nicht grob.«

»Heißesten Dank für das Kompliment, ich küss' die Hand, Gnädigste. Wenn das so weitergeht, küss' ich das süße Händchen in natura.«

»Aber ich bitt' Sie, wenn jemand zuhört, man könnte ja glauben.«

»Ich schäm' mich nicht, Gnädigste. Ich brauch mich auch nicht zu schämen. Wie gesagt, bei so prachtvollen Hüften, pardon — Händen wollt' ich sagen. Wozu haben Gnädigste sich entschlossen? Es bleibt doch bei diesem hier?«

»Aber erst lad' ich Sie zum Mittagessen ein.«

»Sie machen mich zum glücklichsten Menschen der Welt, Gnädigste. Ein armer Verkäufer bittet, ihn zu entschuldigen. Der Herr Chef ...«

»Der hat nichts zu sagen.«

»Gnädigste täuschen sich. Seine Mutter gibt für zehn Chefs aus. Er ist auch kein Hund.«

»Was ist das für ein Mann? Das ist kein Mann. Da ist mein Mann zu Hause noch ein Mann dagegen. Also, wie steht's? Man könnt' ja fast glauben, ich gefall' Ihnen nicht.«

»Was sagen Sie da, Gnädigste! Bringen Sie mir den Mann her, dem Sie nicht gefallen! Ich geh jede Wette mit Ihnen ein, Sie finden ihn nicht. Das gibt es einfach nicht, Gnädigste. Ich verfluche mein grausames Schicksal. Der Herr Chef gönnt unsereinem den Triumph nicht. Was, sagt er, da geht die Kunde mit einem einfachen Angestellten weg, plötzlich trifft die Kunde ihren Herrn Gemahl. Der Herr Gemahl werden, wenn ich so sagen darf, wütend. Es entspinnt sich ein sensationeller Skandal. Der Angestellte kommt mir zurück, aber die Kunde nicht. Wer zahlt die Kosten? Ich! Ein teures Vergnügen, sagt der Herr Chef. Auch ein Standpunkt, Gnädigste. Kennen Gnädigste das Lied vom armen Gigolo, schönen Gigolo? ›Wenn das Herz dir auch bricht ...‹ bleiben wir bei diesem! Sie werden mit den Betten zufrieden sein, Gnädigste.«

»Aber ich bitt' Sie, Sie wollen ja gar nicht. Ich zahl's Ihnen.«

»Wenn Gnädigste heute abend frei wären, aber ich kann mir's ja denken. Der Herr Gemahl sind in diesem Punkt unerbittlich. Ich muß sagen, ich kann das verstehn. Wenn ich das Glück hätte, der Herr Gemahl einer schönen Frau zu sein — ich kann Ihnen, schönste Gnädigste, gar nicht sagen, wie ich aufpassen würde.

›Wenn das Herz ihr auch bricht, ich erlaub' es ihr nicht.‹ Das Zweite stammt von mir. Ich hab' eine Idee, Gnädigste. Ich mach' einen Schlager auf Sie, Gnädigste, wie Sie im neuen Bett liegen, nur im Pyjama sozusagen, die prachtvollen ..., pardon, es bleibt also dabei. Darf ich Gnädigste zur Kasse bemühen?«

»Aber ich denk' ja nicht dran! Erst gehn wir miteinander essen.«

Herr Groß hatte in steigender Erregung zugehört. Warum der Grob sich immer auf ihn herausredet? Statt froh zu sein, daß die Mutter ihm ein Mittagessen zahlt. Diese Angestellten haben alle den Größenwahn. Jeden Abend holt ihn eine andere vom Geschäft ab, blutjunge Geschöpfe, sie könnten Töchter sein. Die Mutter wird weggehen, ohne die Garnitur zu kaufen. Das läßt sich keine Mutter gefallen, daß man ihr eine Einladung ausschlägt. Der Grob erlaubt sich zuviel. Der Grob fängt an, der Firma über den Kopf zu wachsen. Heut ist Mittwoch. Warum soll ein Groß grad am Mittwoch nicht der Chef sein?

Während er angestrengt horchte, schwoll ihm der Kamm. Er fühlte sich von der Mutter draußen, die mit dem Angestellten in zähem Streit lag, sekundiert. Von ihm, Groß, sprach sie in demselben Ton wie alle Mütter. Wie sollte er es dem Grob nur sagen? Redete er zuviel, so gab der garantiert eine freche Antwort, Mittwoch, und er verlor eine gute Kunde. Redete er zuwenig, so verstand er ihn vielleicht nicht. Am besten wäre ein kurzer Befehl. Der Mutter dabei ins Gesicht sehen? Nein. Lieber stellte er sich vor sie hin, den Rücken zu ihr, vor beiden zusammen hatte der Grob mehr Respekt.

Er wartete eine Weile, bis es feststand, daß eine gütige Einigung der beiden Parteien nicht erfolgen werde. Leise sprang er von seinem Kontorstuhl herunter und tat zwei lange Schrittchen zur Glastür. Plötzlich riß er sie auf, streckte flink den Kopf hinaus, der noch das Größte an ihm war, und schrie mit seiner schrillen Fistelstimme: »Gehn Sie nur, Grob!«

Dem blieb der »Herr Chef«, zum hundertstenmal seine Entschuldigung, im Munde stecken.

Therese warf den Kopf herum und hauchte stürmisch: »Bitte, was hab' ich gesagt!« Sie hätte dem Herrn Chef vor dem Abzug zum Mittagessen noch gern einen dankbaren Blick geschenkt, aber der war längst wieder im Kontor verschwunden.

Grobs Augen bekamen einen bösen Glanz. Höhnisch hafteten sie auf dem steifen Rock. Er hütete sich wohl, ihr ins Gesicht zu sehen. Die zerlassene Butter seiner Stimme hätte jetzt nach Angebranntem geschmeckt. Das wußte er und schwieg. Erst als er ihr bei der Ladentür den Vortritt ließ, öffnete er aus Gewohnheit Arm und Mund und sagte: »Darf ich bitten, Gnädigste!«

Mobilmachung

Von Bettlern und Hausierern blieb das Haus Ehrlichstraße 24 seit Jahren verschont. Der Hausbesorger lag in seinem Kabinett, gleich beim Flur, Tag für Tag auf der Lauer und fing verkommene Existenzen ab. Menschen, die in diesem Haus auf Mitleid rechneten, flößte das ovale Guckloch in normaler Höhe, unter dem *Portier* stand, eine Heidenangst ein. Sooft sie vorüberkamen, bückten sie sich, als hätten sie weiß Gott welche milde Gabe empfangen und bedankten sich tief. Doch ihre Vorsicht war umsonst. Um das übliche Guckloch kümmerte sich der Hausbesorger nicht. Wenn sie darunter vorbeischlichen, waren sie schon längst erblickt. Er hatte seine eigene, erprobte Methode. Als Polizeibeamter in Pension war er schlau und unentbehrlich. Wohl bekam er sie durch ein Guckloch zu Gesicht, aber nicht durch jenes, vor dem sie sich in acht nahmen.

Fünfzig Zentimeter über dem Boden hatte er die Mauer seines Kabinetts mit einem zweiten Guckloch durchbohrt. Hier, wo ihn niemand vermutete, kniete er und wachte. Die Welt bestand für ihn aus Hosen und Röcken. Die im Hause getragenen waren ihm wohlvertraut, fremde beurteilte er nach Fasson, Wert und Würde. Er hatte darin soviel Sicherheit erlangt wie früher im Verhaften. Selten irrte er sich. Tauchte ein Subjekt auf, so langte er, noch während er kniete, mit dem kurzen, stämmigen Arm nach der Türschnalle, welche, auch eine Erfindung von ihm, verkehrt eingesetzt war. Die Wucht, mit der er aufsprang, öffnete sie. Dann brüllte er das Subjekt an und prügelte es halb tot. Am Ersten jedes Monats, da ihm seine Pension gebracht wurde, ließ er jedermann frei passieren. Interessenten wußten das sehr genau und kamen den Hausbewohnern, die einen vollen Monat nach Bettlern gehungert hatten, in hellen Scharen entgegen. Nachzügler am Zweiten oder Dritten rutschten zuweilen noch durch; zumindest wurden sie nicht so schmerzlich abgefertigt wie später. Vom Vierten ab versuchten nur Neulinge ihr Glück.

Kien hatte nach einem kleinen Erlebnis mit ihm Freundschaft

geschlossen. Er kehrte eines Abends von einem außergewöhnlichen Spaziergang zurück, im Hausflur war es schon dunkel. Plötzlich brüllte ihn jemand an:

»Scheißgefrieß, dreckiges, ich schleif' dich aufs Kommissariat!« Aus dem Kabinett stürzte der Hausbesorger und sprang ihm an die Kehle. Sie lag sehr hoch und war schwer zu erreichen. Der Mann wurde seines groben Mißgriffs gewahr. Er schämte sich, es ging um sein Hosenprestige. Katzenfreundlich zerrte er Kien ins Kabinett, machte ihn mit der geheimen Erfindung vertraut und befahl seinen vier Kanarienvögeln zu singen. Sie wollten aber nicht. Kien begann zu begreifen, wem er seine Ruhe verdanke. (Einige Jahre war es her, da hatten alle Bettler aufgehört, bei ihm anzuläuten.) Der stämmige, bärenstarke Kerl stand da im engen Gelaß ganz nahe bei ihm. Er versprach dem in seiner Art tüchtigen Mann ein monatliches »Douceur«. Die genannte Summe war größer als das Trinkgeld von allen übrigen Parteien zusammengenommen. In der ersten Glücksaufwallung hatte der Hausbesorger Lust, die Mauern des Kabinetts mit seinen rothaarigen Fäusten zu zerdreschen. So hätte er dem Gönner gezeigt, wie sehr er seine Anerkennung verdiente. Doch gelang es ihm, seine Muskeln im Zaum zu halten, er brüllte nur: »Auf mich können Sie sich verlassen, Herr Professor!« und schleuderte die Tür auf den Korridor hinaus.

Von diesem Augenblick an wagte es niemand im Haus, von Kien anders als vom Herrn Professor zu sprechen, obwohl er eigentlich keiner war. Neu einziehende Parteien wurden mit dieser obersten Bedingung, die der Hausbesorger für ihr Verbleiben im Hause stellte, prompt vertraut gemacht.

Kaum hatte Therese das Haus für einen ganzen Tag verlassen, als Kien die Kette vorlegte und sich selbst nach dem Monatsdatum fragte. Es war der Achte, der Erste vorüber, Bettler waren keine zu befürchten. Er wünschte heute viel mehr Ruhe als gewöhnlich. Ein Fest stand bevor. Zu diesem Zweck hatte er Therese aus dem Haus entfernt. Die Zeit war knapp; um sechs, nach der Geschäftssperre, erschien sie wieder. Seine Vorbereitungen allein erforderten Stunden. Allerlei Handwerk war zu verrichten. Während der Arbeit könnte er die Festrede im Kopf entwerfen. Sie sollte ein Wunder an Gelehrsamkeit werden, nicht zu trocken und nicht zu populär; mit Anspielungen auf Zeitereignisse durchflochten, Zusammenfassung der Ergebnisse eines reichen Lebens, wie man sie um die Vierzig herum schon gerne hört. Denn heute trat Kien aus seiner Reserve heraus.

Er legte Rock und Weste um einen Stuhl und krempelte sich die Hemdsärmel eilig hoch. Zwar verachtete er Kleider; doch vor Möbeln nahm er selbst sie in Schutz. Dann stürzte er an sein Bett, lachte und zeigte ihm die Zähne. Es kam ihm fremd vor, obwohl er jede Nacht darin schlief. In der Vorstellung war es plumper und greller geworden, so lange schon hatte er es nicht mehr gesehen.

»Wie geht's, mein Freund?« rief er, »du hast dich ja gut erholt!« Seit gestern war er ununterbrochen glänzend gelaunt. »Aber jetzt hinaus! Und zwar rasch, verstanden?« Er packte es mit beiden Händen bei der Kopflehne und stieß. Das Monstrum stand. Er preßte die Schultern dagegen, vom zweiten Anprall erwartete er mehr. Das Bett krachte aber nur, offenbar lag ihm daran, einen Kien zu verhöhnen. Er ächzte und stöhnte, er stieß es mit den Knien. Die Anstrengung ging über seine schwachen Kräfte. Ein Zittern befiel ihn. Er fühlte einen großen Zorn heraufkommen und versuchte es im Guten.

»Sei doch vernünftig!« schmeichelte er, »du kommst ja wieder her. Es ist nur für heute. Ich hab' heute frei. Sie ist nicht zu Hause. Warum fürchtest du dich denn? Du wirst nicht gestohlen!«

Die Worte, die er an ein Möbelstück verschwendete, kosteten ihn solche Überwindung, daß er in der Zwischenzeit ganz zu drücken vergaß. Lange redete er ein auf das Bett, während seine Arme müde herunterhingen, sie schmerzten ihn sehr. Er versicherte dem Bett, daß er ihm nicht übel wolle, er könne es nur jetzt nicht brauchen, es solle doch begreifen. Wer habe damals den Auftrag zum Kauf gegeben? Er. Wer habe das Geld dafür ausgelegt? Er, und mit Vergnügen. Ob er es denn bis zum heutigen Tag nicht mit der größten Achtung behandelt habe? Nur aus Achtung habe er es geflissentlich übersehen. Ein Mensch habe nicht immer Lust, seine Achtung zu zeigen. Jeder Groll vergehe und die Zeit heile Wunden. Ob er ihm eine einzige gehässige Äußerung nachweisen könne? Gedanken seien zollfrei. Er verspreche ihm die Rückkehr auf den einmal eroberten Platz, er verbürge sich dafür, er schwöre!

Vielleicht hätte das Bett schließlich nachgegeben. Doch Kien verlegte allen Nachdruck, dessen er fähig war, in seine Worte. Für die Arme blieb nichts, aber auch gar nichts übrig. Das Bett verharrte, unberührt und stumm. Kien geriet in Wut. »Unverschämtes Stück Holz!« schrie er. »Wem gehörst du denn eigentlich?« Es drängte ihn nach einer Entladung, er lechzte nach einer Maßregelung des frechen Möbels.

Da fiel ihm sein mächtiger Freund, der Hausbesorger, ein. Auf geflügelten Stelzen verließ er die Wohnung, bewältigte die Treppe, als hätte sie aus zehn, nicht aus hundert Stufen bestanden, und holte sich die Muskeln, die er nicht hatte, aus ihrem Wohnkabinett heraus.

»Ich brauch Sie!« Ton und Gestell erinnerten den Hausbesorger an eine Posaune. Trompeten hatte er lieber, weil er selbst eine besaß. Am meisten neigte er zu Schlaginstrumenten. Er brüllte nur: »Ja, die Weiber!« und folgte. Er war der festen Überzeugung, daß es auf die Frau losgehe. Um das wünschen zu können, sagte er sich, sie sei schon zurück. Er hatte sie durch sein Guckloch weggehn sehen. Er haßte sie, weil sie eine gewöhnliche Wirtschafterin war und jetzt Frau Professor hieß. Was Titel betraf, war er unbestechlich, ehemaliger Beamter, und zog aus seiner Ernennung Kiens zum Professor die Konsequenzen. Seit dem Tod seiner schwindsüchtigen Tochter hatte er keine Frau mehr verprügelt und lebte allein. Für Weiber ließ ihm der angestrengte Beruf keine Zeit, auch machte er ihn zu Eroberungen unfähig. Es kam vor, daß er Dienstmädchen unter die Röcke griff und in die Schenkel zwickte. Er besorgte das aber so ernsthaft, daß er seine ohnehin geringen Chancen damit vollkommen verdarb. Bis zum Prügeln kam es nie. Jahre sehnte er sich schon danach, wieder einmal recht auf Weiberfleisch loszuschlagen. Er ging voraus; abwechselnd schlug er mit der einen Faust gegen die Mauer, mit der andern aufs Treppengeländer. So übte er sich ein wenig. Über dem Lärm öffneten die Hausparteien ihre Türen und betrachteten das ungleiche, einträchtige Paar: Kien in Hemdsärmeln, den Hausbesorger in Fäusten. Niemand wagte ein Wort. Blicke wurden hinter sicheren Rücken ausgetauscht. Wenn der Hausbesorger seinen starken Tag hatte, getraute sich im Treppenhaus keine Mücke zu summen und die spitzigste Stecknadel fiel nicht.

»Wo ist sie?« brüllte er freundlich, oben angelangt. »Gleich werden wir's haben!«

Er wurde ins Arbeitszimmer geführt. Der Herr Professor blieb auf der Schwelle stehen, wies schadenfroh mit dem langen Zeigefinger aufs Bett und befahl: »Hinaus damit!« Der Hausbesorger schlug ein paarmal mit den Schultern dagegen an, er prüfte den Widerstand des Möbels. Der kam ihm sehr gering vor. Verächtlich spuckte er sich in die Hände, steckte sie in die Taschen, er brauchte sie nicht, legte den Kopf an und schob das Bett im Nu hinaus. »Köpfeln heißt das!« erklärte er. Fünf Minuten drauf standen sämtliche Möbel aus sämtlichen Zimmern auf dem Gang draußen. »Bücher haben Sie genug, ich dank schön«, stotterte der hilfreiche Schädel. Er wollte verschnaufen, ohne es merken zu lassen. Drum sagte er einfach was, nicht lauter als ein Mensch von normalen Kräften. Dann ging er; von der Treppe brüllte er, zu Atem gekommen, in die Wohnung zurück: »Wenn Sie wieder was brauchen, Herr Professor, auf mich können Sie sich verlassen!«

Kien beeilte sich, nichts zu erwidern. Er vergaß sogar, die Kette vorzulegen, und warf nur einen Blick auf das viele Gerümpel, das im dunklen Gang durcheinanderlag, ein Haufen sinnlos Betrunkener. Sie waren sich offenbar nicht im klaren, wem welche Beine gehörten. Wäre jemand mit der Peitsche über ihre Rücken gefahren, sie hätten sich gleich zurechtgefunden. Da traten seine Feinde einander die Zehen ab und kratzten sich die lackierten Köpfe kahl.

Behutsam, um seine Feier nicht durch häßlichen Lärm zu entweihen, zog er die Zimmertür hinter sich zu. Verwegen glitt er an den Regalen entlang und tastete die Rücken zärtlich ab. Die Augen riß er weit und krampfhaft auf, damit sie sich nicht aus Gewohnheit schlössen. Ein Taumel ergriff ihn, Taumel der Freude und späten Vereinigung. In der ersten Verwirrung sprach er Worte, die weder vorgesehen noch vernünftig waren. Er glaube an ihre Treue. Sie seien alle zu Hause. Sie hätten Charakter. Er liebe sie. Er bitte sie, ihm nichts zu verargen. Sie hätten ein Recht darauf, beleidigt zu sein. Durch rohe Handgreiflichkeit versichere er sich ihrer. Aber den Augen allein vertraue er nicht mehr, seit er sie auf verschiedene Arten gebrauche. Das sage er nur ihnen, ihnen sage er alles. Sie seien verschwiegen. Er zweifle an den Augen. Er zweifle an vielem. Über solche Zweifel würden sich seine Feinde freuen. Er habe viele Feinde. Bei Namen nenne er niemand. Denn heute sei ein großer Tag des Herrn. Da wolle er verzeihen. Da wolle er, in seine Rechte wieder eingesetzt, lieben.

Je länger die abgeschrittene Reihe wurde, je unversehrter und geschlossener die alte Bibliothek sich erhob, um so lächerlicher erschienen ihm die Feinde. Wie konnten sie es wagen, einen Leib, ein Leben durch Türen zu zerstückeln? Doch alle Qualen hatten nichts gegen sie vermocht. Wenn sie auch hinterrücks gefesselt und durch böse, durch entsetzliche Wochen hindurch gefoltert worden war, in Wahrheit war sie unbesiegt. Eine gute Luft wehte durch die wiedervereinigten Glieder eines Leibes. Sie freuten sich, endlich einander zu gehören. Der Leib atmete, auch der Herr des Leibes atmete tief.

Nur die Türen in ihren Angeln schwangen hin und her. Seine feierliche Stimmung wurde durch sie gestört. Hausbacken griffen sie in die Perspektive ein. Da zog es wohl von irgendwo, er blickte auf, die Oberfenster waren offen. Mit beiden Armen packte er die erste Verbindungstür, hob sie aus den Angeln — wie waren seine Kräfte inzwischen gewachsen! —, trug sie auf den Gang hinaus und legte sie übers Bett. Dasselbe geschah mit den anderen Türen. Um einen Stuhl, den der Hausbesorger irrtümlich, obwohl er zum Schreibtisch gehörte, hinausgeschafft hatte, bemerkte Kien seinen Rock und seine Weste. So hatte er die Feier in Hemdsärmeln begonnen. Er genierte sich ein wenig, kleidete sich ordentlich an und kehrte gefaßter in die Bibliothek zurück.

Kleinlaut entschuldigte er sich für sein früheres Benehmen. Aus Freude habe er das Programm durchbrochen. Nur Elende betasten mir nichts dir nichts ihre Geliebte. Wer etwas wert sei, spiele vor ihr nicht den großen Mann. Keinesfalls sei es notwendig, sie einer selbstverständlichen Neigung zu versichern. Einer Geliebten lasse man Schutz angedeihen, ohne damit zu prahlen. Man umarme sie in feierlichen Augenblicken und nicht im Rausch. Wirkliche Liebe gestehe man vor einem Altar.

Gerade das hatte Kien jetzt vor. Er schob die gute, alte Leiter an eine geeignete Stelle und stieg verkehrt hinauf, so daß sein Rücken Regale, sein Kopf die Decke, seine verlängerten Beine — die Leiter nämlich — den Boden, seine Augen den ganzen, einheitlichen Raum der Bibliothek berührten, und hielt folgende Ansprache an seine Geliebte:

»Seit einiger Zeit, genauer gesagt, seit dem Einbruch einer fremden Macht in unser Leben, trage ich mich mit dem Gedanken, unsre Beziehung auf eine starke Basis zu stellen. Eure Existenz ist vertraglich gesichert; doch sind wir, glaube ich, klug genug, um uns über die Gefahr nicht zu täuschen, in der ihr, einem rechtsgültigen Vertrage zum Trotz, schwebt.

An eure uralte und stolze Leidensgeschichte brauche ich euch im einzelnen nicht zu erinnern. Ich greife bloß einen Fall heraus, um euch schlagend vor Augen zu führen, wie nahe Liebe und Haß beieinander wohnen. In der Geschichte eines Landes, das wir alle gleicherweise verehren, eines Landes, wo man euch Aufmerksamkeit über Aufmerksamkeit, Liebe über Liebe und selbst den euch gebührenden göttlichen Kult erwies, gibt es ein furchtbares Ereignis, ein Verbrechen von mythischer Größe, das ein Machtteufel auf Einflüsterung eines noch weit teuflischeren Beraters an euch verübt hat. Im Jahre 213 vor Christi Geburt wurden auf Befehl des chinesischen Kaisers Shi-Hoang-Ti, eines brutalen Usurpators, der es gewagt hat, sich den Titel ›Der Erste, Erhabene, Göttliche‹ beizulegen, sämtliche Bücher Chinas verbrannt. Dieser rohe und abergläubische Verbrecher war selbst viel zu ungebildet, um die Bedeutung von Büchern, auf Grund deren sein Gewaltregiment bestritten wurde, richtig einzuschätzen. Aber sein erster Minister Li-Si, selbst ein Kind seiner Bücher, ein verächtlicher Renegat also, wußte ihn in einer geschickten Eingabe zu dieser nie erhörten Maßnahme zu veranlassen. Auch auf bloße Gespräche über das klassische Liederbuch und das klassische Geschichtswerk der Chinesen stand der Tod. Die mündliche Tradition sollte zugleich mit der schriftlichen ausgerottet werden. Von der Konfiskation ausgeschlossen war eine kleine Minderzahl von Büchern; welche, könnt ihr euch denken: die Werke über Medizin, Pharmakopöe, Wahrsagekunst, Ackerbau und Baumzucht — durchaus praktisches Gesindel also.

Ich gestehe, daß der Brandgeruch jener Tage mir heute noch in die Nase sticht. Was half es, daß drei Jahre später den barbarischen Kaiser sein wohlverdientes Schicksal ereilte? Er starb zwar, aber den toten Büchern war damit nicht geholfen. Sie waren und blieben verbrannt. Doch will ich nicht unerwähnt lassen, was kurz nach dem Tode des Kaisers mit dem Renegaten Li-Si geschah. Er wurde vom Nachfolger auf den Thron, der seine teuflische Natur durchschaute, seines Postens als erster Minister des Reiches, den er über dreißig Jahre bekleidet hatte, enthoben. Er wurde gefesselt ins Gefängnis geworfen und zu einer Bastonade von tausend Stockhieben verurteilt. Kein Hieb wurde ihm geschenkt. Durch die Folter brachte man ihn zum Geständnis seiner Verbrechen. Neben seinem hunderttausendfachen Büchermord hatte er auch andere Scheußlichkeiten auf dem Gewissen. Sein Versuch, das Geständnis später zu widerrufen, mißlang. Auf dem Marktplatz der Stadt Hien-Yang wurde er entzweigesägt, langsam und der Länge nach, weil das länger dauert. Der letzte Gedanke dieser blutgierigen Bestie galt der Jagd. Außerdem schämte er sich nicht, in Tränen auszubrechen. Sein ganzes Geschlecht, von den Söhnen bis zu einem sieben Tage alten Urenkel, Weiber so gut wie Männer, wurde ausgerottet, doch statt zum gerechten Feuertod zur einfachen Hinrichtung begnadigt. Das Andenken des Massenmörders Li-Si hat in China, dem Lande der Familie, der Ahnenverehrung und des persönlichen Gedenkens, keine Familie bewahrt, sondern nur die Geschichte, eben die Geschichte, die der später entzweigesägte Schurke vernichten wollte.

Jedesmal wenn ich bei einem chinesischen Historiker die Geschichte der Bücherverbrennung lese, versäume ich nicht, in sämtlichen vorhandenen Quellen auch das erbauliche Ende des Massenmörders Li-Si nachzuschlagen. Es ist zum Glück wiederholt geschildert worden. Bevor er nicht zehnmal vor meinen Augen entzweigesägt wurde, konnte ich nie noch Ruhe und Schlaf finden.

Oft frage ich mich voller Schmerz, warum das Entsetzliche gerade in China geschehen mußte, unser aller gelobtem Lande. Die Feinde, nicht faul, halten uns die Katastrophe des Jahres 213 entgegen, wenn wir auf die Offenbarung China verweisen. Wir können nur erwidern, daß auch dort die Zahl der Gebildeten verschwindend gering ist, wenn man sie gegen die Masse der andern hält. Manchmal schlägt der Schlamm des Analphabetensumpfes über den Büchern und ihren Gelehrten zusammen. Vor Naturereignissen ist kein Land der Welt geschützt. Warum verlangt man von China unmögliches?

Ich weiß, daß die Schrecken jener Tage euch noch im Blute liegen, wie so manche andere Verfolgung auch. Nicht Herzensrohheit und Fühllosigkeit treibt mich dazu, euch von den Blutzeugen eurer ruhmreichen Vergangenheit zu sprechen. Nein, ich will euch nur aufrütteln und euren Beistand erbitten für die Maßnahmen, mit denen wir uns gegen die Gefahr wappnen müssen.

Wäre ich ein Verräter, so könnte ich euch mit schönen Worten über das drohende Unglück hinüberschmeicheln. Doch die Schuld an der Lage, in die wir geraten sind, trage ich selbst. Ich habe Charakter genug, das vor euch zu gestehen. Wenn ihr mich fragt, wie ich mich so weit vergessen konnte — ihr habt ein Recht zu dieser Frage —, so muß ich euch zu meiner Beschämung entgegnen: Ich vergaß mich, weil ich unsern großen Meister Mong vergaß, der da sagt: ›Sie handeln und wissen nicht, was sie tun; sie haben ihre Gewohnheiten und wissen nicht, warum; sie wandeln ihr ganzes Leben und kennen doch nicht ihren Weg: so sind sie, die Leute der Masse.‹

Immer und ausnahmslos nehme man sich vor den Leuten der Masse in acht, ruft uns der Meister mit diesen Worten zu. Sie sind gefährlich, weil sie keine Bildung, also keinen Verstand haben. Einmal ist es nun geschehen, daß ich die Sorge um eure leibliche Pflege und menschenfreundliche Behandlung über die Ratschläge Meister Mongs stellte. Diese meine Kurzsichtigkeit hat sich schwer gerächt. Der Charakter und nicht das Staubtuch macht den Menschen.

Verfallen wir aber auch nicht ins entgegengesetzte Extrem! Kein Buchstabe ist euch bisher gekrümmt worden. Nie würde ich es mir verzeihen, wenn mir jemand eine Vernachlässigung meiner pflichtgemäßen Obsorge für euch zur Last legte. Hat jemand was zu klagen, so melde er sich.«

Kien schwieg und blickte herausfordernd und drohend um sich. Auch die Bücher schwiegen, keins trat vor und Kien setzte seine wohlvorbereitete Ansprache fort:

»Ich hab' mit diesem Ergebnis meiner Aufforderung gerechnet. Ich sehe, daß ihr treu zu mir steht, und will euch, da ihr es verdient, in die Pläne unserer Feinde einweihen. Vorerst muß ich euch mit einer interessanten und wichtigen Mitteilung überraschen. Bei der Generalmusterung habe ich festgestellt, daß in dem Teil der Bibliothek, der vom Feind okkupiert ist, unerlaubte Schiebungen stattgefunden haben. Um nicht noch größere Verwirrung in eure Reihen zu tragen, habe ich keinen Lärm geschlagen. Allen Alarmgerüchten trete ich sofort entgegen und erkläre hier an Eides Statt, daß keinerlei Verluste zu beklagen sind. Für die Vollzähligkeit und Beschlußfähigkeit dieser Versammlung bürge ich mit meinem Wort. Noch sind wir in der Lage, als unverletzte, geschlossene Körperschaft, einer für alle, alle für einen, zur Abwehr zu rüsten. Denn was nicht ist, kann werden. Schon der morgige Tag kann Lücken in unsere Reihen reißen.

Ich weiß, was der Feind mit den Verschiebungen plant: er will die Kontrolle über unseren Bestand erschweren. Er glaubt, wir würden es nicht wagen, seine Eroberungen im besetzten Gebiet rückgängig zu machen, so daß er, im Vertrauen auf unsre Unkenntnis der neuen Verhältnisse, noch vor Erklärung des Kriegszustandes an Entführungen gehen kann, die wir nicht bemerken. Seid sicher, er wird mit den Hervorragendsten von euch den Anfang machen, mit denen, für die er das höchste Lösegeld verlangen kann. Denn daran, die Entführten gegen ihre eigenen Kameraden zu verwenden, denkt er gar nicht. Er weiß, was aussichtslos ist, und braucht zum Kriegführen Geld, Geld und wiederum Geld. Die bestehenden Verträge sind für ihn ein Fetzen Papier, nicht mehr.

Wollt ihr aus eurer Heimat in alle Welt zerstreut werden, als Sklaven, die man schätzt, betastet, kauft, zu denen man nicht spricht, die man halbwegs anhört, wenn sie ihren Dienst verrichten, in deren Seelen man nie liest, die man besitzt, aber nicht liebt, die man verkommen läßt oder mit Gewinn weiterverkauft, die man benützt, aber nicht begreift — dann legt die Hände in den Schoß und übergebt euch dem Feind! Habt ihr aber noch ein mutiges Herz im Leib, eine tapfere Seele, einen edlen Geist —, so erhebt euch mit mir zum Heiligen Krieg!

Überschätze nicht die Stärke des Feindes, mein Volk! Zwischen deinen Lettern wirst du ihn totpressen, deine Zeilen seien die Keulen, die auf sein Haupt niederprasseln, deine Buchstaben die Bleigewichte, die sich an seine Füße hängen, deine Deckel die Panzer, die dich vor ihm schützen! Tausend Listen hast du, ihn zu verlocken, tausend Netze, ihn zu verstricken, tausend Blitze, ihn zu zerschmettern, du, mein Volk, die Kraft, die Größe, die Weisheit der Jahrtausende!«

Kien hielt inne. Erschöpft und begeistert knickte er auf der Leiter zusammen. Seine Beine schlotterten — oder war es die Leiter? Die angepriesenen Waffen führten vor seinen Augen einen Kriegstanz auf. Blut floß; da es Bücherblut war, wurde ihm totenübel. Nur nicht ohnmächtig werden, nur nicht das Bewußtsein verlieren! Da erhob sich rauschender Beifall, es klang, wie wenn der Sturm durch einen Wald von Blättern fuhr, von allen Seiten kamen jubelnde Zurufe. Einzelne aus der Masse erkannte er an ihren Worten. *Ihre* Sprache, *ihre* Töne, ja, das waren sie, seine Freunde, seine Getreuen, sie folgten ihm in den Heiligen Krieg! Plötzlich hob es ihn wieder auf die Leiter, er verbeugte sich einigemal und legte — seine Aufregung beirrte ihn — die linke Hand auf die rechte Brust, wo auch er kein Herz hatte. Der Beifall wollte kein Ende nehmen. Es war ihm, als sauge er ihn mit Augen, Ohren, Nase und Zunge, mit seiner ganzen feuchten summenden Haut auf. Einer solchen Brandrede hätte er sich nicht für fähig gehalten. Sein Lampenfieber vor der Rede fiel ihm ein — was war jene Entschuldigung anderes als Lampenfieber? — und er lächelte.

Um den Ovationen ein Ziel zu setzen, stieg er hinunter. Auf dem Teppich bemerkte er Blutflecken und griff sich ins Gesicht. Die angenehme Feuchtigkeit war Blut. Jetzt fiel ihm auch ein, daß er inzwischen auf dem Boden gelegen war und durch den einsetzenden Sturm bei Bewußtsein erhalten, nochmals auf die Leiter hinaufgefunden hatte. Er lief in die Küche — nur rasch aus der Bibliothek hinaus, wer weiß, ob das Blut nicht schon auf Bücher gespritzt ist — und wusch sich gründlich alles Rote ab. Es war ihm lieber, die Verwundung betraf ihn als einen seiner Leute. Frisch gestärkt, von neuem Kampfesmut erfüllt, eilte er auf den Kriegsschauplatz zurück. Der rauschende Beifall war verstummt. Nur der Wind pfiff melancholisch durchs Oberfenster. Für Klagelieder haben wir jetzt keine Zeit, dachte er, sonst dürfen wir sie bald an den Wassern Babylons singen. Feurig stürzte er auf die Leiter hinauf, zog sein Gesicht in die strengste Länge und schmetterte im Kommandoton, oben die Scheiben erklirrten in Angst.

»Es freut mich, daß ihr rechtzeitig zur Vernunft gekommen seid. Mit Begeisterung allein führt man keine Kriege. Eurer Zustimmung entnehme ich, daß ihr unter meiner Führung zu kämpfen gewillt seid.

Ich erkläre:

1. Wir befinden uns im Kriegszustand.
2. Verräter verfallen der Feme.
3. Das Kommando ist zentralisiert. Ich bin oberster Kriegsherr, einziger Führer und Offizier.
4. Sämtliche Unterschiede, die sich aus Vergangenheit, Anse-

hen, Größe und Wert der Kriegsteilnehmer ergeben, sind aufgehoben. Die Demokratisierung des Heeres äußert sich praktisch darin, daß von heute ab jeder einzelne Band mit dem Rücken zur Wand steht. Diese Maßnahme steigert unser Zusammengehörigkeitsgefühl. Sie entzieht dem räuberischen, aber ungebildeten Feind seine Maßstäbe.

5. Als Parole gebe ich den Namen Kung aus.«

Damit beschloß er sein kurzes Manifest. Auf die Wirkung dieser Worte achtete er nicht. Der Erfolg der früheren Kriegsrede hatte sein Machtgefühl geschwellt. Er wußte sich von der einstimmigen Liebe seiner ganzen Armee getragen. Er ließ es sich an der einmaligen Willenskundgebung genügen und schritt zur Tat.

Jeder einzelne Band wurde herausgenommen und mit dem Rücken zur Wand gestellt. Wie er so seine alten Freunde — rasch während der Arbeit natürlich — in der Hand wog, tat es ihm leid, daß er sie in die Namenlosigkeit eines kriegsbereiten Heeres verstoßen mußte. Vor Jahren hätte ihn nichts zu solcher Grausamkeit vermocht. À la guerre comme à la guerre, rechtfertigte er sich und seufzte.

Die Reden Gotamo Buddhos, an sich sehr friedliebender Natur, drohten in sanften Worten mit Kriegsdienstverweigerung. Er lachte höhnisch und schrie: »Versucht es einmal!« So sicher, wie das klang, war ihm aber gar nicht zumute. Denn diese Reden füllten Dutzende von Bänden aus. Da standen sie alle dicht nebeneinander, auf Pali, auf Sanskrit, in chinesischen, japanischen, tibetanischen, englischen, deutschen, französischen, italienischen Übersetzungen, eine volle Kompanie, eine Achtung gebietende Macht. Ihr Vorgehen empfand er als pure Heuchelei.

»Warum habt ihr euch nicht früher gemeldet?«

»Wir haben dir keinen Beifall gespendet, o Herr.«

»Ihr hättet Zwischenrufe machen können.«

»Wir haben geschwiegen, o Herr.«

»Das sieht euch ähnlich!« schnitt er ihnen jede weitere Rede ab. Doch der Stachel des Schweigens saß. Wer hatte, schon vor Jahrzehnten, das Schweigen zum obersten Grundsatz seines Lebens erhoben? Er, Kien. Wo hatte er den Wert des Schweigens erfaßt, wem verdankte er die entscheidende Wende in seiner Entwicklung? Buddha, dem Erleuchteten. Der schwieg meistens. Vielleicht verdankte er seinen Ruhm der Tatsache, daß er soviel schwieg. Fürs Wissen hatte er wenig übrig. Auf alle möglichen Fragen schwieg er oder gab zu verstehen, daß die Antwort darauf nicht der Mühe wert sei. Da lag der Verdacht, daß er sie nicht wußte, nahe. Denn was er wußte, seine berühmte Kausalitätsreihe, eine primitive Logik, kehrte er bei jeder Gelegenheit hervor. Schwieg er nicht, so sagte er immer wieder dasselbe. Man nehme die Gleichnisse aus seinen Reden weg, und was bleibt übrig? Eben die Kausalitätsreihe. Ein armer Geist! Ein Geist, der vor lauter Beharrung Fett angesetzt hat. Kann man sich einen Buddha anders als fett vorstellen? Schweigen und Schweigen ist Zweierlei.

Buddha rächte sich für diese unerhörten Beleidigungen: er schwieg. Kien beeilte sich mit dem Umdrehen der Reden, um aus diesem demoralisierenden, defaitistischen Bereich hinauszugelangen.

Er hatte sich eine schwere Aufgabe vorgenommen. Kriegerische Entschlüsse sind leicht gefaßt. Aber dann heißt es jeden einzelnen bei der Stange halten. Die prinzipiellen Kriegsgegner waren immerhin eine Minderzahl. Den Hauptwiderstand erfuhr der vierte Punkt seines Manifests, die Demokratisierung des Heeres, die erste wirklich praktische Maßnahme. Welch eine Summe von Eitelkeiten gab es da zu überwinden! Lieber als auf ihren Privatruhm verzichten, wollten diese Narren gestohlen werden. *Schopenhauer* bekundete seinen Willen zum Leben. Nachträglich gelüstete es ihn nach dieser Schlechtesten aller Welten. Jedenfalls weigerte er sich, Schulter an Schulter mit einem *Hegel* zu kämpfen. *Schelling* holte seine alten Beschuldigungen hervor und bewies die Identität der Hegelschen Lehre mit der seinigen, die älter sei. *Fichte* rief heroisch »Ich!« *Immanuel Kant* trat kategorischer als bei Lebzeiten für einen Ewigen Frieden ein. *Nietzsche* deklamierte, was er alles sei, Dionysos, Anti-Wagner, Antichrist und Heiland. Andere drängten sich dazwischen und mißbrauchten diesen Augenblick, gerade diesen Augenblick dazu, um ihre Verkanntheit hervorzuheben. Endlich kehrte Kien der phantastischen Hölle der deutschen Philosophie den Rücken.

Er gedachte sich bei den weniger großartigen und vielleicht allzu klaren Franzosen zu entschädigen, wurde aber mit einem Hagel von Bosheiten empfangen. Sie verhöhnten seine lächerliche Gestalt. Er wisse mit seinem Körper nicht umzugehen, drum ziehe er in den Krieg. Er sei immer bescheiden gewesen, drum erniedrige er sie, um sich zu erhöhen. Das sei die Art aller Liebenden:

sich Widerstände vorzutäuschen, um siegen zu dürfen. Hinter seinem Heiligen Krieg stecke doch nur eine Frau, eine ungebildete Haushälterin, alt, unbrauchbar und geschmacklos. Kien wurde wütend: »Ihr verdient mich nicht!« tobte er, »ich überlasse euch allesamt eurem Schicksal!«

»Geh lieber zu den Engländern!« rieten sie. Sie waren zu sehr mit ihrem Geist beschäftigt, um es auf einen ernsten Kampf mit ihm ankommen zu lassen und rieten gut.

Bei den Engländern fand er, was er heute brauchte: einen soliden Boden der Tatsachen, auf dem sie sich gut standen. Ihre Einwände, soweit sie sich bei ihrer Sprunglosigkeit welche entfahren ließen, waren nüchtern, von Nutzen und trotzdem durchdacht. Einen gewichtigen Vorwurf konnten sie ihm zum Schluß allerdings nicht ersparen. Warum er das Losungswort der Sprache einer farbigen Rasse entnommen habe? Da sprang Kien hoch und schrie selbst die Engländer an.

Er verfluchte sein Schicksal, das ihm Enttäuschung auf Enttäuschung bereitete. Lieber ein Kuli als ein Feldherr, rief er und befahl der vieltausendköpfigen Gesellschaft zu schweigen. Stundenlang war er damit beschäftigt, sie alle umzudrehen. Leicht hätte es kleine Seitenhiebe gesetzt. Aber er getraute sich nicht, die Konsequenzen aus der neuen Disziplinarordnung zu ziehen, und tat niemandem etwas zuleid. Müd und verdrossen, entmutigt bis auf den Tod, mehr aus Charakter als aus Überzeugung, denn seinen Glauben hatten sie ihm genommen, schleppte er sich an den Regalen entlang. Für die oberen holte er die Leiter zu Hilfe, auch sie behandelte ihn lieblos und feindlich. Wiederholt sprang sie aus ihrer Schiene heraus und ließ sich störrisch auf den Teppich nieder. Mit seinen dünnen, kraftlosen Armen hob er sie auf, und das fiel ihm jedesmal schwerer. Er besaß nicht einmal mehr Stolz genug, sie zu beschimpfen, wie sie es verdiente. Beim Hinaufsteigen behandelte er die Sprossen mit besonderer Vorsicht, damit sie ihm keine Possen spielten. So schlecht ging es ihm, daß er sich mit seiner Leiter, einer bloßen Aushilfsfigur, verhalten mußte. Als die Umstellung der Bücher im früheren Speisezimmer vollendet war, besah er sich das Werk seiner Hände. Er schaltete eine Ruhepause von drei Minuten ein, die er in horizontaler Lage, keuchend, aber die Uhr in der Hand, auf dem Teppich verbrachte. Dann kam das benachbarte Zimmer an die Reihe.

Der Tod

Auf dem Heimweg machte Therese ihrer Empörung Luft.

Sie ladet den Menschen ein und zum Dank wird er frech. Hat sie vielleicht was von ihm wollen? Sie hat das nicht nötig, fremden Männern nachzurennen. Sie ist eine verheiratete Frau. Sie ist kein Dienstbot', der mit jedem Mann geht.

Im Gasthaus hat er erst die Speisekarte genommen und gefragt, was er uns bestellen soll. Sie war so dumm und hat darauf gesagt: »Aber zahlen tu ich.« Was der sich alles bestellt hat. Sie würde sich ja jetzt noch vor den Leuten schämen. Er hat geschworen, er ist ein besserer Mensch. Es ist ihm auch nicht an der Wiege gesungen worden, daß er ein armer Angestellter sein muß. Sie hat ihn getröstet. Da hat er gesagt, ja, dafür hat er bei den Frauen Glück, aber was hat er schon davon? Er braucht ein Kapital, es muß kein großes sein, weil jeder sein eigener Herr sein will. Die Frauen haben kein Kapital, bloß Ersparnisse, schäbige, mit solchen Bagatellen fängt man kein Geschäft an, ein anderer vielleicht, er nicht, weil er aufs Ganze geht, mit Dreck läßt er sich nicht abspeisen.

Bevor er mit dem zweiten Schnitzel anfängt, nimmt er ihre Hand und sagt: »Das ist die Hand, die mir zu meinem Glück verhelfen wird.«

Dabei kitzelt er sie. So schön kitzeln kann der Mensch. Das hat ihr noch niemand gesagt, daß sie ein Glück ist. Und ob sie sich beteiligen möchte an seinem Geschäft?

Woher er denn auf einmal das Geld dazu hat?

Da hat er gelacht und gesagt: das Kapital gibt ihm seine Geliebte.

Sie spürt, wie sie einen roten Kopf kriegt vor Wut. Wozu hat er eine Geliebte, wenn sie da ist, sie ist auch noch ein Mensch!

Wie alt die Geliebte ist? hat sie gefragt.

Dreißig, hat er gesagt.

Ob sie schön ist? hat sie gefragt.

Die Schönste von allen, hat er gesagt.

Da hat sie ein Bild von der Geliebten sehen wollen.

»Gleich, bitte sehr, auch damit kann ich dienen.« Auf einmal steckt er ihr den Finger in den Mund, so einen schönen, dicken Finger hat er, und sagt: »Das ist sie!«

Wie sie drauf nichts antwortet, zupft er sie am Kinn, so ein zudringlicher Mensch, macht unterm Tisch was mit seinem Bein, drückt fest, tut man das, und schaut ihr in den Mund und sagt: er ist in einem glücklichen Liebestaumel und wann er die prachtvollen Hüften ausprobieren darf. Sie soll sich auf ihn verlassen. Er versteht was vom Geschäft. Bei ihm geht nichts verloren.

Da hat sie gesagt, sie liebt die Wahrheit über alles. Sie muß es ihm gleich gestehen. Sie ist eine Frau ohne Kapital. Ihr Mann hat sie aus Liebe geheiratet. Sie war eine einfache Angestellte wie er. Ihm kann sie's ja sagen. Mit dem Ausprobieren muß sie schau'n, wie sie's einrichtet. Sie möcht' ja auch gern. Die Frauen sind so. Sie ist sonst nicht so, aber sie macht ihre Ausnahmen. Der Herr Grob soll nicht glauben, daß sie auf ihn angewiesen ist. Auf der Straße schau'n ihr alle Männer nach. Sie freut sich schon drauf. Punkt zwölf geht der Mann schlafen. Er schläft gleich ein, er ist so genau. Sie hat ein besonderes Zimmer, wo früher die Wirtschafterin geschlafen hat. Jetzt ist die nicht mehr im Haus. Sie kann den Mann nicht leiden, weil sie ihre Ruh' haben will. Der Mensch ist so zudringlich. Dabei ist er gar kein Mann. Drum schläft sie allein in dem Zimmer, wo früher die Wirtschafterin war. Um 12¼ geht sie mit dem Haustorschlüssel hinunter und macht ihm auf. Er braucht keine Angst zu haben. Der Hausbesorger schläft fest. Der ist so müd von seiner Arbeit am Tag. Sie schläft ganz allein. Das Schlafzimmer kauft sie nur, damit die Wohnung nach was aussieht. Sie hat immer Zeit. Sie wird es so einrichten, daß er jede Nacht kommt. Eine Frau will auch was vom Leben haben. Auf einmal ist man vierzig und die schöne Zeit hat ein Ende.

Gut, hat er gesagt, er schafft seinen Harem ab. Wenn er liebt, tut er alles für eine Frau. Sie soll sich revanchieren, wie es sich gehört, und den Mann um das Kapital bitten. Er nimmt es nur von ihr, von keiner andern Frau, weil das höchste Glück ihm heute Nacht bevorsteht, die Liebesseligkeit.

Sie liebt die Wahrheit über alles, macht sie ihn aufmerksam, und muß es ihm gleich gestehn. Ihr Mann ist geizig und gönnt niemandem was. Der gibt nichts aus der Hand, nicht einmal ein Buch. Wenn sie ein Kapital hätt', sie tät es sofort in sein Geschäft. Ihm glaubt eine jede aufs bloße Wort und zu so einem Menschen hat jede Vertrauen. Er soll doch kommen. Sie freut sich schon drauf. Zu ihrer Zeit gab es ein schönes Sprichwort, das hieß: »Kommt Zeit, kommt Rat.« Jeder muß einmal sterben. Das ist bei den Menschen so. Er kommt jede Nacht um 12¼ und das Kapital ist auf einmal da. Sie hat den alten Mann nicht aus Liebe geheiratet. Man muß auch an seine Zukunft denken.

Da gibt er das eine Bein unterm Tisch weg und sagt: »Schon gut, liebe Frau, aber wie alt ist der Mann?«

Vierzig vorüber, das weiß sie genau.

Da gibt er das zweite Bein unterm Tisch auch weg, steht auf und sagt: »Erlauben Sie mal, das find' ich empörend!«

Er soll doch weiteressen, bittet sie ihn. Sie kann nichts dafür, aber der Mann sieht wie ein Skelett aus und ist bestimmt nicht gesund. Jeden Morgen beim Aufstehn denkt sie: Heut ist er tot. Wenn sie hereinkommt und ihm das Frühstück bringt, lebt er noch. Ihre Mutter selig war auch so. Mit dreißig war sie schon krank und mit vierundsiebzig ist sie gestorben. Und da ist sie erst noch verhungert. Dem zerlumpten Weib hätt's niemand geglaubt. Da legt der interessante Mensch Gabel und Messer zum zweitenmal hin und sagt: Er ißt nicht weiter, er fürchtet sich.

Erst hat er nicht sagen wollen warum, dann tut er den Mund doch auf und meint: Wie leicht ist ein Mensch vergiftet! Da sitzen wir beide glücklich beisammen und kosten beim Diner die wonnige Nacht aus. Der Wirt oder ein Kellner schüttet aus Neid so ein verstecktes Pulver ins Essen und wir sind beide im kühlen Grab. Da ist die Liebe ausgeträumt, bevor wir noch in der Seligkeit mitten drin waren. Er glaubt aber doch nicht, daß die das tun, weil es in einem öffentlichen Lokal herauskommt. Wenn er verheiratet wär, hätt' er immer Angst. Einer Frau ist alles zuzutrauen. Er kennt die Frauen besser als seine Tasche, inwendig und auswendig, nicht nur die Hüften und Schenkel, obwohl die das Beste an einer Frau sind, wenn man sich drauf versteht. Die Frauen sind tüchtig. Erst warten sie, bis ihnen das Testament garantiert paßt, dann machen sie mit dem Mann, was sie wollen und reichen über der frischen Leiche dem treuen Geliebten die Hand zum Ehebunde. Der revanchiert sich natürlich und nichts kommt heraus.

Sie hat aber gleich eine Antwort gewußt. Das tut sie nicht. Sie ist eine anständige Frau. Manchmal kommt es doch heraus und dann wird man eingesperrt. Einsperren gehört sich nicht für eine anständige Frau. Es wär Vieles schöner, wenn man nicht gleich eingesperrt würde. Man darf sich nicht rühren. Kaum kommt was heraus, schon ist die Polizei da und sperrt einen ein. Die nehmen keine Rücksicht darauf, daß eine Frau das nicht aushält. Die müssen in alles ihre Nase hereinstecken. Was geht die das an, wie eine Frau mit ihrem Mann lebt? Die Frau muß sich alles gefallen lassen. Die Frau ist kein Mensch. Dabei ist der Mann zu nichts zu gebrauchen. Ist das ein Mann? Das ist ja kein Mann. Um so einen Mann ist es nicht schad'. Am besten wär's noch, der Geliebte nähm eine Hacke und gäb' ihm damit eine über den Kopf, wenn er schläft. Aber er sperrt sich ja nachts immer ein, weil er Angst hat. Der Geliebte soll schau'n, wie er es selber macht. Er sagt ja, es kommt nichts heraus. Sie tut das nicht. Sie ist eine anständige Frau.

Da unterbricht sie der Mensch. Sie soll nicht so laut schrei'n. Das bedauerliche Mißverständnis tut ihm leid. Sie wird doch nicht behaupten wollen, daß er sie zu einem Giftmord angestiftet hat? Er ist eine herzensgute Seele und tut keiner Fliege was zuleid'. Drum haben ihn die Frauen alle zum Fressen gern.

»Die wissen was gut ist!« hat sie gesagt.

»Ich auch«, sagt er. Auf einmal steht er auf, nimmt ihren Mantel vom Ständer und tut so, als ob ihr kalt wär'. In Wirklichkeit war das nur, um ihr einen Kuß auf den Nacken zu drücken. Lippen hat der Mensch wie die Stimme. Und was er dazu gesagt hat: »Schöne Nacken küss' ich gern und überlegen Sie sich die Sache!«

Wie er wieder sitzt, fängt er zu lachen an: »So macht man das! Wie hat das geschmeckt? Wir werden zahlen müssen!«

Dann hat sie für beide gezahlt. Warum war sie so dumm. Alles war schön. Auf der Straße hat dann das Unglück begonnen. Erst sagt er lange nichts. Sie hat nicht gewußt, was sie drauf antworten soll. Wie sie beim Möbelgeschäft sind, frägt er:

»Ja oder nein?«

»Aber ich bitt' Sie, ja! Punkt 12¼ !«

»Das Kapital mein ich!« sagte er.

Ganz unschuldig gibt sie ihm eine schöne Antwort: »Kommt Zeit, kommt Rat.«

Da gehen sie beide ins Geschäft hinein. Er verschwindet hinten. Der Herr Chef kommt plötzlich und sagt:

»Wünschen wohl gespeist zu haben. Morgen vormittag wird das Schlafzimmer geliefert. Oder haben Sie was dagegen?«

»Nein!« sagt sie, »bezahlt hätt' ich gern heut.«

Er nimmt das Geld und gibt ihr die Bestätigung. Da kommt der interessante Mensch von hinten und sagt zu ihr laut vor allen Leuten:

»Für die Stelle als Hausfreund werden Sie sich schon wem andern aussuchen müssen, Gnädigste. Ich hab' Jüngere wie Sie. Um was die schöner sind wie Sie, Gnädigste!«

Da ist sie rasch hinausgelaufen, hat die Tür zugeschlagen und auf der Straße vor allen Leuten zu weinen begonnen.

Hat sie vielleicht was von ihm wollen? Sie zahlt das Essen und er wird frech. Sie ist eine verheiratete Frau. Sie hat es nicht nötig, fremden Männern nachzurennen. Sie ist kein Dienstbot', der mit jedem Mann geht. Da hätt' sie ja zehn an jedem Finger. Auf der Straße schau'n ihr alle Männer nach. Und wer ist schuld dran? Ihr Mann ist schuld! Sie läuft in der ganzen Stadt für ihn herum und kauft ihm die Möbel ein. Und zum Dank dafür muß man sich beleidigen lassen. Er soll lieber selber gehn. Er ist ja zu nichts zu gebrauchen. Die Wohnung gehört doch ihm. Das kann ihm doch nicht egal sein, was für Möbel bei seinen Büchern stehn. Warum hat sie soviel Geduld? So ein Mann glaubt, er kann auf einem herumtrampeln. Erst tut man alles für ihn, und dann läßt er die Frau vor allen Leuten beleidigen. Der Frau vom interessanten Menschen hätt' das passieren sollen! Aber der hat ja keine. Warum hat er keine? Weil er ein Mann ist. Ein richtiger Mann hat keine Frau. Ein richtiger Mann heiratet erst, bis er was vorstellt. Der zu Hause stellt doch nichts vor! Was stellt er vor? So ein Skelett! Man könnte ja glauben, er ist gestorben. Wozu lebt so was. So was lebt auch noch. So ein Mensch ist zu nichts gut. Der nimmt den anderen nur das schöne Geld weg.

Sie betrat das Haus. Der Hausbesorger erschien auf der Schwelle seines Kabinetts und brüllte:

»Heut gibt's was, Frau Professor!«

»Man wird ja seh'n!« gab sie zurück und kehrte ihm verächtlich den Rücken.

Oben sperrte sie die Wohnungstür auf. Niemand rührte sich. Im Vorzimmer lagen alle Möbel durcheinander. Sie öffnete lautlos die Tür zum Speisezimmer. Da erschrak sie furchtbar. Die Wände sahen plötzlich anders aus. Früher waren sie braun, jetzt sind sie weiß. Da war was gescheh'n. Was war gescheh'n? Im Nebenzimmer dieselbe Veränderung. Im dritten, das sie als Schlafzimmer herrichten wollte, ging ihr ein Licht auf. Der Mann hatte die Bücher umgedreht!

Bücher gehören so, daß man den Rücken fassen kann. Zum Abstauben muß das sein. Wie soll man sie sonst herausnehmen? Ihr ist es recht. Sie hat das ewige Abstauben satt. Fürs Abstauben hält man sich eine Bedienerin. Geld hat er genug. Für Möbel wirft er Geld hinaus. Er soll lieber sparen. Die Frau im Hause hat auch ein Herz.

Sie suchte ihn, um ihm dieses Herz an den Kopf zu werfen. Sie fand ihn in seinem Arbeitszimmer. Er lag seiner ganzen Länge nach am Boden, von der Leiter bedeckt, die noch ein Stück über seinen Kopf hinausreichte. Der schöne Teppich ringsherum war von Blut befleckt.

Solche Flecken gehen sehr schwer heraus. Womit soll sie es am besten versuchen? Auf die Arbeit nimmt er gar keine Rücksicht! Er hat es zu eilig gehabt, da ist er von der Leiter heruntergestürzt. Was hat sie gesagt, der Mann ist nicht gesund. Der interessante Mensch müßte das sehen. Sie freut sich nicht drüber, so ist sie nicht. Ist das ein Tod? Der Mensch kann ihr beinahe leid tun. Sie möcht' nicht auf die Leiter steigen und tot herunterfallen. Tut man das, daß man so unvorsichtig ist? Jedem was ihm gebührt. Über acht Jahre ist sie täglich auf der Leiter herumgestiegen und hat Staub gewischt, und ist ihr vielleicht was passiert? Ein anständiger Mensch hält sich fest. Warum war er so dumm? Jetzt gehören die Bücher ihr. In diesem Zimmer sind erst die halben umgedreht. Die stellen ein Kapital vor, hat er immer gesagt. Er muß es ja wissen, er hat sie selber gekauft. Sie rührt die Leiche nicht an. Da plagt man sich mit der schweren Leiter und auf einmal hat man Scherereien mit der Polizei. Sie läßt alles lieber so liegen, wie es ist. Nicht wegen dem Blut, das macht ihr nichts. Das ist ja kein Blut. Wo hat der Mann ein richtiges Blut? Flecken machen kann er mit dem Blut, das ist alles. Um den Teppich tut es ihr leid. Dafür gehört ihr jetzt alles, die schöne Wohnung ist auch was wert. Die Bücher verkauft sie gleich. Wer hätte das gestern gedacht? Aber so geht es einem. Erst erlaubt man sich Frechheiten mit der Frau und dann ist man auf einmal tot. Sie hat immer gesagt, das nimmt kein gutes Ende, aber sie hat ja nichts sagen dürfen. So ein Mann glaubt, er ist allein auf der Welt. Um 12 Uhr schlafen gehn und die Frau nicht in Ruhe lassen, tut man das? Ein anständiger Mensch geht um 9 Uhr schlafen und läßt die Frau schön in Ruh'.

Aus Mitleid mit der Unordnung, die auf dem Schreibtisch herrschte, glitt Therese auf diesen zu. Sie schaltete das Licht der Tischlampe an und suchte unter den Papieren nach einem Testament. Sie nahm an, daß er es vor seinem Sturz oben zurechtgelegt habe. Sie zweifelte nicht daran, daß sie zur einzigen Erbin eingesetzt sei, da sie von keinem andern Angehörigen wußte. Doch in den wissenschaftlichen Notizen, die sie von A bis Z las, war nirgends von Geld die Rede. Blätter mit fremden Schriftzeichen legte sie gewissenhaft auf die Seite. Da standen besondere Werte drin, die man verkaufen konnte. Bei Tisch hatte er einmal zu ihr gesagt, was er da schreibe, sei Gold wert, aber ihm sei es nicht um Gold zu tun.

Nach einer Stunde sorgfältigen Ordnens und Lesens stellte sie entrüstet fest, daß kein Testament da war. Er hatte nichts vorbereitet. Bis zum letzten Augenblick war er derselbe, der Mann, der nur an sich denkt und für die Frau nichts übrig hat. Seufzend beschloß sie, auch das Innere des Schreibtisches, sämtliche Laden, der Reihe nach zu durchsuchen, bis das Testament zum Vorschein kam. Schon der erste Griff enttäuschte sie schwer. Der Schreibtisch war zugesperrt. Die Schlüssel trug er immer in der Hosentasche. Eine schöne Geschichte, jetzt stand sie da. Sie durfte doch nichts herausnehmen. Wenn sie zufällig ans Blut ankam, konnte die Polizei glauben. Sie trat in die nächste Nähe der Leiche, bückte sich und wurde aus der Lage der Taschen nicht klug. Sie fürchtete sich davor, einfach niederzuknieen. Vor großen Augenblicken pflegte sie erst ihren Rock abzulegen. Sie faltete ihn redlich zusammen und vertraute ihn einer entlegenen Ecke des Teppichs an. Dann kniete sie einen Schritt von der Leiche nieder, drückte, um besseren Halt zu haben, ihren Kopf an die Leiter und bohrte den Zeigefinger ihrer Linken langsam in seine rechte Tasche hinein. Sie kam nicht weit. Er lag so ungeschickt. Tief im Innern der Tasche glaubte sie etwas Hartes zu spüren. Da fiel ihr zu ihrem größten Schrecken ein, daß die Leiter vielleicht auch blutig war. Rasch stand sie auf und griff sich mit der Hand an die Stirn, dort, wo sie auf der Leiter gelegen hatte. Sie fand kein Blut. Doch die vergebliche Suche nach Testament und Schlüsseln hatte sie entmutigt. »Da muß was gescheh'n«, sagte sie laut, »man kann ihn doch nicht so liegen lassen!« Sie zog sich den Rock wieder an und holte den Hausbesorger.

»*Was* ist?« fragte der drohend. Von einem gewöhnlichen Menschen ließ er sich in seiner Arbeit nicht so leicht stören. Auch hatte er sie nicht verstanden, weil sie leise sprach, wie es sich bei einer Leiche gehörte.

»Aber ich bitt' Sie, tot ist er!«

Jetzt hatte er verstanden. Alte Erinnerungen regten sich in ihm. Er war schon zu lange pensioniert, um ihnen sofort zu trauen. Nur langsam wichen seine Zweifel dem Glauben an ein so schönes Verbrechen. Im selben Maße veränderte sich seine Haltung. Er wurde harmlos und schwach, wie in jenen mächtigen Tagen als Polizist, wenn es ein besonderes Wild zu überführen galt. Man hätte ihn für mager halten können. Das Gebrüll blieb ihm in der Kehle stecken. Seine Augen, sonst starr auf den Gegner gerichtet, rückten zahm in die Winkel und legten sich hier auf die Lauer. Der Mund versuchte zu lächeln. Durch den steifen, gebügelten, engsitzenden Schnurrbart wurde er daran gehindert. Da halfen zwei brave Fingerstumpen nach und drückten die Mundwinkel zum Lächeln zurecht.

Die Mörderin ist niedergeschlagen und gibt kein Lebenszeichen von sich. In voller Uniform tritt er vor die Richter und erklärt, wie man so was machen müsse. Er ist der Kronzeuge des sensationellen Prozesses. Der Staatsanwalt lebt nur von ihm. Sobald die Mörderin in andere Hände gekommen ist, hat sie alles widerrufen.

»Meine Herren!« sagt er mit schallender Stimme, die Journalisten schreiben jedes Wort nach. »Der Mensch braucht eine Behandlung. Der Verbrecher ist auch nur ein Mensch. Ich bin schon lange pensioniert. In meiner freien Zeit studiere ich das Leben und Treiben, die Seele, wie man sagt, dieser Subjekte. Behandeln Sie das Subjekt gut, dann gesteht die Mörderin ihre Tat. Aber ich warne Sie, meine Herren, behandeln Sie das Subjekt schlecht, dann leugnet die Mörderin frech und das Gericht kann schau'n, wo es die Beweise hernimmt. In diesem sensationellen Mordprozeß können Sie sich auf mich verlassen. Meine Herren, ich bin ein Belastungszeuge. Aber ich frage Sie, meine Herren, wieviel solche

Zeugen gibt es? Ich bin der Einzige! Jetzt passen Sie gut auf. So leicht geht das nicht, wie Sie glauben. Erst hat ein Mensch den Verdacht. Dann sagt man nichts und schaut sich die Täterin genau an. Auf der Treppe fängt man zum Reden an:

»Ein brutaler Mensch.«

Seit der Hausbesorger so freundlich dreinsah, verspürte Therese eine entsetzliche Angst. Sie konnte sich seine Verwandlung nicht erklären. Sie wollte alles tun, damit er nur wieder zu brüllen anfing. Er stampfte nicht voran wie gewöhnlich, unterwürfig ging er neben ihr her, und als er zum zweitenmal aufmunternd fragte: »Ein brutaler Mensch?« hatte sie noch immer nicht verstanden, wen er meinte. Sonst verstand man ihn genau. Um ihn wieder in die vertraute Laune zu versetzen, sagte sie: »Ja.«

Er stieß sie an und während sein Auge schlau und bescheiden auf sie gerichtet blieb, forderte er sie mit dem ganzen Körper zur Abwehr gegen die Brutalität ihres Mannes auf. »Da wehrt man sich eben.«

»Ja.«

»Da kann leicht was gescheh'n.«

»Ja.«

»Der Mensch ist hin wie nichts.«

»Hin, ja.«

»Das sind mildernde Umstände.«

»Umstände.«

»Die Schuld hat er.«

»Er.«

»Aufs Testament hat er vergessen.«

»Das wär noch schöner.«

»Der Mensch braucht was zum Leben.«

»Zum Leben.«

»Es geht auch ohne Gift.«

Therese hatte im selben Augenblick dasselbe gedacht. Sie sprach kein Wort mehr. Sie wollte sagen, der interessante Mensch hat mir zugeredet, aber ich hab' mich gewehrt. Auf einmal hat man Scherereien mit der Polizei. Da fiel ihr ein, daß der Hausbesorger selbst zur Polizei gehörte. Der weiß alles. Gleich wird er sagen: Vergiften darf nicht sein. Warum haben Sie das getan? Sie läßt sich das nicht gefallen. Der interessante Mensch ist schuld. Er heißt Herr Grob und ist ein einfacher Angestellter bei der Firma Groß & Mutter.

Erst wollte er um Punkt 12¼ ins Haus kommen, um ihr keine Ruhe zu geben. Dann hat er gesagt, er nimmt ein Beil und bringt den Mann um, im Schlaf. Sie ist auf nichts eingegangen, auch aufs Vergiften nicht und jetzt hat sie die Scherereien. Kann sie denn was dafür, daß der Mann tot ist? Das Testament darf sie haben. Alles gehört ihr. Sie ist Tag und Nacht bei ihm zu Hause gewesen und hat sich für ihn gerackert wie ein Dienstbot'. Man konnte ihn ja nicht allein lassen. Einmal geht sie weg, um für ihn das Schlafzimmer einzukaufen, er kennt sich in Möbeln nicht aus. Da steigt er auf die Leiter und fällt sich zu Tod. Bitte, er tut ihr ja leid. Gehört sich das vielleicht nicht, daß die Frau was erbt?

Von Stockwerk zu Stockwerk gewann sie ein Stück ihres Mutes zurück. Sie überzeugte sich davon, daß sie unschuldig war. Da konnte die Polizei lange kommen. Die Wohnungstür öffnete sie als die Herrin aller hier aufbewahrten Werte. Der Hausbesorger merkte sich die leichtfertige Miene, die sie plötzlich wieder aufsetzte, genau. Bei ihm nützte ihr das nichts. Sie hatte gestanden. Er freute sich auf die Konfrontation von Mörderin und Opfer. Sie bot ihm den Vortritt. Er dankte mit listigem Blinzeln und ließ sie nicht aus den Augen.

Die Situation war ihm auf den ersten Blick klar, er stand noch auf der Schwelle des Arbeitszimmers. Die Leiter hat sie nachträglich auf die Leiche gelegt. Ihn legt man damit nicht herein. Er kennt sich aus.

»Meine Herren, ich gehe auf den Tatort zu. Ich wende mich an die Mörderin und sage: ›Helfen Sie mir die Leiter wegheben!‹ Jetzt glauben Sie ja nicht, ich kann keine Leiter von allein heben« — er zeigt seine Muskeln, »ich hab' konstatieren wollen, was die Angeklagte für ein Gesicht macht. Das Gesicht ist die Hauptsache. Da sehen Sie alles. Ein Mensch macht ein Gesicht!«

Noch während dieser Rede bemerkte er, daß die Leiter sich bewegte. Er stutzte. Einen Augenblick lang tat es ihm leid, daß der Professor lebte. Dessen letzte Worte drohten dem Kronzeugen einen großen Teil seines Glanzes zu rauben. Amtlichen Schrittes trat er an die Leiter heran und hob sie mit einer Hand.

Kien kam eben zu sich und krümmte sich vor Schmerzen. Er versuchte aufzustehen, aber es ging nicht.

»Der ist noch lang net tot!« brüllte der Hausbesorger, wieder der Alte, und half ihm auf die Beine.

Therese glaubte ihren Augen nicht. Erst als Kien, eingesunken, doch länger als seine Stütze, vor ihr stand und mit schwacher Stimme »die elende Leiter!« sagte, begriff sie, daß er lebte.

»Das ist eine Gemeinheit!« kreischte sie. »Das gehört sich nicht! Ein anständiger Mensch! Ich bitt' dich! Man könnte glauben!«

»Kusch, Scheißgefrieß!« fiel ihr der Hausbesorger in die rasende Klage. »Hol' den Doktor! Ich leg' ihn derweil ins Bett!«

Er legte sich den mageren Professor über die Schulter und trug ihn ins Vorzimmer hinaus, wo unter den übrigen Möbeln das Bett war. Während er ausgekleidet wurde, erklärte Kien immerfort: »Ohnmächtig war ich nicht, ohnmächtig war ich nicht.« Er konnte es nicht verwinden, daß er für kurze Zeit das Bewußtsein verloren hatte. »Wo sind die Muskeln zu dem Gestell?« fragte sich der Hausbesorger und schüttelte den Kopf. Vor Mitleid mit dem traurigen Gerippe vergaß er seinen stolzen Prozeßtraum.

Therese holte indessen den Arzt. Auf der Straße beruhigte sie sich allmählich. Drei Zimmer gehörten ihr, das hatte sie schriftlich. Nur manchmal schluchzte sie noch leise vor sich hin:

»Tut man das, daß man lebt, wenn man tot ist, tut man das?«

Das Krankenlager

Volle sechs Wochen nach dem bösen Fall lag Kien zu Bett. Nach einem seiner Besuche zog der Arzt die Frau beiseite und erklärte:

»Von Ihrer Pflege hängt es ab, ob Ihr Gatte am Leben bleibt oder nicht. Ich kann jetzt noch nichts Bestimmtes sagen. Ich bin mir über die Konstitution dieses seltenen Falles nicht im Klaren. Warum haben Sie mich nicht früher geholt? Mit der Gesundheit ist nicht zu spassen!«

»Der Mann hat immer so ausgeschaut«, entgegnete Therese. »Dem geschieht nie was. Jetzt kenn' ich ihn über acht Jahr'. Wo kämen die Ärzte hin, wenn kein Mensch krank wär'!«

Mit dieser Feststellung gab sich der Arzt zufrieden. Er wußte seinen Patienten in besten Händen.

Kien fühlte sich gar nicht wohl im Bett. Die Türen waren gegen seinen Willen wieder geschlossen worden, nur die zum Nebenzimmer, in dem Therese jetzt schlief, blieb offen. Er wollte wissen, was im übrigen Teil der Bibliothek geschah. Anfangs war er zu schwach, um sich aufzurichten. Später gelang es ihm, den Oberkörper trotz heftigen Stichen so weit vorzubeugen, daß er einen Teil der gegenüberliegenden Wand von nebenan erblickte. Dort schien sich wenig verändert zu haben. Einmal schob er sich zum Bett hinaus und torkelte bis zur Schwelle. Vor freudiger Erwartung schlug er mit dem Kopf gegen die Kante des Türrahmens, noch bevor er hinübergesehen hatte. Er brach zusammen und wurde ohnmächtig. Bald fand ihn Therese und ließ ihn zur Strafe für seine Unfolgsamkeit zwei Stunden so liegen. Dann schleifte sie ihn zum Bett zurück, hob ihn hinauf und band seine Beine mit einer starken Schnur fest.

Sie war mit dem Leben, das sie jetzt führte, im Grunde ganz zufrieden. Das neue Schlafzimmer machte sich gut. In Erinnerung an den interessanten Menschen hatte sie eine gewisse Zärtlichkeit dafür und hielt sich gern darin auf. Die beiden anderen Zimmer hatte sie abgesperrt und trug die Schlüssel in einer geheimen Tasche, die sie eigens zu diesem Zweck in den Rock hineinnähte.

So hatte sie wenigstens einen Teil ihres Besitzes immer bei sich. Zum Mann trat sie ein, sooft sie wollte; sie mußte ihn ja pflegen, das war ihr Recht. Sie pflegte ihn wirklich, tagelang pflegte sie, nach den Vorschriften des klugen, vertrauensvollen Arztes. Sie hatte inzwischen auch das Innere des Schreibtisches durchsucht und kein Testament gefunden. Aus Fieberträumen erfuhr sie von einem Bruder. Da er bisher verschwiegen worden war, glaubte sie um so eher an sein betrügerisches Dasein. Dieser Bruder lebte, um sie zu prellen, wenn es bald ans sauer verdiente Erben ging. Im Fieber hatte sich der Mann verraten. Sie vergaß es ihm nicht, daß er weiterlebte, obgleich er eigentlich schon tot war, aber sie verzieh es ihm, weil er noch ein Testament nachzuholen hatte. Wo sie auch war, sie war immer bei ihm. Sie redete nämlich den ganzen Tag so laut, daß er es von überall hören mußte. Er war schwach und sollte, der Arzt hatte es ihm geraten, den Mund halten. Da störte er sie nicht, wenn sie was zu sagen hatte. Ihre Redeweise vervollkommnete sich während einiger Wochen; alles, was ihr durch den Kopf fuhr, sprach sie aus. Sie bereicherte ihren Wortschatz um Ausdrücke, die sie früher wohl gedacht, aber nie über die Lippen gebracht hatte. Nur alles, was seinen Tod betraf, verschwieg sie. Sein Verbrechen deutete sie in allgemeinen Worten an:

»Der Mann verdient nicht, daß die Frau ihn so aufopfernd pflegt. Eine Frau tut alles für ihren Mann, aber was tut der Mann für die Frau? Der Mann glaubt, er ist allein auf der Welt. Drum wehrt sich die Frau und erinnert den Mann an seine Pflicht. Ein Fehler läßt sich wieder gutmachen. Was nicht ist, kann werden. Auf dem Standesamt müßten beide Teile ein Testament machen, damit der eine Teil nicht hungert, wenn der andere Teil stirbt. Sterben muß jeder, bei den Menschen ist das so. Bei mir gehört alles an den richtigen Platz. Bei mir gibt's keine Kinder, dafür bin ich da. Ich bin auch noch ein Mensch. Von der Liebe allein kann man nicht leben. Schließlich gehört man zusammen. Die Frau trägt dem Mann aber gar nichts nach. Die Frau hat keine Stunde Ruhe, weil sie immer schauen muß, was der Mann macht. Er kann mir ja wieder ohnmächtig werden und ich hab' die Sorge.«

Wenn sie fertig war, fing sie von vorne an. Einige Dutzendmal im Tag sagte sie dasselbe. Er kannte, Wort für Wort, ihre Rede auswendig. Je nach den Pausen zwischen den Sätzen wußte er, ob sie diese oder jene Variante bevorzugen würde. Ihre Litanei trieb ihm alle Gedanken aus dem Kopf. Seine Ohren, die er anfangs zu Schutzbewegungen zu veranlassen suchte, gewöhnten sich an eine Reihenfolge vergeblicher Zuckungen im Takt. Matt und kraftlos, wie er dalag, fanden seine Finger nicht ans Ohr, das sie zustopfen sollten. Eines Nachts wuchsen ihm plötzlich Lider an die Ohren, er öffnete und schloß sie nach Belieben, wie bei den Augen. Er probierte sie hundertmal aus und lachte. Sie klappten, sie hielten schalldicht, wie gerufen wuchsen sie und gleich vollendet. Vor Freude zwickte er sich hinein. Da wachte er auf, aus den Ohrlidern waren gewöhnliche Lappen geworden und er hatte geträumt. Wie ungerecht, dachte er, den Mund kann ich schließen, wann ich will, so fest ich will, und was hat ein Mund zu besagen? Für die Nahrung ist er da, und doch so gut geschützt, aber die Ohren, die Ohren sind jedem Ergusse ausgeliefert!

Wenn Therese an sein Bett trat, stellte er sich schlafend. War sie gut gelaunt, so sagte sie leise: »Er schläft.« War sie schlecht gelaunt, so rief sie laut: »Frechheit!« Sie selbst hatte auf ihre Laune keinen Einfluß. Diese war von der Stelle des Monologs abhängig, bei der sie im Augenblick hielt. Sie lebte ganz und gar in ihrer Rede. Sie sagte: »Ein Fehler läßt sich wieder gutmachen« und grinste. Wenn auch er, der den Fehler wieder gutmachen wird, schläft — sie pflegt ihn gesund, und was nicht ist, wird. Dann darf er wieder sterben. Glaubte aber der Mann gerade, daß er allein auf der Welt war, so reizte sie sein Schlaf noch mehr. Sie bewies ihm dann, daß sie auch ein Mensch war, und weckte ihn mit ihrer »Frechheit!« auf. Stündlich erkundigte sie sich nach der Höhe seines Bankguthabens und ob das ganze Geld bei derselben Bank sei. Es müsse nicht alles bei einer Bank liegen. Sie sei damit einverstanden, daß *ein* Teil da liege, *ein* Teil dort.

Sein Argwohn, sie habe es auf die Bücher abgesehen, hatte seit dem Unglückstag, an den er ungern dachte, stark nachgelassen. Er begriff genau, was sie von ihm wollte: ein Testament, und zwar eines, in dem er bloß über Geld verfügte. Eben darum blieb sie ihm vollkommen fremd, so gut er sie vom ersten bis zum letzten ihrer Worte kannte. Sie war sechzehn Jahre älter als er, aller Voraussicht nach stürbe sie lange vor ihm. Welchen Wert hatte Geld, von dem eines feststand: daß sie es nie bekäme? Hätte sie die Hand auf ähnlich sinnlose Weise nach den Büchern gestreckt, so wäre sie, bei aller natürlichen Feindschaft, doch seiner Teilnahme sicher gewesen. Ihr bohrendes, ewiges Interesse für Geld dagegen gab ihm Rätsel auf. Geld war das Unpersönlichste, Nichtssagendste, Charakterloseste, was er sich vorstellen konnte. Wie leicht, ohne Verdienst und Leistung, er es nur geerbt hatte!

Manchmal ging seine Wißbegier mit ihm durch und öffnete ihm die Augen, wenn er sie just vor den Schritten der Frau verschlossen hatte. Er hoffte auf eine Veränderung an ihr, eine unbekannte Bewegung, einen neuen Blick, einen ursprünglichen Laut, der ihm verriete, warum sie immer von Testamenten und Geld sprach. Am wohlsten fühlte er sich noch, wenn er sie dort unterbrachte, wo alles Platz fand, für das er trotz Bildung und Verstand keine Erklärung wußte. Von den Verrückten hatte er ein grobes und einfaches Bild. Er definierte sie als Menschen, die das Widersprechendste tun, doch für alles dieselben Worte haben. Nach dieser Definition war Therese — im Gegensatz zu ihm selbst — entschieden verrückt.

Der Hausbesorger, der den Professor täglich besuchen kam, war anderer Meinung. Von dem Weib hatte er bestimmt nichts zu erwarten. Befürchtungen wegen seines monatlichen Douceurs stiegen in ihm auf. Er hielt das saftige Stück Geld für sicher, solange der Professor am Leben war. Wer konnte sich bei einem Weib drauf verlassen? Er zerschlug den gewohnten Gang seines Tages und saß jeden Vormittag eine volle Stunde, zu persönlicher Überwachung, am Bett des Professors.

Therese führte ihn schweigend herein und verließ, sie fand ihn gemein, sofort das Zimmer. Bevor er sich setzte, stierte er höhnisch auf den Stuhl. Dann sagte er entweder: »Ich und der Stuhl!« oder er tätschelte ihm voller Mitleid den Rücken. Solange er saß, schwankte und krachte der Stuhl wie ein untergehendes Schiff. Der Hausbesorger hatte das Sitzen verlernt. Vor seinem Guckloch kniete er. Wenn er schlug, stand er. Wenn er schlief, lag er. Zum Sitzen blieb ihm keine Zeit. Trat auf dem Stuhl zufällig Ruhe ein, so wurde er unruhig und warf einen besorgten Blick auf seine Schenkel. Nein, sie waren nicht schwächer geworden, sie konnten sich sehen lassen. Erst wenn sie sich wieder hören ließen, setzte er seine unterbrochene Rede fort.

»Die Weiber gehören totgeschlagen. Alle, wie sie sind. Ich kenn' die Weiber. Jetzt bin ich neunundfünfzig. Dreiundzwanzig

Jahre war ich verheiratet. Das ist bald mein halbes Leben. Immer mit meiner Frau. Ich kenn' die Weiber. Alle sind Verbrecher. Zählen Sie die Giftmorde zusammen, Herr Professor, Sie haben die Bücher, da sehn'n Sie's eh. Feig sind die Weiber. Ich weiß das. Wenn mir einer was sagt, ich schmier ihm eine, daß er dran denkt, Scheißgefrieß, elendiges, sag' ich, du traust dich? Jetzt gehn Sie zu einem Weib. Die rennt Ihnen davon, um meine Fäuste wett' ich, schaun S' her, die sind was wert. Ich kann zu einem Weib sagen, was ich will, die rührt sich nicht. Warum rührt die sich nicht? Weil sie eine Angst hat! Warum hat sie eine Angst? Weil sie feig ist! Ich hab' Weiber verhaut, da hätten Sie zuschau'n müssen. Meine Frau, die ist aus den blauen Flecken nicht herausgekommen. Meine Tochter selig, die hab' ich gern gehabt, das war ein Weib, wie man sagt, mit der hab' ich angefangen, wie sie noch ganz klein war. Schau', sag' ich zu meiner Frau — die hat gleich schrei'n müssen, wenn ich das Mädel angerührt hab' — ›wenn's heiratet, kommt's zu einem Mann. Jetzt ist sie jung, da lernt sie, wie das ist. Sonst läuft sie ihm gleich davon. Ich geb' sie zu keinem Mann, der nicht schlägt. Auf so einen Mann scheiß ich. Ein Mann muß das verstehn. Ich bin für die Fäuste.‹ Jetzt glauben Sie, das hat was genützt, wenn ich so rede? Gar keine Idee! Die Alte hat sich vor die Tochter hingestellt und ich hab' sie beide schlagen können. Weil eine Frau redet mir nichts drein. *Mir* nicht. Sie haben's ja eh gehört, wie die zwei geschrien haben. Die Parteien waren auf und alle sind horchen gekommen. Ein Respekt ist im Haus. Hört's ihr auf, dann hör' ich auf, hab' ich gesagt. Erst haben sie sich nimmer gerührt. Dann hab' ich probiert, ob sie wieder schreien. Da hat alles mäuschenstill sein müssen. Mit der Rechten hab' ich was zugegeben. Auf einmal hör' ich nicht auf. Ich komm sonst aus der Übung. Ich sag', das Schlagen ist eine Kunst. Das muß man lernen. Ein Kollege von mir, der schlägt gleich in den Bauch. Der Geschlagene fällt zusammen und spürt nichts mehr. Ja, jetzt kann ich auf ihn einschlagen, solange ich will, das sagt der Kollege. Ja, sag' ich, was hab' ich davon, wenn der nichts spürt. Auf einen Bewußtlosen schlag' ich nicht, weil der nichts spürt. Das hab' ich in meinem ganzen Leben so gehalten. Ich sag', ein Mann muß das lernen, wie man schlägt, daß der Geschlagene nie das Bewußtsein verliert. Bewußtlosigkeit darf nicht sein. Das nenn' ich schlagen. Totschlagen kann jeder.

Das ist keine Kunst. Jetzt mach' ich *so*, und mit Ihrem Hirnkasten ist es aus. Glauben Sie das? Ich bin nicht stolz. Ich sag', das kann jeder. Schau'n Sie, Herr Professor, das können Sie auch. Jetzt geht's grad nicht, weil Sie im Sterben liegen ...«

Kien sah die Fäuste unter den Heldentaten, die sie vollbracht hatten, wachsen. Sie waren größer als der Mann, dem sie zugehörten. Bald erfüllten sie das ganze Zimmer. Die roten Haare wuchsen im selben Verhältnis. Sie staubten die Bücher energisch ab. Die Faust stieß ins Nebenzimmer vor und erdrückte Therese im Bett, wo sie plötzlich war. Irgendwo traf die Faust den Rock, der unter großartigem Lärm in Stücke brach. Es ist eine Lust zu leben! rief Kien mit blitzender Stimme. Er selbst war so geringfügig und mager, daß er nichts zu fürchten hatte. Zur Vorsicht nahm er noch weniger Platz als gewöhnlich ein. Er war so dünn wie das Leintuch. Ihm konnte keine Faust der Welt etwas anhaben.

Die treue, gutgeformte Kreatur erfüllte ihre Pflicht sehr rasch. Sie saß eine Viertelstunde erst da und schon existierte Therese nicht mehr. Vor dieser Gewalt hatte nichts Bestand. Nur vergaß sie dann zu gehen und blieb weitere drei Viertelstunden ohne ersichtlichen Zweck sitzen. Den Büchern tat sie nichts, aber Kien wurde sie langsam unbehaglich. Eine Faust soll nicht soviel reden, sonst merkt man, daß sie nichts zu sagen hat. Sie hat nur zu schlagen. Hat sie geschlagen, so soll sie gehn oder zumindest schweigen. Sie aber scherte sich wenig um Nerven und Wünsche eines Kranken und verbreitete sich mit Nachdruck über ihren einzigen Gegenstand. Anfangs nahm sie wohl einige Rücksicht und erging sich Kien zuliebe über das Verbrechervolk der Frauen. Doch wehe, wenn die Frauen erledigt waren, dann blieb zurück: die Faust an sich. Sie war noch kräftig wie zu ihrer schönsten Zeit und doch bereits in dem Alter, wo man sich häufig und gern einer detaillierten Erinnerung hingibt. So erfuhr ein Kien ihre ganze, glorreiche Geschichte. Da durfte er die Augen nicht schließen, sonst hätte sie ihn zu Brei geschlagen. Nicht einmal Ohrenlider hätten ihm hier genützt, gegen ein solches Gebrüll waren keine Deckel gewachsen.

War die halbe Besuchszeit um, so stöhnte Kien vor alten und vermeintlich vergessenen Schmerzen. Schon als Kind war er nicht gut auf den Beinen gewesen. Er hatte eigentlich nie richtig gehen gelernt. In der Turnschule fiel er regelmäßig vom Reck zu Boden. Seinen langen Beinen zum Trotz war er der schlechteste Läufer der Klasse. Die Lehrer erklärten seine schwachen Körperleistungen für unnatürlich. In allen übrigen Gegenständen war er dank seinem guten Gedächtnis der Beste. Aber was nützte ihm das? Wegen seiner lächerlichen Figur achtete ihn im Grunde niemand. Unzählige Beine wurden ihm gestellt, über die er gewissenhaft stolperte. Im Winter wurde er als Schneemann verwendet. Man warf ihn in den Schnee und rollte ihn so lange darin herum, bis er normale Körperbreiten besaß. Das waren seine kältesten, aber auch die weichsten Fälle. Er hatte sie in sehr gemischter Erinnerung. Sein ganzes Leben war eine ununterbrochene Kette von Fällen. Er hatte sie verwunden, an persönlichen Schmerzen litt er nicht. Schwer und verzweifelt wurde ihm erst zumute, wenn in seinem Kopf eine Liste abzurollen begann, die er für gewöhnlich strengstens geheimhielt. Es war die Liste der unschuldigen Bücher, die er zu Fall gebracht hatte, sein eigentliches Sündenregister, ein genau geführtes Protokoll, in dem Stunde und Tag des betreffenden Falles exakt verzeichnet stand. Da sah er die Posaunenbläser des Jüngsten Gerichts vor sich, zwölf Hausbesorger wie der seinige, mit aufgeblasenen Backen und muskulösen Armen. Aus ihren Posaunen platzte der Text der Liste an sein Ohr. Mitten in seiner Angst mußte Kien über die armen Bläser des Michelangelo lächeln. Die kauerten kläglich in einer Ecke, ihre Posaunen hatten sie hinter sich versteckt. Vor solchen Kerlen wie diese Hausbesorger streckten sie beschämt die langen Waffen.

In der Liste der gefallenen Bücher figurierte als Nummer 39 ein dicker, alter Band über »Bewaffnung und Taktik der Landsknechte«. Kaum war er mit schwerem Krach über die Leiter gekollert, als die blasenden Hausbesorger sich in Landsknechte verwandelten. Eine ungeheure Begeisterung packte Kien. Der Hausbesorger war ein Landsknecht, was denn sonst? Die gedrungene Gestalt, die vernichtende Stimme, die Treue für Gold, seine Tollkühnheit, die vor nichts zurückschreckte, nicht einmal vor Frauen, sein Prahlen und Poltern ohne was zu sagen — der leibhaftige Landsknecht!

Da jagte ihm die Faust keinen Schrecken mehr ein. Vor ihm saß eine wohlvertraute historische Figur. Er wußte, was sie tun und was sie lassen würde. Ihre haarsträubende Dummheit verstand sich von selbst. Sie führte sich auf, wie es sich für einen Landsknecht gebührte. Armer, zu spät geratener Kerl, kam da als Landsknecht im zwanzigsten Jahrhundert auf die Welt, steckte den ganzen Tag in seinem dunklen Loch, ohne ein Buch, mutterseelenallein, ausgestoßen aus dem Säkulum, für das er geschaffen war, verschlagen in ein anderes, wo er immer fremd blieb! In der harmlosen Ferne des beginnenden 16. Jahrhunderts schmolz der Hausbesorger zu nichts zusammen, er mochte prahlen, soviel er wollte. Um eines Menschen Herr zu werden, genügt es, ihn historisch einzureihen.

Punkt elf Uhr stand der Landsknecht auf. Was die Pünktlichkeit betraf, war er mit dem Herrn Professor ein Herz und eine Seele. Er wiederholte, was er bei seiner Ankunft getan hatte, ein mitleidiger Blick galt dem Stuhl. »Er ist noch ganz!« beteuerte er und bewies es, indem er mit der Rechten auf den Boden schlug, der auch das geduldig hinnahm. »Ich zahl' nix!« ergänzte er und lachte brüllend bei der Vorstellung, daß er dem Professor für einen kaputt gesessenen Stuhl was zahlen müßte.

»Behalten Sie Ihre Hand, Herr Professor! Bei mir bleibt gar nichts übrig. Leben Sie wohl! Tun S' der Frau nix! Ich kann die alte Kisten nicht leiden.« Er warf einen kriegerischen Blick ins Nebenzimmer, obwohl er wußte, daß sie nicht drüben war. »Ich bin für die Jungen. Schau'n S', meine Tochter selig, die war das Richtige für mich! Warum, weil's meine Tochter ist? Jung ist sie, ein Weib ist sie, und ich kann mit ihr machen, was ich will, weil ich bin der Vater. Jetzt ist sie auch tot. Die zache Kisten da lebt noch.«

Kopfschüttelnd verließ er das Zimmer. Nirgends und nie stieg ihm die Ungerechtigkeit der Weltordnung so sehr zu Kopf wie beim Professor. Auf seinem Posten im Kabinett hatte er für Betrachtungen keine Zeit. Sobald er aus seinem Sarg in Kiens hohe Räume kam, machten sich Todesgedanken in ihm breit. Die Tochter fiel ihm ein, der tote Professor lag vor ihm, seine Fäuste waren arbeitslos und er fühlte sich nicht genügend gefürchtet.

Kien erschien er beim Abschied lächerlich. Die Tracht kleidete ihn ganz gut, aber jetzt waren andere Zeiten. Er bedauerte, daß seine historische Methode nicht immer anwendbar war. Therese ließ sich in der Geschichte sämtlicher Kulturen und Unkulturen, soweit er mit ihnen vertraut war, nirgends unterbringen.

Dieser Besuchsprozeß ging täglich in derselben Reihenfolge vor sich. Kien war zu klug, um ihn abzukürzen. Bevor Therese erschlagen war, solange die Faust ein gerechtes und nützliches Ziel hatte, konnte er sie nicht fürchten. Bevor die Furcht so stark geworden war, daß die Geheimliste der Schmerzen auftauchte, kamen ihm die Landsknechte nicht in den Sinn, und der Hausbesorger war noch keiner. Wenn der Mann um zehn Uhr zur Tür hereintrat, sagte sich Kien voller Freude: Ein gefährlicher Mensch, er schlägt sie in Stücke. Täglich frohlockte er über Theresens Untergang und pries in Gedanken das Leben, von dem er auch früher schon mancherlei wußte, ohne sich zum Preisen veranlaßt zu sehen. Er ersparte sich weder das Jüngste Gericht noch den zufälligen Spott über die sixtinischen Bläser, der sorgfältig eingetragen und nun täglich im obligatorischen Pensum erledigt wurde. Vielleicht hielt er Öde, Starrheit und Druck dieser langen Wochen im Zeichen seiner Frau nur aus, weil eine tägliche Entdeckung ihm Kraft und Mut gab. In seinem Gelehrtenleben zählten Entdeckungen zu den großen, zentralen Ereignissen. Jetzt lag er müßig, seine Arbeit ging ihm ab; da zwang er sich dazu, täglich zu entdecken, was der Hausbesorger war: ein Landsknecht. Er brauchte ihn mehr als einen Bissen Brot, deren er nur wenige zu sich nahm. Er brauchte ihn als einen Bissen Arbeit.

Therese war während der Besuchsstunden beschäftigt. Nur weil sie Zeit brauchte, ließ sie den Hausbesorger, den gemeinen Menschen, dessen Reden sie schon das erstemal erhorcht hatte, in ihre Wohnung ein. Sie nahm ein Inventar der Bibliothek auf. Es gab ihr zu denken, daß der Mann die Bücher damals umgedreht hatte. Auch fürchtete sie das Erscheinen des neuen Bruders, der dann die wertvollsten Stücke mitgehen ließe. Um zu wissen, was eigentlich da war, um zu verhindern, daß man sie betrog, begann sie eines Tages, während der Hausbesorger beim Kranken drüben auf die Weiber schimpfte, mit ihrer wichtigen Arbeit im Speisezimmer.

Von alten Zeitungen schnitt sie die schmalen leeren Ränder herunter und trat damit vor die Bücher. Sie nahm eines in die Hand, las den Namen, sprach ihn laut aus und schrieb ihn auf einen der langen Papierstreifen nieder. Bei jedem Buchstaben wiederholte sie den ganzen Namen, um ihn nicht zu vergessen. Je mehr Zeichen vorhanden waren, je öfter sie das Wort aussprach, um so eigentümlicher veränderte es sich in ihrem Mund. Weiche Konsonanten zu Anfang eines Namens, B, D oder G, wurden hart und härter. Sie hatte für alles Harte eine Vorliebe, es kostete sie Mühe, mit ihrem harten Bleistift das Zeitungspapier nicht zu zerreißen. Ihre klobigen Finger brachten lauter große Buchstaben zustande. Über lange, wissenschaftliche Titel ärgerte sie sich, weil sie von Rand zu Rand nicht Platz fanden. Ein Buch, eine Zeile: so hatte sie beschlossen, damit sich so ein Streifen leichter zusammenrechnen ließ und damit er schöner aussah. Mitten in einem Namen brach sie ab, wenn der Rand erreicht war, und schickte den Rest, den sie nicht brauchte, zum Teufel.

Ihr liebster Buchstabe war das O. Im O-Schreiben hatte sie noch eine Übung von der Schule her. (Die O müßt ihr so brav schließen wie die Therese, hat die Lehrerin immer gesagt. Die Therese macht die schönsten O. Dann ist sie dreimal sitzen geblieben, aber das war nicht ihre Schuld. Die Lehrerin war schuld. Die hat sie nicht leiden können, weil sie zum Schluß schönere O gemacht hat wie sie. Alle haben sich von ihr die O machen lassen. Von der Lehrerin ihren O hat kein Mensch was wissen wollen.) Darum gerieten ihr die O so klein wie sie wollte. Die saubern, regelmäßigen Ringe ersoffen zwischen ihren dreimal so großen Nachbarn. Enthielt ein langer Titel viele O, so zählte sie erst nach, *wie*viel, schrieb sie alle rasch am Ende der Zeile hin und verwandte dann den Raum, der vorn übrig war, für den Titel selbst, den sie gehörig stutzte.

Unter fertige Streifen zog sie einen Strich, rechnete die Bücher zusammen, merkte sich die Summe im Kopf — für Zahlen hatte sie ein gutes Gedächtnis — und trug sie ein, sobald sie bei dreimaligem Nachrechnen dieselbe blieb.

Ihre Buchstaben verkleinerten sich von Woche zu Woche und die Ringe auch. Als zehn Streifen ausgefüllt waren, wurden sie oben fein aneinandergenäht und, ein neues, sauer erworbenes Stück ihres Besitzes, Inventar über 603 Bücher, in der frischen Rocktasche neben den Schlüsseln versteckt.

Nach drei Wochen ungefähr stieß sie auf den Namen Buddha, der unzählige Male zu schreiben war. Seine weichen Laute taten es ihr an. So müßte er heißen, der interessante Mensch, und nicht Herr Grob. Sie schloß die Augen, auf der Leiter oben, und hauchte mit all ihrer Weichheit »Herr Puda«. So wurde aus Puta, wie er ihr ursprünglich hieß, Herr Puda. Sie kam sich von ihm gekannt vor und war stolz auf ihn, weil seine Bücher kein Ende nahmen. Wie der schön reden konnte und jetzt hatte er das alles geschrieben. Sie würde ja gern hineinschau'n. Aber hatte man die Zeit dazu?

Seine Gegenwart spornte sie zur Eile an. Sie sah ein, daß sie zu langsam vorwärtskam, eine Stunde am Tag war zu wenig. Sie beschloß, ihren Schlaf zu opfern. Sie verbrachte schlaflose Nächte auf der Leiter, las und schrieb. Sie vergaß, daß ein anständiger Mensch um neun zu Bett geht. In der vierten Woche erledigte sie das Speisezimmer. Durch ihre Erfolge gewann sie am Nachtleben Geschmack und fühlte sich nur wohl, wenn sie Licht verschwendete. Ihr Auftreten Kien gegenüber nahm an Sicherheit zu. Die alten Sätze wurden neu betont. Sie sprach eher langsamer, aber mit Nachdruck und einer gewissen Würde. Die drei Zimmer damals hatte er ihr freiwillig überlassen. Ihre Bücher verdiente sie sich selbst.

Als sie das Handwerk in ihrem Schlafzimmer aufnahm, war der letzte Rest von Angst besiegt. Am hellichten Tag — daneben lag wach der Mann — stieg sie auf die Leiter, holte einen Streifen hervor und erfüllte ihre Pflicht den Büchern gegenüber. Um still zu sein, biß sie die Zähne aufeinander. Da hatte sie keine Zeit zum Reden, da mußte sie den Kopf beisammenhalten, sonst ging ein Buch schief und sie konnte von vorn beginnen. Das Testament, die Hauptsache, vergaß sie nicht und pflegte den Mann nach wie vor mit Sorgfalt und Hingabe. Wenn der Hausbesorger da war, unterbrach sie das Geschäft und ging in die Küche. Er hätte sie ja doch, der laute Mensch, bei der Arbeit gestört.

In der sechsten und letzten Woche seines Krankenlagers atmete Kien ein wenig auf. Seine präzisen Ahnungen trafen nicht mehr ein. Mitten in ihrer Rede brach die Frau plötzlich ab und schwieg. Sie redete, rechnete man die Zeiten zusammen, nur noch den halben Tag. Sie sagte wie immer dasselbe; trotzdem war er auf Überraschungen gefaßt und wartete mit klopfendem Herzen auf das große Ereignis. Sobald sie schwieg, schloß er glücklich die Augen und schlief wirklich ein.

Im selben Augenblick, als der Arzt sagte: »Sie können morgen aufstehn!« fühlte sich Kien gesund. Doch sprang er nicht gleich aus dem Bett. Es war Abend, er wollte das gesunde Leben regelmäßig und um sechs Uhr früh beginnen.

Er begann es am nächsten Tag. So jung und kräftig hatte er sich seit Jahren nicht gefühlt. Beim Waschen war es ihm plötzlich, als besitze er Muskeln. Die erzwungene Ruhe hatte ihm gut bekommen. Er schloß die Türe zum Nebenzimmer und setzte sich bolzengrad an den Schreibtisch. Seine Papiere waren durcheinandergeworfen, vorsichtig zwar, aber so, daß er es sehr wohl bemerkte. Er freute sich, sie ordnen zu müssen, die Manuskripte berührten ihn angenehm. Unendlich viel Arbeit lag vor ihm. Das Weib hatte hier nach einem Testament gesucht, als ihm, knapp nach jenem Fall, das Fieber all seine Sinne benahm. Unter den wechselnden Stimmungen seines Krankenlagers war der eine Vorsatz konstant geblieben: kein Testament zu machen, da ihr so viel dran lag. Er beschloß, sie, sobald er sie sah, hart anzufahren; sie rasch und wirkungsvoll in ihre alten Schranken zurückzuweisen.

Sie brachte ihm das Frühstück herein und wollte sagen: »Die Tür bleibt offen.« Doch da sie einen lächelnden Sturm zur Eroberung des Testaments plante und seine Laune, seit er wieder auf den Beinen war, nicht kannte, bezwang sie sich, um ihn nicht vorzeitig zu reizen. Sie bückte sich nur und schob ein Klötzchen unter die Tür, damit diese nicht ohne weiteres zu schließen sei. Sie war versöhnlich gestimmt und bereit, ihren Willen auf Umwegen durchzusetzen. Er schnellte hoch, blickte ihr kühn ins Gesicht und erklärte mit scharfer Betonung:

»In den Manuskripten herrscht eine heillose Unordnung. Ich frage mich, wie der Schlüssel in die unrechten Hände geraten ist. Ich habe ihn in der linken Hosentasche wieder vorgefunden. Zu meinem Bedauern sehe ich mich genötigt anzunehmen, daß man ihn widerrechtlich entfernt, mißbraucht und dann erst zurückgelegt hat.«

»Das wär' noch schöner.«

»Ich frage zum ersten- und zum letztenmal: Wer hat in meinem Schreibtisch herumgesucht?«

»Man könnte glauben!«

»Ich will es wissen!«

»Bitte, hab' ich vielleicht gestohlen?«

»Ich verlange Aufklärung!«

»Aufklärung kann jeder.«

»Was soll das heißen?«

»Das ist bei den Menschen so.«

»Bei wem?«

»Kommt Zeit, kommt Rat.«

»Der Schreibtisch ...«

»Das sag' ich ja immer.«

»Was?«

»Wie man sich bettet, so liegt man.«

»Das interessiert mich nicht.«

»Er hat gesagt, die Betten sind gut.«

»Welche Betten?«

»Die Ehebetten können sich sehen lassen.«

»Ehebetten!«

»Das heißt bei den Menschen so.«

»Ich führe keine Ehe!«

»Hab' ich vielleicht aus Liebe geheiratet?«

»Ich brauche Ruhe!«

»Ein anständiger Mensch geht um neun ...«

»In Zukunft bleibt diese Tür geschlossen.«

»Der Mensch denkt, Gott lenkt.«

»Sechs volle Wochen habe ich mit dieser Krankheit verloren.«

»Eine Frau opfert sich Tag und Nacht.«

»Das geht so nicht weiter.«

»Und was tut der Mann für die Frau?«

»Meine Zeit ist kostbar.«

»Auf dem Standesamt müßten beide Teile ...«

»Ich mache kein Testament!«

»Wer denkt ans Vergiften?«

»Ein vierzigjähriger Mann ...«

»Die Frau ist wie dreißig.«

»Siebenundfünfzig.«

»Das hat mir noch niemand gesagt.«

»Auf dem Heimatschein steht es genau so zu lesen.«

»Lesen kann jeder.«

»So!«

»Eine Frau läßt sich das schriftlich geben. Wo bleibt das Vergnügen? Drei Zimmer gehören der Frau, eins hat der Mann, das steht schriftlich auf dem Papier. Erst läßt die Frau den Mann zu und dann steht sie da. Warum war sie so dumm? Schriftlich ist am besten. Mündlich kann jeder. Auf einmal wird der Mann ohnmächtig. Man weiß ja nicht, welche Bank. Eine Frau muß die Bank wissen. Ohne die Bank sagt sie nein. Bitte, hat sie vielleicht nicht recht? Was nützt ihr der Mann, wenn sie die Bank nicht hat? Der Mann sagt die Bank nicht. Ist das ein Mann, der die Bank nicht sagt? Das ist ja kein Mann. Ein Mann sagt die Bank!«

»Hinaus!«

»Hinaus kann jeder. Davon hat die Frau nichts. Ein Mann macht ein Testament. Die Frau kann nie wissen. Der Mann ist nicht allein auf der Welt. Die Frau ist auch noch da. Auf der Straße schau'n mir ja alle Männer nach. Bei einer Frau kommt es auf die prachtvollen Hüften an. Hinaus gehört sich nicht. Das Zimmer bleibt offen. Die Schlüssel hab' ich. Erst muß der Mann die Schlüssel haben, dann kann er absperren. Die Schlüssel kann er lange suchen. Die Schlüssel sind hier!« — sie klopft auf den Rock — »Da will ja der Mann nicht hin. Er will schon, aber er darf nicht!«

»Hinaus!«

»Erst rettet die Frau dem Mann das Leben, dann darf sie hinaus. Der Mann war ja tot. Wer hat den Hausbesorger geholt? Der Mann vielleicht? Der lag unter der Leiter. Bitte, warum hat er den Hausbesorger nicht selber geholt? Er hat sich nicht rühren können. Erst war er tot und dann hat er der Frau nichts gegönnt. Der neue Bruder hätt' nichts erfahren. Die Bank muß sich melden. Eine Frau will wieder heiraten. Hab' ich vielleicht vom Mann was gehabt? Auf einmal bin ich vierzig und die Männer schau'n mir nicht mehr nach. Die Frau ist auch ein Mensch. Bitte, die Frau hat ein Herz!«

Aus dem Keifen war sie ins Schluchzen geraten. Das Herz, das eine Frau hat, hörte sich in ihrem Munde so an, als wäre es gebrochen. Gegen den Türrahmen gelehnt stand sie da, die ganze Gestalt so schief wie sonst nur der Kopf, und bot einen hilflosen Anblick. Sie war fest entschlossen, nicht von der Stelle zu weichen und erwartete einen tätlichen Angriff. Die Linke hielt sie schützend über den Rock, genau dort, wo er trotz seiner Steife von Schlüsseln und Bücherinventar strotzte. Sobald sie sich ihres Besitzes vollkommen sicher wußte, wiederholte sie: »Ein Herz! Ein Herz!« und geriet, jetzt der großen Seltenheit und Schönheit dieses Wortes wegen, nochmals ins Schluchzen.

Kien fielen die häßlichen Testamentsschuppen von den Augen. Er sah sie sehr arm, um Liebe bettelnd, sie wollte ihn verführen, so hatte er sie noch nie gesehen. Für die Bücher hatte er sie geheiratet, ihn liebte sie. Ihr Schluchzen machte ihm große Angst. Ich laß sie allein, dachte er, allein wird sie sich am besten beruhigen. Eiligst verließ er Zimmer, Wohnung und Haus.

Die rührende Behandlung der Hosen des Herrn von Bredow damals galt also ihm und nicht dem Buch. Auf den Schlafdiwan hatte sie sich ihm zuliebe hingelegt. Frauen haben ein feines Gefühl für die Stimmung des Geliebten. Sie wußte von seiner Verlegenheit. Seine Gedanken, als er das Standesamt mit ihr verließ, las sie von seiner Stirn ab wie von einem offenen Buch. Sie wollte ihm helfen. Wenn Frauen lieben, werden sie charakterlos. Sie wollte sagen: Komm!, aber sie schämte sich und wischte statt einer Aufforderung die Bücher zu Boden. Das bedeutete in Worte übersetzt: So wenig hab' ich für die Bücher übrig, so viel für dich. Eine symbolische Geste als Liebeserklärung. Seither hat sie unaufhörlich um ihn geworben. Sie erzwang die gemeinsamen Mahlzeiten, sie erzwang andere Möbel für ihn. Sie streifte ihn, sooft sie konnte, mit dem harten Rock. Weil sie Gelegenheit suchte, über ein Bett zu reden, bekam er ein Bett statt des Diwans. Sie verlegte ihr Schlafzimmer und kaufte eine neue Einrichtung für zwei. Das Testament während der Krankheit war nur ein Vorwand, um zu ihm zu sprechen. Wie sagte sie immer: Was nicht ist, kann werden. Armes, verblendetes Geschöpf! Monate sind seit der Eheschließung vergangen, sie hofft noch auf seine Liebe. Sie ist sechzehn Jahre älter als er, sie weiß, daß sie vor ihm sterben wird, und besteht doch darauf, daß beide ihr Testament machen. Sicher besitzt sie irgendwelche Ersparnisse, die sie ihm schenken möchte. Damit er sich nicht weigert, sie anzunehmen, fordert sie von ihm ein Testament. Welchen Nutzen hätte sie davon, da sie um so vieles früher sterben muß? Ihm dagegen kommt das Ihrige bestimmt zugute. Sie beweist ihre Liebe durch Geld. Es gibt alte Mädchen, die alle Ersparnisse ihres Lebens, Ersparnisse von Jahrzehnten, nein, die besten abgesparten Stücke jedes Tages, den sie eben darum nicht gelebt haben, mit einem Schlage an einen Mann wenden. Wie sollte sie sich über ihre wirtschaftliche Sphäre erheben? Unter Analphabeten gilt Geld als der entscheidende Beweis für alles: für Freundschaft, für Güte, für Bildung, für Macht, für Liebe. Bei einer Frau wird der einfache Tatbestand durch ihre Schwäche kompliziert. Weil sie ihm ihre Ersparnisse schenken will, muß sie ihn sechs Wochen lang mit denselben Worten quälen. Sie sagt es ihm nicht einfach und gerade auf den Kopf zu: ich liebe dich, da hast du mein Geld. Sie versteckt den Schlüssel zur Verbindungstür. Er findet ihn nicht und sie darf seine Luft atmen. Mehr will er mit ihr nicht zu tun haben, da gibt sie sich mit seiner Luft zufrieden. Er vergißt, sich zu fragen, ob die Bank, wo sein Geld liegt, auch sicher ist. Sie zittert, er könnte sein Geld verlieren. Ihre eigenen Ersparnisse sind zu geringfügig, um ihn längere Zeit über Wasser zu halten. Auf Umwegen, als sei sie für sich selbst in Ängsten, erkundigt sie sich unaufhörlich nach der Bank. Sie will ihn vor einer möglichen Katastrophe retten. Frauen sind für die Zukunft des Geliebten besorgt. Sie hat nur noch einige Jahre vor sich. Ihre letzte Kraft wendet sie daran, ihn vor ihrem Tode sicherzustellen. In ihrer Verzweiflung hat sie während seiner Krankheit den Schreibtisch durchsucht, sie hoffte auf genauere Daten. Um ihm Aufregungen zu ersparen, ließ sie den Schlüssel nicht stecken; sie legte ihn dorthin zurück, wo sie ihn gefunden hatte. Von seiner Exaktheit und seinem Erinnerungsvermögen hat sie als ungebildete Person keine Ahnung. Sie ist so ungebildet, daß er bei der bloßen Erinnerung an ihre Sprache Brechreiz spürt. Er kann ihr überhaupt nicht helfen. Ein Mensch ist nicht zum Lieben auf der Welt. Er hat nicht aus Liebe geheiratet. Er wollte seine Bücher versorgen, sie schien ihm der geeignete Mensch dafür.

Kien war es, als befinde er sich zum erstenmal in seinem Leben auf einer Straße. Unter den Menschen, die ihm begegneten, unterschied er Männer und Frauen. Buchhandlungen, die er passierte, hielten ihn wohl auf, aber gerade die früher verpönten Fenster. Berge von unsittlichen Büchern störten ihn nicht. Er las ihre Titel herunter und ging, ohne den Kopf zu schütteln, weiter. Hunde liefen über den Gehsteig, trafen ihresgleichen und beschnüffelten einander voller Freude. Er verlangsamte seinen Schritt und sah ihnen erstaunt zu. Hart neben seinen Füßen schlug ein Päckchen zu Boden. Ein Bursche schoß drauf zu, hob es auf, stieß an und entschuldigte sich nicht. Kien folgte den Fingern, die das Päckchen öffneten; ein Schlüssel kam zum Vorschein, auf dem zerdrückten Papier standen einige Worte. Der Leser grinste und sah am Hause hinauf. Zu einem Fenster des vierten Stockes lehnte ein Mädchen heraus, über Betten, die zum Lüften ausgelegt waren, winkte heftig und verschwand so rasch wie der Schlüssel in der Hosentasche des Burschen. »Was macht er mit dem Schlüssel, ein Einbrecher, das Dienstmädchen wirft ihm den Schlüssel zu, seine Geliebte.« In der nächsten Querstraße lag eine wichtige Buchhandlung; er ließ sie links liegen. An der Ecke gegenüber sprach ein Wachmann leidenschaftlich auf eine Frau ein. Die Worte, die Kien von weitem sah, zogen ihn an, er wollte sie hören. Als er nah genug war, gingen beide auseinander. »Leben Sie wohl!« krächzte der Wachmann. Sein rotes Gesicht leuchtete durch den hellichten Tag, »Auf Wiedersehen, auf Wiedersehen, Herr Inspektor!« sprudelte die Frau, er war dick, sie war drall, Kien konnte das Paar nicht vergessen. Als er am Dom vorüberkam, schlugen warme, unheimliche Laute an sein Ohr. In dieser Tonart hätte er jetzt selbst gesungen, wäre ihm seine Stimme so zu Willen gewesen wie seine Stimmung. Plötzlich wurde er mit Dreck beworfen. Neugierig und erschreckt sah er an den Strebepfeilern hinauf. Tauben schnäbelten sich und gurrten, am Dreck war keine Schuld. Seit zwanzig Jahren hatte er diese Laute nicht gehört, bei seinem Spaziergang kam er täglich hier vorüber. Doch war ihm das Gurren aus Büchern wohlvertraut. »Stimmt!« sagte er leise und nickte, wie immer, wenn eine Wirklichkeit ihrem Urbild im Druck entsprach. Heute hatte er an dieser nüchternen Bestätigung keine Freude. Auf das Haupt Christi, der krank und mager, mit schmerzverzerrtem Gesicht, aus einem Postament wuchs, setzte sich eine Taube. Sie blieb ungern allein, das merkte eine zweite und setzte sich gleich zu ihr. Dem Volke leidet dieser Christus zu sehr, es meint, er habe Zahnweh. Das ist es aber nicht, er hält es nicht aus unter diesen Tauben, die treiben das wahrscheinlich den ganzen Tag so. Da denkt er daran, wie einsam er ist. Daran darf man nicht denken, sonst bringt man es zu nichts. Für wen wäre er denn gestorben, wenn er am Kreuz an seine Einsamkeit gedacht hätte? — Ja, er war wirklich sehr einsam, sein Bruder schrieb ihm nicht mehr. Einige Jahre hatte er die Briefe des Parisers nicht beantwortet, da war es dem zu dumm geworden und er schrieb auch nicht mehr. Quod licet Jovi, non licet bovi. Seit Georg soviel mit Frauen zu tun hatte, hielt er sich selbst für den Jupiter. Georg war ein Frauenmensch, nie einsam, er vertrug keine Einsamkeit, so umgab er sich mit Frauen. Auch ihn liebte eine Frau. Statt bei ihr zu bleiben, war er weggelaufen und kränkte sich über seine Einsamkeit. Sofort machte er kehrt und ging mit langen, hoffenden Schritten durch dieselben Straßen nach Hause.

Barmherzige Gedanken trieben ihn rascher vorwärts, als es für seinen Mut gut war. Er ist Herr über ein Leben. Er kann diesem armseligen Geschöpf, das sich in Liebe nach ihm verzehrt, die letzten Lebensjahre vergällen und verkürzen. Ein Mittelweg muß sich finden. Ihre Hoffnungen sind vergeblich, ein Lebemann wird er nicht. Sein Bruder setzt genug Kinder auf die Welt. Für die Nachkommenschaft der Familie Kien ist gesorgt. Frauen sollen unkritisch sein, das stimmt, sie merken nicht, mit wem sie es zu tun haben. Über acht Jahre lang lebt sie mit ihm in einer Wohnung. Christus wäre eher zu verführen gewesen als er. Tauben mögen ihr Lebensziel verraten, sie haben keines. Eine Frau neben so viel Arbeit — ein Verbrechen wider die Natur der Wissenschaft. Ihre Treue weiß er zu schätzen, was in ihrer beschränkten Macht steht, leistet sie. Er haßt Diebstahl und Unterschlagung. Eigentum ist eine Sache nicht der Gier, sondern der Ordnung. Es fällt ihm nicht ein, zu unterschlagen, was zu ihren Gunsten spricht. Für eine Frau hat sie ihn acht Jahre lang erstaunlich still geliebt. Er hat nie das leiseste gemerkt. Erst seit der Ehe fließt ihr der Mund über. Um ihrer Liebe zu entgehen, wird er alles tun, was sie um seinetwillen von ihm fordert. Sie fürchtet den Zusammenbruch seiner Bank? Gut, er wird ihr sagen, welche es ist, sie kennt sie ohnehin, einmal hat sie dort einen Scheck eingelöst. Sie kann sich danach erkundigen, ob die Bank sicher ist. Sie will ihm ihre Ersparnisse schenken? Gut, dieses unschuldige Vergnügen gönnt er ihr, er wird sein Testament aufsetzen, damit sie einen Vorwand hat, auch das ihrige zu machen. Wie wenig braucht ein Mensch zu seinem Glück! Mit diesem Entschluß schafft er sich ihre laute und übergroße Liebe vom Hals.

Doch er hatte heut einen schwachen Tag. Insgeheim hoffte er auf einen Mißerfolg. Wirkliche Liebe beruhigt sich nie und schafft sich neue Sorgen, bevor die alten recht tot sind. Er hatte noch nie geliebt, er empfand wie ein Knabe, der nichts weiß, gleich wissen wird und vor beidem, dem Wissen, wie dem Nichtwissen, dieselbe dunkle Angst hat. Sein Kopf geriet in Verwirrung, er schwatzte in Gedanken wie ein Weib daher. Was ihm gerade einfiel, ergriff er, ohne es zu prüfen und ließ es, statt es zu Ende zu führen, gleich wieder laufen, weil ihm etwas Anderes und nicht etwas Besseres eingefallen war. Zwei Vorstellungen beherrschten ihn, die der liebenden, hingebenden Frau und die der arbeitswütigen Bücher. Je näher er seiner Wohnung kam, um so zwiespältiger wurde ihm zumute. Sein Verstand sah, worum es ging und schämte sich sehr. Er nahm die Liebe aufs Korn und redete mit harten Worten auf sie ein, er griff zu den häßlichsten Waffen: er führte Theresens Rock ins Treffen. Ihre Unbildung, ihre Stimme, ihr Alter, ihre Sätze, ihre Ohren, alles wirkte, aber der Rock gab den Ausschlag. Als Kien vor seinem Hause stand, lag der Rock zerschmettert unter der Wucht der nahen Bücher.

»Wie war das?« sagte er sich. »Einsam? Ich einsam? Und die Bücher?« Mit den Stockwerken kam er ihnen noch näher. Aus dem Vorzimmer schrie er ins Arbeitszimmer hinüber: »Nationalbank!« Therese stand vor dem Schreibtisch. »Ich will mein Testament machen!« befahl er und stieß sie, heftiger, als es seiner Absicht entsprach, beiseite. Sie hatte während seiner Abwesenheit drei schöne neue Bögen mit »Testament« überschrieben. Sie wies darauf hin und wollte grinsen; nur ein schwaches Lächeln gelang ihr. Sie wollte sagen: »Was hab' ich gesagt!«, aber die Stimme versagte ihr. Fast wurde sie ohnmächtig. Der interessante Mensch fing sie in seinen Armen auf und sie kam wieder zu sich.

Hinter dem Testament, wie er es zu Papier brachte, vermutete sie anfangs einen Schreibfehler, dann einen dummen Witz und schließlich eine Falle. Das Kapital, das er auf der Bank liegen hatte, mochte noch zwei Jahre für die Bestreitung des Haushaltes ausreichen.

Als sie die Zahl zu Gesicht bekam, bemerkte sie harmlos, da sei um eine Null zu wenig. Sie hielt es für selbstverständlich, daß er sich verschrieben hatte. Während er sich davon überzeugte, daß die Zahl richtig war, rechnete sie mit der zehnfachen und war über diese bitter enttäuscht. Wo blieb da der Reichtum? Sie wollte dem interessanten Menschen das schönste Möbelgeschäft der Stadt einrichten. Das Testament reichte für eine Firma wie die von Groß & Mutter. Soviel verstand sie schon vom Geschäft; seit Wochen kalkulierte sie vor dem Einschlafen die Einkaufspreise für Möbel. Auf eine eigene Fabrik hatte sie verzichtet, weil sie sich da nicht auskannte und in dem Geschäft auch was dreinreden wollte. Jetzt stand sie da, wie vor den Kopf geschlagen, weil die Firma Grob & Frau — dieses Firmenschild war eine ihrer Hauptbedingungen — nicht größer beginnen würde als die Firma Groß & Mutter. Dafür war der interessante Mensch die Seele von Groß & Mutter; wenn sie die Seele für sich haben, wird das Geschäft so gut gehen, daß man den größten Teil des Verdienstes hineinstecken kann. Sie brauchen doch nichts für sich. Dafür liebt man sich ja. In ein paar Jahren kann sich Groß und Mutter verstecken. Als sie soweit war und sich den kleinen Herrn Chef hinter der Glastür vorstellte, wie er seufzte und sich die Glatze kratzte, weil die neue, erstklassige Firma Grob & Frau ihm die besten Kunden wegnahm, sagte Kien: »Es fehlt keine Null. Vor zwanzig Jahren war eine da.«

Sie glaubte ihm nicht und meinte fast neckisch: »Ja, wo ist denn das schöne Geld nur hin?«

Er wies stumm auf die Bücher. Den Teil des Geldes, den er zum Leben verbraucht hatte, unterschlug er, er war wirklich geringfügig; auch schämte er sich seiner.

Therese verlor die Lust zu spaßen und erklärte mit Würde: »Den Rest schickt man vorher dem neuen Bruder. Neun Teile kriegt der Bruder, bevor man stirbt, einen Teil die Frau, wenn man tot ist.«

Sie hatte ihn entlarvt. Sie erwartete, daß er sich jetzt schämte und die strittige Null dazuschriebe, bevor es zu spät war. Mit Dreck ließ sie sich nicht abspeisen. Sie ging aufs Ganze. Sie fühlte sich als die Sachwalterin des interessanten Menschen und gebrauchte in Gedanken seine Argumente.

Kien hörte nicht recht, was sie sagte, weil er noch immer den Blick auf die Bücher fortsetzte. Als er damit fertig war, überflog er aus Pflichtgefühl das Dokument und faltete es mit den Worten: »Morgen gehen wir damit zum Notar!« zusammen.

Therese verschwand, um nicht zu schimpfen. Sie wollte ihm Zeit geben, sich zu besinnen. Er mußte doch draufkommen, daß man so was nicht tat. Die alte Frau war einem näher als der neue Bruder. An das Kapital, das in den Büchern drinsteckte, dachte sie nicht, weil drei Viertel ihr ohnehin schon gehörten. Es kam ihr jetzt nur auf den Reichtum außerhalb der Bibliothek an. Sie mußte den Gang zum Notar möglichst lange hinausschieben. Lag das Testament einmal dort, so war es aus mit dem Kapital. Ein anständiger Mensch macht nicht so oft sein Testament. Man mußte sich ja vor dem Notar schämen. Drum war es am besten, man machte gleich das richtige, dann war kein zweites mehr nötig.

Kien hätte gern alle Formalitäten gleich erledigt. Aber er empfand heute eine gewisse Achtung vor Therese, weil sie ihn liebte. Er wußte, daß sie als Analphabetin Stunden brauchte, um ein amtliches Schriftstück aufzusetzen. Er bot ihr seine Hilfe nicht an, weil sie das gedemütigt hätte. Soviel Rücksicht verdienten ihre Gefühle. Sein Entgegenkommen hatte nur einen Sinn, wenn er ihr nicht verriet, daß er sie durchschaut hatte. Er fürchtete, sie könnte zu weinen beginnen, sobald er auf ihre beabsichtigte Schenkung anspielte. Drum setzte er sich an die Arbeit, schob das Testament und alle Gedanken darüber beiseite und ließ die Türe zu ihrem Schlafzimmer offen. Mit größter Energie warf er sich auf die alte Abhandlung. »Über den Einfluß des Palikanons auf die Form des japanischen Busoku Sekitai«.

Beim Mittagessen beobachteten sie einander unverhohlen und sprachen kein Wort. Sie schätzte die Aussichten auf eine Richtigstellung ihres Testaments ab, er prüfte ihr Schriftstück auf orthographische Fehler hin, die es natürlich enthielte. Sollte er es abschreiben oder nur verbessern? Von diesen beiden Maßnahmen würde eine nicht zu vermeiden sein. Sein Zartgefühl war durch die wenigen Stunden Arbeit schon beträchtlich abgestumpft worden. Doch reichte es noch hin, um die Entscheidung auf morgen zu verschieben.

Während der Nacht lag Therese in Geschäftssorgen wach. Solange der Mann arbeitete, bis zwölf Uhr, ging ihr die Lichtverschwendung bitter nahe. Seit sie vor der Erfüllung ihrer Wünsche stand, tat ihr jeder vergeudete Groschen doppelt so weh wie früher. Sie lag behutsam und leicht auf dem Bett, weil sie die Absicht hatte, das schöne Schlafzimmer in ihrem Geschäft für neu zu verkaufen. Bisher war nichts dran zerkratzt, es tät ihr leid, wenn man die Sachen frisch lackieren müßte. Die Obsorge fürs Bett, die Angst es zu beschädigen, hielt sie weiter wach, als Kien schon schlief und ihre Rechnungen sämtlich stimmten. Sie hatte nichts mehr zu bedenken, sie langweilte sich, morgen wird sie sich nicht mehr langweilen.

Die restlichen Stunden der Nacht war sie damit beschäftigt, die Summen, die sie erben würde, durch ihre Geschicklichkeit im O-Schreiben zu steigern. Die konkurrierenden Frauen blieben weit hinter ihr zurück. Verschiedene tauchten auf, wo sie nichts zu suchen hatten. Keine hatte einen gestärkten Rock. Keine war wie dreißig. Die Beste war über vierzig, aber ihre Nullen waren zum Lachen und der interessante Mensch warf sie gleich hinaus. Auf der Straße sahen ihr die Männer nicht nach. Du hast ja genug Geld, du Schlampe, schrie Therese der frechen Person nach, warum läßt du dir den Rock nicht stärken? Selber zu faul zum Arbeiten und geizig dazu, das kann jeder. Dann wandte sie sich dem interessanten Menschen zu und war ihm dankbar. Sie wollte ihm den schönen Namen sagen, den er hatte, Grob paßte nicht zu ihm, aber den hatte sie vergessen. Sie stand auf, drehte leise das Licht auf dem Nachtkästchen an, holte das Inventar aus der Rocktasche hervor und suchte so lange, bis sie den Namen, für den ihr kein Licht zu teuer war, fand. Vor Aufregung wäre sie fast laut mit »Puda« herausgeplatzt; dabei gehörte so ein Name geflüstert. Sie schaltete das Licht wieder aus und legte sich schwer aufs Bett. Sie vergaß die Schonung, mit der es zu behandeln war. Unzählige Male sagte sie zu ihm »Herr Puda«. Der war gescheit, nicht bloß interessant und ließ sich in seiner Arbeit nicht stören. Er sah sich die Frauen der Reihe nach an. Manche tat so, als wäre sie vor lauter Nullen gebückt. »Ich mach' dich aufmerksam«, sagte Therese, »das macht das Alter und nicht die Nullen!« Sie liebte eben die Wahrheit über alles. Herr Puda hatte ein schönes, glattes Papier vor sich liegen, da trug er die Nullen sauber ein. An dem Menschen war alles schön und sauber. Dann fuhr er auf einmal mit den Liebesaugen über das ganze Papier und sagte mit der Stimme: »Bedaure sehr, Gnädigste, ganz ausgeschlossen, Gnädigste!« Gleich war die alte Schachtel draußen. Daß so was sich traut! Aber wie sind die Frauen heutzutage? Kaum hat eine Geld, dann glaubt sie gleich, der schönste Mann ist für sie da. Am meisten freute sich Therese, wenn Herr Puda fand, daß so ein mitgebrachtes Kapital das Höchste von allen war. Dann sagte er: »Da muß ich schon sagen, Gnädigste, bitte nehmen Sie Platz, Gnädigste!« Man kann sich ja denken, wie alt so eine war. Aber Platz nahm sie doch. Gleich wird er zu ihr sagen: »Meine schönste Gnädigste!« Therese erschrak ein bißchen. Sie wartete, bis er eben den Mund auftat, da trat sie vor und kam dazwischen. In der Rechten hielt sie den gespitzten Bleistift. Sie sagte nur: »Bitte, einen Moment!« und machte auf das Papier, hinter ihr Kapital, ein schönes O. Ihres stand ganz zuoberst, sie war ja die erste Frau mit Kapital, die er getroffen hatte. Jetzt hätte sie was sagen dürfen; bescheiden trat sie zurück und schwieg. Herr Puda redete für sie: »Bedaure sehr, Gnädigste, ganz ausgeschlossen, Gnädigste!« Da hat manch alte Schachtel geweint. So nah am Glück vorüber, das ist kein Vergnügen. Herr Puda scherte sich nicht um die Tränen. »Erst muß eine wie dreißig aussehen, dann darf sie weinen«, sagte er. Therese verstand, wen er damit meinte und war stolz. Die Leute gehen alle acht Jahre lang in die Schule und lernen nichts. Warum lernen die Leute keine O schreiben? Ist das vielleicht keine Kunst?

Gegen Morgen litt es sie vor Aufregung nicht mehr im Bett. Sie war längst fertig, als Kien um sechs erwachte. Sie verhielt sich ganz still und horchte auf seine Bewegungen beim Anziehen, beim Waschen, beim Abklopfen der Bücher. Die Abgeschiedenheit ihres Lebens und sein lautloser Gang hatten die Empfindlichkeit ihres Ohrs für bestimmte Geräusche auf eine hohe Stufe gebracht. Sie erkannte genau, in welcher Richtung er sich bewegte, trotz dem weichen Teppich und seinem geringen Gewicht. Er unternahm alle möglichen nutzlosen Wege, nur für den Schreibtisch hatte er nichts übrig. Erst um sieben stattete er diesem einen Besuch ab und blieb eine Weile dort. Therese glaubte kurz das Kratzen seiner Feder zu hören. Der ungeschickte Mensch, dachte sie sich, bei ihm kratzt es, wenn er ein O macht. Sie wartete auf ein zweites Kratzen. Nach den Ereignissen dieser Nacht rechnete sie mit mindestens zwei Nullen. Dabei kam sie sich noch sehr arm vor und murmelte: »In der Nacht war alles schöner.«

Jetzt stand er auf und schob den Stuhl beiseite; er war schon fertig, das zweitemal hatte er nicht gekratzt. Sie rückte ihm mit Ungestüm entgegen. Auf der Schwelle stießen sie zusammen. Er fragte: »Erledigt?«, sie »Schon fertig?« Er hatte die letzten Reste von Zartgefühl verschlafen. Diese dumme Weibergeschichte interessierte ihn nicht mehr. Das Testament war ihm erst eingefallen, als es unter den Manuskripten zum Vorschein kam. Er las es gelangweilt durch und bemerkte in der vorletzten Stelle des angegebenen Bankguthabens einen unbegreiflichen Fehler: statt eines Fünfers stand da ein Siebener. Ärgerlich verbesserte er den Irrtum und fragte sich, wie man denn fünf gerade mit sieben verwechseln könne? Vielleicht weil beide Primzahlen sind; diese geistvolle Erklärung, die einzig mögliche, weil fünf und sieben sonst nichts miteinander gemein haben, besänftigte ihn. »Ein guter Tag!« murmelte er. »Da heißt es arbeiten und ihn ausnützen!« Doch wollte er zuerst ihren Wisch erledigen, um nachher nicht in der Arbeit gestört zu werden. Beim Zusammenstoß geschah ihr nichts, sie war durch den Rock geschützt. Er tat sich natürlich weh.

Er wartete auf ihre Antwort, sie auf seine. Da er keine gab, schob sie ihn beiseite und glitt zum Schreibtisch. Richtig, da lag das Testament. Sie bemerkte, daß die vorletzte Ziffer statt 7 jetzt 5 lautete; von einer neuen Null entdeckte sie nichts. Da hat er ihr rasch noch was abgehandelt, der geizige Mensch. So wie es hier steht, macht es 20 Schilling aus, aber wenn jetzt die eine Null dazukommt, sind es 200. Mit der zweiten Null macht der Unterschied 2000. Sie läßt sich nicht um 2000 Schilling prellen. Was würde der interessante Mensch dazu sagen, wenn er das erfährt? »Ich bitte sehr, das geht auf Kosten unseres Geschäfts, Gnädigste!« Da muß sie aufpassen, sonst wirft er sie noch hinaus. Er kann nur eine ordentliche Person brauchen. Um eine Schlampe steht er nicht an.

Sie drehte sich um und sagte zu Kien, er war hinter ihr: »Der Fünfer gehört weg!«

Er achtete nicht drauf. »Gib dein Testament her!« befahl er unwirsch.

Sie hörte ihn sehr wohl. Sie war seit gestern auf der Lauer und verzeichnete jede leiseste Regung an ihm. In den vielen Jahren ihres Lebens zusammengerechnet hatte sie nicht soviel Geistesgegenwart aufgebracht wie jetzt in wenigen Stunden. Sie begriff, daß er von ihr ein Testament forderte. Der theoretische Teil ihrer langwöchigen Predigt: »Auf dem Standesamt müßten beide Teile« stand ihr sofort zu Gebote. Kein Augenblick war seit seinem Befehl vergangen, als sie schon zurückschlug:

»Bitte, ist hier vielleicht ein Standesamt?«

Über seine Zumutung ehrlich empört, verließ sie das Zimmer.

Kien legte sich über ihre spitze Antwort keine Rechenschaft ab. Er stellte fest, daß sie ihr Dokument noch nicht hergeben wollte. Der lästige Gang zum Notar blieb ihm also heute erspart, um so besser, er fügte sich mit Freuden drein und ergab sich der bewußten Abhandlung.

Das stumme Spiel zwischen den beiden dauerte einige Tage fort. Während er sich an ihrem Schweigen mehr und mehr beruhigte — fast wurde er wieder der Alte —, stieg ihre Aufregung von Stunde zu Stunde. Bei den Mahlzeiten tat sie sich körperliche Gewalt an, um nichts zu sagen. Sie nahm in seiner Gegenwart keinen Bissen in den Mund, aus Angst, es könnten Worte herausfallen. Ihr Hunger wuchs mit ihren Befürchtungen. Bevor sie sich mit ihm zu Tisch setzte, aß sie sich allein in der Küche satt. Sie zitterte vor jeder Bewegung in seinem Gesicht; wußte man, ob diese Bewegung nicht plötzlich in das Wort »Notar« überginge? Manchmal sagte er einen Satz, seine Sätze waren selten. Sie fürchtete jeden wie ein Todesurteil. Hätte er mehr gesprochen, so wäre ihre Angst in tausend kleine Ängste zersplittert. Er sprach so wenig, das war ihr ein Trost. Aber die Angst blieb groß und gewaltig. Begann er mit »Heute ...«, so sagte sie sich rasch entschlossen: »Notare gibt's nicht!« und wiederholte sich diesen Satz mit einer Geschwindigkeit, die für sie neu und unerhört war. Ihr Körper bedeckte sich mit Schweiß, auch das Gesicht, sie bemerkte es, wenn nur ihr Gesicht sie nicht verriet! Sie lief hinaus und holte einen Teller. Sie las ihm Wünsche vom Gesicht ab, die er gar nicht hatte. Er hätte jetzt alles von ihr haben können, wenn er nur nichts sprach. Ihre Dienstbeflissenheit galt den Nullen, ihm kam sie zugute. Sie ahnte, daß ein schreckliches Unglück bevorstand. Beim Kochen gab sie sich besondere Mühe; wenn's ihm nur schmeckt, dachte sie und weinte. Vielleicht wollte sie ihn auffüttern; ihm die Kraft zu den Nullen einflößen. Vielleicht wollte sie sich nur beweisen, wie sehr sie die Nullen verdiente.

Ihre Zerknirschtheit reichte tief. In der vierten Nacht fiel ihr ein, was der interessante Mensch war: eine Sünde von ihr. Sie rief ihn nicht mehr; wenn er ihr in die Quere kam, blickte sie ihn bös an, sagte: »Alles zu seiner Zeit« und stieß ihn mit dem Fuß, damit er verstand. Die Geschäfte gingen gar nicht mehr gut. Ein Geschäft will erst verdient sein, bevor es gut geht. *Eine* Zuflucht blieb, die Küche, da kam sie sich einfach und bescheiden vor, wie früher. Da vergaß sie beinahe, daß sie die Frau im Haus war, weil keine teuren Möbel herumstanden. Eines störte sie auch hier, das Adreßbuch, das tot dalag, ihr Eigentum. Zur Sicherheit schnitt sie sämtliche Notare heraus und schaffte sie mit dem Kehricht aus der Wohnung.

Kien bemerkte von alledem nichts. Es genügte ihm, daß sie schwieg. Zwischen China und Japan sagte er sich einmal, das sei der Erfolg seiner klugen Politik. Er habe ihr jeden Vorwand zum Reden genommen. Er habe ihrer Liebe den Stachel ausgezogen. Viele Konjekturen gelangen ihm in diesen Tagen. Einen unglaublich verballhornten Satz stellte er in drei Stunden wieder her. Die richtigen Buchstaben regneten nur so aus seiner Feder. Die alte Abhandlung schickte er am dritten Tag ab. Von den neuen waren zwei begonnen. Ältere Litaneien meldeten sich in ihm zu Wort; darüber vergaß er die ihre. Langsam steuerte er in die voreheliche Zeit zurück. Ihr Rock erinnerte ihn manchmal an ihre Existenz, da er von seiner Gemessenheit und Steife viel verlor. Er bewegte sich rascher und war bestimmt nicht mehr so gut gebügelt. Er stellte das fest, über die Gründe zerbrach er sich nicht den Kopf. Warum hätte er die Tür zu ihrem Schlafzimmer nicht offenlassen sollen? Sie mißbrauchte sein Entgegenkommen nie und hütete sich, ihn zu stören. Seine Gegenwart bei den Mahlzeiten beruhigte sie. Sie fürchtete, er könnte seine Drohung, die gemeinsamen Mahlzeiten aufzuheben, doch noch wahrmachen und verhielt sich für ein Weib zurückhaltend. Etwas weniger Diensteifer wäre ihm noch lieber gewesen. Sie würde sich auch das abgewöhnen; zuviel Teller waren überflüssig. Sie riß einen nur jedesmal aus den besten Gedanken.

Als er am vierten Tag früh um sieben das Haus verließ, zum gewohnten Spaziergang, glitt Therese — in ihrem Äußeren wieder die Diskretion selbst — an den Schreibtisch. Sie traute sich nicht gleich an ihn heran. Sie umkreiste ihn einige Male und machte sich unverrichteter Dinge an das Aufräumen des Zimmers. Sie fühlte, daß sie noch nicht so weit war, wie sie hoffte, und schob die Enttäuschung möglichst lange hinaus. Da plötzlich fiel ihr ein, daß man Verbrecher an den Fingerabdrücken erkennt. Sie holte ihre schönen Handschuhe aus dem Koffer, dieselben, die ihr einen Mann verschafft hatten, zog sie an und suchte vorsichtig — um die Handschuhe nicht schmutzig zu machen — das Testament heraus. Die Nullen waren noch immer nicht da. Sie fürchtete, am Ende seien sie doch schon da, aber so dünn geschrieben, daß kein Mensch sie sah. Eine genauere Prüfung beruhigte sie. Lange vor Kiens Rückkehr sahen beide, sie und das Zimmer, so aus, als wäre nicht das geringste vorgefallen. Sie verschwand in die Küche und knüpfte daselbst an den allgemeinen Kummer an, den sie um sieben unterbrochen hatte.

Am fünften Tag geschah dasselbe. Sie gab sich etwas länger mit dem Testament ab und schonte weder Zeit noch Handschuhe.

Der sechste Tag war ein Sonntag. Sie stand unlustig auf, erwartete den Spaziergang ihres Mannes und besah sich wie täglich die böse Ziffer des Testaments. Nicht nur die Zahl 12.650, auch die Form jeder Ziffer war ihr in Fleisch und Blut übergegangen. Sie holte einen Zeitungsstreifen hervor und schrieb die Summe genauso ab, wie sie im Testament stand. Die Ziffern glichen denen Kiens auf ein Haar; kein Schriftkenner hätte sie auseinandergehalten. Sie benützte den Streifen der Länge nach, damit noch allerlei Nullen draufgingen, und brachte deren ein gutes Dutzend unter. Über dem enormen Ergebnis leuchteten ihre Augen auf. Sie strich mit der derben Hand einigemal über den Streifen und sagte: »Bitte, wie schön das ist!«

Dann nahm sie Kiens Feder, bückte sich über das Testament und verwandelte die Zahl 12.650 in 1,265.000.

Die Arbeit mit der Feder gelang so sauber und exakt wie jene vorhin mit dem Bleistift. Als sie die zweite Null beendet hatte, vermochte sie nicht sich aufzurichten. Die Feder klammerte sich ans Papier und setzte zu einer neuen Null an. Wegen des fehlenden Raumes hätte diese kleiner und gepreßter ausfallen müssen. Therese erkannte die Gefahr, in der sie schwebte. Jeder weitere Strich wäre ein Verstoß gegen die Größenordnung der übrigen Buchstaben und Ziffern gewesen. Er mußte die Aufmerksamkeit auf diesen Fleck lenken. Beinahe hätte sie ihr eigenes Werk zerstört. Der Streifen mit den vielen Nullen lag daneben. Ihr Blick, der, um Zeit zu gewinnen, vom Testament abirrte, fiel eben auf ihn. Die Lust, mit einem Schlag so reich zu werden wie gar kein Möbelgeschäft auf der Welt, wurde groß und größer. Hätte sie das früher bedacht, so hätte sie die beiden ersten Nullen kleiner gemacht und eine dritte wäre gerade noch hingegangen. Warum war sie so dumm, und jetzt wär' alles in schönster Ordnung.

Sie kämpfte verzweifelt mit der Feder, die schreiben wollte. Die Anstrengung ging über ihre Kräfte. Vor Gier, Wut und Ermüdung geriet sie ins Keuchen. Die Rucke beim Atmen teilten sich ihrem Arm mit; ihre Feder drohte die Tinte aufs Papier zu verspritzen. Darüber erschrocken, zog Therese sie rasch zurück. Sie bemerkte, daß sie den Oberkörper gehoben hatte und atmete — etwas regelmäßiger — auf. »Man ist ja bescheiden«, seufzte sie und hielt im Gedenken an die verlorenen Millionen vielleicht drei Minuten in ihrer Arbeit inne. Dann sah sie nach, ob die Tinte trocken war, steckte den schönen Streifen ein, faltete das Testament zusammen und legte es dorthin, wo sie es gefunden hatte. Sie fühlte sich gar nicht befriedigt, ihre Wünsche gingen höher. Da sie nur einen Teil dessen erreicht hatte, was möglich war, schlug ihre Stimmung um; sie kam sich plötzlich wie eine Hochstaplerin vor und beschloß, in die Kirche zu gehen. Heute war ja Sonntag. An der Wohnungstür hinterließ sie einen Zettel: »Bin in der Kirche, Therese«, als ob das seit Jahren ihr vertrauter und natürlicher Aufenthalt wäre.

Sie suchte sich die größte Kirche der Stadt, den Dom, aus. Eine kleinere hätte sie nur daran erinnert, daß ihr mehr gebühre. Auf der Treppe fiel ihr ein, daß sie nicht angezogen war. Sie fühlte sich sehr niedergeschlagen, kehrte aber trotzdem um und vertauschte den ersten blauen Rock gegen den zweiten, der genau gleich aussah. Auf der Straße vergaß sie zu bemerken, daß ihr alle Männer nachsahen. Im Dom schämte sie sich. Die Leute lachten sie ja aus. Gehört sich das, daß man in der Kirche lacht? Sie macht sich nichts draus, weil sie eine anständige Frau ist. Die anständige Frau sprach sie in Gedanken mit größtem Nachdruck aus, wiederholte sie und flüchtete sich in eine stille Ecke des Domes.

Da hing ein Bild mit dem Abendmahl, in teuren Ölfarben gemalt. Der Rahmen war ganz vergoldet. Das Tischtuch gefiel ihr nicht. Die Leute wissen nicht, was schön ist, außerdem war es schon schmutzig. Den Beutel hätte man greifen können, dreißig schöne Silberstücke steckten drin, die sah man nicht, aber der Beutel war doch wie lebend. Der Judas hielt ihn gepackt. Der hätt' ihn nicht hergegeben, der war ja so geizig. Der vergönnte niemandem was. Der war wie ihr Mann. Drum hat er den Heiland betrogen. Ihr Mann ist mager, der Judas ist dick und hat einen roten Bart. In der Mitte von allen sitzt der interessante Mensch. So ein schönes Gesicht hat er, ganz blaß, und die Augen genauso wie es sich gehört. Der weiß alles. Er ist interessant, aber er ist auch gescheit. Er schaut sich den Beutel gut an. Bitte, er will wissen wieviel. Ein anderer muß die Schillinge nachzählen, er braucht das nicht, er kennt das von außen. Ihr Mann ist ein Schmutzfink. Der macht das für zwanzig Schilling. Sie schwindelt man nicht an, früher stand da ein 7er. Da hat er rasch noch einen 5er draus gemacht. Jetzt sind es 2000. Der interessante Mensch wird schimpfen. Kann sie vielleicht was dafür? Sie ist die weiße Taube. Die fliegt ihm grad über den Kopf. Die glänzt, weil sie so unschuldig ist. Der Maler hat es so wollen. Der muß es ja wissen, das ist sein Geschäft. Sie ist die weiße Taube. Da soll es der Judas nur versuchen. Er kriegt sie doch nicht zu fassen. Sie fliegt ja wohin sie will. Sie fliegt zum interessanten Menschen, sie weiß, was schön ist. Der Judas hat nichts zu sagen. Der muß sich aufhängen. Da nützt ihm auch der Beutel nichts. Den läßt er eben zurück. Das Geld gehört ihr. Sie ist die weiße Taube. Der Judas versteht das nicht. Der denkt nur an seinen Beutel. Dafür gibt er dem lieben Heiland einen Kuß und schwindelt ihn an. Gleich kommen die Soldaten. Die werden ihn packen. Sie sollen es nur versuchen. Sie wird vortreten und sagen: »Das ist nicht der Heiland. Das ist der Herr Grob, einfacher Angestellter bei der Firma Groß & Mutter. Dem dürfen Sie nichts tun. Ich bin die Frau. Der Judas will ihn immer übers Ohr hauen. Da kann er doch nichts dafür!« Sie muß schauen, daß ihm nichts geschieht. Der Judas soll sich schon aufhängen. Sie ist die weiße Taube.

Therese war vor dem Bilde niedergekniet und betete. Immer wieder war sie die weiße Taube. Sie sagte es aus tiefstem Herzen und ließ kein Auge von ihr. Sie flatterte dem interessanten Menschen in die Hände; der streichelte sie sanft, weil sie ihn immerwährend rettete, mit Tauben geht man so um.

Als sie aufstand, spürte sie erstaunt ihre Knie. Sie zweifelte einen Augenblick an deren Wirklichkeit und griff nach ihnen. Als sie zur Kirche hinausging, lachte *sie* die Leute aus. Sie lachte, wie es ihre Art war, ohne zu lachen. Die Menschen sahen ernst drein und schämten sich. Was waren das auch für Gesichter: lauter Verbrecher! Man weiß ja, was alles in die Kirche geht. Es gelang ihr, dem Klingelbeutel auszuweichen. Vor dem Portal trieben sich unzählige Tauben herum; weiß waren sie aber nicht. Therese tat es leid, daß sie nichts für sie mithatte. Zu Hause lag soviel hartes Brot und verschimmelte. Hinter dem Dom setzte sich eine richtige weiße Taube auf eine Steinfigur. Therese sah hin: es war der Zahnweh-Christus. Sie dachte sich, ein Glück, daß der interessante Mensch nicht so aussieht. Der müßt sich ja schämen.

Auf dem Weg nach Hause hört sie plötzlich eine Musik. Da kommt Militär und spielt die wertvollsten Märsche. Das ist lustig, das hat sie gern. Da kehrt sie um und gleitet auf einmal im Takte mit. Der Herr Kapellmeister schaut immer auf sie. Die Soldaten auch, da ist nichts dabei, sie schaut zurück, für die Musik muß sie sich bedanken. Andere Frauen kommen dazu — sie ist die schönste von allen. Der Herr Kapellmeister stellt was vor. Das ist ein Mann, und wie er das Spielen versteht! Die Musiker warten auf seinen Stock. Ohne den Stock rührt sich keiner. Manchmal hört er zu spielen auf. Da wirft sie den Kopf in die Höhe, der Herr Kapellmeister lacht und gleich kommt wieder was Neues. Wenn nur die vielen Kinder nicht wären. Die verdecken ihr noch die Aussicht. So was müßte man täglich hören. Am schönsten sind die Trompeten. Seit sie da ist, finden's alle Leute schön. Bald ist ein großes Gedränge. Das stört sie nicht. Ihr macht man Platz. Niemand vergißt sie zu sehen. Leise summt sie im Takte mit: Wie dreißig, wie dreißig, wie dreißig.

Kien fand den Zettel vor seiner Tür. Er las ihn, weil er alles las, und hatte ihn, sobald er am Schreibtisch saß, vergessen. Plötzlich sagte jemand: »Da bin ich wieder!« Hinter ihm stand Therese und überschüttete ihn mit Worten.

»Ja, die große Erbschaft! Gleich drei Häuser weiter ist ein Notar. Darf man eine Erbschaft so liegenlassen? Das Testament wird ja schmutzig. Heut ist Sonntag. Morgen ist Montag. Man muß dem Notar was geben. Sonst macht er alles falsch. Viel muß es nicht sein. Es wär' schad' um das schöne Geld. Das harte Brot verschimmelt zu Hause. Tauben sind keine Kunst. Natürlich, da haben sie nichts zu fressen. Das Militär spielt die wertvollsten Märsche. Marschieren und auf alles schauen, dazu gehört ein besonderer Mensch. Und auf wen hat der Herr Kapellmeister immer geschaut? Das verrat ich nicht jedem. Die Leute verstehn ja keinen Spaß. 1,265.000. Schöne Augen wird der Herr Grob da machen. Die hat er schon so. Die Frauen haben ihn alle gern. Bin ich vielleicht keine Frau? Schön tun kann jede. Ich bin die erste mit Kapital ...«

Siegesgewiß, von Militärmusik und Herrn Kapellmeister her noch in heller Erregung, war sie eingetreten. Alles war heute schön. So einen Tag müßte man jeden Tag haben. Reden wollte sie. Sie malte die Zahl 1,265.000 an die Wand und klopfte mit der Hand auf die Bibliothek in der Rocktasche. Wer weiß, was die wert war. Vielleicht doppelt soviel. Der Schlüsselbund klirrte. Beim Reden nahm sie heute die Backen voller. Sie sprach ununterbrochen, weil sie eine Woche lang geschwiegen hatte. In ihrem Rausch verriet sie ihre heimlichen und heimlichsten Gedanken. Sie zweifelte nicht daran, daß sie alles erreicht hatte, was zu erreichen war, eine handgreifliche Person. Eine Stunde lang sprach sie auf den Menschen vor ihr ein. Sie vergaß, wer er war. Sie vergaß die abergläubische Furcht, mit der sie während der verflossenen Tage an jeder Regung seines Gesichts gehangen hatte. Er war ein Mensch, man konnte ihm alles erzählen, einen solchen brauchte sie jetzt. Sie kramte die kleinste Kleinigkeit aus, die ihr heute begegnet oder durch den Kopf gefahren war.

Er fühlte sich überrumpelt, etwas Ungewöhnliches war geschehen. Eine Woche lang hatte sie sich musterhaft betragen. Daß sie ihn jetzt auf diese grobe Weise störte, hatte, wie man ihr ansah, einen besonderen Grund. Ihre Sprache war wirr, verwegen und glücklich. Er bemühte sich zu verstehen; langsam begriff er:

Irgendein interessanter Mensch hatte ihr eine Million hinterlassen, offenbar ein Verwandter von ihr, trotz seinem Reichtum Kapellmeister von Beruf und schon darum interessant. Ein Mensch, der jedenfalls viel von ihr hielt, sonst hätte er sie nicht zu seiner Erbin eingesetzt. Mit der Million wollte sie ein Möbelgeschäft gründen, sie hatte erst heute von ihrem Glück erfahren und war zum Dank dafür in die Kirche gerannt, wo sie auf einem Bild den Verstorbenen als Heiland wiedererkannte. (Dankbarkeit als Ursache von Sinnestäuschungen!) Im Dom hat sie ein Gelübde für die regelmäßige Fütterung der Tauben abgelegt. Sie ist dagegen, daß man den Tauben altes, verschimmeltes Brot von zu Hause mitbringt. Tauben sind auch so was wie Menschen (und wenn schon!), morgen will sie mit ihm und dem Testament zum Notar gehen, um es nachprüfen zu lassen. Sie fürchtet, der Notar könnte, weil es sich um eine hohe Erbschaft handelt, zuviel Honorar verlangen und wünscht deshalb, daß man das Honorar vor der Besprechung mit ihm ausmache. — Sparsam und Haushälterin bis in die Million!

Ja war denn die Erbschaft überhaupt so groß? 1,265.000 — wieviel war das? Vergleichen wir sie mit dem Wert der Bibliothek! Seine ganze Bibliothek hat ihn die lächerliche Summe von nicht einmal 600.000 Goldkronen gekostet. 600.000 Goldkronen betrug sein väterliches Erbe, eine Kleinigkeit besaß er noch heute. Was wollte sie mit ihrem Erbe einrichten? Ein Möbelgeschäft? Unsinn! Man könnte doch damit die Bibliothek vergrößern. Er würde den Nachbarn die Wohnung von nebenan abkaufen und die Wand durchstoßen lassen. So hätte er für die Bibliothek vier neue große Räume gewonnen. Die Fenster drüben ließe er zumauern und Oberlicht einführen wie hier. In acht Räumen hätten gut 60.000 Bände Platz. Die Bibliothek des alten Silzinger war vor kurzem zum Verkauf ausgeschrieben, man hatte sie wohl kaum schon versteigert, sie enthielt an die 22.000 Bände, mit seiner konnte sie sich natürlich nicht messen, einige hervorragende Sachen befanden sich drunter. Er nahm sich rund eine Million für die Bibliothek, mit dem Rest sollte sie schalten und walten, wie es ihr paßte. Vielleicht reichte der Rest für ein Möbelgeschäft, davon verstand er zuwenig, was ging ihn das an, mit Geld und Geschäften wollte er nichts zu tun haben. Man mußte sich erkundigen, ob die Bibliothek des alten Silzinger schon versteigert war. Da wäre ihm ja beinah ein wichtiger Fang entgangen. Er vergrub sich zu sehr in die Wissenschaft. So beraubte er sich der Mittel, die zur wissenschaftlichen Arbeit unentbehrlich waren. Ein feines Auge für den Büchermarkt gehörte zum Gelehrten wie die Kenntnis der Kurse zum Börsenspekulanten.

Erweiterung der Bibliothek von vier Räumen auf acht. Das läßt sich sehen. Man muß sich entwickeln. Man darf nicht stehenbleiben. Vierzig ist kein Alter. Wie kann man sich mit vierzig zur Ruhe setzen? Vor zwei Jahren hat der letzte größere Einkauf stattgefunden. So rostet man ein. Andere Bibliotheken sind auch noch da, nicht nur die eigene. Armut ist ekelhaft. Ein Glück, daß sie mich liebt. Sie nennt mich Herrn Grob, weil ich so grob zu ihr bin. Sie findet meine Augen schön. Sie glaubt, daß ich allen Frauen gefalle. Ich bin wirklich zu grob zu ihr. Liebte sie mich nicht, sie würde ihre Erbschaft für sich behalten. Es gibt Männer, die sich von ihren Frauen aushalten lassen. Widerwärtig. Eher verübe ich Selbstmord. Für die Bibliothek darf sie ruhig was tun. Bekommen die Bücher zu essen? Ich denke nicht. Die Wohnung zahle ich. Aushalten heißt freie Kost und freies Logis. Die Miete für die Nachbarwohnung zahle ich selbst. Sie ist dumm und ungebildet, aber sie hat einen toten Verwandten. Roheit? Warum? Ich kenn' ihn doch nicht. Es wäre pure Heuchelei, ihn zu bedauern. Sein Tod ist kein Unglück, sein Tod hat einen tieferen Sinn. Jeder Mensch füllt einen leren Platz aus, und sei es auch nur für einen kurzen Augenblick. Der Platz dieses Menschen war sein Tod. Jetzt ist er gestorben. Kein Mitleid weckt ihn auf. Sonderbarer Zufall! Gerade in mein Haus tritt diese reiche Erbin als Haushälterin ein. Acht Jahre erfüllt sie still ihre Pflicht, plötzlich steht sie knapp vor einer Millionenerbschaft und ich heirate sie. Kaum hab' ich erfahren, wie sehr sie mich liebt, und schon ist ihr reicher Kapellmeister tot! Ein glückliches Verhängnis, unverdient und über Nacht hereingebrochen. Die Krankheit war der Schnitt in meinem Leben, der Abschied von den engen Verhältnissen, der drückend kleinen Bibliothek, in der ich bis jetzt gehaust habe.

Macht es denn keinen Unterschied aus, ob ein Mensch auf den Mond oder auf die Erde geboren wird? Und wenn der Mond halb so groß wie die Erde wäre — es kommt auf mehr als auf die Summe der Materie an, durch den Größenunterschied ist auch im einzelnen alles verschieden. Dreißigtausend neue Bücher! Jedes einzelne Anlaß zu neuen Gedanken und neuer Arbeit! Welch ein Umsturz der bestehenden Verhältnisse!

In diesem Augenblick verließ ein Kien die konservative Form der Evolutionstheorie, der er bisher angehangen hatte, und ging mit flatternden Blättern ins Lager der Revolutionäre über. Aller Fortschritt ist durch plötzliche Veränderungen bedingt. Die zugehörigen Beweise, bisher wie im System aller Evolutionäre verborgen, unter Feigenblättern versteckt, tauchten sofort in seinem Bewußtsein auf. Ein gebildeter Mensch hat alles zur Hand, sobald er es braucht. Die Seele eines gebildeten Menschen ist ein glänzend ausgestattetes Arsenal. Man merkt nur wenig davon, weil die Betreffenden — kraft eben ihrer Bildung — selten den Mut haben, sie anzuwenden.

Ein Wort, das Therese mit Lust und Leidenschaft ausstieß, riß Kien auf den Boden der Tatsachen zurück. »Mitgift« hörte er und nahm das Stichwort mit Dank an. Alles was er für diesen historischen Moment brauchte, strömte ihm ungerufen zu. Das Erbteil des Kapitalismus, in seiner Familie jahrhundertelang beliebt und geübt, erwachte mit ungeheurer Kraft, als hätte es in einem Kampf von fünfundzwanzig Jahren nicht längst den kürzeren gezogen. Theresens Liebe, die Säule des baldigen Paradieses, brachte ihm eine Mitgift zu. Es war sein Recht, sie nicht zu verschmähen. Als armes Mädchen, ohne die leiseste Ahnung von einem reichen Verwandten, der knapp vor seinem Tod stand, hatte er sie zur Frau genommen und seine anständige Gesinnung damit zur Genüge bewiesen. Es wird ihr Vergnügen bereiten, hie und da, nicht zu oft, einen raschen Gang durch die acht Hallen der neu eingerichteten Bibliothek zu tun. Das Gefühl, daß ein Verwandter von ihr zu dieser großartigen Institution beigetragen hat, wird sie für den Entgang ihres Möbelgeschäftes entschädigen.

Voller Freude über die Selbstverständlichkeit, mit der seine

Revolution vonstatten ging, rieb sich Kien seine langen Finger. Keine einzige theoretische Mauer türmte sich auf. Die praktische zur Nachbarwohnung wird eingerissen. Die Verhandlungen mit den Nachbarn sind sofort zu eröffnen. Benachrichtigung des Maurermeisters Putz. Er muß gleich morgen mit der Arbeit beginnen. Das Testament muß sofort nachgeprüft werden. Der Notar muß auch heute zu erreichen sein. Achtung auf die Auktion Silzinger! Der Hausbesorger muß gleich einige Gänge übernehmen.

Kien trat einen Schritt vor und befahl: »Hol' den Hausbesorger!«

Therese war in ihrem Bericht zum verschimmelten Brot und den hungrigen Tauben zurückgekehrt. Sie hob diesen Widersinn, der ihre Wirtschaftlichkeit reizte, nochmals hervor und fügte, zur Bekräftigung ihrer Empörung, »das wär' noch schöner!« hinzu.

Aber Kien duldete keinen Widerspruch. »Hol' den Hausbesorger! Sofort!«

Therese merkte, daß er was gesagt hatte. Was hat er zu reden? Der soll einen lieber ausreden lassen. »Das wär' noch schöner!« wiederholte sie.

»Was wär' noch schöner? Hol' den Hausbesorger!«

Auf den hatte sie seines Trinkgelds wegen ohnehin eine Wut. »Was hat der zu suchen? Der kriegt nichts!«

»Darüber entscheide ich. Ich bin der Herr im Hause.« Er sagte das, nicht weil es notwendig war, sondern weil er es für nützlich hielt, sie seinen unumstößlichen Willen spüren zu lassen.

»Bitte, das Kapital gehört mir.«

Insgeheim hatte er diese Antwort erwartet. Sie war und blieb ein unerzogener, ungebildeter Mensch. Er lenkte so weit ein, als seine Würde es seinen Plänen erlaubte:

»Das leugnet niemand. Wir brauchen ihn. Er muß gleich einige Gänge besorgen.«

»Es ist ja schad' um das schöne Geld. Der kriegt ein Vermögen.«

»Keine Aufregung! Die Million bleibt uns sicher!«

Theresens Mißtrauen wurde rege. Der will ihr da wieder was abmarkten. Zweitausend Schilling hat sie schon draufgezahlt.

»Und die 265.000?« sagte sie, auf jeder Zahl verweilend, mit deutlichen Blicken.

Jetzt muß man sie rasch und endgültig erobern. »Die zweihundertfünfundsechzigtausend gehören dir allein.« Über sein mageres Gesicht stülpte er einen fetten Gönner, er schenkte ihr was, den Dank nahm er schon vorher und gerne an.

Therese begann zu schwitzen. »Alles gehört mir!«

Warum betont sie das immer? Er verkleidete seine Ungeduld in einen offiziellen Satz: »Ich habe schon einmal festgestellt, daß niemand deine Ansprüche leugnet. Davon ist jetzt nicht die Rede.«

»Bitte, das weiß ich selber. Schwarz auf weiß bleibt.«

»Wir müssen die Erbschaftsangelegenheit gemeinsam organisieren.«

»Geht das den Mann vielleicht was an?«

»Ich biete dir meine Hilfe in aller Form an.«

»Betteln kann jeder. Erst abmarkten, dann betteln, das gehört sich nicht!«

»Ich fürchte nur, daß man dich übervorteilen wird.«

»Tut man so heilig?«

»Bei Millionenerbschaften pflegen plötzlich falsche Verwandte aufzutauchen.«

»Es ist nur der Mann da.«

»Keine Frau? Keine Kinder?«

»Bitte, was sind das für Witze?«

»Ein unerhörter Glücksfall!«

Glücksfall? Therese wurde wieder stutzig. Der Mensch gibt sein Geld her, noch bevor er tot ist. Wo bleibt da der Glücksfall? Seit er sprach, hatte sie das sichere Gefühl, daß er sie betrügen wollte. Sie bewachte, ein hundertköpfiger Höllenhund, seine Worte. Sie bemühte sich, scharf und unmißverständlich zu antworten. Auf einmal hat man was gesagt und der Strick um den Hals ist da. Der Mann hat ja alles gelesen. Er war für sie die Gegenpartei und der gegnerische Anwalt zugleich. In der Verteidigung ihres jungen Besitzes entwickelte sie Kräfte, vor denen ihr selber bange wurde. Sie vermochte es auf einmal, sich in einen zweiten Menschen hineinzuversetzen. Sie fühlte, daß sein Testament für ihn kein Glücksfall war. Sie witterte hinter diesen Worten eine funkelnagelneue Falle. Er versteckte etwas vor ihr. Was versteckt man? Einen Besitz. Der Mann besaß mehr, als er hergab. Die dritte versäumte Null brannte ihr auf der flachen Hand. Sie hob den Arm wie unter einem plötzlichen Schmerz hoch. Am liebsten wäre sie auf den Schreibtisch zugestürzt, hätte das Testament hervorgezogen und die Null mit einem kräftigen Schlag an ihre Stelle geklatscht. Doch sie wußte, worum es ging, und hatte sich in der Gewalt. Das kam alles von der großen Bescheidenheit. Warum war sie so dumm? Bescheiden ist dumm. Jetzt ist sie wieder gescheit. Sie muß das herauskriegen. Wo hat er den Rest versteckt? Sie wird ihn so fragen, daß er gar nichts merkt. Breit und bös erschien das altbekannte Lächeln auf ihrem Gesicht.

»Und was geschieht mit dem Rest?« Sie hatte den Gipfel ihrer Schlauheit erklommen. Sie fragte nicht, wo der Rest versteckt war. Darauf hätte er ja nichts geantwortet. Sie wollte, daß er den Rest erst zugab.

Kien blickte sie dankbar und liebevoll an. Ihr Widerstand war nur Schein gewesen. Das hatte er eigentlich die ganze Zeit über vermutet. Er fand es geradezu fein von ihr, daß sie die Million, den Hauptteil, als Rest bezeichnete. Offenbar war dieser Übergang von Grobheit in Liebe für Menschen ihres Schlages bezeichnend. Er dachte sich in sie hinein, wie die Ergebenheitserklärung ihr schon eine ganze Weile auf der Zunge brannte und wie sie mit der Abgabe lange zögerte, um die Wirkung zu erhöhen. Sie war plump, aber treu. Er begann sie noch besser als früher zu begreifen. Schade, sie war so alt, es war zu spät, einen Menschen aus ihr zu machen. Launen der erlebten Art durfte man ihr nicht mehr gestatten. Damit fing jede Erziehung an. Jener Dank, der ihr, und jene Liebe, die den neuen Büchern gegolten hatte, verschwanden aus seinem Gesicht. Er faßte sich in Strenge und murrte, als wäre jetzt er beleidigt: »Mit dem Rest werde ich meine Bibliothek vergrößern.«

Therese fuhr erschreckt und triumphierend auf. Da hatte sie zwei Fallen auf einen Schlag. Seine Bibliothek! Wo sie doch das Inventar in der Tasche hatte! Ein Rest war also wirklich da. Er hatte es ja selbst gesagt. Sie wußte nicht, worauf sie ihre Abwehr zuerst richten sollte. Die Hand, die sich unwillkürlich über die Tasche gelegt hatte, entschied.

»Die Bücher gehören mir!«

»Was!«

»Drei Zimmer gehören der Frau, eines hat der Mann.«

»Es handelt sich jetzt um acht Zimmer. Die vier kommen neu dazu — die von nebenan mein' ich. Ich brauche Platz für die Bibliothek Silzinger. Die umfaßt allein über 22.000 Bände.«

»Und wo nimmt der Mann das Geld dazu her?«

Schon wieder, jetzt hatte er diese Anspielungen satt. »Von deiner Erbschaft. Darüber ist nichts mehr zu reden.«

»Das gibt's nicht.«

»Was gibt's nicht?«

»Die Erbschaft gehört mir.«

»Aber ich verfüge darüber.«

»Erst muß der Mann sterben, dann darf er verfügen.«

»Was soll das heißen?«

»Ich laß mir nichts abmarkten!«

Was ist das, was ist das? Sollte er schon die strengsten Saiten aufziehen? Die achträumige Halle, die er nicht aus den Augen ließ, lieferte ihm einen letzten kleinen Rest von Geduld.

»Es handelt sich um unser gemeinsames Interesse.«

»Der Rest gehört dazu!«

»Du wirst einsehen ...«

»Wo ist der Rest?«

»Eine Frau soll ihrem Mann ...«

»Und der Mann stiehlt der Frau den Rest.«

»Ich verlange eine Million für die Erwerbung der Bibliothek Silzinger!«

»Verlangen kann jeder. Ich will den Rest. Ich will alles!«

»Ich habe hier zu befehlen!«

»Ich bin die Frau im Hause!«

»Ich stelle ein Ultimatum. Ich verlange kategorisch eine Million für die Erwerbung ...«

»Ich will den Rest! Ich will den Rest!«

»In drei Sekunden. Ich zähle bis drei ...«

»Zählen kann jeder. Ich zähl' auch!«

Beide waren nahe daran, vor Wut zu weinen. Mit verbissenen Lippen zählten sie beide, immer lauter schreiend: »Eins! Zwei!! Drei!!!« Die Zahlen kamen, kleine Doppelexplosionen, bei beiden genau gleichzeitig heraus. Ihr verquickten sich die Zahlen mit den Millionen, auf die ihr Kapital durch den Rest stieg. Ihm bedeuteten sie die neuen Räume. *Sie* hätte in alle Ewigkeit weitergezählt, *er* zählte über drei hinaus bis vier. Hier machte er halt. In straffster Spannung, steifer als je, trat er auf sie zu und brüllte — den Hausbesorger als Vorklang in den Ohren —: »Das Testament her!« Die Finger seiner Rechten versuchten eine Faust zu bilden und schlugen mit aller Kraft in die Luft. Therese hielt im Zählen inne, er hatte sie zerschmettert. Sie war wirklich verdutzt. Sie hatte einen Kampf auf Leben und Tod erwartet. Auf einmal sagt er ja. Wäre sie vom Rest nicht so erfüllt gewesen, sie hätte sich nicht mehr ausgekannt. Wo man sie nicht mehr betrügt, da verfliegt ihr Zorn. Sie ist nicht alles für ihren Zorn. Sie geht um den Mann herum auf den Schreibtisch zu. Er weicht aus. Obschon sie zerschmettert ist, fürchtet er, sie könnte ihm den Faustschlag, der ihr und nicht der Luft galt, zurückgeben. Sie hat von einem Schlag nichts gemerkt. Sie greift in die Papiere hinein, wirft sie schamlos durcheinander und zieht eines davon heraus.

»Wie kommt ein — fremdes Testament — unter meine Manuskripte?« Er versucht auch diesen längeren Satz zu brüllen und bringt ihn darum nicht geschlossen an die Frau. Dreimal holt er Atem. Bevor er zu Ende ist, erwidert sie: »Bitte, wo ist es fremd?« Sie entfaltet es eilig, streicht es auf dem Tisch schön glatt, rückt Tinte und Feder zurecht und macht dem Besitzer des Restes bescheiden Platz. Als er, noch immer nicht ganz beruhigt, herantritt, fällt sein erster Blick auf die Zahl. Sie kommt ihm bekannt vor, aber Hauptsache ist: sie stimmt. Während der Auseinandersetzung hatte ihn eine leise Angst vor der Dummheit dieser Analphabetin gewarnt, die vielleicht ihre Zahl falsch las. Befriedigt rückt er jetzt mit den Augen hinauf, setzt sich und macht sich an eine exakte Prüfung.

Da erkennt er sein eigenes Testament.

Therese sagt: »Am besten ist es, man schreibt alles frisch.« Sie vergißt die Gefahr, in der ihre Nullen schweben. Den Glauben an deren Gültigkeit hat sie so stark ins Herz geschlossen, wie er den seinen an ihre Liebe zu ihm. Er sagt: »Aber das ist ja mein ...« Sie lächelt: »Bitte, was hab' ich ...« Er steht wütend auf. Sie erklärt: »Ein Mann, ein Wort.« Bevor er ihr noch an die Gurgel fährt, hat er begriffen. Sie drängt ihn zu schreiben. Sie zahlt das frische Papier. Er sackt, als wäre er dick und schwer, auf den Stuhl zusammen. Sie will endlich wissen, woran sie ist.

Wenige Augenblicke darauf hatten sie einander zum erstenmal richtig verstanden.

Die Schadenfreude, mit der er ihr an Hand von Dokumenten bewies, wie wenig er noch besaß, half Therese über das Schlimmste hinweg. Sie hätte sich in ihre Hauptbestandteile, Rock, Schweiß und Ohren, aufgelöst, wenn der Haß gegen ihn, den er mit der Wollust eines Pedanten steigerte, nicht zu ihrem erhaltenden Zentrum geworden wäre. Er zeigte ihr, wieviel er seinerzeit geerbt hatte. Er holte sämtliche Rechnungen, die Bücherkäufe betrafen, aus den verschiedenen Schubladen, in die seine Laune sie verschlagen hatte, hervor. Sein Gedächtnis selbst für alltägliche Kleinigkeiten, das ihm sonst beschwerlich fiel, fand er jetzt nützlich. Auf der Rückseite des verdorbenen Testaments notierte er die aufgefundenen Summen. Therese zählte sie, gebrochen wie sie war, im Kopf zusammen und rundete sie zu diesem Zweck ab. Sie wollte wissen, was wirklich übrigblieb. Es ergab sich, daß die Bibliothek weit über eine Million gekostet hatte. Er fühlte sich durch dieses überraschende Resultat keineswegs getröstet; ihr hoher Wert konnte ihn für den Einsturz der neuen Räume nicht entschädigen. Rache für diesen Betrug an ihm war sein einziger Gedanke. Während der langwierigen Operation sprach er um keine Silbe zuviel und, was für ihn eine größere Leistung bedeutete, um keine zuwenig. Ein Mißverständnis war ausgeschlossen. Als die vernichtende Zahl errechnet war, fügte er laut und abgehackt, so wie man in der Schule spricht, hinzu: »Den Rest hab' ich für einzelne Bücher und für meinen Lebensunterhalt verbraucht.«

Da schmolz Therese und floß, ein reißender Strom, zur Türe hinaus, durch den Gang und mündete in die Küche. Als es Schlafenszeit war, unterbrach sie ihr Weinen, zog den gestärkten Rock aus, legte ihn über einen Stuhl, setzte sich wieder vor den Herd und weinte weiter. Das Zimmer nebenan, in dem sie acht Jahre lang als Wirtschafterin so schön gelebt hatte, lud sie zum Schlafen ein. Doch schien es ihr unanständig, die Trauer so früh zu beenden, und sie rührte sich nicht von der Stelle.

Am nächsten Tag, am Vormittag, begann sie mit der Durchführung der Beschlüsse, die sie während ihrer Trauerzeit gefaßt hatte. Sie sperrte die drei Zimmer, die ihr gehörten, von der übrigen Wohnung ab. Die Schönheit war zu Ende, bei den Menschen ist das oft so, aber schließlich besaß sie drei Zimmer und die Bücher drin. Die Möbel wollte sie bis zu Kiens Tode nicht benützen. Alles sollte geschont werden.

Kien hatte den übrigen Teil des Sonntags am Schreibtisch verbracht. Er arbeitete vorgeblich, da seine aufklärende Mission ja erledigt war. In Wirklichkeit schlug er sich mit seiner Gier nach neuen Büchern herum. Sie war mit so ungeheuerer Vehemenz erwacht, daß ihm das Arbeitszimmer samt den Regalen und allen Bänden darauf schal und abgestanden erschien. Immer wieder zwang er sich, nach den japanischen Handschriften auf dem Tisch zu greifen. Kam er so weit, dann berührte er sie und zog die Hand, fast angewidert, gleich zurück. Was hatten die zu bedeuten? Die lagen schon fünfzehn Jahre in seiner Zelle herum. Er vergaß seinen Hunger, mittags wie abends. Die Nacht traf ihn noch am Schreibtisch. Auf das begonnene Manuskript malte er, ganz gegen seine Gewohnheit, Zeichen, die keinen Sinn ergaben. Gegen sechs Uhr früh nickte er ein; zur Zeit, da er aufzustehen pflegte, träumte er von einem gigantischen Bibliotheksgebäude, das statt des Observatoriums an einem Krater des Vesuvs erbaut war. Zitternd vor Angst ging er darin auf und ab und wartete auf den Ausbruch des Vulkans, der in acht Minuten stattfinden sollte. Angst und Gang dauerten unendlich lang, die acht Minuten bis zur Katastrophe blieben konstant. Als er aufwachte, war die Tür zum Nebenzimmer schon verschlossen. Er sah es, doch er fand es nicht enger als früher. Auf Türen kam es nicht an, denn alles war gleichmäßig alt, die Zimmer, die Türen, die Bücher, die Manuskripte, er selbst, die Wissenschaft, sein Leben.

Leicht taumelnd vor Hunger erhob er sich und versuchte die andere Türe, die ins Vorzimmer führte, zu öffnen. Er entdeckte, daß er eingesperrt war. Er wurde sich seiner Absicht, etwas zum Essen zu holen, bewußt und schämte sich trotz seiner Schwäche. In der Stufenfolge menschlicher Tätigkeiten stand am allertiefsten das Essen. Man hatte dem Essen einen Kult geweiht, während es in Wirklichkeit doch nur andere, sehr verachtete Verrichtungen einleitete. Da fiel ihm ein, daß zu einer solchen auch jetzt Anlaß vorhanden war. Er hielt sich für befugt, an der Türe zu rütteln. Sein leerer Magen, die körperliche Anstrengung nahmen ihn derart her, daß er beinah wieder ins Weinen geriet, wie gestern beim Zählen. Doch fehlte ihm heute selbst dazu die Kraft; er rief nur mit kläglicher Stimme: »Ich will ja nichts essen, ich will ja nichts essen.«

»Bitte, das läßt sich hören«, sagte Therese, die draußen schon eine Weile wartete und seine ersten Regungen belauschte. Er soll nicht glauben, daß er von ihr was zu essen kriegt. Ein Mann, der kein Geld nach Hause bringt, kriegt nichts zu essen. Das hatte sie ihm zu sagen; sie fürchtete, er könnte das Essen vergessen. Als er jetzt von selbst aufs Essen verzichtete, sperrte sie auf und teilte ihm mit, wie sie darüber dachte. Auch lasse sie sich ihre Wohnung nicht schmutzig machen. Der Gang vor ihren Zimmern gehöre ihr. Bei Gericht sei das so. Wie heiße es bei den Hauspassagen? Von einem Zettel, den sie mehrfach zusammengefaltet in der Hand hielt, den sie öffnete und breitzerrte, las sie herunter: »Der Durchgang ist bis auf Widerruf gestattet.«

Sie war unten gewesen und hatte beim Fleischer und bei der Gemüsehändlerin, wo niemand sie leiden konnte, für einen einzelnen Menschen eingekauft, obschon es sie teurer kam und sie sich sonst gleich für mehrere Tage eindeckte. Den fragenden Gesichtern gab sie demonstrativ zur Antwort: »Von heut ab kriegt er nichts mehr zu essen!« Inhaber, Kunden und Personal in beiden Laden staunten. Dann hatte sie von der nächsten Passage die Inschrift genau zu Papier gebracht. Ihre Einkaufstasche mit dem schönen Essen lag, solang sie schrieb, auf dem schmutzigen Boden.

Als sie zurück war, schlief er noch. Sie sperrte die Gangtüre ab und stellte sich auf die Lauer. Jetzt war sie soweit und sagte ihm alles. Sie zieht den Widerruf zurück. Ihren Gang bis zur Küche und bis zum Abort darf er nicht mehr benützen. Er hat dort nichts zu suchen. Wenn er ihr noch einmal den Gang schmutzig macht, muß er ihn jedesmal putzen. Sie ist kein Dienstbot' und geht vor Gericht. Die Wohnung darf er verlassen, aber nur, wenn er es richtig macht. Sie wird ihm das zeigen, wie er es machen muß.

Ohne seine Erwiderung abzuwarten, pirschte sie sich an der Wand entlang zur Wohnungstür. Ihr Rock streifte die Mauer, den ihr gehörigen Teil des Ganges berührte er wirklich nicht. Dann glitt sie in die Küche, holte ein Stück Kreide, das noch aus ihrer Schulzeit stammte, und zog einen dicken Strich zwischen ihrem und seinem Gang. »Bitte, das ist nur für jetzt«, sagte sie, »mit Ölfarbe kommt es später.«

In seiner hungrigen Verwirrung hatte Kien nicht recht begriffen, was hier vor sich ging. Ihre Bewegungen schienen ihm sinnlos. Ist das noch am Vesuv? fragte er sich. Nein, am Vesuv gab es die Angst wegen der acht Minuten, aber das Weib gab es dort nicht, der Vesuv war vielleicht nicht so schlecht. Nur mit dem Ausbruch hatte man seine liebe Not. Seine eigene Not war indessen gestiegen. Sie trieb ihn auf den verbotenen Gang, als hätte Therese keinen Kreidestrich gezogen. Mit langen Schritten erreichte er sein Ziel, Therese rückte nach. Ihre Entrüstung kam seiner Not gleich. Sie hätte ihn eingeholt, doch er hatte einen guten Vorsprung. Er sperrte sich, wie es Sitte ist, ein, was ihn vor ihren Handgreiflichkeiten rettete. Sie rüttelte an der verschlossenen Tür und kreischte in wiederholten Rucken: »Bitte, das kommt vor Gericht! Bitte, das kommt vor Gericht!«

Als sie merkte, daß alles nutzlos war, verzog sie sich in die Küche. Am Herd, wo ihr immer die besten Gedanken kamen, verfiel sie auf eine richtige Gerechtigkeit. Gut, sie erlaubt ihm den Gang. Sie hat ein Einseh'n. Der Mann muß hinaus. Aber was kriegt sie dafür? Ihr schenkt auch niemand was. Sie muß sich alles verdienen. Sie gibt ihm den Gang, er gibt ihr dafür einen Teil seines Zimmers. Sie muß ihre Zimmer schonen. Wo soll sie schlafen? Die drei neuen Zimmer hat sie abgesperrt. Jetzt sperrt sie auch die alte Kammer ab. Da darf niemand hinein. Bitte, da muß sie bei ihm drinnen schlafen. Bleibt ihr vielleicht was andres übrig? Sie opfert ihren schönen Gang, er macht ihr Platz in seinem Zimmer. Die Möbel nimmt sie aus der Kammer heraus, wo früher die Wirtschafterin geschlafen hat. Dafür darf er auf den Abort, sooft er will.

Sie lief sofort auf die Straße hinunter und holte einen Dienstmann herauf. Mit dem Hausbesorger wollte sie nichts zu tun haben, weil der vom Mann bestochen war.

Sobald ihre Stimme Ruhe gab, war Kien vor Erschöpfung eingeschlafen. Als er aufwachte, fühlte er sich erquickt und mutig. Er ging in die Küche und nahm ohne Gewissensbisse einige Butterbrote zu sich. Als er nichtsahnend sein Zimmer betrat, war es um die Hälfte kleiner geworden. Quer über die Mitte stand da die spanische Wand. Dahinter traf er auf Therese inmitten ihrer alten Möbel. Sie legte eben die letzte Hand an alles und fand es auch so ganz schön. Der unverschämte Dienstmann war zum Glück schon weg. Er hatte ein ganzes Vermögen verlangt, aber sie gab nur das halbe und warf ihn hinaus, worauf sie sehr stolz war. Nur die spanische Wand gefiel ihr nicht, weil sie verrückt aussah. Auf der einen Seite war sie weiß und leer, auf der andern hatte sie lauter krumme Haken, eine blutige Sonne am Abend wäre ihr lieber. Sie wies auf den Schirm hin und sagte: »Der muß nicht sein. Von mir aus kann er auch weg.« Kien schwieg. Er schleppte sich bis zu seinem Schreibtisch und ließ sich leise stöhnend auf den Stuhl davor nieder.

Nach einigen Minuten raffte er sich auf. Er wollte nachsehen, ob die Bücher im Nebenzimmer noch lebten. Seine Sorge entsprang mehr einem alteingewurzelten Pflichtgefühl als wirklicher Liebe. Nur für Bücher, die er nicht besaß, empfand er seit gestern Zärtlichkeit. Bevor er die Türe erreicht hatte, stand schon Therese davor. Wie hatte sie trotz der spanischen Wand seine Bewegung bemerkt? Wie brachte ihr Rock sie rascher vorwärts als ihn seine Beine? Weder an sie noch an die Tür legte er vorläufig Hand. Noch ehe der Mut beisammen war, den ihn Worte kosteten, schimpfte sie schon:

»Nicht unterstehen soll sich der Mann! Weil ich so gut bin und ihm den Gang erlaube, glaubt er, die Zimmer gehören gleich ihm. Die hab' ich schriftlich. Schwarz auf weiß bleibt. Der Mann darf die Türschnalle nicht anrühren. Herein kann er so nicht, weil ich die Schlüssel hab'. Die geb' ich nicht her. Die Schnalle gehört zur Tür. Die Tür gehört zum Zimmer. Schnalle und Tür gehören mir. Ich erlaub' nicht, daß der Mann die Schnalle anrührt!«

Er wehrte ihre Worte mit einer linkischen Bewegung des Armes ab und streifte dabei zufällig ihren Rock. Da begann sie laut und verzweifelt zu schreien, wie um Hilfe.

»Ich erlaube nicht, daß der Mann den Rock anrührt! Der Rock gehört mir! Hat der Mann den Rock gekauft? *Ich* hab' den Rock gekauft! Hat der Mann den Rock gestärkt und gebügelt? *Ich* hab' den Rock gestärkt und gebügelt. Sind denn die Schlüssel im Rock? Ach wo, die denken nicht daran. Ich geb' die Schlüssel nicht her. Und wenn der Mann den Rock zerbeißt, ich geb' die Schlüssel nicht her, weil die nicht drin sind! Eine Frau tut alles für ihren Mann. Den Rock tut sie nicht! Den Rock tut sie nicht!«

Kien fuhr sich über die Stirn. »Ich bin in einer Irrenanstalt!« sagte er, so leise, daß sie es nicht hörte. Ein Blick auf die Bücher überzeugte ihn eines Besseren. Er entsann sich der Absicht, mit der er aufgestanden war. Er wagte nicht, sie durchzuführen. Wie soll er ins Nebenzimmer gelangen? Über ihre Leiche? Was hilft ihm die Leiche, wenn er die Schlüssel nicht hat! Sie war schlau genug, die Schlüssel zu verstecken. Sobald er die Schlüssel hat, sperrt er auf. Er hat beileibe keine Angst vor ihr. Man gebe ihm erst die Schlüssel in die Hand und er schlägt sie wie nichts zu Boden.

Nur weil ein Kampf in diesem Augenblick so gar keinen Nutzen versprach, zog er sich an den Schreibtisch zurück. Therese stand eine weitere Viertelstunde Wache vor ihrer Tür. Sie schrie unbeirrt weiter. Daß er wieder scheinheilig vor dem Schreibtisch saß, machte auf sie keinen Eindruck. Erst als ihre Stimme nachließ, gab sie es auf und verschwand allmählich hinter der spanischen Wand.

Bis zum Abend kam sie nicht mehr zum Vorschein. Hie und da gab sie abgerissene Laute von sich; sie klangen wie Bruchstücke aus einem Traum. Dann verstummte sie, er atmete ruhiger; aber nur für kurz. In die erquickende Leere und Stille tönten plötzlich wieder unverkennbare Laute. »Verführer gehören aufgehängt. Erst verspricht man die Ehe, dann macht man kein Testament. Aber ich bitt' dich, Herr Puda, Eile mit Weile ist auch was Schönes. Tut man das, daß man kein Geld für ein Testament hat.« Sie spricht ja gar nicht, sagte er sich, das sind Nachwirkungen meines erhitzten Gehörs, Nachklänge sozusagen. Da sie schwieg, beruhigte er sich bei dieser Erklärung. Es gelang ihm, in den Manuskripten vor ihm zu blättern. Als er den ersten Satz las, störten ihn die Nachklänge wieder. »Hab' ich vielleicht was verbrochen? Der Judas ist ein Verbrecher. Bücher sind auch was wert. Die Welt ist heut nicht mehr schön. Der Herr Neffe waren immer gut gelaunt. Das alte Weib war ja ganz zerlumpt. Kommt Zeit, kommt Rat. Schlüssel gehören hinein. Bei den Menschen ist das so. Mir hat auch niemand die Schlüssel geschenkt. Das teure Geld ist alles umsonst. Betteln kann jeder. Brutal kann jeder. Den Rock tu ich nicht.«

Gerade dieser Satz, noch am ehesten als Nachklang des früheren Geschreis in seinen Ohren zu deuten, überzeugte ihn davon, daß sie wirklich sprach. Eindrücke, die er vergessen geglaubt, tauchten, verjüngt und von einem Schimmer des Glücks umflossen, in ihm auf. Er lag wieder krank und litt sechs Wochen lang an ihrer Litanei. Damals sprach sie immer dasselbe; er lernte ihre Worte auswendig und war genaugenommen Herr über sie. Damals wußte er zum voraus, welcher Satz, welches Wort an die Reihe käme. Damals erschien der Hausbesorger und schlug sie täglich tot. Das war eine wunderbare Zeit. Wie lange das her war. Er rechnete nach und kam zu einem verwirrenden Ergebnis. Vor einer Woche erst war er aufgestanden. Er suchte nach einer Ursache für den Abgrund, der diese graue neue Zeit von der goldenen alten trennte. Vielleicht hätte er sie gefunden, aber da begann Therese wieder zu sprechen. Was sie sagte, war unverständlich und übte despotische Gewalt über ihn aus. Es ließ sich nicht auswendig lernen und wer sah voraus, was jetzt kam? Er war gefesselt und wußte nicht, womit.

Abends befreite ihn der Hunger. Er hütete sich wohl, Therese zu fragen, ob es was zum Essen gebe. Heimlich, wie er dachte, und unhörbar entfernte er sich aus dem Zimmer. Im Gasthause sah er sich erst um, ob sie ihm gefolgt sei. Nein, sie stand nicht in der Tür. Sie soll es wagen! sagte er und nahm kühn Platz, in einem der hinteren Räume, unter Paaren, die offenbar nicht verheiratet waren. So wäre ich also auf meine reifen Tage in ein Séparée geraten, seufzte er und wunderte sich, daß kein Champagner über die Tische floß und die Leute, statt sich unanständig zu benehmen, lieblos und gefräßig Schnitzel oder Koteletts verzehrten. Die Männer hätten ihm leid getan, weil sie sich mit Frauen eingelassen hatten. Doch verbot er sich unter Hinweis auf ihre Gefräßigkeit jede derartige Regung, vielleicht weil er selbst so hungrig war. Er legte Wert darauf, daß der Kellner ihn mit der Speisekarte verschone und ihm bringe, was er, der Fachmann, so sagte Kien, für gut halte. Der Fachmann revidierte im Nu seine Meinung über den schäbig gekleideten Menschen, erkannte den heimlichen Kenner, der in dem mageren Herrn steckte, und schleppte das Teuerste herbei. Kaum war es serviert, als die Blicke aller Liebenden sich darauf konzentrierten. Das bemerkte der Herr dieser Herrlichkeiten und nahm die Nahrung, obgleich sie ihm ausgezeichnet schmeckte, mit auffallendem Widerwillen zu sich. »Einnehmen« oder »Zusichnehmen« erschienen ihm als die gleichgültigsten und darum angemessensten Ausdrücke, die es für Ernährungsvorgänge gab. Er beharrte trotzig auf seinen Gedanken über eine solche Materie und entwickelte sie des langen und breiten vor seinem langsam aufatmenden Geiste. Die Betonung dieser Eigenheit gab ihm etwas von seinem Selbstgefühl zurück. Mit Freude spürte er, daß noch ein großer Vorrat an Charaktereigenschaften in ihm lag, und er sagte sich, daß Therese Mitleid verdiene.

Bei seiner Heimkehr trug er sich mit dem Gedanken, sie dieses Mitleid fühlen zu lassen. Energisch sperrte er die Wohnungstür auf. Vom Gang her erkannte er, daß in seinem Zimmer kein Licht war. Die Vorstellung, daß sie schon schlief, erfüllte ihn mit toller Freude. Behutsam und leise, voller Angst, daß seine knochigen Finger an der Schnalle Lärm schlagen könnten, öffnete er die Tür. Seine Absicht, sie gehörig zu bemitleiden, fiel ihm im falschesten Augenblick ein. Ja, sagte er sich, dabei bleibt es. Aus Mitleid wecke ich sie nicht aus dem Schlaf. Es gelang ihm, seinen Charakter noch eine Weile anzubehalten. Er machte kein Licht und schlich auf den Zehenspitzen an sein Bett. Beim Ausziehen ärgerte er sich darüber, daß man unter dem Rock eine Weste und unter der Weste ein Hemd trägt. Jedes dieser Kleidungsstücke verursachte ein eigenes Geräusch. Der altvertraute Stuhl befand sich nicht neben dem Bett. Er unterließ es, danach zu suchen und legte die Kleider auf den Boden. Um Therese im Schlaf zu erhalten, wäre er selbst unters Bett gekrochen. Er überlegte, wie es sich am leisesten in ein Bett steigen läßt. Da sein Kopf das Gewichtigste an ihm war und die Füße am weitesten vom Kopf entfernt, entschied er, daß diese, als der leichteste Teil, zuerst hinauf müßten. Das eine Bein lag schon auf dem Bettrand; in einem geschickten Sprung sollte das zweite sich dazugesellen. Oberkörper und Kopf schwebten einen Augenblick in der Luft und schnellten dann unwillkürlich, um sich irgendwo festzuhalten, in die Richtung der Kissen hinüber. Da spürte Kien etwas ungewohnt Weiches, dachte »Ein Einbrecher!« und schloß so rasch als möglich die Augen.

Obwohl er auf dem Einbrecher lag, wagte er es nicht, sich zu rühren. Er spürte trotz seiner Angst, daß der Einbrecher weiblichen Geschlechts war. Flüchtig und in der Ferne empfand er Genugtuung darüber, daß dieses Geschlecht und die Zeit so tief gesunken war. Den Vorschlag, sich zu wehren, der in einer entlegenen Mördergrube seines Herzens gemacht wurde, lehnte er ab. Sollte die Einbrecherin, wie ihm erst schien, wirklich schlafen, so wird er sich nach einer längeren Probezeit heimlich davonschleichen, die Kleider in der Hand mitnehmen, die Wohnung offen lassen und sich in der Nähe des Hausbesorgers wieder anziehen. Er wird den nicht gleich herausholen; er wird lange, lange warten. Erst wenn er von oben Schritte kommen hört, trommelt er ans Kabinett. Inzwischen hat seine Einbrecherin Therese ermordet. Sie muß sie ermorden, weil Therese sich wehren wird. Therese läßt sich nicht berauben, ohne sich zu wehren. Sie *ist* schon ermordet. Hinter der spanischen Wand liegt Therese in ihrem Blut. Wenn die Einbrecherin nur gut getroffen hat. Vielleicht lebt sie noch, wenn die Polizei kommt, und schiebt die Schuld auf ihn. Man sollte ihr zur Sicherheit noch eins versetzen. Nein, das ist nicht nötig. Vor Müdigkeit hat sich die Einbrecherin schlafen gelegt. Eine Einbrecherin wird nicht so leicht müde. Da hat ein furchtbarer Kampf stattgefunden. Eine starke Person. Eine Heldin. Hut ab vor ihr. Ihm wäre das kaum gelungen. Sie hätte ihn in ihren Rock verwickelt und erstickt. Die bloße Vorstellung bringt ihn zum Keuchen. Sie hat so etwas mit ihm vorgehabt, sicher, sie wollte ihn ermorden. Jede Frau will ihren Mann ermorden. Sie hat auf das Testament gewartet. Hätte er eins gemacht, er läge statt ihrer tot da. Soviel Tücke hat Platz in einem Menschen, nein, in einem Weib, man darf nicht ungerecht sein. Er haßt sie noch jetzt. Er läßt sich von ihr scheiden. Das muß gehen, obschon sie tot ist. Unter seinem Namen wird sie nicht begraben. Auf keinen Fall. Niemand darf erfahren, daß er mit ihr verheiratet war. Er gibt dem Hausbesorger Schweigegeld, soviel er will. Diese Ehe könnte seinem Rufe schaden. Ein echter Gelehrter leistet sich keinen solchen Fehltritt. Sicher hat sie ihn betrogen. Jede Frau betrügt ihren Mann. De mortuis nil nisi bene. Wenn sie nur tot sind, wenn sie nur tot sind! Er muß nachsehen. Vielleicht ist sie scheintot. Das kann dem stärksten Mörder passieren. Die Geschichte kennt unzählige Beispiele. Die Geschichte ist schäbig. Die Geschichte macht einem Angst. Wenn sie lebt, so schlägt er sie zu Brei. Das ist sein gutes Recht. Sie hat ihn um die neue Bibliothek gebracht. Er hätte sich an ihr gerächt. Da kommt jemand und ermordet sie. Der erste

Stein hätte ihm gebührt. Den hat man ihm geraubt. Er wirft den letzten Stein auf sie. Er muß sie schlagen. Ob sie tot ist oder nicht. Er muß sie bespucken! Er muß auf sie treten, er muß sie schlagen!

Kien erhob sich in lodernder Wut. Im selben Augenblick hatte er eine ungeheure Ohrfeige sitzen. Beinahe hätte er der Mörderin »Pst!« zugerufen, wegen der Leiche, die vielleicht noch nicht tot war. Die Verbrecherin begann zu toben. Sie hatte Theresens Stimme. Nach drei Worten wußte er, daß Mörderin und Leiche in einer Haut steckten. Schuldbewußt schwieg er und ließ sich grausam verprügeln.

Therese hatte, sobald er aus dem Hause war, die Betten vertauscht, die spanische Wand entfernt und auch die übrige Einrichtung auf den Kopf gestellt. Während dieser Arbeit, die sie strahlend verrichtete, sagte sie sich immer wieder denselben Spruch vor: er soll sich nur giften, er soll sich nur giften. Da er um neun noch nicht zurück war, legte sie sich ins Bett, wie es sich für einen anständigen Menschen gehört, und harrte des Augenblicks, da er Licht machen würde, um den Vorrat an Schimpfreden loszuwerden, der sich während seiner Abwesenheit angesammelt hatte. Wenn er kein Licht macht und zu ihr ins Bett kommt, wartet sie mit dem Schimpfen, bis es vorbei ist. Weil sie eine anständige Frau war, rechnete sie mit dem ersteren. Als er sich herschlich und neben ihr auszog, stockten ihr Mund und Herz. Um das Schimpfen nicht zu vergessen, nahm sie sich vor, die ganze Zeit während der Seligkeit »Ist das ein Mann? Das ist ja kein Mann!« zu denken. Als er plötzlich über sie herfiel, gab sie keinen Laut von sich, sie fürchtete, er könnte wieder weggehen. Er lag nur wenige Augenblicke über ihr; ihr waren es Tage. Er rührte sich nicht und war leicht wie eine Feder; sie atmete kaum. Ihre Erwartung ging Zug um Zug in Erbitterung über. Als er aufsprang, spürte sie, daß er ihr entging. Wie eine Besessene schlug sie auf ihn los und überschüttete ihn mit den gemeinsten Worten.

Schläge sind Balsam für eine moralische Natur, die nahe daran ist, sich in ein Verbrechen zu verlieren. Solange es nicht allzuweh tat, schlug Kien sich selbst mit Theresens Hand und wartete auf den Namen, den er verdiente. Denn was war er, wenn man es exakt bedachte? Ein Leichenschänder. Er staunte über die Sanftheit ihrer Schimpfworte, ganz andere hatte er ihr zugetraut und vor allem das eine, das er verdiente. Schonte sie ihn oder sparte sie es auf zuletzt? Ihren Allgemeinheiten hatte er nichts entgegenzusetzen. Sobald der »Leichenschänder« kommt, wird er nicken und seine Schuld durch ein Geständnis, für einen Mann seiner Art von größerer Bedeutung als die paar Schläge, sühnen.

Doch die paar Schläge nahmen kein Ende; er begann sie überflüssig zu finden. Die Knochen schmerzten ihn und vor lauter banalen und schmutzigen Reden fand sie zum Leichenschänder keine Zeit. Sie hatte sich aufgerichtet und bearbeitete ihn bald mit den Fäusten, bald mit den Ellbogen. Sie war eine zähe Person; erst nach einigen Minuten spürte sie eine leise Ermüdung in den Armen, unterbrach ihr aus Hauptworten zusammengesetztes Geschrei mit dem vollständigen Satz »Das gibt's nicht!«, stieß ihn vom Bett hinunter, wobei sie ihn, damit er ihr nicht entwische, an den Haaren festhielt, und trampelte, am Bettrand sitzend, mit den Beinen auf ihm herum, bis ihre Arme sich wieder besser fühlten. Dann setzte sie sich rittlings auf seinen Bauch, unterbrach sich wieder, diesmal mit: »Es kommt noch besser!« und ohrfeigte ihn abwechselnd von rechts und von links. Kien verlor allmählich das Bewußtsein. Vorher vergaß er die Sühne, die er ihr schuldig war. Er bedauerte, daß er so lang war. Mager und klein, murmelte er, mager und klein. Da wäre so wenig zum Schlagen da. Er schrumpfte zusammen, sie traf daneben. Sie fluchte noch? Sie schlug auf den Boden, sie schlug aufs Bett, er hörte die harten Schläge. Sie fand ihn kaum, er war schon klein, drum fluchte sie ja. »Krüppel!« schrie sie. Wie gut, daß er es war. Zusehends nahm er ab, unheimlich, wie rasch. Schon suchte er sich, sie fand ihn nie, er war ja so klein, er entschwand sich selbst.

Sie schlug fest und treffend weiter. Dann sagte sie, nach Luft schnappend: »Bitte, man muß sich ausruhen«, setzte sich hinauf und überließ das Geschäft den Beinen, die es weniger gewissenhaft besorgten. Sie arbeiteten immer langsamer und hörten von selbst ganz auf. Sobald sich keins ihrer Glieder mehr regte, wußte Therese kein Schimpfwort mehr. Sie schwieg. Er rührte sich nicht. Sie fühlte sich ganz zerschlagen. Hinter seiner Ruhe witterte sie besondere Heimtücke. Um sich vor seinen Anschlägen zu schützen, begann sie ihm zu drohen. »Ich geh' vor Gericht. Ich laß mir das nicht gefallen. Ein Mann überfällt nicht. Ich bin anständig. Ich bin eine Frau. Der Mann kriegt zehn Jahre. In der Zeitung heißt das Notzucht. Ich habe Beweise. Ich les' die Prozesse. Rühr dich nur nicht. Lügen kann jeder. Bitte, was macht er hier? Noch ein Wort und ich hol' den Hausbesorger. Der muß mich schützen. Eine Frau ist allein. Mit Gewalt kann jeder. Ich laß mich scheiden. Die Wohnung gehört mir. Ein Verbrecher kriegt nichts. Bitte, keine Aufregung. Will ich denn was? Mir tut ja noch alles weh. Ein Mann soll sich schämen. Der erschreckt noch die Frau. Ich könnt' jetzt tot sein. Da hätt' er die Schererei'n. Er hat ja kein Nachthemd. Das geht mich nichts an. Der schläft ohne Nachthemd. Da sieht man ja gleich. Ich tu nur den Mund auf und jeder glaubt mir. Gefängnis krieg' ich nicht. Ich hab' den Herrn Puda. Der Mann soll sich trau'n. Er bekommt es mit Puda zu tun. Mit dem kann keiner. Ich sag' es ihm gleich. Und das hat man von seiner Liebe!«

Kien schwieg hartnäckig weiter. Therese sagte: »Jetzt ist er tot.« Als das Wort ausgesprochen war, wußte sie, wie sehr sie ihn geliebt hatte. Sie kniete neben ihm nieder und suchte ihn nach den Spuren ihrer Schläge und Tritte ab. Da merkte sie, daß es dunkel war, stand auf und machte Licht. Schon aus drei Schritt Entfernung von ihm sah sie, daß sein Leib über und über in Unordnung war. »Der muß sich ja schämen, der arme Mensch«, sagte sie; ihre Stimme verriet Erbarmen. Sie nahm das Leintuch vom eigenen Bett — fast hätte sie das Hemd vom Leib hergegeben — und wickelte ihn sorgfältig ein. »Jetzt sieht man nichts«, sagte sie und nahm ihn zärtlich wie ein Kind in die Arme. Sie trug ihn auf sein Bett hinüber und deckte ihn warm und beschwichtigend zu. Auch das Leintuch behielt er an, »damit er sich nicht verkühlt«. Sie hatte Lust, sich neben sein Bett zu setzen und ihn zu pflegen. Doch sie versagte sich diesen Wunsch, weil er so ruhiger schlief, drehte das Licht ab und legte sich wieder schlafen. Das fehlende Leintuch trug sie dem Mann nicht nach.

Zwei Tage verflossen in Schweigen und halber Betäubung. Sobald er ganz zu sich gekommen war, wagte er es, heimlich die Größe seines Unglücks zu überdenken. Viele Schläge gehörten dazu, um seinen Geist in ihre Bahn zu zwingen. Er hatte noch mehr empfangen. Um zehn Minuten weniger Prügel und er wäre zu jeder Rache bereit gewesen. Vielleicht hatte Therese diese Gefahr geahnt und darum bis zu Ende geschlagen. In seiner Schwäche wollte er nichts und fürchtete eines: weitere Schläge. Wenn sie sich dem Bette näherte, zuckte er zusammen, ein verprügelter Hund.

Sie stellte ihm die Schüssel mit Futter auf den Stuhl neben das Bett und drehte sich sofort weg. Er wollte nicht glauben, daß es wieder zu essen gab. Solange er krank lag, war sie so dumm. Er schob sich heran und lappte mit genauer Not einen Teil ihrer milden Gabe auf. Sie hörte das Klatschen seiner gierigen Zunge und fühlte sich versucht: »Wie hat's geschmeckt?« zu fragen. Sie versagte sich auch diese Freude und entschädigte sich, indem sie an einen Bettler dachte, dem sie vor vierzehn Jahren was gegeben hatte. Der hatte keine Beine, der hatte keine Arme, bitte, was war das für ein Mensch. Dabei sah er dem Herrn Neffen ähnlich. Sie hätte ihm doch nichts gegeben; die Leute sind alle Schwindler; erst sind sie Krüppel und zu Hause sind sie alle auf einmal gesund. Da sagte der Krüppel: »Wie geht's dem Herrn Gemahl?« Das war so gescheit! Einen schönen Zehner hat der gekriegt. Den hat sie ihm selbst in den Hut geworfen. Er war ja so arm. Sie tut das nicht gern, sonst tut sie das nicht. Sie macht ihre Ausnahmen und drum kriegt der Mann was zu essen.

Kien, der Bettler, litt an starken Schmerzen: doch er hütete sich zu schreien. Statt sich zur Wand zu drehen, behielt er Therese im Gesicht und verfolgte mit argwöhnischer Angst ihr Treiben. Sie war leise und trotz ihrer Schwere geschmeidig. Oder lag es am Zimmer, daß sie so plötzlich auftauchte und ebenso plötzlich wieder verschwand? Die Augen funkelten böse; es waren die einer Katze. Wenn sie was sagen wollte und sich selbst, bevor es heraus war, in die Rede fiel, klang es wie ein Fauchen.

Ein blutgieriger Tiger verkleidete sich auf der Jagd nach Menschen in Haut und Gewand eines jungen Mädchens. Weinend stellte es sich an eine Straße und war so schön, daß ein Gelehrter des Weges daherkam. Sie belog ihn schlau und er nahm sie aus Mitleid zu sich ins Haus, als eine seiner vielen Frauen. Er war sehr mutig und schlief am liebsten bei ihr. Eines Nachts warf sie die Mädchenhaut ab und zerriß ihm die Brust. Sie fraß sein Herz und verschwand durchs Fenster. Die strahlende Haut ließ sie auf dem Boden zurück. Beides fand eine der früheren Frauen und schrie sich die Kehle nach einem Lebenszauber wund. Bis zum mächtigsten Manne der Gegend sank sie, einem Irren, der im Kote des Marktplatzes hauste, und wälzte sich lange Stunden zu seinen Füßen. Da spuckte der Irre vor allen Menschen in ihre Hand und sie mußte es schlucken. Sie weinte und härmte sich viele Tage, denn sie liebte den Toten auch ohne Herz. Aus der Schande, die sie für ihn geschluckt, erwuchs auf dem warmen Boden ihrer Brust ein neues Herz. Das gab sie dem Manne ein und er kam wieder zu ihr.

In China finden sich Frauen, die lieben. In Kiens Bibliothek gibt es nur den Tiger. Er ist aber weder jung noch schön und trägt statt der strahlenden Haut einen gestärkten Rock. Am Herz des Gelehrten ist ihm weniger gelegen als an seinen Knochen. Der böseste chinesische Geist gehabt sich vornehmer als die leibhaftige Therese. Ach, wäre sie nur ein Geist, da könnte sie ihn nicht schlagen. Er möchte aus *seiner* Haut fahren und ihr die zum Prügeln zurücklassen. Seine Knochen brauchen Ruhe, seine Knochen müssen sich erholen, ohne Knochen hat die Wissenschaft ein Ende. Ob sie ihr eigenes Bett drüben auch so hergerichtet hat wie ihn? Der Boden ist unter ihren Fäusten nicht eingebrochen. Dieses Haus hat viel hinter sich. Es ist alt und wie alles Alte gut und stark gebaut. Sie selbst kann als Beispiel dafür gelten. Man muß sie nur unparteiisch betrachten. Weil sie der Tiger ist, übertrifft ihre Leistungsfähigkeit die jeder anderen Frau. Sie könnte es mit dem Hausbesorger aufnehmen.

Manchmal stieß er träumend so lang an ihren Rock, bis sie hinfiel. Unter ihren Füßen zog er ihn weg. Eine Schere war plötzlich bei der Hand und er zerschnitt ihn in ganz kleine Stücke.

Das nahm ihn sehr lange in Anspruch. Als der Rock zerschnitten war, fand er die Stücke zu groß; sie flickte ihn vielleicht wieder zusammen. Darum blickte er gar nicht auf und begann die Arbeit von neuem: jeder Lappen wurde gevierteilt. Dann schüttete er einen Sack voll kleiner blauer Lappen über Therese aus. Wie waren die Lappen in den Sack gekommen? Der Wind trieb sie von ihr fort, auf ihn, sie hängten sich an ihn, er spürte sie, die blauen Beulen, am ganzen Körper und stöhnte laut auf.

Therese schlich heran und fragte: »Stöhnen gibt's nicht, was gibt's?« Sie war wieder blau geworden. Ein Teil der Beulen hatte sich doch auf ihr niedergelassen. Sonderbar, ihm schien, er trüge sie alle allein. Er stöhnte aber nicht mehr. Mit dieser Antwort war sie zufrieden. Von ungefähr fiel ihr der Hund bei ihrer letzten Herrschaft ein. Der kuschte, bevor man noch was gesagt hatte. So war es recht.

Im Verlaufe weniger Tage wurde Kien die Fürsorge, die in einer Futterschüssel vom Morgen bis zum Abend bestand, so lästig wie die Schmerzen seines zerbeulten Körpers. Er spürte das Mißtrauen der Frau, wenn sie sich ihm näherte. Schon am vierten Tage hatte sie keine Lust, ihn weiter zu füttern. Liegen konnte jeder. Sie prüfte seinen Körper, der Einfachheit halber, durch die Decke, und entschied, daß er bald gesund sei. Er krümmte sich ja nicht. Wer sich nicht krümmte, der hatte keine Schmerzen. Der mußte aufstehen, der brauchte nichts gekocht. Sie hätte ihm einfach befohlen: »Steh auf!« Aber eine gewisse Angst sagte ihr, er könnte auf einmal hochspringen, sich Decken und Leintücher vom Leibe herunterreißen und lauter blaue Flecken haben, als wäre sie daran schuld. Um das zu vermeiden, schwieg sie und brachte ihm den nächsten Tag die Schüssel nur halb voll. Außerdem hatte sie mit Absicht schlecht gekocht. Kien bemerkte die Veränderung nicht des Essens, sondern der Frau. Er deutete ihre prüfenden Blicke falsch und fürchtete neue Schläge. Im Bett war er wehrlos. Seiner ganzen Länge nach lag er da vor ihr; wo sie auch hinschlug, oben oder unten, gab es etwas zu treffen. Nur in der Breite konnte sie sich irren, aber diese Sicherheit genügte ihm nicht.

Zwei volle Tage und Nächte dauerte es noch, bis seine Angst den Willen aufzustehen so weit gestärkt hatte, daß er einen Versuch dazu unternahm. Sein Zeitgefühl erlosch nie, zu jeder Zeit wußte er noch, wie spät es sei, und um die Ordnung mit einem Schlag ganz und gar wieder herzustellen, erhob er sich eines Morgens Punkt sechs aus dem Bett. In seinem Kopfe knisterte es wie in trockenem Holz. Das Skelett war aus den Fugen gegangen, es ließ sich nicht recht auf den Beinen erhalten. Durch kluges Ausweichen nach der jeweils entgegengesetzten Seite gelang es einen Fall zu verhüten. Nach und nach jonglierte er sich in seine Kleider hinein, die er unter seinem Bett hervorholte. Jede Hülle wurde mit Frohlocken begrüßt, ein Zuwachs seines Panzers, ein wichtiger Schutz. Die Bewegungen zur Erhaltung des Gleichgewichts glichen einem tiefsinnigen Tanz. Von Schmerzen, kleinen Teufeln, gezwickt, doch dem Großen, dem Tode entronnen, ertanzte sich Kien seinen Weg zum Schreibtisch. Dort nahm er, vor Aufregung leicht betäubt, Platz und schlenkerte noch ein wenig mit Armen und Beinen, bis sie sich beruhigt hatten und in ihre alte Unterwürfigkeit zurückgekehrt waren.

Seit sie nichts mehr zu tun hatte, schlief Therese bis neun. Sie war die Frau im Haus, die schlafen oft noch länger. Dienstboten müssen um sechs auf die Beine. Doch der Schlaf wollte nicht so lang dauern, und war sie einmal wach, so gab ihr die Sehnsucht nach ihrem Besitz keine Ruhe. Sie mußte sich anziehen, um den Druck der harten Schlüssel im Fleisch zu spüren. Drum verfiel sie, seit der Mann verprügelt zu Bett lag, auf eine gescheite Lösung. Um neun legte sie sich zu Bett und die Schlüssel zwischen ihre Brüste. Bis zwei Uhr paßte sie auf, daß sie nicht einschlief. Um zwei stand sie auf und versteckte die Schlüssel wieder im Rock. Dort fand sie niemand. Dann schlief sie ein. Da war sie vom langen Wachenmüssen so müd, daß sie erst um neun Uhr wieder aufs Schlafen vergaß, genau wie es bei den Herrschaften zuging. Da kommt man zu was und die Dienstboten haben das Nachsehen.

So führte Kien seinen Vorsatz von ihr unbemerkt durch. Vom Schreibtisch übersah er ihr Bett. Er hütete ihren Schlaf als sein kostbarstes Gut und erschrak im Laufe von drei Stunden hundertmal zu Tode. Sie besaß die glückliche Gabe, sich im Schlafe gehenzulassen. Wenn sie im Traum was Gutes gegessen hatte, so rülpste sie und ließ Winde. Sie sagte zugleich »Tut man das?« und meinte etwas, wovon sie nur wußte: Kien bezog es auf sich. Ihre Erlebnisse warfen sie von einer Seite auf die andere; das

Bett stöhnte laut, Kien stöhnte mit. Manchmal grinste sie mit geschlossenen Augen; Kien war dem Weinen nahe. Grinste sie heftiger, so sah es aus, als ob sie heulte; da kam Kien das Lachen an. Wäre er nicht eines Vorsichtigeren belehrt, er hätte wirklich gelacht. Mit Erstaunen vernahm er, wie sie zu Buddha rief. Er zweifelte an seinem Gehör; doch sie wiederholte: »Puda! Puda!« gerade als sie weinte, und er wußte, was Puda in ihrer Sprache bedeutete.

Als sie die Hand unter der Decke hervorholte, zuckte er zusammen. Sie schlug aber nicht, sondern ballte nur die Faust. Warum, was hab' ich getan, fragte er sich und gab sich zur Antwort: sie wird es schon wissen. Vor ihrem feinen Gefühl hatte er ehrlichen Respekt. Sein Verbrechen, für das sie ihn so grausam gestraft hatte, war mehr als gesühnt, aber nicht vergessen. Therese griff an die Stelle, wo für gewöhnlich die Schlüssel versteckt waren. Die dicke Decke nahm sie für den Rock und die Schlüssel fand sie, obwohl sie nicht da waren. Ihre Hand ließ sich schwer darauf nieder, tätschelte sie, spielte mit ihnen, nahm sie einzeln zwischen die Finger und bedeckte sich vor Freude mit großen, schimmernden Schweißtropfen. Kien errötete, er wußte nicht warum. Ihr fetter Arm steckte in einem engen, straff gespannten Ärmel. Die Spitzen, mit denen er vorn besetzt war, galten dem Mann, der im selben Zimmer schlief. Sie schienen Kien sehr zerdrückt. Leise sprach er dieses Wort, das ihm am Herzen lag, aus. Er hörte »zerdrückt«. Wer hatte gesprochen? Blitzrasch hob er den Kopf und richtete wieder den Blick auf Therese. Wer sonst weiß, wie zerdrückt er ist? Sie schlief. Er mißtraute den geschlossenen Augen und wartete mit verhaltenem Atem auf eine zweite Äußerung. »Wie kann man so tollkühn sein?« dachte er, »sie ist wach und ich blicke ihr frech ins Gesicht!« Er verbot sich das einzige Mittel, die Nähe der Gefahr zu erkunden und senkte, ein beschämter Junge, die Wimpern. Mit weit aufgerissenen Ohren — so kam es ihm vor — harrte er einer wüsten Beschimpfung. Statt dieser vernahm er regelmäßige Atemzüge. Sie schlief also wieder. Nach einer Viertelstunde pirschte er sich, mit den Augen, an sie heran, immer bereit, die Flucht zu ergreifen. Er hielt sich für schlau und erlaubte sich einen stolzen Gedanken. Er sei David und bewache den schlafenden Goliath. Der dürfe alles in allem doch als dumm bezeichnet werden. Im ersten Kampf habe David zwar nicht gesiegt; doch sei er den tödlichen Anschlägen des Goliath entgangen und wer vermöchte über die Zukunft zu entscheiden?

Die Zukunft, die Zukunft, wie kommt er in die Zukunft hinüber? Lassen wir die Gegenwart vorüber sein, dann kann sie ihm nichts mehr tun. Ach, wenn sich die Gegenwart ausstreichen ließe! Das Unglück der Welt rührt daher, daß wir zu wenig in der Zukunft leben. Was hat das in hundert Jahren zu bedeuten, wenn er heute Schläge bekommt? Lassen wir die Gegenwart vergangen sein und die Beulen bemerken wir nicht. An allen Schmerzen ist die Gegenwart schuld. Er sehnt sich nach der Zukunft, weil dann mehr Vergangenheit auf der Welt sein wird. Die Vergangenheit ist gut, sie tut niemand was zuleid, zwanzig Jahre hat er sich frei in ihr bewegt, er war glücklich. Wer fühlt sich in der Gegenwart glücklich? Ja, wenn wir keine Sinne hätten, da wäre auch die Gegenwart erträglich. Wir würden dann durch die Erinnerung — also doch in der Vergangenheit — leben. Im Anfang war das Wort, aber es *war,* also war die Vergangenheit vor dem Wort. Er beugt sich vor dem Primat der Vergangenheit. Die katholische Kirche hätte viel für sich, sie enthält ihm zu wenig Vergangenheit. Zweitausend Jahre, ein Teil davon erdichtet, was ist das bei Traditionen von doppelten oder dreifachen Zeiträumen? Ein katholischer Priester wird von jeder ägyptischen Mumie übertroffen. Weil sie tot ist, dünkt er sich über sie erhaben. Doch die Pyramiden sind durchaus nicht gestorbener als die Peterskirche, im Gegenteil, lebendiger, weil sie älter sind. Aber die Römer glauben, sie haben die Vergangenheit mit dem Löffel gefressen. Sie verweigern ihren Ahnen die Reverenz. Das ist eine Gotteslästerung. Gott ist die Vergangenheit. Er *glaubt* an Gott. Eine Zeit wird kommen, da die Menschen ihre Sinne zu Erinnerung und alle Zeit zu Vergangenheit umschmieden werden. Eine Zeit wird kommen, da eine einzige Vergangenheit alle Menschen umspannt, da nichts ist außer der Vergangenheit, da jeder glaubt: an die Vergangenheit.

Kien kniete in Gedanken nieder und betete in seiner Not zum Gotte der Zukunft: der Vergangenheit. Er hatte das Beten längst verlernt; aber vor diesem Gotte fand er es wieder. Zum Schluß bat er, ihn zu entschuldigen, daß er nicht wirklich niedergekniet sei. Aber er wisse ja: à la guerre comme à la guerre, ihm brauche er das nicht zweimal zu sagen. Das sei das Unerhörte und wahrhaft Göttliche an ihm, daß er alles sofort verstehe. Der Bibelgott sei im Grunde ein trauriger Analphabet. Manche bescheidenen Chinesengötter seien um vieles belesener. Er könnte da einiges über die Zehn Gebote vorbringen, daß sich der Vergangenheit die Haare sträuben würden. Aber er wisse ja ohnehin alles besser. Im übrigen erlaube er sich, ihn vom lächerlichen weiblichen Geschlecht, das ihm die Deutschen angehängt haben, zu befreien. Daß die Deutschen das Beste an ihnen, ihre abstrakten Gedanken, mit weiblichem Artikel versehen, sei eine jener unbegreiflichen Barbareien, durch die sie ihre Verdienste wieder zunichte machen. Er werde in Zukunft alles, was ihn betreffe, durch männliche Endungen heiligen. Das sächliche Geschlecht sei für Gott zu kindisch. Als Philologe sei er sich dessen durchaus bewußt, welches Odium er mit dieser Tat auf sich lade. Aber letzten Endes sei die Sprache für den Menschen und nicht der Mensch für die Sprache da. Drum bitte er *den* Vergangenheit, diese Änderung zu genehmigen.

Während er mit Gott unterhandelte, kehrte er allmählich an seinen Beobachtungsposten zurück. Therese war unvergeßlich, nicht einmal als er betete, war er ganz von ihr erlöst. Sie schnarchte in Stößen, die den Rhythmus seines Gebets bestimmten. Nach und nach wurden ihre Bewegungen heftiger, an ihrem baldigen Erwachen war nicht mehr zu zweifeln. Er verglich sie mit Gott und fand sie geringfügig. Gerade an Vergangenheit gebrach es ihr. Sie stammte weder von wem ab, noch wußte sie was. Arme gottlose Haut! Und Kien überlegte, ob es nicht am klügsten wäre einzuschlafen. Vielleicht wartete sie dann, bis er aufgewacht war, und ihre erste Wut über sein eigenmächtiges Erscheinen am Schreibtisch verflöge indessen.

Da schüttet Therese mit einem mächtigen Ruck ihren Körper vom Bett auf den Boden. Es klatscht laut. Kien erzittert am ganzen Skelett. Wohin? Sie hat ihn gesehen! Sie kommt! Sie wird ihn töten! Er durchsucht die Zeit nach einem Versteck. Er läuft durch die Geschichte, jahrhundertauf, jahrhundertab. Die besten Burgen sind vor Geschützen nicht sicher. Ritter? Unsinn — Schweizer Morgensterne — die Büchsen der Engländer spalten uns Rüstung und Schädel entzwei. Schweizer werden bei Marignano vernichtend geschlagen. Nur keine Landsknechte — nur keine Söldner — kommt eine Armee von Fanatikern — Gustav Adolf — Cromwell — metzelt uns alle nieder. Zurück aus der Neuzeit — zurück aus dem Mittelalter — hinein in eine Phalanx — Römer durchbrechen sie — indische Elefanten — Brandpfeile — alles scheut — wohin — auf ein Schiff — griechisches Feuer — nach Amerika — Mexiko — Menschenopfer — man schlachtet uns — China, China — Mongolen — Schädelpyramiden: in einem halben Augenblick hat er seinen Schatz der Geschichte erschöpft. Nirgends Rettung, alles geht unter, wo man auch hinkriecht, die Feinde holen einen heraus, Kartenhäuser, brechen die geliebten Kulturen zusammen, vor Räubern barbarischen, Hohlköpfen harten.

Da *erstarrte* Kien.

Er preßte die dürren Beine eng aneinander. Seine Rechte legte sich zur Faust geballt aufs Knie. Unterarm und Oberschenkel hielten einander in Ruhe. Mit dem linken Arm verstärkte er seine Brust. Leicht hob sich der Kopf. Seine Augen blickten ins Weite. Er versuchte sie zu schließen. An ihrer Weigerung erkannte er sich als ägyptischen Priester von Granit. Er war zur Statue erstarrt. Die Geschichte hatte ihn nicht verlassen. Im alten Ägypten fand er sicheren Unterschlupf. Solange die Geschichte zu ihm hielt, war er nicht umzubringen.

Therese behandelte ihn wie Luft, wie Stein, verbesserte er. Langsam wich seine Furcht einem starken Gefühl der Ruhe. Vor Stein wird sie sich hüten. Wer wäre so dumm, sich an Stein die Hand zu verletzen? Er gedachte der Kanten seines Körpers. Stein ist gut, Steinkanten sind besser. Seine Augen, scheinbar ins Unendliche gerichtet, prüften die eigene Gestalt auf Einzelheiten. Er bedauerte, sich so wenig zu kennen. Das Bild, das er von seinem Körper hatte, war mager. Er wünschte sich einen Spiegel auf den Schreibtisch her. Unter der Haut seiner Kleider hätte er gern gesteckt. Wäre es nach seiner Wißbegier gegangen, er hätte sich splitternackt ausgezogen und eine exakte Musterung vorgenommen, Knochen um Knochen wäre besehen und aufgehetzt worden. Oh, er ahnte allerlei von geheimen Ecken, harten scharfen Spitzen und Kanten! Seine Beulen ersetzten ihm einen Spiegel. Dieses Weib empfand vor einem Gelehrten keine Scheu. Sie hatte es gewagt, ihn zu berühren, als wäre er ein gewöhnlicher Mensch. Man züchtigte sie, indem man sich selbst in einen Stein verwandelte. An dessen gewaltiger Härte wurden ihre Pläne zuschanden.

Täglich wiederholte sich nun das gleiche Spiel. Kiens Leben, unter den Fäusten seiner Frau zerfallen, durch ihre, durch seine eigene Habgier von den neuen und den alten Büchern losgelöst, bekam eine wahre Aufgabe. Des Morgens stand er drei Stunden vor ihr auf. Er hätte diese stillste Zeit zum Arbeiten verwenden können. Das tat er auch, aber was er früher unter Arbeit verstand, war weit weggerückt und auf eine bessere Zukunft verschoben. Er sammelte die Kräfte, deren er zur Ausübung seiner Kunst bedurfte. Ohne Muße keine Kunst. Unmittelbar nach dem Schlaf erzielt man selten vollendete Leistungen. Man muß sich auflockern; frei und unbefangen trete man an seine Schöpfung heran. So verbrachte Kien beinahe drei Stunden in Muße vor seinem Schreibtisch. Er ließ sich mancherlei durch den Kopf gehen, doch wachte er darüber, daß es ihn nicht allzusehr von seinem Gegenstand entferne. Dann, wenn der Uhrzeiger in seinem Hirn (dieser letzte Rest eines gelehrten Netzes über der Zeit) Lärm schlug, weil es gegen neun ging, begann er langsam zu erstarren. Er spürte, wie die Kälte sich durch seinen Körper verbreitete, und schätzte sie nach ihrer gleichmäßigen Verteilung ab. Es gab Tage, da die linke Leibeshälfte rascher erkaltete als die rechte; das versetzte ihn in ernstliche Unruhe. »Hinüber!« befahl er und Ströme von Wärme, von der rechten entsandt, machten den Fehler auf der linken gut. Seine Fertigkeit im Erstarren steigerte sich von Tag zu Tag. Sobald er den steinernen Zustand erreicht hatte, prüfte er die Härte des Materials, indem er mit den Schenkeln einen leichten Druck gegen den Stuhlboden ausübte. Diese Härteprobe dauerte nur wenige Sekunden, ein längerer Druck hätte den Stuhl zermalmt. Als er später für dessen Schicksal fürchtete, verwandelte er auch ihn zu Stein. Ein Sturz tagsüber, in Gegenwart der Frau, hätte die Starrheit zu Lächerlichkeit erniedrigt und bitter geschmerzt. Granit ist schwer. Auch wurde die Probe durch eine verläßliche Empfindung für den Härtegrad nach und nach überflüssig.

Von neun Uhr vormittags bis sieben Uhr abends verharrte Kien in seiner unvergleichlichen Stellung. Auf dem Schreibtisch lag ein aufgeschlagenes Buch, immer dasselbe. Er würdigte es keines Blickes. Seine Augen waren ausschließlich in der Ferne beschäftigt. Die Frau brachte soviel Klugheit auf, ihn während seiner Darbietung nie zu stören. Sie bewegte sich eifrig im Zimmer. Er begriff, wie sehr das Wirtschaften ihr zur zweiten Natur geworden war und unterdrückte ein unpassendes Lächeln. Um die monumentale Figur aus dem alten Ägypten machte sie einen weiten Bogen. Sie bot ihr weder Essen noch Beschimpfungen an. Kien verbat sich Hunger und andere leibliche Beschwerden. Um sieben jagte er Wärme und Odem durch den Stein, der sich rasch belebte. Er wartete, bis Therese in der entferntesten Ecke des Zimmers war. Für ihren Abstand hatte er ein untrügliches Gefühl. Dann sprang er auf und verließ schnell das Haus. Während er im Gasthaus sein einziges Mahl zu sich nahm, schlief er vor Ermüdung beinahe ein. Er verbreitete sich über die Schwierigkeiten des verflossenen Tages und nickte, wenn ihm ein guter Einfall für morgen kam, zustimmend mit dem Kopf. Jeden, der es sich zutraue, ihm die Statue nachzumachen, forderte er zum Wettbewerb heraus. Niemand meldete sich. Um neun lag er zu Bett und schlief.

Auch Therese fand sich allmählich in die beschränkten Verhältnisse. Sie schaltete frei in ihrem neuen Zimmer, ohne daß sie jemand störte. Des Morgens fuhr sie, bevor sie sich Strümpfe und Schuhe anzog, zärtlich über den Teppich hin und her. Es war der schönste in der ganzen Wohnung, die Blutflecken sah man nicht mehr. Ihrer alten Hornhaut tat es wohl, vom Teppich gestreichelt zu werden. Solang sie mit ihm in Berührung war, glitten ihr lauter schöne Bilder durch den Kopf. Gestört wurde sie wieder vom Mann, der ihr nichts vergönnte.

Kien hatte es in seinem leisen Wesen zu solcher Virtuosität gebracht, daß selbst der Stuhl, auf dem er saß, ein altes, eigensinniges Stück, nur selten knarrte. Die drei- oder viermal täglich, da der Sessel sich in der Stille um so bemerkbarer machte, waren ihm sehr peinlich. Er hielt sie für die ersten Anzeichen von Ermüdung und überhörte sie darum geflissentlich.

Therese witterte auf ein Knarren hin sofort Gefahr, unterbrach ihr Glück, glitt eilig zu ihren Schuhen und Strümpfen, zog sie an und setzte die Gedankenreihe des Vortages fort. Die großen Sorgen fielen ihr ein, von denen sie immerwährend geplagt war. Sie behielt den Mann nur aus Mitleid zu Hause. Sein Bett nahm ja wenig Platz ein. Sie brauchte die Schlüssel zum Schreibtisch. Da lag nämlich sein kleines Bankbuch drin. Solang sie das Bankbuch mit dem Rest nicht hatte, gönnte sie ihm noch einige Tage das Dach über dem Kopf. Vielleicht erinnerte er sich einmal daran und schämte sich, weil er immer so gemein zu ihr war. Regte sich etwas in seiner Umgebung, so zweifelte sie an der Erwerbung des Bankbuchs, die ihr sonst sicher schien. Von einem Stück Holz, was er die meiste Zeit über war, fürchtete sie keinen Widerstand. Dem lebenden Mann traute sie das Schlimmste zu, selbst Diebstahl an ihrem Bankbuch.

Gegen Abend stieg die Spannung bei beiden auf ein hohes Maß. Er nahm den spärlichen Rest seiner Kräfte zusammen, um nicht zu früh zu erwarmen. Sie wurde wütend bei der Vorstellung, daß er gleich wieder ins Gasthaus ging, wo er fraß und soff, von ihrem sauer verdienten Geld, obgleich sowieso fast nichts mehr da war. Wie lange lebte der Mensch schon drauf los und brachte kein Geld nach Hause?

Ein Mensch hat ein Herz. Ist sie ein Stein? Man muß das arme Vermögen retten. Die Verbrecher sind hinterher wie die Wilden, ein jeder will gleich was haben. Die schämen sich nicht. Sie ist ein Weib allein. Der Mann, statt ihr zu helfen, säuft. Er ist schon zu gar nichts mehr nütz'. Früher hat er Papiere vollgeschrieben, die sind ihr Geld wert. Jetzt ist er auch dazu zu faul. Ja, führt sie denn hier ein Armenhaus? Er soll in die Versorgung gehen. Unnütze Esser kann sie nicht brauchen. Er bringt sie noch an den Bettelstab. Den soll er lieber selber behalten. Sie bedankt sich für so ein Vergnügen. Dem gibt auf der Straße niemand was. Arm sieht er aus, aber kann er vielleicht schön bitten? Der denkt ja nicht dran. Bitte, da muß er verhungern. Man wird schon sehen, wie es ihm geht, wenn ihre Güte ein Ende hat. Ihre Mutter selig ist auch verhungert, und jetzt verhungert ihr der Mann!

Von Tag zu Tag erklomm ihr Zorn eine höhere Stufe. Sie wog ihn, ob er zur entscheidenden Tat reiche, und befand ihn zu leicht. Der Vorsicht, mit der sie zu Werke ging, kam nur ihre Zähigkeit gleich. Sie sagte sich: heut ist er zu arm (heut komm' ich gegen ihn noch nicht auf) und brach ihren Zorn stracks ab, damit ihr ein Rest für morgen blieb.

Eines Abends, Therese hatte ihre Eisen vor kurzem ins Feuer gelegt und erst eine mittlere Temperatur erreicht, da knarrte Kiens Stuhl dreimal hintereinander. Diese Frechheit hatte ihr gefehlt. Sie warf ihn, das lange Stück Holz, mitsamt dem Stuhl, zu dem er gehörte, ins Feuer. Das prasselte lichterloh auf, eine wütende Hitze packte die Eisen. Sie nahm sie mit den Händen heraus — vor Glut hatte sie keine Angst, auf die Glut hatte sie gewartet — der Reihe nach, wie sie alle hießen: Bettler, Säufer, Verbrecher, und rückte damit auf den Schreibtisch zu. Selbst jetzt war sie zu einem Handel bereit. Gab er das Bankbuch freiwillig her, so warf sie ihn erst nachher auf die Straße. Er sollte nichts reden, dann sagte sie nichts. Er durfte bleiben, bis sie es fand. Suchen mußte er sie lassen, sie machte ein Ende.

Mit der Feinfühligkeit einer Statue erriet Kien, kaum hatte sein Stuhl dreimal geknarrt, was für seine Kunst auf dem Spiele stand. Er hörte Therese kommen. Er unterdrückte eine freudige Regung, sie hätte seiner Kälte geschadet. Drei Wochen lang hatte er geübt. Der Tag der Enthüllung war da. Nun wird sich die Vollkommenheit seiner Figur erweisen. Er war ihrer gewiß wie kein Künstler vor ihm. Er schickte rasch vor dem Sturm einige überschüssige Kälte durch den Leib. Er preßte die Fußsohlen gegen den Boden: sie waren steinhart, Härtegrad 10, Diamant, schärfste Kanten, zerschneidend. Auf der Zunge, weitab vom Schlag, kostete er ein bißchen der steinernen Qual, die er für das Weib bereithielt.

Therese packte ihn bei den Stuhlbeinen und schob ihn schwer auf die Seite. Sie ließ den Stuhl los, trat zum Schreibtisch und zog eine Lade heraus. Sie durchsuchte die Lade, fand nichts und machte sich an die nächste. Auch in der dritten, vierten und fünften fand sie nicht, was sie suchte. Er begriff: eine Kriegslist. Sie suchte gar nicht, was könnte sie suchen? Die Manuskripte waren für sie alle gleich, Papier hätte sie schon in der ersten Lade gefunden. Sie baute auf seine Neugier. Er sollte wohl fragen, was sie da mache. Hatte er gesprochen, so war er kein Stein mehr und sie schlug ihn tot. Sie lockte ihn aus dem Stein hervor. Sie zerrte und zupfte am Schreibtisch. Doch er bewahrte sein kaltes Blut und gab keinen Hauch von sich.

Sie warf die Papiere wüst durcheinander. Die meisten ließ sie, statt sie einzuordnen, oben auf der Tischplatte liegen. Viele Blätter fielen zu Boden. Ihren Inhalt kannte er gut. Andere raffte sie falsch zusammen. Seine Manuskripte behandelte sie wie Fetzen. Ihre Finger waren verroht und gut für die Daumenschraube. Im Schreibtisch steckte der Fleiß und die Geduld von Jahrzehnten.

Ihre freche Geschäftigkeit reizte ihn. Sie soll mit den Papieren nicht so umgehen. Was geht ihn ihre Kriegslist an? Er braucht die Notizen für später. Da wartet Arbeit auf ihn. Könnte er gleich beginnen! Zum Artisten ist er nicht geboren. Seine Kunst kostet ihn viel Zeit. Er ist Gelehrter. Wann kommen die bessern Zeiten? Seine Kunst ist ein Übergang. Da verliert er Wochen und Wochen. Wie lang ist er jetzt bei der Kunst? Zwanzig, nein zehn, nein fünf Wochen, er weiß es nicht zu sagen. Die Zeit ist in Verwirrung geraten. Sie beschmutzt seine letzte Abhandlung. Furchtbar wird er sich rächen. Er fürchtet sich zu vergessen. Sie schleudert schon mit dem Kopf. Sie bewirft ihn mit gehässigen Blicken. Sie haßt seine starre Ruhe. Aber er hat keine Ruhe, er hält das nicht aus, er will Frieden, er unterbreitet ihr einen Vorschlag, Waffenstillstand, sie soll ihre Finger wegtun, ihre Finger zerfetzen seine Papiere, seine Augen, sein Hirn, sie soll die Laden verschließen, weg vom Schreibtisch, weg vom Schreibtisch, das ist sein Platz, er duldet sie nicht, er zermalmt sie, könnte er sprechen, Stein ist stumm.

Mit dem Rock stößt sie leere Laden in den Tisch zurück. Auf Manuskripte am Boden tritt sie. Sie spuckt auf alles, was oben liegt. In heller Wut zerreißt sie den Inhalt der letzten Lade. Das ohnmächtige Knirschen des Papiers brennt ihm durch Mark und Bein. Er unterdrückt die Hitze in sich, er wird sich erheben, ein kalter Stein, er wird sie an sich zerschlagen. Er wird ihre Stücke zusammenlesen und die Stücke zu Staub zermalmen. Er wird über sie zusammenbrechen, hereinbrechen, eine gewaltige, ägyptische Plage. Er packt sich, die Tafel der Zehn Gebote, und steinigt mit ihr sein Volk. Sein Volk hat Gottes Gebot vergessen. Gott ist mächtig und Moses hebt seinen strafenden Arm. Wer hat die Härte Gottes? Wer hat die Kälte Gottes?

Plötzlich erhebt sich Kien und fällt mit Wucht auf Therese. Er bleibt ganz stumm, die Lippen zwickt er sich mit den Zähnen, einer Zange, zu; spricht er, ist er kein Stein, die Zähne beißen tief in die Zunge hinein. »Wo ist das Bankbuch?« schreit gellend Therese, bevor sie zerbricht. »Wo ist das Bankbuch? Säufer — Verbrecher — Dieb!« Das Bankbuch hat sie gesucht. Er lächelt über ihre letzten Worte.

Es sind aber nicht die letzten. Sie greift nach seinem Kopf und stößt ihn gegen den Schreibtisch. Sie schlägt ihre Ellbogen zwischen seine Rippen. Sie schreit: »Hinaus aus meiner Wohnung!« Sie speit, sie speit in sein Gesicht. Er spürt alles. Es tut weh. Er ist kein Stein. Da sie nicht zerbricht, zerbricht seine Kunst. Alles ist Lüge, es gibt keinen Glauben. Es gibt keinen Gott. Er weicht aus. Er wehrt sich. Er schlägt zurück. Er trifft sie, er hat spitze Knochen. »Ich mach' die Anzeige! Diebe werden eingesperrt! Die Polizei wird es finden! Diebe werden eingesperrt! Hinaus aus meiner Wohnung!« Sie zerrt an seinen Beinen, um ihn zu Fall zu bringen. Am Boden wird sie sich gütlich tun, wie damals. Es gelingt ihr nicht, er ist stark. Da packt sie ihn am Kragen und schleift ihn zur Wohnung hinaus. Die Tür wirft sie krachend hinter ihm zu. Auf dem Flur läßt er sich zu Boden fallen. Müd ist er doch. Die Tür öffnet sich wieder. Therese schleudert Mantel, Hut und Aktentasche hinaus. »Untersteh' dich nicht, wieder zu betteln!« schreit sie und verschwindet. Die Aktentasche gibt sie her, weil nichts drin ist. Alle Bücher behält sie in der Wohnung.

Das Bankbuch hat er in der Tasche. Er preßt es glücklich an sich, obwohl es ein Bankbuch ist. Sie ahnt nicht, was ihr mit dem Bettler entgeht. Bitte, wo gibt es einen Dieb, der sein Verbrechen immer bei sich hat?

Zweiter Teil

Kopflose Welt

Zum idealen Himmel

Seit man Kien aus seiner Wohnung hinausgeworfen hatte, war er mit Arbeit überhäuft. Den ganzen Tag lief er gemessen und zäh durch die Stadt. In aller Frühe war er schon auf den langen Beinen. Mittags gönnte er sich weder Essen noch Rast. Um mit seinen Kräften hauszuhalten, hatte er das Gebiet seiner Tätigkeit in Rayons eingeteilt, an die er sich streng hielt. In seiner Aktentasche trug er einen riesigen Plan der Stadt, Maßstab 1 : 5000, auf dem die Buchhandlungen mit freundlichen, roten Kreisen bezeichnet waren.

Er trat in eine Buchhandlung ein und fragte nach dem Inhaber selbst. War der verreist oder essen gegangen, so begnügte er sich mit dem ersten Angestellten. »Ich brauche für eine wissenschaftliche Arbeit dringend folgende Werke«, sagte er, und las von einem Zettel, der nicht vorhanden war, eine lange Liste herunter. Um sich nicht wiederholen zu müssen, sprach er die Namen der Verfasser mit vielleicht übertriebener Deutlichkeit und Langsamkeit aus. Es handelte sich um seltene Werke und von der Unbildung solcher Menschen macht man sich schwer einen Begriff. Obwohl er las, hatte er einen aufmerksamen Seitenblick für die Gesichter, die ihn anhörten. Zwischen Titel und Titel schaltete er ganz kurze Pausen ein. Er liebte es, dem Gegenüber, das sich von einem schweren Namen noch gar nicht erholt hatte, rasch den nächsten an den Kopf zu werfen. Die verdutzten Mienen belustigten ihn. Manche baten »Einen Moment!«, andere griffen sich an Stirn oder Schläfen, aber er zählte ruhig weiter auf. Sein Zettel umfaßte je zwei bis drei Dutzend Bände. Zu Hause besaß er sie alle. Hier erwarb er sie sich wieder. Er gedachte, was ihn jetzt als doppelte Nummer drückte, später gegen anderes zu tauschen oder zu verkaufen. Übrigens kostete ihn seine neue Tätigkeit keinen Groschen. Auf der Straße legte er sich die Listen zurecht. In jeder Buchhandlung las er eine neue vor. War er fertig, so faltete er den Zettel mit wenigen sicheren Griffen zusammen, steckte ihn zu den übrigen in die Brieftasche, verbeugte sich mit tiefer Verachtung und verließ das Lokal. Er wartete keine Antwort ab. Was hätten ihm Dummköpfe antworten können? Ließ er sich mit ihnen auf Erörterungen über die gewünschten Bücher ein, so verlor er wieder Zeit. Nun hatte er eben drei volle Wochen, in sonderbarem Zustand, starr und steif, am Schreibtisch verloren. Um das Entgangene nachzuholen, ging er den ganzen Tag, so geschickt, so beharrlich, so fleißig, daß er ohne eine Spur von Selbstgerechtigkeit mit sich zufrieden sein konnte, und er war es sehr.

Die Leute, mit denen ihn sein Beruf zusammenbrachte, verhielten sich je nach Laune und Temperament verschieden. Einige wenige fühlten sich gereizt, weil sie nicht zu Worte kamen, die Mehrzahl war glücklich, lauschen zu dürfen. Sein ungeheures Wissen sah und hörte man ihm an. Ein Satz von ihm wog den Inhalt wohlgefüllter Läden auf. Selten erkannte man seine Bedeutung in ihrem vollen Umfang. Sonst hätten die armen Narren sämtlich ihre Arbeit stehengelassen, sich um ihn geschart, die Ohren aufgerissen und gehorcht, bis ihnen das Trommelfell geplatzt wäre. Wann begegnete ihnen ein solcher Ausbund an Gelehrsamkeit wieder? Meist machte nur ein einzelner von der Gelegenheit, ihn zu hören, Gebrauch. Man scheute ihn, wie alle Großen, er war ihnen zu fremd und fern, und ihre Verlegenheit, auf die nicht zu achten er beschlossen hatte, ergriff ihn bis ins innerste Mark. Hatte er ihnen den Rücken gedreht, so war den restlichen Tag ausschließlich von ihm und seinen Listen die Rede. Genau genommen fungierten Inhaber und Personal als seine ganz privaten Angestellten. Er gönnte ihnen das Glück einer kollektiven Erwähnung in seiner Biographie. Schließlich benahmen sie sich nicht schlecht, bewunderten ihn und versorgten ihn mit allem, dessen er bedurfte. Sie ahnten, wer er war, und sie hatten wenigstens die Kraft, vor ihm zu schweigen. Denn ein zweites Mal betrat er dieselbe Buchhandlung nie. Als er es einmal irrtümlich tat, warfen sie ihn hinaus. Er war ihnen zu viel, seine Erscheinung bedrückte sie und sie befreiten sich von ihr. Er fühlte ihnen ihre Unterlegenheit nach und kaufte sich damals den Plan der Stadt mit den erwähnten roten Kreisen. In die Kreise erledigter Buchhandlungen machte er ein kleines Kreuz, sie waren für ihn gestorben.

Übrigens hatte seine Geschäftigkeit einen dringenden Zweck. Von dem Augenblick an, da er auf der Straße lag, hatte er nur noch Interesse für seine Abhandlungen zu Hause. Er gedachte sie zu vollenden; ohne Bibliothek war das nicht möglich. Drum überlegte er und stellte sich zusammen, was er an spezieller Literatur für sie brauchte. Seine Listen entstanden zwangsläufig, Willkür und Laune schaltete er aus, er gestattete sich nur die Bücher neu zu erwerben, die für seine Arbeit unentbehrlich waren. Gewisse Umstände nötigten ihn, seine Bibliothek zu Hause vorläufig versperrt zu halten. Er fügte sich scheinbar, aber er überlistete das Schicksal. Nicht einen Zoll breit gab er von seiner Wissenschaft preis. Er kaufte zusammen, was er brauchte, in wenigen Wochen würde er sich wieder an die Arbeit setzen, seine Kampfweise war großzügig und den gewissen Umständen entsprechend, nicht unterzukriegen war er, in der Freiheit entfaltete er seine klugen Schwingen, er wuchs mit der Zahl der selbstherrlichen Tage, und daß indessen eine kleine neue Bibliothek von einigen tausend Bänden sich bei ihm ansammelte, war ihm Belohnung für seine Mühe genug. Er fürchtete sogar, sie könnte zu sehr anschwellen. Täglich übernachtete er in einem anderen Hotel. Wie sollte er die zunehmende Last fortschleppen? Da er ein unzerstörbares Gedächtnis besaß, trug er die gesamte neue Bibliothek im Kopf. Die Aktentasche blieb leer.

Abends, nach der Geschäftssperre, wurde er sich seiner Müdigkeit bewußt und suchte, sobald er die letzte Buchhandlung verlassen hatte, das nächstgelegene Hotel auf. Ohne Gepäck, wie er war, und in seinem schäbigen Anzug erregte er das Mißtrauen der Portiers. Weil sie ihm eine kräftige Abfuhr zudachten und in der Freude darauf, ließen sie ihn seine zwei bis drei Sätze vorbringen. Er wünsche ein großes und ruhiges Zimmer für die Nacht. Falls ein solches nur in der Nähe von Frauen, Kindern oder Pöbel zu haben sei, bitte er, ihm das gleich zu sagen, denn dann verzichte er darauf. Beim Worte »Pöbel« fühlten sich Portiers entwaffnet. Bevor man ihm sein Zimmer noch angewiesen hatte, zog er die Brieftasche hervor und erklärte, im voraus zahlen zu wollen. Sie strotzte, da er sein Guthaben bei der Bank behoben hatte, von angesehenen Noten. Ihnen zuliebe entblößten die Portiers Augenpartien, die niemand sonst, auch durchreisende Exzellenzen oder Amerikaner nicht, zu Gesicht bekamen. Mit seiner exakten, hohen, eckigen Schrift füllte er den Meldezettel aus. Als Beruf gab er Bibliotheksbesitzer an. Den geforderten Stand ignorierte er; er war weder ledig noch verheiratet noch geschieden und deutete das mit einem schiefen Strich an. Er gab den Portiers horrende Trinkgelder, um 50 % des Zimmerpreises. Beim Zahlen freute er sich jedesmal, daß Therese sein Bankbuch entgangen war. Die begeisterten Bücklinge kleideten ihn gut, er verharrte bewegungslos wie ein Lord. Gegen seine Gewohnheit — technische Erleichterungen waren ihm verhaßt — benützte er den Lift, weil ihn die Bibliothek im Kopf, abends, bei seiner Müdigkeit, schwer drückte. Sein Essen ließ er sich aufs Zimmer kommen, es war die einzige Mahlzeit im Tag. Dann legte er, um sich eine kleine Entspannung zu gönnen, die Bibliothek ab und sah sich um, ob sie auch wirklich Platz fand.

Anfangs, als seine Freiheit noch jung war, maß er der Art des Zimmers keine besondere Bedeutung bei, es handelte sich ihm ja nur ums Schlafen und die Bücher brachte er auf dem Sofa allein unter. Später nahm er auch den Schrank in Anspruch. Bald war die Bibliothek beiden entwachsen. Um den schmutzigen Teppich nutzbar zu machen, klingelte er nach dem Stubenmädchen und bat um zehn Bogen reinstes Packpapier. Er breitete es auf dem Teppich aus und über den ganzen Boden; da zum Schlusse etwas übrigblieb, bedeckte er das Sofa damit und kleidete den Kasten aus. So wurde es für eine Zeitlang zu seiner Gewohnheit, jeden Abend neben dem Essen Packpapier zu bestellen; das alte ließ er des Morgens liegen. Die Bücher türmten sich höher und höher, aber auch wenn sie fielen, schmutzig wurden sie nicht, da alles mit Packpapier belegt war. Wenn er manchmal nachts voller Unruhe erwachte, so hatte er bestimmt ein Geräusch wie von fallenden Büchern gehört.

Eines Abends waren die Türme selbst ihm zu hoch; er besaß schon erstaunlich viel neue Bücher. Da verlangte er eine Leiter. Auf die Frage, wofür er sie brauche, erwiderte er schneidend streng: »Das geht Sie nichts an!« Das Stubenmädchen war etwas ängstlicher Natur. Ein Zimmereinbruch, vor kurzem verübt, hatte sie beinah ihre Stellung gekostet. Sie lief zum Portier und teilte ihm aufgeregt mit, was der Herr auf Nummer 39 wünsche. Der Portier, Charakter- und Menschenkenner, wußte, was er seinem Trinkgeld schuldig war, obwohl er es schon im Sack hatte.

»Gengan S' schlafen, Tschapperl«, grinste er sie an, »den Raubmörder nimm ich auf mich!«

Sie rührte sich nicht vom Fleck. »Unheimlich ist er«, sagte sie schüchtern, »wie eine Pappel schaut er aus. Erst hat er ein Packpapier wollen und jetzt will er eine Leiter. Das ganze Zimmer liegt voll Packpapier.«

»Packpapier?« fragte er, diese Mitteilung machte auf ihn einen ausgezeichneten Eindruck. Denn nur vornehmste Leute treiben ihre Pflege auf die Spitze.

»Ja, was denn sonst!« sagte sie stolz, er hörte ihr zu.

»Wissen Sie, wer der Herr ist?« fragte er. Selbst vor einer Angestellten sagte er nicht »der«, er sagte »der Herr«. »Besitzer der Hofbibliothek ist er!« Jede Silbe des großartigen Berufes schleuderte er wie einen Glaubenssatz von sich. Um dem Mädchen den Mund zu stopfen, setzte er aus eigenen Stücken »Hof« voran. Und er begriff, *wie* fein der Herr oben sein müsse, weil er »Hof« auf dem Meldezettel weggelassen hatte.

»Es gibt doch eh keinen Hof.«

»Aber die Hofbibliothek gibt's! So was Dummes! Glauben S', die Leut' haben die Bücher aufgefressen!?«

Das Mädchen schwieg. Sie brachte ihn gerne in Wut, weil er so stark war. Er betrachtete sie nur, wenn er zornig war. Wegen jeder Kleinigkeit kam sie zu ihm gelaufen. Ein paar Augenblicke lang ließ er sie sich gefallen. War er einmal aufgebracht, so hieß es sich vor ihm hüten. Sein Zorn gab ihr Kraft. Freudig brachte sie Kien die Leiter. Sie hätte den Hausdiener drum bitten können, aber sie tat es selbst, sie wollte dem Portier gehorchen. Sie fragte den Herrn Hofbibliotheksbesitzer, ob sie ihm helfen dürfe.

Er sagte: »Ja, indem Sie sofort das Zimmer verlassen!« Dann sperrte er ab, weil er dem zudringlichen Geschöpf mißtraute, verstopfte das Schlüsselloch mit Papier, stellte die Leiter vorsichtig zwischen die Büchertürme und stieg hinauf. Paket um Paket, nach Listen geordnet, entnahm er seinem Kopf und füllte das Zimmer bis zur Decke hinauf damit an. Trotz der Last hielt er sich auf der Leiter im Gleichgewicht, er kam sich vor wie ein Akrobat. Seit er sein eigener Herr war, gingen ihm Schwierigkeiten spielend von der Hand. Gerade war er zu Ende, da klopfte es zutunlich an die Tür. Er ärgerte sich, weil man ihn störte. Vor Laienblicken auf seine Bücher hatte er seit den Erfahrungen mit Therese eine Heidenangst. Es war das Stubenmädchen, das (immer noch aus Ergebenheit für den Portier) die Leiter bescheiden zurückverlangte.

»Der Herr Hofbibliotheksbesitzer werden doch nicht mit der Leiter im Zimmer schlafen!« Ihr Eifer war ehrlich; sie blickte die unheimliche Pappel mit Neugierde, Liebe und Neid an und wünschte sich, daß der Portier auch aus ihr soviel Wesens mache.

Ihre Sprache erinnerte Kien an Therese. Wäre sie es gewesen, er hätte sie gefürchtet. Da sie ihn aber nur an Therese erinnerte, schrie er: »Die Leiter bleibt hier! Ich schlafe mit der Leiter!«

Meiner Seel', ist das ein vornehmer Mensch, dachte sich das junge Ding und zog sich erschrocken zurück. Für so vornehm, daß man überhaupt nichts mehr sagen durfte, hatte sie ihn doch nicht gehalten.

Er aber zog aus diesem Erlebnis die Konsequenzen. Weiber, ob nun Haushälterinnen, Frauen oder Stubenmädchen, waren unter allen Umständen zu vermeiden. Von da ab verlangte er so große Zimmer, daß eine Leiter sinnlos und überflüssig war, und das Packpapier nahm er in seiner Aktentasche mit. Der Kellner, dem er fürs Essen läutete, war zum Glück ein Mann.

Sobald er seinen Kopf erleichtert fühlte, legte er sich ins Bett. Vor dem Einschlafen verglich er seinen früheren Zustand mit der jetzigen Lage. Ohnehin kehrten seine Gedanken gegen Abend oft und mit Freude zu Therese zurück, weil er alle Ausgaben mit dem Geld bezahlte, das er durch persönliche Tapferkeit vor ihr gerettet hatte. Bei Geldaffären stellte sich ihr Bild prompt ein. Tagsüber hatte er mit Geld nichts zu tun, außer dem Mittagessen versagte er sich auch die Straßenbahn, und mit gutem Grund. Das ernste und großartige Unternehmen, in dem er augenblicklich begriffen war, ließ er sich von keiner Therese besudeln. Therese war der Groschen, den man in die Hand nahm. Therese war das Wort, das ein Analphabet sprach. Therese war der Stein am Geiste der Menschheit. Therese war der leibhaftige Irrsinn.

Seit Monaten mit einer Irrsinnigen zusammengesperrt, hatte er schließlich dem bösen Einfluß ihrer Krankheit nicht mehr widerstehen können und war von ihr angesteckt worden. Habgierig bis zum Exzeß, hatte sie einen Teil ihrer Gier auf ihn übertragen. Eine verzehrende Sucht nach fremden Büchern hatte ihn den eigenen entfremdet. Um eine Million, die er hinter ihr vermutete, hätte er sie beinahe beraubt. Sein Charakter, immer in naher, heftiger Berührung mit ihr, war in Gefahr, an Geld zu zerschellen. Aber er zerschellte nicht. Sein Körper erfand einen Schutz. Hätte er sich weiterhin frei in der Wohnung bewegt, so wäre er ihrer Krankheit rettungslos verfallen. Darum spielte er ihr jenen

Streich mit der Statue. Natürlich konnte er sich nicht in konkreten Stein verwandeln. Aber es genügte, daß *sie* ihn dafür hielt. Sie fürchtete sich vor dem Stein und machte einen Bogen darum. Die Kunst, mit der er wochenlang steif auf dem Stuhle saß, verwirrte sie. Sie war ohnehin schon verwirrt. Aber nach diesem scharfsinnigen Trick wußte sie überhaupt nicht mehr, wer er war. Er hatte Zeit, sich von ihr zu befreien. Langsam heilte er aus. Ihre Wirkung auf ihn war gebrochen. Sobald er sich stark genug fühlte, faßte er einen Plan zur Flucht. Es galt, ihr zu entkommen und sie doch in Gewahrsam zu halten. Damit die Flucht gelang, mußte sie glauben, *sie* werfe ihn hinaus. So steckte er das Bankbuch ein. Im Laufe langer Wochen durchsuchte sie die ganze Wohnung. Das war ja ihre Krankheit, daß sie immer nach Geld suchte. Sie fand das Bankbuch nirgends. Schließlich wagte sie sich an den Schreibtisch. Da stieß sie aber an ihn. Ihre Enttäuschung reizte sie zur Wut. Er steigerte ihren Zorn, bis sie ihn, besinnungslos, aus seiner eigenen Wohnung warf. Draußen war er, erlöst. Sie hielt sich für die Siegerin. Er sperrte sie in die Wohnung ein. Sie entkam gewiß nicht und nun war er vor ihren Anschlägen vollkommen sicher. Zwar hatte er seine Wohnung geopfert, aber was tut ein Mensch nicht, um sein Leben zu retten, wenn dieses Leben der Wissenschaft gehört?

Er streckte den Körper unter der Decke und brachte ihn mit recht viel Leintuch in Berührung. Er bat die Bücher, nicht herunterzufallen, er sei müde und möchte endlich Ruhe haben. Schon im Halbschlaf, murmelte er gute Nacht.

Drei Wochen genoß er die neue Freiheit. Mit bewundernswertem Fleiße nützte er sie aus, und als sie verstrichen waren, hatte er sämtliche Buchhandlungen der Stadt erschöpft. Eines Nachmittags wußte er nicht mehr wohin. Von vorne beginnen und die alten betreten, in derselben vertrauten Reihenfolge? Würde man ihn nicht wiedererkennen? Beleidigungen ging er lieber aus dem Wege. Gehörte sein Gesicht vielleicht zu denen, die jeder sich auf den ersten Blick einprägt? Er trat vor den Spiegel eines Friseurladens und besah sich darin seine Züge. Er hatte wasserblaue Augen und überhaupt keine Wangen. Seine Stirn war eine zerrissene Felswand. Die Nase stürzte, ein senkrechter, schwindelnd schmaler Grat, in die Tiefe. Zuunterst, ganz versteckt, kauerten zwei winzige schwarze Insekten. Niemand hätte dahinter Nasenlöcher vermutet. Der Mund war ein Automatenschlitz. Zwei scharfe Falten liefen, wie künstliche Narben, von beiden Schläfen zum Kinn und trafen sich in seiner Spitze. Durch sie und die Nase zerfiel das Gesicht, ohnehin lang und schmal, in fünf beängstigend enge Streifen, eng, aber streng symmetrisch, zum Verweilen war nirgends Platz, und Kien verweilte auch nur kurz. Denn als er sich selber sah, er pflegte sich nie zu sehen, wurde ihm plötzlich sehr einsam zumute. Er beschloß, unter recht viel Menschen zu gehen. Vielleicht vergaß er da, wie allein sein Gesicht doch war, und vielleicht verfiel er auf einen Gedanken, wie seine bisherige Tätigkeit sich fortsetzen ließe.

Er richtete den Blick auf die Firmenschilder ringsum, ein Stück Stadt, für das er sonst blind war, und las »ZUM IDEALEN HIMMEL«. Da trat er mit Vergnügen ein. Er schlug die dicken Vorhänge zurück. Ein entsetzlicher Dunst benahm ihm den Atem. Wie zur Abwehr ging er mechanisch zwei Schritte weiter. Seine scharfe Gestalt durchschnitt, ein Messer, die dicke Luft. Seine Augen tränten; er riß sie weit auf, um zu sehen. Da tränten sie noch mehr und er sah nichts. Eine schwarze Gestalt eskortierte ihn an einen kleinen Tisch und befahl ihm, hier Platz zu nehmen. Er gehorchte. Die Gestalt bestellte für ihn einen Doppelmokka und verschwand im Nebel. In dieser fremden Weltgegend klammerte sich Kien an die Stimme seiner Eskorte und stellte fest, daß sie männlich, aber verschwommen und drum widerwärtig sei. Er freute sich, weil wieder ein Mensch so gering war, wie er von Menschen im allgemeinen dachte. Eine dicke Hand schob den Doppelmokka vor ihn hin. Er dankte höflich. Die Hand blieb einen Moment erstaunt liegen; dann preßte sie sich flach gegen den Marmor und streckte alle Fünfe von sich. Worüber grinst sie denn so? fragte er sich, sein Mißtrauen wurde rege.

Als die Hand sich mitsamt dem dazugehörigen Manne zurückzog, war er wieder Herr über seine Augen. Der Nebel teilte sich. Kien folgte mit argwöhnischem Blick der Gestalt, die lang und hager war wie er selbst. Vor einem Büfett machte sie halt, drehte sich um und wies mit ausgestrecktem Arm auf den Gast. Sie sagte einige unverständliche Worte und schüttelte sich vor Lachen. Zu wem der nur sprach? In der Umgegend des Büfetts stand weit und breit kein Mensch. Das Lokal war unglaublich verwahrlost und schmutzig. Hinter dem Büfett erkannte man deutlich einen

Berg von bunten Kleiderfetzen. Die Leute waren zu faul, einen Schrank aufzumachen; sie warfen alles in den Raum zwischen Schanktisch und Spiegel hinein. Daß sie sich nicht einmal vor ihren Gästen schämten! Auch für diese begann sich Kien zu interessieren. Fast an jedem der kleinen Tische saß ein haariger Geselle mit einem Affengesicht und stierte verbissen zu ihm hinüber. Im Hintergrund kreischten sonderbare Mädchen. Der ideale Himmel war sehr niedrig und hing voll schmieriger, graubrauner Wolken. Hie und da durchbrach der Rest eines Sterns die trüben Schichten. Vor Zeiten war der ganze Himmel mit goldenen Sternen übersät. Die meisten waren vom Rauch ausgelöscht worden; die übrigen krankten an Lichtschwund. Klein war die Welt unter diesem Himmel. Sie hätte in einem Hotelzimmer bequem Platz gefunden. Nur solange der Nebel täuschte, erschien sie weit und wirr. Jedes Marmortischchen führte ein gesondertes Planetendasein. Den Weltgestank erzeugten alle gemeinsam. Jedermann rauchte, schwieg oder schlug mit der Faust auf den harten Marmor. Aus winzigen Nischen vernahm man Hilferufe. Plötzlich machte ein altes Klavier von sich hören. Kien suchte es vergeblich. Wo hatte man denn das versteckt? Alte Burschen, in Lumpen gekleidet, Mützen auf dem Kopf, schoben mit lässigen Bewegungen die schweren Türvorhänge beiseite, glitten langsam zwischen den Planeten umher, begrüßten bald diesen, bedrohten bald jenen und nahmen schließlich dort, wo man sie am gehässigsten empfing, Platz. In kürzester Zeit bot das Lokal ein verändertes Bild. Jede Bewegung wurde unmöglich. Wer hatte den Mut, einem solchen Nebenmenschen auf die Zehen zu treten? Kien saß als einziger noch allein. Er fürchtete sich aufzustehen und blieb. Zwischen den Tischen flogen Schimpfworte hin und her. Die Musik gab den Menschen Kampflust und Kraft. Sobald das Klavier schwieg, sanken sie träge in sich zusammen. Kien griff sich an den Kopf. Was waren das für Geschöpfe?

Da tauchte ein ungeheurer Buckel neben ihm auf und fragte, ob es gestattet sei. Kien blickte angestrengt hinunter. Wo war der Mund, aus dem es sprach? Und schon hüpfte der Besitzer des Buckels, ein Zwerg, an einem Stuhl in die Höhe. Er kam richtig darauf zu sitzen und wandte Kien ein paar große, melancholische Augen zu. Die Spitze der stark gebogenen Nase lag in der Tiefe des Kinns. Der Mund war so klein wie der Mann, nur — er war nicht zu finden. Keine Stirn, keine Ohren, kein Hals, kein Rumpf — dieser Mensch bestand aus einem Buckel, einer mächtigen Nase und zwei schwarzen, ruhigen, traurigen Augen. Lange sagte er nichts; er wartete wohl die Wirkung seiner Erscheinung ab. Kien gewöhnte sich an den neuen Zustand. Plötzlich hörte er eine heisere Stimme unterm Tisch fragen:

»Wie gehn die Geschäften?«

Er sah an seinen Beinen hinunter. Die Stimme schnarrte empört: »Bin ich a Hund?« Da wußte er, daß der Zwerg sprach. Was er über die Geschäfte sagen sollte, wußte er nicht. Er musterte die ausschließliche Nase des Kleinen, sie flößte ihm Verdacht ein. Da er kein Geschäftsmann war, zuckte er leicht mit den Achseln. Seine Gleichgültigkeit machte großen Eindruck.

»Fischerle is mein Name!« Die Nase pickte auf die Tischplatte. Kien tat es um seinen guten Namen leid. Er gab ihn also nicht von sich und machte nur eine steife Verbeugung, die sich als Ablehnung so gut wie als Entgegenkommen deuten ließ. Der Zwerg entschloß sich für das letztere. Er holte zwei Arme hervor — lang wie die eines Gibbon — und griff nach Kiens Aktentasche. Ihr Inhalt brachte ihn zum Lachen. Durch die Mundwinkel, die rechts und links von der Nase zuckten, bewies er endlich die Existenz seines Mundes.

»Papierbranche, hab' ich recht?« krächzte er und hielt das sauber zusammengefaltete Packpapier in die Höhe. Bei diesem Anblick brach die ganze Welt unterm Himmel einstimmig in Wiehern aus. Kien, der sich der tieferen Bedeutung seines Papiers wohl bewußt war, hatte Lust, »Frechheit!« zu rufen und es dem Zwerg aus der Hand zu reißen. Schon die Absicht, kühn wie sie war, erschien ihm als gigantisches Verbrechen. Um es zu sühnen, setzte er ein unglückliches und verlegenes Gesicht auf.

Fischerle ließ nicht locker. »A Neuigkeit, Leutln, a Neuigkeit! En Agent, was stumm is!« Er schwenkte das Papier in seinen krummen Fingern und zerdrückte es an mindestens zwanzig Stellen. Kien tat das Herz weh. Es ging um die Reinheit seiner Bibliothek. Fände er doch ein Mittel, sie zu retten. Fischerle stellte sich auf einen Stuhl — er war jetzt gerade so groß wie der sitzende Kien — und sang mit brechender Stimme: »I bin a Fischer — er is a Fisch!« Bei »i« klatschte er sich mit dem Papier auf den eigenen Buckel, bei »er« schlug er es Kien um die

Ohren. Der hielt geduldig still. Er konnte noch von Glück sagen, daß der rabiate Zwerg ihn nicht ermordete. Seine Behandlung begann ihn zu schmerzen. Um die Reinheit der Bibliothek war es geschehen. Er begriff, daß man hier ohne Branche verloren war. Er benützte die langgezogenen Takte zwischen »i« und »er«, erhob sich, verbeugte sich tief und erklärte entschlossen: »Kien, Buchbranche«.

Fischerle brach vor dem nächsten »er« ab und setzte sich. Er war mit seinem Erfolg zufrieden. Er zog sich in seinen Buckel zurück und fragte mit grenzenloser Ergebenheit: »Spielen Se Schach?« Kien bedauerte sehr.

»Ein Mensch, was ka Schach spielt, is ka Mensch. Im Schach sitzt die Intelligenz, sag' ich. Da kann einer vier Meter lang sein, Schach muß er spielen, sonst is er ein Tepp. Ich kann Schach. Ich bin auch kein Tepp. Jetzt frag' ich Sie; wenn Sie wollen, antworten Sie mir. Wenn Sie nicht wollen, antworten Sie nicht. Wozu hat ein Mensch den Kopf? Ich sag's Ihnen selbst, sonst zerbrechen S' Ihnen noch den Kopf, es wär' schad' drum. Zum Schach hat er den Kopf. Verstehn Sie mich? Sagen Sie ja, dann ist alles gut. Sagen Sie nein, dann sag' ich's Ihnen nochmal, weil Sie's sind. Für die Buchbranche hab' ich ein Herz. Ich mach' Sie aufmerksam, ich hab's allein gelernt, nicht aus dem Buch. Was glauben S', wer hier der Meister is, vom ganzen Lokal? Ich wett', Sie kommen nicht drauf. Ich werde Ihnen den Namen verraten. Der Meister heißt Fischerle und sitzt am selben Tisch wie Sie. Und warum hat er sich hergesetzt? Weil Sie ein mieser Mensch sind. Jetzt glauben Sie vielleicht, ich flieg' auf die miesen Menschen. Falsch, Blödheit, stimmt nicht! Was glauben S', wie schön meine Frau is. So was Apartes haben Sie noch nicht geseh'n! Aber, frag' ich, wer hat die Intelligenz? Der miese Mensch hat sie, sag' ich. Wozu braucht der Feschak die Intelligenz? Verdienen tut sei Frau für ihn, Schach spielen mag er nicht, weil er sich bucken muß dabei, es kunnt' der Schönheit was schaden, und was kommt heraus dabei? Der miese Mensch hat die ganze Intelligenz für sich gepachtet. Nehmen Sie die Schachmeister — alle mies. Sehn'n S', wenn ich in der Illustrierten einen berühmten Menschen seh', der was schön ist, da sag' ich gleich zu mir: Fischerle, da stimmt was nicht. Da haben S' ein falsches Bild erwischt. Ja, was glauben Sie, bei die vielen, vielen Bilder und jeder will ein berühmter Mensch sein

— wo kommt so eine Zeitung hin? Die Illustrierte is auch nur ein Mensch. Wissen S' aber, was ein Wunder ist, daß Sie kein Schach spielen. Die ganze Buchbranche spielt Schach. Ist das a Kunst bei der Buchbranche? Der Mann nimmt sei Schachbüchel her und lernt die Partie auswendig. Aber glauben Sie, mich hat einer darum geschlagen? Von der Buchbranche keiner, so wahr Sie dazugehören, wenn's wahr is!«

Gehorchen und Horchen war hier für Kien eins. Seitdem der Kleine vom Schach sprach, war er der harmloseste Jud von der Welt. Er unterbrach sich nie, seine Fragen waren rhetorisch, aber er beantwortete sie sich doch. Das Wort »Schach« klang in seinem Mund wie ein Befehl, so, als ob es nur von seiner Gnade abhinge, das tödliche »Matt« hinzuzusetzen. Kiens Schweigsamkeit, die ihn anfangs gereizt hatte, erschien ihm jetzt als Aufmerksamkeit, und sie schmeichelte ihm.

Während des Spiels fürchteten ihn seine Partner viel zu sehr, um ihn durch Einwürfe zu stören. Denn er rächte sich furchtbar und gab die Unbedachtheit ihrer Züge dem allgemeinen Gelächter preis. In den Pausen zwischen den Partien — sein halbes Leben verbrachte er am Brett — behandelte man ihn, wie es seiner Figur entsprach. Er hätte am liebsten ununterbrochen gespielt. Er träumte von einem Leben, wo man Essen und Schlafen während der Züge des Gegners erledigt. Hatte er sechs Stunden lang spielend gesiegt und fand sich zufällig ein weiterer Anwärter auf Niederlagen, so legte sich die Frau ins Mittel und zwang ihn aufzuhören, er wurde ihr sonst zu frech. Sie war ihm gleichgültig wie ein Stein. Er hielt sich an sie, weil sie ihm zu essen gab. Doch wenn sie seine Triumphkette zerriß, tanzte er wütend um sie herum und schlug sie in die wenigen empfindlichen Stellen ihres abgestumpften Leibes. Sie stand ruhig da und ließ sich, so stark sie war, von ihm alles gefallen. Es waren die einzigen ehelichen Zärtlichkeiten, die er ihr gönnte. Sie liebte ihn nämlich, er war ihr Kind. Das Geschäft erlaubte ihr kein anderes. Sie genoß den größten Respekt im »Idealen Himmel«, weil sie als einzige unter den sehr ärmlichen und billigen Mädchen einen fixen alten Herrn hatte, der seit acht Jahren mit unverbrüchlicher Treue jeden Montag bei ihr erschien. Wegen dieses sicheren Einkommens nannte man sie die Pensionistin. Bei den häufigen Szenen mit Fischerle johlte das ganze Lokal; doch hätte es niemand gewagt, ihrem Verbot entgegen eine neue Partie zu beginnen. Fischerle schlug sie nur, weil er das wußte. Für ihre Kunden verspürte er Zärtlichkeit, soweit seine Liebe zum Schach welche übrigließ. Sobald sie sich mit einem entfernt hatte, trieb er sich nach Herzenslust auf dem Brett herum. Auf unbekannte Menschen, die der Zufall in dieses Lokal verschlug, hatte er ein Vorrecht. Er witterte in jedem einen großen Meister, von dem sich was lernen ließe. Daß er ihn trotzdem schlagen würde, hielt er für ausgemacht. Erst wenn die Hoffnung auf neue Kombinationen sich zerschlug, trug er dem Fremden seine Frau an, um sie auf einige Zeit loszuwerden. Heimlich gab er dem Betreffenden, weil er für die jeweilige Branche ein Herz habe, den Rat, ruhig ein paar Stunden bei der Frau oben zu bleiben, sie sei nicht so, sie wisse einen feschen Mann zu schätzen. Doch bat er, ihn nicht zu verraten, Geschäft sei Geschäft, und er handle gegen die eigenen Interessen.

Früher, vor vielen Jahren, als die Frau noch keine Pensionistin war und sie zuviel Schulden hatte, um ihn ins Kaffeehaus zu schicken, mußte Fischerle, wenn die Frau einen Kunden in ihr enges Kabinett heraufbrachte, trotz seinem Buckel unters Bett kriechen. Dort horchte er genau auf die Worte des Mannes — die seiner Frau waren ihm gleichgültig — und hatte bald ein Gefühl dafür, ob es sich um einen Schachspieler handle oder nicht. War er seiner Sache sicher, so kroch er nachher eiligst hervor — meist tat er dabei seinem Buckel sehr weh — und lud den Ahnungslosen zu einer Schachpartie ein. Es gab Männer, die drauf eingingen, wenn man um Geld spielte. Sie hofften, vom schäbigen Juden das Geld zurückzugewinnen, das sie der Frau unter höherem Zwang geschenkt hatten. Sie glaubten im guten Recht zu sein, da sie jetzt bestimmt nicht mehr auf den Handel eingegangen wären. Sie verloren aber nochmal so viel dazu. Die meisten lehnten Fischerles Ansinnen müde, mißtrauisch oder empört ab. Niemand machte sich Gedanken darüber, wo er denn plötzlich hergekommen sei. Doch Fischerles Leidenschaft wuchs mit den Jahren. Von Mal zu Mal fiel es ihm schwerer, mit seinem Antrag so lange zu warten. Oft überkam es ihn plötzlich mit ungeheurer Gewalt, daß da oben ein Weltmeister inkognito liege. Viel zu früh erschien er neben dem Bett, klopfte der heimlichen Berühmtheit mit Finger oder Nase auf die Schulter, bis sie statt des vermuteten Insekts den Zwerg und seinen Antrag zur Kenntnis nahm. Das war jedem zu dumm und es gab keinen, der nicht die Gelegenheit benützt hätte, sein Geld zurückzuverlangen. Nachdem das wiederholt passiert war — einmal hatte ein aufgebrachter Viehhändler sogar die Polizei geholt —, erklärte die Frau kategorisch, jetzt müsse das alles anders werden oder sie nehme sich einen anderen. Fischerle wurde, ob es nun gut oder schlecht ging, ins Kaffeehaus geschickt und durfte vor vier Uhr früh nie nach Hause kommen. Bald darauf bürgerte sich der solide Herr des Montags ein und die allerärgste Not war vorüber. Er blieb die ganze Nacht da. Fischerle fand ihn noch vor, wenn er heimkam, und wurde von ihm regelmäßig als »Weltmeister« begrüßt. Das sollte ein guter Witz sein — mit der Zeit wurde er runde acht Jahre alt —, aber Fischerle empfand ihn als Beleidigung. War der Herr, dessen Namen niemand kannte, er hütete sogar seinen Vornamen, besonders zufrieden, so ließ er sich aus Mitleid mit dem Kleinen rasch einmal von ihm schlagen. Der Herr gehörte zu den Leuten, die alle Überflüssigkeiten gern auf einmal erledigen. Wenn er das Kabinett verließ, war er beides, Liebe und Mitleid, für eine ganze Woche wieder losgeworden. Durch die Niederlage, die er sich von Fischerle verabreichen ließ, ersparte er sich die Groschen, die er sonst in dem Geschäft, das er vermutlich führte, für die Bettler hätte bereithalten müssen. An seiner Tür war ein Schild angebracht: »Hier wird Bettlern nichts gegeben.«

Fischerle aber haßte *eine* Kategorie von Menschen auf der Welt, und das waren die Schachweltmeister. Mit einer Art von Tollwut verfolgte er alle bedeutenden Partien, die ihm in Zeitungen und Zeitschriften geboten wurden. Was er einmal für sich durchgespielt hatte, behielt er lange Jahre im Kopf. Bei seiner unbestrittenen Lokalmeisterschaft war es ihm ein leichtes, seinen Freunden die Nichtigkeit dieser Größen zu beweisen. Er zeigte ihnen, die sich auf sein Gedächtnis rückhaltlos verließen, Zug um Zug, was bei diesem oder jenem Turnier geschehen war. Sobald ihre Bewunderung für solche Partien ein Maß erreicht hatte, das ihn ärgerte, erfand er aus eigenem falsche Züge, nie geschehene, und setzte das Spiel so fort, wie es ihm eben paßte. Rasch führte er die Katastrophe herbei; man wußte, wer sie erlitten hatte, und Namen waren auch hier ein Fetisch. Stimmen wurden laut, daß es Fischerle beim Turnier genauso ergangen wäre. Niemand erkannte den Fehler des Unterlegenen. Da rückte Fischerle seinen Stuhl ganz weit vom Tisch weg, so daß sein ausgestreckter Arm die Figuren gerade noch erreichte. Es war dies seine besondere Art, Verachtung auszudrücken, da die Umgebung des Mundes, mit dem andere Menschen dasselbe besorgen, fast ganz von der Nase verdeckt war. Dann krächzte er: »Gebt's a Tuch her, die Partie gewinn' ich blind!« War seine Frau da, so gab sie ihr schmutziges Halstuch her; um die Turniertriumphe, die nur einmal alle paar Monate stattfanden, durfte sie ihn nicht bringen, das wußte sie. War sie nicht im Lokal, so hielt eines der Mädchen Fischerle die Hände vors Aug'. Rasch und sicher lenkte er die Partie Schritt um Schritt zurück. Dort, wo der Fehler begangen worden war, machte er halt. Es war zugleich der Punkt, wo seine Schwindelei begonnen hatte. Durch eine zweite Schwindelei führte er die entgegengesetzte Partei mit ebenso großer Frechheit zum Siege. Alles war atemlos gefolgt. Alles staunte. Die Mädchen tätschelten seinen Buckel und küßten ihn auf die Nase. Die Burschen, auch die schönen unter ihnen, die wenig oder nichts vom Schach verstanden, schlugen mit den Fäusten auf die Marmorplatten und erklärten, ehrlich empört, das sei eine Gemeinheit, wenn Fischerle nicht Weltmeister würde. Sie brüllten dabei so laut, daß sich die Gunst der Mädchen ihnen sofort wieder zuwandte. Fischerle war das egal. Er tat so, als ginge ihn der Beifall überhaupt nichts an, und bemerkte nur trocken: »Was wollt's ihr, ich bin ein armer Teufel. Wenn mir einer heute die Kaution gibt, morgen bin ich Weltmeister!« »Heut noch!« schrien alle. Dann hatte die Begeisterung ein Ende.

Fischerle genoß — dank seiner Eigenschaft als verkanntes Schachgenie und dem fixen Herrn seiner Frau, der Pensionistin — ein großes Vorrecht unterm »Idealen Himmel«: er durfte sämtliche abgedruckten Schachpartien aus den Blättern herausschneiden und behalten, obwohl diese, die schon durch ein halbes Dutzend Hände gegangen waren, nach mehreren Monaten an ein noch schmierigeres Lokal weitergegeben wurden. Fischerle hob aber die quadratischen Papierchen gar nicht auf; er zerriß sie in winzige Stücke und warf sie mit Abscheu ins Klosett. Er lebte immer in Höllenängsten, jemand könnte nach einer Partie verlangen. Von seiner Bedeutung war er selbst durchaus nicht überzeugt. Die wirklichen Züge, die er unterschlug, gaben seinem gescheiten Kopf bitter zu denken. Drum haßte er die Weltmeister wie die Pest.

»Was glauben S', wenn ich ein Stipendium hätt'«, sagte er jetzt zu Kien. »Ein Mensch ohne eine Stipendium ist ein Krüppel. Zwanzig Jahre wart' ich auf ein Stipendium. Glauben S', ich will was von meiner Frau? Eine Ruh' will ich und ein Stipendium will ich. Ziehst zu mir, hat sie gesagt, da war ich noch ein Bub. Na, hab' ich gesagt, was braucht Fischerle ein Weib? Was möchst denn haben, hat sie gesagt, sie hat keine Ruh' geben. Was ich haben möcht'? Ein Stipendium möcht' ich. Aus nichts, da springt nichts heraus. Sie fangen auch kein Geschäft ohne Kapital an. Die Schachbranche ist auch eine Branche, warum soll's keine Branche sein? Wo gibt's was, was keine Branche ist? Gut, hat sie gesagt, wennst zu mir ziehst, kriegst ein Stipendium. Jetzt frag' ich Sie, verstehn Sie das überhaupt? Wissen Sie, was ein Stipendium ist? Ich sag's Ihnen auf alle Fälle. Wissen Sie's eh, no dann schadt's nix, wissen Sie's net, no dann schadt's aa nix. Passen Sie gut auf: Stipendium ist ein feines Wort. Dieses Wort stammt aus dem Französischen und heißt dasselbe wie das jüdische Kapital!«

Kien schluckte. An ihrer Etymologie sollt ihr sie erkennen. Welch ein Lokal! Er schluckte und schwieg. Es war das Beste, was ihm in dieser Mördergrube einfiel. Fischerle machte eine ganz kleine Pause, um die Wirkung des Wortes »jüdisch« auf sein Visavis zu beobachten. Kann man wissen? Die Welt wimmelt von Antisemiten. Ein Jude ist immer auf der Hut vor Todfeinden. Bucklige Zwerge und gar solche, die es trotzdem zum Zuhälter gebracht haben, sind scharfe Beobachter. Das Schlucken des andern entging ihm nicht. Er deutete es als Verlegenheit und hielt von diesem Augenblick an Kien, der nichts weniger war, für einen Juden.

»Man wendet es nur bei feinen Berufen an«, erklärte er beruhigt weiter, er meinte das Stipendium. »Auf ihr heiliges Versprechen herauf zieh' ich zu ihr. Wissen S', wann das war? Ihnen kann ich's ja sagen, weil Sie mein Freund sind: das war vor zwanzig Jahren. Zwanzig Jahre spart sie und spart, sie gönnt sich nichts, sie gönnt mir nichts. Wissen Sie, was ein Mönch ist? Na, Sie werden's nicht wissen, weil Sie ein Jud sind, bei die Juden gibt's das nicht, Mönche, macht nichts, wir leben wie die Mönche, ich weiß was Besseres, vielleicht verstehn Sie das, weil Sie nichts verstehn: wir leben wie die Nonnen, das sind die Frauen von die Mönche. Jeder Mönch hat eine Frau und die heißt Nonne. Aber was glauben S', wie getrennt die leben! Eine solche Ehe wünscht sich ein jeder, bei die Juden müßt man das auch einführen, sag' ich. Und seh'n Sie, das Stipendium ist noch immer nicht beieinand. Rechnen Sie, rechnen müssen Sie können! *Sie* geben gleich zwanzig Schilling. Ein jeder gibt nicht gleich soviel. Wo finden Sie heute so noble Menschen? Wo kann sich ein Mensch die Blödheit leisten? Sie sind mein Freund. Sie sagen sich, guter Mensch was Sie sind, Fischerle muß sein Stipendium haben. Sonst geht er zugrund'. Kann ich Fischerle zugrund' gehen lassen, es wär' schad' drum, nein, das kann ich nicht. Was tu ich? Ich schenk der Frau die zwanzig Schilling, sie nimmt mich mit und mein Freund hat eine Freud'. Für einen Freund tu ich alles. Ich werd Ihnen das beweisen. Bringen Sie Ihre Frau her, bis ich das Stipendium hab', heißt das, und ich geb' Ihnen mein Wort drauf, ich bin nicht feig. Was glauben Sie, ich fürcht' mich vor einer Frau? Was kann sie einem schon tun? Haben Sie eine Frau?«

Dies war die erste Frage, auf die Fischerle eine Antwort erwartete. Zwar war er der Frau, nach der er fragte, so sicher wie seines Buckels. Doch sehnte er sich nach einer neuen Partie, seit drei Stunden schon wurde er bewacht, das hielt er nicht aus. Er wollte die Diskussion zu einem praktischen Ergebnis führen. Kien schwieg. Was hätte er sagen sollen? Die Frau war sein heikler Punkt, über den sich beim besten Willen nichts Wahres aussagen ließ. Er war, wie bekannt, weder verheiratet noch ledig noch geschieden. »Haben Sie eine Frau?«, fragte Fischerle zum zweitenmal. Aber jetzt klang es schon drohend. Kien quälte sich um die Wahrheit ab. Da erging es ihm ja schon wieder wie vorhin mit der Buchbranche. In der Not frißt der Teufel Lügen. »Ich hab' keine Frau!« behauptete er mit einem Lächeln, das seine strenge Dürre verklärte. Wenn er schon log, dann das Angenehmste. »Dann gib ich Ihnen meine!« platzte Fischerle los. Hätte die Buchbranche eine Frau gehabt, so wäre Fischerles Vorschlag anders verlautbart worden: »Dann hab' ich a Abwechslung für Sie!« So aber krächzte er laut durchs Lokal: »Koommst, oder koommst net?«

Sie kam. Sie war groß, dick und rund, ein halbes Jahrhundert alt. Sie stellte sich selber vor, indem sie mit der Schulter auf Fischerle hinunterwies und nicht ohne Anflug von Stolz hinzufügte: »Mein Mann«. Kien stand auf und verbeugte sich sehr tief. Er hatte entsetzliche Angst, vor allem, was jetzt käme. Laut sagte er »sehr erfreut«, leise, unhörbar leise »Metze!«. Fischerle sagte: »No, so nimm Platz!« Sie gehorchte. Seine Nase reichte ihr bis zur Brust; beides legte sich über die Platte. Plötzlich fuhr der Kleine los und schnarrte in größter Eile, als habe er die Hauptsache vergessen: »Buchbranche«.

Kien schwieg schon wieder. Der Frau am Tisch war er zuwider. Sie verglich seine Knochen mit dem Buckel ihres Mannes und fand diesen schön. Ihr Haserl wußte immer was zu reden. Der war nicht auf den Mund gefallen. Früher hatte er auch mit ihr was geredet. Jetzt war sie ihm zu alt. Er hat ja recht. Er geht doch mit keiner andern. Er ist ein seelengutes Kind. Alle glauben, sie haben noch was miteinander. Von ihren Freundinnen spitzt eine jede auf ihn. Die Weiber sind falsch. Sie kennt das nicht, Falschheit. Die Männer sind auch falsch. Auf den Fischerle kann man sich verlassen. Bevor er mit einem Weib was zu tun hat, sagt er, hat er lieber mit gar keiner was zu tun. Sie ist mit allem einverstanden. Sie braucht das ja nicht. Nur sagen darf er das keiner. Er ist ja so bescheiden. Von selber tät er nie was verlangen. Wenn er nur besser auf sein Gewand schaute! Manchmal meint man direkt, er ist aus einer Mistkisten gestiegen. Der Ferdl hat der Mizzl ein Ultimatum gestellt: ein Jahr wart' er auf das Motorradl, was sie ihm versprochen hat. Wenn's in ein Jahr net da ist, scheißt er drauf, da kann sie sich wem anders suchen. Jetzt sparts und sparts, aber wo kriegt die ein Motorradl z'samm'! Ihr Haserl könnt' so was nicht tun. Und die schönen Augen was er hat! Kann er für den Buckel was dafür?

Immer, wenn ihr Fischerle einen Kunden verschaffte, spürte sie, daß er sie loswerden wollte, und war ihm für seine Liebe dankbar. Später fand sie ihn wieder zu stolz. Im allgemeinen war sie ein zufriedenes Geschöpf, dem trotz seinem häßlichen Leben nur wenig Haß zu Gebote stand. Das Wenige ging aufs Schachspiel. Während die anderen Mädchen die Anfangsgründe des Spiels nachgerade kannten, begriff sie Zeit ihres Lebens nicht, warum verschiedene Figuren verschieden zogen. Es empörte sie, daß ein König so hilflos war. Sie würde es dem frechen Weib schon geben, der Königin! Warum darf die grad alles machen und der König nicht? Oft sah sie beim Spiel gespannt zu. Ein Fremder hätte sie nach ihrem Gesichtsausdruck für eine erklärte Kennerin gehalten. In Wirklichkeit wartete sie nur darauf, daß die Königin genommen wurde. Geschah das, so stimmte sie einen Triumphschlager an und verließ sofort den Tisch. Sie teilte den Haß ihres Mannes für die fremde Königin; die Liebe, mit der er die eigene hütete, machte sie eifersüchtig. Ihre Freundinnen, selbständiger als sie, stellten sich an die Spitze der gesellschaftlichen Leiter und nannten die Königin die Hur und den König den Strizzi. Die Pensionistin als einzige hing mehr an der tatsächlichen Rangordnung der Dinge, deren unterste Sprosse sie durch ihren fixen Herrn bereits erklommen hatte. Sie, die sonst bei den ausgelassensten Späßen den Ton angab, machte gegen den König nicht mit. Für die Schachkönigin fand sie selbst »Hur« zu gut. Die Türme und die Rössel gefielen ihr, weil sie so aussahen wie richtige, und wenn Fischerles Rösser im konzentrierten Galopp über das Brett fegten, pflegte sie mit ihrer ruhigen, trägen Stimme hell aufzulachen. Noch zwanzig Jahre nachdem er mit seinem Schachbrett zu ihr gezogen war, fragte sie ihn manchmal ganz unschuldig, warum man die Türme nicht an den Ecken stehenlasse wie zu Anfang des Spiels, da machen sie sich doch viel schöner. Fischerle spuckte auf ihr Weiberhirn und sagte nichts. Wurde sie ihm mit ihren Fragen lästig — sie wollte ihn ja nur etwas sagen hören, sie liebte sein Gekrächz, keiner hatte eine solche Rabenstimme wie er —, so stopfte er ihr mit irgendeiner drastischen Aufforderung das Maul. »Hab' ich einen Buckel oder hab' ich keinen? Ob ich einen hab'! Da kannst einmal rutschen gehn! Vielleicht wirst gescheiter davon!« Sein Buckel schmerzte sie. Am liebsten hätte sie nie davon gesprochen. Sie hatte das Gefühl, daß sie am mißratenen Teil ihres Kindes mitschuldig sei. Sobald er diesen Zug, der ihm verrückt erschien, an ihr entdeckt hatte, benützte er ihn zu Erpressungen. Sein Buckel war die einzige gefährliche Drohung, über die er verfügte.

Gerade jetzt betrachtete sie ihn liebevoll. Der Buckel war was, so ein Gerippe war nichts. Sie freute sich, daß er sie an seinen Tisch gerufen hatte. Mit Kien gab sie sich keinerlei Mühe. Nach einigen Minuten, alle schwiegen, sagte sie: »No, was ist? Wieviel schenkst du mir denn?« Kien errötete. Fischerle fuhr sie an:

»Red net so dumm! Ich laß meinen Freund net beleidigen. Der hat eine Intelligenz. Der redt nix daher. Der überlegt sich jedes Wort hundertmal. Wenn er was sagt, sagt er was. Er interessiert sich für mein Stipendium und stiftet freiwillig zwanzig Schilling.« »Stipendium? Was haaßt des?« Fischerle tobte: »Stipendium ist ein feines Wort! Es stammt aus dem Französischen und heißt dasselbe wie das jüdische Kapital!« »*Wo* hab' ich a Kapital?« — Die Frau begriff seinen Trick nicht. Warum mußte er ihn auch in ein Fremdwort kleiden? Ihm lag daran, recht zu behalten. Er sah die Frau tief und ernst an, zeigte mit der Nase auf Kien und erklärte feierlich: »Er weiß alles.« »Ja, was denn?« »No, daß mir miteinander sparen wegem Schach.« »Fallt mir ja gar net ein! So viel verdien i net. I bin net die Mizzl und du net der Ferdl. Was hab' i schon von dir? An Dreck hab' i von dir. Waßt was d' bist? Ein Krüppel bist! Kannst ja fechten gehn, wann's dir net paßt!« Sie rief Kien zum Zeugen dieses himmelschreienden Unrechts an. »Frech is der, sag' ich Ihnen! Man möcht's gar net glauben. So a Krüppel! Er könnt doch froh sein!«

Fischerle wurde noch kleiner, er gab sein Spiel verloren und meinte nur wehmütig zu Kien: »San S' froh, daß net verheiratet san. Erst sparen mir zwanzig Jahre jeden Groschen miteinand und jetzt hat sie das ganze Stipendium mit ihre Freunderln verjubelt.« Diese freche Lüge verschlug der Frau die Rede. »Also das kann ich schwören«, schrie sie, sobald sie sich gefaßt hatte, »in die ganzen zwanzig Jahr war ich mit kein Mann außer mit ihm!« Fischerle wies Kien resigniert die Handfläche: »A Hur, die was mit kan Mann war!« Bei »Hur« zog er die Brauen in die Höhe. Die Frau brach über dieser Beschimpfung in lautes Weinen aus. Ihre Worte wurden unverständlich, doch hatte man den Eindruck, daß sie von einer Pension schluchzte. »Da seh'n Sie schon, jetzt gibt sie es selbst zu.« Fischerle hatte neuen Mut geschöpft. »Was glauben S', von wem sie die Pension hat? Von an Herrn, der was jeden Montag kommt. In meine Wohnung. Wissen Sie was, ein Weib *muß* falsch schwören, und warum muß ein Weib falsch schwören? Weil sie selber falsch is! Jetzt frag' ich Sie: Könnten Sie falsch schwören? Könnt ich falsch schwören? Ausgeschlossen! Und warum, weil wir beide eine Intelligenz haben. Haben Sie schon einmal eine Intelligenz geseh'n, was falsch is? Ich nicht!« Die Frau heulte immer lauter.

Kien gab ihm von Herzen recht. In seiner Angst hatte er sich nie gefragt, ob Fischerle log oder die Wahrheit sprach. Seit die Frau am Tische saß, war ihm jede feindselige Geste gegen sie, gleichgültig, woher sie kam, eine Erlösung. Seit sie ihn um ein Geschenk gebeten hatte, wußte er, wen er vor sich hatte: eine zweite Therese. Von den Sitten der Lokalität verstand er wenig, aber eins schien ihm gewiß: hier strebte ein reiner Geist in elendem Körper seit zwanzig Jahren danach, sich über den Schmutz seiner Umgebung zu erheben. Therese erlaubte es nicht. Grenzenlose Entbehrungen mußte er sich auferlegen, beharrlich das Ziel einer selbstherrlichen Intelligenz vor Augen. Therese zog ihn ebenso beharrlich in den Schmutz zurück. Er spart, nicht aus Kleinlichkeit, er ist eine großangelegte Natur; sie verschwendet alles wieder, damit er ihr ja nicht entkommt. Von der Welt des Geistes hat er einen winzigen Zipfel gefaßt und klammert sich daran mit der Kraft eines Ertrinkenden. Das Schachspiel ist seine Bibliothek. Von Branchen spricht er nur, weil hier eine andere Sprache verboten ist. Aber es ist bezeichnend, daß er die Buchbranche so hoch stellt. Kien stellt sich die Kämpfe vor, die dieser vom Leben geschlagene Mensch um seine Wohnung führt. Er bringt ein Buch mit nach Hause, um heimlich darin zu lesen, sie zerreißt es, daß die Fetzen fliegen. Sie zwingt ihn, ihr seine Wohnung für ihre entsetzlichen Zwecke zur Verfügung zu stellen. Vielleicht bezahlt sie eine Bedienerin, eine Spionin, um die Wohnung bücherrein zu halten, wenn sie nicht zu Hause ist. Bücher sind verboten, ihr Lebenswandel ist erlaubt. Nach langen Kämpfen ist es ihm gelungen, ihr ein Schachbrett abzuringen. Sie hat ihn auf den kleinsten Raum der Wohnung beschränkt. Da sitzt er nun die langen Nächte und besinnt sich an Hand der hölzernen Figuren auf seine Menschenwürde. Halb und halb frei fühlt er sich nur, wenn sie diese Besuche empfängt. In solchen Stunden ist er für sie Luft. Soweit muß es mit ihr kommen, damit sie ihn nicht quält. Doch auch dann horcht er unwillig, ob sie nicht plötzlich betrunken bei ihm erscheint. Sie riecht nach Alkohol. Sie raucht. Sie reißt die Türe auf und stößt mit ihren plumpen Füßen das Schachbrett um. Herr Fischerle heult wie ein kleines Kind. Er befand sich gerade an der interessantesten Stelle seines Buches. Er sammelt die herumliegenden Buchstaben und wendet das Gesicht ab, damit sie sich über seine Tränen nicht freut. Er ist ein kleiner Held. Er hat Charakter. Wie oft schwebt ihm das Wort »Metze!« auf den Lippen. Er unterdrückt es, sie hätte kein Verständnis dafür. Sie hätte ihn schon längst aus seiner Wohnung hinausgeworfen, doch sie wartet auf ein Testament, das er zu ihren Gunsten abfassen soll. Wahrscheinlich besitzt er wenig. Selbst das ist ihr genug, um es ihm zu rauben. Er denkt gar nicht dran, ihr auch das Letzte zu opfern. Er wehrt sich und so behält er das Dach überm Kopf. Wenn er wüßte, daß er dieses Dach der Spekulation auf sein Testament verdankt! Man darf es ihm nicht sagen. Er könnte sich ein Leid antun. Er ist nicht aus Granit. Seine zwerghafte Konstitution ...

Noch nie hatte sich Kien so tief in einen Menschen eingefühlt. Ihm war es geglückt, sich von Therese zu befreien. Er hatte sie mit ihren Waffen geschlagen, sie überlistet und eingesperrt. Da saß sie nun auf einmal an seinem Tisch, forderte wie früher, keifte wie früher und hatte es, das einzige, was neu an ihr war, zu einem passenden Beruf gebracht. Doch ihr zerstörendes Treiben galt nicht ihm, ihn beachtete sie wenig, es galt dem Manne gegenüber, den die Natur durch eine traurige Etymologie ohnehin schon zum Krüppel geschlagen hatte. Kien stand tief in der Schuld dieses Menschen. Er mußte etwas für ihn tun. Er achtete ihn. Wäre Herr Fischerle nicht so fein geartet, er würde ihm geradezu Geld anbieten. Sicher könnte er es brauchen. Doch wünschte er ihn auf keinen Fall zu beleidigen, so wenig wie es ihm eingefallen wäre, sich selbst zu beleidigen. Vielleicht, wenn man auf jenes Gespräch zurückkäme, das von Therese mit weiblicher Unverschämtheit unterbrochen worden war?

Er zog seine Brieftasche hervor, die noch immer von hohen Scheinen strotzte. Er entnahm ihr, die er ganz gegen seine Gewohnheit lange in der Hand hielt, sämtliche Banknoten und zählte sie friedlich nach. Herr Fischerle sollte sich durch den Anblick selbst davon überzeugen, daß der Antrag, den man ihm jetzt zu stellen gedachte, durchaus kein großes Opfer war. Beim dreißigsten Hundertschillingschein angelangt, blickte Kien auf den Kleinen hinunter. Vielleicht war er so weit besänftigt, daß man die Schenkung schon wagen konnte, wer zählt gern Geld? Fischerle sah sich verstohlen nach allen Seiten um; nur um den Zählenden schien er sich nicht im mindesten zu kümmern, sicher aus Feingefühl und Abneigung gegen gewöhnliches Geld. Kien ließ sich nicht entmutigen, er zählte weiter, aber jetzt laut, mit klarer, gehobener Stimme. Im stillen entschuldigte er sich bei dem Kleinen für seine Aufdringlichkeit, er bemerkte, wie sehr er dessen Ohren wehtat. Der Zwerg rutschte unruhig auf seinem Stuhl hin und her. Er legte seinen Kopf auf den Tisch, wenigstens das eine Ohr verstopfte er sich, der empfindliche Mensch, dann schob er an der Brust seiner Frau herum, was tat er nur, er verbreiterte sie, sie war doch breit genug, er verdeckte Kien die Aussicht. Die Frau ließ sich alles gefallen, auch schwieg sie jetzt. Sie rechnete wohl auf Geld. Da hatte sie sich aber getäuscht. Therese bekam nichts. Bei 45 waren die Qualen des Kleinen aufs höchste gestiegen. Er machte flehentlich: »Pst! Pst!«, Kien wurde weich. Sollte er ihm das Geschenk erlassen, schließlich konnte er ihn doch nicht zwingen, nein, nein, später freute er sich ja doch darüber, vielleicht brannte er damit durch und war diese Therese los. Bei 53 packte Fischerle seine Frau im Gesicht und krächzte wie ein Besessener: »Kannst net ruhig sein? Was willst denn, blöde Hutschen! Was verstehst du schon vom Schach? Scheckertes Kalb! Dich hab' ich g'fressen! Drah di! ...« Zu jeder Zahl sagte er was Neues, die Frau schien verwirrt und machte Anstalten zu gehen. Das paßte Kien nicht. Sie muß dabei sein, wenn er den Kleinen beschenkt. Sie muß sich ärgern, weil sie nichts bekommt, sonst hat ihr Mann nichts davon. Das Geld allein macht ihm wenig Freude. Er muß es ihm überreichen, bevor sie davon ist.

Er wartete auf eine runde Ziffer — die nächste war sechzig — und brach mit dem Zählen ab. Er erhob sich und faßte einen Hundertschillingschein. Lieber hätte er gleich mehrere in die Hand genommen, aber er wollte den Zwerg durch eine zu große Summe ebensowenig beleidigen wie durch eine zu kleine. Einen Augenblick stand er lang da und schwieg, um die Feierlichkeit seiner Absicht zu erhöhen. Dann sprach er, es waren die höflichsten Worte seines Lebens:

»Verehrter Herr Fischerle! Es ist mir unmöglich, eine Bitte, die ich an Sie habe, zu unterdrücken. Erweisen Sie mir die Freundlichkeit, diesen kleinen Beitrag zu Ihrem Stipendium, wie Sie zu sagen belieben, anzunehmen!«

Der Kleine flüsterte statt »Danke«: »Pst, schon gut!« und schrie weiter auf seine Frau ein, er war offenbar verwirrt. Seine wütenden Blicke und Worte warfen sie vom Tisch fast herunter. Für das angebotene Geld hatte er so wenig übrig, daß er nicht einmal hinsah. Um Kien nicht zu kränken, streckte er den Arm aus und griff nach der Note. Statt der einzelnen bekam er das ganze Bündel zu fassen, er merkte es gar nicht, so aufgeregt war er. Kien kam ein Lächeln an. Da benimmt sich ein Mensch aus Bescheidenheit wie der gierigste Räuber. Sobald er es sieht, wird er sich zu Tode schämen. Um ihm diese Beschämung zu ersparen, vertauschte Kien das Bündel gegen die einfache Note. Die Finger des Zwerges waren hart und unempfindlich, sie klammerten sich, gegen den Willen ihres Besitzers natürlich, um das Bündel, sie spürten noch immer nichts, als man einen nach dem andern vom Bündel entfernte, und schlossen sich automatisch wieder um die Hundertschillingnote, die einsam zurückblieb. Das Schachspiel hat diese Hände verhärtet, dachte Kien, Herr Fischerle ist es gewohnt, seine Figuren festzuhalten, sie sind das einzige, was ihm sein Leben läßt. Er hatte sich inzwischen gesetzt. Seine Wohltat machte ihn glücklich. Auch war Therese, von Beschimpfungen überschüttet, mit feuerrotem Gesicht aufgestanden und verließ jetzt wirklich den Tisch. Sie konnte gehen, er brauchte sie nicht mehr. Sie hatte von ihm nichts zu erwarten. Seine Pflicht war es, ihrem Mann zum Triumph zu verhelfen, und das war ihm gelungen.

Im Tumult seiner befriedigten Empfindungen überhörte Kien, was um ihn herum geschah. Plötzlich hatte er einen schweren Schlag auf der Schulter. Er schrak zusammen und blickte hin. Da lag eine ungeheure Hand auf ihm und eine Stimme dröhnte: »Mir schenkst aa was!« Gut ein Dutzend Kerle saßen in seiner nächsten Nähe, seit wann? Er hatte sie früher nicht bemerkt. Fäuste lagen haufenweise auf dem Tisch, noch mehr Kerle kamen, die hinteren stützten sich stehend auf die vorderen, welche saßen. Eine Mädchenstimme rief kläglich: »Ich möcht' nach vurn, ich siech ja nix!« Eine andere, schrill: »Ferdl, jetzt kummst zu dein Motorradl!« Jemand hielt die offene Aktentasche in die Höhe: beutelte sie, fand kein Geld und brüllte enttäuscht: »Geh weg, Tepp, mit deim Papier!« Vor lauter Menschen sah man das Lokal nicht. Fischerle krächzte. Niemand hörte auf ihn. Seine Frau war wieder da. Sie kreischte. Ein anderes Weib, viel dicker noch, schlug rechts und links um sich, bahnte sich einen Weg durch die Kerle und tobte: »I will aa was!« Sie war mit sämtlichen Kleiderfetzen bedeckt, die Kien früher hinter dem Schanktisch erblickt hatte. Der Himmel wackelte. Stühle stürzten zusammen. Eine Engelsstimme weinte vor Glück. Als Kien begriff, worum es ging, hatte man ihm die eigene Aktentasche um die Ohren gezogen. Er sah und hörte nichts mehr, er fühlte nur, daß er auf dem Boden lag und Taschen, Löcher und Nähte seines Anzugs von Händen jeder Größe und Schwere untersucht wurden. Er zitterte am ganzen Leib, nicht für sich, nur für seinen Kopf, es könnte ihnen einfallen, seine Bücher dort durcheinanderzuwerfen. Man wird ihn ermorden, doch er verrät die Bücher nicht. Die Bücher her! werden sie befehlen, wo sind die Bücher? Er gibt sie nicht her, nie, nie, nie, er ist ein Märtyrer, er stirbt für seine Bücher. Seine Lippen bewegen sich, sie wollen sagen, wie sehr er entschlossen ist, laut wagen sie es nicht, sie tun, als ob sie es sagten.

Doch niemand fällt es ein, ihn zu fragen. Man überzeugt sich lieber selbst. Er wird einigemal am Boden hin- und hergeschoben. Es fehlt wenig und man zöge ihn splitternackt aus. Wie man ihn auch dreht und wendet, man findet nichts. Plötzlich spürt er, daß er allein ist. Alle Hände sind verschwunden. Verstohlen greift er nach seinem Kopf. Als Schutz gegen den nächsten Angriff läßt er die Hand gleich oben liegen. Die zweite Hand folgt. Er versucht aufzustehen, ohne die Hände vom Kopf zu nehmen. Die Feinde lauern auf diesen Augenblick, um die wehrlosen Bücher in der Luft zu fassen, Vorsicht, Vorsicht! Es gelingt ihm. Er hat Glück. Jetzt steht er. Wo sind die Kerle? Er sieht sich lieber nicht um, man könnte ihn bemerken. Sein Blick, den er aus Vorsicht in die entgegengesetzte Ecke des Lokals richtet, fällt gerade dort auf einen Haufen von Menschen, die einander mit Messern und Fäusten bearbeiten. Jetzt hört er auch das rasende Geschrei. Er will sie nicht verstehen. Sie könnten dann ihn verstehen. Auf den Zehenspitzen seiner langen Beine schleicht er sich hinaus. Jemand faßt ihn im Rücken. Selbst im Laufen ist er so vorsichtig, sich nicht umzusehen. Er schielt zurück, mit verhaltenem Atem, die Hände preßt er mit aller Gewalt gegen den Kopf. Es waren nur die Türvorhänge. Auf der Straße atmet er tief ein. Wie schade, daß man diese Türe nicht zuschlagen kann. Die Bibliothek ist in Sicherheit.

Wenige Häuser weiter erwartete ihn der Zwerg. Er überreichte ihm die Aktenmappe. »Das Papier is aa drin«, sagte er, »Sie sollen seh'n, wie ich bin!« Kien hatte in seinen Nöten ganz vergessen, daß es ein Geschöpf namens Fischerle auf der Welt gab. Um so betroffener war er über dieses unglaubliche Maß von Anhänglichkeit. »Das Papier auch«, stammelte er, »wie kann ich Ihnen danken ...« In dem Menschen hatte er sich nicht getäuscht. »Das is noch gar nix!« erklärte der Kleine. »Jetzt kommen S' dezediert in das Haustor!« Kien gehorchte, er war tief bewegt und hätte den Kleinen am liebsten umarmt. »Wissen Sie, was a Finderlohn is?« fragte der, sobald ein Tor sie vor den Passanten verbarg. »Sie werden scho wissen, 10 %. Drin schlagen sich die Weiber mit die Männer tot und ich hab's!« Er zog Kiens Brieftasche hervor und überreichte sie ihm wie ein großartiges Präsent. »Dumm wer ich sein! Glauben Sie, ich laß mich wegen die einsperr'n?« Auch das Geld hatte Kien, seit sein Teuerstes in Gefahr schwebte, völlig vergessen. Er lachte laut über soviel Gewissenhaftigkeit, nahm die Brieftasche mehr aus Freude über Fischerle als über das wiedergewonnene Geld entgegen und wiederholte: »Wie kann ich Ihnen danken! Wie kann ich Ihnen danken!« »10%«, sagte der Zwerg. Kien griff in das Notenbündel hinein und streckte Fischerle einen guten Teil davon hin. »Erst zählen Sie!« schrie der, »Geschäft ist Geschäft. Auf einmal sagen Sie, ich hab' was gestohlen!« Kien hatte gut zählen. Wußte er, wieviel früher drin gewesen war? Fischerle hingegen wußte genau, wieviel Noten er beiseitegelegt hatte. Seine Aufforderung zu zählen bezog sich auf den Finderlohn. Kien aber zählte, ihm zu Gefallen, das Ganze genau nach. Als er, heut zum zweitenmal, bei der Zahl 60 angelangt war, sah sich Fischerle wieder einmal eingesperrt. Er beschloß, sich davonzumachen — für diesen Fall hatte er schon vorher den Finderlohn gerettet — und unternahm nur rasch einen letzten Versuch. »Sie seh'n selbst, es ist alles da!« »Natürlich«, sagte Kien und war froh, daß er nicht mehr weiterzählen mußte. »Zählen Sie jetzt noch den Finderlohn und wir sind quitt!« Kien begann wieder und kam bis neun, er hätte in alle Ewigkeit weitergezählt, da sagte Fischerle: »Halt! 10 %!« Er kannte den Gesamtbetrag genau. Während der Wartezeit hatte er unterm Haustor die Brieftasche flink und erschöpfend geprüft.

Als das Geschäft ins Reine gebracht war, gab er Kien die Hand, blickte traurig zu ihm hinauf und sagte: »Sie sollen wissen, was ich für Sie riskier'! Mit dem Idealen Himmel ist es aus. Glauben Sie, ich kann da wieder rein? Die finden das viele Geld bei mir und schlagen mich tot. Weil, wo hat Fischerle das Geld her? No, darf ich vielleicht sagen, wo ich's her hab'? Sag' ich, von der Buchbranche, no da schlagen sie mich kaputt und stehlen dem kaputten Fischerle das Geld aus der Tasch'n. Sag' ich nichts, da nehmen sie es dem Fischerle weg, derweil er noch lebt. Sie verstehn mich, bleibt Fischerle am Leben, so hat er nix mehr zum Leben, und ist er tot, so ist er eh tot. Seh'n Sie, das hat man von die Freundschaften!« Er hoffte noch auf ein Trinkgeld.

Kien fühlte sich verpflichtet, diesem Menschen, dem ersten, dem er in seinem Leben begegnet war, zu einer neuen und würdigen Existenz zu verhelfen. »Ich bin kein Kaufmann, ich bin Gelehrter und Bibliothekar!« sagte er und beugte sich entgegenkommend zum Zwerg hinunter. »Treten Sie in meine Dienste und ich werde für Sie sorgen.«

»Wie ein Vater«, ergänzte der Kleine. »Hab' ich mir gedacht. Also gehn mir!« Er holte gewaltig aus. Kien trottete hinterher. Er suchte in Gedanken nach einer Arbeit für seinen neuen Famulus. Ein Freund darf nie draufkommen, daß man ihn beschenkt. Er konnte ihm abends beim Abladen und Aufstellen der Bücher helfen.

Der Buckel

Wenige Stunden, nachdem er den Dienst angetreten hatte, war sich Fischerle über die Wünsche und Besonderheiten seines Herrn vollkommen im klaren. Bei der Aufnahme des Nachtquartiers wurde er von Kien als »Freund und Mitarbeiter« dem Portier vorgestellt. Zum Glück erkannte dieser den freigebigen Bibliotheksbesitzer, der schon einmal hier genächtigt hatte; sonst wären Herr und Mitarbeiter hinausgeworfen worden. Fischerle bemühte sich zu verfolgen, was Kien auf den Meldezettel schrieb. Er war zu klein, es gelang ihm nicht einmal, die Nase in die Personalien hineinzustecken. Seine Angst galt einem zweiten Zettel, den der Portier für ihn bereithielt. Doch Kien, der an einem Abend nachholte, was er während seines ganzen Lebens an Feinfühligkeit verabsäumt hatte, bemerkte, welche Schwierigkeiten das Schreiben für den Kleinen hier hatte und trug ihn auf seinem eigenen Schein unter »Begleitung« ein. Den zweiten gab er dem Portier mit den Worten »das ist nicht nötig« zurück. So ersparte er Fischerle das Schreiben und, was ihm noch wichtiger schien, das Wissen um die demütigende Aufnahme in die Dienerrubrik.

Kaum waren sie in ihren Zimmern oben angelangt, als Kien das Packpapier hervorholte und glattzustreichen begann. »Es ist zwar ganz zerdrückt«, sagte er, »aber wir haben kein anderes.« Fischerle ergriff die Gelegenheit, sich unentbehrlich zu machen, und nahm jeden Bogen, den sein Herr schon für wiederhergestellt hielt, nochmals in Arbeit. »Da bin ich die Schuld, mit die Watschen«, erklärte er. Der Erfolg entsprach der beneidenswerten Geschicklichkeit seiner Finger. Dann wurden die Papiere über die Fußböden der beiden Zimmer ausgebreitet. Fischerle sprang hin und her, legte sich flach nieder und kroch, ein eigenartig kurzes Höckerreptil, von Ecke zu Ecke. »Gleich wer'n mir's haben, a Kleinigkeit!« keuchte er immer wieder. Kien lächelte, er war weder die Kriecherei noch den Buckel gewohnt und fühlte sich glücklich über die persönliche Ehre, die der Zwerg ihm antat. Die bevorstehende Erklärung zwar machte ihm ein wenig bange. Vielleicht überschätzte er die Intelligenz dieses Männchens, das fast so alt war wie er und eine Unzahl von Jahren ohne Bücher, im Exil verlebt hatte. Er war imstande, die Aufgabe, die man ihm zudachte, zu mißverstehen. Vielleicht fragte er: »Wo sind die Bücher?«, bevor er begriffen hatte, wo sie tagsüber aufbewahrt wurden. Am besten war es, er triebe sich noch eine Weile auf dem Boden umher. Indessen fiele Kien ein populäres Bild ein, das dem simplen Hirn besser einleuchtete. Auch die Finger des Kleinen beunruhigten ihn. Sie waren in ständiger Bewegung, viel zu lange strichen sie das Papier glatt. Sie waren hungrig, hungrige Finger wollen Nahrung. Sie würden nach den Büchern verlangen, die Kien nun einmal nicht anrühren ließ, von niemandem. Überhaupt fürchtete er mit dem Bildungshunger des Kleinen in Konflikt zu geraten. Der würde ihm mit einem Anschein von Recht vorwerfen, daß da Bücher brachlägen. Wie sollte er sich verteidigen? Ein Narr denkt viel, was zehn Weise nichts angeht. Richtig stand der Narr auch schon vor ihm und sagte: »Aus is!«

»Dann helfen Sie mir, bitte, beim Abladen der Bücher!« sagte Kien blindlings und staunte über die eigene Kühnheit. Um alle lästigen Fragen abzuschneiden, holte er einen Stoß aus dem Kopf hervor und reichte ihn dem Kleinen hin. Der bekam ihn mit seinen langen Armen geschickt zu fassen und sagte: »So viel! Wohin soll ich sie legen?« »Viel?« rief Kien gekränkt. »Das ist erst ein Tausendstel!«

»Ich versteh' schon, a Promille. Soll ich noch ein Jahr dastehn? Ich halt das nicht aus, so schwer, wohin soll ich sie legen?« »Auf das Papier. Fangen Sie in der Ecke dort an, damit wir später nicht drüber stolpern!«

Fischerle schlich behutsam hinüber. Er versagte sich jede heftige Bewegung, die seine Last gefährdet hätte. In der Ecke kniete er sich nieder, legte den Stoß vorsichtig zu Boden und rückte die Seitenflächen zurecht, so daß keine Unebenheit den Blick störte. Kien war ihm gefolgt. Schon hielt er ihm das nächste Paket hin; er mißtraute dem Kleinen, fast kam es ihm vor, als würde er verhöhnt. Unter Fischerles Händen ging die Arbeit spielend vonstatten. Er nahm Paket um Paket entgegen, mit der Übung wuchs seine Flinkheit. Zwischen den Türmen ließ er je einige Zentimeter Platz, so daß er seine Finger bequem dazwischenstecken konnte. Er dachte an alles, auch an den Aufbruch morgen. Er gestattete den Türmen nur eine beschränkte Höhe, und prüfte sie, wenn es soweit war, indem er mit der Nasenspitze leicht darüberfuhr. Obwohl ganz in seine Messung versunken, sagte er doch jedesmal: »Der Herr entschuldigen schon!« Höher als seine Nase ging's nie. Kien hatte Bedenken; ihm schien, der Raum würde bei dieser niedrigen Bauart zu rasch aufgezehrt. Er hatte keine Lust, mit der halben Bibliothek im Kopf zu schlafen. Vorläufig schwieg er aber und ließ den Famulus gewähren. Halb und halb hatte er ihn schon ins Herz geschlossen. Die Geringschätzung, die im Ausruf »So viel!« vorhin lag, verzieh er ihm. Er freute sich auf den Augenblick, wo der Boden, der in beiden Zimmern zur Verfügung stand, aufgebraucht wäre und er mit leiser Ironie im Blick zum Kleinen hinabsähe und ihn fragte: »Was nun?«

Nach einer Stunde wurde Fischerle durch seinen Buckel in die größten Schwierigkeiten gebracht. Er konnte sich winden und ausweichen wie er wollte, überall stieß er an. Bis auf einen schmalen Gang vom Bett im einen Zimmer zu dem im andern war alles gleichmäßig mit Büchern bedeckt. Fischerle schwitzte und wagte es nicht mehr, mit der Nasenspitze über die oberste Plattform seiner Türme zu fahren. Er versuchte den Buckel einzuziehen, es war nicht möglich. Die körperliche Arbeit nahm ihn stark her. In seiner Müdigkeit hätte er am liebsten auf die ganzen Türme geschissen und sich schlafen gelegt. Er hielt aber durch, bis beim besten Willen kein freies Plätzchen mehr zu finden war und knickte dann halbtot zusammen. »So a Bibliothek hab' ich mein Lebtag noch nicht geseh'n«, murrte er. Kien lachte über das ganze Gesicht. »Das ist erst die Hälfte!« sagte er. Damit hatte Fischerle nicht gerechnet. »Morgen kommt die andere Hälfte an die Reihe«, behauptete er drohend. Kien fühlte sich ertappt. Er hatte aufgeschnitten. In Wirklichkeit waren schon gut zwei Drittel der Bücher ausgepackt. Was dachte sich der Kleine von ihm, wenn das jetzt herauskam! Exakte Menschen lassen sich nicht gern Lügner schimpfen. Er muß morgen in einem Hotel übernachten, wo die Zimmer kleiner sind. Er wird ihm kleinere Stöße geben, zwei Stöße sind genau ein Turm, und wenn Fischerle mittels seiner Nasenspitze etwas merkt, so sagt er ihm einfach: »Ein Mensch trägt die Nasenspitze nicht immer gleich hoch. Sie werden bei mir noch einiges lernen.« Man kann das nicht mehr mitanseh'n, wie müde der Kleine schon ist. Man muß ihm Ruhe gönnen, er hat sie verdient. »Ich achte Ihre Müdigkeit«, sagt er, »was man für Bücher tut, ist gut getan. Sie können sich schlafen legen. Fortsetzung morgen.« Er behandelt ihn rücksichtsvoll, aber durchaus als Diener. Die Arbeit, die er vollbracht hat, erniedrigt ihn dazu.

Als Fischerle im Bett lag und sich schon ein wenig ausgeruht hatte, rief er zu Kien hinüber: »Schlechte Betten!« Er fühlte sich so wohl, sein Lebtag hatte er noch nie auf einer so weichen Matratze gelegen, er mußte was sagen.

Kien befand sich wieder, wie jede Nacht, bevor er einschlief, in China. Den besonderen Erlebnissen des Tages gemäß hatten seine Vorstellungen heute eine veränderte Form. Er sah einer Popularisierung seiner Wissenschaft ins Auge, ohne sofort auszuspucken. Er fühlte sich vom Zwerg verstanden. Er gab zu, daß man gleichgesinnte Naturen findet. Wenn es einem gelang, diesen ein Stück Bildung, ein Stück Menschentum zu schenken, so hatte man etwas geleistet. Aller Anfang ist schwer. Auch ging es nicht an, Eigenmächtigkeiten Vorschub zu leisten. Durch den täglichen Umgang mit solchen Mengen von Bildung würde der Hunger des Kleinen danach größer und größer; plötzlich würde man ihn dabei ertappen, wie er sich an ein Buch heranmachte und es zu lesen versuchte. Das durfte nicht sein, es wäre schädlich für ihn, er würde sich sein bißchen Geist verderben. Wieviel vertrug der arme Kerl schon? Man mußte ihn mündlich vorbereiten. Die persönliche Lektüre eilte nicht. Jahre würden vergehen, bis er das Chinesische beherrschte. Aber die Vertrautheit mit Trägern und Gedanken des chinesischen Kulturkreises sollte ihm früher zuteil werden. Um sein Interesse dafür zu wecken, mußte man an die Verhältnisse des Alltags anknüpfen. Unter dem Titel »Mong Tse und wir« ließ sich eine hübsche Betrachtung zusammenstellen. Was er wohl davon hielt? Kien erinnerte sich daran, daß der Zwerg eben etwas gesagt hatte; was es war, wußte er nicht, jedenfalls war er noch wach.

»Was hat uns Mong Tse zu sagen?« rief er laut. Dieser Titel war besser. Man ersah daraus sofort, daß es sich bei Mong Tse um einen Menschen handeln müsse. Gar zu groben Blödsinn ersparte sich ein Gelehrter gern.

»Schlechte Betten sag' ich!« rief Fischerle noch lauter zurück.

»Betten?«

»Na, Wanzen!«

»Was! Schlafen Sie lieber ein und machen Sie keine Witze! Sie haben morgen noch viel zu lernen.«

»Wissen Sie was, gelernt hab' ich heut genug.«

»Das glauben Sie nur. Schlafen Sie jetzt, ich zähle bis drei.«

»Ich und schlafen! Auf einmal stiehlt uns einer die Bücher und wir sind ruiniert. Ich bin für kein Risiko. Glauben Sie, da kann einer ein Aug' zudrücken? Sie vielleicht, weil Sie ein reicher Mensch sind. Ich nicht!«

Fischerle fürchtet sich wirklich davor einzuschlafen. Er ist ein Mensch mit Gewohnheiten. Während des Schlafs ist er imstande, Kien das ganze Geld zu stehlen. Wenn er träumt, hat er keine Ahnung, was er macht. Ein Mensch träumt von den Dingen, die ihm imponieren. Am liebsten wühlt Fischerle in Bergen von Banknoten. Hat er vom Wühlen genug und weiß er totsicher, daß niemand von seinen falschen Freunden sich in der Nähe herumtreibt, so setzt er sich oben drauf und spielt eine Partie Schach. Es hat schon seine Vorteile, wenn man so groß ist. Da paßt man auf beides zugleich auf; von weitem sieht man jeden, der stehlen kommt, und von nahem hält man das Brett. So erledigen große Herren ihre Geschäfte. Mit der Rechten rückt man die Figuren, mit der Linken putzt man sich die dreckigen Finger an Banknoten ab. Es sind eben zuviel da. Sagen wir: Millionen. Was fängt man mit den vielen Millionen an? Was herschenken wär' nicht schlecht, aber wer traut sich das? Die müssen nur sehen, daß ein kleiner Mensch was hat, das Gesindel, und gleich nehmen sie ihm alles weg. Ein Kleiner darf sich nicht groß machen. Er hat das Kapital dazu, aber er darf nicht. Was muß er drauf sitzen? sagen sie, ja, wo soll der kleine Mensch die Millionen hingeben, wenn er nichts zum Aufheben hat? Eine Operation wäre das Gescheiteste. Man hält dem berühmten Chirurgen eine Million vor die Nase. Herr, sagt man, schneiden Sie mir den Buckel herunter und Sie kriegen die Million dazu. Für eine Million wird ein Mensch zum Künstler. Ist der Buckel weg, da sagt man: lieber Herr, die Million war falsch, an ein paar Tausendern soll's nicht fehlen. Er ist imstand' und bedankt sich noch. Der Buckel wird verbrannt. Jetzt könnt' man sein Lebtag grad sein. Aber der gescheite Mensch ist nicht so dumm. Er nimmt seine Million, rollt die Banknoten ganz klein zusammen und macht einen neuen Buckel draus. Den zieht er an. Kein Mensch merkt was. *Er* weiß, er ist grad, die Leute glauben, er hat einen Buckel. *Er* weiß, er ist ein Millionär, die Leute glauben, ein armer Teufel. Beim Schlafen schiebt er sich den Buckel auf den Bauch. Großer Gott, er möcht' auch einmal auf dem Rücken schlafen.

Da kommt Fischerle auf seinen Buckel zu liegen und ist dem Schmerz, der ihn aus dem Halbschlaf reißt, geradezu dankbar. Er kann das nicht dulden, sagt er sich, auf einmal träumt er, daß der Haufen drüben liegt, er holt ihn und stürzt sich ins Unglück. Es gehört doch sowieso alles ihm. Die Polizei ist überflüssig. Er verzichtet auf ihre Einmischung. Er wird sich das Ganze redlich verdienen. Drüben liegt ein Idiot, hier liegt ein Mensch mit Intelligenz. Wem wird das Geld zum Schluß gehören?

Fischerle hat leicht, sich zureden. Er ist das Stehlen zu sehr gewohnt. Er hat schon eine Weile nichts mehr gestohlen, weil es in seiner Umgebung nichts zu stehlen gibt. Auf weitere Ausflüge läßt er sich nicht ein, weil die Polizei ein scharfes Aug' auf ihn hat. Er ist so leicht zu identifizieren. Da kennt der polizeiliche Feuereifer keine Grenzen. Die halbe Nacht liegt er jetzt wach, mit krampfhaft aufgerissenen Augen, die Hände auf die komplizierteste Weise verschränkt. Den Geldhaufen entfernt er aus seiner Nähe. Statt dessen läßt er sich alle Rippenstöße und Beschimpfungen, mit denen man ihn auf den Wachstuben je bedacht hat, nochmals gefallen. Hat man das nötig? Noch dazu nehmen sie einem alles ab. Nie wieder bekommt man was davon zu sehen. *Das* ist kein Stehlen! Als die Beleidigungen unwirksam werden, die Polizei ihm zum Hals und ein Arm schon zum Bett heraushängt, besinnt er sich auf einige Schachpartien. Sie sind interessant genug, um ihn selbst im Bett festzuhalten; der Arm hingegen bleibt draußen auf dem Sprung. Er spielt vorsichtiger als gewöhnlich, vor manchen Zügen überlegt er lächerlich lang. Als Gegner setzt er sich einen Weltmeister hin. Dem diktiert er stolz die Züge. Ein wenig verwundert über den Gehorsam, den er findet, tauscht er den alten Weltmeister gegen einen neuen aus; auch der läßt sich viel von ihm gefallen. Fischerle spielt, streng genommen, für beide. Der andere findet keine besseren Züge als die von Fischerle befohlenen, nickt ergeben und wird trotzdem aufs Haupt geschlagen. Das wiederholt sich einigemal, bis Fischerle sagt: »Mit solchen Dummköpfen spiel' ich nicht!« und auch die Beine zur Decke hinausstreckt. Dann erklärt er: »Ein Weltmeister? Wo ist ein Weltmeister? Ist doch eh keiner da!«

Zur Sicherheit steht er auf und sucht im Zimmer nach. Sobald sie den Titel haben, verstecken sich die Leute am liebsten. Er findet niemand. Dabei hat er sich eingebildet, ein Weltmeister sitze auf dem Bett und spiele mit ihm, er könnte schwören drauf. Der wird sich doch nicht ins Nebenzimmer verkrochen haben? Nur keine Angst, Fischerle findet ihn schon. In aller Seelenruhe sucht er auch dort, das Zimmer ist leer. Er öffnet den Kasten und greift rasch mit der Hand hinein, ihm entwischt keiner vom Schach. Er hat dabei so ein leises Benehmen, begreiflich, wie kommt der lange Büchermensch dazu, daß man ihn im Schlaf stört, bloß weil Fischerle seinem Feind eins auswischen will? Womöglich ist der nicht einmal da, und er verscherzt sich wegen einer Marotte die schöne Stellung. Unterm Bett grast er jedes Fleckchen mit der Nase ab. Solange war er schon unter keinem Bett, wie zu Hause kommt er sich da vor. Beim Herauskriechen ruht sein Blick auf einem Rock, der um einen Stuhl gelegt ist. Da fällt ihm ein, wie scharf es die Weltmeister aufs Geld haben, sie kriegen nie genug, um ihnen den Titel abzugewinnen, muß man ihnen einen Haufen Geld bar auf den Tisch legen, sicher ist der Kerl auch hier hinter dem Geld her und treibt sich in der Nähe der Brieftasche herum. Vielleicht hat er sie noch nicht, man muß sie vor ihm retten, so einer bringt alles fertig. Morgen ist das Geld weg und der Lange glaubt, Fischerle hat es genommen. Aber ihn betrügt man nicht. Mit seinen langen Armen greift er von unten nach der Brieftasche, holt sie heraus und zieht sich unters Bett zurück. Er hätte ganz hervorkriechen können, aber wozu, der Weltmeister ist größer und stärker als er, totsicher steht er hinter dem Stuhl, spitzt auf das Geld und haut Fischerle eine herunter, weil der ihm zuvorkommt. Auf diese gescheite Art hat niemand was gemerkt. Der Schwindler soll nur schön dort bleiben. Kein Mensch hat ihn gerufen. Am besten wär's, er verduftet. Wer braucht ihn schon?

Fischerle vergißt ihn bald. Er zählt in seinem Versteck, ganz hinten unterm Bett, die schönen neuen Scheine nach, bloß so, zum Vergnügen. Wieviel es sind, weiß er noch genau von früher her. Sobald er fertig ist, fängt er wieder von vorne an. Fischerle fährt jetzt in ein weites Land, nach Amerika. Dort geht er zum Weltmeister Capablanca, sagt: »Sie hab' ich gesucht!«, legt den Einsatz hin und spielt so lang, bis der Kerl kaputt ist. Am nächsten Tag steht Fischerles Bild in allen Zeitungen. Ein gutes Geschäft macht er auch dabei. Zu Hause im Himmel reißt das Gesindel die Augen auf, seine Frau, die Hur, fängt zu heulen an und schreit, wenn sie das gewußt hätt', hätt' sie ihn immer spielen lassen, die andern hau'n ihr ein paar herunter, das kracht nur so, ja, das kommt davon, wenn eine nichts vom Spielen versteht. Die Weiber richten einen Mann zugrund'. Wäre er zu Hause geblieben, so hätte er es zu nichts gebracht. Durchbrennen muß ein Mann, das ist die ganze Kunst. Ist einer feig, so wird er kein Weltmeister. Da soll einer sagen, die Juden sind feig. Die Reporter fragen ihn, wer er ist. Kein Mensch kennt ihn. Wie ein Amerikaner schaut er nicht aus. Juden gibt's überall. Aber von wo ist dieser Jud, der den Capablanca im Siegeszug hingemacht hat? Am ersten Tag läßt er die Leute zappeln. Die Zeitungen möchten's ihren Lesern sagen, aber sie wissen nichts. Überall steht: »Das Geheimnis des Weltmeisters.« Die Polizei mischt sich ein, natürlich. Sie wollen ihn wieder einsperren. Nein, nein, meine Herren, jetzt geht das nicht mehr so einfach, jetzt schmeißt er mit dem Geld um sich und die Polizei beehrt sich, ihn freizulassen. Am zweiten Tag sind rundgerechnet hundert Reporter da. Jeder verspricht ihm, sagen wir, tausend Dollar, wenn er was sagt, bar auf die Hand. Fischerle schweigt. Die Zeitungen fangen zu lügen an. Was sollen sie tun? Die Leser halten es nicht mehr aus. Fischerle sitzt in einem Mammuthotel, da gehört eine Luxusbar dazu, wie auf einem Ozeanriesen. Der Ober will ihm die schönsten Weiber an den Tisch setzen, nicht solche Huren, lauter Millionärinnen, die sich für ihn interessieren. Er dankt verbindlichst, später, sagt er, jetzt hat er keine Zeit. Und warum hat er keine Zeit? Weil er alle Lügen liest, die in den Zeitungen über ihn stehen. Das dauert den ganzen Tag. Wird ein Mensch fertig damit? Jeden Augenblick wird man gestört. Die Photographen lassen einen Augenblick bitten. »Aber meine Herren, mit dem Buckel!« sagt er. »Weltmeister ist Weltmeister, hochverehrter Herr Fischerle. Damit hat der Buckel nichts zu tun.« Die Leute nehmen ihn auf, von rechts, von links, von hinten, von vorn. »Tun S' ihn doch wegretuschieren«, schlägt er vor, »da haben Sie was Schönes für Ihr Blatt.« »Wie Sie wünschen, sehr verehrtester Herr Schachweltmeister.« Wirklich, wo hat er die Augen gehabt, sein Bild ist überall ohne Buckel. Weg ist er. Er hat ihn nicht. Wegen der Kleinheit macht er sich noch Sorgen. Er ruft den Ober und zeigt auf eine Zeitung: »Schlechtes Bild, was?« fragt er. Der Ober sagt: »Well.« In Amerika reden die Leute englisch. Das Bild findet er ausgezeichnet. »Es ist ja nur der Kopf drauf«, sagt er. Da hat er recht. »Sie können gehen«, sagt Fischerle und schenkt ihm hundert Dollar Trinkgeld. Nach dem Bild könnt' er ausgewachsen sein. Von der Kleinheit merkt da niemand was. Er verliert das Interesse für die Artikel. Was soll er das viele Englisch lesen? Er versteht nur »well«. Später läßt er sich die frischen Zeitungen gleich bringen und schaut sich sein Bild gut an. Überall findet er den Kopf. Die Nase ist ja lang, gut, kann ein Mensch was für seine Nase? Von klein auf war er für das Schach. Er hätt' sich auch eine andere Sache in den Kopf setzen können, Fußball oder Schwimmen oder Boxen. Dafür war er nie zu haben. Das ist sein Glück. Wär' er jetzt zum Beispiel Boxweltmeister, so müßte er sich halb nackt für die Zeitungen photographieren lassen. Alles würde lachen und er hätt' nichts davon. Am nächsten Tag stehen schon tausend Reporter da. »Meine Herren«, sagt er, »ich bin überrascht, daß man mich überall Fischerle nennt. Ich heiße Fischer. Sie werden das berichtigen, hoff' ich!« Sie geben ihm die Hand drauf. Dann knien sie vor ihm nieder, klein sind die Menschen, und flehen ihn an, er soll schon was sagen. Man schmeißt sie heraus, sagen sie, sie verlieren ihren Posten, wenn sie heute nichts aus ihm herausbekommen. Meine Sorgen, denkt er sich, umsonst gibt's nichts, jetzt hat er schon dem Ober hundert Dollar geschenkt, den Reportern schenkt er nichts. »Bieten Sie, meine Herren!« erklärt er kühn. Tausend Dollar! ruft einer, Frechheit, schreit ein anderer, zehntausend! Ein anderer nimmt ihn bei der Hand und flüstert: Hunderttausend, Herr Fischer. Die Leute haben Geld wie Heu. Er verstopft sich die Ohren. Bevor sie bei der Million halten, will er von nichts hören. Die Reporter werden wild und geraten einander in die Haare, jeder will mehr geben, alles, weil seine Personalien versteigert werden. Bis fünf Millionen geht einer, auf einmal herrscht große Stille. Mehr traut sich keiner zu bieten. Weltmeister Fischer nimmt sich die Finger aus den Ohren und erklärt: »Ich werde Ihnen was sagen, meine Herren. Liegt mir was dran, euch zu ruinieren? Absolut nicht. Wieviel seids Ihr? Tausend. Gebts mir jeder zehntausend Dollar und ich sag's allen zusammen. Da hab' ich zehn Millionen und von euch ist keiner ruiniert. Abgemacht, verstanden?« Die fallen ihm um den Hals und er ist ein gemachter Mann. Dann steigt er auf einen Stuhl, er hat das jetzt nicht mehr nötig, aber er tut's doch, und erzählt ihnen die pure Wahrheit. Er ist als Weltmeister vom Himmel gefallen. Bis sie ihm das glauben, vergeht eine Stunde. Er war unglücklich verheiratet. Seine Frau, eine Pensionistin, ist auf Abwege geraten, sie war, wie man bei ihm zu Hause, im Himmel, zu sagen pflegt, eine Hur. Sie wollte, daß er Geld von ihr annimmt. Er hat sich nicht mehr zu helfen gewußt. Wenn er nichts nimmt, hat sie gesagt, ermordet sie ihn. Er muß. Er hat sich der Erpressung gefügt und das Geld für sie aufgehoben. Zwanzig Jahre lang hat er das mitansehen müssen. Zum Schluß ist es ihm zu dumm geworden. Eines Tages verlangt er von ihr kategorisch, daß sie aufhört, sonst wird er Schachweltmeister. Sie hat geweint, aber aufhören wollte sie doch nicht. Sie war das Nichtstun, die schönen Kleider und die feinen, rasierten Herren zu sehr gewöhnt. Es tut ihm ja leid um sie, aber ein Mann hält Wort. Er fuhr direkt vom Himmel nach Amerika hinüber, machte den Capablanca kaputt und jetzt ist er da. Die Reporter sind begeistert. Er auch. Er macht eine Stiftung. Er zahlt an sämtliche Kaffeehäuser der Welt ein Stipendium. Dafür müssen die Besitzer sich eidlich verpflichten, alle Partien, die der Weltmeister gespielt hat, als Plakate an die Wände zu schlagen. Das Beschädigen von Plakaten ist polizeilich verboten. Jeder soll sich persönlich davon überzeugen, daß der Weltmeister besser spielt als er. Sonst kommt auf einmal ein Schwindler, womöglich ein Zwerg oder ein anderer Krüppel daher und behauptet, *er* spielt besser. Den Leuten fällt es nicht ein, die Züge des Krüppels zu kontrollieren. Sie sind imstande und glauben ihm, bloß weil er gut lügen kann. Das hört sich auf. An jeder Wand hängt von jetzt ab ein Plakat. Der Gauner sagt *einen* falschen Zug, alle schau'n aufs Plakat und wer schämt sich bis in seinen miesen

Buckel hinein? Der Hochstapler! Außerdem verpflichtet sich der Besitzer, ihm ein paar herunterzuhau'n, weil er auf den Weltmeister geschimpft hat. Er soll ihn doch zum Kampf herausfordern, wenn er das Geld hat! Für dieses Stipendium gibt Fischer eine ganze Million her. Er ist nicht kleinlich. Der Frau schickt er auch eine Million, damit sie nicht mehr gehn muß. Sie gibt es ihm dafür schriftlich, daß sie nie nach Amerika kommt und nichts von den alten Schikanen der Polizei erzählt. Fischer heiratet eine Millionärin. So bringt er den Verlust wieder ein. Er läßt sich neue Anzüge machen, bei einem erstklassigen Schneider, damit die Frau nichts merkt. Ein kolossaler Palast wird gebaut, mit echten Türmen, Rösseln, Läufern, Bauern, genau so wie es sein muß. Die Dienerschaft ist livriert; in dreißig gigantischen Sälen spielt Fischer Tag und Nacht dreißig Simultanpartien, mit lebenden Figuren, denen er zu kommandieren hat. Er braucht nur Muh zu sagen und seine Sklaven rücken dorthin, wo er sie haben will. Die Gegner kommen aus aller Herren Länder, arme Teufel, die von ihm was lernen wollen. Manche verkaufen Schuhe und Rock, um die weite Reise zu bezahlen. Er nimmt sie gastfreundlich auf, gibt ihnen eine volle Mahlzeit, Suppe und Mehlspeise, zum Fleisch zwei Beilagen, manchmal Braten statt Rindfleisch. Jeder darf sich einmal von ihm schlagen lassen. Für seine Gnade verlangt er nichts. Nur müssen sie sich beim Abschied ins Fremdenbuch eintragen und ausdrücklich bestätigen, daß er der Weltmeister ist. Er verteidigt seinen Titel. Die neue Frau fährt derweil im Auto spazieren. Einmal die Woche fährt er mit. Im Schloß werden sämtliche Kronleuchter ausgelöscht, das Licht kostet ihn allein ein Vermögen. Vor das Portal hängt er eine Tafel: »Komme gleich. Weltmeister Fischer.« Keine zwei Stunden bleibt er weg, aber die Besucher stehen schon Schlange wie im Krieg. »Was gibt's denn hier zu kaufen?« fragt ein Passant. »Was, Sie wissen nicht? Sie sind wohl fremd?« Aus Mitleid sagen ihm die andern, wer hier wohnt. Damit er es gut versteht, sagt es erst jeder allein und dann alle zusammen nochmals im Chor: »Schachweltmeister Fischer gibt Almosen.« Der Fremde findet keine Worte. Nach einer Stunde kommt ihm die Sprache wieder. »Also heut ist Empfangstag.« Darauf haben die Einheimischen gewartet. »Heut ist grad *kein* Empfangstag. Sonst sind viel mehr da.« Jetzt reden alle durcheinander. »Und wo ist er? Das Schloß ist dunkel!« »Mit der Frau im Auto. Das ist schon die zweite Frau. Die erste war eine einfache Pensionistin. Die zweite ist eine Millionärin. Das Auto gehört ihm. Das ist kein Taxi. Er hat es eigens für sich bauen lassen.« Was sie sagen ist die pure Wahrheit. Er sitzt im Auto, es paßt ihm ausgezeichnet. Der Frau ist es etwas zu klein, sie muß sich während der ganzen Fahrt bücken. Dafür darf sie mit ihm fahren. Sonst hat sie ihr eigenes. In ihrem fährt er nicht, das ist ihm viel zu groß. Seins hat aber mehr gekostet. Die Fabrik hat dieses einzige Stück hergestellt. Man fühlt sich drin wie unterm Bett. Das Hinausschauen ist langweilig. Er schließt fest die Augen. Gar nichts bewegt sich. Unterm Bett ist er zu Hause. Von oben hört er die Stimme der Frau. Die hat er satt, was interessiert sie ihn? Vom Schach versteht sie einen Dreck. Der Mann sagt auch was. Ob er einer ist? Man merkt die Intelligenz. Warten, warten, warum soll er warten? Was geht ihn das Warten an? Der oben redet Schriftdeutsch, das ist einer vom Fach, sicher ein heimlicher Meister. Die Leute haben Angst, daß man sie erkennt. Bei denen geht's zu wie bei den Königen. Sie laufen inkognito zu den Weibern. Ein Weltmeister ist das, kein gewöhnlicher Meister! Er muß mit ihm spielen. Er hält das nicht aus. Der Kopf platzt ihm von guten Zügen. Er macht ihn kaputt wie nichts!

Fischerle kriecht rasch und leise unterm Bett hervor und stellt sich auf seine krummen Beine. Sie sind ihm eingeschlafen, er taumelt und hält sich am Bettrand fest. Die Frau ist verschwunden, um so besser, da gibt sie Ruh'. Ein langer Gast liegt allein im Bett, man könnte glauben, er schläft. Fischerle klopft ihm auf die Schulter und fragt laut: »Spielen Se Schach?« Der Gast schläft wirklich. Man muß ihn wachrütteln. Fischerle will ihn mit beiden Händen an den Schultern packen. Da merkt er, daß er in der Linken etwas hält. Ein kleines Paket, es stört ihn, wirf es weg, Fischerle! Er schleudert mit dem linken Arm, die Hand gibt das Paket nicht her. Willst du wohl! schreit er, was soll das heißen? Die Hand bleibt fest. Sie klammert sich an das Paket wie an eine eben erbeutete Königin. Er sieht näher hin, das Paket ist ein Bündel Banknoten. Warum soll er sie wegwerfen? Er kann sie brauchen, er ist doch ein armer Teufel. Sie gehören vielleicht dem Gast. Der schläft noch immer. Sie gehören Fischerle, weil er ein Millionär. Wie kommt der Gast da her? Sicher ein Fremder.

Er will mit ihm spielen. Die Leute sollen die Tafel am Portal lesen. Nicht einmal für die Autopartien hat man Ruhe. Der Fremde kommt ihm bekannt vor. Ein Besuch aus dem Himmel. Das wär' nicht schlecht. Aber das ist doch die Buchbranche. Was will die hier, Buchbranche, Buchbranche. Bei dem war er einmal Diener. Da mußte er erst Packpapier ausbreiten und dann ...

Fischerle wird vor Lachen noch krummer. Während er lacht, wacht er ganz auf. Er steht im Hotelzimmer, nebenan sollte er schlafen, das Geld hat er gestohlen. Rasch weg damit. Er muß nach Amerika. Er läuft zwei, drei Schritte in die Richtung der Tür. Wie konnte er nur so laut lachen! Vielleicht hat er die Buchbranche aufgeweckt. Er schleicht ans Bett zurück und überzeugt sich davon, daß sie schläft. Sie wird ihn anzeigen. So verrückt ist sie nicht, daß sie ihn nicht anzeigt. Er macht dieselben Schritte in die Richtung der Tür, diesmal geht er, statt zu laufen. Wie entwischt er aus dem Hotel? Das Zimmer liegt im dritten Stock. Er muß den Portier wecken. Morgen hat ihn die Polizei, noch bevor er in der Bahn sitzt. Warum hat sie ihn? Weil er den Buckel hat! Er tastet ihn gehässig mit seinen langen Fingern ab. Er mag nicht mehr ins Loch. Die Schweine nehmen ihm sein Schach ab. Er muß die Figuren greifen können, damit ihm das Spiel Freude macht. Sie zwingen ihn, bloß im Kopf zu spielen. Das hält kein Mensch aus. Er will sein Glück machen. Er könnte die Buchbranche umbringen. Das tut ein Jud nicht. Womit soll er ihn umbringen? Er könnt' ihm das Wort abnehmen, keine Anzeige zu machen. »Wort oder Tod!« sagt er ihm. Feig ist der Mensch bestimmt. Er gibt das Wort. Aber kann man sich auf so einen Idioten verlassen? Mit dem macht jeder, was er will. Der bricht sein Wort nicht sowieso, der bricht sein Wort aus Dummheit. Dummheit, Fischerle hat das viele Geld in der Hand. Mit Amerika ist es aus. Nein, er brennt durch. Sie sollen ihn erwischen. Erwischen sie ihn nicht, so wird er Weltmeister in Amerika. Erwischen sie ihn ja, so hängt er sich auf. Ein Vergnügen. Pfui Teufel! Er bringt das nicht fertig. Er hat keinen Hals. Einmal hat er sich am Bein aufgehängt, da haben sie ihn abgeschnitten. Am zweiten Bein hängt er nicht, nein!

Zwischen Bett und Tür quält sich Fischerle um eine Lösung ab. Er ist verzweifelt über sein Pech, er möchte laut heulen. Aber darf er das, er weckt den ja auf. Wochen kann das dauern, bis er wieder so weit ist wie jetzt. Wochen, Wochen — zwanzig Jahre wartet er schon! Mit einem Bein steckt er in Amerika, mit dem andern in der Schlinge. Da soll einer wissen, was er tut! Das amerikanische Bein geht einen Schritt vor, das aufgehängte einen zurück. Er findet das gemein. Er schlägt auf seinen Buckel los. Das Geld steckt er zwischen die Beine. Der Buckel ist an allem schuld. Er soll nur wehtun. Er hat es verdient. Schlägt er ihn nicht, so muß er heulen. Heult er, so ist Amerika begraben.

Genau in der Mitte zwischen Bett und Tür steht Fischerle festgewurzelt auf einem Fleck und geißelt den Buckel. Wie Peitschenstiele hebt er die Arme abwechselnd in die Höhe und schleudert fünf zweifach geknotete Riemen, seine Finger, über die Schultern hinweg auf den Buckel. Dieser hält still. Ein unerbittlicher Berg, erhebt er sich über dem niederen Vorgebirge der Schultern und strotzt von Härte. Er könnte schreien: ich hab' genug!, er schweigt. Fischerle kommt in Übung. Er sieht, was der Buckel aushält. Er richtet sich auf eine längere Folter ein. Nicht auf seine Wut kommt es an, es kommt drauf an, daß die Schläge sitzen. Viel zu kurz sind ihm seine langen Arme. Er benützt sie, wie sie sind. Regelmäßig fallen die Hiebe. Fischerle keucht. Er braucht dazu Musik. Im Himmel ist ein Klavier. Er macht sie sich selbst. Der Atem geht ihm aus, er singt. Seine Stimme klingt vor Erregung scharf und schrill. »Gleich hörst auf — gleich hörst auf!« Er prügelt die Bestie krumm und blau. Soll sie ihn klagen! Vor jedem Streich denkt er: »Herunter, du Aas!« Das Aas bleibt unbewegt. Fischerle ist in Schweiß gebadet. Die Arme schmerzen ihn, die Finger sind schlaff und matt. Er harrt aus, er hat Geduld, er schwört, der Buckel liegt in den letzten Zügen. Aus Falschheit gehabt er sich gesund. Fischerle kennt ihn. Er will ihn sehen. Er renkt sich den Kopf aus, um die Fratze des Gegners zu verhöhnen. Was, der versteckt sich — du Feigling! — du Krüppel! — ein Messer, ein Messer!, er sticht ihn tot, wo ist ein Messer! Fischerle tritt der Schaum vor den Mund, schwere Tränen stürzen ihm aus den Augen, er weint, weil er kein Messer hat, er weint, weil der Krüppel schweigt. Die Kraft der Arme verläßt ihn. Er sinkt in sich zusammen, ein leerer Sack. Es ist aus, er hängt sich auf. Das Geld fällt zu Boden.

Plötzlich springt Fischerle in die Höhe und brüllt: »Schachmatt!«

Kien träumt die längste Zeit von fallenden Büchern und sucht sie mit seinem Körper aufzufangen. Er ist dünn wie eine Stecknadel, rechts und links von ihm kollern Herrlichkeiten zu Boden, jetzt stürzt auch der Boden ein, und er wacht auf. Wo sind sie, wimmert er, wo sind sie. Fischerle hat den Krüppel matt gesetzt, er hebt das Notenbündel zu seinen Füßen auf, geht aufs Bett zu und sagt: »Wissen Sie was, Sie können von Glück reden!«

»Die Bücher! Die Bücher!« stöhnt Kien.

»Alles gerettet. Hier ist das Kapital. An mir haben Sie einen Schatz.«

»Gerettet — ich hab' geträumt ...«

»Sie schon. Ich hab' die Prügel bekommen.«

»Es war also doch jemand da!« Kien springt auf. »Wir müssen sofort kontrollieren!«

»Regen Sie sich nicht auf. Ich hab' ihn gleich gehört, er war noch gar nicht zur Tür herein. Ich schleich' mich in das Zimmer unter Ihr Bett, um zu sehen, was er macht. Was glauben Sie, hat er wollen? Geld! Er streckt die Hand aus, ich pack' ihn dabei. Er schlägt, ich schlag auch. Er bettelt um Gnade, ich hab' keine. Er will nach Amerika, ich laß ihn nicht. Glauben Sie, der hat ein Buch angerührt? Nicht ein Stück. Eine Intelligenz hat er gehabt. Aber dumm war er doch. Sein Lebtag wär' er nicht bis Amerika gekommen. Wissen Sie, wohin er gekommen wär'? Unter uns gesagt, ins Kriminal. Jetzt ist er fort.«

»Ja, wie hat er denn ausgesehen?« fragt Kien. Er will sich dem Kleinen für soviel Wachsamkeit dankbar erweisen. Der Einbrecher interessiert ihn herzlich wenig.

»Was soll ich Ihnen sagen? Ein Krüppel war er wie ich. Ich könnt' schwören, er spielt gut Schach. Ein armer Teufel.«

»Lassen wir ihn laufen«, sagt Kien und wirft einen — wie er glaubt — liebevollen Blick auf den Zwerg. Dann gehen beide wieder zu Bett.

Großes Erbarmen

Die staatliche Pfandleihanstalt trägt nach einer frommen und hausfraulichen Fürstin, welche einmal im Jahr die Bettler zu sich kommen ließ, den passenden Namen Theresianum. Den Bettlern wurde schon damals das Letzte genommen, was sie besaßen: jenes vielbeneidete Stück Liebe, das ihnen Christus vor rund zweitausend Jahren schenkte, und der Schmutz an ihren Füßen. Während die Fürstin diesen wegwusch, lag ihr der Titel einer Christin nahe am Herzen, den sie zu ihren zahllosen anderen alljährlich frisch erwarb. Die Pfandleihanstalt liegt, ein wahres Fürstenherz, mit prächtigen, dicken Mauern, nach außen wohlverschlossen, stolz und vielstöckig da. Zu bestimmten Stunden hält sie Audienz ab. Mit Vorliebe läßt sie Bettler ein oder solche, die es werden wollen. Die Leute werfen sich ihr zu Füßen und bringen wie zu alten Zeiten einen Zehnten dar, der aber nur so heißt. Denn für das Fürstenherz ist er ein Millionstel, für die Bettler das Ganze. Das Fürstenherz nimmt alles, es ist weitläufig und geräumig, enthält tausenderlei Kammern und ebensoviel Bedürfnisse. Den zitternden Bettlern wird huldvollst gestattet sich zu erheben, und sie erhalten ein kleines Gegengeschenk als Almosen, bares Geld. Darüber geraten sie aus dem Häuschen und aus dem Haus. Von der Sitte des Füßewaschens ist die Fürstin, seit sie nur noch als Anstalt lebt, abgekommen. Dafür hat sich ein anderer Brauch eingebürgert. Für das Almosen zahlen die Bettler Zinsen. Die Letzten werden die Ersten sein, drum ist ihr Zinsfuß der höchste. Eine Privatperson, die ebensoviel Zins zu fordern wagt, kommt wegen Wuchers vor Gericht. Für die Bettler macht man eine Ausnahme, da es sich bei ihnen ohnehin nur um Bettelsummen handelt. Es ist nicht zu leugnen, daß diese Leute sich über den Handel freuen. Sie drängen sich zu den Schaltern und können die Verpflichtung, ein Viertel des Almosens draufzuzahlen, nicht rasch genug eingehen. Wer nichts hat, gibt gern etwas her. Doch finden sich auch unter ihnen habgierige Schmutzfinken, die sich weigern, Almosen samt Zinsen zurückzuzahlen und lieber auf ihre Pfänder verzichten, als den Beutel öffnen. Sie sagen, sie hätten keinen. Selbst diesen wird Einlaß gewährt. Dem großen, gütigen Herzen, mitten im Trubel der Stadt gelegen, fehlt die Ruhe, solche Lügenbeutel auf ihre Stichhaltigkeit hin nachzuprüfen. Es verzichtet auf die Almosen, es verzichtet auf die Zinsen und begnügt sich mit Pfändern von fünf- bis zehnfachem Wert. Ein Goldschatz von Groschen sammelt sich hier an. Die Bettler tragen ihre Lumpen her, das Herz ist in Samt und Seide gekleidet. Ein Stab von ergebenen Beamten sitzt zu seinen Diensten. Sie schalten und verwalten sich bis zur ersehnten Pension. Als treue Lehensleute ihres Herrn schätzen sie alles und alle niedrig ein. Ihre Pflicht ist es, vor Geringschätzung zu strotzen. Je kleiner die Almosen bemessen werden, um so mehr Volk sieht sich beglückt. Das Herz ist groß, aber nicht unendlich. Von Zeit zu Zeit stößt es seinen Reichtum zu Schleuderpreisen ab, um Platz für neue Geschenke zu schaffen. Die Groschen der Bettler sind so unerschöpflich wie ihre Liebe zur unsterblichen Kaiserin. Wenn die Geschäfte im ganzen Lande stilliegen, hier gehen sie. Um Diebsgut, wie man im Interesse einer intensiveren Warenzirkulation wünschen müßte, handelt es sich nur in den seltensten Fällen.

Unter den Schätz- und Schatzkammern dieser Allerbarmerin nehmen die für Juwelen, Gold und Silber den Ehrenplatz nicht weit vom Hauptportal ein. Hier steht es sich sicher auf solidem Erdboden. Die Stockwerke sind nach dem Wert der Pfandobjekte abgestuft. Ganz oben, höher als Mäntel, Schuhe und Briefmarken, im sechsten und letzten Stock, befinden sich die Bücher. Sie sind in einem Nebentrakt untergebracht, auf einer gewöhnlichen Treppe, denen in Mietshäusern ähnlich, steigt man zu ihnen empor. Von der fürstlichen Großartigkeit des Haupttraktes fehlt hier jede Spur. Für ein Hirn ist in diesem üppigen Herzen wenig Platz. Man bleibt in Gedanken unten stehen und schämt sich: für die Unmenschen, die ihre Bücher aus Geldgier herbringen, für die Treppe, weil sie nicht so sauber ist, wie es sich in diesem Fall gehörte, für die Beamten, die Bücher entgegennehmen statt zu lesen, für die feuergefährlichen Räume unterm Dach, für einen Staat, der das Versetzen von Büchern nicht kurzerhand verbietet, für eine Menschheit, die, seit ihr das Drucken so leicht fällt, ganz und gar vergessen hat, welche Heiligkeit jedem gedruckten Buchstaben innewohnt. Man fragt sich, warum nicht die belanglosen

Schmuckaffären oben im sechsten Stock abgewickelt werden und an ihrer Statt die Bücher, da ja an eine radikale Abhilfe für diese Kulturschande offenbar nicht zu denken ist, die schönen Parterreräumlichkeiten erhalten. Im Falle eines Brandes könnte man die Juwelen ruhig auf die Straße werfen. Sie sind wohlverpackt, zu wohl für bloße Mineralien. Steine tun sich nicht weh. Bücher hingegen, die vom sechsten Stock auf die Straße stürzen, sind für ein feineres Empfinden tot. Man stelle sich die Gewissensqualen der Beamten vor. Der Brand greift um sich; sie harren auf ihren Posten aus, aber sie sind machtlos. Die Treppe ist eingestürzt. Sie haben sich zu entscheiden zwischen Brand und Sturz. Ihre Meinungen darüber sind geteilt. Was der eine gerade zum Fenster hinaushält, reißt der andere an sich und wirft es in die Flammen. »Lieber verbrannt als verunstaltet!« schleudert er dem Kollegen seine Verachtung ins Gesicht. Der wieder hofft, daß man unten Netze ausspannt, um die armen Geschöpfe unverletzt aufzufangen. »Den Luftdruck werden sie ja aushalten!« zischt er zu seinem Feind hinüber. »Und wo ist Ihr Netz, wenn ich fragen darf?« »Die Feuerwehr wird es gleich ausspannen.« »Vorläufig höre ich nur die zerschellenden Leiber unten.« »Um Gottes willen, schweigen Sie!« »Also ins Feuer damit, rasch!« »Ich kann nicht.« Er bringt es nicht übers Herz, unter ihnen ist er zum Menschen geworden. Er ist wie eine Mutter, die ihr Kind auf gut Glück zum Fenster hinausschleudert; man wird es auffangen und im Feuer ist es rettungslos verloren. Der Feueranbeter hat mehr Charakter, der Andere mehr Herz. Beides ist nur zu verständlich, beide erfüllen ihre Pflicht bis zum letzten, beide gehen im Brand zugrunde, aber was haben die Bücher davon?

Seit einer Stunde lehnte Kien am Geländer und schämte sich. Er kam sich vor wie einer, der umsonst gelebt hat. Es war ihm bekannt, auf welche unmenschliche Weise die Menschheit mit Büchern umzugehen pflegt. Oft hatte er schon Versteigerungen beigewohnt, er verdankte ihnen Raritäten, die er in Antiquariaten vergeblich gesucht hätte. Was sein Wissen zu bereichern geeignet war, nahm er immer in Kauf. Manche schmerzliche Eindrücke von Auktionen hatten sich ihm tief eingeprägt. Nie würde er jene herrliche Lutherbibel vergessen, um die sich New Yorker, Londoner und Pariser Händler wie die Aasgeier herumstritten und die sich zum Schluß als gefälscht herausstellte. Die Enttäuschung der bietenden Schwindler war ihm gleichgültig, aber daß der Betrug selbst in diese Sphäre hinüberreichte, schien ihm unfaßbar. Die Berührung der Bücher vor dem Kauf, das Besichtigen, Aufklappen, Zuklappen, ganz so, als ob es sich um Sklaven handelte, schnitt ihm tief ins Herz. Das Ausrufen, Anbieten und Überbieten durch Menschen, die in ihrem Leben noch keine tausend Bücher gelesen hatten, empfand er als schreiende Unverschämtheit. Jedesmal, wenn er sich notgedrungen in eine dieser Auktionshöllen begab, hatte er die größte Lust, hundert gutbewaffnete Söldner mitzunehmen, den Händlern tausend, den Liebhabern fünfhundert Streiche verabreichen zu lassen, und die Bücher, um die es sich handelte, zwecks Fürsorge zu konfiszieren. Aber was wogen jene Erlebnisse gegen die unerschöpfliche Bitterkeit dieser Pfandleihanstalt? Kiens Finger verwickelten sich in die ebenso kunstreichen wie geschmacklosen Verzierungen des Eisengeländers. Sie zerrten daran, in der heimlichen Hoffnung, das ganze Gebäude zu Fall zu bringen. Die Schande des Götzendienstes bedrückte ihn. Er war bereit, sich von den sechs Stockwerken begraben zu lassen, unter einer Bedingung: daß man sie nie wieder aufbaue. Konnte man sich auf das Wort von Barbaren verlassen? Eine der Absichten, die ihn hergeführt hatte, ließ er fallen: er verzichtete auf die Besichtigung der oberen Räume. Bis jetzt waren die schlimmsten Voraussagungen übertroffen worden. Der Nebentrakt war noch unscheinbarer als angekündigt. Die Breite der Treppe, von seinem Führer auf zirka 1 Meter 50 angesetzt, bemaß sich in Wirklichkeit auf höchstens 105 Zentimeter. Selbstlose Menschen irren sich oft im Stellenwert der Zahlen. Der Schmutz lag schon zwanzig und nicht erst zwei Tage da. Die Glocke zum Lift funktionierte nicht. Die Glastüren, durch die man in den Nebentrakt gelangte, waren schlecht geölt. Die Tafel, die zur Bücherabteilung hinaufwies, war von ungeschickten Fingern mit falscher Tusche auf schäbige Pappe gemalt worden. Darunter hing sorgfältig und gedruckt eine andere: BRIEFMARKEN IM I. STOCK. Durch ein großes Fenster sah man in einen kleinen Hof. Die Farbe der Decke war unbestimmt. Am hellen Vormittag fühlte man, wie kläglich das Licht war, das die elektrische Birne abends gab. Von alledem hatte sich Kien gewissenhaft überzeugt. Aber die Stufen der Treppe zu betreten, davor scheute er doch zurück. Er würde den furchtbaren Anblick oben kaum ertragen.

Seine Gesundheit war erschüttert. Er fürchtete einen Herzschlag. Er wußte, daß jedes Leben zu Ende geht, aber solange er die zärtlich geliebte Last in sich fühlte, mußte er sich schonen. Er neigte den schweren Kopf über das Geländer und schämte sich.

Fischerle sah stolz zu. Er stand in einiger Entfernung von seinem Freund. In der Pfandleihanstalt kannte er sich so gut aus wie im Himmel. Er wollte eine silberne Zigarettendose holen, die er noch nie gesehen hatte. Den Pfandschein hatte er von einem Gauner gewonnen, den er im Schachspiel zwei dutzendmal besiegte, und trug ihn noch wohlverwahrt in der Tasche, als er in Kiens Dienste trat. Gerüchtweise verlautete, daß es sich um eine neue schwere Zigarettendose handle, großartige Ware. Tausendmal war es Fischerle schon geglückt, Pfandscheine im Theresianum an Interessenten weiterzuverkaufen. Ebensooft sah er zu, wie seine und fremde Schätze ausgelöst wurden. Außer mit dem Haupttraum von der Schachweltmeisterschaft trug er sich noch mit einem kleineren: er träumte davon, einen Pfandschein, der ihm gehörte, auszulösen, den vollen Betrag samt Zinsen dem Beamten vors kalte Maul hinzulegen, bei der Pfänderausgabe wie alle andern Leute auf seinen Besitz zu warten und diesen so zu beriechen und zu besichtigen, als hätte er ihn schon immer vor Augen und Nase gehabt. Als Nichtraucher hatte er für eine Zigarettendose zwar keine Verwendung, doch sah er jetzt von seinen Zeiten wenigstens die eine gekommen und bat Kien um eine Stunde Urlaub. Obschon er erklärte, worum es ginge, schlug Kien die Bitte rundweg ab. Er habe volles Vertrauen zu ihm, aber seit er ihm die Hälfte der Bibliothek abgenommen habe, werde er sich hüten, ihn je aus den Augen zu lassen. Die charaktervollsten Gelehrten seien um Bücher willen schon zu Verbrechern geworden. Wie groß sei die Versuchung erst für einen intelligenten und bildungshungrigen Menschen, den zum erstenmal Bücher mit all ihren Reizen drückten!

Mit der geteilten Last verhielt es sich so, daß Kien am Morgen, als Fischerle einzupacken begann, nicht begriff, wie er das alles bis jetzt ertragen hatte. Die Genauigkeit seines Dieners brachte ihn beinahe in Gefahr. Früher stand er des Morgens auf und ging bepackt davon. Es fiel ihm nie ein, sich zu fragen, wie denn die am Abend zuvor aufgeschichteten Bücher den Weg in seinen Kopf zurückgefunden hätten. Er fühlte sich erfüllt und ging. Durch

Fischerles Eingriff änderte sich das mit einem Schlag. Am Morgen nach dem mißglückten Einbruch machte er sich wie auf Stelzen an Kiens Bett heran, bat eindringlich beim Aufstehen achtzugeben und fragte, ob er mit dem Aufladen beginnen dürfe. Nach seiner Art wartete er die Antwort nicht ab; er hob den zunächstgelegenen Stoß mit Leichtigkeit in die Höhe und führte ihn an den Kopf des noch liegenden Kien heran. »Drin sind sie!« sagte er. Während Kien sich wusch und anzog, arbeitete der Kleine, der aufs Waschen keinen Wert legte, fleißig weiter. In einer halben Stunde war er mit dem einen Zimmer zu Ende. Kien zog seine Verrichtungen absichtlich in die Länge. Er dachte darüber nach, wie er denn das bis jetzt gemacht habe, aber es fiel ihm nicht ein. Sonderbar, er fing an, vergeßlich zu werden. Solange es sich nur um solche Äußerlichkeiten handelte, machte er sich nicht viel daraus. Auf jeden Fall hieß es sich gut beobachten, ob die Vergeßlichkeit nicht auf wissenschaftliches Gebiet übergreife. Das wäre entsetzlich. Sein Gedächtnis galt für eine wahre Gottesgabe, ein Phänomen, schon als Schuljunge war er von berühmten Psychologen auf seinen Gedächtniszustand untersucht worden. In einer Minute lernte er die Zahl π bis auf 65 Stellen auswendig. Die gelehrten Herren schüttelten — samt und sonders — die Köpfe. Vielleicht hatte er den seinigen zu schwer belastet. Man mußte das nur mitansehen, Stoß um Stoß, Turm um Turm nahm er auf, und er sollte den Kopf doch etwas schonen. Man hat seinen Kopf nur einmal, nur einmal bildet man ihn zu solcher Vollkommenheit aus, was man darin zerstört, ist verloren. Er seufzte tief und sagte: »Sie haben's leicht, lieber Fischerle!« »Wissen Sie was«, das Männchen kapierte sofort, was gemeint war, »ich nehm' das andere Zimmer auf mich, Fischerle hat auch einen Kopf. Oder glauben Sie nicht?« »Ja, aber ...« »Was aber ... wissen Sie was, ich bin beleidigt!« Nach langem Zögern gab Kien seine Einwilligung. Fischerle mußte auf das Leben der Intelligenz schwören, daß er noch nie gestohlen hatte. Außerdem beteuerte er seine Unschuld und sagte wiederholt: »Aber Herr, mit *dem* Buckel! Wie stellen Sie sich das Stehlen vor?« Einen Augenblick dachte Kien daran, eine Kaution zu verlangen. Da *ihn* selbst die größte Kaution von seiner »Zuneigung« zu Büchern nicht abgehalten hätte, gab er diesen Plan auf. Er sagte noch: »Sicher sind Sie ein guter Läufer!« Fischerle durchschaute die Falle und erwiderte:

»Was soll ich lügen? Wenn Sie einen Schritt machen, mach' ich einen halben. In der Schule war ich immer der schlechteste Läufer.« Er dachte sich den Namen einer Schule aus, für den Fall, daß ihn Kien danach fragte: in Wirklichkeit hatte er nie eine besucht. Aber Kien schlug sich eben mit wichtigeren Gedanken herum. Er stand vor dem größten Vertrauensbeweis seines Lebens. »Ich glaube Ihnen!« sagte er schlicht. Fischerle frohlockte. »Seh'n Sie, das sag' ich auch!« Der Bücherbund war geschlossen. Als Diener übernahm der Kleine die schwerere Hälfte. Auf der Straße ging er Kien voran, um nie mehr als zwei Schrittchen. Der Buckel, der ohnehin vorhanden war, ließ die gebückte Haltung, die er dazu annahm, nicht recht zur Geltung kommen. Doch der schleppende Schritt sprach Bände. Kien fühlte sich erleichtert. Erhobenen Hauptes folgte er seiner Vertrauensperson und wandte den Blick weder nach rechts noch nach links. Immer ließ er ihn auf dem Buckel ruhen, der wie bei einem Kamel, nicht so langsam, aber ebenso rhythmisch hin und her schwankte. Von Zeit zu Zeit streckte er die Arme aus, um zu sehen, ob die Fingerspitzen den Buckel noch erreichten. War das nicht mehr genau der Fall, so beschleunigte er den Schritt. Für Fluchtversuche hatte er sich einen Plan zurechtgelegt. Mit eisernem Griff hält er den Buckel fest und stürzt sich seiner ganzen Länge nach über den Verbrecher her; es ist darauf zu achten, daß dessen Kopf nicht in Mitleidenschaft gezogen wird. Stimmte die Armprobe genau, derart, daß Kien weder rascher noch langsamer zu gehen hatte, so überkam ihn ein prickelndes, aufregend schönes Gefühl, wie es nur Menschen kennen, die sich den Luxus gestatten, vor jeder Enttäuschung gesichert zu *vertrauen.*

Zwei volle Tage ließ er sich gehen, unter dem Vorwand einer Erholung von den überstandenen Strapazen, einer Vorbereitung auf die künftigen, einer letzten Erkundung der Stadt nach unbekannten Buchhandlungen. Seine Gedanken waren unbeschwert und froh, an der Renaissance seines Gedächtnisses nahm er Schritt für Schritt teil, die ersten freiwilligen Ferien, die er sich seit seiner Studienzeit gönnte, verbrachte er in Gemeinschaft mit einer ergebenen Kreatur, einem Freunde, der den Wert der Intelligenz, wie er für Bildung zu sagen pflegte, hochschätzte und doch nicht drängte, der eine ansehnliche Bibliothek bei sich trug und doch keinen der Bände, auf deren Lektüre er brannte, eigenmächtig aufschlug, Mißgestalt und nach eigenem Geständnis schlechter Läufer, doch stark und zäh genug, um sich als Träger zu bewähren. Fast fühlte Kien sich versucht, an das Glück zu glauben, dieses verächtliche Lebensziel der Analphabeten. Wenn es von selbst kommt und man nicht danach jagt, wenn man es nicht mit Gewalt festhält und mit einer gewissen Herablassung behandelt, darf man es ruhig ein paar Tage bei sich dulden.

Als der dritte Tag im Zeitalter des Glückes anbrach, bat Fischerle um seine Stunde Urlaub. Kien hob die Hand, um sich damit vor den Kopf zu schlagen. Unter anderen Umständen hätte er es getan. Weltgewandt wie er war, beschloß er aber, zu schweigen und die verräterischen Pläne des Kleinen, falls sie vorhanden waren, zu entlarven. Die Erzählung von der silbernen Dose hielt er für eine freche Lüge. Nachdem er sein Nein anfangs in allerlei Verkleidungen und dann immer einfacher und zorniger ausgestoßen hatte, sagte er plötzlich: »Gut, ich begleite Sie!« Der elende Krüppel soll seine schmutzige Absicht eingestehen. Bis vor den Schalter geht er mit ihm und sieht sich den angeblichen Pfandschein und die angebliche Zigarettendose an. Da sie nicht existieren, wird der Schuft dort, in Gegenwart aller Menschen, vor ihm auf die Knie fallen und ihn weinend um Verzeihung bitten. Fischerle merkte den Verdacht und war ehrlich beleidigt. Der scheint ihn für verrückt zu halten; ausgerechnet Bücher, und was für welche, wird er stehlen! Weil er nach Amerika will und sich die Fahrt sauer verdient, behandelt man ihn wie einen Menschen ohne Intelligenz!

Auf dem Wege zur Pfandleihanstalt erzählte er Kien, wie es darin aussieht. Er schilderte ihm das imposante Gebäude mit sämtlichen Räumen vom Kellergeschoß bis zum Dachboden. Zum Schluß unterdrückte er einen kleinen Seufzer und sagte: »Über die Bücher redt mer lieber nix!« Kien geriet in lodernde Neugierde. Er fragte und fragte, bis er die furchtbare Tatsache aus dem Kleinen, der sehr spröde tat, ganz und gar heraus hatte. Er glaubte ihm, weil man Menschen jede Gemeinheit zutrauen soll, er zweifelte, weil er dem Kleinen heute aufsässig war. Fischerle fand Töne, die man nicht überhören konnte. Er schilderte die Art, in der die Bücher entgegengenommen werden. Ein Schwein schätzt sie, ein Hund stellt den Pfandschein aus, ein Weib schlägt sie in schmutzige Tücher und heftet eine Nummer daran. Ein gebrechlicher Greis, der fortwährend auf den Boden fällt, schleppt sie davon. Solang man ihm nachsieht, bricht einem das Herz. Man hätte Lust, noch ein bißchen vor der Glasscheibe zu stehen, bis man sich ausgeweint hat und wieder auf die Straße darf, man schämt sich ja mit den roten Augen, aber das Schwein grunzt: »Sie haben alles«, wirft einen hinaus und läßt die Scheibe fallen. Es gibt seelische Naturen, die auch dann nicht wegkönnen. Da fängt der Hund zu bellen an und man läuft, er beißt nämlich.

»Aber das ist unmenschlich!« entfuhr es Kien. Er hatte den Zwerg während seiner Erzählung eingeholt, war mit stockendem Herzen neben ihm hergegangen und blieb jetzt mitten auf der Straße, die sie überquerten, stehen. »Es ist, wie ich sage!« erklärte Fischerle mit weinerlicher Stimme. Er dachte an die Ohrfeige, die ihm der Hund verabreicht hatte, als er eine Woche lang Tag für Tag um ein altcs Schachbuch betteln kam. Das Schwein stand daneben und wälzte sich vor Fett und Freude.

Fischerle sagte nichts mehr. Er kam sich gerächt genug vor. Auch Kien schwieg. Als sie an ihrem Ziel angelangt waren, hatte er jedes Interesse für die Zigarettendose verloren. Er sah zu, wie sie ausgelöst wurde, wie Fischerle immer wieder mit ihr über den Rock fuhr. »Ich kenn' sie nicht mehr. Schön gehn die um mit den Sachen!« »Sachen.« »Weiß ich, ob das meine Dose ist?« »Dose.« »Wissen Sie was, ich mach' die Anzeige. Alle miteinander sind Diebe. Ich laß mir das nicht gefallen! Bin ich kein Mensch? Ein armer Teufel hat auch ein Recht!« Er sprach sich in solche Hitze hinein, daß die Umstehenden, die bisher nur den Buckel bestaunt hatten, auch auf seine Worte aufmerksam wurden. Die Leute, die sich hier auf jeden Fall betrogen vorkamen, nahmen für den Buckel, der von Natur noch mehr im Nachteil war als sie, Partei, obwohl sie an eine Vertauschung der Pfänder nicht glaubten. Fischerle erregte allgemeines Murren, er wollte seinen Ohren nicht trauen, man hörte auf ihn. Er redete weiter, das Murren wurde stärker, er hätte schreien können vor Begeisterung, da brummte ein dicker Mensch neben ihm: »So gehn Sie doch sich beschweren!« Fischerle rieb die Dose rasch wieder ein paarmal, öffnete sie und krächzte: »Nein, so was! Wissen Sie was! Das ist sie!« Man verzieh ihm die Enttäuschung, die er so leichtsinnig bereitet hatte, man gönnte ihm die richtige Dose, schließlich war er nur ein armer Krüppel. Einem andern an seiner Stelle wäre es weniger gut ergangen. Beim Verlassen des Saales fragte Kien: »Was war das für ein Lärm vorhin?« Fischerle mußte ihn daran erinnern, wozu sie hergekommen waren. Er zeigte ihm die Dose so lange, bis er sie sah. Die Entkräftung eines Verdachts, der nach den jüngeren Nachrichten wenig mehr wog, machte nur einen mäßigen Eindruck. »Führen Sie mich jetzt dorthin!« befahl er.

Eine volle Stunde schämte er sich nun schon. Wohin wird uns diese Welt noch führen? Offenbar stehen wir vor einer Katastrophe. Der Aberglaube zittert vor der runden Jahreszahl 1000 und vor Kometen. Der Wissende, schon den ältesten Indern ein Heiliger, jagt alle Zahlenspielereien und Kometen zum Teufel und erklärt: unser schleichender Verderb ist die Pietätlosigkeit, die in die Menschen gefahren ist, an diesem Gift gehen wir alle zugrunde. Weh denen, die nach uns kommen! Die sind verloren, sie übernehmen von uns eine Million Märtyrer und die Folterinstrumente, mit denen sie die zweite Million vollmachen müssen. Keine Regierung erträgt soviel Heilige. In jeder Stadt errichtet man sechsstöckige Inquisitionspaläste wie diesen. Wer weiß, ob die Amerikaner ihre Pfandhäuser nicht in den Himmel bauen. Die Gefangenen, die man jahrelang auf ihren Feuertod warten läßt, schmachten dort im dreißigsten Stockwerk. Welch grausame Ironie, diese luftigen Kerker! Helfen statt heulen? Taten statt Tränen? Wie gelangt man hin? Woher erfährt man die Örtlichkeiten? Man geht ja blind durch sein Leben. Wieviel sieht man von all dem furchtbaren Elend, das einen umgibt? Wann hätte man je diese Schande, diese trostlose, bestialische, vernichtende Schande aufgedeckt, wenn nicht ein zufälliger Zwerg, der sein Herz auf dem rechten Fleck trägt, zögernd vor Scham, wie von einem bösen Traum benommen, zusammenbrechend unter der Last seiner eigenen entsetzlichen Worte, davon erzählt hätte? Man sollte ihn sich zum Beispiel nehmen. Er hat noch nie zu jemandem davon gesprochen. In seiner übelriechenden Spelunke saß er schweigsam da, selbst beim Schachspielen dachte er an die Elendsbilder, wie sie sich für ewig in sein Hirn eingefressen haben. Er litt statt zu schwätzen. Der Tag der großen Abrechnung wird kommen, sagte er sich. Er wartete, Tag für Tag hatte er die Fremden im Auge, wenn sie sein Lokal betraten, er sehnte sich krank nach einem Menschen, nach einem Herzen, nach einem, der sieht, hört und fühlt. Endlich kam der Eine, er ging ihm nach, er bot ihm seine

Dienste an, im Wachen und Schlafen ordnete er sich ihm unter, und als der Augenblick gekommen war, sprach er. Die Straße bog sich nicht bei seinen Worten, keines der Häuser stürzte ein, der Verkehr stockte nicht, doch der Eine, zu dem er sprach, dem stockte der Atem, und dieser Eine war Kien. Er hat ihn gehört, er hat ihn verstanden, diesen heroischen Zwerg nimmt er sich zum Vorbild, Tod dem Geschwätz, jetzt heißt es handeln!

Ohne aufzublicken ließ er das Geländer los und stellte sich quer über die enge Treppe. Da spürte er einen Stoß. Seine Gedanken setzten sich von selbst in die Tat um. Er faßte den Irregeleiteten scharf ins Auge und fragte: »Sie wünschen?« Der Irregeleitete, ein halbverhungerter Student, trug eine schwere Aktentasche unterm Arm. Er besaß Schillers Werke und war zum erstenmal im Versatzamt. Da diese Werke sehr zerlesen waren und er bis über die zu lang geratenen Ohren in Schulden steckte, trat er hier schüchtern auf. Vor der Treppe war ihm der letzte Übermut aus dem zu klein geratenen Kopf gewichen — warum mußte er studieren, Vater, Mutter, Onkels und Tanten waren mehr fürs Geschäft —, er nahm einen Anlauf und stieß gegen eine strenge Figur, sicher Direktor hier, die ihn durchdringend fixierte und mit schneidender Stimme halt gebot.

»Sie wünschen!«

»Ich — ich wollte in die Bücherabteilung.«

»Die bin ich.«

Der Student, der vor Professoren und ähnlichen Erscheinungen, weil sie ihn Zeit seines Lebens zu verhöhnen beliebten, Respekt hatte, und vor Büchern, weil er so wenige besaß, griff nach dem Hut, um ihn zu ziehen. Da erinnerte er sich daran, daß er keinen trug.

»Was hatten Sie oben vor?« fragte Kien drohend.

»Ach, nur den Schiller.«

»Zeigen Sie her!«

Der Student wagte es nicht, ihm die Tasche hinzuhalten. Er wußte, daß kein Mensch ihm diesen Schiller abnahm. Für die nächsten Tage war dieser Schiller seine letzte Hoffnung. Er hatte keine Lust, sie so rasch zu begraben. Kien nahm ihm die Tasche mit einem energischen Ruck ab. Fischerle bemühte sich, seinem Herrn Zeichen zu geben und machte ein übers andere Mal »Pst! Pst!« Die Kühnheit eines Raubs auf offener Treppe imponierte ihm. Die Buchbranche war vielleicht doch schlauer, als er dachte. Vielleicht stellte sie sich nur verrückt. Aber hier auf offener Treppe ging das nicht. Hinter dem Rücken des Studenten gestikulierte er heftig mit den Händen und traf zugleich Anstalten, um im gegebenen Augenblick davonzulaufen. Kien öffnete die Tasche und sah sich den Schiller genau an. »Acht Bände«, stellte er fest, »die Ausgabe ist an sich nichts wert, ihr Zustand ein Skandal!« Die Ohren des Studenten färbten sich feuerrot. »Was wollten Sie dafür haben? Ich meine wieviel — Geld?« Das widerwärtige Wort sprach er zuletzt und dann noch zögernd aus. Der Student entsann sich von seiner goldenen Jugendzeit her, die er hauptsächlich im Laden seines Vaters verbracht hatte, daß man Preise möglichst hoch ansetzt, um damit heruntergehen zu können. »Neu hat er mich 32 Schilling gekostet.« Er nahm Satzbildung und Tonfall seines Vaters an. Kien zog die Brieftasche, holte 30 Schilling heraus, ergänzte sie durch zwei Münzen, die er der Börse entnahm, reichte die volle Summe dem Studenten hin und sagte: »Tun Sie das nie wieder, mein Freund! Kein Mensch ist soviel wert wie seine Bücher, glauben Sie mir!« Er gab ihm die volle Aktenmappe zurück und schüttelte herzlich seine Hand. Der Student hatte Eile, er verfluchte die Förmlichkeiten, mit denen er hier noch aufgehalten wurde. Er war schon bei der Glastür, Fischerle hatte ihm, aufs äußerste verdutzt, Platz gemacht, als Kien ihm nachrief: »Warum gerade Schiller? Lesen Sie doch das Original! Lesen Sie *Immanuel Kant!«* »Selber Original«, grinste der Student in Gedanken und lief, was er konnte.

Fischerles Aufregung kannte keine Grenzen. Er war nahe am Weinen. Er packte Kien bei den Hosenknöpfen — der Rock war ihm zu hoch — und krähte: »Wissen Sie, wie man so was nennt? Verrückt nennt man so was! Ein Mensch hat ein Geld oder er hat kein Geld. Hat er eins, so gibt er es nicht her, hat er keins, so gibt er es sowieso nicht her. Ein Verbrechen ist das! Schämen Sie sich, so ein großer Mensch!«

Kien hörte nicht auf seine Worte. Er war mit seiner Tat sehr zufrieden. Fischerle riß so lange an der Hose herum, bis der Verbrecher auf ihn aufmerksam wurde. Er spürte den stummen Vorwurf, wie er sich sagte, im Benehmen des Kleinen und erzählte ihm begütigend von den seelischen Verirrungen, an denen das Leben der Menschen exotischer Länder so reich sei.

Reiche Chinesen, die um ihr Heil auch im Jenseits besorgt seien, pflegten große Summen zu stiften, die zur Haltung von Krokodilen, Schweinen, Schildkröten oder anderen Tieren in einem buddhistischen Kloster dienten. Da würden besondere Teiche oder Pferche für die Tiere angelegt, die Mönche hätten nichts anderes zu tun, als sie zu hegen und zu pflegen, wehe ihnen, wenn einem der gestifteten Krokodile ein Leids geschehe. Ein sanfter, natürlicher Tod erwarte das fetteste Schwein und der Lohn für sein gutes Werk den edlen Stifter. Für die Mönche falle so viel ab, daß sie alle miteinander davon leben könnten. Wenn man in Japan ein Heiligtum aufsuche, finde man Kinder mit gefangenen Vögeln am Straßenrand hocken, ein kleiner Käfig dicht neben dem andern. Die Tiere, die dazu abgerichtet seien, schlügen mit den Flügeln und vollführten ein lautes Geschrei. Buddhistische Pilger zögen des Weges einher und um ihrer eigenen Seligkeit willen erbarmten sie sich der Tiere. Gegen ein kleines Lösegeld öffneten die Kinder die Käfigtür und ließen die Vögel frei. Der Loskauf von Tieren sei dort allgemeiner Brauch. Was kümmere es die weiterwandernden Pilger, daß die gezähmten Vögel von ihren Besitzern wieder in den Käfig zurückgelockt würden? Ein und derselbe Vogel diene zehn-, hundert-, tausendmal während seines ganzen gefangenen Daseins als Objekt für das Erbarmen der Pilger. Diese wüßten mit Ausnahme einiger bäurischer und besonders beschränkter Exemplare genau, was mit den Vögeln geschehe, kaum, daß sie ihnen den Rücken gedreht. Aber das wirkliche Schicksal der Tiere sei ihnen gleichgültig.

»Es ist leicht einzusehen, weshalb«, Kien zog die Moral aus seiner Erzählung. »Es handelt sich ja nur um Tiere. Die müssen einem gleichgültig sein. Ihr Benehmen ist von einer Dummheit, die sie richtet. Warum fliegen sie nicht davon? Warum enthüpfen sie wenigstens nicht, wenn man ihnen die Flügel gestutzt hat? Warum lassen sie sich zurücklocken? Ihre tierische Dummheit auf ihr Haupt! An und für sich hat das Loskaufen wie jeder Aberglaube einen tieferen Sinn. Die Wirkung einer solchen Tat auf den Menschen, der sie begeht, hängt natürlich davon ab, *was* man loskauft. Setzen Sie Bücher, wirkliche, kluge Bücher statt dieser lächerlich dummen Tiere ein, und die Tat, die Sie begehen, hat höchsten sittlichen Wert. Sie bessern den Irregeleiteten, der seine Zuflucht in der Hölle gesucht hat. Seien Sie sicher, daß dieser Schiller kein zweitesmal mehr zur Schlachtbank geschleppt wird. Indem Sie den Menschen bessern, der nach heutigem Recht — Unrecht sage ich — über Bücher, als wären es Tiere, Sklaven oder Arbeiter, frei verfügen darf, gestalten Sie auch das Los dieser seiner Bücher erträglicher. Zu Hause angelangt, wird einer, den man auf eine solche Art an seine Pflicht gemahnt hat, sich denen, die er bisher für seine Diener hielt, denen aber von Geistes wegen *er* zu dienen hätte, zu Füßen werfen und Besserung geloben. Und selbst wenn einer so verstockt ist, daß er sich nicht bessert — seine Opfer werden durch den Loskauf der Hölle entrissen. Wissen Sie, was das heißt, ein Bibliotheksbrand? Mann, ein Bibliotheksbrand im sechsten Stock! Stellen Sie sich das vor! Zehntausende von Bänden — das sind Millionen Seiten — Milliarden Buchstaben — jeder einzelne davon brennt — fleht, schreit, brüllt um Hilfe — da reißt einem das Trommelfell, das Herz reißt einem — aber lassen wir das! Ich fühle mich jetzt so froh, wie seit Jahren nicht. Auf dem begonnenen Wege werden wir weiterschreiten. Unser Scherflein zur Linderung der allgemeinen Not ist klein, aber es will gegeben sein. Wenn jeder sich sagt: allein bin ich zu schwach, so geschieht nichts und das Elend frißt weiter. Zu Ihnen hab' ich unbegrenztes Vertrauen. Sie waren vorhin verletzt, weil ich Ihnen meinen Plan nicht früher mitgeteilt habe. Er hatte in dem Augenblick feste Form angenommen, als Schillers Werke mich stumm anstießen. Zu einer Benachrichtigung blieb mir keine Zeit. Dafür teile ich Ihnen jetzt die beiden Parolen mit, unter denen unsere Aktion durchgeführt wird: Handeln statt heulen! Taten statt Tränen! Wieviel Geld haben Sie?«

Fischerle, der im Anfang Kiens Erzählung durch erboste Zwischenrufe, wie »Was kann ich für die Japanesen?«, »Warum keine Goldfische?« unterbrach und die frommen Pilger hartnäckig als lauter »Pülcher« beschimpfte, dem aber trotzdem kein einziges Wort entging, wurde ruhiger, als die Rede auf das Scherflein und den Zukunftsplan kam. Er überlegte gerade, wie er sich gegen den Verlust seines amerikanischen Reisegeldes, das ihm gehörte, das er schon bar auf der Hand gehabt und nur vorläufig aus Vorsicht zurückgegeben hatte, schützen müsse. Da riß ihn Kiens Frage »Wieviel Geld haben Sie?« aus allen Himmeln. Er biß die Zähne zusammen und schwieg, nur aus Geschäftsrücksichten, versteht sich, sonst hätte er dem seine Meinung gründlich gesagt. Der

Sinn der Komödie begann ihm klarzuwerden. Den nobeln Herrn reute der Finderlohn, den Fischerle sich ehrlich verdient hatte. Er war zu feig, um sich das Geld nachts bei ihm zu holen. Er hätte es auch nie gefunden. Fischerle legte es während des Schlafens, fest zusammengeknüllt, zwischen die Beine. Was tat also der feine Mann, sogenannter Gelehrter und Bibliothekar, in Wirklichkeit nicht einmal Buchbranche, irgend so ein Gauner, der nur frei herumlief, weil er keinen Buckel hatte, was tat er? Damals, gleich beim Ausgang des Himmels, war er froh, sein weiß Gott wo zusammengestohlenes Geld wiederzukriegen. Er hatte Angst, Fischerle könnte die anderen herausholen, drum gab er rasch den Finderlohn her. Um auch zu diesen 10 % wiederzukommen, sagte er großartig: »Treten Sie in meine Dienste ein!« Was tat er aber dann, der Hochstapler? Er stellte sich verrückt. Man muß sagen, es ist ein Vergnügen, wie er das kann. Fischerle ist ihm hereingefallen. Eine volle Stunde hat er ihm hier Gefühle vorgemacht, bis einer mit Büchern kommt. Dem opfert er gern die 32 Schilling, wenn er sich dreißigmal soviel von Fischerle erwartet. Ein Mensch, der mit solchen Umsätzen arbeitet, und gönnt einem armen Taschendieb nicht das bißchen Finderlohn! Wie kleinlich diese großen Herren alle sind! Fischerle hat keine Worte. Er hätte das nicht erwartet. Von diesem Verrückten am allerwenigsten. Er ist nicht verpflichtet, wirklich verrückt zu sein, gut, aber warum ist er so schmutzig? Fischerle wird es ihm heimzahlen. Was er nur immer für schöne Geschichten weiß! Eine Intelligenz hat der Mensch. Da sieht man gleich den Unterschied zwischen einem armen Taschendieb und einem besseren Hochstapler. In den Hotels glaubt's ihm jeder. Beinahe hätte ihm Fischerle auch geglaubt.

Während er vor Haß kochte und zugleich vor Bewunderung kroch, faßte ihn Kien vertraulich unter und sagte: »Sie sind mir nicht mehr böse, nicht wahr? Wieviel Geld haben Sie? Wir müssen zusammenhalten!«

»Kanaille!« dachte sich Fischerle, »du spielst gut, aber ich werd' noch besser spielen!« Laut sagte er: »So um dreißig Schilling werd' ich haben.« Das übrige war gut versteckt.

»Das ist wenig. Aber es ist besser als nichts.« Kien wußte nicht mehr, daß er vor wenigen Tagen den Kleinen mit einer großen Summe beschenkt hatte. Er nahm Fischerles Scherflein sofort entgegen, dankte tief gerührt über soviel Opferwilligkeit und war nahe daran, ihm die himmlische Seligkeit in Aussicht zu stellen.

Seit diesem Tage führten die beiden einen Kampf auf Leben und Tod gegeneinander, von dem der eine nichts ahnte. Der andere, der sich als Schauspieler schwächer fühlte, nahm die Regie in die Hand und hoffte, seinen Nachteil auf diese Weise auszugleichen.

Morgen für Morgen fand sich Kien im Vorhof der Halle ein. Schon vor der Eröffnung der Schalter ging er neben dem Hauptportal des Theresianums auf und ab und beobachtete scharf die Vorübergehenden. Blieb einer stehen, so trat er dicht an ihn heran und fragte: »Was wollen Sie hier?« Die gröbsten und gemeinsten Antworten vermochten ihn nicht zu beirren. Der Erfolg gab ihm recht. Wer vor neun Uhr diese Gasse passierte, besah sich meist nur aus Neugierde die Plakate draußen, auf denen zu lesen war, wann und wo die nächste Versteigerung stattfand, und was da versteigert wurde. Ängstliche Naturen hielten ihn für einen Geheimdetektiv, der die Schätze des Theresianums bewachte, und gingen einem Konflikt mit ihm schleunigst aus dem Weg. Gleichmütigen kam seine Frage erst zwei Gassen weiter zum Bewußtsein. Draufgänger beschimpften ihn und verweilten gegen ihre Art lange und unbeweglich vor den Plakaten. Er ließ sie gewähren. Er prägte sich ihre Gesichter genau ein. Er hielt sie für ihrer Schuld besonders schwer Bewußte, die diese Gegend erkundeten, bevor sie, in einer Stunde vielleicht, mit den Sündenböcken unterm Arm wiederkamen. Daß sie dann doch nie wiederkamen, führte er auf seine unerbittlichen Blicke zurück. Zur exakten Zeit begab er sich in den kleinen Vorraum des Nebentraktes. Wer die Glastür aufstieß, gewahrte als erstes die hagere, kerzengrade Gestalt neben dem Fenster und mußte, um zur Treppe zu gelangen, an ihr vorbei. Wenn Kien jemanden ansprach, verzog er keine Miene. Nur die Lippen bewegte er wie zwei scharfgeschliffene Messer. In erster Linie war es ihm um das Loskaufen der armen Bücher, in zweiter um die Besserung der Menschenbestien zu tun. In Büchern kannte er sich aus, in Menschen, wie er zugeben mußte, weniger. Er beschloß also, zum Menschenkenner zu werden.

Zur besseren Übersicht teilte er die Menschen, wie sie vor der Glastür auftauchten, in drei Gruppen ein. Der ersten war die gefüllte Tasche eine Last, der zweiten eine List, der dritten eine Lust. Die ersten hielten die Bücher mit beiden Armen fest, ohne Anmut, ohne Liebe, wie man eben ein schweres Paket trägt. Sie stießen damit die Türen auf. Sie hätten auch das Geländer mit Büchern abgestreift — wären sie so weit gekommen. Da sie ihre Last rasch loswerden wollten, dachten sie nicht daran, sie zu verstecken und hatten sie immer vor Brust oder Bauch liegen. Auf Angebote gingen sie bereitwillig ein, sie waren mit jeder Summe zufrieden, handelten nicht und gingen genauso wieder davon, wie sie gekommen waren, um einen Gedanken schwerfälliger, weil sie Geld und einige Zweifel über die Rechtmäßigkeit seiner Annahme mitschleppten. Kien war diese Gruppe unangenehm, die Leute lernten ihm zu langsam, zu einer endgültigen Besserung hätte es für jeden einzelnen einiger Stunden bedurft.

Wahren Haß aber verspürte er gegen die zweite Gruppe. Deren Angehörige versteckten die Bücher auf dem Rücken. Bestenfalls zeigten sie einen kleine Zipfel zwischen Arm und Rippen, um die Begier des Käufers zu reizen. Die glänzendsten Angebote nahmen sie mit Mißtrauen auf. Sie weigerten sich, Tasche oder Paket zu öffnen. Sie feilschten bis zum letzten Augenblick und stellten sich zum Schluß immer übervorteilt. Es gab welche unter ihnen, die das Geld einsteckten und dann doch in die Hölle hinauf wollten. Da konnte Kien aber Saiten aufziehen, über die er selbst staunte. Er vertrat ihnen den Weg und behandelte sie, wie sie es verdienten: er forderte das Geld auf der Stelle zurück. Wenn sie das hörten, liefen sie. Das wenige Geld in der Tasche war ihnen lieber als das viele unterm Dach. Kien war davon überzeugt, daß man oben ungeheuerliche Summen zahlte. Je mehr Geld er selbst hergab, je weniger ihm übrigblieb, um so drückender wurde ihm der Gedanke an die unlautere Konkurrenz der Teufel oben.

Von der dritten Gruppe war noch niemand gekommen. Doch wußte er, daß sie bestand. Auf ihren Vertreter, dessen Eigenschaften ihm so geläufig waren wie ein Katechismus, wartete er mit geduldiger Sehnsucht. Einmal wird der Mann kommen, der seine Bücher mit Lust trägt, dem der Weg zur Hölle mit Qualen gepflastert ist, der zusammenbrechen müßte, wenn nicht die Freunde, die er bei sich hat, ihm unaufhörlich Lebenskräfte einflößten. Sein Gang ist der eines Traumwandlers. Hinter der

Glastür erscheint seine Silhouette, er zögert, wie soll er sie aufstoßen, ohne seinen Freunden das Leiseste zu Leid zu tun? Es gelingt ihm. Liebe macht erfinderisch. Beim Anblick von Kien, seinem eigenen verkörperten Gewissen, wird er feuerrot. Mit äußerster Willensanspannung rafft er sich auf und macht einige Schritte nach vorn. Den Kopf hält er gesenkt. Neben Kien bleibt er, bevor er angesprochen wird, auf inneren Befehl stehen. Er ahnt, was das Gewissen ihm zu sagen hat. Das furchtbare Wort »Geld« fällt. Er schrickt zusammen, als wäre er zum Fallbeil verurteilt, er schluchzt laut auf »Das nicht! Das nicht!«, er nimmt kein Geld. Lieber ersticht er sich. Er würde davonlaufen, die Kräfte versagen ihm, auch ist jede heftige Bewegung wegen Gefährdung der Freunde zu vermeiden. Das Gewissen fängt ihn in seinen Armen auf und spricht ihm gütig zu. Ein reuiger Sünder, sagt er, sei mehr wert als tausend Gerechte. Vielleicht vermacht er ihm seine Bibliothek. Wenn er kommt, wird er seinen Posten auf eine Stunde verlassen, dieser eine, der nichts nimmt, wiegt die tausend auf, die mehr wollen. Solange er wartet, gibt er den tausend, was er hat. Vielleicht, daß einer von der ersten Gruppe zu Hause doch in sich geht. Für die zweiten hegt er keine Hoffnung. Die Opfer rettet er alle. Dazu und nicht zu seinem Privatvergnügen steht er hier.

Zu Kiens Häupten, rechts von ihm, hing eine Tafel, die das Stehenbleiben auf Treppen und Gängen sowie bei den Heizkörpern strengstens untersagte. Fischerle machte seinen Todfeind noch am ersten Tag darauf aufmerksam. »Die Leut' werden glauben, Sie haben keine Kohlen«, sagte er, »hier stehen nur Menschen ohne Kohlen herum, und die dürfen auch nicht. Man jagt sie weg. Geheizt ist für die Katz'. Damit die Kunden sich die Intelligenz nicht verkühlen, wenn sie die Treppe heraufgehn. Friert einer, so muß er gleich weg. Es könnt' ihm da warm werden. Friert einer nicht, so darf er bleiben. Bei Ihnen glaubt ein jeder, Sie frieren!«

»Der Heizkörper steht doch erst im Halbstock, fünfzehn Stufen höher«, erwiderte Kien.

»Umsonst gibt's keine Wärme, egal wie wenig es ist. Wissen Sie was, da, wo Sie stehen, bin ich auch gestanden und weggejagt haben 's mich doch.« Das war nicht gelogen.

Kien bedachte, daß seine Konkurrenten alles Interesse daran

hatten, ihn hinauszubefördern und nahm das Angebot des Kleinen, für ihn Schmiere zu stehen, mit Dank an. Seine Leidenschaft für die halbe Bibliotehk, die er ihm anvertraut hatte, war verblaßt. Größere Gefahren drohten. Einen Betrug hielt er jetzt, wo sie sich mit gemeinsamen Parolen zum gemeinsamen Werk verbunden hatten, für ausgeschlossen. Als sie sich am nächsten Tag an ihre Arbeitsstelle begaben, sagte Fischerle: »Wissen Sie was, gehn Sie voraus! Wir kennen uns nicht. Ich bleib' wo draußen stehn. Daß Sie mich nicht stören! Ich sag' Ihnen gar nicht, wo ich bin. Wenn die einmal merken, daß wir zusammengehören, ist die ganze Arbeit umsonst. Im Notfall geh ich an Ihnen vorüber und zwinkere mit den Augen. Erst laufen Sie, dann lauf' ich. Zusammen laufen wir nicht. Hinter der gelben Kirche haben wir ein Rendezvous. Da warten Sie, bis ich komm'. Verstanden!« Er wäre ehrlich überrascht gewesen, wenn man seinen Vorschlag zurückgewiesen hätte. Da er an Kien interessiert war, dachte er nicht daran, ihn loszuwerden. Wie konnte ein Mensch glauben, daß er wegen eines Finderlohns, eines Trinkgelds durchbrennen würde, wo er auf das Ganze aus war? Der Hochstapler, die Buchbranche, dieser schlaue Hund, durchschaute den ehrlichen Teil seiner Absichten und gehorchte.

Vier und ihre Zukunft

Kaum war Kien im Gebäude verschwunden, als Fischerle langsam bis zur nächsten Ecke zurückging, in eine Quergasse einbog und aus Leibeskräften zu laufen begann. Vor dem »Idealen Himmel« angelangt, gönnte er seinem schwitzenden, prustenden, schlotternden Körper erst einige Ruhe und trat dann ein. Um diese Tageszeit pflegten die meisten Himmelsbewohner noch zu schlafen. Damit hatte er gerechnet, gefährliche und gewalttätige Leute konnte er jetzt nicht brauchen. Anwesend waren: der lange Kellner; ein Hausierer, der aus der Schlaflosigkeit, an welcher er litt, wenigstens *einen* Vorteil zog und pro Tag vierundzwanzig Stunden unterwegs war; ein blinder Invalide, der beim billigen Morgenkaffee, den er hier vor Beginn seines Tagewerkes einnahm, noch Gebrauch von seinen Augen machte; eine alte Zeitungsverkäuferin, die man »die Fischerin« nannte, weil sie Fischerle ähnlich sah und ihn, was jeder wußte, ebenso heimlich wie unglücklich liebte, und ein Kanalräumer, der sich von Nachtdienst und Kloakengestank in dem des Himmels zu erholen pflegte. Er galt als der solideste Mensch, der hier verkehrte, weil er dreiviertel seines Wochenlohnes an seine Frau abführte, mit der er in glücklichster Ehe drei Kinder gezeugt hatte. Das restliche Viertel floß im Lauf einer Nacht oder eines Tages in die Kasse der Himmelsinhaberin.

Die Fischerin hielt ihrem eintretenden Geliebten eine Zeitung hin und sagte: »Da hast! Wo bist denn so lange gewesen?« Wenn ihn die Polizei gerade schikanierte, pflegte Fischerle auf einige Tage zu verschwinden. Man sagte: »Er ist nach Amerika«, lachte jedesmal über den Witz — wie kam ein solcher Knirps in das Riesenland der Wolkenkratzer — und vergaß ihn, bis er wieder auftauchte. Die Liebe seiner Frau, der Pensionistin, ging nicht so weit, daß sie sich seinetwegen Sorgen gemacht hätte. Sie liebte ihn nur, wenn er bei ihr war, und wußte, daß er Verhöre und Loch gewohnt war. Beim amerikanischen Witz dachte sie sich, wie schön das wäre, wenn sie einmal ihr ganzes Geld für sich allein hätte. Schon seit langem wollte sie sich ein Madonnenbild für ihr Kabinett kaufen. Zu einer Pensionistin gehört ein Madonnenbild. Sobald er sich aus seinen Verstecken hervorwagte, in die er sich meist unschuldig flüchtete, bloß weil man ihn auf alle Fälle lang in Untersuchungshaft hielt und ihm sein Schachspiel abnahm, ging er zuerst ins Kaffeehaus und war nach wenigen Minuten wieder Liebkind bei ihr. Die Fischerin aber war die einzige, die täglich nach ihm fragte und über seinen Verbleib alle möglichen Vermutungen äußerte. Er durfte ihre Zeitungen lesen, ohne dafür zu bezahlen. Bevor sie ihre Runde begann, humpelte sie eilig in den Himmel, reichte ihm das oberste Blatt ihres druckfrischen Paketes hin und wartete, ihre schwere Last unterm Arm, geduldig, bis er zu Ende gelesen hatte. *Er* durfte die Zeitung aufschlagen, zerdrücken und schlecht zusammenlegen, die anderen durften ihm nur über die Schultern sehen. War er schlechter Laune, so hielt er sie absichtlich lange auf und sie erlitt schweren Schaden. Hänselte man sie wegen dieser ihrer unbegreiflichen Dummheit, so zuckte sie mit den Schultern, wackelte mit dem Buckel — er nahm es mit dem Fischerles an Größe und Ausdrucksfähigkeit auf — und sagte: »Er ist das *Einzige*, was ich auf der *Welt* hab'!« Vielleicht liebte sie Fischerle diesem klagenden Satz zuliebe. Sie rief ihn mit scheppernder Stimme aus, es klang so, als ob sie zwei Zeitungen, »Das Einzige« und »Der Welthab« anzupreisen habe.

Heute hatte Fischerle für ihre Zeitung keinen Blick. Sie sah das ein, das Blatt war nicht mehr frisch, sie hatte es gut gemeint und sie dachte ja nur, er hätte schon lange nichts mehr zum Lesen gehabt, wer weiß, wo er herkam. Fischerle packte sie bei den Schultern — sie war gleich klein wie er — schüttelte sie und krähte: »Kommt's alle her, Leutln, ich hab' was für euch!« Alle, ohne den schwindsüchtigen Kellner, der sich von dem Juden nichts befehlen ließ, auf nichts neugierig war und ruhig beim Büfett stehenblieb, im ganzen also drei, traten auf ihn zu und erdrückten ihn fast vor Interesse. »Bei mir kann ein jeder zwanzig Schilling pro Tag verdienen! Ich schätz' auf drei Tage.« »Acht Kilo Toilettenseife«, rechnete der schlaflose Hausierer hastig vor. Der Blinde blickte Fischerle zweifelnd ins Aug'. »Des waar a Schub!« brummte der Kanalräumer. Die Fischerin merkte sich »bei mir« und überhörte die Summe.

»Ich hab' nämlich eine eigene Firma aufgemacht. Unterschreibt's, daß ihr alles dem Chef, der bin ich, abführt, und ich nehm' euch auf!« Sie hätten lieber zuerst herausbekommen, worum es ging. Aber Fischerle hütete sich, seine Geschäftsgeheimnisse zu verraten. Eine Branche ist es, mehr als Branche sagt er nicht, erklärte er kategorisch. Dafür gibt er am ersten Tag pro Person 5 Schilling Anzahlung. Das ließ sich hören. »Der Unterzeichnete verpflichtet sich und verrechnet sofort bar jeden Groschen im Auftrag der Firma Siegfried Fischer einkassiert. Der Unterzeichnete frißt die volle Haftpflicht für eventuelle Schäden.« Im Nu hatte Fischerle diese Sätze auf vier Blätter eines Notizblocks geschrieben, den ihm der Hausierer präsentierte. Als der einzige wirkliche Geschäftsmann unter den Anwesenden hoffte er auf Beteiligung und die größten Aufträge und wollte sich seinen Chef günstig stimmen. Der Kanalräumer, Familienvater und Dümmster von allen, unterschrieb zuerst. Fischerle ärgerte sich, weil die Unterschrift so groß war wie seine, er bildete sich ein, die größte zu haben. »So ein Großmaul!« keifte er, worauf sich der Hausierer mit einer entlegenen Ecke und einem winzigen Namen begnügte. »Das kann man nicht lesen!« erklärte Fischerle und zwang den Mann, der sich schon als Generalvertreter sah, zu weniger bescheidenen Zügen. Der »Blinde« weigerte sich, einen Finger zu rühren, bevor er Geld bekäme. Er mußte es ruhig mitansehen, wenn Leute ihm Knöpfe in den Hut warfen, und traute darum, wenn er in Zivil war, niemandem über den Weg. »Ach was«, meinte Fischerle angeekelt, »als ob ich schon einmal einen angelogen hätt'!« Er zog einige zusammengeknüllte Scheine aus der Achselhöhle hervor, knipste jedem der Männer eine Fünfschillingnote in die Hand und ließ sie sich sofort »Akontogehalt« bestätigen. »Ja, das is was anders«, sagte der »Blinde«, »Versprechen und Halten ist zweierlei. Für so einen Menschen geh' ich auch betteln, wenn's sein muß!« Der Hausierer ging für so einen Chef durchs Feuer, der Kanalräumer durch dick und dünn. Nur die Fischerin blieb weich. »Von mir braucht er keine Unterschrift«, behauptete sie, »ich stiehl ihm nichts. Er ist das Einzige, was ich auf der Welt hab'.« Fischerle hielt ihre Untertänigkeit für so selbstverständlich, daß er ihr seit der ersten Begrüßung den Rücken zuwandte. Sein Buckel gab ihr Mut, von dieser Seite flößte ihr Fischerle wohl Liebe, aber keinen Respekt ein. Die Pensionistin war nicht im Lokal und da kam sich die Fischerin fast wie die Frau des neuen Chefs vor. Kaum hatte der die Frechheit gehört, als er sich umdrehte, ihr die Feder in die Hand drückte und befahl: »Schreib, du hast nichts zu reden!« Sie gehorchte dem Blick seiner schwarzen Augen, sie hatte nur graue, und bestätigte sogar die fünf Schilling Akontogehalt, die sie noch gar nicht bekommen hatte. »So, jetzt hätten wir's!« Fischerle steckte die vier Zettel sorgfältig ein und seufzte. »Und was hat man vom Geschäft? Nichts als Sorgen! Ich schwör' euch, ich wär' lieber der kleine Mann, der ich früher war. Ihr habt's gut!« Er wußte, daß bessere Leute zu ihren Angestellten immer so zu reden pflegen, ob sie nun Sorgen haben oder keine; er hatte wirklich welche. »Gehn wir!« sagte er dann, winkte, ein kleiner Gönner, dem Kellner sehr von unten herauf zu und verließ mit seinem neuen Personal das Lokal.

Auf der Straße erklärte er den Leuten ihre Obliegenheiten. Er nahm jeden seiner Angestellten einzeln vor und hieß die drei übrigen in einiger Entfernung folgen, so als habe er nichts mit ihnen gemein. Es schien ihm notwendig, die Leute je nach dem Grade ihrer Intelligenz verschieden zu behandeln. Da er Eile hatte und den Kanalräumer für den Verläßlichsten hielt, zog er ihn zum größten Ärger des Hausierers den andern vor.

»Sie sind ein guter Vater«, sagte er ihm, »drum hab' ich gleich an Sie gedacht. Ein Mensch, der 75 % von seinem Lohn bar an sein Weib abführt, ist Gold wert. Also passen Sie gut auf und stürzen Sie sich nicht in Ihr Unglück. Es wär' schad' um die herzigen Kinder.« Er bekomme ein Paket von ihm, das Paket heiße »Kunst« — »sprechen Sie nach: Kunst!« »Jetzt glauben S', i waas net, was a Kunst is! Weil i der Frau so viel gib!« Der Kanalräumer wurde im Himmel wegen seiner Familienverhältnisse, um die man ihn beneidete, beharrlich verhöhnt. Durch zahllose Hiebe gegen seinen plumpen Stolz holte Fischerle das Wenige, was der Mensch an Intelligenz besaß, aus ihm hervor. Dreimal schärfte er ihm den Weg auf das genaueste ein. Der Kanalräumer war noch nie im Theresianum gewesen. Notwendige Gänge besorgte seine Frau für ihn. Der Geschäftsfreund stehe hinter der Glastür beim Fenster. Er sei lang und mager. Man gehe langsam an ihm vorüber, rede *kein* Wort, *kein* Wort und warte, bis er einen anspreche. Dann brülle man laut: »Kunst, Herr!

Unter zweihundert Schilling gibt's nix! Lauter Kunst!« Vor einer Buchhandlung hieß dann Fischerle den Kanalräumer warten. Drinnen kaufte er seine Ware ein. Zehn billige Romane à zwei Schilling wurden zu einem eindrucksvollen Paket zusammengebunden. Dreimal wurden die früheren Anweisungen wiederholt; es war anzunehmen, daß selbst dieser Dummkopf alles begriffen hatte. Sollte der Geschäftsfreund das Papier von den Büchern abstreifen wollen, so müsse er es fest an sich drücken und »Nein! Nein!« brüllen. An einem bestimmten Platz hinter der Kirche habe er sich mit Geld und Paket wieder einzufinden. Dort werde er entlohnt. Unter der Bedingung, daß er keinem Menschen, auch den übrigen Angestellten nicht, von seiner Arbeit erzähle, dürfe er sich morgen um Punkt neun Uhr wieder hinter die Kirche stellen. Für ehrliche Kanalräumer habe er, Fischerle, ein Herz, es könne nicht jeder von einer Branche stammen. Mit diesen Worten wurde der brave Familienvater entlassen.

Während der Kanalräumer vor der Buchhandlung wartete, waren die drei übrigen dem Befehl ihres Chefs gemäß weitergegangen, ohne von den vertraulichen Zurufen ihres Kollegen, der über den neuen Anordnungen die alten vergessen hatte, die leiseste Notiz zu nehmen. Fischerle hatte auch damit gerechnet, der Kanalräumer bog in eine Seitengasse ein, bevor die anderen das Paket, welches er wie den kostbarsten Säugling reichster Eltern trug, bemerken konnten. Fischerle pfiff, holte die drei ein und nahm sich die Fischerin mit. Der Hausierer erkannte, daß er für Größeres aufgespart würde, und sagte zum »Blinden«: »Sie werden sehen, mich nimmt er zuletzt!«

Mit der Fischerin machte der Kleine kurzen Prozeß. »Ich bin das Einzige, was du auf der Welt hast«, er erinnerte sie an ihren Liebes- und Lieblingssatz. »Siehst, das kann eine jede sagen. Ich bin für die Beweise. Wenn du einen Groschen unterschlägst, ist es aus zwischen uns und ich rühr' keine Zeitung mehr an, das schwör' ich, und du kannst warten, bis du einen zweiten find'st, der genauso ausschaut wie du!« Was sonst zu erklären war, erledigte sich fast von selbst. Die Fischerin hing an Fischerles Mund; um ihn sprechen zu sehen, machte sie sich noch kleiner, als sie war, küssen konnte er nicht wegen der Nase, sie kannte als einzige seinen Mund. Im Pfandhaus war sie zu Hause. Sie sollte jetzt vorausgehen und hinter der Kirche auf den Chef warten. Dort bekäme sie dann ein Paket, für das sie 250 Schilling zu fordern hatte, und dorthin begebe sie sich mit Geld und Paket zurück. »Lauf!« rief er zum Schluß. Sie war ihm zuwider, weil sie ihn die ganze Zeit liebte.

An der nächsten Ecke blieb er stehen, bis ihn »Blinder« und Hausierer eingeholt hatten. Der letztere ließ dem Blinden den Vortritt und nickte dem Chef rasch und verständnisvoll zu. »Ich bin empört!« behauptete Fischerle und warf einen achtungsvollen Blick auf den »Blinden«, der sich trotz seiner zerlumpten Arbeitstracht nach jeder Frau umsah und sie mißtrauisch musterte. Er hätte zu gern gewußt, wie die neue Fasson seines Schnurrbarts auf sie wirkte. Junge Mädchen haßte er, weil sie sich an seinem Beruf stießen. »Ein Mann wie Sie«, sprach Fischerle weiter, »und muß sich so anschwindeln lassen!« Der »Blinde« wurde aufmerksam. »Da wirft aner an Knopf in den Hut. Sie haben mir's selber erzählt, Sie seh'n, es ist ein Knopf — und Sie sagen Danke. Sagen Sie nicht Danke, so ist es aus mit der Blindheit und die Kundschaft verduftet. So muß man sich anschwindeln lassen. Ein Mann wie Sie! Umbringen möcht' man sich! Das Anschwindeln ist eine Sauerei. Hab' ich nicht recht?« Dem Blinden, einem ausgewachsenen Mann, der den Krieg drei Jahre lang an der vordersten Front mitgemacht hatte, traten die Tränen in die Augen. Dieser tagtägliche Betrug an ihm, den er doch sofort durchschaute, war sein größter Kummer. Weil er sich sein Brot so hart verdienen muß, erlaubt sich jeder Lausbub, ihn wie einen Esel zu verhöhnen. Er dachte oft und ernstlich daran, sich umzubringen. Hätte er bei Frauen nicht hie und da noch Glück gehabt, so wäre es schon längst dazugekommen. Im Himmel erzählte er jedem, so oft man sich in ein Gespräch mit ihm einließ, die Geschichte der Knöpfe und beschloß sie mit der Drohung, einen dieser Halunken umzubringen und dann sich selbst. Da das schon seit Jahren so fortging, nahm ihn niemand mehr ernst und sein Mißtrauen wuchs erst recht. »Ja!« schrie er und fuchtelte mit dem Arm an Fischerles Buckel herum, »ein Kind von drei Jahren weiß, ob es einen Knopf oder einen Groschen in der Hand hat! Ich vielleicht nicht? Ich vielleicht nicht? Ich bin doch nicht blind!« »Das sag' ich doch«, Fischerle löste ihn ab, »das Ganze kommt vom Schwindeln. Warum müssen die Menschen schwindeln? Soll einer sagen, ich hab' heut keinen Groschen, lieber Herr, morgen kriegen Sie dafür zwei. Aber nein, so ein Großmaul schwindelt lieber und Sie können den Knopf schlucken. Sie müssen sich einen anderen Beruf aussuchen, mein lieber Herr! Ich denke schon die längste Zeit darüber nach, was ich für Sie tun könnte. Ich werd' Ihnen was sagen, wenn Sie sich die drei Tage gut halten, stell' ich Sie für länger bei mir ein. Den anderen dürfen Sie nichts sagen, strengstes Geheimnis, die entlass' ich alle, unter uns gesagt, die nehm' ich jetzt nur aus Mitleid für die paar Tage. Bei Ihnen ist das was anderes. *Sie* können das Schwindeln nicht leiden, *ich* kann das Schwindeln nicht leiden, *Sie* sind ein besserer Mensch, *ich* bin ein besserer Mensch, Sie werden zugeben, wir passen zusammen. Und damit Sie sehen, welche Hochachtung ich vor Ihnen habe, gebe ich Ihnen das ganze Honorar für heute voraus. Die andern kriegen nichts.« Der Blinde bekam tatsächlich die restlichen 15 Schilling. Erst hatte er seinen Ohren nicht getraut, jetzt erging es ihm genauso mit seinen Augen. »Mit dem Umbringen ist es aus!« rief er. Für diese Freude hätte er auf zehn Weiber verzichtet, er rechnete in Weibern. Was ihm nun von Fischerle auseinandergesetzt wurde, faßte er mit Begeisterung, also spielend, auf. Über den langen Geschäftsfreund lachte er, weil ihm so gut zumute war. »Beißt er?« fragte er. Sein langer, magerer Hund fiel ihm ein, der ihn morgens an die Arbeitsstätte führte und abends abholte. »Er soll sich trauen!« drohte Fischerle. Einen Augenblick schwankte er, ob er dem Blinden nicht einen höheren Betrag als den beabsichtigten über 300 Schilling anvertrauen solle, der Mann schien ehrlich begeistert. Fischerle feilschte mit sich selbst, es gelüstete ihn sehr, fünfhundert auf einen Schlag zu verdienen. Doch er sah ein, daß ein solches Risiko zu groß, ein solcher Verlust ihn ruinieren könne, und drückte seine Gelüste auf 400 herunter. Der Blinde sollte sich auf den Platz *vor* der Kirche begeben und dort auf ihn warten.

Als er den Blicken entschwunden war, meinte der Hausierer seine Zeit gekommen. Er holte den Zwerg mit raschen, kleinen Schritten ein und ging im Gleichschritt neben ihm her. »Bis man die los wird!« sagte er. Den Kopf hielt er gebückt, es gelang ihm nicht, ihn bis zu Fischerle hinunterzudrücken; wenigstens blickte er auf, während er sprach, als ob der Zwerg, seit er Chef hieß, zu doppelter Größe angewachsen wäre. Fischerle schwieg. Er dachte nicht daran, sich mit diesem Menschen in Vertraulichkeiten einzulassen. Die anderen drei fand er im Himmel wie gerufen, vor diesem vierten war er auf seiner Hut. Heute und nicht wieder, sagte er sich. Der Hausierer wiederholte: »Bis man die los wird, finden Sie nicht?« Fischerle riß die Geduld. »Wissen Sie was, Sie haben jetzt nichts zu reden, Sie sind im Dienst! Jetzt rede ich! Wenn Sie reden wollen, suchen Sie sich einen anderen Posten!« Der Hausierer riß sich zusammen und verbeugte sich. Die eben noch rechnend geriebenen Hände falteten sich. Rumpf, Kopf und Arme gerieten in lebhaftes Zucken. Womit sollte er seine Unterwürfigkeit noch beweisen? Im Durcheinander seiner Nerven hätte er sich beinah auf den Kopf gestellt, um auch die Füße ergebenst zu falten. Er kämpfte um die Erlösung von seiner Schlaflosigkeit. Zu »Reichtum« fielen ihm Sanatorien und komplizierte Kuren ein. In seinem Paradies gab es unfehlbar wirkende Schlafmittel. Man schlief dort vierzehn Tage hintereinander, ohne ein einziges Mal aufzuwachen. Das Essen bekam man im Schlaf. Nach vierzehn Tagen wachte man auf, früher war es nicht erlaubt, man mußte sich fügen, was sollte man dagegen tun. Die Ärzte waren so streng wie die Polizei. Dann ging man auf einen halben Tag Karten spielen. Dazu gab es ein besonderes Zimmer, in dem nur bessere Geschäftsleute verkehrten. In wenigen Stunden wurde man noch einmal so reich, soviel Glück hatte man im Spiel. Dann legte man sich wieder vierzehn Tage schlafen. Zeit hatte man, soviel man wollte. »Wozu wackeln Sie so! Schämen Sie sich!« schrie Fischerle, »hören Sie auf mit dem Wackeln, oder ich kann Sie nicht brauchen!« Der Hausierer schreckte aus dem Schlafe auf und beruhigte, soweit es möglich war, seine zappelnden Glieder. Er war wieder ganz Gier.

Fischerle sah, daß an dem verdächtigen Subjekt kein Haar und kein Entlassungsgrund zu finden war. Wütend begann er mit seinen Anweisungen. »Passen Sie gut auf, oder ich jag Sie zum Teufel! Sie bekommen von mir ein Paket. Ein Paket, verstehen Sie? Was ein Paket ist, muß so ein Hausierer wissen. Sie gehen damit ins Theresianum. Da brauch ich Ihnen nichts erklären. Sie stecken eh den ganzen Tag dort, Sie unbegabter Mensch. Sie stoßen die Glastür auf, bevor man zur Bücherabteilung hinaufgeht. Wackeln Sie nicht, sag' ich! Wenn Sie dort so wackeln, schlagen Sie die Scheiben ein, das ist Ihre Sache. Beim Fenster steht ein schlanker besserer Herr. Das ist ein guter Geschäftsfreund von mir. Sie gehen auf ihn zu und halten den Mund. Wenn Sie reden, bevor er redet, dreht er Ihnen den Rücken und läßt Sie stehen. Er ist so, er hat eine Autorität. Also schweigen Sie schon lieber! Ich hab' keine Lust, mich auf lange Schadenersatzprozesse mit Ihnen einzulassen. Aber wenn Sie was Verkehrtes anstellen, laß ich mich doch ein, seien Sie sicher, ich laß mich von Ihnen nicht um meine sauern Geschäfte bringen! Wenn Sie ein nervöser Dummkopf sind, dann packen Sie sich! Ein Kanalräumer ist mir lieber wie Sie. Wo bin ich stehngeblieben? Wissen Sie das noch?« Fischerle merkte plötzlich, daß er aus der bessern Sprache, die er sich durch den Umgang mit Kien im Laufe weniger Tage angeeignet hatte, herausfiel. Gerade diese Sprache hielt er aber dem anmaßenden Angestellten gegenüber für die einzig angebrachte. Er machte eine Pause, um sich zu beruhigen und benützte die Gelegenheit, um den verhaßten Konkurrenten bei seiner Unaufmerksamkeit zu ertappen. Der Hausierer erwiderte prompt: »Sie stehen beim schlanken Geschäftsfreund und ich red' nichts.« »*Sie* stehen, *Sie* stehen!« keifte Fischerle, »und wo ist das Paket?« »Das halt ich in der Hand.« Die Demut dieser falschen Kreatur brachte Fischerle zur Verzweiflung. »Uff!« seufzte er, »bis man Sie so weit hat, daß Sie was kapieren, wächst einem ein zweiter Buckel.« Der Hausierer grinste und hielt sich am Buckel für die Beschimpfungen schadlos. Auch in seiner Höhe fühlte er sich aber vor Beobachtung nicht sicher und blickte verstohlen hinunter. Fischerle hatte nichts bemerkt, da er krampfhaft nach neuen Beleidigungen suchte. Gemeine Ausdrücke, wie sie im Himmel üblich waren, wollte er vermeiden, sie hätten auf einen Mitbewohner keinen Eindruck gemacht. Der wiederholte Dummkopf war ihm zu langweilig. Er beschleunigte plötzlich seinen Gang und als der Hausierer anfangs um einen halben Schritt zurückblieb, drehte er sich verächtlich zu ihm um und sagte: »Sie sind schon müd'. Wissen Sie was, lassen Sie sich begraben!« Dann fuhr er in seinen Anweisungen fort. Er schärfte ihm ein, vom schlanken Geschäftsfreund 100 Schilling »Anzahlung« zu verlangen, aber erst wenn er aufgehalten und angesprochen worden wäre, und dann, ohne weiter ein Wort zu verlieren, mit Anzahlung und Paket auf den Platz hinter der Kirche zurückzukehren. Das Weitere werde er dort erfahren. Ein Sterbenswort über seine Arbeit, auch den übrigen Angestellten gegenüber, und er sei sofort entlassen.

Bei der Vorstellung, daß der Hausierer alles ausplaudern und sich mit den anderen gegen ihn ins Einvernehmen setzen könnte, wurde Fischerle etwas milder gestimmt. Um seine Angriffe wieder gutzumachen, verlangsamte er seinen Schritt und sagte, als der andere ihm dadurch plötzlich um gut einen Meter vor war: »Halt, wo rennen Sie hin? So eilig haben wir's wieder nicht!« Der Hausierer nahm das als neue Schikane. Die weiteren Worte, die Fischerle so ruhig und freundlich zu ihm sprach, als wären sie noch gleichgestellte Kumpane im Himmel, erklärte er sich durch dessen Angst vor Eigenmächtigkeiten. Trotz seiner Nervosität war er durchaus nicht auf den Kopf gefallen. Er schätzte Menschen und ihre Beweggründe richtig ein; um sie zum Kaufen von Zündhölzern, Schuhriemen, Notizblöcken oder teuerstenfalls Seifen zu überreden, wandte er mehr Scharfsinn, Einfühlung und selbst Verschwiegenheit an als sehr berühmte Diplomaten. Nur wo es um seinen Traum vom beliebig langen Schlaf ging, verflossen seine Gedanken in einen unbestimmten Nebel. Hier erfaßte er, daß der Erfolg des neuen Geschäfts in einem Geheimnis lag.

Den restlichen Weg bis zu ihrem Ziel benützte Fischerle, um die Gefährlichkeit seines scheinbar so harmlosen Freundes, des schlanken besseren Herrn, durch verschiedene Geschichten zu beweisen. Im Krieg habe er so lange gekämpft, bis er davon rabiat geworden sei. Einen Tag lang rühre er sich nicht und tue keinem Menschen was zuleid'. Spreche man aber ein überflüssiges Wort zu ihm, so pflege er seinen alten Armeerevolver zu ziehen und einen auf der Stelle niederzuschießen. Die Gerichte könnten ihm nichts machen, er handle in Sinnesverwirrung, er trage das ärztliche Zeugnis bei sich. Die Polizei kenne ihn. Wozu ihn verhaften? sagten sich die Polizisten, er wird ja doch wieder freigesprochen. Übrigens schieße er ja die Leute nicht gleich tot. Er ziele auf die Beine. In ein paar Wochen seien die Angeschossenen wieder gesund. Nur in einem Falle verstehe er keinen Spaß. Dieser Fall sei das viele Fragen. Er vertrage keine Fragen. Da erkundige sich zum Beispiel einer ganz harmlos nach seiner Gesundheit. In der nächsten Sekunde sei der Betreffende eine Leiche. Denn in diesem Fall ziele der Freund direkt ins Herz. Das sei so seine Gewohnheit. Er könne nichts dafür. Nachher tue es ihm ja leid. Richtige Tote habe es auf diese

Weise erst sechs gegeben. Jeder Mensch wisse nämlich um die gefährliche Gewohnheit und erst sechs hätten ihn nach was gefragt. Sonst könne man mit ihm die besten Geschäfte machen.

Der Hausierer glaubte kein Wort. Doch hatte er eine leicht entzündliche Phantasie. Er sah einen gut angezogenen Herrn vor sich, der einen, noch bevor man sich ausgeschlafen hatte, über den Haufen schoß. Er beschloß Fragen auf jeden Fall zu vermeiden und auf andere Art hinter das Geheimnis zu kommen.

Fischerle legte den Finger an den Mund und machte »Pst!« Sie waren vor der Kirche angelangt, wo der Blinde, hündische Ergebenheit in den Augen, auf sie wartete. Er hatte in der Zwischenzeit kein einziges Weib gemustert, er wußte gerade nur, daß mehrere vorbeigegangen waren. In seiner übergroßen Freude hatte er sich darauf gefreut, seine Kollegen freundlich zu behandeln; die armen Teufel sollten in drei Tagen entlassen werden, *er* hatte eine Lebensstellung gefunden. Den Hausierer begrüßte er so herzlich, als hätte er ihn Jahre nicht gesehen. Hinter der Kirche klaubten die drei die Fischerin auf. Seit zehn Minuten schnappte sie nach Atem, so sehr war sie gerannt. Der Blinde tätschelte ihr den Buckel. »Was meinst, Alte!« brüllte er und lachte über sein ganzes furchiges, fahles Gesicht. »Uns geht's heut gut!« Vielleicht tat er der Alten einmal den Gefallen. Die Fischerin kreischte laut. Sie fühlte, daß nicht Fischerles Hand sie berührte, sagte sich, er ist es doch, und hörte die rohe Stimme des Blinden. So ging ihr Kreischen von Schreck in Entzücken und von Entzücken in Enttäuschung über. Fischerles Stimme war anlockend. Der hätte Zeitungen ausrufen sollen! Aus der Hand hätte man sie ihm gerissen. Aber er war viel zu gut für eine Arbeit. Müd' wär' er geworden. Da schien es ihr besser, er bliebe Chef.

Denn zur Stimme dazu hatte er scharfe Augen. Eben bog der Kanalräumer um die Ecke. Er bemerkte ihn zuerst, befahl den anderen »Dableiben!« und lief ihm entgegen. Er zog ihn unter das Vordach der Kirche, nahm ihm das Paket ab, das genau so in den Armen lag, wie es hineingelegt worden war, und die Zweihundert aus den Fingern der Rechten. Er holte 15 Schilling hervor und legte sie ihm auf die Hand, die er selber öffnen mußte. Als es soweit war, hatte sich im klobigen Mund des Kanalräumers der erste Satz seines Berichtes gebildet. »Gut is gangen«, begann er. »Ich seh', ich seh'!« rief Fischerle, »morgen um Punkt neun. Punkt neun.

Hier. Hier. Punkt neun hier!« Der Kanalräumer entfernte sich mit plumpen, beschwerten Schritten und begann sich den Lohn zu besehen. Nach einer zähen Weile erklärte er: »Stimmt.« Bis zum Himmel kämpfte er mit seiner Gewohnheit und erlag ihr schließlich. Fünfzehn Schilling bekommt die Frau, fünf versäuft er. So geschah es. Ursprünglich wollte er das Ganze versaufen.

Fischerle merkte erst unterm Kirchendach, welche schlechte Kombination er sich da geleistet hatte. Wenn er der Fischerin jetzt das Paket übergab, stand der Hausierer daneben und sah es sich genau an. Sobald der einmal kapiert hatte, daß es sich bei allen um das gleiche Paket handelte, war es um das schöne Geheimnis geschehen. Da kam die Fischerin, wie wenn sie seine Gedanken erraten hätte, von selbst zu ihm unters Kirchendach und sagte: »Jetzt bin ich dran.« »Das dauert aber lang, meine Liebe!« fuhr er sie an und gab ihr das Paket. »Abfahren!« Sie humpelte in größter Eile davon. Ihr Buckel verbarg den Blicken der anderen das Paket, welches sie trug.

Der Blinde hatte indessen dem Hausierer klarzumachen versucht, daß es mit den Weibern nichts sei. Erst muß ein Mensch einen anständigen Beruf haben, einen schönen Beruf, einen Beruf, wo man die Augen offenhalten darf. Mit der Blindheit ist es auch nichts. Die Leute glauben, wenn einer blind ausschaut, kann man sich alles mit ihm erlauben. Wenn man es zu etwas gebracht hat, kommen die Weiber von selbst, dutzendweise, man weiß bald nicht mehr, wo man sie alle hinlegen soll. Das Lumpenvolk versteht einen Dreck von der Sache. Die sind wie die Hunde, die erledigen das überall. Pfui Teufel, da ist er ein anderer Kerl! Er braucht ein anständiges Bett, eine Roßhaarmatratze, einen guten Ofen im Zimmer, der nicht stinkt, und ein saftiges Weib. Kohlengestank verträgt er nicht, das hat er noch vom Krieg her. Zum Beispiel mit jeder läßt er sich nicht ein. Früher, wie er noch ein Bettler war, da hat er bei jeder anzubeißen versucht. Jetzt kauft er sich ein besseres Gewand, Geld hat er bald wie Heu und sucht sich die Weiber aus. Er stellt hundert Stück hin, greift eine jede an, sie müssen nicht nackt sein, es geht auch so, und nimmt sich drei bis vier mit. Mehr verträgt er nicht auf einmal. Mit den Knöpfen ist es aus. »Man wird sich ein Doppelbett anschaffen müssen!« seufzte er, »wo bring' ich die drei dicken Stücker unter?« Der Hausierer hatte andere Sorgen. Er renkte sich den Hals aus, um am Buckel der Fischerin vorbeizusehen. Trägt sie ein Paket, trägt sie keins? Der Kanalräumer ist mit einem Paket gekommen und mit leeren Händen gegangen. Warum hat Fischerle ihn unters Kirchendach gezogen? Man sieht weder ihn noch den Kanalräumer, noch die Fischerin, solang sie dort stehn. Das Paket wird in der Kirche versteckt, natürlich. Eine enorme Idee! Wer sucht in einer Kirche nach Diebsgut? Der Krüppel entpuppt sich als ein schlauer Kopf. Das Paket ist eine interessante Lieferung Kokain. Wo hat der Gauner das Riesengeschäft her?

Da lief der Zwerg auch schon rasch auf sie zu und sagte: »Geduld, meine Herren! Bis die mit ihren krummen Beinen hin und zurück ist, sind wir gestorben.« »Mit dem Sterben ist es aus, Herr!« brüllte der Blinde. »Sterben muß jeder, Herr Chef«, dienerte der Hausierer und kehrte beide Handflächen nach außen, genauso wie es Fischerle in seiner Lage getan hätte. »Ja, wenn wir einen guten Schachspieler da hätten«, fügte er hinzu, »aber unsereiner heißt nichts für einen Meister.« »Meister, Meister!« Fischerle schüttelte beleidigt den Kopf. »In drei Monaten bin ich Weltmeister, meine Herren!« Beide Angestellten sahen sich begeistert an. »Es lebe der Weltmeister!« brüllte plötzlich der Blinde. Der Hausierer, mit seiner dünnen, zirpenden Stimme — im Himmel sagte man, sobald er den Mund auftat: »er spielt Mandoline« — stimmte eiligst in denselben Ruf ein. »Welt« brachte er noch heraus, der »Meister« blieb ihm in der Kehle stecken. Zum Glück war der kleine Platz um diese Zeit von allen Menschen verlassen, nicht einmal von den äußersten Vorposten der Zivilisation in der Stadt, den Polizisten, stand einer da. Fischerle verneigte sich, fühlte aber, daß er zu weit gegangen war und krächzte: »Leider muß ich während der Arbeitsstunden um mehr Ruhe bitten! Reden wir lieber nichts!« »Na, was«, meinte der Blinde, der wieder von seinen Zukunftsplänen anfangen wollte und als Entgelt für sein Vivat ein Anrecht daran zu haben glaubte. Der Hausierer legte den Finger an den Mund, sagte: »Ich sag' immer, Schweigen ist Gold«, und verstummte.

Der Blinde blieb mit seinen Weibern allein. Er ließ sich in seinem Vergnügen nicht stören und sprach laut weiter. Er begann damit, daß es mit den Weibern nichts sei, endete mit dem Doppelbett und da er den Eindruck hatte, daß Fischerle diesen Affären viel zuwenig Verständnis entgegenbringe, fing er wieder von vorne an und bemühte sich, einige der hundert Weiber, die für ihn auf Lager gehalten wurden, im einzelnen zu beschreiben. Er teilte jeder die unglaublichsten Hinterbacken zu, gab deren Gewicht in Kilogramm an und steigerte die Summe von Nummer zu Nummer. Bei der fünfundsechzigsten Frau, die er als Beispiel für die Sechziger herausgriff, wogen die Hinterbacken allein 65 Kilogramm. Er war kein guter Rechner und hielt sich gern an eine Zahl, die er schon einmal ausgesprochen hatte. Immerhin kamen ihm die 65 Kilogramm selbst etwas übertrieben vor und er erklärte: »Was ich sag', ist alleweil wahr! Lügen kann ich nicht, das ist mir vom Krieg so geblieben!« Fischerle hatte mittlerweile genug mit sich selbst zu tun. Es galt, die aufgestiegenen Schachgedanken zurückzutreiben. Keine Störung fürchtete er jetzt mehr als die wachsende Lust nach einer neuen Partie. Das Geschäft konnte darüber zugrunde gehen. Er klopfte auf das kleine Schachbrett in der rechten Rocktasche, das zugleich als Schachtel für die Figuren diente, hörte sie drinnen aufgeregt springen, murmelte »jetzt bist aber ruhig!« und klopfte wieder darauf, bis er den bloßen Lärm satt hatte. Der Hausierer dachte den Rauschgiften nach und verband ihre Wirkung mit seinem Schlafbedürfnis. Wenn er das Paket in der Kirche fand, wollte er einige Päckchen herausstehlen und es einmal damit versuchen. Er fürchtete nur, man müsse in einem solchen giftigen Schlaf auch träumen. Wenn er träumen soll, schläft er lieber erst gar nicht ein. Er meint den richtigen Schlaf, wo die Leute einem zu essen geben und man doch nicht aufwacht, höchstens in vierzehn Tagen.

Da bemerkte Fischerle, wie die Fischerin unterm Kirchendach verschwand, nachdem sie ihm heftig gewinkt hatte. Er packte den Blinden beim Arm, sagte »natürlich, Sie haben recht!«, zum Hausierer »Sie bleiben da!« und nahm den ersteren bis zur Kirchentür mit. Dort hieß er ihn warten und zog die Fischerin in die Kirche hinein. Sie war in furchtbarer Aufregung und brachte kein Wort hervor. Um sich ein wenig zu beruhigen, drückte sie ihm hastig das Paket und die 250 Schilling in die Hand. Während er das Geld zählte, atmete sie tief ein und schluchzte: »Er hat mich gefragt, ob ich Frau Fischerle heiß!« »Und du hast gesagt ...«, schrie er, er zitterte vor Angst, sie könne ihm durch eine dumme Antwort sein Geschäft verdorben haben, nein, sie hat es ihm verdorben, sie freut sich jetzt noch drüber, die Gans! Wenn einer ihr sagt, daß sie seine Frau ist, verliert sie den Verstand! Er hat sie nie schmecken können, und der Esel dort, wozu frägt er so dumm, er hat ihm doch seine Frau vorgestellt! Weil die einen Buckel hat und er einen Buckel hat, glaubt er, es muß seine Frau sein, am End' hat er was gemerkt, jetzt muß er mit den lumpigen 450 Schilling verschwinden, so eine Gemeinheit! »Was hast du denn gesagt!« schrie er zum zweitenmal. Er vergaß, daß er in einer Kirche war. Vor Kirchen hatte er sonst Respekt und Scheu, weil seine Nase sehr auffällig war. »Ich — hab' — doch — nichts — sagen — dürfen!«, sie schluchzte vor jedem Wort, »den Kopf hab' ich geschüttelt.« Fischerle fiel das ganze verloren geglaubte Geld vom Herzen. Die Angst, die sie ihm eingejagt hatte, brachte ihn nachträglich in helle Wut. Am liebsten hätte er ihr rechts und links ein paar heruntergehauen. Leider war dazu keine Zeit. Er stieß sie zur Kirche hinaus und kreischte ihr ins Ohr. »Morgen kannst wieder mit deine schmierigen Zeitungen gehn! Ich schau' keine mehr an!« Sie begriff, daß es mit ihrer Anstellung bei ihm zu Ende war. Sie war nicht in der Verfassung zu berechnen, was ihr dadurch entging. Ein Herr hatte sie für die Frau von Fischerle gehalten und sie durfte nichts sagen. So ein Unglück, so ein schreckliches Unglück! In ihrem ganzen Leben hatte sie sich noch nie so glücklich gefühlt. Auf dem Heimweg schluchzte sie ununterbrochen: »Er ist das Einzige, was ich auf der Welt hab'.« Sie vergaß, daß er ihr noch 20 Schilling auszuzahlen hatte, ein Betrag, für den sie in schlechten Zeiten eine volle Woche herumlief. Ihre Melodie begleitete sie mit dem Bild des Herrn, der ihr »Frau Fischerle« gesagt hatte. Sie vergaß, daß jedermann sie die Fischerin nannte. Sie schluchzte auch, weil sie nicht wußte, wo der Herr wohnte und wo er ging. Sie hätte ihm jeden Tag Zeitungen angeboten. Er hätte sie wieder gefragt.

Fischerle aber war sie los. Er betrog sie nicht absichtlich. Auch ihn hatte die Angst und ihre Auflösung in Wut um die Klarheit seines Kopfes gebracht. Doch hätte er, wäre ihre Erledigung in Ruhe vor sich gegangen, zweifellos versucht, sie um ihren Lohn zu prellen. Er händigte dem Blinden das Paket ein und riet ihm, sich zu bewähren und zu schweigen, schließlich hänge seine Lebensstellung davon ab. Der Blinde hatte inzwischen, da er seine Weiber zum Greifen deutlich vor sich sah, um sie zu vergessen, die Augen geschlossen. Als er sie öffnete, waren alle weg, auch die schwersten, und darüber spürte er ein leichtes Bedauern. Statt ihrer waren ihm seine neuen Pflichten aufs genaueste eingefallen. Fischerles Rat war also überflüssig. Trotz der Eile seines Unternehmens ließ er ihn gar nicht gern von sich, er hatte viel auf die Knöpfe gesetzt. Wieviel dem Mann außerdem an der Erwerbung von Weibern gelegen war, konnte er, eine Frauen gegenüber so gleichgültige Natur, unmöglich richtig einschätzen.

Zum Hausierer zurückgekehrt, sagte er: »Und zu solchem Gesindel soll ein Geschäftsmann Vertrauen haben!« »Da haben Sie recht!« meinte der andere, der sich als Geschäftsmann vom Gesindel ausnahm. »Wozu lebt man?« — durch die vierhundert Schilling, deren Verlust er riskierte, war er lebensmüde geworden. »Zum Schlafen«, entgegnete der Hausierer. »*Sie* und schlafen!« Den Zwerg packte bei der Vorstellung des schlafenden Hausierers, der täglich und stündlich über Schlaflosigkeit klagte, ein wüstes Lachen. Wenn er lachte, glichen seine Nüstern einem weit aufgerissenen Doppelmund, zwei schmale Schlitze, die Mundwinkel, kamen darunter zum Vorschein. Diesmal war es so arg, daß er sich den Buckel hielt, wie andere Leute den Bauch. Er legte die Hände darunter und fing jeden Stoß, der seinen Körper erschütterte, sorgsam auf.

Kaum hatte er sich ausgelacht — der Hausierer war über den Unglauben, den man seinem Schlaf entgegenbrachte, bis in die innerste Seele beleidigt —, als der Blinde auftauchte und unters Kirchendach trat. Fischerle stürzte auf ihn los, riß ihm das Geld aus der Hand, war aufs höchste überrascht, daß es genau stimmte — oder hatte er ihm doch fünfhundert gesagt, nein, vierhundert — und fragte, um seine Aufregung zu bemänteln: »Was war?« »In der Glastür bin ich mit einer zusammengetroffen, ein Weib, sag' ich Ihnen, wenn ich das Paket nicht so blöd gehalten hätte, ich wär' vorn bei ihr angekommen, so dick war sie! Ihr Geschäftsfreund hat einen sitzen.« »Warum? Was fällt Ihnen ein?« »Sind Sie nicht bös, aber der hat ja auf die Weiber geschimpft! Vierhundert ist viel, hat er gesagt. Wegen dem Weib hat er ein Einsehen und zahlt's. Die Weiber sind an allem schuld. Wenn ich hätt' reden dürfen, ich hätt's ihm gesagt, dem blöden Hund! Die Weiber! Die Weiber! Wozu leb' ich, wenn die Weiber nicht sind? Ich stoß grad so schön auf die, und er schimpft!« »Er ist so. Er ist Junggeselle aus Begeisterung. Schimpfen erlaub' ich nicht, er ist mein Freund. Reden erlaub' ich auch nicht, sonst ist er beleidigt. Freunde beleidigt man nicht. Hab' ich Sie vielleicht einmal beleidigt?« »Nein, das muß man sagen, Sie sind ein herzensguter Mensch.« »Seh'n Sie! Morgen um neun kommen Sie wieder her, ja! Und schön den Mund halten, weil Sie mein Freund sind! Das werden wir doch seh'n, ob ein Mensch an den Knöpfen zugrund' gehen muß!« Der Blinde ging, er fühlte sich so wohl, die Absonderlichkeiten des Geschäftsfreundes vergaß er bald. Mit zwanzig Schilling ließ sich was machen. Die Hauptsache kam zuerst. Die Hauptsache war ein Weib und ein Anzug, der neue Anzug mußte schwarz sein, damit er zum neuen Schnurrbart paßte, um zwanzig Schilling gab's keinen schwarzen Anzug. Er blieb beim Weib.

Der Hausierer vergaß, beleidigt und neugierig wie er war, Rücksicht und altgewohnte Feigheit. Er wollte den Zwerg dabei ertappen, wie er die Pakete auswechselte. Die Aussicht, später eine ganze Kirche, wenn sie auch klein war, nach einem Paket durchsuchen zu müssen, schien ihm durchaus nicht verlockend. Durch sein plötzliches Auftauchen hätte er die ungefähre Lage heraus, denn irgendwoher käme der Zwerg. Er traf ihn vor dem Tor, empfing seine Last und entfernte sich schweigend.

Fischerle ging ihm langsam nach. Das Ergebnis des vierten Versuchs war nicht von finanzieller, sondern von prinzipieller Bedeutung. Gab Kien auch diese hundert Schilling her, so überstieg der Betrag, der in Fischerles Tasche allein floß — 950 Schilling — den anderen, der ihm als Finderlohn ausgezahlt worden war. Während des organisierten Betrugs an der Buchbranche war sich Fischerle jeden Augenblick dessen bewußt, daß es gegen einen Feind ging, der ihn noch gestern um alles zu prellen versucht hatte. Natürlich wehrt sich ein Mensch seiner Haut. Gegen einen Mörder wird man selbst zum Mörder. Gegen einen Gauner erniedrigt man sich auch zum Gauner. Nur hat die Sache hier einen besondern Haken. Vielleicht versteift sich der Mensch darauf, den Finderlohn zurückzukriegen, vielleicht verbohrt er sich in seine Gemeinheit, wie oft setzt sich ein Mensch etwas Unmögliches in den Kopf, und vielleicht setzt er dafür sein ganzes Vermögen aufs Spiel. Auch das war schon einmal Fischerles Eigentum gewesen, drum darf er es ihm ruhig abnehmen. Vielleicht hört aber die gute Gelegenheit jetzt auf. Nicht jeder versteht es, sich Dinge in den Kopf zu setzen. Wenn der Mensch einen Charakter hätte wie Fischerle, wenn er für den Finderlohn so viel übrig hätte, wie Fischerle fürs

Schach, dann wären die Geschäfte in bester Ordnung. Weiß man aber, wen man vor sich hat? Vielleicht ist er nur ein Großmaul, ein schwacher Mensch, dem es um sein Geld schon leid tut und der plötzlich erklärt: »Halt, jetzt hab' ich genug!« Er ist imstande und verzichtet wegen hundert Schilling auf den vollen Finderlohn. Kann er wissen, daß man ihm alles abnehmen wird und er dann zum Schluß doch nichts bekommt? Wenn diese Buchbranche einen Funken von Intelligenz besitzt, und den Eindruck hat man bisher, muß er zahlen, bis nichts mehr da ist. Fischerle zweifelt an soviel Intelligenz, auch die Konsequenz, die durch das Schachspiel bei ihm ausgebildet worden ist, hat nicht jeder. Er braucht einen Charakter, einen zweiten Charakter wie er, einen Menschen, der bis zu Ende geht, für so einen Menschen würde er gern was zahlen, so einen Menschen würde er an seinem Geschäft beteiligen, wenn er ihn nur findet, bis zum Tor des Theresianums geht er ihm entgegen, hier wartet er auf ihn. Er kann ihn ja später noch immer übers Ohr hauen.

Statt eines Charakters trippelte ihm der Hausierer entgegen. Erschrocken blieb er vor ihm stehen. Hier hatte er den Chef nicht vermutet. Er war so tüchtig gewesen, 20 Schilling mehr zu verlangen, als der ihm aufgetragen hatte. Er griff nach der linken Hosentasche, dorthin hatte er seinen Verdienst gesteckt, man sah ihn doch nicht, und ließ das Paket fallen. Fischerle war es augenblicklich gleichgültig, wie man mit seiner Ware umging, er wollte was wissen. Sein Angestellter war auf die Knie gesunken, um das Paket aufzuheben, Fischerle tat es ihm zu seiner Verwunderung nach. Auf dem Boden griff er nach der Rechten des Hausierers und fand dort die 100 Schilling. Das ist nur ein Vorwand, dachte der, er hat Angst um das sündhaft teure Paket, verflucht, warum hab' ich nicht vorhin rasch hineingeschaut, jetzt ist es zu spät. Fischerle stand auf und sagte: »Fallen Sie nicht! Nehmen Sie das Paket nach Hause und kommen Sie morgen Punkt neun damit in die Kirche! Ich empfehl' mich.« »Was, und meine Provision?« »Pardon, ich bin so vergeßlich«, zufällig stimmte das wieder, »bitte!« Er gab ihm seinen Rest.

Der Hausierer ging »morgen um neun? Heute, mein Lieber!« in die Kirche. Hinter einer Säule sank er wieder auf die Knie und öffnete betend, für den Fall daß jemand während seiner Beschäftigung eintrat, das Paket. Es waren Bücher. Der letzte Zweifel schwand. Man hatte ihn hintergangen. Das richtige Paket war wo anders. Er packte die Bücher ein, versteckte sie unter einer Bank und machte sich auf die Suche. Betend schlich er durch die Kirche hin und her und betend sah er unter jede Bank. Er war gründlich, es ging um eine Gelegenheit, wie sie so bald nicht wiederkam. Oft stieß er schon auf sein Geheimnis, aber es war nur ein schwarzes Gebetbuch. Nach einer Stunde hegte er gegen diese einen unauslöschlichen Haß. Nach einer zweiten schmerzte ihn der Rücken und die Zunge hing ihm welk zum Mund hinaus. Die Lippen bewegten sich noch, als murmelten sie Gebete. Als er zu Ende war, begann er nochmals von vorn. Er war zu klug, um mechanisch dasselbe zu wiederholen. Er wußte, daß man wieder übersieht, was man einmal schon übersehen hat, und änderte die Reihenfolge. Während dieser Zeit betrat selten ein Mensch die Kirche. Er horchte scharf auf ungewohnte Laute und blieb auf der Stelle stehen, wenn er einen vernahm. Eine Betschwester hielt ihn zwanzig Minuten auf, er fürchtete, sie könnte das heilige Geheimnis vor ihm aufdecken und beobachtete sie beharrlich. Solange sie blieb, wagte er nicht einmal sich zu setzen. Am frühen Nachmittag, er hatte keine Ahnung mehr, wie lange er suchte, stolperte er im Zickzack von links zur dritten Bankreihe rechts und von rechts zur dritten Bankreihe links. Dies war die letzte Reihenfolge, die er sich ausgedacht hatte. Gegen Abend sank er irgendwo zu Boden und schlief todmüde ein. Zwar hatte er sein Ziel erreicht, doch noch bevor die vierzehn Tage um waren, als am selben Abend die Kirche gesperrt werden sollte, rüttelte ihn der Kirchendiener wach und warf ihn hinaus. Das wirkliche Paket vergaß er.

Enthüllungen

Als Fischerle heftig zwinkernd in der Glastür auftauchte, wurde er von Kien mit einem milden Lächeln begrüßt. Der barmherzige Beruf, den er seit kurzem übte, stimmte seine Seele weich und sie fühlte sich zu Gleichnissen veranlaßt. Sie fragte sich, was das Aufblinken der melancholischen Leuchtfeuer zu bedeuten habe; die verabredeten Signale waren ihr mit dem reißenden Strom der Liebe entflossen. Kiens Glaube, unerschütterlich wie sein Mißtrauen gegen die bücherschänderische Menschheit, erging sich auf einem beliebten Gebiet. Er bedauerte die Schwäche Christi, dieses sonderbaren Verschwenders. Speisung auf Speisung, Heilung auf Heilung, Wort um Wort zog an ihm vorüber, und er bedachte, wieviel Büchern mit diesen Wundern zu helfen gewesen wäre. Er fühlte, daß seine augenblickliche Verfassung der Christi verwandt war. Vieles hätte er in gleicher Weise verübt, nur die Gegenstände der Liebe erschienen ihm als Verirrung, ähnlich jener der Japaner. Da der Philologe in ihm noch lebte, beschloß er, bis ruhigere Zeiten ins Land gekehrt wären, eine von Grund auf neue, textkritische Untersuchung der Evangelien vorzunehmen. Vielleicht handelte es sich Christo in Wahrheit gar nicht um Menschen und eine barbarische Hierarchie hatte die ursprünglichen Worte ihres Stifters verfälscht. Das unerwartete Aufscheinen des Logos im Johannesevangelium gab gerade wegen der gewöhnlichen Deutung, die hier auf griechische Einflüsse verweist, zu Verdächten reichlichen Grund. Er fühlte in sich Gelehrsamkeit genug, um das Christentum auf seinen wahren Ursprung zurückzuführen, und wenn er auch nicht der erste war, der die wirklichen Worte des Heilands in eine Menschheit warf, deren Ohren dafür immer aufnahmebereit sind, so hoffte er doch mit einigem inneren Grund, daß seine Deutung die letzte blieb.

Fischerles Deutung einer drohenden Gefahr dagegen blieb unverstanden. Eine Weile setzte er sein Warnungszwinkern fort, abwechselnd schloß er das rechte und das linke Aug'. Schließlich stürzte er auf Kien zu, packte ihn am Arm, flüsterte »Polizei!«, das schrecklichste Wort, das er kannte, »Laufen Sie! Ich lauf' voraus!« und stellte sich, entgegen seinem Versprechen, wieder in die Tür, um die Wirkung seiner Worte abzuwarten. Kien warf einen schmerzlichen Blick hinauf, nicht zum Himmel, im Gegenteil, zur Hölle im sechsten Stock. Er gelobte die Rückkehr in dieses heilige Vorland, vielleicht noch heute. Von Herzen verachtete er die schmutzigen Pharisäer, die ihn bedrängten. Als wahrer Heiliger vergaß er auch nicht, bevor er die langen Beine in Bewegung setzte, dem Zwerg für seine Warnung mit einer steifen, aber tiefen Verbeugung zu danken. Für den Fall, daß er seine Pflicht aus Feigheit vergaß, drohte er seiner eigenen Bibliothek mit dem Feuertod. Ausdrücklich stellte er fest, daß seine Feinde sich nicht blicken ließen. Was fürchteten sie? Die moralische Kraft seiner Fürsprache? Er bat für keine Sünder, er bat für unschuldige Bücher. Sollte in der Zwischenzeit einem einzigen von ihnen auch nur ein Haar gekrümmt werden, so würde man ihn von einer anderen Seite kennenlernen. Er beherrschte auch das Alte Testament und behielt sich die Rache vor. Ach, ihr Teufel, rief er, ihr lauert mir in irgendeinem Hinterhalt auf, ich verlasse erhobenen Hauptes euern Pfuhl! Ich fürchte mich nicht, denn hinter mir stehen ungezählte Millionen. Er wies mit dem Finger in die Höhe. Dann begann er langsam zu fliehen.

Fischerle ließ ihn nicht aus den Augen. Er hatte keine Lust, sein Geld für irgendwelche Gauner zu Kiens Taschen hinauszuwerfen. Er fürchtete das Erscheinen unbekannter Versatzlustiger und trieb mit Nase und Armen zur Eile an. Aus der zögernden Haltung des anderen schöpfte er die Gewähr für seine eigene Zukunft. Der Mensch besaß offenbar doch einen Charakter und hatte es sich in den Kopf gesetzt, auf diese und keine andere Art zum alten Finderlohn zu gelangen. Solcher Konsequenz hätte er ihn nicht für fähig gehalten und er bewunderte ihn. Er nahm sich vor, die Pläne dieses Charakters zu fördern. Er wollte Kien helfen, sein Kapital bis auf den letzten Pfennig loszuwerden, in kürzester Zeit und ohne allzu große Mühe. Da es aber schade war, eine Summe, die sich von Haus aus so ansehnlich machte, zu verzetteln, mußte Fischerle drauf achten, daß kein Unbefugter sich da einmischte. Was sich zwischen diesen beiden Charakteren abspielte, ging nur sie an und niemand sonst. Er begleitete jeden Schritt Kiens mit einem aufmunternden Nicken des Buckels, zeigte hie und da in eine dunkle Ecke, legte den Finger an den Mund und ging auf Zehenspitzen. Als ein Beamter, zufällig das Schwein, das die Schätzung in der Bücherabteilung besorgte, an ihm vorüberging, versuchte er eine Verbeugung, er schleuderte ihm seinen Buckel entgegen. Kien verbeugte sich auch, aus purer Feigheit; er fühlte, daß dieser vorgebliche Mensch, der vor einer Viertelstunde die Treppe heruntergekommen war, oben als Teufel fungierte und zitterte, man könnte ihm den Aufenthalt beim Fenster verbieten.

Endlich hatte ihn Fischerle kraft seines Willens bis auf den Platz hinter der Kirche und unters Vordach gezogen. »Gerettet!« höhnte er. Kien staunte über die Größe der Gefahr, in der er eben noch geschwebt hatte. Dann umarmte er den Kleinen und sagte mit weicher, zärtlicher Stimme: »Wenn ich Sie nicht hätte ...« — »Wären Sie schon längst eingesperrt!« ergänzte Fischerle. »Meine Handlungsweise verstößt also gegen das Gesetz?« »Alles verstößt gegen das Gesetz. Sie gehen was essen, weil Sie Hunger haben, und schon haben Sie wieder gestohlen. Sie helfen einem armen Teufel und schenken ihm ein Paar Schuh', er läuft in den Schuhen davon, und Sie haben Vorschub geleistet. Sie schlafen auf einer Bank ein, zehn Jahr' lang träumen Sie da, und schon werden Sie aufgeweckt, weil Sie vor zehn Jahren was angestellt haben — aufgeweckt! weggeschleppt werden Sie! Sie wollen ein paar einfachen Büchern helfen und schon ist das ganze Theresianum von Polizei umstellt, in jeder Ecke verkriecht sich einer, die neuen Revolver hätten Sie sehen sollen! Ein Major leitet die Operation, dem hab' ich unter die Beine geschaut. Was glauben Sie, hält er so tief, damit keiner von den großen Menschen, die vorübergehen, was merkt? Einen Verhaftbefehl! Der Polizeipräsident hat einen besonderen Verhaftbefehl ausgestellt, weil Sie ein höherer Mensch sind. Sie wissen selbst, wer Sie sind, was brauch ich Ihnen da weiter zu sagen! Um Punkt elf Uhr werden Sie in den Räumen des Theresianums tot oder lebendig verhaftet. Sind Sie draußen, so darf Ihnen nichts geschehen. Draußen sind Sie kein Verbrecher. Um Punkt elf Uhr. Und wie spät haben wir jetzt? Drei Minuten vor elf. Überzeugen Sie sich selbst!«

Er zog ihn auf die gegenüberliegende Seite des Platzes, von wo man die Kirchenuhr sah. Sie standen erst wenige Augenblicke dort, da schlug es elf. »Was sag' ich, es ist schon elf! Sie können von Glück reden! Erinnern Sie sich an den Mann, den wir gegrüßt haben! Dieser Mann war das Schwein.« »Das Schwein!« Kien hatte kein Wort von Fischerles ursprünglicher Erzählung vergessen. Seit er den Kopf entlastet hatte, arbeitete sein Gedächtnis wieder ausgezeichnet. Er ballte nachträglich die Faust und rief: »Elender Blutsauger! Wenn ich ihn nur hier hätte!« »Sind Sie froh, daß Sie ihn nicht haben! Hätten Sie das Schwein provoziert, so wären Sie früher verhaftet worden. Was glauben Sie, wie ekelhaft das für mich war, mich vor einem Schwein zu verbeugen. Aber ich hab' Sie eben warnen müssen. Sie sollen wissen, was für einen Menschen Sie an mir haben!« Kien dachte über das Aussehen des Schweines nach. »Und ich hab' ihn für einen einfachen Teufel gehalten«, sagte er beschämt. »Ist er auch. Warum soll ein Teufel kein Schwein sein? Haben Sie seinen Bauch geseh'n? Es geht ein Gerücht im Theresianum ... es ist besser, ich schweig drüber.« »Was für ein Gerücht?« »Sie werden sich aufregen.« »Was für ein Gerücht!« »Schwören Sie, daß Sie nicht gleich hinrennen, wenn ich es Ihnen sag'! Sie rennen in Ihr Verderben und kein Buch hat was davon.« »Gut, ich schwöre, reden Sie endlich!« »Sie haben geschworen! Haben Sie den Bauch geseh'n?« »Ja. Aber das Gerücht, das Gerücht!« »Gleich. Ist Ihnen am Bauch nichts aufgefallen?« »Nein!« »Es gibt Leute, die sagen, der Bauch hat Ecken.« »Was soll das heißen?« Kiens Stimme bebte. Etwas nie Erhörtes bereitete sich vor. »Man sagt — ich muß Sie stützen, sonst geschieht ein Unglück —, man sagt, er ist von den Büchern so dick.« »Er ...« »Frißt Bücher!«

Kien schrie auf und stürzte zu Boden. In seinem Fall riß er den Kleinen mit, der sich am Pflaster wehe tat und aus Rache weitersprach. »Was wollen Sie, sagt das Schwein, ich hab' ihn selbst einmal gehört, was fang ich mit dem vielen Dreck an. Dreck hat er gesagt, für Bücher sagt er immer Dreck, zum Fressen ist ihm der Dreck gut genug. Was wollen Sie, sagt er, der Dreck bleibt hier monatelang liegen, lieber hab' ich was davon und stopf mich satt damit. Er hat ein eigenes Kochbuch zusammengestellt, mit vielen Rezepten drin, jetzt sucht er einen Verleger dafür. Es gibt zuviel Bücher auf der Welt, sagt er, und zu viel hungrige Magen. Meinen Bauch verdank' ich meiner Küche, sagt er, ich will, daß jeder so einen Bauch hat, und ich will, daß die Bücher verschwinden, wenn es nach mir ging', müßten alle Bücher verschwinden! Man könnt' sie verbrennen, aber davon hat niemand was. Drum sag' ich, man soll sie aufessen, roh, mit Öl und Essig, wie Salat, mit Semmelbrösel gebacken wie ein paniertes Schnitzel, mit Salz und Pfeffer, mit Zucker und Zimt, hundertunddrei Rezepte hat diese Sau, jeden Monat erfindet sie ein neues dazu, ich find' das gemein, hab' ich nicht recht?«

Während dieser Worte, die Fischerle, ohne ein einziges Mal abzusetzen, von sich krächzte, krümmte sich Kien am Boden. Mit seinen schmächtigen Fäusten stieß er gegen das Pflaster, als wollte er beweisen, daß selbst die harte Rinde der Erde weicher sei als ein Mensch. Ein stechender Schmerz zerschnitt seine Brust, er wollte aufrufen, retten, erlösen, aber statt des Mundes sprachen seine Fäuste, und die klangen schwach. Einen Pflasterstein nach dem andern schlugen sie und übersprangen keinen. Sie schlugen sich blutig, vor seinen Mund trat Schaum, mit dem sich das Blut der Fäuste vermischte, so nah an seine Erde hielt er die zuckenden Lippen. Als Fischerle verstummte, erhob sich Kien, taumelte, klammerte sich an den Buckel und schrie, nachdem er die Lippen ein paarmal vergeblich bewegt hatte, gellend über den Platz: »Ka—ni—ba—len! Ka—ni—ba—len!« Den freien Arm hielt er in der Richtung des Theresianums ausgestreckt. Mit dem anderen Fuß stampfte er das Pflaster, das er eben noch beinah geküßt hatte.

Passanten, deren es um diese Zeit schon einige gab, blieben erschreckt stehen, seine Stimme klang wie die eines tödlich Verletzten. Fenster öffneten sich, in einer Nebengasse heulte ein Hund, aus seiner Ladentür trat in weißem Kittel ein Arzt und gleich um die Kirchenecke spürte man Polizei. Die schwerfällige Blumenfrau, sie hatte ihren Stand vor der Kirche, erreichte als erste den Schreienden und fragte den Zwerg, was dem Herrn fehle. In der Hand hielt sie noch die frischen Rosen und den Bast, den sie herumbinden wollte. »Es ist ihm jemand gestorben«, sagte Fischerle traurig. Kien hörte nichts. Die Blumenfrau band ihre Rosen zusammen, legte sie in Fischerles Arm und sagte: »Die gehören ihm, von mir.« Fischerle nickte, flüsterte »heute begraben« und entließ sie mit einer leichten Handbewegung. Für ihre Blumen ging sie von Passant zu Passant und erzählte, daß dem Herrn die Frau gestorben sei. Sie weinte, weil ihr Seliger, vor zwölf Jahren entschlafen, sie immer geschlagen hatte. Dem wäre es nie eingefallen, bei ihrem Tod so zu weinen. Auch als die verstorbene Frau des mageren Herrn tat sie sich leid. Der Friseur vor seinem Laden, vermeintlicher Arzt, nickte trocken: »So jung und schon Witwer«, wartete ein wenig und grinste über seinen Witz. Die Blumenfrau warf ihm einen bösen Blick zu und schluchzte: »Ich hab' ihm doch die Rosen gegeben!« Das Gerücht über die verstorbene Frau verbreitete sich in die Häuser hinauf, einige Fenster schlossen sich wieder. Ein Geck fand: »Da kann man nichts machen«, und blieb nur wegen eines blutjungen, liebevollen Dienstmädchens, das den armen Menschen so gern getröstet hätte. Der Wachmann wußte nicht, was tun, ein Pikkolo, der in den Dienst ging, hatte ihn informiert. Als Kien wieder zu schreien begann, die Menschen reizten ihn, wollte das Organ einschreiten. Die flehentlichen Bitten der Blumenhändlerin hielten ihn davon ab. Auf Fischerle hatte die Nähe der Polizei eine beängstigende Wirkung, er sprang an Kien in die Höhe, packte seinen Mund, schloß ihn fest und zog ihn zu sich herunter. So schleppte er ihn, ein halb geschlossenes Federmesser, bis zur Kirchentür, rief: »Das Beten wird ihn beruhigen!«, nickte dem Publikum zu und verschwand mit Kien in der Kirche. Der Hund in der Nebengasse heulte noch. »Die Tiere merken das immer«, sagte die Blumenfrau, »wie mein Seliger ...« und sie erzählte dem Wachmann ihre Geschichte. Da der Herr jetzt nicht mehr zu sehen war, tat es ihr um die teuren Blumen leid.

Drinnen war der Hausierer noch frisch bei der Arbeit. Da erschien plötzlich Fischerle in Begleitung des reichen Geschäftsfreundes, drückte den steckigen Menschen auf eine Bank nieder, sagte laut: »Sind Sie verrückt?«, sah sich um und redete leise weiter. Der Hausierer erschrak sehr, den Fischerle hatte er betrogen, und der Geschäftsfreund wußte, um wieviel. Er kroch weit weg von den beiden und versteckte sich hinter eine Säule. Aus seiner sicheren Dunkelheit bewachte er sie, denn eine gescheite Ahnung sagte ihm, wozu sie gekommen waren: sie brachten oder holten das Paket.

In der dunklen und engen Kirche kam Kien allmählich zu sich. Er fühlte die Nähe eines Wesens, an dessen leisen Vorwürfen er sich wärmte. Was dieses Wesen sagte, verstand er nicht, aber es beruhigte ihn. Fischerle gab sich verzweifelte Mühe, er war weit über sein Ziel hinausgeschossen. Während er alle möglichen beschwichtigenden Worte sprach, erwog er, wen er denn eigentlich neben sich habe. War der Mensch verrückt, dann war er es ausgiebig; stellte er sich nur so, dann war er der kühnste Schwindler der Welt. Ein Hochstapler, der die Polizei ganz nahe an sich herankommen läßt und nicht davonläuft, den man mit Gewalt aus den Armen der Polizei retten muß, dem ein Blumenweib sein Elend glaubt und sogar Rosen umsonst schenkt, der 950 Schilling riskiert, ohne ein Wort darüber zu verlieren, dem ein Krüppel die größten Lügen erzählen darf, ohne daß er ihn verhaut! Ein Weltmeister der Hochstapelei! Einen solchen Meister seines Fachs übers Ohr zu hauen, ist ein Vergnügen, Gegner, deren man sich schämen muß, kann Fischerle nicht leiden. Er ist für ebenbürtige Partner, in jedem Spiel, und da er Kien aus finanziellen Gründen zum Partner erkoren hat, hält er ihn für ebenbürtig.

Doch behandelt er ihn, als wäre er der größte Dummkopf, er stellt sich ja so, er selber will es so haben. Um ihn auf andere Gedanken zu bringen, fragt er ihn, sobald er ruhiger atmet, nach den Erlebnissen des Vormittags. Kien ist nicht abgeneigt, sich vom trostlosen Druck, der auf ihm lastet, seit er das Entsetzliche erfahren, durch die Erinnerung an leichtere Augenblicke zu befreien. Er lehnt Schultern, Rippen und andere Knochen gegen die Säule, von der seine Bankreihe abgeschlossen wird, und lächelt das schwache Lächeln eines Kranken, der sich zwar auf dem Wege zur Besserung befindet, aber noch sehr, sehr geschont werden muß. Fischerle hat für Schonung Sinn. Einen solchen Feind erhält man sich gern am Leben. Er klettert auf die Bank hinauf, kniet oben nieder und drückt sein Ohr in die nächste Nähe von Kiens Mund. Jemand könnte ihn hören. »Damit Sie sich nicht überanstrengen«, sagt er. Kien nimmt nichts mehr einfach hin. Jede freundliche Regung eines Menschen erscheint ihm als Wunder.

»Sie sind kein Mensch«, haucht er liebevoll.

»Ein Krüppel ist kein Mensch, kann ich was dafür?«

»Der einzige Krüppel ist der Mensch«, Kiens Stimme versucht sich stärker. Sie sehen sich Aug in Aug, drum übersieht er, was man vor dem Zwerg verschweigen müßte.

»Nein«, sagt Fischerle, »der Mensch ist kein Krüppel, sonst wär' ich ein Mensch!«

»Das erlaub' ich nicht. Der Mensch ist die einzige Bestie!« Kien wird laut, verbietet und befiehlt.

Fischerle macht das Geplänkel, dafür hält er es, großen Spaß. »Und warum heißt unser Schwein nicht Mensch?« Jetzt hat er ihn geschlagen.

Kien springt auf. Er ist unbesiegbar. »Weil die Schweine sich nicht wehren können! Ich protestiere gegen diese Vergewaltigung! Menschen sind Menschen und Schweine sind Schweine! Alle Menschen sind bloß Menschen! Ihr Schwein heißt Mensch! Wehe dem Menschen, der sich ein Schwein anmaßt! Ich zerschlage ihn! Ka—ni—ba—len! Ka—ni—ba—len!«

Die Kirche hallte von wilden Anklagen wider. Sie schien leer. Kien ließ sich gehen. Fischerle war überrumpelt, in einer Kirche fühlte er sich unsicher. Beinahe hätte er Kien wieder auf den Platz hinausgeschleift. Dort aber stand die Polizei. Soll die Kirche einstürzen, der Polizei läuft er nicht in die Arme! Fischerle kannte schreckliche Geschichten von Juden, die unter den Trümmern krachender Kirchen begraben wurden, weil sie nicht hineingehörten. Seine Frau, die Pensionistin, hatte sie ihm erzählt, weil sie fromm war und ihn zu ihrem Glauben bekehren wollte. Er glaubte an nichts, nur daran, daß »Jud« zu den Verbrechen gehört, die sich von selbst bestrafen. In seiner Ratlosigkeit blickte er auf seine Hände, die er immer in der Höhe eines vermeintlichen Schachbretts hielt, und bemerkte die Rosen, wie er sie unter seinem rechten Arm zerdrückt hatte. Er holte sie hervor und schrie: »Rosen, schöne Rosen, schöne Rosen!« Die Kirche war von krächzenden Rosen erfüllt, von der Höhe des Mittelschiffs, von den Seitenschiffen, vom Chor, vom Tor, von überall flogen die roten Vögel auf Kien zu.

(Der Hausierer kauerte ängstlich hinter seiner Säule. Er begriff, daß es sich um einen Streit zwischen den Geschäftsfreunden handelte und freute sich, denn über einem Streite mußte ihnen ihr Paket entfallen. Doch hätte er sie gern schon draußen gewußt, der Lärm war ohrenbetäubend, vielleicht entstand ein Wirbel, allerlei Gesindel taucht bei solchen Gelegenheiten auf und man stahl ihm vielleicht sein Paket.)

Kiens Kannibalen wurden von den Rosen erstickt. Seine Stimme war noch von früher her geschwächt und kam gegen den Zwerg nicht auf. Sobald er das Wort »Rosen« bewußt aufgenommen hatte, brach er mit seinem Geschrei ab und drehte sich, halb erstaunt, halb beschämt nach Fischerle um. Wie kamen die Blumen da her, er war doch wo anders, Blumen sind harmlos, leben von Wasser und Licht, von Erde und Luft, sind keine Menschen, tun keinem Buch was zuleid', werden gefressen, gehn an Menschen zugrunde, Blumen sind schutzbedürftig, man muß sie schützen, vor Menschen und Tieren, worin liegt der Unterschied, Bestien, Bestien, ob hier, ob dort, die einen fressen Pflanzen, die andern Bücher, einziger natürlicher Verbündeter des Buchs ist die Blume. Er nahm die Rosen aus Fischerles Hand, entsann sich ihres Wohlgeruches, den er aus persischen Liebesgedichten kannte, und näherte sie seinen Augen, richtig, sie rochen. Das besänftigte ihn vollends. Er sagte: »Nennen Sie ihn ruhig auch weiter Schwein. Nur die Blumen beschimpfen Sie mir nicht!« »Ich hab' sie mitgebracht, für Sie«, erklärte Fischerle, der froh war, daß er in der Kirche nicht mehr schreien mußte. »Ein Heidengeld haben sie gekostet. Sie haben sie mir zerdrückt mit Ihrem Geschrei. Was können die armen Blumen für solche Menschen?« Er beschloß, Kien von jetzt an in allem recht zu geben. Widerspruch war zu gefährlich. Dieser Übermut brachte ihn noch ins Kriminal. Der Beschenkte sank erschöpft auf die Bank zurück, lehnte sich wieder an seine Säule, und während er mit den Rosen, vorsichtig, als wären es Bücher, vor seinen Augen auf und ab fuhr, begann er von den schönen Ereignissen des Vormittags zu erzählen.

Die Zeit, da er ruhig und ahnungslos Schlachtopfer loskaufte, in jener lichten Vorhalle, wo ihm niemand entging, lag fern wie seine Jugend. Die Menschen, denen er auf einen besseren Weg zurückgeholfen hatte, sah er deutlich vor sich, als wäre es erst eine Stunde her, er staunte selbst über die Klarheit seiner Erinnerung, die sich in diesem Falle noch übertraf. »Vier große Pakete wären in den Magen des Schweins gewandert oder für einen späteren Brand aufbewahrt worden. Es ist mir geglückt, sie zu retten. Soll ich mich dessen rühmen? Ich glaube nicht. Ich bin bescheidener geworden. Warum erzähl' ich es denn eigentlich? Vielleicht damit auch Sie, der Sie aufs Ganze gehen, den Wert einer geringfügigen Wohltätigkeit einsehen.« Aus diesen Worten spürte man die helle Luft nach dem Sturm. Seine Sprache, sonst trocken und hart, tönte zu dieser Stunde mild und würzig zugleich. In der Kirche war es sehr still. Zwischen den einzelnen Sätzen hielt er oft an sich und hub dann leise wieder an. Er beschrieb die vier Verlorenen, denen er seinen Arm geliehen, ihre Gestalten verschwammen ein wenig über den harten Konturen ihrer Pakete, denn zuerst wurden diese geschildert, Papier, Form und vermutlicher Inhalt; in keinem Fall hatte er wirklich nachgesehen. Die Pakete waren so sauber, ihre Träger bescheiden und beschämt, er wollte ihnen den Rückweg nicht verschließen. Welchen Sinn hätte sein Erlösungswerk, wenn er hart wäre? Bis auf den Letzten handelte es sich um selten gute Geschöpfe, sie gingen vorsichtig mit ihren Freunden um, sie forderten hohe Summen, damit man sie im Besitz der Bücher beließ. Von oben wären sie unverrichteter Dinge zurückgekehrt, man sah ihnen ihre feste Entschlossenheit an, von ihm nahmen sie das Geld und entfernten sich wortlos und tief ergriffen. Der erste, wohl Arbeiter von Beruf, brüllte ihn auf seine Frage hin an, er hielt ihn für einen Händler, und nie seien harte Worte willkommener gewesen. Als zweite erschien eine Dame, ihr Anblick rief die Erinnerung an einen Bekannten wach, sie glaubte sich von einem der dienenden Teufel verhöhnt und wurde blutrot, doch sie schwieg. Bald nach ihr kam ein Blinder, der mit einem gewöhnlichen Weib, der Frau eines Torteufels, zusammenstieß. Er rettete sich aus ihren Armen zu dem Paket, das er trug und blieb mit überraschender Sicherheit vor seinem Wohltäter stehen. Blinde mit Büchern sind ein erschütternder Anblick, sie klammern sich mit Gewalt an ihren Trost und einige, denen die Blindenschrift nicht zusagt, weil man so wenig in ihr gedruckt hat, verzichten nie und gestehen sich nie die Wahrheit. Man trifft sie vor offenen Büchern in unseren Lettern. Sie belügen sich und glauben zu lesen. An solchen leiden wir Mangel und wenn jemand das Augenlicht verdiente, dann diese Blinden. Um ihretwillen wünschte man den stummen Buchstaben Sprache. Die Forderung des Blinden war die höchste, aus Zartheit verschwieg man, warum sie gewährt wurde, und sagte, es sei wegen jenes rücksichtslosen Weibes. Warum ihn an sein Unglück erinnern? Um ihn zu trösten, hielt man ihm sein Glück vor. Besäße er ein Weib, so müßte er jeden Augenblick seines Lebens mit ihr zusammenstoßen und vertun, denn so seien die Weiber. Der vierte, unscheinbar und weniger freundlich zu seinen Büchern, die lebhaft auf seinen Armen zuckten, gab sich, wie sich denken läßt, billig und verriet in seinen Worten einen Anflug von Gemeinheit.

Dieser Erzählung entnahm der Zwerg, daß kein Geld danebengegangen war, was ihn sehr gekränkt hätte. Er bestätigte das gemeine Aussehen des letzten, den er noch vor dem Tor getroffen habe. Der Mann sei sicher Hausierer und werde morgen wiederkommen. Man müsse ihm das Handwerk legen.

Die letzten Worte hörte der Hausierer; er hatte sich an den Tonfall der Stimmen gewöhnt. Nachdem der laute Streit abgeflaut war, schlich er sich neugierig, aber langsam näher, er kam gerade zurecht, als die Sprache auf ihn überging. Er war empört über die Falschheit des Zwergs und mit um so größerem Eifer nahm er sein Handwerk wieder auf, kaum hatten die beiden die Kirche verlassen.

Fischerle entschloß sich zu einem schweren Opfer. Er führte Kien, um ihn für morgen wieder instand zu setzen, ins nächste Hotel und unterdrückte seinen Ärger über das hohe Trinkgeld, das der von seinem Geld gab. Als Kien die Rechnung für die zwei Zimmer beglich, wo man doch mit einem genauso gut ausgekommen wäre, 50 % von der vollen Summe als Trinkgeld hinlegte, als ob Fischerle, was sein Zimmer betraf, mit einer solchen Verrücktheit einverstanden wäre, und dann, seiner Schuld wohl bewußt, ihm lächelnd ins Gesicht sah, hätte er ihn am liebsten geohrfeigt. Waren diese Unkosten nicht überflüssig? Was machte es für einen Unterschied, ob er dem Portier einen oder vier Schilling Trinkgeld gab? In wenigen Tagen befand sich das Ganze ohnehin in Fischerles Tasche auf dem Weg nach Amerika. Der Portier wurde von der Bagatelle nicht reicher, Fischerle um so viel ärmer. Und mit so einem falschen Geschöpf mußte man noch freundlich sein! Sicher reizte er ihn nur, damit er hart am Ziel die Geduld verlor, sich vergaß und selbst einen Entlassungsgrund gab. Er wird sich hüten. Er wird auch heute die Papiere ausbreiten und die Bücher auftürmen, er wird gute Nacht wünschen und sich vor dem Einschlafen mit verrückten Namen bewerfen lassen, er wird morgen um sechs, zu einer Zeit, wo sogar Huren und Verbrecher noch schlafen, aufstehen, zusammenpacken und das Theater spielen. Die schlechteste Schachpartie ist ihm lieber. Der Lange glaubt es doch selber nicht, daß er, Fischerle, ihm die unmöglichen Bücher glaubt. Er will ihm nur Respekt beibringen, aber Fischerle hat Respekt, solange er Respekt braucht, keine Sekunde länger. Sobald er das ganze Reisegeld beisammen hat, wird er ihm seine Meinung sagen. »Wissen Sie, was Sie sind, Herr«, wird er schreien, »ein ganz gewöhnlicher Hochstapler sind Sie! *Das* sind Sie!«

Den Nachmittag lag Kien, von den Aufregungen des Vormittags ermüdet, zu Bett. Er zog sich nicht aus, weil er von einer unzeitgemäßen Ruhe nicht gern viel Aufhebens machte. Auf Fischerles wiederholte Frage, ob er mit den Büchern anfangen dürfe, zuckte er gleichgültig die Achseln. Das Interesse für seine Privatbibliothek, die ohnehin in Sicherheit war, hatte sehr abgenommen. Fischerle vermerkte die Änderung. Er witterte eine List, hinter die es zu kommen galt, oder eine Ritze, durch die man ein paar kleine, aber schmerzhafte Hiebe versuchen könnte. Immer wieder erkundigte er sich nach den Büchern. Ob sie dem Herrn Bibliothekar nicht doch schon schwerfielen? Die momentane Lage seien weder der Kopf noch die Bücher gewohnt. Er wolle ja nichts dreinreden, aber für die Unordnung im Kopf stehe er nicht gut. Ob man nicht wenigstens mehr Kissen verlangen solle, damit der Kopf in eine senkrechte Lage komme? Riß Kien den Kopf gar herum, so rief der Kleine mit allen Zeichen der Angst: »Um Gottes willen, passen Sie auf!« Einmal sprang er sogar auf ihn zu und hielt die Hände unter sein rechtes Ohr, um Bücher aufzufangen. »Sie fallen ja heraus!« sagte er vorwurfsvoll.

Nach und nach gelang es ihm, Kien in die gewünschte Stimmung zu versetzen. Er entsann sich seiner Pflichten, versagte sich überflüssige Worte und lag steif und ruhig da. Wenn der Kleine nur schwieg. Bei seinen Reden und Blicken wurde ihm unheimlich zumute, so, als ob die Bibliothek in höchster Gefahr schwebte, was doch wirklich nicht der Fall war. Übermäßige Sorge bereitet Pein. Auch fand er es heute angebrachter, an jene Millionen zu denken, deren Leben bedroht war. Fischerle schien ihm zu genau. Er war — sicher wegen des Buckels — viel mit seinem Körper beschäftigt und übertrug das auf den seines Herrn. Er nannte Dinge beim Namen, die man besser verschwieg, und klammerte sich an Haare, Augen und Ohren. Wozu? Daß in einen Kopf allerlei hineinging, stand fest, nur kleinliche Naturen beschäftigten sich mit Äußerlichkeiten. Lästig war er bis jetzt nicht gewesen.

Aber Fischerle gab keine Ruhe. Kiens Nase geriet in Fluß und nachdem er es längere Zeit, ohne sich zu bewegen, geschehen ließ, beschloß er, aus Ordnungsliebe, gegen den großen, schweren Tropfen an der Spitze einzuschreiten. Er zog ein Taschentuch hervor und wollte sich auch gleich schneuzen. Da stöhnte Fischerle laut auf. »Halt, halt, warten Sie, bis ich komm'!« Er riß ihm das Taschentuch aus der Hand, selber hatte er kein's, näherte sich vorsichtig der Nase und fing den Tropfen wie eine kostbare Perle auf. »Wissen Sie was«, sagte er, »ich bleib' nicht bei Ihnen! Jetzt hätten Sie sich geschneuzt und die Bücher wären zur Nase herausgekommen! Wie die ausgeschaut hätten, brauch ich Ihnen nicht zu sagen. Sie haben kein Herz für Ihre Bücher! Bei so einem bleib' ich nicht!« Kien war sprachlos. Zuinnerst gab er ihm recht. Eben darum reizte ihn sein frecher Ton noch mehr. Es schien ihm, als hätte er selber aus Fischerle gesprochen. Unter dem Druck der Bücher, die er nicht einmal las, veränderte sich der Zwerg zusehends. Kiens alte Theorie bestätigte sich glänzend. Bevor er sich die Antwort zurechtgelegt hatte, keifte Fischerle weiter, die Nachgiebigkeit seines Herrn überraschte ihn. Er riskierte nichts und schimpfte sich den ganzen Ärger über das unverschämte Trinkgeld von der Seele. »Stellen Sie sich vor, ich schneuz' mich! Was würden Sie dazu sagen? Auf der Stelle entlassen würden Sie mich! Ein intelligenter Mensch benimmt sich nicht so. Fremde Bücher kaufen Sie los und die eigenen behandeln Sie wie einen Hund. Auf einmal haben Sie kein Geld mehr, das macht nichts, aber wenn Sie die Bücher auch nicht mehr haben, was tun Sie dann? Wollen Sie auf Ihre alten Tage betteln gehn? Ich nicht. Und das will eine Buchbranche sein! Schau'n Sie mich an! Bin ich eine Buchbranche? Nein! Und wie geh' ich mit den Büchern um? Tadellos geh' ich mit ihnen um, wie ein Schachspieler mit der Königin, wie eine Hur mit ihrem Strizzi, was soll ich Ihnen sagen, damit Sie mich verstehn: wie eine Mutter mit ihrem Säugling!« Er versuchte seine alte Sprache wieder, sie wollte ihm nicht recht gelingen. Lauter bessere Worte fielen ihm ein, und da sie besser waren, sagte er sich: »Auch gut!« und war mit ihnen zufrieden.

Kien stand auf, trat dicht an ihn heran und sagte, nicht ohne Würde: »Sie sind ein unverschämter Krüppel! Verlassen Sie sofort mein Zimmer! Sie sind entlassen.«

»Also undankbar sind Sie auch! Sie Saujud!« schrie Fischerle. »Von einem Saujuden hat man nichts anderes zu erwarten! Verlassen Sie sofort mein Zimmer oder ich rufe die Polizei. *Ich* hab' gezahlt. Ersetzen Sie mir die Spesen oder ich klag'! Sofort!«

Kien zögerte. Es kam ihm so vor, als habe er selbst gezahlt, aber in Geldaffären war er seiner Sache nie sicher. Auch hatte er das Gefühl, daß der Zwerg ihn betrügen wolle, und wenn er seinen treuen Diener schon entließ, wollte er sich wenigstens seine Ratschläge zu Herzen nehmen und die Bücher nicht mehr gefährden. »Was haben Sie für mich ausgelegt?« fragte er, und seine Stimme klang merklich unsicherer.

Fischerle, der plötzlich wieder gespürt hatte, wie schwer ihm der Buckel am Rücken hing, zog tief Atem ein und da es ihm so schlecht ging, da vielleicht aus Amerika nichts wurde, da seine eigene Dummheit an dieser Wendung schuld war, da er sich haßte, sich, seine Kleinheit, seine Kleinlichkeit, seine kleinliche Zukunft, die Niederlage knapp vor dem Sieg, den schäbigen Verdienst (gegen das königliche Ganze gehalten, das er in wenigen Tagen spielend verdient hätte), da er diesen Anfangsverdienst, eine Bagatelle, auf die er spuckte, Kien am liebsten an den Kopf geschleudert hätte, wenn es nicht so schad' drum gewesen wäre, samt der sogenannten Bibliothek, auf die er schiß: verzichtete er auch auf den Betrag, den Kien für die Zimmer und den Portier ausgelegt hatte. Er sagte: »Ich verzichte drauf!« So schwer fiel ihm dieser Satz, daß die Art, ihn zu sprechen, ihm mehr Würde verlieh, als Kien alle Länge und Strenge. Beleidigtes Menschentum klang aus dem Verzicht und das Bewußtsein, wie gut man es gemeint habe, und wie schlecht man verstanden werde.

Da begann Kien zu verstehen. Er hatte dem Zwerg noch keinen Groschen Lohn ausbezahlt, bestimmt nicht, es war nie darüber gesprochen worden, und statt sich wenigstens seine Spesen zurückzahlen zu lassen, verzichtete der. Er entließ ihn, weil die edle Besorgnis für seine Bibliothek ihn zu unziemlichen Ausdrücken hingerissen hatte. Er beschimpfte ihn als Krüppel. Vor wenigen Stunden hatte ihm derselbe Krüppel das Leben gerettet, als die ganze Polizei der Hauptstadt gegen ihn aufgeboten war. Dem Zwerg verdankte er Organisation und Sicherheit, ja sogar den Anstoß zu seiner Wohltätigkeit. Aus Nachlässigkeit warf er sich aufs Bett, ohne die Bücher schlafen zu legen, und wenn ihn der Diener, wie es doch seine Pflicht war, an die unbequeme Lage und die Gefährdung der Bücher erinnerte, warf er ihn zu seinem Zimmer hinaus. Nein, so tief, daß er aus bloßem Trotz in einer Sünde wider den Geist seiner Bibliothek verharrte, war er nicht gesunken. Er legte die Hand auf Fischerles Buckel, drückte ihn freundlich, als wollte er sagen: mach' dir nichts draus, andere haben ihren Buckel im Kopf, Unsinn, andere gibt es nicht, weil die andern bloß Menschen sind, nur wir zwei Glücklichen nicht, und befahl:

»Es ist Zeit, daß wir ans Auspacken gehn, lieber Herr Fischerle!«

»Das mein' ich auch«, erwiderte der, mit Mühe würgte er die Tränen hinunter. Amerika tauchte riesengroß vor ihm auf, verjüngt und durch keinen noch so kleinlichen Hochstapler wie Kien zu ersäufen.

Eine kleine Versöhnungsfeier brachte die beiden einander nahe. Außer ihrer gemeinsamen Liebe für die Bildung, beziehungsweise die Intelligenz, gab es vieles, das einer genauso wie der andere erlebt hatte. Kien sprach zum erstenmal von seiner wahnsinnigen Frau, die er zu Hause eingesperrt halte, wo sie niemandem schaden könne. Allerdings befinde sich dort seine große Bibliothek; aber da die Frau für Bücher nicht das leiseste Interesse gezeigt habe, sei es kaum anzunehmen, daß sie in ihrem Wahn auch nur ahne, wovon sie umgeben sei. Ein feinfühliges Wesen wie Fischerle begreife sicher, welchen Schmerz ihm die Entfernung von seiner Bibliothek bereite. Aber sicherer als bei jener Irrsinnigen, die nur *einen* Gedanken habe, den an Geld, wäre kein Buch der Welt aufgehoben. Einen notdürftigen Ersatz trage er bei sich, und er wies auf die inzwischen niedergelegten Büchertürme, Fischerle nickte ergeben.

»Ja, ja«, nahm Kien seine Erzählung wieder auf, »Sie glauben nicht, daß es Menschen gibt, die immer an das Geld denken. Sie haben eine schöne Geste, Geld, und sei es auch redlich ausgelegtes, zurückzuweisen. Ich möchte Ihnen beweisen, daß meine früheren Ausfälle gegen Sie nur einer Laune, vielleicht sogar meinem eigenen Schuldbewußtsein entsprangen. Ich möchte Sie entschädigen, für Beleidigungen, die Sie ruhig einstecken mußten. Betrachten Sie es als solche Entschädigung, wenn ich Sie darüber aufkläre, wie es in der Welt wirklich zugeht. Glauben Sie mir, lieber Freund, es gibt Menschen, die nicht nur manchmal, es gibt Menschen, die immer, in jeder Stunde, Minute, Sekunde ihres Lebens an Geld denken! Ich gehe weiter und stelle die Behauptung auf, daß es sich sogar um fremdes Geld handeln kann. Vor nichts schrecken solche Naturen zurück. Wissen Sie, was meine Frau von mir erpressen wollte?« »Ein Buch!« rief Fischerle. »Das könnte man noch verstehen, wenn es auch als Verbrechen streng zu verurteilen wäre. Nein, ein Testament!«

Fischerle hatte von solchen Fällen gehört. Er kannte selbst eine

Frau, die etwas Ähnliches versucht hatte. Um Kiens Vertrauen zu erwidern, erzählte er ihm flüsternd die geheimnisvolle Geschichte, doch bat er vorher inständig, ihn nie zu verraten, es könnte ihn den Kopf kosten. Kien war nicht wenig verblüfft, als er erfuhr, um wen es sich handelte: um Fischerles eigene Frau. »Jetzt kann ich es Ihnen gestehn«, rief er, »Ihre Frau hat mich auf den ersten Blick an meine eigene erinnert. Heißt Ihre Frau Therese? Ich wollte Ihnen damals nicht weh tun, drum behielt ich meinen Eindruck für mich.« »Nein, sie heißt die Pensionistin, einen anderen Namen hat sie nicht. Wie sie noch keine Pensionistin war, hat sie die Dünne geheißen, weil sie so dick ist.«

Der Name stimmte nicht, aber sonst stimmte alles. Bei der Geschichte von Fischerles Testament stiegen allerlei Verdächte auf. Ob Therese eine heimliche Metze von Beruf war? Das Gemeinste war ihr zuzutrauen. Angeblich ging sie früh schlafen. Vielleicht trieb sie sich während der Nacht in solchen Himmeln herum. Er entsann sich der furchtbaren Szene, wie sie sich vor ihm auszog und die Bücher von dem Schlafdiwan auf den Boden fegte. Soviel Schamlosigkeit brachte nur eine Metze auf. Während Fischerle von seiner Frau sprach, verglich Kien die Einzelheiten — Krankheit, Litanei und Mordversuch — mit jenen, die ihm von Therese her bekannt waren und die er dem Zwerg vor wenigen Minuten mitgeteilt hatte. Kein Zweifel, wenn nicht identisch, so waren die beiden Frauen doch sicher Zwillingsschwestern.

Später, als Fischerle ihm in plötzlicher Aufwallung das Du antrug und zitternd vor Freundschaft der Antwort harrte, beschloß Kien nicht nur, ihm diesen Wunsch zu erfüllen; er versprach, ihm seine nächste größere Arbeit zu widmen, vielleicht die umstürzende über den Logos im Neuen Testament, obwohl der Zwerg kein Gelehrter war und die Zeit seiner Bildung erst bevorstand. Im Verlaufe der Versöhnungsfeier erfuhr Fischerle, daß es hierzulande Leute gibt, die Chinesisch besser sprechen als die Chinesen und außerdem ein Dutzend Sprachen dazu. »Das hab' ich mir gedacht«, sagte er. Diese Tatsache, wenn sie eine war, imponierte ihm wirklich. Doch glaubte er nicht daran. Immerhin war es schon eine Leistung, daß ein Mensch so viel Intelligenz vorlog.

Sobald sie sich einmal duzten, waren der Gemeinsamkeiten kein Ende. Sie arbeiteten ihren Erlösungsplan für die folgenden

Tage aus. Fischerle rechnete vor, daß man in rund einer Woche mit dem Kapital zu Ende sein werde, es könnten Leute mit wertvolleren Büchern kommen und gerade diese ins Verderben zu schicken, wäre ein Verbrechen, das die Todesstrafe verdiente. Trotz den unangenehmen Rechnungen war Kien von diesen Worten entzückt. Man werde, sei das Kapital einmal verbraucht, zu energischen Maßregeln greifen, fügte Fischerle hinzu und zog ein ernstes Gesicht. Was er darunter verstand, behielt er für sich. Als Angabe teilte er Kien die nächste Zukunft vor. Um 9.30 Uhr wird die Mission eröffnet, um 10.30 geschlossen. Während dieser Zeit ist die Polizei anderweitig beschäftigt. Aus früheren Erfahrungen ist es Fischerle bekannt, daß die Polizeiposten täglich um 9.20 vom Theresianum zurückgezogen werden und um 10.40 wieder aufmarschieren. Verhaftungen seien für elf Uhr angesetzt, sicher erinnere sich der liebe Freund noch an seine eigene von heute früh, der er so knapp entging. Natürlich erinnerte sich Kien, auf dem Kirchturm schlug es eben elf, als sie hinaufsahen. »Du bist ein scharfer Beobachter, Fischerle!« sagte er. »Lieber Freund, wenn man so lang unter lauter Gesindel lebt! Ein Vergnügen ist das Leben nicht, an der Anständigkeit nimmt ein jeder Schaden, außer mir heißt das, aber lernen tut auch ein jeder.« Kien sah ein, daß Fischerle just das besaß, was ihm fehlte, Kenntnis des praktischen Lebens bis in seine letzten Verzweigungen.

Am nächsten Morgen, um Punkt halb zehn Uhr, stand er frisch, erleichtert und zu jedem Mut bereit, auf seinem Posten. Frisch fühlte er sich, weil er weniger Gelehrsamkeit mit sich schleppte, Fischerle hatte auch den Rest der Bibliothek übernommen. »In meinen Kopf geht was herein«, scherzte er, »und langt der Platz nicht, so stopf' ich was in den Buckel!« Erleichtert war Kien, weil ihn das häßliche Geheimnis von seiner Frau nicht mehr drückte, und zu jedem Mut bereit, weil er fremden Befehlen gehorchte. Um 8.30 verabschiedete sich Fischerle von ihm; er wollte eine kleine Rekognoszierung vornehmen. Kehrte er nicht zurück, so war alles in bester Ordnung.

Hinter der Kirche traf er seine Angestellten. Die Fischerin hatte sich, obwohl entlassen, wieder zum Dienste gemeldet. Sie trug ihre Nase heute um etliche Zentimeter höher. Der Chef war ihr 20 Schilling Lohn schuldig, es hing von ihrer Gnade ab, ihn daran zu erinnern. Im Vertrauen auf diese Schuld wagte sie sich in seine Nähe. Der Kanalräumer schimpfte auf seine Frau. Statt sich mit den 15 Schilling, die er nach Hause brachte, zufriedenzugeben, hatte sie sofort nach den übrigen 5 gefragt. Sie wußte alles. Drum verehrte er sie. Mit den paar versoffenen Schillingen hatte sie ihn heute früh noch wachgerüttelt. »Das kommt davon«, sagte der Blinde, der seit zwei Stunden hinter der Kirche stöhnend auf und ab ging, nicht einmal seinen gewohnten Morgenkaffee hatte er zu sich genommen, »das kommt davon, wenn man *eine* Frau hat! Ein Mensch braucht hundert Frauen!« Dann erkundigte er sich nach der Frau des Kanalräumers. Ihr Gewicht gab ihm zu denken und er verstummte. Der Hausierer, gestern vom Kirchendiener aus traumlosem Schlaf gerissen, erinnerte sich erst jetzt an das vergessene Paket unter der Bank. Voller Angst, obwohl es sich nur um Bücher handelte, suchte er danach. Er fand es, Fischerle stand schon draußen und begrüßte ihn mit einem leichten Nicken der Nase.

»Meine Herren und Damen«, begann der Chef, »wir haben keine Zeit zu verlieren. Heut ist ein wichtiger Tag. Das Unternehmen nimmt einen kolossalen Aufschwung. Der Umsatz steigt. In wenigen Tagen bin ich ein gemachter Mann. Tun Sie Ihre Pflicht und ich werde Sie nicht vergessen!« Den Kanalräumer blickte er nichtssagend, den Blinden verheißend, die Fischerin verzeihend und den Hausierer verächtlich an. »Mein Geschäftsfreund erscheint in einer halben Stunde. Bis dahin will ich Sie informieren, damit Sie sich auskennen. Wer sich nicht auskennt, wird entlassen!« Er nahm sie, in der alten Reihenfolge, einzeln vor und prägte ihnen die bedeutend höheren Summen ein, die sie heute zu fordern hatten.

Der Geschäftsfreund erkannte den Kanalräumer nicht, was kein Wunder war, denn an Stelle eines Gesichts trug der Mann einen leuchtenden Kuhfladen. Die Fischerin fragte er, ob sie nicht schon gestern dagewesen sei, worauf sie, wie es ihr aufgetragen war, wütend auf ihre Doppelgängerin zu schimpfen begann. Jene herzlose Person gehe seit Jahren Bücher versetzen, sie habe das noch nie getan. Kien glaubte ihr, weil ihm ihre Empörung gefiel, und zahlte, was sie dafür verlangte.

Auf den Blinden setzte Fischerle seine einträglichste Hoffnung. »Erst sagen Sie ihm, wieviel Sie wollen. Dann warten Sie ein paar Momente. Überlegt er sich die Sache, so treten Sie ihm auf die

Zehen, bis er gut aufpaßt, und flüstern ihm ins Ohr: einen schönen Gruß von Ihrer Frau Therese. Sie ist gestorben.« Der Blinde wollte sich nach ihr erkundigen, es tat ihm leid, daß ihr vermutlich ausgiebiges Gewicht ihm durch den Tod entrissen war. Er bedauerte jede dahingeschiedene Frau, für Männer, und seien sie noch so tot, hatte er nicht das leiseste Mitgefühl. Über dicken Frauen, die ihm nie mehr gehören könnten, wurde er an Glückstagen zum Leichenschänder, an Knopftagen zum bloßen Dichter. Heute schnitt ihm Fischerle seine Fragen durch einen Hinweis auf die knopflose Zukunft ab. »Bis wir die Knöpfe los sind, lieber Herr, dann kommen die Weiber! Knöpfe und Weiber zusammen gibt's nicht!« Unter solchen Aussichten trug sich die tote Therese leicht bis zu Kien. Ihr Name geriet auf dem Wege vom Heumarkt hinter der Kirche bis zur Vorhalle der Bücherabteilung nicht in Vergessenheit. Intelligenz und Gedächtnis des Blinden erschöpften sich seit seiner Kriegsverletzung auf Name und Art von Weibern. Als er, mit weitaufgerissenen Augen auf die Hinterbacken der nackten Therese glotzend, in der Glastüre erschien, platzte er mit ihrem Namen los, lief auf Kien zu und trat ihm, um den Auftrag seines Chefs zu erfüllen, nachträglich auf die Zehen.

Kien verfärbte sich. Er sah sie kommen. Sie ist ausgebrochen. Der blaue Rock glänzt. Die Irrsinnige, sie hat ihn gebläut und gestärkt, gebläut und gestärkt. Kien ist zerbläut und geschwächt. Sie sucht ihn, sie braucht ihn, sie braucht neue Kräfte für ihren Rock. Wo ist die Polizei? Man muß sie einsperren, sofort, sie ist gemeingefährlich, sie hat die Bibliothek allein gelassen, Polizei, Polizei, warum ist keine Polizei da, ach, die Polizei kommt erst um 10.40, welch ein Unglück, wenn Fischerle da wär', wenigstens Fischerle, der fürchtet sich nicht, der hat ihre Zwillingsschwester zur Frau, der kennt sich aus, der hat sie erledigt, der vernichtet sie, der blaue Rock, entsetzlich, entsetzlich, warum stirbt sie nicht, warum stirbt sie nicht, sie soll doch sterben, diesen Augenblick, in der Glastür, bevor sie ihn erreicht, bevor sie ihn schlägt, bevor sie den Mund auftut, zehn Bücher, wenn sie stirbt, hundert, tausend, die halbe Bibliothek, die ganze, die in Fischerles Kopf, dann muß sie tot sein, für immer, das ist viel, er schwört es, die ganze Bibliothek gibt er her, nur tot muß sie sein, tot, tot, vollkommen tot! »Sie ist leider gestorben«, erklärt der Blinde mit aufrichtiger Trauer, »und läßt schön grüßen.«

An die zehnmal ließ sich Kien die Freudenbotschaft wiederholen. Einzelheiten interessierten ihn nicht, an der bloßen Tatsache vermochte er sich kaum zu ersättigen, zwickte sich zweifelnd in die Knochen und rief sich bei seinem eigenen Namen. Als er einsah, daß er sich weder verhört noch verträumt, noch verwechselt hatte, fragte er, ob es auch sicher sei, und woher der Herr es erfahren habe? Aus Dankbarkeit war er höflich. »Therese ist gestorben und läßt schön grüßen«, wiederholte der Blinde ärgerlich. Angesichts dieses Menschen wurde sein Traum ganz mager. Die Quelle sei zuverlässig, doch dürfe er sie nicht nennen. Für das Paket bekomme er 4500 Schilling. Er müsse es aber wieder mitnehmen.

Kien beeilte sich, seine Schuld mit Geld abzuzahlen. Er fürchtete, der Mann könnte die ihm zugeschworene Bibliothek verlangen. Welch ein Glück, daß Fischerle sie heute früh ganz zu sich genommen hatte! Es wäre Kien unmöglich, seinem Gelübde auf der Stelle Genüge zu tun, Fischerle war nicht hier und woher sollte er die Bücher plötzlich nehmen? Auf alle Fälle zahlte er rasch, damit der Glücksbote verschwand. Wenn Fischerle, dessen Aufenthalt ihm unbekannt war, zufällig eine Gefahr witterte, kam er ihn warnen, und die Bibliothek war verloren. Schwur hin, Schwur her, eine Bibliothek ging über jeden Schwur.

Der Blinde zählte das Geld lang nach. Bei solchen Riesensummen gäbe ein Trinkgeld schön aus, er könnte um eines bitten, aber er war kein Bettler mehr. Er war Angestellter bei einer Firma mit hohen Umsätzen. Seinen Chef liebte er, weil der mit den Knöpfen Schluß gemacht hatte. Zum Beispiel wenn er jetzt hundert Schilling Trinkgeld bekam, kaufte er sich gleich ein paar Weiber auf einmal. Der Chef konnte nichts dagegen haben. Nach alter Gewohnheit streckte er die hohle Hand hin und sagte, ein Bettler sei er nicht, aber er möcht' schön bitten. Kien äugte nach der Tür, ihm schien, ein Schatten nähere sich, er drückte dem Mann eine Note in die Hand, es waren zufällig hundert Schilling, stieß ihn mit dem Arm von sich und flehte: »Machen Sie, daß Sie fortkommen, rasch, rasch!«

Dem Blinden blieb keine Zeit, seine Untüchtigkeit zu bereuen, er hätte mehr verlangen können, aber die Folgen seines Glücks nahmen ihn zu sehr in Anspruch. Laut sprechend erschien er bei Fischerle; den interessierte der Ausgang seines Streiches mehr als die Koseworte des Blinden, der es vor Liebe und Geld nicht mehr aushielt. Er zögerte ein wenig, bevor er ihm sein Geld aus der Hand nahm, er riß nicht daran, zu der geringen Summe und großen Enttäuschung war es immer zu früh. Die Verblüffung über den hundertprozentigen Erfolg ging mit ihm durch. Er zählte einigemal genau nach und wiederholte dazu: »Ein Charakter ist das! Einen Charakter hat der Mensch! Fischerle, mit so einem Charakter mußt aufpassen!« Der Blinde bezog den Charakter auf sich und besann sich rasch auf die Hundert in seiner Linken. Er hielt sie dem Zwerg vor die Nase und rief: »Schau'n S' auf mein Trinkgeld, Herr Chef, ich hab' net bettelt drum! Ein Mensch, was hundert Schilling Trinkgeld gibt, ist ein guter Mensch!« Und es geschah, daß Fischerle zum erstenmal, seit er seine neue Firma leitete, sich einen Teil der Beute entgehen ließ, sosehr war er mit dem Charakter seines Feindes beschäftigt.

Da drängte sich der Hausierer heran, der wie gestern als letzter drankam. Sein unglückliches Gesicht ging dem Blinden gegen den Strich. Gutmütig, wie er von Haus aus eigentlich war, gab er ihm den Rat, ein Trinkgeld zu verlangen. Das hörte der Chef. Sobald der Hausierer, diese falsche Schlange, die immer nur an ihren Vorteil dachte, in seine Nähe trat, wachte er automatisch aus seinem Traume auf und schrie ihn an: »Daß Sie sich nicht unterstehn!« »Wo werd' ich!« meinte der Geschlagene.

Seit gestern und trotz dem kurzen Schlaf war er sehr eingegangen. Mit Gewalt erreichte er nichts, das sah er ein. Zwar glaubte er noch steif und fest daran, daß jenes wirkliche Paket in der Kirche versteckt sei, aber so geschickt, daß niemand es finden konnte. Drum verließ er diesen Weg und schlug einen anderen ein. Gern wär' er so klein wie Fischerle geworden, um hinter seine Gedanken zu kommen, lieber noch kleiner, so klein, daß er in den Geheimpaketen selbst Platz gefunden und ihren Verkauf von innen dirigiert hätte. »Verrückt bin ich schon«, sagte er sich, »weil kleiner als einen Zwerg gibt's niemand.« Aber daß die Statur dieses Zwerges mit dem Versteck des Paketes zusammenhing, getraute er sich nicht zu bezweifeln. Er war viel zu gescheit. Während andere schliefen, war er wach. Rechnete man die Schlafenszeit zur wachen Zeit dazu, so ergab sich, um wieviel gescheiter er war als die anderen. Das wußte er, er war viel zu gescheit, um das nicht zu wissen, aber am liebsten hätte er mit der

Gescheitheit Schluß gemacht, sagen wir für vierzehn Tage, und wär' für so lang eingeschlafen wie andere Leute auch, in diesen Sanatorien mit allem Komfort, den es heute gibt, ein Mensch wie er kommt herum und hört allerlei reden, andere Leute hören es auch, aber sie verschlafen alles, er verschläft nichts, weil er nicht schlafen kann, drum merkt er sich jedes Wort.

Hinter Fischerles Rücken macht ihm der Blinde Zeichen, er hält die Hundertschillingnote in die Höhe und wiederholt mit den Lippen das empfohlene Trinkgeld. Er zittert vor einer verdrossenen Rückkehr des Hausierers, weil er mit ihm verschiedenes über seine Weiber besprechen möchte. Der Chef versteht nichts davon, der ist eben ein verkrüppelter Zwerg. Der Kanalräumer ist feig wegen seinem Weib, der geht mit keiner andern, nur saufen tut er außer seinem Weib. Den anderen sagt man lieber nichts von der neuen Stellung, die wollen alle was, und auf einmal bleibt einem von dem ganzen Geld nicht *ein* Weib in der Hand zurück. Der Hausierer ist der einzige. Der sagt kein Wort, wenn man was mit ihm bespricht, der schweigt, mit dem läßt sich's am besten reden.

Indessen besinnt sich dieser einzige auf seinen Auftrag. Er soll die kolossale Summe von zweitausend Schilling verlangen. Fragt ihn der Geschäftsfreund, ob er nicht schon gestern dagewesen sei, so soll er sagen: »Ja, natürlich, mit demselben Paket! Erinnern Sie sich denn nicht an mich?« Zeigt sich der Lange zufällig in seiner schlechten Laune, so muß sich der Hausierer schleunigst zurückziehen, ohne Geld, das Paket darf er im Notfall liegenlassen. Der Lange pflegt nämlich eins, zwei seinen Revolver herauszuziehen und zu schießen. Das Paket soll nur dort bleiben. Die Bücher drin sind nicht soviel wert. Fischerle wird mit seinem Geschäftsfreund schon abrechnen, wenn er wieder normal geworden ist und man mit ihm reden kann. Auf solche teuflische Weise dachte Fischerle den Hausierer loszuwerden. Er sah den wütenden Kien vor sich, dessen Empörung über die unverschämte Forderung und das nochmalige Erscheinen des Hausierers mit denselben Büchern. Er sah sich, Fischerle, wie er mit den Achseln zuckte und seinen Angestellten freundlich grinsend entließ. »Er will Sie nicht mehr seh'n. Was soll ich tun? Leider muß ich Sie entlassen. Er behauptet, Sie haben ihn beleidigt. Was haben Sie nur mit ihm gemacht? Jetzt nützt es nichts mehr. Sie können gehen. Bis ich mit jemand anderem Geschäfte mache, nehm' ich Sie wieder auf, so in ein, zwei Jahren. Halten Sie sich gut bis dahin und ich will seh'n, was ich für Sie tun kann. Für Hausierer hab' ich ein Herz. Er sagt, Sie sind ein gemeiner Mensch, eine falsche Schlange, die nur an ihren Vorteil denkt. Weiß ich, was er damit meint? Gehn Sie!«

Mit allem hatte Fischerle gerechnet, nur die Wirkung der Todesnachricht auf Kien hatte er unterschätzt. Der Hausierer fand einen verstörten Geschäftsfreund vor, der unaufhörlich lächelte, auch bei den ernstesten Geschäften, lächelnd die kolossale Summe ausbezahlte und zum Schluß nicht ohne ein feines Lächeln erklärte: »Sie kommen mir bekannt vor.« »Sie mir auch!« entgegnete der Hausierer grob. Er hatte es satt, sich anlächeln zu lassen, dieser Geschäftsfreund verhöhnte ihn oder er war verrückt. Da er mit so hohen Geldsummen manipulierte, schien das erstere doch wahrscheinlicher. »Woher kenne ich Sie nur?« fragte Kien lächelnd. Er empfand das Bedürfnis, mit einem harmlosen Menschen über sein Glück zu sprechen, einem, dem man keine Bibliothek zugeschworen hatte und der ihn nicht kannte. »Wir kennen uns von der Kirche«, erwiderte der Hausierer, durch das freundliche Interesse des Herrn entwaffnet. Er wollte sehen, wie der reiche Mensch auf die Erwähnung der Kirche reagierte. Vielleicht übertrug er ihm plötzlich das ganze Geschäft. »Von der Kirche«, wiederholte Kien, »natürlich, von der Kirche«, er hatte keine Ahnung, welche Kirche gemeint war, »Sie müssen nämlich wissen — meine Frau ist gestorben«, sein hageres Gesicht strahlte. Er beugte sich vor, unwillkürlich wich der Hausierer vor ihm zurück und schielte voller Angst auf seine Hände und Taschen. Die Hände waren leer, bei den Taschen wußte man nicht. Kien ging ihm nach; vor der Glastür packte er den zitternden Menschen an der Schulter und flüsterte ihm ins Ohr: »Sie war eine Analphabetin.« Der Hausierer verstand nichts, er schlotterte am ganzen Leib und murmelte inbrünstig: »Mein Beileid, mein Beileid!« Er versuchte sich loszureißen, aber Kien ließ nicht locker und behauptete lächelnd, daß dieses Schicksal allen Analphabeten drohte, sie verdienten es auch alle, keine hätte es sosehr verdient wie seine Frau, deren Todesnachricht er vor wenigen Minuten empfangen habe. Der Tod stehe jedem bevor, wie sehr erst diesen Analphabeten! Dabei schüttelte er die freie Faust und sein Gesicht glättete sich zum strengen Ausdruck, den es immer trug. Der Hausierer begann zu verstehen, der Mann bedrohte ihn mit dem Tod, er hielt in seinem Gebet inne, stöhnte laut um Hilfe und ließ das schwere Paket auf die Füße des entsetzlichen Gegners fallen, der ihn im ersten Schmerz freigab. Dann preßte er die Kinnladen aufeinander und schlich sich eiligst davon; wenn er nicht mehr schrie, schoß ihm der Lange vielleicht nicht nach. In Gedanken bat er ihn flehentlich, mit dem Schießen zu warten, bis er um die Ecke sei, er wolle es gewiß nicht mehr tun. Vor dem Theresianum suchte er seine Kleider nach unbemerkten Wunden ab. Er hatte die Geistesgegenwart, seine Provision zu verlangen, bevor er Fischerle den Dienst aufkündigte. Erst als der Zwerg, begeistert über sein Glück, das ihn selbst dort verfolgte, wo er es gar nicht gerufen hatte, die 2000 Schilling nachgezählt und die 20 ausbezahlt hatte, schlotterte der Hausierer wieder los und erzählte schluchzend, er sei, ohne eine einzige Frage zu stellen, vom reichen Geschäftsfreund angeschossen und beinah getroffen worden. Auf eine solche Agentur verzichte er. Außerdem müsse ihm Fischerle für den Schrecken ein Schmerzensgeld zahlen. Der Zwerg versprach ihm sechs Monatsraten zu 50 Schilling, die erste zahlbar von heut in einem Monat. (Bis dahin war er längst in Amerika.) Der Hausierer erklärte sich einverstanden und ging.

Kien hob die gefallenen Bücher auf. Ihr Schicksal schmerzte ihn, mehr schmerzte ihn der entschwundene Mensch, er hätte ihm noch einiges zu sagen gehabt. Er rief ihm leise und zärtlich nach: »Aber sie ist doch schon tot, verläßlich, glauben Sie mir, sie hört uns nicht!« Lauter zu rufen getraute er sich nicht. Er wußte, warum der Mensch lief. Vor dieser Frau hatte jedermann Angst, als er gestern mit Fischerle über sie sprach, war der erbleicht. Ihr Name verbreitete Schrecken, es genügte, ihn zu hören, um zu Stein zu erstarren. Fischerle, der laute, lärmende Fischerle flüsterte, wenn er von ihrer Zwillingsschwester sprach, und der Unbekannte, dessen Bücher er losgekauft hatte, glaubte nicht an ihren Tod. Warum lief er denn? Warum war er so feig? Er hätte ihm doch bewiesen, daß sie tot sein mußte, ihr Tod verstand sich von selbst, er ergab sich aus ihrer Natur, besser gesagt aus ihrer Lage. Sie hatte sich selbst aufgezehrt, aus Geldgier fraß sie sich auf. Vielleicht hatte sie Vorräte im Haus, wer weiß, wo sie überall Lebensmittel hamsterte, in der Küche, in ihrem alten Dienstbotenzimmer (eigentlich war sie nur eine Wirtschafterin), unter Teppichen, hinter Büchern, aber alles hat ein Ende. Wochenlang nährte sie sich davon, dann war es aus. Sie sah, daß sie ihre Vorräte verbraucht hatte. Aber da legte sie sich nicht hin und starb. Er hätte das an ihrer Stelle getan. Jeden Tod zog er einem unwürdigen Leben vor. Sie, von ihrer Gier nach einem Testament in den Wahnsinn getrieben, fraß sich selbst Stück für Stück auf. Bis zu ihrem letzten Augenblick sah sie das Testament vor sich. In Fetzen riß sie das Fleisch von ihrem Leib herunter, diese Hyäne, sie lebte von ihrem Leib in den Mund, sie aß das blutige Fleisch, bevor es gar war, wie hätte sie es zubereiten sollen, dann starb sie als Skelett, der Rock lag steif um die leeren Knochen, er sah aus, als hätte ihn ein Sturm gebläht. In Wahrheit war er genau derselbe wie immer, nur sie hatte der Sturm unterm Rock hinweggefegt. Man fand sie, denn die Wohnung wurde eines Tages erbrochen. Jener treue, brutale Landsknecht, der Hausbesorger, forschte nach dem Verbleib seines Herrn. Er hatte täglich geklopft und war beunruhigt, weil er keine Antwort bekam. Er wartete mehrere Wochen, bevor er sich einen Einbruch erlaubte. Die Wohnung war von außen fest versperrt. Als er sie aufbrach, fand er die Leiche und den Rock. Sie wurden zusammen in den Sarg gelegt. Die Adresse des Professors wußte niemand, sonst hätte man ihn vom Leichenbegängnis verständigt. Das war sein Glück, denn er hätte vor allen Passanten gelacht statt zu weinen. Hinter dem Sarg schritt der Hausbesorger her, der einzige Leidtragende, und auch dieser nur aus Treue gegen seinen angestammten Herrn. Ein großer Fleischerhund sprang auf den Sarg, riß ihn zu Boden und zerrte den gestärkten Rock hervor. Er biß sich sein Maul daran blutig. Der Hausbesorger dachte, der Rock gehört zu ihr, der Rock war ihr näher als das Herz, doch da der Hund sich vor Hunger rabiat gehabte, wagte er es nicht und ließ sich mit ihm in keinen Kampf ein. Er stand nur dabei und sah ergriffen zu, wie Stück um Stück, mit dem Blut des gewaltigen Tieres getränkt, in dessen Rachen verschwand. Das Skelett fuhr weiter. Da niemand mehr ihm das Geleite gab, wurde es auf den großen Kehrichtberg vor der Stadt geworfen, kein Friedhof keiner Konfession hätte sie aufgenommen. Ein Bote wurde mit der Nachricht von ihrem gräßlichen Ende zu Kien geschickt.

Da trat Fischerle durch die Glastür und sagte: »Sie sind schon im Gehen, wie ich sehe.« »Es war doch gut, daß ich sie eingesperrt habe«, sagte Kien. »Mich, eingesperrt? Sie werden sich hüten!« Fischerle erschrak. »Sie hat diesen Tod verdient. Ich weiß noch heute nicht bestimmt, ob sie geläufig lesen und schreiben konnte.« Fischerle begriff. »Und meine kann kein Schach! Was sagen Sie dazu? Empörend, nicht?« »Ich hätte gern Einzelheiten erfahren. Man ist auf so spärliche Nachrichten angewiesen. Mein Gewährsmann ist mir davongelaufen.« Zwar hatte er ihn selber weggeschickt, aber er schämte sich, Fischerle jenes ungeheuerliche Gelübde einzugestehen. »Und das Paket hat der Esel liegenlassen! Geben Sie her! Ich trag' eh alles, da kann ich auch das tragen.«

Bei diesen Worten fiel ihm die gestrige Verbrüderung ein und er entschuldigte sich bei Kien, weil er ihn mit »Sie« angeredet habe, es sei nur aus alter Verehrung geschehen. In Wirklichkeit verachtete er ihn schon, da er jetzt viermal so reich war wie er. Er sah es als Gnade an, daß er zu ihm sprach, und wäre es nicht um das letzte Fünftel des Kapitals gegangen, so hätte er einfach geschwiegen. Auch begannen ihn Kiens Wohnverhältnisse näher zu interessieren. Vielleicht war die Frau wirklich gestorben. Alle Anzeichen sprachen dafür. Wäre sie noch am Leben, so hätte sie sich längst den Mann zurückgeholt. Einen so dummen Mann mit soviel Geld holt sich jede Frau zurück. An ihre Verrücktheit glaubte er nicht, alle Einzelheiten, die Kien von ihr erzählte, waren total in Ordnung. Daß dieser schwache, magere Mensch jemanden eingesperrt hatte, noch dazu eine so tüchtige Frau, kam ihm unmöglich und komisch vor. Sie hätte todsicher die Tür erbrochen, wenn sie verrückt war, erst recht. Also war sie gestorben. Was geschah aber jetzt mit der Wohnung? Waren Werte drin, so gab es sowieso was zu holen, steckte sie nur voll Bücher, so mußte man die wenigstens versetzen. Die Wohnung selbst konnte man gegen eine hohe Ablöse weiterverkaufen. Auf jeden Fall geschah hier ein Unglück, und ein Kapital, ob groß oder klein, lag brach.

Auf der Straße blickte Fischerle besorgt an Kien in die Höhe und fragte: »Ja, lieber Freund, was machen wir jetzt mit den schönen Büchern zu Hause? Die Hur ist weg und die Bücher sind allein.« Er legte die ausgestreckten Finger der Rechten eng aneinander, packte sie mit der Linken und brach sie plötzlich entzwei, so, als hätte er persönlich der Hur den Hals umgedreht. Kien war ihm für diese Erinnerung, auf die er gewartet hatte, dankbar. »Beruhige dich«, sagte er, »der Hausbesorger hat zweifellos die

Wohnung gut verschlossen. Er ist der ehrlichste Mensch von der Welt. Könnte ich sonst ruhig neben dir hergehen? Ob sie übrigens eine Metze war, wüßte ich nicht mit Sicherheit zu entscheiden.« Er war gerecht, sie tot, es schien ihm angebracht, sie nicht ohne gültige Beweise zu verurteilen. Außerdem schämte er sich, acht Jahre lang nichts von ihrem wahren Beruf gemerkt zu haben. »A Frau, was ka Hur is, gibt's nicht!« Fischerle fand wie immer die beste Lösung. Sie war das Ergebnis seines im Himmel verbrachten Lebens. Kien leuchtete sie gleich ein. Er hatte noch nie eine Frau berührt. Gab es — außer der Wissenschaft — eine bessere Rechtfertigung dafür als die einfache Tatsache, daß sie allesamt Metzen waren? »Ich muß dir leider recht geben«, sagte er, um seine Zustimmung wenigstens in die Form einer eigenen Erfahrung zu kleiden. Fischerle hatte aber genug von den Huren und ging auf den Hausbesorger über. Er zweifelte an seiner Ehrlichkeit. »Erstens gibt es keinen ehrlichen Menschen«, erklärte er, »außer uns zwei natürlich, und zweitens gibt es keinen ehrlichen Hausbesorger. Wovon lebt der Hausbesorger? Vom Erpressen! Und warum? Weil er sonst nicht leben könnte. Von der Wohnung allein wird ein Hausbesorger nicht satt. Ein anderer vielleicht, ein Hausbesorger nicht. Bei uns war ein Hausbesorger, der hat von meiner Frau für jeden Herrn einen Schilling verlangt. Ist sie eine Nacht ohne Herrn heimgekommen, bei dem Beruf ist alles möglich, da hat er gefragt, wo der Herr ist. Ich hab' keinen, hat sie gesagt, zeigen S' ihn her, oder ich zeig' Sie an, hat er gesagt. Da hat sie zum Weinen angefangen. Wo soll sie den Herrn hernehmen? Das ist oft eine Stunde so gegangen. Zum Schluß hat sie den Herrn doch herzeigen müssen, dabei war's manchmal so ein ganz Kleiner«, Fischerle hielt die flache Hand vor sein Knie, »den hätt' man doch verstecken können, wenn der Mensch ein Einseh'n gehabt hätte. Schad' um den Schilling! Und wer hat den Schaden getragen? Ich natürlich!«

Kien setzte ihm auseinander, daß es sich in diesem Fall um einen Landsknecht handle, einen treuen, zuverlässigen und bärenstarken Menschen, der Bettler, Hausierer und sonstiges Gesindel nicht über die Schwelle lasse. Es sei ein Vergnügen, zuzusehen, wie er dieses Pack behandle, von denen viele nicht einmal Lesen und Schreiben könnten. Manche schlage er buchstäblich zu Krüppeln. Für die Ruhe, die er ihm verdanke, denn zur Wissenschaft brauche man Ruhe, Ruhe und wiederum Ruhe, habe er ihm ein kleines Douceur von hundert Schilling monatlich ausgesetzt. »Und der Mensch nimmt's! Der Mensch nimmt's!« Fischerles Stimme schnappte über. »Ein Erpresser! Hab' ich nicht recht? Ein regelrechter Erpresser! Er gehört eingesperrt, sofort! Eingesperrt sag' ich, ja, eingesperrt!«

Kien suchte seinen Freund zu beruhigen. Er dürfe doch einen so gewöhnlichen Menschen nicht mit sich selbst vergleichen. Natürlich sei es unfein, für eine Dienstleistung Geld anzunehmen, aber diese Unsitte habe sich beim Pöbel fest eingebürgert und reiche bis in gebildete Kreise hinein. Plato habe vergeblich dagegen angekämpft. Drum sei ihm, Kien, der Gedanke an eine Professur von jeher verhaßt gewesen. Für seine wissenschaftlichen Arbeiten habe er noch nie einen Groschen angenommen. »Plato ist gut!« entgegnete Fischerle, er hörte den Namen zum erstenmal, »Plato weiß ich. Plato ist ein reicher Mensch, du bist auch ein reicher Mensch. Und wieso weiß ich das? Weil nur ein reicher Mensch so redet. Jetzt schau einmal mich an. Ich bin ein armer Teufel, ich hab' nichts, bin nichts, werd' nichts und nehm' doch nichts. Das ist Charakter! Dein Hausbesorger, dieser Erpresser, nimmt die 100 Schilling, ein Vermögen sag' ich, und prügelt bei Tag auf die armen Menschen herum. Aber bei Nacht — wetten wir, daß er bei Nacht schläft, wenn da einer einbricht, er merkt nichts, er liegt und schläft, die 100 Schilling hat er in der Tasche, die Bücher läßt er ausrauben, ich kann das nicht mitansehen, das ist eine Gemeinheit, hab' ich nicht recht?«

Kien sagte, er wisse nicht, ob der Hausbesorger einen festen Schlaf habe. Anzunehmen wäre es schon, da alles an ihm fest sei, mit Ausnahme von vier Kanarienvögeln, die immer singen müssen, wenn er grad Lust habe. (Die erwähnte er der Genauigkeit halber.) Anderseits sei der Mensch von einer fanatischen Wachsamkeit, er habe sich 50 Zentimeter über dem Erdboden ein besonderes Guckloch konstruiert, um die Ein- und Ausgehenden besser beobachten zu können. Da kniee er den ganzen Tag. »Solche Leute hab' ich gefressen!« platzte Fischerle hinein. »Die geben die besten Spitzel ab. So ein Spitzel! So ein gemeiner Kerl! Wenn ich ihn hier hätt', lieber Freund, du möchtest die Augen aufreißen, wie ich ihn verhau, mit meinem kleinen Finger hau ich ihn kaputt! Spitzel kann ich nicht leiden! Sind Spitzel ein Gesindel oder sind sie nicht? Sie sind es, sag' ich, hab' ich nicht recht?« »Ich glaube kaum, daß mein Hausbesorger Spitzel von Beruf war«, meinte Kien, »falls es diesen Beruf wirklich geben sollte. Er war Polizeibeamter, Inspektor, wenn ich nicht irre, und ist schon längst pensioniert.«

Da verzichtete Fischerle sofort. Auf so einen Einbruch pfeift er. Mit Polizei läßt er sich jetzt nicht ein, vor Amerika bestimmt nicht, mit pensionierter erst recht nicht, die Pensionierten, die sind am ärgsten. Die gehen vor Faulheit auf Unschuldige los. Weil sie nicht mehr verhaften dürfen, werden sie bei jeder Gelegenheit rabiat und schlagen harmlose Krüppel zu Krüppeln. Schad' ist es schon, es könnt' nichts schaden, wenn man sich für Amerika besser ausstaffiert. Ein Mensch fährt einmal nach Amerika. Als Bettler kommt ein Weltmeister nicht gern an, er ist es noch nicht, aber er wird's, und da könnten die Leute einmal sagen, mit leeren Händen ist er gekommen, mit vollen soll er nicht bleiben, nehmen wir ihm lieber alles weg. In Amerika fühlt sich Fischerle trotz seinem Titel durchaus nicht sicher. Überall sind die Gauner und in Amerika ist alles riesig. Von Zeit zu Zeit steckt er die Nase in die linke Achselhöhle und stärkt sich am Geruch seines Geldes, das dort liegt. Das tröstet ihn, und wenn die Nase ein Zeitchen dort geweilt hat, schnellt sie lustig wieder in die Höhe.

Kien aber fühlte sich nicht mehr so glücklich über Theresens Tod. Fischerles Worte mahnten ihn an die Gefahr, in der seine Bibliothek schwebte. Alles zog ihn dorthin zurück, ihre Not, seine Pflicht, seine Arbeit. Was hielt ihn hier? Eine höhere Liebe. Solange er einen Tropfen Blut in seinen Adern fühlte, wollte er Unglückliche erlösen, vom Flammentod loskaufen, vor dem Rachen jenes Schweins bewahren! Zu Hause stand ihm die sichere Verhaftung bevor. Es galt den Tatsachen klar ins Gesicht zu sehen. Er war an Theresens Tod mitschuldig. Sie trug die Hauptschuld, aber er hatte sie eingesperrt. Gesetzlich war er verpflichtet, sie in eine Irrenanstalt einzuliefern. Er dankte Gott, daß er dem Gesetz nicht gefolgt war. In einer Irrenanstalt wäre sie heute noch am Leben. Er hatte sie zum Tod verurteilt, der Hunger und ihre Gier hatten dieses Urteil an ihr vollstreckt. Er nahm kein Jota von seiner Tat zurück. Er war bereit, vor Gericht für sie einzustehen. Sein Prozeß mußte mit einem überwältigenden Freispruch enden. Allerdings würde die Verhaftung eines so berühmten Gelehrten, wohl des ersten Sinologen der Zeit, unliebsames Aufsehen erregen, was im

Interesse der Wissenschaft zu vermeiden war. Als Hauptentlastungszeuge diente eben jener Hausbesorger. Kien verließ sich zwar auf ihn, doch die Bedenken Fischerles über die Feilheit eines solchen Charakters verfehlten nicht ihre Wirkung. Landsknechte laufen zu *dem* Herrn über, der sie am besten bezahlt. Das Kernproblem war in der Gegenpartei zu sehen. Bestand eine solche, hatte sie ein Interesse daran, den Hausbesorger mit unwiderstehlichen Summen zu bestechen? Therese stand allein. Von Verwandten war niemals die Rede gewesen. Beim Begräbnis gab ihr niemand das Geleite. Sollte jemand im Zug des Prozesses auftauchen, der sich für ihren Verwandten ausgäbe, so würde er, Kien, genaue Erhebungen über die Herkunft des Betreffenden beantragen. Eine Verwandtschaft war immerhin möglich. Den Hausbesorger gedachte er vor seiner Verhaftung zu sprechen. Eine Erhöhung des Douceurs auf 200 Schilling mußte diesen Spitzel, wie Fischerle so gut sagte, völlig gewinnen. Damit beging man weder eine Bestechung noch ein sonstiges Unrecht; der Hausbesorger sollte die Wahrheit, die reine Wahrheit aussagen. Auf keinen Fall ging es an, daß der wohl größte Sinologe der Zeit wegen eines inferioren Weibes bestraft wurde, eines Weibes, von dem sich nicht einmal mit Sicherheit aussagen ließ, ob sie fließend lesen und schreiben konnte. Die Wissenschaft erforderte ihren Tod. Sie erforderte auch seine völlige Freisprache und Rehabilitierung. Gelehrte seinesgleichen lassen sich an den Fingern abzählen. Frauen gibt es leider zu Millionen. Therese gehörte noch zu den geringsten. Unleugbar war ihr Tod so qualvoll und grausam wie nur möglich. Doch dafür, gerade dafür, trug sie selbst die volle Verantwortung. Es lag an ihr, sich in Ruhe verhungern zu lassen. Tausende indischer Büßer sind vor ihr diesen langsamen Tod gestorben und dachten sich durch ihn erlöst. Die Welt bewundert sie noch heute. Niemand bedauert ihr Schicksal, und ihr Volk, nach dem chinesischen das weiseste, spricht sie heilig. Warum rang sich Therese nicht bis zu diesem Entschlusse durch? Sie hing zu sehr am Leben. Ihre Gier kannte keine Grenzen. Sie verlängerte es um jede verächtliche Sekunde. Sie hätte Menschen gefressen, wären welche in ihrer Nähe gewesen. Sie haßte die Menschen. Wer hätte sich für sie geopfert? In ihrer schwachen Stunde fand sie sich, wie sie es verdiente, einsam und verlassen. Da griff sie zum letzten Mittel, das ihr blieb: sie fraß ihren eigenen Leib, Fetzen für Fetzen, Streifen für Streifen, Stück für Stück, und erhielt sich unter unbeschreiblichen Schmerzen am Leben. Der Zeuge fand nicht sie, er fand ihre Knochen vor, von einem blauen, gestärkten Rock, den sie immer zu tragen pflegte, zusammengehalten. Das war ihr verdientes Ende.

Aus Kiens Verteidigungsrede wurde eine lückenlose Anklage gegen Therese. Nachträglich vernichtete er sie zum zweitenmal. Er saß schon längst wieder mit Fischerle in einem Hotelzimmer, fast von selbst waren sie da hineingeraten. Seine strenge Gedankenkette riß keinen Augenblick ab. Er schwieg und bedachte jeden kleinsten Umstand. Aus den Worten, die von der Aufgefressenen Zeit ihres Lebens gebraucht worden waren, stellte er einen mustergültigen Text zusammen. Er war ein Meister glänzender Konjekturen und stand für jeden Buchstaben ein. Allerdings bedauerte er unendlich, so viel philologische Akribie auf einen bloßen Mord verwenden zu müssen. Er handelte unter höherem Zwang und versprach der Welt reichlichen Ersatz in den Leistungen seiner nächsten Zukunft. An seiner Arbeit habe ihn eben jene verhindert, deren Fall hier zur Diskussion stehe. Er dankte dem Vorsitzenden für die überaus zuvorkommende Behandlung, die er, als ein des Mordes Angeklagter, nicht erwartet habe. Der Vorsitzende verneigte sich und erklärte mit ausgesuchter Höflichkeit, er wisse wohl, was sich dem größten Sinologen der Jetztzeit gebühre. Jenes »wohl«, das Kien vor den »größten Sinologen« setzte, wenn er selbst von sich sprach, ließ der Vorsitzende weg, da es ja durchaus überflüssig war. Kien erfüllte diese öffentliche Ehrenerklärung mit berechtigtem Stolz. Seine Anklage gegen Therese erhielt eine etwas weichere Färbung.

»Man muß ihr einige mildernde Umstände zubilligen«, sagte er zu Fischerle. Der saß neben ihm auf dem Bett, bedauerte den mißglückten Einbruch und roch an seinem Geld. »Auch in der ärgsten Zeit, als ihr Charakter vom Hunger vollkommen unterwühlt war, hat sie es nie gewagt, ein Buch anzutasten. Ich bemerke dazu, daß es sich um eine ungebildete Frau handelt.« Fischerle ärgerte sich, weil er ihn verstand, jeden Blödsinn mußte er verstehen, er verwünschte die eigene Intelligenz und ging nur aus Gewohnheit auf die Reden des armen Teufels neben ihm ein. »Lieber Freund«, sagte er, »du bist ein Narr. Was ein Mensch nicht weiß, das tut kein Mensch. Was glaubst du, mit welchem Appetit sie die schönsten Bücher aufgefressen hätte, wenn sie gewußt hätte, wie einfach das geht. Ich sag', wenn das Kochbuch, was unser Schwein vom Theresianum oben zusammenstellt, mit den 103 Rezepten schon gedruckt wär' — no, ich sag' lieber nichts.« »Was meinst du?« fragte Kien mit weit aufgerissenen Augen. Er wußte genau, was der Zwerg meinte, aber er wollte, daß ein anderer das Furchtbare im Zusammenhang mit seiner Bibliothek aussprach, nicht er selbst, nicht einmal in Gedanken er selbst. »Ich kann dir nur sagen, lieber Freund, wenn du nach Haus' gekommen wärst, du hättest deine Wohnung leer gefunden, ratzekahl, kein Blatt, von Buch schon gar keine Rede!« »Gott sei Dank!« Kien holte tief Atem. »Sie ist schon begraben und das Schandbuch wird nicht so bald erscheinen. Ich werde in meinem Prozeß die Sprache darauf zu bringen wissen. Die Welt wird aufhorchen! Ich gedenke schonungslos zu enthüllen, was ich weiß. Noch hat ein Gelehrter was zu sagen!«

Seit dem Tod seiner Frau war Kiens Sprache kühner geworden und selbst die Schwierigkeiten, die ihm bevorstanden, reizten seine Kampflust nur zu neuen Taten. Er verbrachte mit Fischerle einen angeregten Nachmittag. In seinen melancholischen Stimmungen hatte der Zwerg für Witze viel Sinn. Er ließ sich die Prozeßaffäre haarklein berichten und erhob nirgends Widerspruch. Manchen guten Rat gab er Kien gratis und umsonst. Ob er denn keine Angehörigen habe, die ihm helfen könnten, ein Mordprozeß sei keine Kleinigkeit. Kien erwähnte seinen Pariser Bruder, einen berühmten Psychiater; vorher habe er sich als Frauenarzt ein Vermögen gemacht. »Ein Vermögen sagst du?« Fischerle beschloß sofort, vor Amerika in Paris Station zu machen. »Das ist der richtige Mann für mich«, sagte er, »den werde ich wegen meinem Buckel konsultieren!« »Aber er ist doch kein Chirurg!« »Macht nichts, wenn er Frauenarzt war, kann er alles.« Kien lächelte über die Naivität dieses lieben Menschen, der von einer Spezialisierung in der Wissenschaft offenbar keine Ahnung hatte. Doch gab er ihm gern die genaue Adresse, die Fischerle sich auf einen schmutzigen Zettel notierte, und erzählte ihm viel über das schöne Verhältnis, das vor langen Jahren, Jahrzehnten zwischen ihm und seinem Bruder geherrscht hatte. »Die Wissenschaft erfordert den ganzen Menschen«, schloß er, »sie läßt für die gewohnten Beziehungen nichts übrig. Sie hat uns auseinandergebracht.« »Wenn du deinen Prozeß hast, kannst du mich sowieso zu nichts brauchen.

Weißt du was, ich fahr' derweil nach Paris und sag' deinem Bruder, ich komm' von dir. Ich werde ihm doch nichts zahlen müssen, wenn ich dein guter Freund bin?!« »Natürlich nicht«, erwiderte Kien, »ich werde dir ein Empfehlungsschreiben mitgeben, damit du ganz sicher gehst. Es würde mich freuen, wenn er dich wirklich vom Buckel befreien könnte.« Er setzte sich gleich hin und schrieb — seit acht Jahren zum erstenmal — an seinen Bruder. Fischerles Vorschlag kam ihm sehr gelegen. Er hoffte, sich bald wieder ganz in sein wissenschaftliches Leben zurückzuziehen, und da schien ihm der Kleine, so sehr er ihn achtete, doch eine Last. Eigentlich hatte er dieses Gefühl, daß er ihn über kurz oder lang wieder loswerden müsse, erst, seit sie sich duzten. War Fischerle seinen Buckel los, so konnte Georg ihn ganz gut auf seiner psychiatrischen Klinik als Wärter unterbringen. Der Zwerg trug den wohladressierten und versiegelten Brief in sein Zimmer hinüber, entnahm dem Bücherpaket, seiner Ware, die der Hausierer im Stich gelassen hatte, ein Buch und legte den Brief hinein. Der Rest des Paketes sollte morgen seiner alten Bestimmung dienen. Nach genauer Rechnung besaß Kien noch gegen 2000 Schilling. In einem Vormittag waren sie ihm spielend abzunehmen. Der Abend verging also unter entrüsteten Gesprächen über das Schwein und ähnliche entartete Geschöpfe.

Der nächste Tag begann schlecht. Kaum hatte sich Kien vor sein Fenster gestellt, als ein Mensch mit einem Paket gegen ihn stieß. Er hatte gerade genug Halt, um nicht in die Scheibe zu fallen. Der rohe Geselle drängte vorbei. »Sie wünschen? Was wollen Sie hier? Warten Sie doch!« Alles Rufen war umsonst. Der Mensch stürzte in die Höhe und drehte sich nicht einmal um. Nach längerem Nachdenken kam Kien zum Ergebnis, daß es sich um pornographische Bücher handeln müsse. Für die schamlose Hast, mit der jener einer Untersuchung seines Pakets aus dem Wege rannte, war dies die einzige Erklärung. Dann tauchte der Kanalräumer auf, blieb plump vor ihm stehen und forderte dröhnend 400 Schilling. Aus Zorn über den Vorigen erkannte er ihn. Mit bebender Stimme fuhr er ihn an: »Sie waren gestern schon hier! Schämen Sie sich!« »Vurgestern aa«, quetschte der Kanalräumer treuherzig hervor. »Machen Sie, daß Sie fortkommen! Gehen Sie in sich! Das nimmt ein böses Ende!« »Mein Geld krieg' ich!«, sagte der Kanalräumer. Er freute sich auf die fünf Schilling, die er wieder versaufen wollte.

Ohne zu denken — was er nie tat — stand es für ihn als Arbeiter fest, daß er seinen Lohn nur bekam, wenn er dafür seine Arbeit, also das einkassierte Geld, abgeliefert hatte. »Sie bekommen nichts!« erklärte Kien entschlossen. Er stellte sich auf die Treppe. Er war auf alles gefaßt. Versetzen nur über seine Leiche! Der Kanalräumer kratzte sich den Kopf. Weichgequetscht hatte er das magere Bürscherl leicht. Doch war ihm das nicht befohlen. Er führte nur Befehle aus. »Ich geh' den Chef fragen«, farzte er und räumte dem andren seinen Hintern hin. *Der* Abschied fiel ihm leichter als Worte. Kien seufzte. Die Glastüre kreischte.

Da erschien ein blauer Rock und ein mächtiges Paket. Therese folgte. Sie trug beides. Neben ihr ging der Hausbesorger. Mit der Linken stemmte er ein noch größeres Paket bis hoch über sein Haupt und warf es dann auf die Rechte hinüber, die es spielend auffing.

Die Erfüllung

Eine volle Woche, nachdem Therese ihren Mann, den Dieb, hinausgejagt hatte, war sie mit dem Durchsuchen ihrer Wohnung beschäftigt. Sie ging vor, als ob sie gründlich machte, und teilte sich die Arbeit ein. Von sechs Uhr früh bis acht Uhr abends rutschte sie auf Füßen, Knien, Händen, Ellbogen umher und äugte nach geheimen Ritzen. Sie fand Staub, wo sie zu ihren saubersten Zeiten keinen geahnt hatte, und führte ihn auf den Dieb zurück, da solche Leute ja schmutzig sind. Mit einem Bogen starken Packpapiers tastete sie in jene Ritzen hinein, die für ihre dicken Haarnadeln zu fein waren. Nach Gebrauch blies sie den Staub vom Blatt weg und fuhr mit einem Tuch drüber. Denn zu denken, daß sie mit einem schmutzigen Papier an das verlorene Bankbuch rühren könnte, war ihr unerträglich. Sie zog bei der Arbeit keine Handschuhe an, die wurden ihr ja verdorben, doch lagen sie, blendend weiß gewaschen, in der Nähe, für den Fall, daß sie das Bankbuch fand. Die schönen Teppiche, die bei dem vielen Hin und Her leicht Schaden nahmen, wurden in Zeitungen verpackt und auf den Korridor geschafft. Die Bücher wurden auf einen Inhalt hin einzeln durchsucht. An einen Verkauf dachte sie noch nicht ernstlich. Sie wollte sich erst mit einem gescheiten Mann darüber beraten. Doch sah sie die Seitenzahl nach, empfand vor Büchern über 500 Seiten Respekt, weil die sicher schon etwas wert waren, und wog sie, bevor sie sich zum Zurückstellen entschloß, wie gerupfte Hühner auf dem Markt. Auf das Bankbuch war sie nicht böse. Sie gab sich gerne mit der Wohnung ab. Mehr Möbel hätte sie sich gewünscht. Dachte man sich die Bücher weg, so merkte man sofort, wer hier gewesen war: ein Dieb. Nach einer Woche erklärte sie: da ist nichts. In solchen Fällen wenden sich anständige Menschen an die Polizei. Sie wartete mit der Anzeige, bis das Haushaltungsgeld, das sie zuletzt bekommen hatte, verbraucht war. Sie wollte der Polizei beweisen, daß der Mann mit allem durchgegangen war und ihr nicht einen Groschen vermacht hatte. Wenn sie einkaufen ging, wich sie dem Hausbesorger in weitem

Bogen aus. Sie fürchtete seine Fragen nach dem Herrn Professor. Er hatte sich bisher zwar nie gerührt, aber am Ersten würde er sich sicher melden. Am Ersten bekam er jeden Monat sein Trinkgeld. Diesen Monat bekam er nichts, und sie sah ihn schon bettelnd vor der Tür. Sie hatte die feste Absicht, ihn mit leeren Händen hinauszuwerfen. Niemand konnte sie zwingen, was herzugeben. Wurde er frech, so zeigte sie ihn an.

Eines Tages zog sich Therese den besseren gestärkten Rock an. Er machte sie jünger. Sein Blau war um eine Kleinigkeit heller als das jenes anderen, den sie täglich trug. Eine blendend weiße Bluse paßte gut dazu. Sie sperrte die Tür zum neuen Schlafzimmer auf, glitt auf den Spiegelschrank zu, sagte »da bin ich wieder« und grinste von Ohr zu Ohr. Sie sah wie Dreißig aus und hatte ein Grübchen am Kinn. Grübchen sind schön. Sie besprach mit dem Herrn Grob ein Rendezvous. Die Wohnung gehört jetzt ihr und der Herr Grob kann kommen. Sie möchte ihn gern fragen, wie sie das am besten macht. In den Büchern stecken Millionen drin und sie gönnt einem anderen auch gern was. Er braucht ein Kapital. Sie weiß, wer tüchtig ist. Sie will das schöne Geld nicht verschlafen. Hat sie vielleicht was davon? Sparen ist gut, verdienen ist besser. Auf einmal hat man doppelt soviel. Sie hat den Herrn Grob nicht vergessen. Keine kann ihn vergessen. Das ist bei den Frauen so. Jede reißt sich um ihn. Sie will auch was davon. Der Mann ist weg. Der kommt nicht mehr. Was er getan hat, sagt sie nicht. Er war nie gut zu ihr, aber ihr Mann war er doch. Drum sagt sie es lieber nicht. Stehlen hat er können, tüchtig sein nicht. Wenn jeder so wär' wie der Herr Grob. Der Herr Grob hat eine Stimme. Der Herr Grob hat Augen. Sie hat ihm einen Namen gegeben, der Name heißt Puda. Der Name ist schön, der Herr Grob ist am schönsten. Sie kennt viele Männer. Gefällt ihr vielleicht ein einziger so gut wie der Herr Grob? Er soll es beweisen, wenn er was Schlechtes glaubt. Er soll nicht glauben. Er soll kommen. Er soll das mit den prachtvollen Hüften sagen. Er sagt das so schön.

Zu diesen Worten schaukelt sie sich vor dem Spiegel hin und her. Da fühlt sie erst, wie schön sie ist. Sie legt den Rock ab und besieht sich die prachtvollen Hüften. Es stimmt. Er ist so gescheit. Er ist nicht nur interessant. Er ist alles. Woher er das weiß. Er hat die Hüften nie geseh'n. Er merkt das so. Er sieht sich die Frauen genau an. Dann fragt er, wann er sie ausprobieren darf. Ein Mann soll sich trauen. Sonst ist das kein Mann. Kann ihm denn eine nein sagen? Therese berührt ihre Hüften mit seinen Händen. Die sind weich wie seine Stimme. Sie blickt ihm mit dem Grübchen in die Augen. Sie schenkt ihm was, sagt sie. Sie geht zur Tür zurück und holte sich den Schlüsselbund, der dort hängt. Vor dem Spiegel übergibt sie ihm unter Klirren das Geschenk und sagt, er darf in ihre Zimmer, wann er will. Sie weiß, er ist kein Dieb, auch wenn sie nicht da ist. Der Schlüsselbund fällt zu Boden und sie schämt sich, weil er ihn nicht nimmt. Sie ruft: Herr Puda, und ob sie einfach Puda sagen dürfe. Er sagt nichts, er bekommt nicht genug von den Hüften. Das ist schön. Sie hätt' so gern seine Stimme gehört. Sie erzählt ein tiefes Geheimnis. Sie hat ein Sparkassenbuch und er darf es für sie aufheben. Ob sie ihm auch das Losungswort sagen soll? Sie scherzt. Sie erschrickt, er könnte das von ihr verlangen, das hätte sie nicht getan. Bis sie ihn besser kennt. Sie kennt ihn so wenig. Aber er hat ja nichts gesagt. Wo ist er? Sie sucht ihn an ihren Hüften, da ist ihr kalt. Heiß ist ihr an der Brust. Dort hängen seine Hände unter der Bluse, aber er ist nicht da. Sie sucht ihn im Spiegel und findet da ihren Rock. Er sieht aus wie neu und blau ist die schönste Farbe, weil sie Herrn Puda treu ist. Sie zieht ihn wieder an, er steht ihr gut, und wenn Herr Puda will, zieht sie ihn wieder aus. Schon heute kommt er, er bleibt die ganze Nacht, er kommt jede Nacht, er ist so jung. Er hat einen Harem, für sie schafft er ihn ab. Weil er einmal grob war? Wo er doch so heißt! Für den Namen kann er nichts dafür. Sie schwitzt und jetzt geht sie zu ihm.

Therese nahm die verschmähten Schlüssel zu sich, sperrte umständlich ab, schimpfte mit sich, weil sie den Spiegel im guten Zimmer benützt hatte, wo doch drüben die kleine zerbrochene Scherbe war, und lachte aus Leibeskräften, weil sie umsonst nach der inneren Schlüsseltasche griff, die es in diesem Rock gar nicht gab. Der Klang ihres Lachens war ihr fremd, sie lachte nie, sie glaubte jemand Fremden in der Wohnung zu hören. Da wurde ihr unheimlich zumute, zum erstenmal, seit sie allein war. Rasch suchte sie das Versteck ihres Sparbuchs auf; es lag richtig an seinem Platz. Einbrecher waren also keine im Haus, sie hätten zuerst das Sparbuch gestohlen. Zur Sicherheit nahm sie es mit. Im Hausflur bückte sie sich tief, als sie beim Hausbesorger vorbeikam. Sie hatte viel

Geld bei sich und fürchtete, er könnte gerade heute das Trinkgeld von ihr verlangen.

Der laute Verkehr auf der Straße steigerte Theresens Freude. Eilig glitt sie in ihr Fest, ihr Ziel lag im Herzen der Stadt. Der Lärm wurde von Gasse zu Gasse größer. Alle Männer sahen ihr nach. Sie merkte es, aber sie lebte für *einen* Mann. Immer hatte sie sich gewünscht, für *einen* Mann zu leben, und jetzt war es so gekommen. Ein Auto wurde frech, weil es sie beinah überfahren hätte. Sie warf dem Chauffeur ihren Kopf zu, sagte: »Ich bitt' Sie, für Sie hab' ich keine Zeit!« und drehte der Gefahr den Rükken. In Zukunft würde Puda sie vor Proleten beschützen. Sie fürchtete sich auch allein nicht, weil alles jetzt ihr gehörte. Während sie durch die Stadt ging, nahm sie von sämtlichen Geschäften Besitz. Da gab es Perlen, die zu ihrem Rock paßten, und Brillanten für ihre Bluse. Von den Pelzen hätte sie keinen getragen, die waren ja unanständig, aber in den Schrank hängte man so was gern. Die schönste Unterwäsche hatte sie selbst, da waren die Spitzen viel breiter. Doch nahm sie auch davon einige Auslagen mit. Den Reichtum steckte sie in ihr Sparbuch, das schwoll und schwoll, da lag alles sicher und er bekam es zu sehen.

Vor seiner Firma blieb sie stehen. Die Buchstaben des Firmenschilds rückten nah' an ihre Augen. Erst las sie Groß & Mutter, dann las sie Grob & Frau. Das hatte sie gern. Dafür gab sie ihre eilige Zeit auch her. Die Konkurrenten gingen aufeinander los, der Herr Groß war ein Schwächling und bekam seine Prügel. Da tanzten die Buchstaben vor Freude, und als der Tanz zu Ende war, las sie auf einmal Groß & Frau. Das paßte ihr gar nicht. Sie rief »So eine Frechheit!« und trat ins Geschäft ein.

Sofort küßte jemand der Gnädigsten die Hand. Es war seine Stimme. Zwei Schritt vor ihm hob sie die Tasche in die Höhe und sagte: »Da bin ich wieder.« Er verbeugte sich und fragte: »Gnädigste wünschen? Womit kann ich der Gnädigsten dienen? Vielleicht ein neues Schlafzimmer? Für den neuen Herrn Gemahl?« Seit Monaten quälte Therese die Angst, er werde sie nicht mehr erkennen. Sie tat alles zu ihrer Erkenntlichkeit. Sie pflegte den Rock, sie wusch ihn, stärkte ihn, bügelte ihn täglich, aber der interessante Mensch hatte ja so viel Frauen. Jetzt sagte er: »Für den neuen Herrn Gemahl?« Sie verstand die geheime Bedeutung. Er hatte sie erkannt. Sie verlor jede Scheu, sie sah sich nicht um, ob noch jemand im Laden anwesend sei, trat dicht an ihn heran und sprach Wort für Wort, wie sie es vor dem Spiegel eingeübt hatte. Mit seinen feuchten Augen sah er ihr ins Gesicht. Er war so schön, sie war so schön, alles war schön und als sie zu den prachtvollen Hüften kam, nestelte sie an ihrem Rock, zögerte, hielt sich an ihrer Tasche fest und fing wieder von vorne an. Er schlenkerte mit den Armen und rief: »Gnädigste wünschen? Aber meine Gnädigste! Gnädigste wünschen?« dazwischen. Damit sie leiser spreche, kam er ihr noch näher, sein Mund öffnete und schloß sich dicht vor ihrem, er war genau so groß wie sie und sie sprach immer rascher und lauter. Sie vergaß kein Wort, jedes platzte, ein Geschoß aus ihrem Mund, denn ihr Atem ging heftig und in Stößen. Als sie das drittemal bei den Hüften war, löste sie hinten das Band, drückte aber die Tasche gegen den Rock, so daß er oben blieb. Dem Verkäufer wurde schlecht vor Angst, sie sprach noch immer nicht leiser, ihre roten schwitzenden Wangen streiften die seinen. Wenn er sie nur verstanden hätte, er hatte keine Ahnung, wer sie war und was sie wollte. Er packte sie bei den dicken Armen und stöhnte: »Gnädigste wünschen?« Sie hielt wieder knapp vor den Hüften, brachte sie prachtvoll und schreiend zu Ende, hauchte »Ja!« und zwängte sich in seine Arme. Sie war dicker als er und glaubte sich umarmt. Bei dieser Gelegenheit fiel der Rock zu Boden. Therese merkte es und war noch glücklicher, weil alles von selber so kam. Als sie seinen Widerstand spürte, erschrak sie mitten in der Seligkeit und schluchzte: »Ich bin so frei!« Pudas Stimme sagte: »Aber meine Gnädigste! Aber meine Gnädigste! Aber meine Gnädigste!« Die Gnädigste war sie. Andere Stimmen tönten dazwischen, keine schönen, die Leute sahen zu, ihr macht das nichts, sie ist eine anständige Frau. Herr Puda schämte sich, er riß und riß, sie ließ ihn nicht los, sie hatte ihre Hände auf seinem Rücken gewaltig verschränkt. Er schrie: »Bitte gleich, Gnädigste, bitte sehr, Gnädigste, so lassen Sie mich doch los, Gnädigste!« Ihr Kopf lag an seiner Schulter und seine Wangen waren wie Butter. Warum schämt er sich? Sie schämt sich nicht. Die Hände läßt sie sich abhacken, aber los läßt sie ihn nicht. Herr Puda stampfte mit den Füßen und brüllte: »Erlauben Sie, bitte, aber ich kenn' Sie nicht, erlauben Sie, bitte, lassen Sie los!« Dann kamen viele Leute, schlugen auf Theresens Händen herum, sie begann zu weinen, los ließ sie nicht. Ein starker Mensch nahm

Finger um Finger auseinander und riß Herrn Puda plötzlich von ihr weg. Therese taumelte, fuhr sich mit dem Ärmel der Bluse über die Augen, sagte: »Aber ich bitt' Sie, wer wird denn so grob sein!« und hörte zu weinen auf. Der starke Mensch war eine große, dicke Frau. Herr Puda hatte inzwischen geheiratet! Ein schrecklicher Lärm war im Geschäft, als Theresens Blick auf ihren Rock am Boden fiel, begriff sie, warum.

In nächster Nähe stand ein Haufen Leute, sie lachten, als wären sie dafür bezahlt. Wände und Decke zitterten, die Möbel schwankten. Jemand rief »Rettungsgesellschaft!«, jemand anderer »Polizei!« Herr Grob wischte sich empört den Anzug ab, er liebte die ausgestopften Schultern besonders, sang wiederholt: »Auch die Umgangsformen haben eine Grenze, Gnädigste!« und machte sich, sobald er mit dem Zustand des Anzugs zufrieden war, an die Reinigung der berührten Wange. Therese und er waren die einzigen, die nicht lachten. Seine Retterin, die »Mutter«, musterte ihn mißtrauisch, sie witterte eine Liebesgeschichte hinter dem Vorfall. Da sie an ihm beteiligt war, neigte sie eher zur Polizei. Die schamlose Person verdiente einen Denkzettel. Er hatte seinen schon bekommen. Außerdem war er ein lieber Mensch, was sie aber nie geäußert hätte. Das Geschäft erforderte rücksichtslose Strenge. Trotz dieser Kalkulation lachte sie hart und laut. Alle redeten durcheinander. Therese zog sich mitten unter den Menschen ihren Rock wieder an. Ein Büromädchen lachte den Rock aus. Therese ließ nichts auf ihn kommen und sagte: »Ich bitt' Sie, Sie wären froh!« Dabei zeigte sie auf die breiten Spitzen ihres Unterrocks, die auch nach was aussahen, nicht nur der Rock. Das Gelächter nahm kein Ende. Therese war ganz froh, sie hatte Angst vor seiner Frau. Ein Glück, daß sie ihn umarmt hatte, sie wäre sonst nie mehr dazugekommen. Solang die lachten, konnte ihr nichts geschehen. Mitten im Lachen tut man einem Menschen nichts. Ein magerer Angestellter, er sah wie kein Mann aus, wie ihr früherer Mann, der Dieb, sagte: »Dem Grob seine Freundin.« Ein anderer, das war ein Mann, sagte: »Eine schöne Freundin!« Daß jetzt alle noch mehr lachten, fand sie gemein. »Bitte, ich *bin* auch schön!« schrie sie. »Wo ist meine Tasche?« Die Tasche war weg. »Wo ist meine Tasche? Ich hol' die Polizei!« Die Mutter fand das unverschämt. »So!« erklärte sie, »jetzt telephonier' *ich* der Polizei!« Sie drehte sich um und ging aufs Telephon zu.

Herr Groß, der kleine Chef, ihr Sohn, stand schon die ganze Zeit hinter ihr und wollte was sagen. Niemand hörte auf ihn. Er zupfte sie verzweifelt am Ärmel, sie stieß ihn weg und verkündete mit rauher Männerstimme: »Der werden wir's zeigen! Wir werden sehen, wer hier der Herr ist!« Herr Groß wußte sich nicht mehr zu helfen. Als sie das Telephon schon in der Hand hielt, wagte er das Äußerste und zwickte sie. »Aber sie hat doch bei uns gekauft«, flüsterte er. »Was?« fragte sie. »Ein gutes Schlafzimmer.« Er hatte Therese als einziger erkannt.

Die Mutter ließ das Telephon fallen, wandte sich zum Personal und kündigte allen, ausnahmslos, auf der Stelle. »Ich lasse meine Kunden nicht beleidigen!« Wieder bebten die Möbel, aber nicht vor Lachen. »Wo ist die Tasche der Dame? In drei Minuten ist die Tasche da!« Sämtliche Angestellte warfen sich zu Boden und krochen gehorsam umher. Es war keinem entgangen, daß Therese die Tasche inzwischen aufgehoben hatte. Sie lag auf dem früheren Standort der Mutter. Herr Grob stand zuerst wieder auf und bemerkte die Tasche erstaunt unter Theresens Arm. »Wie ich sehe, Gnädigste«, sang er, »haben Gnädigste die Tasche schon gefunden. Gnädigste haben immer Glück. Gnädigste wünschen, wenn ich bitten darf?« Sein Diensteifer wurde von der Mutter mit Wohlwollen quittiert. Sie marschierte stramm auf ihn zu und nickte. Therese sagte: »Heut nichts, ich danke.« Grob neigte sich tief über ihre Hand und meinte mit weher Demut: »Dann küss' ich Ihre liebe Hand, Gnädigste.« Er küßte den Arm oberhalb des Handschuhs, trällerte: »Ich küsse Ihre Hand, Madam« und trat, mit der linken Hand elegant auf etwas verzichtend, zurück. Das Personal sprang auf und formierte sich zur Ehrengasse. Therese zögerte, warf den Kopf stolz in die Höhe und sagte zum Abschied: »Ich bitt' Sie, man darf doch gratulieren?« Er verstand sie nicht, doch seine Gewohnheit befahl ihm eine Verbeugung. Dann betrat sie die Ehrengasse. Alle Rücken waren gekrümmt und jedermann grüßte. Hinten stand die Mutter und empfahl sich donnernd. Der Chef an ihr schwieg lieber. Er hatte sich heute schon viel herausgenommen. Sicher hätte er die Kundschaft früher melden sollen. Als Therese in der Tür stand, die von zwei Leuten gehalten, zu ihrer Ehrenpforte wurde, verschwand er eilig ins Kontor. Vielleicht vergaß ihn die Mutter. Bis zuletzt hörte Therese bewundernde Ausrufe. »Eine fesche Person!« »Der schöne

Rock!« »Jö, wie blau!« »Und die volle Tasche!« »Wie eine Fürstin!« »Der Grob hat Glück!« Das war kein Traum. Immer wieder küßte ihr der Glückliche die Hand, sie stand schon auf der Straße. Selbst die Tür ging spät und mit Hochachtung zu. Durch die Scheiben sah man ihr nach. Sie drehte sich nur einmal um und glitt lächelnd gradaus.

So war es, wenn ein besonderer Mann einen liebte. Er hatte geheiratet! Konnte er denn auf sie warten? Sie hätte sich früher melden sollen. Wie er sie in die Arme nahm! Dann bekam er auf einmal Angst. Seine neue Frau war im Geschäft. Von der Frau hat er das Kapital, da darf er so was nicht tun. Er ist ein anständiger Mensch. Er weiß, was sich gehört. Er kennt sich aus. Vorn hat er sie umarmt, hinten hat er sich gewehrt. Damit die Frau es hört, hat er geschimpft. So ein gescheiter Mensch! Er hat Augen. Er hat eine Schulter. Er hat eine Wange. Die Frau ist stark. Die Frau sieht nach was aus, aber gemerkt hat sie nichts. Wegen ihrer Tasche wollte sie gleich die Polizei rufen. So eine Frau gehört sich. Genauso eine Frau wär' sie, der Dieb wollte nicht früher weg, da ist sie zu spät gekommen. Kann sie für den Dieb was dafür? Er hat ihr die Hand geküßt. Er hat Lippen. Er hat auf sie gewartet. Erst wollte er das Kapital nur von ihr — auf einmal ist eine gekommen, mit dem größten Kapital, die Frauen geben ihm ja keine Ruhe, da hat er sie genommen. Er kann das schöne Geld doch nicht stehenlassen. Aber er liebt nur sie. Die neue Frau liebt er nicht. Wenn sie kommt, müssen alle sich nach ihrer Tasche bücken. Die Tür steht voll von Augen und alle sehen ihr nach. Warum hat sie den neuen Rock an? Sie ist ja so froh. Ein Glück, daß sie ihn rasch noch umarmt hat. Wer weiß, wann sie wieder dazugekommen wäre. Der Rock steht ihr gut, der Unterrock steht ihr auch gut. Die Spitzen daran sind teuer. Sie ist nicht so. Sie hat sich gedacht, der arme Mensch. Warum soll er nichts von den Hüften haben? Er findet sie prachtvoll. Jetzt hat er sie gesehen. Einem verheirateten Menschen gönnt sie auch gern was.

Nach Hause fand Therese im Traum. Sie achtete weder auf Straßen noch auf Frechheiten. Gegen Unglück war sie durch ihr Glück gefeit. Allerlei Abwege taten sich vor ihr auf, sie ging den sicheren, der sie zu ihrem Besitz zurückführte. Ihrer gestärkten Erscheinung brachten Menschen und Fahrzeuge Scheu entgegen.

Allseitig erregte sie liebsames Aufsehen. Diesmal merkte sie es nicht einmal. Eine Menge Angestellter gab ihr das Geleit. Das Spalier war aus Gummi, mit jedem Schritt zog sie es ein Stück weiter. Handküsse klatschten, wahre Hagelschauer fielen, die Luft war davon erfüllt, sie fing allein alle auf. Neue Frauen, die nach was aussahen, telephonierten der Polizei. Theresens Taschen waren gestohlen. Kleine Chefs gab es nicht mehr, sie waren verschwunden, man sah keine in ihren Geschäften, nur auf den Firmenschildern las man noch ihre Namen. Zu Dutzenden sanken Frauen wie Dreißig in die Arme von Pudas mit Lippen, Augen, Schultern und Wangen. Die blauen gestärkten Röcke fielen zu Boden. Prachtvolle Hüften bewunderten sich in Spiegeln. Hände ließen nicht los. Nie ließen Hände los. Ganze Geschäfte lachten vor Stolz über soviel Schönheit. Wirtschafterinnen ließen erstaunt ihre Staubtücher fallen. Diebe brachten gestohlenes Gut zurück und hängten sich auf, dann ließen sie sich begraben. Auf der ganzen Erde gab es einen einzigen Reichtum und der war zusammengeflossen. Er gehörte niemand. Er gehörte nämlich jemand allein. Man konnte ihn behalten. Stehlen war verboten. Da gab es kein Aufpassen. Man hatte Gescheiteres zu tun. Man schlug die Milch. Der Butterklumpen, der herauskam, war Gold und so groß wie ein Kindskopf. Die Sparbücher platzten. Die Truhen mit der Aussteuer platzten auch. Es waren ja lauter Sparbücher drin. Niemand wollte was von einem. Zwei Menschen gab's, die sich aufs Umgehen verstanden. Der eine Mensch war eine Frau, der gehörte alles. Der andere Mensch hieß Puda, dem gehörte nichts, dafür durfte er mit der Frau umgehen. Mütter selig drehten sich im Grabe um. Die gönnten einem nichts. Das Trinkgeld für Hausbesorger wurde abgeschafft, weil alle ihre Pension haben. Was man sagte, das stimmte sofort. Für Papiere, die ein Dieb hinterlassen hatte, bekam man bares Geld. Bücher brachten ein schönes Geld ein. Die Wohnung wurde für bares Geld verkauft. Eine schönere kostete nichts. Die alte hatte ja keine Fenster.

Therese war fast schon zu Hause. Das Gummispalier, längst gerissen, hatte sich aufgelöst. Es hagelte auch nicht mehr. Dafür näherten sich die gewohnten Dinge. Sie waren sehr einfach, weniger reich, dafür war man sicher, sie zu finden und zu haben. Als sie vor ihrer Haustür stand, sagte Therese: »Bitte, ich kann froh sein, daß er geheiratet hat. Jetzt hab' ich alles für mich allein.« Über die Art des Kapitals, das sie Herrn Grob geliehen hätte, zerbrach sie sich erst jetzt den Kopf. Zu solchen Geschäften gehört ein Vertrag und eine Unterschrift. Hohe Zinsen darf sie verlangen. Außerdem wird man beteiligt. Stehlen gibt's nicht. Ein Glück, daß es nicht dazu gekommen ist. Wie kann ein Mensch so leichtsinnig sein und Geld aus der Hand geben! Niemand gibt was zurück. Bei den Menschen ist das so.

»Was ist mit dem Herrn Professer?« Der Hausbesorger vertrat ihr brüllend den Weg. Therese erschrak und schwieg. Sie besann sich auf eine Antwort. Sagte sie ihm, daß der Mann ein Dieb war, so machte er die Anzeige. Sie wollte mit der Anzeige warten. Sonst fand die Polizei das Wirtschaftsgeld und sagte, sie müsse es verrechnen. Er hatte es ihr doch selbst gegeben.

»Jetzt hab' ich ihn acht Tag' schon nicht geseh'n! Der ist doch net tot?«

»Aber ich bitt' Sie, tot, der lebt wie ein Fisch. Tot kennt er nicht.«

»Ich hab' mirs eh gedacht, daß er krank ist. Einen schönen Gruß von mir und ich komm' ihn besuchen. Ich tät mich ihm bestens rekommandieren!«

Therese senkte neckisch den Kopf und fragte: »Wissen Sie vielleicht, wo er ist? Ich brauch ihn dringend wegen dem Wirtschaftsgeld.«

Der Hausbesorger ertappte den Betrüger in seiner Frau. Man wollte ihn um sein »Dussör« bringen. Der Professer versteckte sich vor ihm, um ihm nichts zu geben. Dabei war er kein Professer. *Er* hatte ihn dazu gemacht, aus eigener Kraft. Vor ein paar Jahren hieß er noch der Doktor Kien. So ein Titel ist wohl nichts! Geschwitzt hat er, bis alle Parteien Professer zu ihm gesagt haben. Umsonst arbeitet kein Mensch. Für eine Arbeit gibt's eine Pension. Er läßt sich von dem Gestell nichts schenken, das Dussör will er, weil das eine Pension ist. »Sie behaupten«, brüllte er Therese an, »daß der Mann nicht zu Hause ist?«

»Aber ich bitt' Sie, nein, seit acht Tagen nicht. Er sagt, er hat's satt. Auf einmal fährt er fort und läßt mich allein. Wirtschaftsgeld gibt's nicht. Tut man das? Ich möcht' wissen, um wieviel Uhr er jetzt schlafen geht. Ein anständiger Mensch legt sich um neun Uhr zu Bett.«

»Ein Mensch erstattet die Abgängigkeitsanzeige!«

»Aber ich bitt' Sie, wenn er von selber fortgeht! Er hat gesagt, er kommt wieder.«

»Wann?«

»Wann er Lust hat, sagt er, er war immer so, er denkt nur an sich, bitte, der andere ist auch ein Mensch. Kann ich vielleicht was dafür?«

»Paß auf, Scheißgfrieß, ich komm' ihn suchen! Wenn er oben ist, schlag' ich euch die Knochen übereinand. Hundert Schilling krieg' ich von ihm. Die Dreckseele kann aufpassen, wie ich ihr jetzt komm'! Ich bin nicht so, aber jetzt werd' ich so!«

Therese ging schon voraus. Seinen Worten entnahm sie den Haß gegen Kien, der sie beseelte. Den Hausbesorger hatte sie bis jetzt als seinen einzigen und unüberwindlichen Freund gefürchtet. Jetzt passierte ihr heut schon das zweite Glück. Wenn er sah, daß sie die pure Wahrheit sprach, würde er ihr helfen. Alle waren gegen den Dieb. Warum war er ein Dieb?

Der Hausbesorger schlug die Wohnungstür krachend hinter sich zu. Seine wutschweren Schritte erschreckten die Wohnpartei unter der Bibliothek. Sie war seit Jahren tödliche Stille gewohnt. Das Stiegenhaus füllte sich mit diskutierenden Menschen. Alles riet auf den Hausbesorger. Bisher war der Professor Liebkind bei ihm gewesen. Die Parteien haßten Kien wegen des Douceurs, das ihnen vom Hausbesorger bei jeder Gelegenheit vorgeworfen wurde. Wahrscheinlich will der Professor nicht mehr zahlen. Recht hat er, aber die Prügel verdient er. Ohne Prügel geht beim Hausbesorger nichts ab. Unbegreiflich war es den aufgeregten Lauschern, daß man keine Stimme hörte, nur den wohlbekannten brüllenden Schritt.

Denn die Wut des Hausbesorgers war so groß, daß er die Wohnung schweigend durchsuchte. Er geizte mit seinem Zorn. Er dachte am aufgefundenen Kien ein Exempel zu statuieren. Hinter seinen knirschenden Zähnen sammelten sich zu Dutzenden Flüche. An seinen Fäusten stellten sich die roten Haare auf. Er spürte es, als er in Theresens neuem Schlafzimmer die Schränke beiseite köpfelte. Das Aas konnte überall stecken. Therese folgte ihm mit Verständnis. Wo er stehenblieb, da blieb auch sie stehen, wo er nachsah, da sah auch sie nach. Er beachtete sie wenig, nach einigen Minuten nahm er sie hin wie seinen Schatten. Sie spürte, daß er seinen wachsenden Haß verhielt. Mit ihm wuchs auch der ihrige.

Nicht nur ein Dieb war der Mann, er hatte sie auch im Stich gelassen, eine wehrlose Frau. Sie schwieg, um den Hausbesorger nicht zu stören. Je näher sie sich kamen, um so weniger fürchtete sie ihn. In ihr Schlafzimmer hatte sie ihm noch den Vortritt gelassen. Als sie die beiden anderen verschlossenen Räume aufsperrte, ging sie voran. Ihre frühere Kammer neben der Küche musterte er flüchtig. Er konnte sich Kien nur in einem großen Raum vorstellen, wenn auch noch so versteckt. In der Küche verspürte er einen Augenblick Lust, das ganze Geschirr zu zerschlagen. Da taten ihm seine Fäuste leid, er spuckte auf den Herd und ließ alles beim alten. Von hier stampfte er in das Arbeitszimmer zurück. Auf dem Weg dahin blieb er lang in Betrachtung des Kleiderständers versunken. Kien hing nicht daran. Den mächtigen Schreibtisch warf er um. Er brauchte beide Fäuste dazu und rächte sich grausam für diese Schande. Er griff in ein Regal und schleuderte einige Dutzend Bände zu Boden. Dann sah er sich um, ob Kien noch immer nicht auftauchte. Es war seine letzte Hoffnung.

»Durchgebrannt!« stellte er fest. Das Fluchen war ihm vergangen. Er fühlte sich durch den Ausfall der 100 Schilling bedrückt. Mit seiner Pension zusammen ermöglichten sie ihm seine Passion. Er war ein Mensch von ungeheurem Appetit. Was würde aus seinem Guckloch werden, wenn er hungern mußte? Er hielt Therese seine beiden Fäuste hin. Die Haare standen noch immer. »Da schau'n S'!« brüllte er, »so wild bin ich noch nie gewesen! *Noch nie!*«

Therese betrachtete die Bücher am Boden, er dachte sich durch das Herzeigen seiner Fäuste entschuldigt und sie entschädigt. Sie war es, aber nicht durch die Fäuste. »Aber ich bitt' Sie, das war ja kein Mann!« sagte sie.

»Eine Hur war das!« brüllte der Geschädigte. »Ein Verbrecher! Ein Abgefeimter! Ein Raubmörder!«

Therese wollte Bettler einwerfen, da war er schon beim Verbrecher. Und als sie ihren Dieb hervorholte, machte sein Raubmörder jede weitere Steigerung unmöglich. Er fluchte überraschend kurz. Sehr bald wurde er wieder weich und hob die Bücher auf. So leicht er sie heruntergerissen hatte, so schwer waren sie zurückzustellen. Therese holte die Leiter und stieg selbst hinauf. Der erfolgreiche Tag veranlaßte sie, die Hüften zu wiegen. Mit der einen Hand reichte ihr der Hausbesorger die Bücher, mit der anderen griff er zu und zwickte sie gewaltig in den Schenkel. Das Wasser lief ihr im Mund zusammen. Sie war die erste Frau, die er sich durch seine Liebesmethode eroberte. Die anderen hatte er vergewaltigt. Therese hauchte in Gedanken: So ein Mann. Er soll wieder. Laut sagte sie schamhaft: »Noch!« Er reichte ihr einen zweiten Stoß Bücher und zwickte sie genauso gewaltig links. Der Speichel floß ihr zum Mund hinaus. Da fiel ihr ein, daß man das nicht tut. Sie schrie auf und stürzte sich von der Leiter in seine Arme. Er ließ sie ruhig zu Boden fallen, brach ihr den harten Rock herunter und nahm sie.

Als er aufstand, sagte er: »Der Krüppel wird schau'n!« Therese schluchzte: »Bitte, ich gehöre jetzt dir!« Sie hatte einen Mann gefunden. Sie dachte nicht daran, ihn loszulassen. Er entgegnete »Kusch!« und zog noch am selben Abend zu ihr. Tagsüber blieb er auf seinem Posten. Nachts beriet er sie im Bett. Allmählich erfuhr er, was wirklich vorgegangen war, und befahl ihr, die Bücher unauffällig zu versetzen, bevor der Mann zurückkehrte. Die Hälfte behielt er für sich, weil sie ihm gehörte. Über ihre gefährdete Stellung jagte er ihr einen gehörigen Schrecken ein. Aber er sei von der Polizei und werde ihr helfen. Auch aus diesem Grund gehorchte sie unbedingt. Jeden dritten oder vierten Tag gingen sie schwer beladen ins Theresianum.

Der Dieb

Seinen ehemaligen Professer erkannte der Hausbesorger auf den ersten Blick. Die neue Stellung als Berater bei Therese behagte ihm besser und brachte vor allem mehr ein als das alte Douceur. Er hatte kein Interesse daran, sich zu rächen. Drum war er kein nachträglicher Mensch und blickte interessiert weg. Der Professor stand rechts von ihm. Das Paket wurde endgültig auf den linken Arm hinübergeknipst. Dort wog er es eine Weile und war in diese Untersuchung auf das angelegentlichste vertieft. Therese pflegte jetzt alles genauso zu tun wie er. Sie wies mit heftiger Bewegung dem Dieb ihre kalte Schulter und klammerte sich voller Leidenschaft an ihr schönes, großes Paket. Der Hausbesorger war schon vorüber. Da vertrat ihr der Mann den Weg. Sie stieß ihn stumm beiseite. Er legte stumm die Hand aufs Paket. Sie zerrte daran, er hielt es fest. Der Hausbesorger hörte ein Geräusch. Ohne sich umzusehen, ging er weiter. Er wollte, daß diese Begegnung in Ruhe ablaufe und sagte sich, sie habe mit ihrem Paket nur das Geländer gestreift. Jetzt zerrte auch Kien am Paket. Ihr Widerstand wuchs. Sie wandte ihm das Gesicht zu, er schloß die Augen. Das verwirrte sie. Der Mann oben meldete sich nicht. Da fiel ihr die Polizei ein und was für ein Verbrechen sie beging. Wenn sie eingesperrt wurde, nahm der Dieb sich die Wohnung zurück, er war so, er genierte sich nicht. Kaum hatte sie die Wohnung verloren, als ihre Kraft nachließ. Kien bekam den größeren Teil des Pakets auf seine Seite hinüber. Die Bücher machten ihn stark und er sagte: »Wohin damit?« — Er hatte die Bücher gesehen. Das Papier war doch nirgends zerrissen. Sie sah ihn als den Herrn zu Hause. Die vollen acht Jahre ihres Dienstes sah sie im Bruchteil einer Sekunde. Mit ihrer Beherrschung war es vorbei. Noch hatte sie einen Trost. Sie rief die Polizei zu Hilfe. Sie schrie: »Er wird frech!«

Zehn Stufen weiter oben gebot sich Einer enttäuscht halt. Wenn das Scheißgfrieß sich nachher hingestellt hätt', gut, aber jetzt, bevor die Pakete kassiert waren! Er hielt das aufstoßende Gebrüll in der Kehle gerade noch zurück und winkte Therese mit der Hand. Sie war zu sehr beschäftigt und beachtete ihn nicht. Während sie noch zweimal »er wird frech!« schrie, musterte sie neugierig den Dieb. Laut ihren Gedanken ging er in Lumpen, schämte sich nicht, streckte jedem die hohle Hand hin, das ist bei den Bettlern so, und wo er was erwischen konnte, stahl er. In Wirklichkeit sah er viel besser aus als zu Hause. Sie konnte sich das nicht erklären. Plötzlich bemerkte sie, daß sein Rock rechts vor der Brust geschwollen war. Damals trug er nie Geld bei sich, die Brieftasche war fast leer. Jetzt sah sie dick aus. Sie wußte alles. Er hatte das Bankbuch. Das Geld war behoben. Statt es zu Hause zu verstecken, trug er es bei sich. Von jeder Kleinigkeit wußte der Hausbesorger, sogar von ihrem Sparkassenbuch. Was bestand, das fand er oder er zwickte es aus ihr heraus. Nur ihren Traum vom Bankbuch in einer geheimen Ritze hatte sie für sich behalten. Ohne einen solchen Rückhalt freute sie das Leben nicht. In breitspuriger Genugtuung über das Geheimnis, das sie ihm wochenlang vorenthalten, rief sie jetzt — eben hatte sie noch kläglich »er wird frech« geschrieen —: »Bitte, er hat gestohlen!« Ihre Stimme klang empört und begeistert zugleich, wie bei allen Menschen, die einen Dieb der Polizei übergeben. Nur der Unterton von Wehmut, den manche Frauen bei diesem Geschäft annehmen, wenn es sich um einen Mann handelt, fehlte bei ihr, da es um ihren ersten Mann ging, den sie dem zweiten übergab; der war ja von der Polizei.

Er kam herunter und wiederholte dumpf: »Sie haben gestohlen!« Einen anderen Ausweg aus dieser fatalen Lage sah er nicht. Den Diebstahl nahm er für bare Notlüge der Therese. Er legte Kien die schwere Hand auf die Schulter und erklärte, als sei er wieder aktiv: »Im Namen des Gesetzes, Sie sind verhaftet! Folgen Sie mir, ohne Aufsehen zu erregen!« Das Paket hing am kleinen Finger seiner Linken. Er blickte Kien gebieterisch ins Gesicht und zuckte die Achseln. Seine Pflicht gestattete ihm keine Ausnahme. Die Vergangenheit war vorbei. Damals konnten sie sich schmecken. Jetzt mußte er ihn verhaften. Wie gern hätte er ihm »Erinnern Sie sich noch?« gesagt. Kien knickte zusammen, nicht nur unter der Hand, und murmelte: »Ich hab's gewußt.« Der Hausbesorger mißtraute dieser Äußerung. Friedliche Verbrecher sind falsch. Sie stellen sich so und machen dann einen Fluchtversuch. Drum wendet ein Mensch den Polizeigriff an. Kien ließ ihn sich gefallen. Er versuchte sich geradezuhalten, seine Größe zwang ihn, sich zu bücken. Der Hausbesorger wurde zärtlich. Seit Jahren hatte er keinen Menschen mehr verhaftet. Er hatte Schwierigkeiten befürchtet. Delinquenten sind renitent. Sind sie es nicht, dann laufen sie davon. Trägt man die Uniform, dann verlangen sie die Nummer. Trägt man keine, dann wollen sie eine Marke. Hier war einer, der wenig Arbeit machte. Er ließ sich ausfragen, er folgte einem, er beteuerte nicht seine Unschuld, er machte kein Aufsehen, zu so einem Verbrecher konnte man sich gratulieren. Knapp vor der Glastür wandte er sich an Therese und sagte: »*So* macht man das!« Er wußte, daß ein Weib zusah. Doch war er nicht sicher, ob sie die Details seiner Arbeit zu schätzen verstand. »Ein anderer tut gleich prügeln. Bei mir geht das Verhaften von selbst. Ein Aufseh'n darf nicht sein. Stümper erregen Aufsehen. Was ein Kenner ist, dem folgt der Verbrecher von selbst. Haustiere tut man zähmen. Die Katzen haben eine wilde Natur. Dressierte Löwen sieht man im Zirkus. Die Tiger springen durch einen Feuerreifen. Der Mensch hat eine Seele. Das Organ packt ihn bei der Seele und er folgt wie ein Lamm.« Er sprach seine Worte nur in Gedanken, sosehr es ihn brannte, sie laut hinauszubrüllen.

An anderen Orten und zu anderen Zeiten wäre ihm die lang entbehrte Verhaftung über den Kopf gewachsen. Als er noch aktiv diente, verhaftete er, um Aufsehen zu erregen, und stand wegen seiner Praxis mit den Vorgesetzten auf schlechtestem Fuße. Er rief seine Tat so lange aus, bis ein gaffender Haufe von Menschen ihn umgab. Zum Athleten geboren, schuf er sich täglich seinen Zirkus. Da die Menschen mit Beifall kargten, klatschte er selbst. Um zugleich seine Kraft zu beweisen, benützte er statt seiner zweiten Hand die Verhafteten. Waren die stark, so ließ er die Ohrfeigen fallen und reizte sie zum Boxkampf. Aus Verachtung über ihre Unterlegenheit gab er beim Verhör an, sie hätten ihn mißhandelt. Schwächlingen gönnte er eine Erhöhung ihrer Strafe. Geriet er an einen Stärkeren — bei wirklichen Verbrechern war es manchmal der Fall —, so gebot ihm sein Gewissen, sie falsch zu beschuldigen, denn Elemente müssen weg. Erst seit er sich auf ein Haus beschränken mußte, während ihm früher ein Rayon zur Verfügung stand, wurde er bescheidener. Er holte sich seine Partner unter armseligen Bettlern und Hausierern, selbst auf die konnte er tagelang lauern. Sie fürchteten ihn, warnten einander, nur Neulinge kamen; dabei flehte er sie doch herbei. Er wußte, daß sie sich ihm mißgönnten. Der Zirkus beschränkte sich auf die Hausparteien. So lebte er in der Hoffnung auf eine richtige, laute Verhaftung unter stärksten Schwierigkeiten.

Da kamen die neuesten Ereignisse dazwischen. Kiens Bücher brachten ihm Geld ein. Er tat das meiste dazu und sicherte sich nach jeder Seite. Trotzdem verließ ihn nie das unbehagliche Gefühl, er bekomme Geld für nichts. Bei der Polizei hatte er immer gemeint, seine Muskelarbeit werde bezahlt. Wohl sorgte er für die Schwere der Liste und suchte die Bücher nach ihrer Größe aus. Die umfänglichsten und ältesten Schweinslederbände kamen zuerst an die Reihe. Den ganzen Weg bis ins Theresianum stemmte er sein Paket, köpfelte zuweilen damit, nahm Therese das ihrige ab, hieß sie zurückbleiben, schleuderte es in ihre Arme. Sie litt unter solchen Schlägen und einmal beschwerte sie sich. Da redete er ihr ein, er tue das wegen der Leute. Je frecher sie mit den Paketen umgingen, um so weniger käme jemand auf den Gedanken, daß die Bücher nicht ihnen gehörten. Das sah sie ja ein, aber gern hatte sie es doch nicht. Er war auch damit unzufrieden, kam sich wie ein Schwächling vor und sagte manchmal, nächstens wird er noch ein Jud. Nur dieses Stachels wegen, den er für sein Gewissen hielt, verzichtete er auf die Erfüllung seines alten Traumes und verhaftete Kien in *Ruhe*.

Therese aber ließ sich ihre Freude nicht rauben. *Sie* hatte die dicke Brieftasche bemerkt. Rasch umglitt sie die beiden Männer und stellte sich zwischen die Flügel der Glastür, die ihr Rock aufgedrückt hatte. Mit der Rechten packte sie Kiens Kopf, als wollte sie ihn umarmen und zog ihn zu sich herunter. Mit der Linken holte sie die Brieftasche hervor. Kien trug ihren Arm wie eine Dornenkrone. Im übrigen rührte er sich nicht. Seine eigenen Arme waren durch den Polizeigriff des Hausbesorgers gefesselt. Therese hielt das gefundene Notenbündel in die Höhe und rief: »Bitte, ich hab's!« Der neue Mann bewunderte das viele Geld, aber er schüttelte den Kopf. Therese wollte antworten. Sie sagte: »Hab' ich vielleicht nicht recht, hab' ich vielleicht nicht recht?«

»Ein Waschlappen bin ich nicht!« entgegnete der Hausbesorger. Der Satz bezog sich auf sein Gewissen und auf die Tür, die Therese versperrte. Sie wollte Anerkennung, ein Lob, ein Wort, das sich auf ihr Geld bezog, bevor sie es einsteckte. Als sie ans Einstecken dachte, tat sie sich leid. Jetzt weiß der Mann alles, sie hat nichts mehr versteckt. So ein wichtiger Moment, und er bleibt stumm. Er soll sagen, was sie ist. *Sie* hat den Dieb gefunden. Er wollte dran vorbei. Jetzt will er an ihr vorbei. Das gibt's nicht. Sie hat ein Herz. Der kann nur zwicken. Ein Wort bringt er nicht heraus. Kusch kann er. Interessant ist er nicht. Gescheit ist er nicht. Nur Mann kann er. Da schämt sie sich vor dem Herrn Grob. Bitte, was war er früher? Ein gewöhnlicher Hausbesorger! Mit so was läßt man sich nicht ein. Sie hat das in die Wohnung genommen. Jetzt sagt er nicht einmal Danke. Wenn der Herr Grob das erfährt. Er küßt ihr nie mehr die Hand. Der hat eine Stimme. *Sie* findet das viele Geld. *Er* nimmt es ihr wieder weg. Muß sie ihm alles geben? Bitte, sie hat ihn satt! Ohne Geld will sie. Für Geld sagt sie nein. Sie braucht es für ihre alten Tage. Sie will ein anständiges Alter. Wo soll sie die Röcke hernehmen, wenn er sie immer zerbricht? Er zerbricht und er nimmt das Geld. Er soll doch was sagen! Das ist ein Mann!

Wütend und beleidigt schwang sie das Geld hin und her. Bis an seine Nase führte sie es heran. Er überlegte. Die Lust an der Verhaftung war ihm vergangen. Seit sie mit der Brieftasche manipulierte, sah er die Folgen. Wegen der wollte er in kein Gefängnis. Sie war tüchtig, aber er kannte das Gesetz. Er war von der Polizei. Was verstand sie davon? Er wünschte sich auf seinen Posten zurück, sie war ihm zuwider. Sie hatte ihn gestört. Wegen ihr hatte er sein Douceur verloren. Längst kannte er die wahre Geschichte. Nur aus Gründen der Beteiligung hielt er offiziell an seinem Haß gegen Kien fest. Sie war alt. Sie war zudringlich. Sie wollte jede Nacht. Er wollte prügeln, sie wollte das andere. Nur zwicken ließ sie ihn vorher. Er schlug ein paarmal, schon schrie sie. Pfui Teufel! Auf so ein Weib scheißt er. Es kommt heraus. Er verliert die Pension. Er wird sie klagen. Sie muß ihm die Pension ersetzen. Den Anteil behält er. Das Beste wär', anzeigen. Die Hur! Gehören die Bücher ihr? Woher denn! Schad' um den Herrn Professer. Der war zu gut für sie. So einen Mann gibt's nicht mehr. Der heiratet die Drecksau. Eine Wirtschafterin war die nie. Ihre Mutter ist als Bettelweib gestorben. Sie hat es selber gestanden. Wenn sie 40 Jahr jünger wär'. Seine Tochter selig, ja, die war ein seelengutes Geschöpf. Die hat sich neben ihn legen müssen, wie er auf die Bettler gepaßt hat. Da hat er gezwickt und geschaut. Geschaut und gezwickt. Das war ein Leben! Ist ein Bettler gekommen, dann war was zum Prügeln da. Ist keiner gekommen, da war doch das Mädel da. Geweint hat sie. Es hat ihr nichts genützt. Gegen einen Vater gibt's nichts. Lieb war sie. Auf einmal war sie tot. Die Lungen, das Kabinett. Er hat sie halt gebraucht. Hätt' er das früher gewußt, er hätt' sie fortgeschickt. Der Herr Professer hat sie noch gekannt. Der hat ihr nie was zuleid' getan. Die Parteien haben das Kind gequält. Weil's seine Tochter war. Und die Drecksau da, die hat sie nie gegrüßt! Umbringen könnt' er sie!

Haßerfüllt stehen sie sich gegenüber. Ein Wort von Kien, selbst ein gutes, würde sie einander nähern. An seinem Schweigen frißt sich ihr Haß lichterloh in die Höhe. Der eine hält Kiens Gestalt, die andere sein Geld. Der Mann selbst ist ihnen verloren. Hätten sie ihn nur! Die Gestalt neigt sich wie ein Halm. Ein starker Sturm beugt sie nieder. Die Banknoten blitzen durch die Luft. Plötzlich brüllt der Hausbesorger Therese an: »Gib das Geld zurück!« Sie kann nicht. Sie läßt Kiens Kopf aus ihrer Umarmung los, er schnellt nicht zurück, er bleibt in derselben Lage. Sie hat eine Bewegung erwartet. Da keine geschieht, schleudert sie die Noten dem neuen Mann ins Gesicht und schreit gellend: »Du kannst ja nicht hauen! Du hast ja Angst! Ein Waschlappen bist du! Tut man das, so ein Feigling! So ein Prolet! So ein Schwächling! Ich bitt' dich!« Der Haß gibt ihr genau die Worte ein, die ihn treffen. Mit dem einen Arm beginnt er Kien zu beuteln. Schwäche läßt er sich nicht vorwerfen. Mit dem andern schlägt er auf Therese los. Sie soll Platz machen. Sie soll ihn kennenlernen. Er ist nicht so. Jetzt wird er so. Die Scheine flattern zu Boden. Therese schluchzt: »Das schöne Geld!« Der Mann packt sie. Die Schläge treffen zu schwach. Er schüttelt sie lieber. Ihr Rücken stößt die Flügel der Glastüre auf. Sie hält sich am runden Türknopf fest. Er holt sie, die er beim Kragen der Bluse packt, wieder ganz nah zu sich heran und schlägt sie auf die Tür, heran, auf die Tür. Nebenbei behandelt er auch Kien. Wie ein leerer Fetzen faßt sich der an, je weniger er von ihm spürt, um so kräftiger geht er gegen Therese ins Zeug.

Da kommt Fischerle angelaufen. Der Kanalräumer hat ihn über Kiens Weigerung informiert. Er ist wütend. Was soll das heißen? Geschichten wegen zweitausend Schilling! Das hat ihm noch gefehlt! Gestern gibt er auf einmal 4500 her und jetzt stellt er die Zahlungen ein. Die Angestellten sollen warten. Er kommt gleich. Vom Flur her hört er jemand schreien: »Das schöne Geld! Das schöne Geld!« Das geht ihn an. Jemand ist ihm zuvorgekommen. Er könnte heulen. Da plagt man sich und ein anderer hat den Profit. Ein Weib noch dazu. Kein Mensch läßt sich so was gefallen. Er wird sie erwischen. Sie muß alles zurückgeben. Da sieht er, wie die Glastür auf- und zugeht. Erschrocken bleibt er stehen. Ein Mann ist auch dabei. Er zögert. Der Mann prügelt mit der Frau die Tür. Die Frau ist schwer. Der Mann muß stark sein. Der Lange hat nicht soviel Kraft. Vielleicht geht das den Langen gar nichts an. Warum soll ein Mann die Frau nicht prügeln, sicher gibt sie ihm kein Geld. Fischerle hat Geschäfte. Er hätt' lieber gewartet, bis die beiden fertig sind, aber das dauert ihm zu lang. Vorsichtig zwängt er sich durch die Tür. »Sie erlauben schon«, sagt er und grinst. Es ist unmöglich, keinen Anstoß zu erregen. Drum lacht er schon im voraus. Das Ehepaar soll merken, wie freundlich er es meint. Da man das Lachen übersehen könnte, grinst er lieber gleich. Sein Buckel gerät zwischen Therese und den Hausbesorger und hindert diesen, das Weib ganz so nah an sich heranzuziehen, wie es für einen richtigen Stoß notwendig ist. Er gibt dem Buckel einen Tritt. Fischerle stürzt auf Kien und hält sich an ihm fest. So mager ist Kien und so gering die leibliche Rolle, die er hier spielt, daß der Zwerg ihn erst bemerkt, als er ihn berührt. Er erkennt ihn. Gerade jammert Therese wieder: »Das schöne Geld!« Er wittert den alten Zusammenhang, wird sechsmal so aufmerksam und umfaßt mit einem Blick Kiens Taschen, die des Fremden, die Strumpfbänder der Frau — leider verdeckt ihm der Rock die Aussicht —, die Stiege, an deren Ende zwei riesige Pakete liegen, und den Boden zu seinen Füßen. Da sieht er das Geld. Blitzrasch bückt er sich und sucht es zusammen. Seine langen Arme winden sich zwischen sechs Beinen hindurch. Bald schiebt er hart einen Fuß zur Seite, bald zupft er zart an einer Note. Er schreit nicht, wenn man ihm auf den Finger tritt, solche Schwierigkeiten ist er gewohnt. Nicht alle Füße behandelt er gleich. Die Kiens wirft er weg, das Weib packt er wie ein Schuhmacher, mit dem Mann vermeidet er jede Berührung, sie wäre so nutzlos wie gefährlich. Er rettet fünfzehn Scheine, während seiner Arbeit zählt er mit und weiß genau, bei welchem er hält. Selbst mit seinem Buckel hantiert er geschickt. Oben prügelt man weiter. Vom Himmel her weiß er, daß man ein Paar im Prügeln nicht stören soll. Gelingt es einem, so kann man derweil alles von ihnen haben. Paare sind rabiat. Von den fünf fehlenden Scheinen liegen vier weiter weg, einen hat der Mann unter seinem Fuß. Während er nach den vier anderen hinkriecht, behält Fischerle diesen Fuß im Auge. Er könnte sich heben, den Augenblick darf man nicht verpassen.

Erst jetzt bemerkt ihn Therese, wie er in einiger Entfernung etwas vom Boden aufleckt. Die Hände hält er hinten verschränkt, das Geld hat er zwischen die Beine gesteckt und arbeitet mit der Zunge, damit die anderen, falls sie ihn sehen, nicht verstehen, was er sich da holt. Therese fühlt sich geschwächt; dieser Anblick stärkt sie. Die Absicht des Zwergs ist ihr so vertraut, als hätte sie ihn von Geburt auf gekannt. Sie sieht sich selbst auf der Suche nach dem Bankbuch, da war sie noch die Herrin im Haus. Plötzlich reißt sie sich vom Hausbesorger los und schreit: »Einbrecher! Einbrecher! Einbrecher!« Sie meint den Buckel am Boden, den Hausbesorger, den Dieb, alle Menschen meint sie und schreit ununterbrochen, immer lauter, sie setzt nie ab, sie hat Atem für zehn.

Oben hört man Türen gehn, schwere Tritte, viele Tritte tönen auf der Treppe. Der Portier, der den Lift drüben bedient, nähert sich langsam. Wäre man auch dabei, ein Kind zu ermorden, er vergäbe sich nichts. 26 Jahre bedient er jetzt den Lift, seine Familie nämlich, er führt die Aufsicht.

Der Hausbesorger erstarrt. Er sieht, wie jemand jeden Ersten kommt und ihm die Pension wegnimmt, statt sie ihm zu bringen. Außerdem wird er eingesperrt. Die Kanari gehen ein, weil sie für niemand singen müssen. Das Guckloch wird versiegelt. Alles kommt heraus und die Parteien schänden seine Tochter noch im Grab. Er hat keine Angst. Er hat nicht schlafen können wegen dem Mädel. Gesorgt hat er sich um sie. So gern hat er sie gehabt. Zu essen hat sie gekriegt, zu trinken hat sie gekriegt, einen halben Liter Milch im Tag. Er ist pensioniert. Er hat keine Angst. Der Doktor sagt selber, es sind die Lungen. Schicken Sie's fort! Ja wovon, lieber Herr? Die Pension braucht er zum Essen. Er ist so ein Mensch. Ohne Essen kann er nicht leben. Das macht der Beruf. Ohne ihn geht das Haus zugrund'. Krankenkasse — ja was! Auf einmal kommt sie ihm mit einem Kind zurück. In das kleinwuzige Kabinett. Er hat keine Angst!

Fischerle dagegen sagt laut: »Jetzt hab' ich Angst«, und steckt Kien eilig das Geld in eine Seitentasche. Dann macht er sich noch kleiner. Eine Flucht ist unmöglich. Schon stolpern Menschen über die Pakete. Er preßt beide Arme eng an sich. Das frühere Geld, das Reisegeld, liegt fest zusammengerollt in den Achselhöhlen. Ein Glück, daß die bei ihm so gebaut sind! Wenn er angezogen ist, merkt kein Mensch was. Einsperren läßt er sich nicht. Bei der Polizei zieh'n sie ihn aus und nehmen ihm alles ab. Dort hat er immer gestohlen. Was wissen die von seiner Firma? Protokollieren hätt' er sie sollen! Ja, damit er Steuern zahlen muß! Eine Firma hat er doch. Der Lange ist ein Idiot. Was muß er den Kanalräumer erkennen, im letzten Augenblick. Jetzt hat er das Geld wieder im Sack. Armer Mensch! Man darf ihn nicht im Stich lassen. Sie könnten ihm das Geld wegnehmen. Er gibt alles gleich her. Er ist zu seelensgut. Fischerle ist treu. Zu einem Geschäftsfreund hält er. Wenn er in Amerika ist, muß der Lange für sich selber sorgen. Da hilft ihm niemand mehr. Zu Kiens Knieen geht Fischerle nach und nach ein, er besteht nur noch aus Buckel. Manchmal wird der Buckel zum Schild, hinter dem er verschwindet, zum Schneckenhaus, in das er sich zurückzieht, zur Muschelschale, die sich um ihn schließt.

Der Hausbesorger steht mit gespreizten Beinen da, ein Fels, die Augen starr auf die totgeprügelte Tochter gerichtet. Aus Muskelgewohnheit hält er den Fetzen Kien noch in der Hand. Therese schreit die Insassen des Theresianums herbei. Sie denkt an nichts. Sie hat mit ihrem Atemhaushalt zu tun. Sie schreit mechanisch. Sie fühlt sich wohl dabei. Sie fühlt, daß sie die Oberhand behält. Sie bekommt keine Schläge mehr.

Von vielerlei Händen werden die regungslosen Vier auseinandergerissen. Man hält sie fest, als prügelten sie sich noch. Jeder will jedem ins Gesicht blicken. Man drängt sich um sie. Passanten von der Straße strömen ins Theresianum. Die Beamten und Versatzlustigen bestehen auf ihrem Vorrecht. *Sie* sind hier zu Hause. Der Portier, der seit sechsundzwanzig Jahren den Lift beaufsichtigt, soll Ordnung machen, die Passanten hinausbefördern und die Tore des Theresianums schließen. Er hat dazu keine Zeit. Er ist endlich bei der hilferufenden Frau angelangt und hält sich hier für unentbehrlich. Eine andere Frau erblickt Fischerles Buckel am Boden und läuft schreiend auf die Straße. »Ein Mord! Ein Mord!« Sie hält den Buckel für eine Leiche. Näheres weiß sie nicht. Der Mörder sei mager, ein schwacher Mensch, wie der das gemacht habe, dem hätt' sie das nie zugetraut. No geschossen, meint einer. Natürlich, alle haben den Schuß gehört. Drei Gassen weiter hat man ihn gehört. Ist ja nicht wahr, das war bloß ein Autoreifen. Aber hier war es ein Schuß! Die Menge läßt sich den Schuß nicht rauben. Gegen den Zweifler nimmt sie eine drohende Haltung ein. Man soll ihn festhalten! Ein Helfershelfer! Der will nur die Spuren verwischen! Von innen kommen neue Nachrichten. Die Aussagen der Frau werden berichtigt. Der Magere ist der Ermordete. Und die Leiche am Boden? Die lebt. Das ist der Mörder, er hat sich versteckt. Er wollte durch die Beine wegkriechen, da hat man ihn erwischt. Die neuesten Nachrichten sind präziser. Der Kleine ist ein Zwerg. Ja, die Krüppel! Geschlagen hat ein anderer. Ein Rothaariger. Ja, die Rothaarigen! Der Zwerg hat ihn angestiftet. Haut's ihn! Das Weib hat es ausgebracht. Bravo! Sie hat so lange geschrien. Ein Weib! Keine Angst kennt die nicht. Der Mörder hat sie bedroht. Der Rote. Die Roten sind schuld. Den Kragen hat er ihr umgedreht. Geschossen ist nicht worden. Natürlich nicht. Es hat ja niemand den Schuß gehört. Was hat er gesagt? Den Schuß hat jemand aufgebracht. Der Zwerg. Wo ist er? Drin ist er. Vorwärts! Es geht niemand mehr herein. Alles ist voll. So ein Mord! Die Frau hat was ausgestanden. Jeden Tag Prügel. Halbtot hat er sie geschlagen. Was nimmt sie einen Zwerg? Ich nähmete keinen. Weil du einen ganzen hast. Bei der Not. Zu wenig Mannsbilder gibt's. Ja, der Krieg! Die Verrohung der Jugend. Jung war er auch. Keine achtzehn. Und schon ein Zwergerl. Zu dumm, er ist doch ein Krüppel. *Ich* weiß es. Er hat ihn geseh'n. Der war drin. Er hat es nicht aushalten können. Das viele Blut. Drum ist er ja so mager. Vor einer Stunde war er noch dick. Ja, der Blutverlust! Ich sag', Leichen schwellen auf. Bei die Ersoffenen. Was verstehen Sie von Leichen? Er hat der Leiche den Schmuck abgenommen. Wegen dem Schmuck. Vor der Goldabteilung. Ein Perlenkollier. Die Baronin. Es war ja nur der Diener. Der Baron war es! Zehntausend Schilling. Zwanzigtausend! Ein Aristokrat. Ein schöner Mensch. Was schickt sie ihm? No, soll er die Frau lassen? Die Frau muß ihn lassen. Ja, die Männer! Sie lebt. Er ist die Leich'. So ein Tod! Für einen Baron. Recht geschieht ihm! Die Arbeitslosen haben nix zu fressen. Was braucht er das Perlenkollier? Aufhängen soll man sie! Das mein' ich. Alle miteinander. Und das ganze Theresianum dazu. Anzünden! Das gibt ein Feuerl.

Drinnen geht es so unblutig zu wie draußen blutig. Gleich zu Beginn des Andrangs zerbricht die Scheibe der Glastür in tausend Splitter. Niemand wird verletzt. Theresens Rock schützt den einzigen, der wirklich gefährdet wäre, Fischerle. Kaum hat man ihn am Kragen, krächzt er: »Lassen Sie mich los! Ich bin der Wärter!« Er zeigt auf Kien und wiederholt immer wieder: »Sie müssen wissen, er ist verrückt. Versteh'n Sie, ich bin der Wärter. Passen Sie auf! Er ist gefährlich. Sie müssen wissen, er ist verrückt. Ich bin der Wärter.« Man beachtet ihn nicht. Er ist zu klein, man erwartet Großes. Die einzige, auf die er Eindruck macht, hält ihn für eine Leiche und meldet es draußen. Therese schreit weiter. Es geht so gut. Sie fürchtet, die Leute könnten sie verlassen, sobald sie aufhört. Halb kostet sie ihr Glück aus, halb schwitzt sie aus Angst vor dem, was nachher sein wird. Allen tut sie leid. Sie wird getröstet. Sie ist eingeschüchtert. Der Portier legt ihr sogar die Hand auf die Schulter. Er betont, daß er das zum erstenmal seit sechsundzwanzig Jahren tue. Sie soll doch aufhören. Er bittet sie persönlich. Er kann das verstehen. Er hat selbst drei Kinder. Sie darf in seine eigene Wohnung mitkommen. Dort wird sie sich erholen. Seit sechsundzwanzig Jahren hat er niemanden aufgefordert. Therese hütet sich aufzuhören. Er ist beleidigt. Er nimmt sogar die Hand weg. Ohne sich etwas zu vergeben, behauptet er, sie habe aus Schreck den Verstand verloren. Fischerle schnappt seine Äußerung auf und jammert: »Aber ich sag' Ihnen doch, *der* ist verrückt, sie ist normal, glauben Sie mir, ich versteh' mich auf Verrückte! Ich bin der Wärter!«

Wohl wird er von Beamten, denen kein besseres Teil zugefallen ist, festgehalten; Ohr oder Aug' leiht ihm niemand. Denn aller Blicke sind auf den Rothaarigen gerichtet. Er hat sich ruhig packen und halten lassen, ohne einige zu erschlagen, nicht *einmal* hat er aufgebrüllt. Aber auf diese Mäuschenstille folgt ein furchtbarer Sturm, sobald man ihn von Kien losreißen will. Den Professer gibt er nicht her, er klammert sich an ihn fest, mit der Rechten schleudert er Menschen von sich, und in Gedanken an seine zärtlich geliebte Tochter überschüttet er Kien mit Koseworten: »Herr Professer! Mein einziger Freund sind Sie! Verlassen Sie mich nicht! Ich häng' mich auf! Ich bin nicht die Schuld. Mein einziger Freund! Ich bin von der Polizei! Sind Sie nicht bös! Ich bin der beste Mensch!«

So schmetternd laut ist seine Liebe, daß jeder in Kien den Einbrecher erkennt. Diesen Hohn durchschaut man rasch und bewundert den eigenen Scharfsinn. Jeder hat ihn, jeder fühlt, wie berechtigt die Rache ist, die der Rote eigenhändig am Verbrecher nehmen will. Er hat ihn am Arme gepackt, er drückt ihn an sein Herz und gibt ihm die verdienten Worte. Ein starker Kerl will selbst Rache nehmen, so einer verzichtet auf die Polizei. Zwar versucht man ihn zu bändigen, doch selbst die Bändiger bewundern ihn, den Helden, der alles selbst erledigt, sie täten es genauso, sie tun es, sie sind er, sie lassen sich sogar die harten Püffe gefallen, die sie sich selber geben.

Der Portier glaubt seine Würde hier besser aufgehoben. Er gibt die Frau als vom Schreck verstört auf und belegt jetzt die Schulter des tobenden Mannes mit seiner fleischigen, aber ernsten Hand. Nicht zu laut und nicht zu leise teilt er mit, daß seit sechsundzwanzig Jahren kein Lift ohne seine Aufsicht fahre, seit sechsundzwanzig Jahren sorge er hier für Ordnung, ein solcher Fall sei ihm noch nie vorgekommen, und er verbürge sich persönlich. Seine Worte gehen im Lärm unter. Da der Rote ihn nicht bemerkt, neigt er sich vertraulich an sein Ohr und erklärt, daß er das alles sehr gut verstehen könne. Seit sechsundzwanzig Jahren habe er selbst drei Kinder. Ein furchtbarer Stoß nähert ihn wieder Therese. Seine Kappe fällt zu Boden. Er sieht ein, daß da was geschehen muß, und geht die Polizei holen. Bis jetzt ist niemand auf diesen Gedanken verfallen. Die unmittelbar Beteiligten halten sich selbst für die Polizei und die entfernter Stehenden hoffen, es noch so weit zu bringen. Zwei nehmen es auf sich, die beiden Bücherpakete in Sicherheit zu schleppen. Sie benützen die Bahn, die sich der Portier verschafft, und rufen nach allen Seiten: »Platz!« Man müsse die Pakete auf der Wachstube deponieren, bevor sie wegkämen. Unterwegs entschließen sie sich, den Inhalt vorher zu untersuchen. Sie verschwinden unbehelligt. Mehr Pakete werden nicht gestohlen, weil keine vorhanden sind.

Dank dem Portier riecht auch die Polizei Lunte, die im Theresianum selbst eine Wachstube unterhält, und macht sich, da der Gewährsmann vier Beteiligte hervorhebt, sechs Mann stark auf den Weg. Der Portier hat ihnen den Ort genau bezeichnet. Aber er leiht ihnen auch seine Hilfe und geht voran. Die Menge umringt die Polizei mit Bewunderung. An der Uniform spürt man, was die immer dürfen. Die anderen dürfen es nur, solange die Polizei nicht da ist. Bereitwillig macht man Platz. Männer, die hart um ihre Stellung gekämpft haben, geben sie zugunsten der Uniform auf. Weniger entschlossene Naturen weichen zu spät zurück, sie streichen den rauhen Stoff und erschauern. Alles zeigt auf Kien. Er hat zu stehlen versucht. Er hat gestohlen. Jeder hat ihn sich gleich gedacht. Therese wird von der Polizei mit Respekt behandelt. Das ist die Betroffene. Sie hat das Verbrechen entdeckt. Man hält sie für die Frau des Roten, weil sie ihm gehässige Blicke zuwirft. Zwei Polizisten pflanzen sich rechts und links von ihr auf. Sobald sie den blauen Rock bemerken, verwandelt sich ihre Ehrfurcht in nickende Freundlichkeit. Die vier anderen entreißen Kien sein rotes Opfer; ohne Gewalt geht es dabei nicht ab. Der Rote klebt förmlich am Dieb. Irgendwie muß letzterer auch daran die Schuld tragen, weil er der Schuldige ist. Der Hausbesorger glaubt sich verhaftet. Seine Angst steigert sich. Er brüllt Kien um Hilfe an. Er ist von der Polizei! Herr Professer! Nicht verhaften! Loslassen! Die Tochter! Wild schlägt er um sich. Seine Kraft geht der Polizei auf die Nerven. Noch mehr, daß er von ihr zu sein behauptet. Sie läßt sich in einen langen Kampf ein. Mit sich gehen die vier Männer sehr schonend um. Wo kämen sie bei ihrem Beruf sonst hin? Auf den Roten schlagen sie von allen Richtungen und auf alle möglichen Arten ein.

Die Anwesenden teilen sich in zwei Parteien. Das Herz der einen schlägt für den Helden, die anderen stehen immer hinter der Polizei. Doch bleibt es nicht bei den Herzen. Den Männern juckt es in den Fäusten, aus den Kehlen der Frauen kreischt es, um sich mit der Polizei nicht einzulassen, stürzt man sich auf Kien. Er wird geschlagen, gestoßen und getreten. Seine geringe Angriffsfläche gewährt nur geringe Befriedigung. Man einigt sich darauf, ihn wie einen nassen Fetzen auszuwinden. Wie verbrecherisch er sich vorkommt, erkennt man aus seinem Schweigen. Er gibt keinen Laut von sich, seine Augen sind geschlossen, nichts vermag sie zu öffnen.

Fischerle kann das nicht mitansehen. Seit die Polizei da ist, denkt er unaufhörlich an seine Angestellten, die draußen noch auf ihn warten. Einen Augenblick hält ihn das Geld in Kiens Tasche zurück. Der Einfall, es in Gegenwart von sechs Polizisten zurückzuholen, berauscht ihn. Doch er hütet sich, ihn durchzuführen. Er paßt auf eine günstige Gelegenheit zur Flucht. Es ergibt sich keine. Gespannt beobachtet er Kiens Peiniger. Wenn sie die Tasche treffen, in die er das Geld hineingesteckt hat, gibt es ihm einen Stich ins Herz. Diese Quälerei richtet ihn noch zugrunde. Blind vor Schmerz rettet er sich unter die nächsten Beine. Die körperliche Aufregung des engeren Kreises kommt ihm zugute. Weiter draußen, wo man von seiner Existenz nichts ahnt, wird man auf ihn aufmerksam. So kläglich er kann, schreit er: »Au, ich hab' keine Luft, laßt's mich auße!« Alles lacht und beeilt sich, ihm zu helfen. Statt der Aufregung jener Glücklichen vorn hat man wenigstens einen Spaß. Von den sechs Polizisten hat ihn kein einziger geseh'n; er lag zu tief, sein Buckel kam nicht zur Geltung. Auf offener Straße pflegt man ihn auch ohne Verbrechen anzuhalten. Heute hat er Glück. Er entkommt in die ungeheure Menge vor dem Theresianum. Seit einer Viertelstunde wird er hier erwartet. Seine Achselhöhlen sind intakt.

Gegen Kiens Richter verhält sich die Polizei ruhig. Sie ist beschäftigt. Vier kämpfen mit dem Roten, zwei flankieren Therese. Man kann diese nicht allein lassen. Längst war sie verstummt. Jetzt kreischt sie wieder: »Fest! Fest! Fest!« Sie gibt den Takt an, in dem der Fetzen Kien ausgewunden wird. Ihr Gefolge sucht sie zu beruhigen. So lange sie sich in dieser hinreißenden Weise aufregt, halten die beiden jegliches Einschreiten für nutzlos. Theresens Zurufe gelten auch den vier braven Leuten, die dem Hausbesorger das Toben austreiben. Sie hat es satt, sich zwicken zu lassen. Sie hat es satt, sich bestehlen zu lassen. Ihre Angst vor der Polizei weicht stolzen Gefühlen. Man tut, was sie will. Sie hat hier zu befehlen. So gehört es sich. Sie ist eine anständige Frau. »Fest! Fest! Fest!« Therese tanzt, ihr Rock schwankt. Ein gewaltiger Rhythmus hat die Menschen gepackt. Manche prallen hin, manche prallen her, der Schwung der Bewegung wächst. Der Lärm erhält einheitlichen Klang, auch Nichtbeteiligte keuchen. Nach und nach erlöscht alles Lachen. Der Versatz stockt. An den entferntesten Schaltern wird gehorcht. Hände legen sich an die Ohren, Zeigefinger vor den Mund, Sprechen ist verboten. Wer mit einem Anliegen käme, wäre des stummsten Zornes gewiß. Das Theresianum, immer in Bewegung, ist von gigantischer Ruhe erfüllt. Ein einziges Keuchen verkündet, daß es noch lebt. Alle Geschöpfe, von denen es bevölkert ist, holen zusammen tief Atem und atmen begeistert aus.

Dank dieser allgemeinen Stimmung gelingt es den Wachleuten, den Hausbesorger zu bändigen. Zwei von ihnen legen ihn unter den Polizeigriff, ein dritter bewacht seine Füße, die teils Tritte verabfolgen, teils den Professor heranzuholen versuchen. Der vierte macht Ordnung. Kien wird noch geschlagen, doch findet niemand mehr ein rechtes Vergnügen dabei. Er benimmt sich weder als Mensch noch als Leiche. Das Auswinden entlockt ihm keinen Laut. Er könnte abwehren, das Gesicht bedecken, sich winden oder wenigstens zucken, man erwartet allerlei von ihm, er enttäuscht. Zwar muß so einer noch viel auf dem Kerbholz haben, aber wenn man's nicht weiß, schlägt man nicht heiß. Angeekelt und einer lästigen Pflicht ledig, überläßt man ihn der Polizei. Es kostet große Überwindung, die freien Hände nicht gegeneinander zu verwenden. Einer betrachtet den anderen, beim Anblick des fremden Anzugs schlüpft man in die eigene Kleidung zurück und entdeckt in den Mitkämpfern Kollegen und Parteien. Therese sagt »So!« Was hätte sie noch zu kommandieren? Sie möchte jetzt fort und setzt Ellbogen und Kopf in Bereitschaft. Jener Polizist, der Kien übernommen hat, wundert sich über die Friedfertigkeit dieses Menschen, der einen solchen Tumult auf dem Gewissen hat. Und da er unter den Fäusten des Roten am meisten gelitten hat, haßt er dessen Frau. Sie soll auf alle Fälle mitkommen. Die beiden Posten verhaften sie freudig. Sie schämen sich für ihre Untätigkeit, da die anderen vier gegen den Roten ihr Leben aufs Spiel gesetzt hatten. Therese geht mit, weil ihr nichts geschehen kann. Sie wäre sowieso mitgekommen. Sie hat die Absicht, beide Männer auf der Wachstube gehörig hereinzulegen.

Ein anderer Wachmann, für sein gutes Gedächtnis bekannt, zählt die Verhafteten an den Fingern ab, eins, zwei, drei. Wo ist der Vierte? fragt er den Portier. Der hatte den ganzen Kampf mit beleidigten Blicken verfolgt und seine Mütze just zu Ende geputzt, als sämtliche Feinde verhaftet waren. Er taute wieder auf; von einem Vierten wußte er nichts. Der Wachmann mit dem Gedächtnis behauptete, er selber habe von vier Beteiligten gesprochen. Der Portier stellte das in Abrede. Seit sechsundzwanzig Jahren halte er hier auf Ordnung. Er habe drei Kinder. Da werde er doch hoffentlich zählen können. Andere kamen ihm zu Hilfe. Niemand wußte von einem Vierten. Der Vierte sei eine Erfindung, der Vierte sei eine Erfindung des Diebs, um von sich abzulenken. Der verschlagene Hund wisse, warum er nichts rede. Auch der Gedächtniskünstler gab sich damit zufrieden. Alle sechs Mann hatten vollauf zu tun. Die drei Verhafteten wurden vorsichtig durch die Reste der Glastür und der Menge gelotst. Kien streifte an das einzige, steckengebliebene Stück einer Scheibe und schnitt sich den Ärmel auf. Als sie vor der Wachstube anlangten, sickerte Blut heraus. Die wenigen Neugierigen, die bis hierher gefolgt waren, betrachteten es erstaunt. Dieses Blut fanden sie unglaublich. Es war das erste Lebenszeichen, das Kien von sich gab.

Fast alle Menschen hatten sich verlaufen. Teils saßen sie wieder hinter Schaltern, teils hielten sie mit flehenden oder trotzigen Mienen Pfänder hin. Doch ließen sich die Beamten dazu herab, selbst mit armen Teufeln einige Worte über die Ereignisse zu wechseln. Sie nahmen Meinungen von Menschen entgegen, denen das Ohr zu verschließen ihre heiligste Pflicht war. Über das Objekt des Verbrechens wurde keine Einigung erzielt. Wertsachen, rieten die einen, sonst wäre der Auflauf kaum der Mühe wert gewesen. Bücher, behaupteten andere, die Lokalität spreche dafür. Gesetztere Herren verwiesen auf die Abendblätter. Von den Parteien neigten die meisten zu Geld. Die Beamten verwiesen es ihnen, milder als üblich: wer soviel Geld habe, pflege nicht aufs Versatzamt zu gehen. Vielleicht hatten sie aber schon versetzt. Auch das schien ausgeschlossen, jeder Betreffende hätte sie erkannt, und es gab keinen Beamten, der sich nicht für den Betreffenden hielt. Einige bedauerten ihren roten Helden, den meisten war er gleichgültig geworden. Um Herz zu haben, fanden sie seine Frau bedauernswerter, wenn es auch eine alte Frau sei. Geheiratet hätte sie keiner. Um die verlorene Zeit sei es schade, doch war sie angeregt verbracht.

Auf der Wachstube wurden die Verhafteten einem Verhör unterworfen. Der Hausbesorger brüllte: »Kollegen, ich bin unschuldig!« Therese wollte ihm schaden und rief: »Bitte, er ist schon pensioniert.« So verwischte sie den schlechten Eindruck, den seine intime Anrede auf die Kollegen machte. Die sachliche Ergänzung, daß er schon pensioniert sei, ließ vermuten, daß es sich wirklich um einen früheren Polizeibeamten handle. Das gewalttätige Auftreten hatte er, nur das Gerücht von einem Raub großen Stils, den der eigentliche Häftling an ihm versucht habe, schien dem zu widersprchen. Man befragte ihn. Er brüllte: »Ich bin kein Verbrecher!«

Therese zeigte auf Kien, den vergaß man ja, und sagte: »Bitte, er hat gestohlen!« Das selbstbewußte Gehaben des Roten gab den Wachebeamten zu denken. Sie wußten noch immer nicht, wen sie vor sich hatten. Theresens Wink kam ihnen gelegen. Drei Mann stürzten sich auf Kien und durchsuchten ohne weitere Umstände seine Taschen. Ein Haufen zerdrückter Banknoten kam zum Vorschein; die Zählung ergab achtzehn Scheine zu hundert Schilling. »Ist das Ihr Geld?« fragte man Therese. »War es vielleicht zerdrückt? Gehören tut sich sechsmal soviel!« Sie rechnete mit der vollen Summe, auf die das Bankbuch gelautet hatte. Man fragte Kien nach dem Rest, er schwieg. Gegen einen Stuhlrücken gelehnt, stand er eckig und verwittert da, genauso wie man ihn hingestellt hatte. Wer ihn sah, war davon überzeugt, er werde jeden Augenblick umfallen. Doch sah ihn niemand.

Aus Haß gegen Therese brachte ihm sein Führer ein Glas Wasser und hielt es ihm bis nahe an den Mund. Weder Glas noch Wohltat wurden beachtet und ein Feind mehr gesellte sich zu denen, die von neuem seine Taschen durchsuchten. Mit Ausnahme von einigem Kleingeld, das sich in der Börse fand, war das Ergebnis gleich Null. Einige schüttelten die Köpfe. »Wo haben Sie das Geld hingetan, Mensch?« fragte der Kommandant. Therese grinste: »Was hab' ich gesagt, ein Dieb!« »Gute Frau«, meinte der Kommandant, dem sie zu altmodisch gekleidet war, »drehen Sie sich um! Er wird ausgezogen. Da gibt's nichts.« Er lächelte höhnisch; es schien ihm gleichgültig, ob die alte Schachtel zusah oder nicht. Er wußte, daß man die Summe finden würde und ärgerte sich, weil eine simple Person soviel besaß. Therese sagte: »Ist das ein Mann? Das ist ja kein Mann!« und rührte sich nicht vom Fleck. Der Hausbesorger brüllte: »Ich bin unschuldig!« und blickte Kien an, als rekommandiere er sich bestens für sein »Dussör«. Er beteuerte die Unschuld, nicht am Tod seiner Tochter, sondern an der peinlichen Untersuchung, die dem Herrn Professer bevorstand.

Drei Beamte, die gerade ihre Finger aus den Taschen des Diebes zogen, traten zugleich, wie auf Kommando, je zwei Schritt zurück. Keiner hatte Lust, den ekelhaften Menschen auszuziehen. Er war so mager. In diesem Augenblick fiel Kien zu Boden. Therese rief: »Er lügt!« »Er redet doch nichts«, fuhr sie einer der Polizisten an. »Reden kann jeder«, entgegnete sie. Der Hausbesorger stürzte sich auf Kien, um ihn aufzuheben. »Das ist feig, er liegt am Boden«, sagte der Kommandant. Alle dachten, der Rote wolle auf den Liegenden losschlagen. Niemand hätte was dagegen gehabt, das hilflose Skelett am Boden wirkte aufreizend. Nur gegen den Eingriff in die eigenen Rechte verwahrte man sich: bevor er Kien noch erreichte, wurde der Rote gepackt und zurückgeschleift. Dann hoben sie das gefallene Geschöpf auf. Sie unterließen selbst die Späße über sein Gewicht, so zuwider war er ihnen. Einer versuchte ihn auf den Stuhl zu drücken. »Er soll nur stehen, der Simulant!« sagte der Kommandant. Er bewies der Frau, über deren Scharfblick er sich schämte, daß auch er die Komödie durchschaute. Die Polizisten stellten das lange Nichts auf; der für den Stuhl gewesen war, schob wenigstens die Füße des Delinquenten auseinander, um seine Standfläche zu vergrößern. Oben ließ ein anderer los. Kien knickte wieder zusammen und blieb in den Armen eines dritten hängen. Therese sagte: »Das ist eine Gemeinheit! Er stirbt!« Sie freute sich auf seine schöne Strafe. »Herr Professer«, brüllte der Hausbesorger, »tun Sie das nicht!« Er war es zufrieden, daß niemand sich für seine Tochter interessierte, doch rechnete er auf die Aussage des guten Menschen.

Der Kommandant sah seine Gelegenheit gekommen, das übergescheite Weib eines männlicheren zu belehren. Heftig griff er sich an die sehr kleine Nase, seinen großen Kummer. (Außer Dienst, im Dienst, zu allen unbeschäftigten Stunden besah und beseufzte er sie im Taschenspiegel. An Schwierigkeiten pflegte sie zu wachsen. Bevor er an deren Bewältigung ging, überzeugte er sich rasch von ihr, weil es so schön war, sie drei Augenblicke darauf total vergessen zu haben.) Jetzt beschloß er, den Verbrecher erst recht ausziehen zu lassen. »Ihr seid alle blöd«, begann er. Den Nachsatz, der sich auf ihn selbst bezog, dachte er sich nur. »Bei einem Toten gehen die Augen auf, sonst tät' man sie ihm nicht zudrücken. Ein Simulant kann sich das nicht leisten. Öffnet er die Augen, so fehlt die Glasur. Schließt er die Augen, so glaub' ich ihm den Tod nicht, weil, wie gesagt, gehen bei einem Toten die Augen auf. Ein Tod ohne Glasur und ohne offene Augen ist einen Schmarr'n wert. Da ist er noch nicht eingetreten. Mir macht keiner was vor. Merken Sie sich das, meine Herren! Ich fordere Sie auf, sich bezüglich des Häftlings die Augen anzuschauen!«

Er stand auf, schob den Tisch, hinter dem er saß, zur Seite — auch diese Schwierigkeit beseitigte er, statt sie zu umgehen —, trat an das Subjekt, das in den Armen eines Beamten hing, heran und knipste kräftig mit dem dicken, weißen Mittelfinger gegen das eine, dann gegen das andere Augenlid. Die Polizisten fühlten sich erleichtert. Sie hatten schon gefürchtet, der Mann sei von der Menge totgeprügelt worden. Sie waren zu spät eingeschritten. Das gab vielleicht Scherereien, an alles sollte man denken. Die Menge erlaubte sich den Wirbel, das Organ sollte einen klaren Kopf herhalten. Die Augenprobe wirkte überzeugend. Der Kommandant war ein Kerl. Therese warf den Kopf in die Höhe. Sie winkte der geretteten Strafe. Der Hausbesorger spürte ein Prickeln in den Fäusten, wie immer, wenn es ihm gut ging. Wo *so* ein Zeuge lebte, da freute sich der Mensch! Kiens Lider zuckten unter den harten Fingernägeln des Kommandanten. Der wiederholte seine Angriffe, er dachte, dem Menschen die Augen über Verschiedenes zu öffnen, über seine Dummheit zum Beispiel, einen Toten ohne Glasur zu simulieren. Um solche scheintote Augen herzuzeigen, mußte man sie erst aufbrechen. Doch sie blieben geschlossen. »Lassen Sie ihn los!« befahl der Kommandant dem barmherzigen Beamten, der seiner Last noch immer nicht müde war. Zugleich packte er den renitenten Halunken beim Kragen und beutelte ihn. Seine Leichtigkeit brachte ihn auf. »So was traut sich zu stehlen!« sagte er verächtlich. Therese grinste ihn an. Er begann ihr zu gefallen. Das war ein Mann. Nur die Nase gehörte sich nicht. Der Hausbesorger überlegte (beruhigt, weil man ihn nicht mehr ausfragte, beunruhigt, weil sich niemand um ihn kümmerte), wie sich die Geschichte am besten herstellen ließe. Er hatte immer seinen eigenen Kopf; der Herr Professer war nicht der Dieb. Er glaubte, was *er* glaubte, und nicht was die anderen sagten. Am Beuteln war keiner gestorben. Sobald er lebte, würde er reden und dann gab es einen Auflauf.

Der Kommandant verachtete das Gestell noch ein wenig, dann begann er es eigenhändig auszuziehen. Er warf den Rock auf den Tisch hinüber. Die Weste folgte. Das Hemd war alt, aber anständig. Er knöpfte es auf und äugte scharf zwischen die Rippen. Da war wirklich nichts. Ekel stieg in ihm auf. Er hatte vieles erlebt. Sein Beruf brachte ihn mit allen möglichen Existenzen in Berührung. So eine magere war ihm noch nie vorgekommen. Das gehörte in ein Raritätenkabinett und in keine Wachstube. Ja, war er denn ein Schaubudenbesitzer oder was? »Die Schuh' und die Hosen überlasse ich euch«, sagte er zu den anderen. Sehr gedemütigt trat er zurück. Seine Nase fiel ihm ein. Er griff nach ihr. Sie war zu kurz. Wer sie vergessen könnte! Mißmutig setzte er sich hinter seinen Tisch. Der stand wieder falsch. Jemand hatte ihn verschoben. »Könnt ihr meinen Tisch nicht grad stehenlassen, ich sag das zum hundertsten Male! Bagage!« Wer mit den Schuhen und Hosen des Diebes beschäftigt war, grinste in sich hinein, sonst stand man stramm. Ja, dachte er, solche Individuen sind abzuschaffen. Sie erregen öffentliches Ärgernis. Es wird einem schlecht, wenn man das sieht. Der schönste Appetit vergeht einem. Wo kommt man hin ohne Appetit? Da soll einer die Geduld bewahren. Für solche Fälle müßte es die Folter geben. Im Mittelalter war das Leben der Polizei schöner. Wenn einer so ausschaut, ist Selbstmord das beste. Die Statistik verträgt's, der fällt nicht ins Gewicht. Statt sich umzubringen, spielt er den Scheintoten. Keine Scham kennt so ein Geschöpf. Einer schämt sich schon wegen der Nase, weil sie um eine Kleinigkeit zu kurz ist. Der andere lebt lustig drauf los und stiehlt. Eingebrockt wird's ihm. Verschiedene Naturen kommen auf die Welt. Die einen bringen Tüchtigkeit mit, Verstand, Intelligenz und Politik, die anderen haben keinen Zentimeter Fett über den Knochen. Daraus folgt, wieviel man zu tun hat; eben nimmt einer den Spiegel heraus und schon kann er ihn wieder einstecken.

So geschah es. Hosen und Schuhe wurden auf den Tisch gestellt, beides auf einen doppelten Boden hin untersucht. Der Spiegel verschwand in einer eigens für ihn gefertigten, genau passenden Innentasche. Im bloßen Hemd, auch die Strümpfe hatte man ihm abgenommen, lehnte sich das Individuum zitternd gegen einen der Beamten. Aller Blicke richteten sich auf die Waden. »Das sind falsche«, sagte der Gedächtniskünstler. Er bückte sich und klopfte dran. Sie waren echt. Das Mißtrauen fuhr auch in ihn. Ganz im stillen hatte er den Mann für abnormal gehalten. Jetzt sah er ein, daß es sich um einen gefährlichen Simulanten handle. »Es hat keinen Wert, meine Herren!« brüllte der Hausbesorger. Sein Wink ging im Erstaunen des Kommandanten unter. Rasch entschlossen hatte der, er zeichnete sich durch Eingebungen aus, auf das der Frau gestohlene Geld, das nicht zum Vorschein kam, verzichtet und sich an die nähere Untersuchung der Brieftasche gemacht. Allerlei Ausweispapiere fanden sich drin. Sie lauteten auf einen gewissen Dr. Peter Kien, waren also gestohlen. Hätte ein Dokument mit Photographie vorgelegen, sie wäre gefälscht gewesen. Die Wände hallten noch von der Mahnung des Hausbesorgers wider, als der Kommandant aufsprang, sich an die Nase griff und mit einer Stimme, der man schon nichts mehr von der Nase anmerkte, zum Subjekt hinüberrief: »Ihre Papiere sind gestohlen!« Therese glitt heran. Das konnte sie beeiden. Wer was vom Stehlen sagte, der hatte recht.

Kien schlotterte vor Kälte. Er öffnete die Augen und richtete sie auf Therese. Sie stand nahe bei ihm und wackelte mit Schultern und Kopf. Sie war stolz, weil er sie erkannte, *sie* war die Hauptperson. »Ihre Papiere sind gestohlen!« erklärte der Kommandant wieder, seine Stimme klang ruhiger als früher. Die offenen Augen sahen nicht ihn, aber dafür sah er sie sich genau an. Er hielt sein Spiel für gewonnen. Sobald der erste Widerstand überwunden ist, geht das Weitere von selbst. Die Augen des Verbrechers verharrten bei der Frau, bohrten sich in sie ein und wurden sonderbar starr. Dieses Hundertstel Geschöpf war zu alledem noch ein Schwein. »Ja, schämen sie sich denn nicht!« rief der Kommandant, »Sie sind doch fast nackt!« Die Pupillen des Diebes vergrößerten sich, er klapperte mit den Zähnen. Sein Kopf blieb unbeweglich in derselben Richtung. Ob das die richtige Glasur ist? fragte sich der Kommandant und erschrak ein wenig.

Da hob Kien einen Arm und streckte ihn aus, bis er Theresens Rock berührte. Eine Falte preßte er zwischen zwei Finger, ließ locker, preßte sie wieder, ließ los und griff nach der nächsten. Er trat einen Schritt näher; er schien Augen und Fingern nicht recht zu trauen und neigte das Ohr zum Geräusch, das seine Hand den gestärkten Falten entlockte; seine Nasenflügel bebten. »Jetzt hab' ich aber genug, Sie Schwein!« schrie der Kommandant, er hatte den frechen Hohn der Nase sehr wohl bemerkt, »bekennen Sie sich schuldig oder nicht?« »Ja, was!« brüllte der Hausbesorger, niemand verwies ihm die Störung, man war auf die Antwort des Verbrechers gespannt. Kien öffnete den Mund, vielleicht nur, um den Rock auch zu schmecken, doch als er schon offen war, sagte er: »Ich bekenne mich schuldig. Einen Teil der Schuld trägt sie selbst. Ich habe sie eingesperrt, aber mußte sie ihren eigenen Leib verzehren? Sie hat ihren Tod verdient. Um eines möchte ich Sie bitten, ich fühle mich etwas verwirrt. Wie erklären Sie es, daß die Ermordete hier steht? Ich erkenne sie am Rock!«

Er sprach sehr leise. Die Menschen rückten dicht an ihn heran, man wollte ihn verstehen. Sein Gesicht hatte die Spannung eines Sterbenden, der sein quälendstes Geheimnis verrät. »Lauter!« rief der Kommandant, einen Polizeisatz vermied er, er benahm sich nur mehr wie im Theater. Die Stille der übrigen war andächtig und zäh. Statt seinen Befehlen Nachdruck zu geben, trat er zahm unter sie. Der Hausbesorger stützte sich auf die Schultern zweier Kollegen vor ihm; beide Unterarme legte er der vollen Länge nach hin. Um Kien und Therese bildete sich ein Kreis. Er schloß sich, niemand gab Platz her, einer sagte: »Bei dem rappelt's!« und zeigte auf die eigene Stirn. Doch schämte er sich gleich und senkte den Kopf, seine Worte stießen mit der allgemeinen Neugier zusammen, er bekam böse Blicke. Therese hauchte: »Aber ich bitt' Sie!« Sie war hier die Herrin, alles drehte sich um sie, vor Neugier hielt sie es nicht aus, sie wollte den Mann auslügen lassen, dann kam sie an die Reihe, andere hatten den Mund zu halten.

Kien sprach noch leiser. Manchmal fuhr er sich an die Krawatte und zerrte sie zurecht; angesichts großer Rätsel war das seine Gebärde. Für die Zuschauer sah es aus, als wüßte er nicht, daß er im bloßen Hemd dastand. Die Hand des Kommandanten fuhr unwillkürlich nach seinem Spiegelchen; beinahe hätte er es dem Herrn vors Gesicht gehalten. Peinlich gebundene Krawatten liebte er; doch der Herr war nur ein Dieb.

»Sie glauben wohl, daß ich an Halluzinationen leide. Im allgemeinen nicht. Meine Wissenschaft gebietet Klarheit, ich lasse mir kein X für ein U, noch sonst einen Buchstaben für einen anderen vormachen. Doch habe ich in letzter Zeit viel erlebt; gestern erhielt ich die Nachricht vom Tode meiner Frau. Sie wissen, worum es sich handelt. Ihretwegen habe ich die Ehre, mich unter Ihnen zu befinden. Der Gedanke an meinen Prozeß beschäftigt mich seither ununterbrochen. Als ich heute ins Theresianum ging, begegnete ich meiner ermordeten Frau. Sie war in Begleitung unseres Hausbesorgers, eines treuen Freundes von mir. Er hatte ihr an meiner Stelle das letzte Geleit gegeben, ich war damals verhindert. Halten Sie mich nicht für herzlos. Es gibt Frauen, die man nie vergißt. Ich will Ihnen die volle Wahrheit sagen: ich habe ihr Leichenbegängnis absichtlich gemieden, es wäre mir zuviel geworden. Sie begreifen mich doch, waren Sie nie verheiratet? Den Rock hat damals ein Fleischerhund in Stücke gebrochen und gefressen. Vielleicht besaß sie deren zwei. Auf der Treppe stieß sie mich an. Sie trug ein Paket, in dem ich meine eigenen Bücher vermutete. Ich liebe meine Bibliothek. Es handelt sich um die größte Privatbibliothek der Stadt. Seit einiger Zeit mußte ich sie vernachlässigen. Ich war mit barmherzigen Werken beschäftigt. Die Ermordung meiner Frau hielt mich vom Hause fern, wieviel Wochen mögen es her sein, daß ich die Wohnung verließ? Die Zeit hab' ich gut benützt, Zeit ist Wissenschaft, Wissenschaft ist Ordnung. Neben der Erwerbung einer kleinen Kopfbibliothek wandte ich mich, wie ich bereits oben bemerkte, barmherzigen Werken zu, ich erlöse Bücher vom Feuertode. Ich kenne ein Schwein, das sich von Büchern ernährt, aber schweigen wir darüber. Ich verweise Sie auf meine Rede vor Gericht, dort gedenke ich der Öffentlichkeit einige Enthüllungen zu machen. Helfen Sie mir! Sie rührt sich nicht von der Stelle. Befreien Sie mich von dieser Halluzination! Ich leide sonst nie daran. Sie geht mir nach, ich fürchte, schon über eine Stunde. Stellen wir den Tatbestand fest, ich will Ihnen die Hilfe erleichtern. Ich sehe Sie alle, Sie sehen mich. Genau so steht die Ermordete neben mir. Alle meine Sinne haben mich verlassen, nicht nur die Augen. Ich kann tun, was ich will, ich höre den Rock, ich fühle ihn, er riecht nach Stärke, sie selbst bewegt den Kopf, das war ihre Art, als sie noch lebte, sie spricht sogar, vor wenigen Augenblicken sagte sie ›ich bitt' Sie‹, Sie müssen wissen, daß ihr Sprachschatz aus fünfzig Worten bestand, trotzdem sprach sie nicht weniger als andere Menschen, helfen Sie mir! Beweisen Sie mir, daß sie tot ist!«

Die Umstehenden begannen seinen Lauten Worte abzugewinnen. Sie gewöhnten sich an seine Art, ratlos horchten sie; einer faßte den anderen an, um besser zu hören. Er sprach so gebildet, er wollte einen Mord begangen haben. Zusammen glaubten sie ihm den Mord nicht, einzeln hätte ihn jeder für wahr genommen. Vor wem bat er um Hilfe? Im Hemde ließ man ihn doch in Ruhe, er hatte Angst. Selbst der Kommandant fühlte sich ohnmächtig, er schwieg lieber, seine Sätze hätten nicht schriftlich geklungen. Das Subjekt war aus guter Familie. Vielleicht war es kein Subjekt. Therese staunte, daß sie früher nichts gemerkt hatte. Er war schon verheiratet, als sie ins Haus kam, sie dachte immer, er ist ledig, sie wußte, da war ein Geheimnis, das Geheimnis war die erste Frau, er hatte sie ermordet, stille Wasser sind Mörder, drum hat er nie was geredet, und weil die erste Frau denselben Rock trug, hat er *sie* aus Liebe geheiratet. Sie suchte Beweise zusammen; in der Zeit zwischen 6 und 7 machte er sich allein zu schaffen, alles war versteckt, bis er die Teile aus dem Hause hatte, tut man das, und sie konnte sich an alles erinnern. Drum ist er ihr davongerannt, er hat Angst gehabt, sie bringt es auf. Dieb ist Mörder, was hat sie gesagt, und da schaut auch der Herr Grob.

Den Hausbesorger packte der Schreck, die Schultern, auf die er sich stützte, wankten. Da rächte sich der Herr Professor jetzt nachträglich an ihm, wo kein Teufel mehr an die Tochter dachte.

Der Herr Professor redete von der Frau, aber er meinte die Tochter. Der Hausbesorger sah sie auch, aber wo war sie da? Der Herr Professor wollte ihn dumm machen, aber die anderen glaubten ihm den Schwindel nicht. Jetzt legte ihn der seelensgute Mensch herein, ja was, so täuschte man sich in den Menschen! In seiner Wehmut hielt er an sich, die Beschuldigungen des Professors waren ihm zu leichtwiegend, er kannte seine Kollegen. Noch dachte er sich nicht einmal, daß er den Professor zu dem gemacht hatte, was er war, und nahm die Degradierung erst in entfernte Aussicht.

Nach seiner wiederholten Bitte um Hilfe — er hatte sie gefaßt gesprochen, doch flehentlich gemeint — wartete Kien. Die Totenstille berührte ihn angenehm. Selbst Therese schwieg. Er wünschte ihr Verschwinden. Vielleicht verschwand sie, wie sie schwieg. Sie blieb. Da man ihm nicht entgegenkam, ergriff er selbst die Initiative, sich von seiner Halluzination zu heilen. Er wußte, was er der Wissenschaft schuldig war. Er seufzte, tief seufzte er, wer schämte sich nicht, die Hilfe anderer anrufen zu müssen? Der Mord war begreiflich, den Mord konnte er verteidigen, nur die Folge dieser Halluzination fürchtete er so. Sollte ihn das Gericht für unzurechnungsfähig erklären, so verübte er auf der Stelle Selbstmord. Er lächelte, um sich die Zuhörer geneigter zu machen, sie waren ja die späteren Zeugen. Je freundlicher und vernünftiger er zu ihnen sprach, um so geringfügiger mußte ihnen seine Halluzination erscheinen. Er erhob sie zu gebildeten Menschen.

»Die Psychologie fällt heute in das Fach jedes — Gebildeten«, wie höflich er auch war, vor solchen Gebildeten schaltete er eine kleine Pause ein, »ich bin nicht das Opfer eines Weibes, wie Sie vielleicht glauben. Mein Freispruch ist sicher. Sie sehen in mir den wohl größten lebenden Sinologen der Zeit. Halluzinationen sind noch Größeren begegnet. Die Eigenart kritischer Naturen besteht in der Gewalt, mit der sie das einmal Erwählte verfolgen. Seit einer Stunde habe ich mich so intensiv und ausschließlich mit meiner Einbildung beschäftigt, daß ich mich jetzt nicht selbst von ihr befreien kann. Überzeugen Sie sich, bitte, selbst, wie vernünftig ich darüber urteile! Um folgende Maßnahmen möchte ich Sie dringend ersuchen. Treten Sie alle zurück. Stellen Sie sich im Gänsemarsch an! Jeder komme einzeln auf mich zu, in gerader Linie! Ich hoffe, mich davon zu überzeugen, daß Sie hier, hier,

hier, keinem Hindernis begegnen. Ich stoße hier auf einen Rock, die Frau darin ist ermordet, sie sieht der Ermordeten zum Verwechseln ähnlich, jetzt spricht sie nicht, früher hatte sie auch ihre Stimme, das verwirrt mich. Ich brauche einen klaren Kopf. Meine Verteidigung führe ich allein. Ich brauche niemand. Advokaten sind Verbrecher, sie lügen. *Ich* lebe für die Wahrheit. Ich weiß, diese Wahrheit lügt, helfen Sie mir, ich weiß, sie soll weg. Helfen Sie mir, dieser Rock stört mich. Ich hab' ihn gehaßt, schon vor dem Fleischerhund, soll ich ihn nachher wieder sehen?«

Er hatte Therese gepackt, nicht mehr zaghaft, mit aller Kraft hielt er sich an ihrem Rock fest, er stieß sie weg, er zerrte sie zu sich heran, er umspannte sie mit seinen langen, hageren Armen. Sie ließ es sich gefallen. Er wollte sie ja nur umarmen. Bevor sie aufgehängt werden, bekommen Mörder eine letzte Mahlzeit. Mörder hatte sie nicht gewußt. Jetzt wußte sie es: mager und viele Bücher, wo alles drinstand. Er drehte sie einmal um ihre eigene Achse und verzichtete auf die Umarmung. Da wurde sie böse. Er glotzte sie aus zwei Zentimeter Entfernung an. Er strich mit zehn Fingern am Rock entlang. Er streckte die Zunge heraus und schnupperte mit der Nase. Die Tränen traten ihm in die Augen, vor Anstrengung. »Ich leide an dieser Halluzination!« bekannte er keuchend. Von seinen Tränen schlossen die Zuhörer auf Schluchzen.

»Weinen Sie nicht, Herr Häftling!« sagte einer, er hatte Kinder zu Hause, sein Ältester brachte im deutschen Aufsatz ein »Sehr gut« ums andere nach Hause. Der Kommandant empfand Neid; den Menschen im Hemd, den er selbst ausgezogen hatte, dachte er sich plötzlich fein gekleidet. »Schon gut«, murrte er. So suchte er den Übergang zu strengeren Tönen. Um ihn sich zu erleichtern, warf er einen Blick auf die schäbigen Stücke am Tisch. Der Gedächtniskünstler fragte: »Warum haben Sie bis jetzt geschwiegen?« Er hatte nichts vom Früheren vergessen. In seiner Frage lag auch der Verzicht auf eine Antwort; er fragte nur, um sein Genie, wie es die Kollegen nannten, von Zeit zu Zeit, besonders wenn Ruhe herrschte, in Erinnerung zu bringen. Die übrigen, weniger ausgeprägte Naturen, horchten noch oder lachten schon. Zwischen Neugier und Befriedigung waren sie geteilt. Sie fühlten sich wohl, wußten es aber nicht. In solchen seltenen Augenblicken vergaßen sie ihre Pflicht und selbst ihre

Würde, wie viele Menschen vor Bühnen, denen ein Ruf vorangeht. Die Spielzeit war kurz. Für ihr Eintrittsgeld hätten sie gern mehr gehabt. Kien sprach und spielte, er gab sich große Mühe. Man merkte, wie ernst er seinen Beruf nahm. Sauer verdiente er sich sein Brot. Kein Komödiant hätte ihn übertroffen. In vierzig Jahren hatte er nicht soviel von sich gesprochen, wie jetzt in zwanzig Minuten. Seine Gebärden überzeugten. Fast hätte man geklatscht. Als er sich an der Frau zu schaffen machte, glaubte man ihm wohlwollend den Mord. Für eine Schmiere schien seine Familie zu gut, für ein Theater waren seine Waden zu verhungert. Auf einen herabgekommenen Star hätte man sich geeinigt, doch war man zu sehr mit ihm beschäftigt und freute sich der gemischten Gefühle, die seine Kunst auslöste.

Therese war mit ihm böse. Da sie die gierigen Blicke der Männer, die alle Männer waren, auf sich bezog, nahm sie seine Schmeicheleien eine Zeitlang ruhig hin. Er selbst war ihr zuwider. Was hatte sie davon? Schwach war er und mager, von Mann hatte er keine Ahnung, das tat kein Mann. Ein Mörder war er ja, Angst hatte sie keine, sie kannte ihn, feig war er. Doch fühlte sie, daß ihr das selige Gehaben des Mörders gut stand; er war entzückt und sie hielt still. Der Hausbesorger verlor seinen Scharfsinn. Er merkte, daß der Professor sich nicht um seine Tochter drehte. Er vertiefte sich in das Spiel der Beine. So ein Bettler sollte ihm vor sein Guckloch kommen! Dem würde er die Beine wie zwei Streichhölzer zerbrechen. Ein Mensch besitzt Waden, sonst muß er sich schämen. Was tanzt er so schwach um das alte Luder herum? Sie ist das nicht wert, daß man ihr den Hof macht. Sie soll ihm lieber Ruhe geben und keine schönen Gesichter schneiden. Ganz verhext hat sie den armen Herrn Professer! Er windet sich unter den Qualen der Liebe, wie man sagt. So ein besserer Mensch! Die Kollegen sollen ihm die Hosen wieder anziehen. Auf einmal kommt jemand Fremder auf die Wachstube und sieht, wie der keine Waden hat. Die ganze Polizei ist blamiert. Er soll aufhören zu reden, das gescheite Zeug versteht hier niemand; er redet immer so gescheit. Die meiste Zeit redet er nichts. Heut hat ihn das Reden am Kragen. Was hat das für einen Zweck?

Da plötzlich richtete sich Kien auf. Er kletterte an Therese in die Höhe. Kaum überragte er sie, er war um einen Kopf größer, als er laut zu lachen begann. »Gewachsen ist sie nicht!« sagte er und lachte, »gewachsen ist sie nicht!«

Er hatte nämlich, um sich vom Trugbild zu befreien, beschlossen, sich an ihm in die Höhe zu richten. Wie konnte er den Kopf der Schein-Therese erreichen? Er sah sie ja riesengroß vor sich. Er wird sich strecken, er wird sich auf die Zehenspitzen stellen und bleibt sie ihm doch überlegen, so darf er sich mit voller Berechtigung sagen: »In Wirklichkeit war sie immer um einen Kopf kleiner, während ihres ganzen Lebens, das hier ist also ein Trugbild.«

Doch als er dann flink wie ein Affe oben war, stürzte der schlaue Plan in Theresens alte Größe zusammen. Er machte sich nichts daraus, im Gegenteil, gab es einen besseren Beweis für seine berufene Exaktheit? Seine Phantasie sogar war exakt! Er lachte. Ein Gelehrter seines Schlages war nicht verloren. Die Menschheit litt an Ungenauigkeit. Einige Milliarden gewöhnliche Menschen hatten sinnlos gelebt und waren sinnlos gestorben. Tausend Genaue, höchstens tausend, hatten die Wissenschaft aufgebaut. Einen von den obersten Tausend vorzeitig sterben zu lassen, wäre ein Selbstmord an der armen Menschheit. Er lachte herzlich. Er stellte sich die Halluzinationen der normalen Burschen vor, die ihn hier umgaben. Denen wäre Therese über den Kopf gewachsen, höchstwahrscheinlich bis zur Decke. Sie hätten vor Angst geweint und sich an andere um Hilfe gewandt. Sie lebten immer in Halluzinationen; sie verstanden es nicht einmal, einen klaren Satz zu bilden. Man mußte erraten, was sie dachten, wenn es einen interessierte; besser war es, man kümmerte sich nicht darum. Unter ihnen kam man sich wie in einer Irrenanstalt vor. Ob sie lachten oder weinten, sie trugen zu jeder Zeit Fratzen, sie waren unheilbar, einer so feig wie der andere, keiner hätte Therese ermordet, jeder sich von ihr zu Tode quälen lassen. Sie fürchteten sich sogar, ihm zu helfen, weil er ein Mörder war. Wer kannte außer ihm die Beweggründe zu seiner Tat? Vor Gericht, nach seiner großen Rede, würde ihm diese kümmerliche Menschheit Abbitte leisten. Er hatte leicht lachen. Wer kam mit einem solchen Gedächtnis auf die Welt? Gedächtnis war die Voraussetzung zu wissenschaftlicher Exaktheit. Er untersuchte sein Trugbild so lange, bis er sich davon überzeugte, was es war. Ganz anderen Gefahren, schadhaften Texten, fehlenden Zeilen, war er schon auf den Leib gerückt. Er entsann sich nicht, je versagt zu haben. Sämtliche Aufgaben, die er sich vorgenommen hatte, waren gelöst. Auch den Mord betrachtete er als eine erledigte Angelegenheit. An einer Halluzination zerbrach kein Kien, wohl aber sie an ihm, und wenn sie von Fleisch und Blut wäre. Er war hart. Therese hatte schon lange nichts gesprochen. Er lachte zu Ende. Dann machte er sich wieder an die Arbeit.

Mit seinem Mut und seiner Zuversicht nahm die Qualität der Darbietung ab. Als er zu lachen begann, fanden ihn die Zuschauer noch unterhaltend. Eben hatte er noch bitterlich geschluchzt; der Kontrast war glänzend. »Wie er das herausbringt!« sagte einer. »Auf Regen folgt Sonnenschein«, erwiderte sein Nachbar. Dann wurde es allen ernst zumute. Der Kommandant griff sich an die Nase. Er hatte Verständnis für die Kunst, aber ein richtiges Lachen war ihm lieber. Der Gedächtniskünstler erwähnte, daß er den Herrn zum erstenmal lachen höre. »Denn das Reden hat keinen Zweck!« brüllte der Hausbesorger. Dieser Ansicht widersprach der Vater des guten Schülers. »Reden Sie lieber, Herr Häftling!« mahnte er. Kien gehorchte nicht. »Ich meine es gut mit Ihnen«, fügte der Vater hinzu. Er sprach die Wahrheit. Das Interesse der Zuschauer nahm reißend ab. Der Häftling lachte zu lang. Seine komische Figur war ihnen ohnehin vertraut. Der Kommandant schämte sich; er hatte beinah Matura — da ließ er sich von ein paar schriftdeutschen Sätzen imponieren. Der Dieb hatte sie auswendig gelernt, ein gefährlicher Hochstapler. Ihm kam man nicht damit. Der bildete sich ein, wenn er was von einem Mord aufschnitt, vergaß man ihm den Diebstahl und die falschen Papiere. Ein erfahrenes Polizeiorgan hatte ganz andere Fälle hinter sich. Es gehörte eine riesige Portion Unverschämtheit dazu, in dieser Situation zu lachen. Er würde bald wieder weinen, aber nicht zum Spaß.

Der Gedächtniskünstler legte sich sämtliche Lügen des Diebes für das spätere Verhör zurecht. Da standen über ein Dutzend Menschen, sicher hatte sich keiner ein Wort gemerkt. Auf *sein* Gedächtnis war man angewiesen. Er seufzte laut. Für seine unentbehrlichen Dienste bekam er nichts gezahlt. Er leistete mehr als alle übrigen zusammen. Keiner war was wert. Die Wachstube lebte von ihm. Der Kommandant verließ sich auf ihn. Er trug die Last. Jeder beneidete ihn. Als ob er die Beförderung schon in der Tasche hätte. Sie wissen schon, warum sie ihn nicht befördern. Vor seinem Genie haben die oben Angst. Während er mit Hilfe der Finger die vorgebrachten Behauptungen des Delinquenten ordnete, mahnte der stolze Vater Kien zum letztenmal. Er gab zu, daß dem Menschen das Reden ausgegangen war und sagte: »Weinen Sie lieber, Herr Häftling!« Er hatte das wichtige Gefühl, daß es für Lachen in der Schule kein »Sehr gut« gibt. Fast jeder ließ seinen Nebenmann los. Einige rückten vom Kreis ab. Der Ring und die Spannung zerbrachen. Auch weniger Hervorragende unter den Leuten begannen, eine eigene Meinung zu haben. Dem Zurückgewiesenen fiel sein Glas Wasser ein. Die Stützen des Hausbesorgers entdeckten ihn und hatten Lust, ihm für seine vertrauliche Frechheit ein paar herunterzuhauen. Er selbst brüllte: »Der Mensch redet zuviel!« Als Kien sich wieder in seine Untersuchung vertiefte, war es zu spät. Nur eine neue durchschlagende Programmnummer hätte ihn gerettet. Er getraute sich, die alte nochmals vorzuführen. Therese spürte, wie jenes Kreuzfeuer der Bewunderung ausgebrannt war. »Bitte, ich hab' genug!« sagte sie. Er war ja kein Mann.

Kien hörte ihre Stimme und fuhr zusammen. Sie verschlug ihm alle Hoffnung, das hatte er am wenigsten erwartet. Er dachte, sie werde, sowie sie schwieg, auch im übrigen nach und nach eingehen. Gerade hatte er die Finger gespreizt, um das Trugbild nicht mehr zu fühlen. Zuletzt, rechnete er, kommt die Heilung der Augen; am hartnäckigsten sind die Täuschungen des Gesichts. Da sprach sie. Er hatte sich nicht verhört. Sie sagte »bitte«. Er mußte von vorn beginnen, welche Ungerechtigkeit, eine ungeheure Arbeit, um Jahre zurückgeworfen, sagte er sich, und erstarrte, so wie ihn die Stimme getroffen hatte, mit gekrümmtem Rücken, die Finger beider Hände krampfhaft ausgestreckt, dicht an ihr. Statt zu reden schwieg er, das Weinen hatte er verlernt und selbst das Lachen, er tat nichts. So verscherzte er sich den letzten Rest von Sympathie.

»Clown!« rief der Kommandant. Schon getraute er sich einzuschreiten, doch sprach er das Wort englisch aus; der gebildete Eindruck, den er von Kien erhalten hatte, war unverwüstlich. Er sah sich um, ob man ihn verstand. Der Gedächtniskünstler übersetzte das Wort in die deutsche Aussprache. Er wußte, was gemeint war, und erklärte, *das* sei die richtige Aussprache. Von diesem

Augenblick an stand er im Verdacht, heimlich Englisch zu können. Der Kommandant wartete ein wenig ab, wie der beschimpfte Häftling auf den Clown reagieren würde. Er fürchtete einen gebildeten Satz und legte sich eine ebensolche Antwort zurecht. »Sie scheinen zu glauben, daß keiner von den anwesenden Dienern des Staates sich dem Studium hingegeben hat.« Der Satz gefiel ihm. Er griff sich an die Nase. Kien gab ihm keine Gelegenheit, ihn anzubringen, da wurde er wütend und schrie: »Sie scheinen zu glauben, daß keiner von den anwesenden Dienern sich mit der Matura eingelassen hat!«

»Ja was!« brüllte der Hausbesorger. Das ging gegen ihn, gegen seine Tochter, in die heute ein jeder was dreinzureden hatte, keine Ruhe gönnte man dem Mädel im Grab. Kien war viel zu niedergeschlagen, um auch nur die Lippen zu regen. Die Schwierigkeiten des Prozesses wuchsen. Ein Mord bleibt ein Mord. Haben diese Bestien nicht einen Giordano Bruno verbrannt? Da kämpft er gegen eine Halluzination vergeblich an — wer gewährt ihm die Kraft, ungebildete Geschworene von seiner Bedeutung zu überzeugen?

»Wer sind Sie eigentlich, Herr?« rief der Kommandant. »Lassen Sie das Schweigen lieber bleiben!« Mit zwei Fingern berührte er Kien am Hemdärmel. Er hatte Lust, ihn zwischen den Nägeln zu zerquetschen. Was ist das für eine Bildung, die nur ein paar Sätze reden kann und auf vernünftige Fragen schweigt? Die wahre Bildung liegt im Benehmen, in der Tadellosigkeit und in der richtigen Kunst des Verhörs. Ernst und seiner Überlegenheit wieder bewußter, trat der Kommandant hinter den Tisch. Der Holzboden des Sessels, den er zu benützen pflegte, war von einem weichen Kissen, dem einzigen dieser Wachstube, bedeckt, auf dem man in rot gestickten Buchstaben PRIVATEIGENTUM las. Dieses Wort sollte den Untergebenen in Erinnerung bringen, daß ihnen — auch in seiner Abwesenheit — kein Recht darauf zustand. Die Leute hatten eine verdächtige Neigung, sich das Kissen unterzuschieben. Er rückte es mit wenigen sicheren Bewegungen zurecht: bevor er sich setzte, mußte das PRIVATEIGENTUM parallel zu seinen Augen liegen, die nie versäumten, sich an einem solchen Wort zu stärken. Er drehte dem Stuhl den Rücken. Schwer war es, sich vom Anblick des Kissens loszureißen, noch schwerer, sich so zu setzen, daß es nicht verschoben wurde.

Langsam ließ er sich nieder; einige Augenblicke hielt er mit dem Hintern an sich. Erst wenn er auch von dieser Seite her das PRIVATEIGENTUM am Platz fand, erlaubte er sich, darauf zu drücken. Sobald er saß, war ihm von keinem Dieb, und habe er selbst mehr als Matura, die leiseste Achtung abzugewinnen. Rasch warf er einen letzten Blick auf sein Spiegelchen. Die Krawatte saß, wie er, breit und nicht ohne Eleganz. Das zurückgebürstete Haar lag in Fett erstarrt, kein Härchen regte sich. Die Nase war zu kurz. Sie gab ihm den Anstoß, das einzige, was noch fehlte, und er warf sich ins Verhör.

Seine Leute standen auf seiner Seite. Er hatte Clown gesagt; sie gaben ihm recht. Da der Häftling langweilig geworden war, besann man sich auf die eigene Würde. Der Gedächtniskünstler brannte. Er hatte sich auf vierzehn Punkte geeinigt. Im Hemd wurde Kien, kaum hatten ihn die verachtungsvollen Nägel des Kommandanten losgelasen, vor seinen Tisch geführt. Dort ließ man ihn los. Er stand von selbst. Er tat gut daran. Wäre er jetzt gefallen, niemand hätte ihm geholfen. Man traute ihm eigene Kräfte zu. Jeder hielt ihn für einen zähen Komödianten. Die Magerkeit glaubte man ihm nicht mehr so recht. Verhungert war er sicher nicht. Der stolze Vater hatte Furcht vor den guten Aufsätzen seines Sohnes. Da sah man, was aus Schriftdeutschen werden konnte.

»Erkennen Sie diese Kleidungstücke?« fragte der Kommandant Kien und wies auf Rock, Weste, Hosen, Strümpfe und Schuhe, die den Tisch bedeckten. Dabei sah er ihm scharf ins Auge, um die Wirkung seiner Worte zu beobachten. Er war felsenfest entschlossen, systematisch vorzugehen und den Verbrecher einzukreisen. Kien nickte. Er hielt sich mit den Händen an der Tischkante fest. Das Trugbild wußte er hinter sich. Die Begierde, sich umzudrehen und nachzusehen, ob es noch dort stand, bezwang er. Es schien ihm klüger, sich zu verantworten. Um den Untersuchungsrichter, das war er doch, nicht zu reizen, ging er auf seine Fragen ein. Am liebsten hätte er in zusammenhängender Rede eine Darstellung des Mordes gegeben. Dialoge waren ihm zuwider; er war es gewohnt, seine Ansichten in längeren Abhandlungen zu entwickeln. Doch sah er ein, daß jeder Fachmann an seinen Methoden hängt und fügte sich. Heimlich hoffte er, im hinreißenden Spiel von Frage und Antwort Theresens Tod mit solcher Gewalt wiederzuerleben, daß jenes Trugbild sich von selbst auflöste. Solange wie möglich wird er vor diesem Untersuchungsrichter ausharren und ihm beweisen, daß Therese zugrunde gehen *mußte*. Wenn das Protokoll in allen Einzelheiten aufgenommen und jeder Zweifel an seiner Mitschuld geschwunden ist, wenn man ihm durch handgreifliche Stücke ihr Ende nahegebracht hat, dann, auf keinen Fall vorher, darf er sich umdrehen und weit hinten, wo sie früher war, über die leere Luft lachen. Sicher steht sie auch jetzt weit hinten, sagte er sich, er spürte nämlich ihre Nähe. Je fester er die Finger in den Tisch schlug, um so weiter wich sie vor seinem Aug' zurück. Nur von hinten konnte sie ihn jeden Augenblick berühren. Er rechnete auf eine Photographie des Skeletts, wie man es gefunden hatte. Die Schilderung des Hausbesorgers allein fand er ungenügend. Menschen können lügen. Hunden fehlt leider die Sprache. Der verläßlichste Zeuge wäre der Fleischerhund, der ihren Rock in ganz kleine Stücke zerbissen und dann gefressen hat.

Mit einem bloßen Kopfnicken gab sich aber ein Mann von der Position des Kommandanten nicht zufrieden. »Antworten Sie Ja oder Nein!« befahl er. »Ich wiederhole die Frage.«

Kien sagte: »Ja.«

»Warten Sie, bis ich wiederholt habe! Erkennen Sie diese Kleidungsstücke?«

»Ja.« Er nahm an, daß es sich um Kleidungsstücke der Ermordeten handle und blickte gar nicht hin.

»Sie geben zu, daß diese Kleider Ihnen gehören?«

»Nein, ihr.«

Der Kommandant durchschaute ihn spielend. Um das Geld und die falschen Papiere abstreiten zu können, die man in seinen Kleidern gefunden hatte, verstieg sich der abgefeimte Halunke zu der Behauptung, die Kleider gehörten der bestohlenen Frau dort. Der Kommandant blieb ruhig, obwohl er ihn eigenhändig ausgezogen hatte und eine solche Frechheit ihm während seiner langjährigen Praxis noch nie untergekommen war. Mit einem leichten Lächeln griff er nach den Hosen und hielt sie in die Höhe:

»Auch diese Hosen?«

Kien bemerkte sie. »Das sind doch Männerhosen«, sagte er, unangenehm berührt, weil der Gegenstand mit Therese nichts zu tun hatte.

»Sie geben also zu, Männerhosen.«

»Natürlich.«

»Wessen Hosen, glauben Sie, sind das?«

»Das kann ich nicht wissen. Wurden sie denn bei der Toten gefunden?«

Den letzten Satz überhörte der Kommandant geflissentlich. Er dachte, das Mordmärchen und ähnliche Ablenkungsmanöver, sobald sie sich meldeten, im Keime zu ersticken.

»So, so, Sie können das nicht wissen.«

Blitzrasch holte er sein Taschenspiegelchen hervor und streckte es Kien entgegen, nicht zu nah, so daß der fast seine ganze Gestalt erblickte.

»Wissen Sie, wer das ist?« fragte er. Jeder Muskel seines Gesichts war zum Reißen gespannt.

»Ich — selbst«, stotterte Kien und griff nach seinem Hemd. »Wo — wo sind denn meine Hosen?« Er war maßlos erstaunt, sich in diesem Aufzug zu sehen, selbst Schuhe und Strümpfe fehlten.

»Aha!« frohlockte der Kommandant. »Da, ziehen Sie Ihre Hosen wieder an!«

Er überreichte sie ihm, einer neuen Tücke gewärtig. Kien nahm sie entgegen und zog sich eiligst an. Bevor der Beamte seinen Spiegel einsteckte, warf er den Blick darauf, den er vorhin, einer besseren Überrumplung halber, unterdrückt hatte. Er verstand es, sich zu beherrschen. Er hatte ein tadelloses Benehmen. Besondere Freude empfand er an der Leichtigkeit, mit der sich sein Verhör hier abwickelte. Der Verbrecher zog sich von selbst auch die übrigen Kleider an. Es ergab sich als überflüssig, ihm den Besitz jedes einzelnen Stückes nachzuweisen. Er begriff eben, wen er vor sich hatte und sparte seine Kräfte. Keine drei Minuten hatte die Einleitung gedauert. Das sollte ein anderer dem Kommandanten nachmachen. Er war so zufrieden, daß er am liebsten gleich aufgehört hätte. Um fortzufahren, warf er einen letzten Blick auf das Spiegelchen, kränkte sich über die Nase und fragte mit frischer Energie, der Dieb schlüpfte eben in seinen Rock:

»Und wie heißen Sie jetzt?«

»Dr. Peter Kien.«

»Warum nicht gar! Beruf?«

»Privatgelehrter und Bibliothekar.«

Der Kommandant entsann sich, diese beiden Angaben schon gehört zu haben. Trotz seinem Gedächtnis, das so kurz war wie die Nase, griff er nach einem der falschen Ausweispapiere und las laut: »Dr. Peter Kien. Privatgelehrter und Bibliothekar.« Der neue Trick des Verbrechers brachte ihn ein wenig aus dem Konzept. Er hatte die Kleider als die seinen erkannt und stellte sich jetzt, als ob die Papiere echt wären. Wie verzweifelt mußte er seine Lage ansehen, wenn er zu diesem wahnwitzigen Mittel griff. In solchen Fällen führt eine Überraschungsfrage oft mit einem Schlag zum Ziel.

»Und mit wieviel Geld sind Sie heute weggegangen, von zu Hause, mein' ich, Herr Doktor Kien?«

»Das weiß ich nicht. Ich pflege mein Geld nicht zu zählen.«

»Solang' Sie es noch nicht haben, sicher nicht!«

Er beobachtete die Wirkung seines Hiebs. Selbst während sachlicher Verhöre ließ er durchblicken, daß er alles wisse, auch wenn er sich vorläufig noch höflich stelle. Der Verbrecher verzog das Gesicht. Seine Enttäuschung sprach Protokolle. Der Kommandant beschloß gleich einen zweiten Angriff, auf eine nicht weniger verwundbare Stelle des Schuldigen, auf seine Wohnung. Unauffällig, zögernd und wie in Gedanken glitt seine Linke über das Ausweispapier — bis sie eine gewisse Rubrik und deren gesamte Umgebung vollkommen bedeckte. Es handelte sich um die Wohnrubrik. Bessere Verbrecher verstehen sich darauf, verkehrte Schriften zu lesen. So traf der Kommandant seine letzten Anstalten. Dann streckte er den rechten Arm einladend und beschwörend aus und sagte ganz nebenhin:

»Wo haben Sie die letzte Nacht verbracht?«

»Im Hotel... den Namen weiß ich nicht«, erwiderte Kien.

Die Linke des Kommandanten hob sich und er las: »Ehrlichstraße 24.«

»Dort hat man sie gefunden«, meinte Kien und atmete erleichtert auf. Endlich kam die Sprache auf den Mord.

»Gefunden, sagen Sie? Wissen Sie, wie man das bei uns nennt?«

»Ich muß Ihnen recht geben, genaugenommen war nichts mehr von ihr da.«

»Genommen? Sagen wir lieber gleich gestohlen!«

Kien erschrak. Was war gestohlen? Doch nicht der Rock? Auf

den Rock und seine spätere Vertilgung durch den Fleischerhund baute sich die Verteidigung gegen das Trugbild auf. »Der Rock ist am Tatort gefunden worden!« erklärte er mit fester Stimme.

»Tatort? Dieses Wort in Ihrem Mund wiegt schwer!« Ein Nikken ging durch die versammelten Beamten. »Ich halte Sie für einen gebildeten Menschen. Geben Sie zu, daß zu einem Tatort eine Tat gehört? Es steht Ihnen frei, Ihre Äußerung zurückzuziehen. Doch muß ich Sie auf den ungünstigen Eindruck aufmerksam machen. Ich meine es gut mit Ihnen. Sie sind besser dran, wenn Sie gestehen. Also gestehen wir, lieber Freund! Gestehen Sie, wir wissen alles! Das Leugnen nützt Ihnen nichts mehr. Der Tatort ist herausgerutscht. Gestehen Sie und ich werde ein warmes Wort für Sie einlegen! Erzählen Sie alles der Reihe nach! Wir haben unsere Nachforschungen angestellt. Was können Sie da tun? Sie haben sich selbst hereingelegt! Zu einem Tatort gehört eine Tat. Ich hab' doch recht, meine Herren?«

Wenn er »meine Herren« sagt, wissen die Herren, daß er den Sieg in Händen hält und überschütten ihn mit bewundernden Blicken. Einer beeilt sich, dem anderen zuvorzukommen. Der Gedächtniskünstler sieht ein, daß für ihn nichts herausspringt und stößt seinen alten Plan um. Er schnellt vor, ergreift die glückliche Hand des Kommandanten und ruft: »Herr Kommandant, Sie erlauben, daß ich gratuliere!«

Der Kommandant weiß wohl, welche unvergleichliche Leistung er vollbracht hat. Als bescheidener Mensch geht er Ehrungen möglichst aus dem Wege. Heute übermannt es ihn. Blaß und erregt erhebt er sich, verbeugt sich nach allen Seiten, ringt nach Worten und faßt schließlich seine Ergriffenheit in einen schlichten Satz zusammen: »Ich danke Ihnen, meine Herren!«

»Es hat ihn halt doch gepackt«, meint der Vater, er hat Sinn für Familienszenen.

Kien will schon sprechen. Man hat ihn aufgefordert, alles der Reihe nach zu erzählen. Was könnte er sich Besseres wünschen? Wiederholt setzt er an. Der Beifall unterbricht ihn. Er verwünscht die Verbeugungen des Beamten, die er auf sich bezieht. Die Leute stören ihn, bevor er noch angefangen hat. Hinter ihrem sonderbaren Gehaben wittert er einen Beeinflussungsversuch. Obschon er die Bewegung in seinem Rücken spürt, kehrt er sich nicht um. Er hat die volle Wahrheit vor. Das Trugbild ist vielleicht schon verschwunden. Er könnte das Zusammenleben mit der bestimmt verstorbenen Therese von Anfang an beschreiben. Seine Stellung im Prozeß wäre dadurch erleichtert; aber wenig ist ihm an Erleichterungen gelegen. Lieber schildert er die Einzelheiten ihres Todes, an dem er in entscheidender Weise beteiligt ist. Man muß die Beamten zu fesseln verstehen, sie hören gern von dem, was in ihr Ressort fällt. Morde fallen in das Ressort aller Menschen. Wen gibt es, der sich über Morde nicht freute?

Endlich setzt sich der Kommandant, er vergißt worauf und sieht nicht einmal nach, wie das PRIVATEIGENTUM liegt. Seit er den Verbrecher überführt hat, haßt er ihn weniger. Er gedenkt, ihn ausreden zu lassen. Der Erfolg hat sein Leben verschoben. Er trägt eine normale Nase. Tief in der Tasche liegt das Spiegelchen, ebenso vergessen; es ist zu nichts nutze. Warum quälen sich die Menschen so? Das Leben ist elegant. Täglich kommen neue Krawattenmuster heraus. Man muß sie zu tragen verstehen. Die meisten sehen wie Affen darin aus. Er braucht keinen Spiegel. Das Binden sitzt ihm in der Hand. Der Erfolg gibt ihm recht. Er ist bescheiden. Manchmal verbeugt er sich. Seine Leute verehren ihn. Seine gute Erscheinung macht ihm die schwere Arbeit lieb. An die Bestimmungen hält er sich einmal nicht. Bestimmungen sind für Verbrecher da. Er überführt sie von selbst, weil er eine tadellose Wirkung hat.

»Schon als sich die Türe hinter ihr schloß«, beginnt Kien, »war ich meines Glückes gewiß.« Er holt weit aus, aber nur in sich, in den Tiefen seines entschlossenen Geistes. Er weiß genau, wie die Dinge sich in Wirklichkeit zugetragen haben. Wem sind die Beweggründe zu einer Tat besser bekannt als dem Täter selbst? Er sieht von Anfang bis zu Ende jedes Glied der Ketten, in die er Therese gelegt hat. Mit einer gewissen Ironie faßt er die Ereignisse für dieses Auditorium von Verhaftungs- und Sensationslustigen zusammen. Er wüßte ihnen Besseres zu erzählen. Sie tun ihm leid; aber sie sind nun einmal keine Gelehrten. Er behandelt sie wie normale Gebildete. Wahrscheinlich sind sie noch geringer. Zitate aus chinesischen Schriftstellern vermeidet er. Man könnte ihn unterbrechen und Fragen nach Mong Tse stellen. Im Grunde macht es ihm Vergnügen, von einfachen Tatsachen einfach und allgemeinverständlich zu sprechen. Seiner Erzählung eignet die Schärfe und Nüchternheit, die er den chinesischen Klassikern verdankt. Während Therese wieder stirbt, kehren seine Gedanken zu der Bibliothek zurück, der eine so großartige wissenschaftliche Leistung entsprang. Er gedenkt sie bald fortzusetzen. Einen Freispruch hält er für gewiß. Allerdings plant er vor Gericht ein ganz anderes Auftreten. Dort wird er seinen vollen wissenschaftlichen Glanz entfalten. Die Welt wird aufhorchen, wenn der wohl größte lebende Sinologe die Verteidigungsrede für die Wissenschaft hält. Hier spricht er bescheiden. Er verfälscht nicht, er vergibt sich nichts, er vereinfacht nur.

»Wochenlang hab' ich sie allein gelassen. Fest überzeugt, daß sie an Hunger eingehen müsse, verbrachte ich Nacht für Nacht im Hotel. Meine Bibliothek ging mir bitter ab, glauben Sie mir; ich begnügte mich mit einer kleinen Ersatzbibliothek, die ich für dringende Fälle gleich bei der Hand hatte. Das Schloß meiner Wohnung ist sicher — von der Furcht, Einbrecher könnten sie befreien, war ich nie geplagt. Stellen Sie sich ihre Lage vor: alle Vorräte sind aufgezehrt. Entkräftet und haßerfüllt liegt sie auf dem Boden, vor demselben Schreibtisch, in dem sie nach Geld zu suchen pflegte. Ihr einziger Gedanke galt dem Geld. Sie war wie keine Blume. Auf was für Gedanken ich vor diesem Schreibtisch kam, als ich die Wohnung noch mit ihr teilte, will ich Ihnen heute nicht erzählen. Wochenlang mußte ich, aus Furcht vor einer Plünderung meiner Manuskripte, zur Wächterstatue erstarrt, dahinleben. Es war die Zeit meiner tiefsten Erniedrigung. Wenn mein Kopf nach Arbeit brannte, sagte ich mir: du bist von Stein, und um stillzuhalten, glaubte ich daran. Wer von Ihnen schon Schätze zu hüten hatte, wird sich in meine Lage versetzen können. Ich glaube an kein Schicksal. Doch das ihre hat sie ereilt. Statt meiner, den sie durch heimtückische Überfälle dem Tode nahebrachte, lag sie jetzt dort, von ihrem wahnsinnigen Hunger verzehrt. Sie hat sich nicht zu helfen gewußt. Es fehlte ihr an Selbstbeherrschung. Sie fraß sich auf. Stück für Stück von ihrem Körper fiel der Gier anheim. Von Tag zu Tag magerte sie mehr ab. Sie war zu schwach, sich zu erheben und blieb im eigenen Kot liegen. Ich erscheine Ihnen vielleicht mager. Gegen mich gehalten war sie der Schatten eines Menschen, kläglich und verächtlich, wäre sie aufgestanden, ein Windhauch hätte sie umgeworfen, wie ein Zündholz war sie, jeder Schwächling hätte sie zerbrochen, ich glaube selbst ein Kind. Genaues läßt sich darüber nicht sagen.

Der blaue Rock, den sie immer trug, deckte ihr Skelett. Er war gestärkt und hielt dank dieser Eigenschaft die widerwärtigen Reste ihres Leibes zusammen. Eines Tages hauchte sie aus. Auch dieser Ausdruck erscheint mir als Fälschung; wahrscheinlich besaß sie keine Lungen mehr. Niemand stand ihr in dieser letzten Stunde bei, wer hätte es wochenlang neben einem Gerippe ausgehalten? Sie troff von Schmutz. Das offene Fleisch, wie sie es in Fetzen vom Körper riß, stank zum Himmel. Die Verwesung begann bei lebendigem Leibe. Das geschah in meiner Bibliothek, in Gegenwart von Büchern. Ich werde die Wohnung reinigen lassen. Sie kürzte diesen Prozeß durch keinen Selbstmord ab. Nichts Heiliges war an ihr, sie war sehr grausam. Für Bücher heuchelte sie Liebe, solange sie ein Testament von mir erwartete. Tag und Nacht sprach sie von einem Testament. Sie pflegte mich krank und ließ mich nur am Leben, weil sie des Testaments noch nicht sicher war. Ich erfinde nichts. Ich bezweifle stark, daß sie fließend lesen und schreiben konnte. Glauben Sie mir, die Wissenschaft verpflichtet mich zur Wahrheit. Ihre Herkunft ist dunkel. Die Wohnung hat sie abgesperrt, mir gönnte sie *ein* Zimmer, auch das nahm sie mir. Und sie nahm ein böses Ende. Der Hausbesorger erbrach die Wohnung. Als früherem Polzeibeamten gelang ihm, womit ein Einbrecher sich vergeblich geplagt hätte. Ich halte ihn für einen treuen Menschen. Er fand sie in ihrem Rock, ein abstoßendes, übelriechendes, häßliches Skelett, tot, vollkommen tot, keine Sekunde zweifelte er an ihrem Tod. Er holte Leute herbei, die Freude im Haus war allgemein. Wann der Tod eingetreten war, ließ sich nicht mehr feststellen; aber er *war* eingetreten, jedermann erschien das als die Hauptsache. Mindestens fünfzig Hausbewohner defilierten an der Leiche vorüber. Kein Zweifel wurde laut, jedermann nickte und anerkannte, was nicht mehr zu ändern war.

Fälle von Scheintod sind verbürgt, welcher Gelehrte wollte das leugnen? Von scheintoten Skeletten hingegen ist mir nichts bekannt. Seit ältesten Zeiten stellt sich das Volk die Gespenster als Skelette vor. In dieser Anschauung liegt Tiefe und Größe; auch sie ist beweiskräftig. Warum fürchtet man ein Gespenst? Weil es die Erscheinung eines Toten, unbedingt Toten, Gestorbenen und Begrabenen ist. Empfände man dieselbe Angst davor, wenn es mit dem alten, wohlbekannten Leibe bekleidet auftauchte? Nein! Denn bei diesem Anblick entfiele einem der Gedanke an den Tod, man hätte den Lebenden, nichts weiter, vor sich. Erscheint aber das Gespenst als Skelett, so wird man an zweierlei zugleich erinnert: an den Lebenden, wie er war, und an den Toten, wie er ist. Das Skelett, als Bild des Gespenstes, wurde für unzählige Völker zum Inbegriff des Todes. Seine Beweiskraft ist vernichtend, es ist das schlechthin Toteste, das wir kennen. Uralte Gräber jagen uns Schauer über den Leib, wenn sie Skelette enthalten; sind sie leer, so empfinden wir sie nicht als Gräber. Und bezeichnen wir einen durchaus lebenden Menschen als Skelett, so meinen wir damit: er ist dem Tode nahe.

Sie war aber ganz tot, sämtliche Hausparteien überzeugten sich davon, und ein ungeheurer Ekel über ihren gierigen Untergang griff um sich. Man fürchtete sie noch jetzt. Sie war sehr gefährlich. Als der einzige, der ihr den Herrn zeigte, warf sie der Hausbesorger in den Sarg. Gleich darauf wusch er sich die Hände, ich fürchte, sie sind für ewig schmutzig geblieben. Doch statte ich ihm hiermit öffentlich für seine mutige Tat meinen Dank ab. Er scheute sich nicht, ihr das letzte Geleit zu geben. Aus Treue gegen mich forderte er einige Hausbewohner auf, ihm bei seiner häßlichen Pflicht zu helfen. Niemand erklärte sich bereit. Für diese einfachen und braven Leute genügte der Anblick ihrer Leiche, um sie zu durchschauen. Ich habe monatelang neben ihr gelebt. Als der Sarg, viel zu weiß und glatt, sich auf einem verfallenen Karren durch die Straßen bewegte, spürte jedermann, was er enthielt. Einige Gassenjungen, die mein treuer Diener gedungen hatte, um die Fuhre vor dem Angriff einer wütenden Menge zu schützen, liefen davon, sie zitterten vor Angst, heulend verbreiteten sie die Nachricht in der ganzen Stadt. Durch die Straßen wälzte sich ein wüstes Geschrei. Aufgebrachte Männer verließen ihre Arbeit. Frauen erlitten Weinkrämpfe, die Schulen spieen ihre Kinder aus, Tausende strömten zusammen und verlangten die Leiche zu töten. Seit der 48er Revolution wurde hier kein solcher Tumult erlebt. Erhobene Fäuste, Fluchen, keuchende Straßen und im Sprechchor der Ruf: Tod der Leiche! Tod der Leiche! Ich kann das verstehen. Die Menge ist leichtfertig. Im allgemeinen liebe ich sie nicht. Doch wie gerne hätte ich mich damals unter sie gemischt. Das Volk versteht keinen Spaß. Groß ist seine Rache — gib ihr das richtige Objekt und sie handelt gerecht. Als man den Sargdeckel aufriß, erblickte man statt einer wirklichen Leiche das ekelerregende Skelett. Da flaute die Erregung ab. Einem Skelett kann man nichts mehr anhaben, die Menge verlief sich. Nur ein Fleischerhund ließ nicht locker. Er suchte Fleisch, er fand keines. Aus Wut riß er den Sarg zu Boden und zerbiß den blauen Rock in ganz kleine Stücke. Diese fraß er, erbarmungslos, bis auf den letzten Rest. So kommt es, daß der Rock nicht mehr existiert. Sie werden ihn vergeblich suchen. Um Ihnen Ihre Arbeit zu erleichtern, teile ich alle Einzelheiten mit. Auf einem Kehrichthaufen vor der Stadt müssen Sie die Überreste suchen. Knochen, armselige Knochen; ich bezweifle, daß sie noch von anderem Unrat zu unterscheiden sind. Vielleicht haben Sie Glück. Einer solchen Bestie gebührt kein ehrliches Begräbnis. Da sie jetzt verläßlich tot ist, will ich sie nicht beschimpfen. Die blaue Gefahr ist gebannt. Nur Dummköpfe haben sich vor einer gelben gefürchtet. China ist das Land der Länder, das heiligste Land. Glauben Sie dem Tod! Seit meiner Jugend schon zweifle ich am Dasein von Seelen. Die Lehre von der Seelenwanderung halte ich für eine Unverschämtheit und bin bereit, es jedem Inder ins Gesicht zu sagen. Als man sie am Boden vor dem Schreibtisch auffand, war sie ein Skelett und keine Seele ...«

Kien meistert seine Rede. Hie und da schweifen seine Gedanken in die Wissenschaft hinüber. Er ist ihr wieder so nah, wie leidenschaftlich wünschte er, sich über sie zu verbreiten. Sie ist seine Heimat. Doch er gibt sich jedesmal einen Ruck — Genüsse später, sagt er sich, bis du zu Hause bist, die Bücher warten, die Abhandlungen warten, viel Zeit hast du verloren. Alle Wege biegt sein Wille zum Boden vor dem Schreibtisch zurück. Wenn er diesen sieht, heitert sich seine Miene auf, er lächelt die Tote an, sie ist ein Bild, kein Trugbild. Voller Liebe verweilt er bei ihr. Einzelheiten an Lebenden merkt er sich schlecht, sein Gedächtnis funktioniert nur vor Büchern. Sonst hätte er Lust, sie genau zu beschreiben. Ihr Hingang ist nichts Alltägliches. Er ist ein Ereignis. Er ist die endgültige Erlösung der furchtbar verfolgten Menschheit. Allmählich beginnt Kien sich über seinen Haß zu wundern. Sie ist ihn nicht wert. Wie kann man ein jämmerliches Gerippe hassen? Rasch ist sie zugrunde gegangen. Nur der Geruch, der seither an den Büchern haftet, stört ihn. Man muß Opfer bringen. Er wird ihn zu entfernen wissen.

Längst sind die Beamten ungeduldig geworden. Nur aus Respekt vor ihrem Kommandanten hören sie noch zu; der aber findet schwer in die Nüchternheit dieses Verhöres zurück. Wenn er den Siegespreis in gewohnten Händen hält, gefällt ihm die Prosa nicht. Jetzt möchte er in neuen Krawatten wühlen, lauter Muster, garantiert Reinseide, und sich das Allerschönste aussuchen, denn er hat einen Geschmack. In allen Geschäften kennt man ihn. Stundenlang kann er herumstöbern, er versteht sich drauf, Krawatten zu prüfen, ohne sie zu zerdrücken. Drum vertraut ihm ein jeder die Ware an. Manche schicken sie ihm ins Haus. Das hat er wieder nicht gern. Er könnte tagelang in einem Geschäft stehen und sich mit den Chefs unterhalten. Wenn er kommt, lassen sie die Kundschaft stehen. Sein Beruf bringt interessante Geschichten mit sich, und die erzählt er. So was hören die Leute immer gern. Ja, die Zeit fehlt ihm eben; sonst hätte er einen Floh. Morgen geht er spazieren. Schad', daß heut nicht morgen ist. Zuhören soll er bei jedem Verhör. Er tut das aus Prinzip nicht, weil er eh schon alles weiß. Er hat ihn überführt, ihm macht keiner was vor. Seine Nerven sind ruiniert, das kommt von dem vielen Dienst. Dabei kann er noch zufrieden sein. Er hat es zu was gebracht und freut sich auf die neue Krawatte.

Der Hausbesorger horcht auf. Im Herrn Professor hat er sich nicht getäuscht. Der sagt, was er wert ist. Diener ist er keiner. Treu, das stimmt, und wenn er will, holt er sich alle Parteien aus den Wohnungen, die Leute kommen gelaufen. Er könnte brüllen, daß ihn die ganze Stadt hört. Angst kennt er nicht, weil er von der Polizei ist. Er bricht jede Wohnung auf. Da gibt es kein Schloß, das ihn aufhält, weil er die Türen einschlägt, mit *einer* Faust. Die Schuhsohlen spart er, er braucht das Treten nicht. Andere kommen gleich mit den Füßen. Er hat die Kraft, wo er will.

Therese hält sich nahe bei Kien. Mühevoll schluckt sie seine Worte. Unter dem Rock schiebt sie bald den einen, bald den anderen Fuß im Kreise herum, ohne sich von der Stelle zu rühren. Solche sinnlose Bewegungen bedeuten bei ihr Angst. Sie fürchtet sich vor dem Mann. Acht Jahre war sie mit ihm in einer Wohnung. Von Augenblick zu Augenblick erscheint er ihr mörderischer. Früher hat er nie was sagen wollen. Jetzt redet er lauter Morde. So ein gefährlicher Mensch! Wenn er vom Skelett beim Schreibtisch spricht, sagt sie sich rasch: das war ja die erste Frau. Auch die hat ein Testament haben wollen, sie war gescheit, aber der feige Mensch gibt nichts her. Der Rock ist eine Beleidigung. Wo frißt ein Fleischerhund Röcke? Der möchte ja jede ermorden. Prügel bekommt er immer, aber nie genug. Er lügt was zusammen. Die drei Zimmer hat er ihr selber geschenkt. Was hat sie von den Manuskripten? Sie will das Bankbuch. Die Bücher riechen nach Leichen. Sie hat nie was gemerkt. Acht Jahre lang hat sie jeden Tag die Bücher abgestaubt. Auf der Straße haben die Leute beim Sarg geschrien. Über Leichen tut man das nicht. Erst heiratet er aus Liebe, dann bringt er einen um. So was gehört aufgehängt. Sie bringt niemanden um. Sie hat ihn ja nicht aus Liebe geheiratet. Der soll ihr noch einmal in die Wohnung zurück! Sie fürchtet sich. *Er* denkt ans Geld, weil er keins hergibt. Der blaue Rock ist nicht wahr. Er will sie nur ärgern. Morden gibt's nicht. Die Polizei ist ja da. Jetzt könnte sie heulen. Für den ist die Frau ein Tier. Er hat sie auf dem Gewissen. Von sechs bis sieben war er immer allein. Da hat er gemordet. Den Schreibtisch soll er in Ruh' lassen. Hat sie vielleicht was gefunden? Der Hausbesorger zeigt ihr den Herrn. Sie will einen schönen Wagen. Ein Sarg muß schwarz sein. Pferde gehören sich.

Immer rascher fürchtet sich Therese. Bald hat er die erste Frau, bald sie ermordet. Sie denkt sich den Rock von der Leiche weg, der Rock verwirrt sie am meisten; die erste Frau tut ihr leid, weil er den Rock so gemein behandelt. Sie schämt sich für das elende Begräbnis. Sie haßt den Fleischerhund. Die Leute sind unanständig und die Schulkinder bekommen zu wenig Prügel. Die Männer sollen lieber arbeiten und die Frauen können nicht kochen. Denen wird sie es noch sagen. Was geht das die Hausparteien an? Alle kommen schauen. Sie verschlingt seine Worte wie ein Heißhungriger Brot. Sie hört zu, um sich nicht zu fürchten. Im Nu paßt sie ihre Vorstellungen seinen Sätzen an. Vor soviel Denken wird ihr schwindlig. Diese Eile ist sie nicht gewohnt. Auf ihre Gescheitheit wäre sie stolz, wenn die Furcht sie nicht halbtot quälte. Zehnmal will sie vortreten, um zu sagen, was er ist; die Furcht vor seinen Gedanken zwingt sie stillzuhalten. Sie versucht zu erraten, was jetzt kommt, er überrascht sie. Er schnürt ihr den Hals zu. Sie wehrt sich, dumm ist sie nicht, soll sie warten, bis ihr die Luft ausgeht? Nein, sie hat Zeit, bis sie achtzig ist, stirbt sie, in fünfzig Jahren. Vorher nicht, der Herr Grob will es so haben!

Mit großartiger Geste beendet Kien seine Rede. Er wirft den Arm in die Höhe, eine Fahnenstange ohne Fahne. Sein Körper streckt sich, die Knochen klirren, hell und klar faßt seine Stimme zusammen: »Es lebe der Tod!«

An diesem Ruf erwacht der Kommandant. Unlustig schiebt er die Krawatten beiseite, einen ganzen Stoß; er hat sich die schönsten ausgesucht. Wo findet er die Zeit, sie aufzuheben? Er läßt sie verschwinden, für schönere Stunden.

»Guter Freund«, sagt er, »wie ich höre, halten wir schon beim Tod. Erzählen Sie die Geschichte lieber noch einmal!«

Die Beamten stoßen sich an. Er hat seine Launen. Theresens Fuß überschreitet den Kreis. Sie muß etwas sagen. Das Gedächtnisgenie sieht sich am Ziel. Jedes gehörte Wort sitzt. Er gedenkt die Aussage für den Häftling selbst zu wiederholen. »Der ist schon müd«, sagt er und zeigt geringschätzig mit der Schulter auf Kien, »ich mach' das rascher!« Therese bricht vor. »Bitte, er bringt mich um!« In ihrer Angst spricht sie leise, Kien hört sie, er leugnet sie ab. Er dreht sich nicht um. Niemals, wozu! Sie ist tot. Therese ruft: »Bitte, ich fürcht' mich!« Das Genie, über die Störung erbost, fährt sie an: »Wer frißt Sie denn?« Der Vater beschwichtigt: »Die Frau ist von Natur zum schwächeren Geschlecht bestimmt«, ein Motto, es stammt aus dem letzten Aufsatz seines Sohnes. Der Kommandant zieht ein Spiegelchen hervor, gähnt sich an und seufzt: »Jetzt bin ich aber müd.« Die Nase entgeht ihm, für nichts mehr hat er Interesse. Therese schreit: »Bitte, er muß weg!« Noch hält Kien ihrer Stimme stand; er dreht sich nicht um. Doch er stöhnt laut auf. Der Hausbesorger hat das Gejammer satt. »Herr Professer!«, brüllt er von hinten, »es ist nicht so arg. Wir leben noch alle. Und gesund sind wir miteinand'!« Er kann den Tod nicht schmecken. Er ist so. Wuchtigen Schrittes begibt er sich nach vorn. Er greift ein.

Der Herr Professer sei gescheit. Das komme von den vielen Büchern. Der rede was zusammen. Ein berühmter Mann und seelensgut dazu; glauben darf man ihm nichts. Einen Mord hat der auf keinem Gewissen. Wo nimmt er die Kraft her? Er sagt das nur, weil die Frau ihn nicht verdient. Solche Sachen stehn in den Büchern. Der weiß alles. Vor einer Stecknadel hat er Angst. Die Frau hat ihn verbittert. Seelenschlecht ist die Drecksau. Mit jedem stellt die sich her. Gleich legt die sich hin. Er kann das beeiden. Eine Woche war der Professer aus dem Haus und schon hat sie ihn verführt. Er ist nämlich von der Polizei, Hausbesorger im Nebenberuf und pensioniert. Er heißt Benedikt Pfaff. Seit er denken kann, hat sein Haus die Nummer Ehrlichstraße 24. Von Stehlen soll die Frau lieber kuschen. Der Herr Professer hat sie aus Mitleid geheiratet, weil sie ein Dienstmadel war. Ein anderer hätte ihr den Schädel eingeschlagen. Ihre Mutter ist im Dreck gestorben. Wegen Betteln war sie vorbestraft. Sie hat nichts zum Fressen gehabt. Er weiß es von der Tochter. Sie hat es im Bett erzählt. Das Maulwerk geht bei der für fünfzig. Der Herr Professer ist unschuldig, so wahr er pensioniert ist. Er nimmt ihn auf sich. Ein Organ kann sich das leisten. Bei sich im Kabinett hat er eine Wachstub' eingerichtet, die Kollegen möchten staunen: Kanari und Guckloch. Der Mensch muß arbeiten, und wer nichts arbeitet, fällt dem Staate zur Last.

Staunend hörte man ihn an. Sein Brüllen drang in jedermanns Hirn. Selbst der Vater verstand ihn. Es war seine Sprache, bei aller Bewunderung für den aufsätzigen Sohn. Auch im Kommandanten erwachte ein Rest von Interesse. Er gab jetzt zu, daß der Rote von der Polizei herstamme. So laut und unverschämt trat ein gewöhnlicher Mensch hier nicht auf. Immer wieder versuchte Therese zu protestieren. Ihre Worte klangen schwach. Sie glitt bald nach rechts, bald nach links, bis sie Kien am Rockschoß zu fassen bekam. Sie zerrte daran, er soll sich umdrehn, er soll sagen, ob sie Dienstmädchen oder Wirtschafterin war. Bei ihm suchte sie Hilfe, an ihm hielt sie sich für die Beschimpfungen des anderen Mannes schadlos. Aus Liebe hat er sie geheiratet. Wo bleibt die Liebe? Ein Mörder ist er ja, aber reden kann er doch. Dienstmädchen läßt sie sich nicht gefallen. Seit vierunddreißig Jahren führt sie die Wirtschaft. Ein Jahr bald ist sie schon eine anständige Hausfrau. Er muß was sagen! Er soll sich beeilen! Sonst erzählt sie das Geheimnis von sechs bis sieben!

Heimlich beschloß sie, ihn zu verraten, sobald er ihr erwiesen hatte, was sich gehörte, Liebe. Er war der einzige, der ihre Worte hörte. Im ungeheuren Lärm nahm er hinter sich ihre Stimme aus, schwach, doch wie immer empört. Er fühlte die derbe Hand an seinem Rock. Vorsichtig, er wußte selbst nicht wie, zog er das Rückgrat ein, drehte und wand die Schultern, schlüpfte aus den Ärmeln, zupfte sie leise mit den Fingern hinunter und stand plötzlich, nach einem letzten Ruck, ohne den Rock und Therese da. Jetzt spürte er sie nicht. Sollte sie die Weste packen, so geschähe dasselbe. In Gedanken nannte er weder das Trugbild noch sie. Er umging ihren Namen und umging ihr Bild, doch wußte er, wogegen er sich wehrte.

Der Hausbesorger hatte seine Ansprache beendet. Ohne die Wirkung abzuwarten, weil es gegen ihn nichts gab, trat er zwischen Kien und Therese, brüllte: »Kusch!«, riß ihr den Rock aus der Hand und zog ihn dem Professor wie einem Säugling an. Der Kommandant reichte stumm das Geld und die Papiere zurück. Seine Augen bedauerten den Mißgriff, vom gelungenen Verhör nahm er keine Silbe zurück. Dem Genie schien mancherlei verdächtig; es merkte sich auf alle Fälle die Rede des Roten und zählte die verschiedenen Punkte, welche sie enthielt, an den Fingern ab. Die Polizisten sprachen durcheinander. Jeder gab seine eigene Meinung ab. Einer, der gern in Sprichwörtern kramte, sagte: »Die Sonne bringt es an den Tag«, und der Satz kam aus aller Herzen. Theresens vierunddreißigjährige Wirtschaft ging im Stimmengewirr unter. Sie stampfte mit dem Fuß. Der Vater, den sie an eine Schwägerin und verbotene Früchte erinnerte, verschaffte ihr schließlich Gehör. Puterrot im Gesicht und mit kreischender Stimme brachte sie ihre Rechtfertigung in Zahlen vor. Der Mann könne das bezeugen und wenn nicht, holt sie den Herrn Grob, von der Möbelfirma Grob & Frau. Er hat erst vor kurzem geheiratet. Bei »geheiratet« schnappte ihre Stimme über. Doch niemand glaubte ihr. Sie blieb ein gewöhnliches Dienstmädchen und der Vater bat sie um eine Verabredung für heute Nacht. Das hörte der Hausbesorger und erklärte sich, noch bevor sie eine Antwort gab, einverstanden. »Die läuft bis nach Brasilien, dafür«, klärte er den Kollegen freundlich auf. Amerika war ihm nicht weit genug. Dann blickte er sich strahlend und fauchend in der Wachstube um und entdeckte an den Wänden Großaufnahmen von Jiu-Jitsu-Figuren. »Zu meiner Zeit«, brüllte er, »war das genug!« Er ballte die mächtigen Fäuste und hielt sie mehreren Kollegen zugleich unter ihre bewundernden Nasen. »Ja, bei den Zeiten«, sagte der Vater und kitzelte Therese unterm Kinn. Sein Bub wird es einmal besser haben. Der Kommandant musterte Kien. Ein Professor war das, die gute Familie hatte er gleich im Gefühl und das Geld trug so einer wie

Heu in der Tasche. Ein anderer wußte sich auszustaffieren. So einer ging wie ein Bettler. Die Welt war nicht gerecht. Therese sagte zum Vater: »Bitte ja, aber erst bin ich eine Hausfrau!« Sie wußte, wie dreißig, doch die Beleidigung saß noch zu tief. Kien starrte den Kommandanten regungslos an und horchte auf die Nähe oder Ferne ihrer Stimme.

Als der Hausbesorger sich zum Aufbruch entschloß und den Professor zärtlich am Arme packte, schüttelte der den Kopf und klammerte sich mit erstaunlicher Kraft an den Tisch. Man suchte ihn loszureißen, doch der Tisch ging mit. Da brüllte Benedikt Pfaff Therese an: »Fahr ab, du Luder! — Er kann das Weib nicht schmecken!« fügte er, zu den Kollegen gewandt, hinzu. Der Vater packte Therese und warf sie unter allerlei Scherzen hinaus. Sie war sehr empört und flüsterte, er solle ihr später keine Ruhe geben. In der Tür nahm sie die Reste ihrer Stimme zusammen und rief: »Ein Mord ist vielleicht nichts, ein Mord ist vielleicht nichts!« Sie bekam eine auf den Mund und glitt in größter Eile nach Hause. Einen Mörder läßt sie nicht ein. Rasch sperrt sie zu, zweimal unten, zweimal oben, zweimal in der Mitte, und sieht nach, ob keine Einbrecher da waren.

Den Professor aber bringen keine zehn Polizisten vom Fleck. »Sie ist fort«, muntert ihn der Hausbesorger auf und kippt seinen Kopf, einen Würfel, in die Richtung der Türe um. Kien schweigt. Der Kommandant faßt seine Finger ins Aug'. Sie sind zudringlich, sie verschieben seinen Tisch. Wenn das so weitergeht, sitzt er bald im Leeren. Er steht auf; auch das Kissen ist verschoben. »Meine Herren«, sagt er, »das geht nicht!« Rund ein Dutzend Beamte umringen Kien und reden ihm freundlich zu, den Tisch doch loszulassen. »Jeder ist seines Glückes Schmied«, meint einer. Der Vater verspricht, dem Weib die Mucken aus dem Kopf zu treiben, noch heute. »Man soll nur bessere Menschen heiraten!« versichert das Genie. Er nimmt nur eine Frau mit Geld, drum hat er noch keine. Der Kommandant leitet den Auftritt und denkt: was hab' ich davon? Er gähnt und verachtet alle. »Machen Sie mir keine Schande, Herr Professer!«, brüllt Benedikt Pfaff, »und kommen Sie schön mit! Wir gehen jetzt heim!« Kien bleibt hart.

Aber da hat der Kommandant genug. Er befiehlt »Hinaus!« Die zwölf, eben noch Zuredner, stürzen sich auf den Tisch und schütteln Kien davon ab wie ein welkes Blatt. Er fällt nicht. Er bleibt auf dem Sprung. Er läßt sich nicht unterkriegen. Statt unnützer Worte zieht er sein Taschentuch hervor und bindet es sich selbst vor die Augen. Den Knoten zerrt er kräftig zu, bis es schmerzt. Sein Freund geleitet ihn am Arme hinaus.

Sobald die Türe sich geschlossen hat, legt das Genie den Finger an die Stirn und erklärt: »Der Verbrecher war der Vierte!« Die Wachstube beschließt, von heute ab den Portier des Theresianums in scharfem Aug' zu behalten.

Auf der Straße bot der Hausbesorger dem Herrn Professer sein Kabinett an. In der Wohnung könnte er sich ärgern; wozu die Scherereien? Er brauche jetzt Ruhe. »Ja«, sagte Kien, »ich mag den Geruch nicht.« Er werde von diesem Angebot Gebrauch machen, bis die Wohnung gereinigt sei.

Das Kleine

Vor dem Theresianum wurde Fischerle, dem seine Flucht geglückt war, ein unerwarteter Empfang zuteil. Statt seiner Angestellten, für deren Schicksal und Schwatzhaftigkeit er besorgt war, drängte eine aufgeregte Menschenmenge gegen das Tor. Ein Alter, der ihn erblickte, jammerte: »Der Krüppel!« und duckte sich, so rasch es seine steifen Glieder erlaubten. Er fürchtete sich vor dem Verbrecher, den das Gerücht zu einem riesengroßen Zwerg erhoben hatte; geduckt war er so klein wie dieser. Eine Frau nahm den schwachen Ausruf des Alten auf und ließ ihn laut werden. Da hörten es alle; das Glück, etwas zusammen zu wollen, fuhr in sie. »Der Krüppel!« ging es über den Platz, »Der Krüppel! Der Krüppel!«

Fischerle sagte: »Sehr erfreut!« und verbeugte sich. In einer Masse gab es eine Masse zu holen. Ärgerlich über das viele Geld, das er in Kiens Tasche zurückgelegt hatte, hoffte er hier Ersatz dafür zur finden. Er war noch benommen von der früheren Gefahr und witterte nicht gleich die neue. Der begeisterte Zuruf, der über ihn wegschlug, freute auch ihn. Genauso wird er in Amerika aus seinem Schachpalast treten. Die Musik wird spielen, die Menschen werden schreien und er stiehlt ihnen die Dollars aus den Taschen. Die Polizei hat das Nachsehen; das Zusehen hat sie. Nichts kann ihm dort geschehen. Ein Millionär ist ein Heiligtum. Hundert Polizisten stehen dabei und ersuchen ihn höflichst sich zu bedienen. Hier verstehen sie ihn weniger gut. Er hat sie drinnen zurückgelassen. Statt Dollars gibt es nur Kleingeld, aber er nimmt alles.

Während er sein Feld überblickte, Gassen, durch die er schlüpfen, Taschen, in die er greifen, Beine, unter die er sich retten könnte, schwoll die Begeisterung bedrohlich an. Jeder wollte seinen Teil am Räuber des Perlenkolliers. Selbst der Ruhigste verlor die Fassung. Diese Frechheit, sich unter Leute zu trauen, die ihn erkannten! Die Männer zerquetschten ihn zu Brei. Die Frauen erhoben ihn erst in den Himmel, dann zerkratzten sie ihn. Austilgen wollten ihn alle, bis nur der Schandfleck übrigblieb, der er war, sonst nichts. Doch vorher mußte man ihn sehen. Denn wenn auch Tausende, von ihm eingenommen, »der Krüppel!« schrieen, erblickt hatte ihn höchstens ein Dutzend. Der Weg zum Höllenzwerg war mit guten Mitmenschen gepflastert. Alle begehrten ihn, alle lechzten nach ihm. Besorgte Väter hoben Kinder über die Köpfe. Sie könnten zertrampelt werden und sie sollten lernen, zwei Fliegen auf einen Schlag. Nachbarn nahmen es ihnen übel, daß sie jetzt noch an Kinder dachten. Viele Mütter waren über ihre Kinder hinaus; sie ließen sie ruhig schreien, sie hörten nichts, sie hörten nur: »Der Krüppel!«

Fischerle fand, daß man zuviel Lärm machte. Statt »Es lebe der Weltmeister!« riefen die Leute »Der Krüppel!« Und warum gerade der leben sollte, sah er nicht ein. Von allen Seiten wurde er bedrängt. Man sollte ihn weniger lieben und ihm lieber mehr gönnen. Auf diese Art kam er zu nichts. Hier zwängte ihm einer die Finger zusammen. Dort wußte er kaum mehr, wo ihm der Buckel hing. Mit einer Hand allein war ihm das Stehlen zu gefährlich. »Leutln!« schrie er. »Ihr habts mich zu gern!« Nur wer in seiner nächsten Nähe war, verstand ihn. Verständnis brachte seiner Äußerung niemand entgegen. Stöße belehrten, Tritte überzeugten ihn. Er hatte was angestellt, wenn er nur wüßte, was. Hatte man ihn vielleicht schon erwischt? Er sah sich die freie Hand an. Nein, sie war noch in keiner Tasche gewesen. Kleinigkeiten fand er ja immer: Taschentücher, Kämme, Spiegel. Er pflegte sie zu nehmen und aus Rache dann wegzuwerfen. Jetzt aber war seine Hand zum Schämen leer. Was fiel da den Leuten ein, ihn unschuldig zu erwischen? Er stahl noch gar nichts und sie traten ihn schon. Von oben pufften sie, von unten traten sie, und die Weiber zwickten ihn natürlich in den Buckel. Weh tat es zwar nicht, vom Schlagen verstanden diese Dummköpfe einen Dreck, im Himmel hätten sie das Schlagen gratis lernen können. Da man aber nie wissen kann und scheinbare Anfänger sich schon oft mit einem Schlag als Kapazitäten erwiesen haben, begann Fischerle jämmerlich zu schreien. Für gewöhnlich krächzte er, aber wenn es sein mußte, zum Beispiel jetzt, tönte seine Stimme wie die eines Säuglings. Er hatte auch die richtige Ausdauer. Eine Frau in seiner Nähe wurde unruhig und sah sich um. Ihr Kind lag zu Hause. Sie fürchtete, es könnte ihr nachgelaufen und unter die Menschen geraten sein. Sie suchte es mit Augen und Ohren, umsonst, schnalzte beruhigende Laute, wie vor dem Kinderwagen, und war schließlich selbst beruhigt. Die übrigen ließen sich keinen Säugling für einen Raubmörder vormachen. Sie fürchteten, bald weggedrückt zu werden, der Andrang war groß, und beeilten sich. Ihre Schläge wurden schlechter, immer häufiger trafen sie vorbei. Doch traten neue in den Kreis, die dasselbe vorhatten. Alles in allem war Fischerle durchaus nicht zufrieden. Wenn er wollte, wäre er die Bande spielend los. Er müßte nur in seine Achselhöhlen greifen und Banknoten unter sie streuen. Vielleicht hatten sie es darauf abgesehen. Natürlich, der Hausierer, der Egoist, die elende Schlange, der hatte die Leute aufgehetzt und jetzt wollten sie sein Geld. Er preßte die Arme eng an sich, empört über die Frechheiten, die sich Chefs von ihren Angestellten heute gefallen lassen, *er* nicht, er jagte die Schlange zum Teufel, sie war entlassen, er hätte es sowieso getan, und beschloß, tot hinzufallen. Untersuchten die Verbrecher seine Taschen, so wußte er, was sie von ihm wollten. Untersuchten sie ihn nicht, so liefen sie davon, weil er tot war.

Doch sein Plan war leichter zu fassen als auszuführen. Er gab sich Mühe zu fallen; die Knie der Umstehenden hielten seinen Buckel auf. Das Gesicht lag schon im Sterben, die krummen Beine bogen sich ein, an Stelle des Mundes, der viel zu klein war, hauchte die Nase aus, die festgeschlossenen Augen öffneten sich, starr und gebrochen — sämtliche Vorbereitungen kamen zu früh. Am Buckel wurde der Plan zuschanden. Fischerle hörte, was man ihm vorwarf. Es sei ein Jammer um den armen Baron. Wegen eines Perlenkolliers zahle sich das nicht aus. Der grausame Schreck der jungen Baronin. Die Frau sei jetzt für ihr Leben ruiniert, ohne Mann. Vielleicht werde sie sich einen zweiten nehmen. Zwingen könne sie niemand. Für Zwerge gebe es 20 Jahre. Die Todesstrafe müßte wieder her. Krüppel gehören ausgerottet. Alle Verbrecher seien Krüppel. Nein, alle Krüppel Verbrecher. Warum er so blöd dreinschaue wie eine Unschuld vom Land. Er solle lieber was arbeiten. Er solle den Leuten nicht das Brot vom Mund wegnehmen. Was fange er mit den Perlen an, so ein Krüppel, und die Judennase gehöre abgehackt. Fischerle war wütend, von Perlenkolliers redeten diese Leute wie die Blinden von der Farbe! Wenn er nur eins hätt'!

Da plötzlich gaben die fremden Kniee nach, sein Buckel war frei, er sank endlich zu Boden. Mit den gebrochenen Augen stellte er fest, daß man ihn verlassen hatte. Schon während sie ihn beschimpften, war ihm der Andrang geringer erschienen. Das Geschrei: »Der Krüppel!« klang noch stärker, aber von der Kirche her. »Sehen Sie«, sagte er vorwurfsvoll, stand auf und besah sich die letzten paar Anhänger, die ihm geblieben waren. »Dort ist der Richtige!« Ihre Blicke folgten seiner Rechten, die auf die Kirche wies; mit der Linken graste er blitzrasch drei Taschen ab, warf den Kamm, das einzige, was er fand, verächtlich fort und machte sich aus dem Staub.

Fischerle erfuhr nie, wem er seine wunderbare Rettung verdankte. Auf dem gewohnten Platz hatte in Gesellschaft der übrigen die Fischerin auf ihn gewartet, und ihr allein war das Warten zu lang geworden.

Denn der Kanalräumer merkte gar nicht, wie lange der Chef schon ausblieb. Er konnte stundenlang auf zwei Beinen stehen und ebensolang an nichts denken. Weder Kurzweile noch Langweile waren ihm bekannt. Alle Menschen blieben ihm fremd, weil sie es langsam oder eilig hatten. Seine Frau weckte ihn auf, seine Frau schickte ihn weg, seine Frau nahm ihn in Empfang. Sie war seine Uhr und rechte Zeit. Am wohlsten fühlte er sich im Rausch, weil auch den anderen die Uhr dann verging.

Der »Blinde« unterhielt sich im Warten wie ein König. Das hohe Trinkgeld gestern war ihm zu Kopf gestiegen, er hoffte auf ein noch höheres heute. Überhaupt tritt er aus der Firma Siegfried Fischer aus und gründet, soviel hat er bald verdient, ein Warenhaus. Riesenbreit muß es sein, sagen wir für neunzig Verkäuferinnen. Die sucht er sich selber aus. Unter neunzig Kilo wird keine aufgenommen. Er ist der Herr und kann aufnehmen, wen er will. Er zahlt die höchsten Löhne, der Konkurrenz schnappt er die Schwersten weg. Überall, wo eine auftaucht, hört sie gleich das wahre Gerücht: im Warenhaus Johann Schwer kriegt man besser gezahlt. Der Inhaber, ein ehemaliger Blinder, ist ein scharfblickender Herr. Er behandelt jede einzelne wie seine Frau. Da pfeift sie auf andere Männer und kommt zu ihm. In seinem Warenhaus gibt es alles zu kaufen: Pomade, echte Kämme, Haarnetze, saubere Handtücher, Herrenhüte, Hundefutter, schwarze Brillen, Taschenspiegel, überhaupt was man will. Nur Knöpfe gibt es keine. In den Schaufenstern hängen große Tafeln: HIER WERDEN KEINE KNÖPFE VERKAUFT.

Der Hausierer aber durchsuchte die Kirche nach Rauschgiften. Ihre Nähe wirkte auf ihn einschläfernd. Fortwährend fand er ein geheimes Paket, aber er wußte, daß er es nicht wirklich hatte, er war so gescheit.

Alle drei Männer schwiegen.

Die Fischerin als einzige äußerte wachsende Besorgnis. Dem Fischerle ist was gescheh'n. Er kommt noch immer nicht und ist so klein. Der hält, was er verspricht. In fünf Minuten, hat er gesagt, ist er da. Heut früh ist in der Zeitung ein Unglück gestanden, da hat sie gleich an ihn gedacht. Zwei Lokomotiven sind zusammengefahren. Eine war tot, die andere haben sie schwerverletzt weggeführt. Sie geht jetzt nachschau'n. Wenn er es nicht verboten hätt', ging sie. Den Fischerle haben sie überfallen, weil er ein großer Chef ist. Er verdient viel Geld und trägt das Ganze bei sich. Sie sagt, er ist was Besonderes. Seine Frau hat die Feinde angestiftet, weil er sie nimmer mag. Sie ist ihm zu alt. Er müßt sich nur scheiden lassen, im Himmel will ihn eine jede. Vor der Kirche stehen die Menschen schwarz. Der Fischerle ist überfahren worden. Sie geht doch nachschau'n. Die anderen müssen dableiben. Er kann so gut schimpfen. Vor seinen Augen hat sie Angst. Er schaut sie an, sie möcht' davonlaufen, sie kann nicht. Was die drei glauben, er ist der Chef. Sie sollen auch Angst haben. Unter den Rädern liegt er. Den Buckel haben sie ihm zerquetscht. Dem Fischerle ist sein Schachspiel weggekommen. Er sucht es im Theresianum, weil er der Weltmeister ist. Da hat er eine Wut und regt sich auf. Er wird ihr noch krank. Sie muß ihn pflegen. Gleich am Morgen hat sie es gedacht. In der Zeitung ist es gestanden. Er liest sie nimmer. Jetzt geht sie, jetzt geht sie.

Nach jedem Satz schwieg sie und runzelte besorgt die Stirn. Sie ging auf und ab, wackelte mit dem Buckel, trat, wenn sie neue Worte beisammen hatte, an die Kollegen heran und flüsterte sie laut heraus. Sie spürte, daß alle genauso besorgt waren wie sie selbst. Nicht einmal der Blinde sagte ein Wort, der konnte sonst reden, wenn er gut gelaunt war. Ganz allein wollte sie Fischerle suchen und fürchtete, die anderen könnten ihr nachgehen. »Ich komm' gleich!« rief sie ein paarmal, je weiter sie sich entfernte, um so lauter. Die Männer rührten sich nicht; trotz ihrer Angst war sie überglücklich. Sie wird Fischerle finden. Über die Angestellten darf er sich nicht giften, zu dem vielen schrecklichen Unglück. Er hat gesagt, sie sollen warten.

Leise schleicht sie sich auf den Platz vor der Kirche. Sie ist schon längst um die Ecke; statt sich zu beeilen, verlangsamt sie ihren ohnehin winzigen Schritt und dreht ihr Köpfchen krampfhaft zurück. Kommt der Hausierer oder der Knopfhans oder der Kanalräumer, dann bleibt sie auf einmal stehn, wie das Auto, das den Fischerle überfahren hat, und sagt: »Ich schau nur.« Erst bis die zurückgehen, rührt sie sich wieder. Manchmal wartet sie ein wenig, sie glaubt, hinter der Kirche eine Hose zu sehen, dann ist es keine und sie schleicht weiter. Soviel Menschen hat sie schon lange nicht beisammen geseh'n. Da müßte jeder eine Zeitung kaufen und sie hätte für eine Woche genug. Im Himmel liegt der ganze Pack; für Zeitungen hat sie heute keine Zeit, weil sie bei Fischerle angestellt ist. Der zahlt 20 Schilling pro Tag, von selbst, er will es so, weil die Firma groß ist. Sie versteckt sich, um ihn zu finden; sie macht sich noch kleiner; irgendwo am Boden liegt er. Sie hört seine Stimme. Warum sieht sie ihn nicht? Mit ihrer Hand streift sie den Boden. »So klein ist er doch nicht«, flüstert sie und schüttelt den Kopf. Sie steckt schon mitten unter den Leuten und weil sie sich bückt, sieht man nur ihren Buckel. Wie soll sie ihn finden vor lauter Großen? Alle drücken sie zusammen, ihn drücken sie auch, Fischerle ist zerdrückt, sie sollen ihn herauslassen! Er kriegt keinen Atem, er schnappt, er geht zugrund'!

Plötzlich schreit jemand dicht neben ihr: »Der Krüppel!« und haut sie auf den Buckel. Andere schreien auch, andere schlagen zu. Die Menge fällt über sie her, hier war man weit vom Schlag, um so kräftiger holt man ihn nach. Die Fischerin stürzt zu Boden. Sie liegt auf dem Bauch und hält sich still. Sie wird furchtbar zugerichtet. Man meint den Buckel und trifft sie überall. Von drüben zieht sich die Menge hierher zusammen. An der Echtheit des Buckels ist nicht zu zweifeln. Über ihn entlädt sich die Masse. Solange sie kann, zittert die Fischerin für Fischerles Los und stöhnt: »Er ist das Einzige, was ich auf der Welt hab'.« Dann verliert sie das Bewußtsein.

Fischerle ging es gut. Hinter der Kirche traf er von vier Angestellten drei; die Fischerin fehlte. »Wo ist sie?« fragte er und hielt die flache Hand in Höhe seines Bauches, er meinte die Kleine. »Sie hat sich gedrückt«, erwiderte prompt der Hausierer, sein Schlaf war leicht. »Natürlich, ein Weib«, sagte Fischerle, »sie kann nicht warten, sie hat was zu tun, sie ist beschäftigt, sie hat ihr Geld verloren, sie ist ruiniert, alle Weiber sind Krüppel!« »Lassen Sie meine Weiber in Ruh, Herr Fischerle!« fiel ihm der Blinde drohend ins Wort. »Meine Weiber sind keine Krüppel. Schimpfen Sie nicht!« Beinahe hätte er sein Warenhaus zu schildern begonnen. Ein Blick auf die Konkurrenz überzeugte ihn eines Klügeren. »Bei mir sind Knöpfe polizeilich verboten!« erwähnte er nur und verstummte. »Fort«, maulte der Kanalräumer. Diese wuchtige Antwort, eben fertig gebildet, galt noch Fischerles erster Frage.

Der Chef aber legte sein Gesicht in verstörte Falten. Sein Kopf fiel auf die Brust und die weitaufgerissenen Augen füllten sich mit Tränen. Trostlos blickte er von einem zum anderen und schwieg. Mit der Rechten schlug er sich, statt auf die Stirn, auf seine Nase und die krummen Beine bebten so gewaltsam wie die Stimme, als er endlich sprach. »Meine Herren«, weinte er, »ich bin ruiniert. Mein Kunde hat mich« — ein Krampf der Entrüstung schüttelte seinen ausdrucksvollen Körper — »betrogen. Wissen Sie was? Er hat die Zahlungen eingestellt und ist mit meinem Geld auf die Polizei! Der Kanalräumer ist Zeuge!« Er wartete auf eine Bestätigung. Der Kanalräumer nickte, aber erst nach mehreren Minuten. In dieser Zeit brach das Warenhaus zusammen und begrub neunzig Angestellte. Die Kirche stürzte ein; was an Rauschgiften in ihr enthalten war oder erst hinein sollte, ging zugrunde. An Schlaf war nicht mehr zu denken. Beim Aufräumen der Trümmer fand sich in den Kellern des Warenhauses ein kolossales Lager von Knöpfen.

Fischerle nahm das Nicken des Kanalräumers entgegen und sagte: »Wir alle sind ruiniert. Ihr verlierts eure Stellung und mir bricht das Herz. Ich hab an euch gedacht. Mein ganzes Geld ist flötengegangen und ich werde steckbrieflich verfolgt, wegen verbotenen Geschäften. In ein paar Tagen kommt der Steckbrief, ihr werdet's selber sehen, ich hab's aus sicherer Quelle. Ich muß mich verstecken. Wer weiß, wo ich noch einmal auftauch', vielleicht in Amerika. Wenn ich nur das Reisegeld hätt'! Aber ich bring' mich schon fort. Ein Mensch von meinem Schach ist nie verloren.

Nur für euch hab' ich Angst. Die Polizei könnt' euch fressen. Für solche Beihilfe gibt es zwei Jahre Zuchthaus. Da helfen sie einem, bloß weil sie gute Freunde sind, und auf einmal müssen sie zwei Jahre sitzen, warum, weil sie den Mund nicht halten können! Wißt ihr was? Ihr müßt überhaupt nicht sitzen! Wenn ihr gescheit seid, sagt ihr nichts. ›Wo ist Fischerle?‹ frägt die Polizei. ›Wir haben keine Ahnung‹, sagt ihr. ›Sie waren bei Fischerle angestellt?‹ ›Aber wo denn?‹ sagt ihr. ›Gerüchte sind zu unseren Ohren gedrungen!‹ ›Erlauben Sie, Gerüchte sind falsch.‹ ›Wann haben Sie Fischerle zum letztenmal gesehen?‹ ›Wie er aus dem Himmel verschwunden ist, vielleicht weiß die Frau das Datum.‹ Sagt ihr ein genaues Datum, so ist der schlechte Eindruck da. Sagt ihr kein genaues Datum, so frägt man die Frau, die kann auch einmal für den Mann auf die Polizei, es wird ihr nichts schaden. ›Womit wurde in der Firma Siegfried Fischer & Co. gehandelt?‹ ›Ja, wie sollen wir denn das wissen, Herr Obergeneral?‹ Ihr habt erst zu leugnen angefangen und schon werdet ihr entlassen. Halt, mir fällt eine Glanzidee ein! So was habt ihr noch nicht gehört! Ihr braucht gar nicht auf die Polizei, überhaupt nicht! Die Polizei läßt euch in Ruhe, sie will nichts von euch wissen, sie interessiert sich nicht für euch, ihr seid nicht auf der Welt für die Polizei, ihr habt keinen Mutterleib, wie soll ich euch das erklären? Und warum? Ganz einfach, weil ihr den Mund hälts. Ihr redet kein Wort, zu keinem Menschen kein Wort, im ganzen Himmel nicht! Jetzt frag' ich euch, wie soll da einer auf die verrückte Idee kommen, daß ihr mit mir was zu tun habt? Ausgeschlossen, sag' ich, und ihr seid gerettet. Ihr geht an die Arbeit, wie wenn nichts geschehen wär'. Du gehst hausieren und hast keinen Schlaf, du gibst deinem Weib drei Viertel vom Lohn und räumst den Dreck weg, ich sag', auch ein Kanalräumer ist zu was nutz, was fangt die Millionenstadt mit dem vielen Dreck an, wenn er liegenbleibt, und du gehst wieder betteln, einen Hund hast eh und Brillen hast auch. Gibt dir einer einen Knopf, so schaust weg, gibt dir einer keinen Knopf, so schaust hin. Die Knöpfe sind dein Unglück, paß auf, du bringst noch einen um! *So* müßt ihr es machen, ich hab' selber nichts und geb' jedem noch einen Rat! Das Gold möcht' ich haben, was mein Rat wert ist, alles schenk ich her, weil ich ein Herz hab' für euch!«

Aufgeregt und gerührt suchte Fischerle in seinen Hosentaschen nach. Die Trauer über seinen Ruin war verflogen; er hatte sich in Hitze gesprochen und vergaß die Größe des Unglücks, soweit es ihn betraf. Er war die Hilfsbereitschaft selbst, mehr als das eigene interessierte ihn das Schicksal seiner Freunde. Er wußte, wie leer seine Taschen waren. Das zerrissene Futter der linken kehrte er nach außen um, in der rechten fand sich zu seiner Überraschung ein Schilling und ein Knopf. Er zog beides hervor, wer A sagt, muß auch B sagen, und krächzte begeistert: »Den letzten Schilling teil' ich mit euch! Vier Angestellte und ein Chef, das macht zusammen fünf. Auf jeden kommen zwanzig Groschen. Für die Fischerin heb' ich's derweil auf, weil der Schilling mir gehört. Vielleicht treff' ich sie. Wer gibt heraus?« Nach komplizierten Verrechnungen, keiner hatte einen ganzen Schilling Kleingeld, gelang die Teilung wenigstens zum Teil. Der Hausierer bekam den Schilling und gab seine sechzig Groschen heraus. Dafür blieb er dem Kanalräumer, der seiner Frau nichts abzuführen hatte und drum keinen Kupferschimmer besaß, zwanzig Groschen schuldig. Vom Kleingeld des Hausierers nahm sich der Blinde seine einfache, Fischerle seine doppelte Portion. »Ihr habts leicht lachen!« sagte Fischerle, er war der einzige, der lachte, »ich kann mich mit zwanzig Groschen im Sack verstekken, ihr habts eure Arbeit, reiche Leute, was ihr seids! Ich hab' eben einen Ehrgeiz, ich bin so. Ich will, daß ein jeder im Himmel von mir redet: der Fischerle ist verschwunden, aber nobel war er!«

»Wo finden wir einen solchen Schachmeister wieder?« klagte der Hausierer, »jetzt bin ich der einzige Meister, für die Karten.« In seiner Tasche führte der schwere Schilling einen leichten Tanz auf. Der Blinde stand regungslos da, seine Augen hatte er aus Gewohnheit geschlossen, die Hand hielt er aus Gewohnheit noch hin. Sein Anteil, zwei Nickelmünzen, lagen darauf, schwerfällig und starr wie ihr neuer Herr. Fischerle lachte: »Auch ein Meister, für die Karten!« Es kam ihm komisch vor, daß ein Schachweltmeister mit solchen Leuten sprach, einem Kanalräumer mit Familie, einem Hausierer ohne Schlaf, einem Selbstmörder wegen Knöpfen. Er bemerkte die ausgestreckte Hand, legte rasch den Knopf hin und schüttelte sich vor Lachen. »Lebts wohl, alle miteinand!« krähte er, »und gescheit sein, Leutln, gescheit sein!« Der Blinde öffnete die Augen und sah den

Knopf; er hatte was gespürt und sich vom Gegenteil überzeugen wollen. Zu Tode erschrocken blickte er Fischerle nach. Der drehte sich um und rief: »Auf Wiedersehen, in einem besseren Jenseits, lieber Freund, nimm dir's nicht zu Herzen!« Dann beeilte er sich doch, der Mensch war imstande und nahm den Spaß noch krumm. In einer Nebengasse ließ er sich Zeit zum Auslachen, weil alle Menschen dumm sind. Er trat hinter ein Haustor, legte sich die Hände unter den Buckel und bog sich nach links und nach rechts. Die Nase troff, die Nickelmünzen klimperten, der Buckel schmerzte, solang hatte er sein Lebtag noch nicht gelacht, es dauerte sicher fünfzehn Minuten. Bevor er aufbrach, putzte er sich die Nase an der Mauer, steckte sie in die Achselhöhlen und roch an jeder einmal. Da drin lag sein Kapital.

Schon einige Gassen weiter packte ihn die Trauer über seine großen geschäftlichen Verluste. Ruin war übertrieben, aber 2000 Schilling sind ein Vermögen und genauso viel blieb bei der Buchbranche zurück. Die Polizei hat überhaupt keinen Zweck. Sie stört das Geschäftsleben. Was versteht so ein armer Beamter, mit schäbigem Monatslohn, ohne Kapital, zum bloßen Aufpassen da, von Geschäften, wie sie eine große Firma unternimmt? Er, Fischerle zum Beispiel, schämt sich nicht, auf dem Boden herumzukriechen, und hebt das Geld, das sein Kunde ihm schuldet und aus Wut hingeworfen hat, selber auf. Er bekommt vielleicht einen Tritt, aber das macht ihm nichts. Er muß schauen, wie er einen Fuß wegschiebt, zwei Füße, vier Füße, alle Füße, er, der Chef selber; das Geld ist schmutzig und zerdrückt, es kommt nicht frisch aus der Presse, ein Zivilmensch geniert sich, es anzufassen — er nimmt es doch. Natürlich hat er Angestellte, gleich vier auf einmal, er hätte auch acht aufnehmen können — sechzehn nicht — natürlich kann er sie hinschicken und befehlen: »Leutln, hebts das dreckige Geld auf!« Aber er riskiert so was nicht. Die Leute denken an nichts als an Stehlen, sie haben den Kopf voll vom Stehlen und jeder hält sich für einen großen Künstler, weil er einen Fetzen versteckt. Ein Chef heißt Chef, weil er sich auf sich selbst verläßt. Man nennt das auch Risiko. Er hebt also achtzehn schöne Hunderterscheine auf, nur zwei fehlen noch, er hat sie schon fast in der Tasche, er schwitzt und plagt sich, er sagt sich, was hab' ich davon, da kommt die Polizei im falschesten Moment. Er kriegt eine Riesenangst, er kann die

Polizei nicht leiden, er hat sie gefressen, lauter arme Teufel, er steckt das Geld dem Kunden in die Tasche, das Geld, das dieser Kunde, ihm, Fischerle, schuldet, und läuft davon. Was tut die Polizei? Sie behält das Geld für sich. Sie könnte es bei dem Kunden lassen, vielleicht kommen wieder bessere Zeiten und Fischerle holt es sich, aber nein, sie findet die Buchbranche verrückt. Ein Mensch wie die Buchbranche, sagt sie, mit soviel Geld und sowenig Verstand, wird überfallen und ausgeraubt; das gibt Scherereien. Arbeit haben wir genug, also behalten wir das Geld lieber für uns, und sie behalten es wirklich. Die Polizei stiehlt und ein Mensch soll anständig bleiben!

Mitten in seinem Zorn faßte ein Polizist, an dem er vorbeiging, Fischerle scharf ins Auge. Als er ihn geraume Zeit hinter sich hatte, ließ er seinem Haß gegen ihn freien Lauf. Das fehlte noch, daß diese Diebe ihn nicht nach Amerika ließen! Er beschloß, sich an der Polizei — noch vor seiner Abreise — wegen des Eigentumsdeliktes, das sie an ihm begangen hatte, zu rächen. Am liebsten hätte er sie alle miteinander gezwickt, bis sie schrieen. Er war davon überzeugt, daß sie das gestohlene Geld untereinander aufteilten. Es gab, sagen wir, zweitausend Polizisten; da entfiel auf jeden ein ganzer Schilling. Keiner sagte: »Nein! Ich nehme das Geld nicht, weil es gestohlen ist!«, wie es bei der Polizei sein müßte. Drum war jeder gleich schuldig und keiner wurde vom zwickenden Fischerle verschont.

»Jetzt bilde dir aber nicht ein, daß es denen weh tut!« sagte er plötzlich laut. »Du bist hier und die sind dort. Was spüren sie schon vom Zwicken?« Statt die Schritte zu unternehmen, die er für seine Reise erdacht hatte, humpelte er stundenlang durch die Stadt, ziellos, verärgert, nach einer Möglichkeit suchend, die Polizei zu strafen. Sonst fiel ihm zu der geringsten Absicht immer ein guter Plan ein; hier war er ratlos und stand drum allmählich von seinen härtesten Forderungen ab. Er war sogar bereit, auf das Geld zu verzichten, wenn ihm nur eine Rache gelang. Er opferte bare zweitausend Schilling! Er wollte sie gar nicht mehr haben, er nahm sie nicht geschenkt, nur der Polizei sollte sie jemand wieder abnehmen!

Mittag war schon vorüber, er aß nichts vor Haß, da fiel an einem Hause sein Blick auf zwei große Tafeln. Die eine lautete: DR. ERNST FLINK, Frauenarzt. Die andere gleich darunter gehörte einem DR. MAXIMILIAN BÜCHER, Spezialarzt für Nervenkrankheiten. »Da hat ein närrisches Weib gleich alles, was sie braucht«, dachte er und schon fiel ihm der Pariser Bruder Kiens ein, der sich als Frauenarzt ein Vermögen erworben hatte und dann zur Psychiatrie übergegangen war. Er suchte nach dem Zettel, auf dem er sich die Adresse dieses berühmten Professors aufgeschrieben hatte, und fand ihn wirklich in seiner Rocktasche. Auch der Empfehlungsbrief war da, aber damit hätte er erst nach Paris müssen. Das war zu weit und inzwischen hatte die Polizei das Geld versoffen. Schreibt er dem Bruder selbst einen Brief und unterzeichnet mit seinem Namen, so fragt sich der noble Herr: »Fischerle? Wer ist Fischerle?« und kommt zu Fleiß nicht. Denn er hat ein Vermögen und ist furchtbar stolz. Professor und Vermögen zusammen, das muß man zu behandeln verstehen. Das ist nicht wie im Leben, das ist schon wie im Schach. Wenn man wüßte, ob der Professor vom Schach ist, könnte man unterschreiben: »Fischerle, Schachweltmeister.« Aber so ein Mensch ist imstande und glaubt es einem nicht. In zwei Monaten, wenn Fischerle den Capablanca im Sack hat, vernichtet und kaputt wie den letzten Hund, da wird er an alle besonderen Menschen der Welt ein Telegramm schicken: »Beehre mich höfl. vorzustellen, der neue Schachweltmeister Siegfried Fischer.« Da gibt es nichts zu zweifeln, da weiß es ein jeder, die Leute verbeugen sich, auch vermögende Professoren, wer es nicht glaubt, kommt wegen Ehrabschneiderei vor Gericht, und ein echtes Telegramm aufzugeben, das hat er sich sein Lebtag schon gewünscht.

So kam seine Rache zustande. Er trat in das nächste Postamt und verlangte drei Telegrammformulare, bitte rasch, es ist dringend. In Formularen kannte er sich aus. Schon oft hatte er welche gekauft, sie waren billig, und mit seinen riesigen Buchstaben höhnische Herausforderungen an den jeweiligen Weltmeister darauf geschrieben. Die großartigen Worte, wie: »Ich verachte Sie. Ein Krüppel«, oder »Versuchen Sie's mit mir, wenn Sie sich trauen, Sie Krüppel!«, las er im Himmel vor und beschwerte sich über die Feigheit der Weltmeister, von denen nie eine Antwort einlief. Man glaubte ihm vieles, aber die Telegramme nicht, er hatte ja zu wenig Geld, auch nur ein einziges abzuschicken; und so neckte man ihn mit der Adresse, die er vergessen oder falsch angegeben habe. Ein gutmütiger Katholik versprach ihm, die Briefe, die Petrus für ihn aufhebe, herunterzuwerfen, sobald er erst im richtigen Himmel oben sei. »Wenn die wüßten, was für ein ehrliches Telegramm ich jetzt aufgeb'!« dachte sich Fischerle und lächelte über die Späße, die sich das armselige Gesindel mit ihm erlaubt hatte. Was war er damals? Täglicher Gast in der Spelunke »Zum Idealen Himmel«. Und was ist er jetzt? Jetzt telegraphiert er an einen Professor. Es handelt sich nur noch um die richtigen Worte. Den eigenen Namen unterschlägt er lieber. Schreiben wir: »Bruder meschugge. Ein Freund des Hauses.« So nimmt sich das erste Formular ganz gut aus; die Frage ist, ob meschugge auf einen Psychiater Eindruck macht. Der erlebt das täglich, sagt sich: »Es wird nicht so arg sein«, und wartet, bis der Freund des Hauses wieder telegraphiert. Dazu ist Fischerle erstens sein Geld zu lieb, zweitens hat er es nicht gestohlen, drittens dauert ihm das zu lang. Er läßt den Freund des Hauses weg, das klingt zu treu, da erwartet man zuviel und verstärkt »meschugge« durch »total«. Auf dem zweiten Formular steht: »Bruder total meschugge.« Und wer unterschreibt? Auf ein Telegramm ohne Unterschrift reagiert kein situierter Mensch. Es gibt Verleumdungen, Erpressungen und ähnliche Berufe, ein Frauenarzt in Pension weiß vieles. Fischerle hat noch ein Formular; er ärgert sich über die zwei verpatzten und kritzelt in Gedanken »Bin total meschugge« auf das dritte. Er liest es und ist begeistert. Wenn ein Mensch das von sich selbst schreibt, muß man es ihm glauben, denn wer schreibt das von sich selbst? Er unterzeichnet »Dein Bruder« und läuft mit dem gelungenen Wisch zum Schalter.

Der Beamte, aus faulem Holz geschnitzt, schüttelt den Kopf. Ernst kann das nicht sein und Spaß versteht er keinen. »Sie müssen es nehmen!« drängt Fischerle, »werden *Sie* dafür bezahlt oder wer' ich?« Er fürchtet plötzlich, daß bescholtene Menschen kein Telegramm aufgeben dürfen. Woher kennt ihn der Beamte? Vom Himmel bestimmt nicht, und die Formulare hat er immer woanders geholt.

»Das heißt nichts!« sagt der Mann und gibt das Telegramm zurück. Der Krüppel macht ihm Mut. »Ein normaler Mensch schreibt das nicht.«

»Das ist es!« schreit Fischerle, »drum schick' ich meinem Bruder ein Telegramm. Er soll mich abholen! Ich bin verrückt!«

»Schau'n Sie, daß Sie weiterkommen, Herr!« fährt der Beamte auf, schon spuckt es aus seinem Mund.

Ein dicker Mensch in zwei Pelzen, einem natürlichen, einem darüber, der hinter Fischerle wartet, findet den Zeitverlust empörend, wirft den Zwerg beiseite, droht dem Eingeschalterten mit einer Beschwerde und beschließt seine Rede, hinter jedem Wort steckt eine volle Brieftasche, mit dem Satz: »Sie haben kein Recht, ein Telegramm zurückzuweisen, verstanden, *Sie* nicht!«

Der Beamte verstummt, verschluckt sein Recht auf Verstand und tut seine Pflicht. Fischerle beschwindelt ihn um einen Groschen. Der dicke Herr macht den Zwerg, dem er aus Prinzip und nicht aus Eile geholfen hat, auf seinen Irrtum aufmerksam. »Was Sie nicht sagen!« sagt Fischerle und verschwindet. Draußen sieht er das Telegramm zur Strafe für seinen Streich zurückgehalten. »Wegen einem Groschen, Fischerle«, meint er vorwurfsvoll zu sich, »wo dich das Telegramm 267mal soviel kostet!« Er kehrt zurück, entschuldigt sich devot bei dem dicken Herrn, er habe ihn falsch verstanden, er höre schlecht, er sei verrückt auf dem rechten Ohr. Noch einiges spricht er, um der Brieftasche des anderen wenigstens in Gedanken näherzukommen. Da fallen ihm gerade rechtzeitig seine schlechten Erfahrungen bei Leuten mit doppelten Pelzen ein. Sie lassen einen nicht zu und übergeben einen, bevor man was von ihnen hat, der Polizei. — Er zahlt seinen Groschen, grüßt großmütig und geht. Er verzichtet auf die Brieftasche, weil seine Rache unterwegs ist.

Um sich einen falschen Paß zu besorgen, suchte er ein Lokal auf, das in der Nähe des Himmels, aber tief darunter lag. Es hieß »Zum Pavian«, und schon der tierische Name besagte, von was für Unmenschen es aufgesucht wurde. Hier war jeder vorbestraft. Ein Mann wie der Kanalräumer, mit Arbeit und gutem Leumund, mied den »Pavian«. Seine Frau hätte sich, wie er im Himmel erzählte, von ihm scheiden lassen, sobald sie den Pavian an ihm roch. Weder eine Pensionistin gab es hier noch einen Schachmeister, der jeden schlug. Da gewann bald der eine, bald der andere. Die Intelligenz, die zum Gewinnen zwingt, fehlte. Das Lokal lag in einem Keller, man ging acht Stufen hinunter, dann kam erst die Tür. Ein Teil der zerbrochenen Scheibe war mit Papier überklebt. An den Wänden hingen pornographische Frauen. Die Himmelswirtin hätte das in ihrem anständigen Kaffeehaus niemals geduldet. Die Tischplatten waren aus Holz; der Marmor war nach und nach gestohlen worden. Der verstorbene Pächter gab sich Mühe, fixbesoldetes Publikum anzulocken. Er versprach jeder Dame pro besseren Gast, den sie einführte, einen Mokka gratis. Damals ließ er ein schönes Schild malen und taufte sein Lokal: »Zur Abwechslung.« Seine Frau sagte, das Schild gilt auch für mich, wechselte ab, die ganze Zeit, und er starb aus Liebeskummer, weil er einen Blinddarm hatte und das Geschäft so schlecht ging. Kaum war er tot, als die Frau erklärte: »Ein Pavian ist mir lieber.« Sie holte das alte Schild hervor und mit dem Stückchen guten Ruf war es zu Ende. Dieses Weib schaffte den Freimokka ab und seither betrat keine Dame, die was auf sich hielt, ihren Keller. Wer kam schon her? Paßfälscher, Obdachlose, Abgeschobene, Steckbriefliche, schlechtere Juden und außerdem gefährliches Gesindel. In den Himmel kam manchmal auch Polizei, hierher getraute sie sich nicht. Zur Verhaftung eines Raubmörders, der sich bei der Pavianwirtin sicher fühlte, wurden genau acht Detektivs aufgeboten. So ging es da zu. Ein gewöhnlicher Zuhälter war seines Lebens nicht sicher. Nur Schwerverbrechern brachte man Respekt entgegen. Ob Krüppel mit oder Krüppel ohne Intelligenz, für die war das egal. Solche Menschen merken da keinen Unterschied, weil sie selber dumm sind. Der Himmel lehnte einen Verkehr mit dem Pavian ab. Ließ man die Leute zu sich ein, so verschwanden die schönsten Marmorplatten. Wenn jeder Dreckfink im Himmel die illustrierten Blätter ausgelesen hatte, kamen sie in die Hand der Pavianwirtin, keinen Moment früher.

Fischerle gab zu, daß er den Himmel satt hatte, aber gegen den Pavian war er Gold. Als er eintrat, sprangen mehrere gefürchtete Männer auf ihn zu. Stolz beklatschten sie ihn von allen Seiten und bezeugten ihre Freude über den seltenen Besuch. Die Wirtin sei grad nicht da, die hätte sich gefreut. Man nahm an, er komme geradeswegs aus dem Himmel. Ihnen war das Betreten jenes von Weibern gesegneten Ortes verboten. Sie fragten nach dieser und nach jener. Fischerle log, so rasch er konnte. Er zeigte keinen Stolz und benahm sich leutselig, für den falschen Paß wollte er möglichst wenig Geld auslegen. Er wartete mit seinem Anliegen, sonst stieg der Preis. Nachdem man sich davon überzeugt hatte, daß er es war, klatschte man noch ein bißchen; durch die eigene Hand wird man in seiner Meinung bestärkt. Er solle sich setzen, jetzt sei er da, jetzt müsse er bleiben. So ein nobles Zwergerl lasse man nicht bald aus. Ob die Decke im Himmel schon eingestürzt sei? In das lebensgefährliche Lokal traue sich kein Mensch mehr. Die Polizei müßte drauf schauen, daß es renoviert wird! Bei den vielen Weibern, die dort verkehren — wo könnten die sich retten, wenn die Decke einstürzte?

Während sie Fischerle zuredeten, sich dieser Sache anzunehmen, fiel ein Stück Kalk in den Mokka, den jemand ihm vorgesetzt hatte. Er trank und bedauerte, daß er so wenig Zeit habe. Er sei sich verabschieden gekommen. Der Schachbund in Tokio habe ihm eine Stelle als Schachlehrer angeboten. »Tokio liegt in Japan. Übermorgen fahr' ich. Die Reise dauert ein halbes Jahr. Für mich dauert sie so lang. In jeder Stadt geb' ich ein Turnier. So schind' ich die Reise heraus. Ich bekomm' das Reisegeld vergütet, aber erst in Tokio. Japanesen sind mißtrauisch. Was, sagen sich die, wenn einer das Geld hat, bleibt er gleich dort. Ich bleib' ja nicht, aber sie haben ihre schlechten Erfahrungen. Gegen eine Erfahrung kommt keiner auf. Im Brief steht drin: ›Wir spüren, sehr geehrter Meister, allerhöchstes Vertrauen zu Ihnen. Aber haben wir unser Geld gestohlen? Wir haben es nicht!‹«

Die Männer verlangten den Brief zu sehen. Fischerle bat um Entschuldigung. Er liege bei der Polizei. Man habe ihm dort einen Paß versprochen, trotz den vielen Vorstrafen. Das Inland sei stolz auf den Ruhm, weil er ihn auf seinem Schachbrett bis nach Japan trage.

»Und da willst übermorgen fahren?« Sechs sprachen und die übrigen dachten zugleich dasselbe. Sie duzten ihn, obwohl er aus dem Himmel stammte, weil seine Leichtgläubigkeit ihnen leid tat. »Von der Polizei kriegst einen Dreck, so wahr ich neun Jahr' gesessen bin!« beteuerte einer. »Eingesperrt wirst auch noch, wegen Fluchtversuch!« »Und zum Schluß schreiben's die Vorstrafen nach Japan!«

Fischerles Augen füllten sich mit Tränen. Er legte die Kaffeeschale weg und begann zu schluchzen. »Ich erstich diese Bande!« hörte man ihn dazwischen, »alle erstich ich!« Man bedauerte ihn hin und her; so viel Erfahrungen, so viel Meinungen. Ein berühmter Paßfälscher behauptete, es gäbe *eine* Rettung, und die sei er. Fischerle brauche nur halbe Preise zahlen, weil er ein halber Mensch sei. In diesen Witz verkleidete er seine Teilnahme. Keiner hätte ein mitleidiges Wort gesprochen. Fischerle lächelte durch seine Tränen. »Ich weiß, du bist berühmt«, sagte er, »aber bis Japan hast du keinen Paß gemacht, du noch nicht!«

Der Fälscher, »Paß-Koch« genannt, ein Mensch mit strömenden Haaren, ein pechschwarzer, verkrachter Maler, der sich aus seiner Künstlerzeit noch die Eitelkeit bewahrt hatte, fuhr wütend hoch und zischte:

»Meine Pässe gehen bis nach Amerika!«

Fischerle erlaubte sich zu bemerken, daß Amerika noch lange nicht Japan sei. Für ein Versuchskaninchen finde er sich zu gut. Auf einmal, an der japanesischen Grenze, werde er gepackt und eingesperrt. Auf die Zuchthäuser in Japan sei er nicht neugierig, aber schon gar nicht. Man redete ihm gütlich zu, er wehrte sich. Die Männer brachten bestechende Argumente vor. Der Paß-Koch selbst war oft gesessen, von seinen Kunden keiner, so sorgte er für die Leute. Er gab sein Letztes her für die Kunst; bei der Arbeit sperrte er sich ein. Sie strengte ihn so an, daß er sich nach jedem Paß ausschlafen mußte. Da gab es keine Massenware. Er zeichnete Stück um Stück. Wer ihm zusah, bekam einen Tritt. Fischerle leugnete das nicht, aber er blieb hart. Auch habe er keinen Groschen Geld. Schon darum sei das viele Gerede nutzlos. Der Paß-Koch erklärte sich bereit, ihm einen Extra-Prima-Paß zu schenken, wenn er sich verpflichte, ihn zu benützen. Er könne sich in Japan mit Reklame für die Meisterarbeit revanchieren. Fischerle dankte; er sei zu klein für solche Späße, *sie* seien riesenstark, *er* schwach wie ein altes Weib. Da solle sich lieber ein anderer die blöden Finger verbrennen. Man zahlte ihm noch zwei Mokka. Der Paß-Koch tobte. Fischerle *müsse* sich das von ihm machen lassen, oder er bringe ihn eins, zwei um! Den anderen gelang es vorläufig, ihn zu bändigen; alle ärgerten sich für ihn und gaben ihm recht. Die Verhandlungen zogen sich eine Stunde lang hin. Der Paß-Koch zerrte seine Freunde, einen nach dem andern, beiseite und versprach ihnen schöne Summen. Da riß ihnen die Geduld. Sie eröffneten Fischerle in schnöden Worten, daß er ihr Gefangener sei und unter einer einzigen Bedingung freikommen könne. Diese Bedingung sei Annahme und Gebrauch eines gefälschten Passes, für den er nichts bezahlen dürfe, weil er eh kein Geld habe. Fischerle fügte sich der Gewalt. Er jammerte noch lange. Zwei schwere Burschen begleiteten ihn zum Photographen, wo er auf Kosten des Paß-Kochs aufgenommen wurde. Muckste er, so ging es ihm schlecht. Er muckste nicht. Seine Eskorte wartete, bis die Platte entwickelt und kopiert war.

Als sie zurückkamen, hatte sich der Paß-Koch schon eingesperrt. Man durfte ihn nicht mehr stören. Sein vertrautester Freund reichte ihm die noch feuchten Bilder durch die Türspalte herein. Er arbeitete wie ein Besessener. Von den Haarströmen troff der Schweiß auf den Tisch und gefährdete die Reinheit des Passes. Dank geschickten Kopfbewegungen blieb er unbefleckt. Wahre Freude bereiteten ihm die Unterschriften. Der Amtsschwung und die eckige Pedanterie sämtlicher hoher Polizeibeamter standen ihm zu Gebote. Seine Unterschriften waren Meisterwerke. Ihre Windungen begleitete er mit feurigen Rucken seines Oberkörpers. Zur Melodie eines Schlagers summte er die Worte: »Wie originell! Wie originell! Noch nicht dagewesen!«

Gelang eine Unterschrift so gut, daß sie selbst ihn getäuscht hätte, so hob er sich den Paß zum Andenken auf und entschuldigte sich beim abwesenden Besteller, den seine Phantasie sofort in die kleine Arbeitskabine schleppte, mit dem Lieblingsmotto: »Jeder ist sich selbst der Nächste.« Solcher Muster- und Meisterpässe besaß er mehrere Dutzend. Ein kleines Köfferchen barg sie. Gingen die Geschäfte schlecht, so reiste er mit seiner Kollektion in die nächsten Städte. Da zeigte er sie herum. Veteranen seiner Kunst, Konkurrenten und Schüler erröteten gleicherweise über ihre Unfähigkeit. Schwierige Fälle schickte man ihm uneigennützig zu. Eine Provision dafür zu verlangen, hätte Selbstmord bedeutet. Er war mit den stärksten und angesehensten Verbrechern befreundet, jeder ein König in seinem Fach, zusammen die einfache Kundschaft des »Pavian«. Die Unordentlichkeit des Paß-Koch hatte *eine* Grenze: in die Pässe seiner Sammlung legte er kleine, rechteckige Zettel hinein, auf denen zu lesen stand: »Duplikat blüht als Dollarmacher in Amerika«, oder »Inhaber läßt aus Südafrika grüßen. Das Diamantenland«, oder »Als Perlenfischer sein Glück gemacht. Hoch Paß-Koch!« Oder »Warum folgen Sie mir nicht nach Mekka? Hier wirft die mohammedanische Welt ihr Geld auf die Straße. Allah ist groß!« Diese Angaben entnahm der Besitzer unzähligen Anerkennungsschreiben, von denen er bis in den tiefsten Schlaf hinein verfolgt wurde. Sie waren ihm viel zu kostbar, um sie herzuzeigen; ihr Inhalt mußte genügen, die Tatsachen sprachen für sich. Drum trank er nach jedem fertiggestellten Dokument mehrere Gläser Rum, legte den lodernden Kopf auf den Tisch, zerteilte den Haarstrom durch seine Finger und träumte von Zukunft und Taten des betreffenden Kunden. Geschrieben hatte ihm noch keiner, aber aus seinen Träumen wußte er, was sie geschrieben hätten, und verwandte ihre Schicksale zu Reklamezwecken.

Während er für Fischerle arbeitete, dachte er an die Bewunderung, die sein Paß in Japan erregen würde. *Das* Land war ihm neu, so weit hatte er sich nie gewagt. Er verfertigte gleich zwei Exemplare. Das erste, das unnachahmlich gut gelang, beschloß er ausnahmsweise dem Kunden zu übergeben. Es handelt sich um eine wichtige Mission.

Fischerle wurde indessen mit allem traktiert, was sich auf dem mageren Büfett des Pavian an Leckerbissen fand. Er bekam zwei alte Knackwürste für sich allein, ein stinkendes Stück Käse, hartes Brot soviel er wollte, zehn Zigaretten Sorte »Pavian«, obwohl er nicht rauchte, drei Gläschen Hausschnaps, einen Tee mit Rum, einen Rum ohne Tee, und zahllose Ratschläge für die Reise. Er solle sich vor Taschendieben in acht nehmen. Auf solche Pässe, wie er jetzt einen zu erwarten habe, seien die Leute versessen. Irgendein Stümper nehme die Photographie heraus, gebe eine andere hinein und habe für sein Leblang den schönsten Paß. Er solle ihn nicht zuviel herumzeigen, die Bahn wimmle von neidischen Menschen. Und fleißig schreiben müsse er; der Paß-Koch habe irgendwo ein geheimes Postfach und freue sich über jedes Anerkennungsschreiben, er hebe sie auf wie die Wirtin ihre Liebesbriefe und niemand bekomme je einen zu sehen. Wer merke das schon aus dem Brief, daß der Schreiber ein bloßer Krüppel sei?

Fischerle versprach alles; an Dank, Anerkennung, Nachrichten und Erkenntlichkeit werde es nicht fehlen. Angst habe er doch. Er sei eben so gebaut. Wenn er wenigstens Dr. Fischer hieße, statt einfach Fischer, da hätte die Polizei gleich einen Respekt.

Daraufhin traten die Männer zu einer Beratung zusammen. Nur einer von ihnen blieb als Wache bei der Tür, damit der

Kleine nicht entwische. Sie nahmen es auf sich, ihren Freund bei der Arbeit zu stören, trotz seinem strengsten Verbot, und ihn um den Doktortitel für Fischerle zu ersuchen. Wenn man höflich war und ihn Meister nannte, wurde der Paß-Koch nicht gleich wild. Soweit wurde man sich einig, nur gab sich keiner für die Botschaft her. Denn wurde er doch wild, so zahlte er dem Störer die versprochene Prämie nicht aus, und blöd war von den Anwesenden keiner.

Da kam die Wirtin von ihrer Besorgung zurück. Sie ging gern auf die Straße, meist aus Liebe, zuweilen auch, wenn sie ihren Gästen beweisen wollte, daß sie ein Weib war, um Geld. Die Männer benutzten mit Freuden die Gelegenheit, um auseinanderzutreten. Sie vergaßen ihre Absicht und sahen gerührt zu, wie die Wirtin Fischerles Buckel in ihre Arme schloß. Sie überschüttete ihn mit Koseworten; sie hätte sich nach ihm gesehnt, nach seiner putzigen Nase, seinen krummen Beinchen und der lieben, lieben Schachkunst. Bei ihr gebe es keine Zwergerln. Sie habe gehört, die Pensionistin, seine Frau, sei noch dicker geworden, was die zusammenesse, ob das wahr sei? Fischerle antwortete nichts und blickte enttäuscht in die Luft. Sie holte den Haufen alter Zeitschriften, auf die sie stolz war — alle stammten aus dem Himmel — und legte sie vor ihren Liebling hin. Fischerle schlug keine auf und blieb verstockt. Was ihm denn über das Leberchen gekrochen sei, so ein kleines Leberchen habe das Herzerl, sie umkreiste kaum ein Viertel ihrer offenen Hand.

Solange er kein Doktor sei, sagte Fischerle, habe er Angst.

Die Männer wurden unruhig. Sie redeten ihm ihre Feigheit aus. Der Doktor ist unmöglich, brüllten sie durcheinander, weil ein Krüppel nicht Doktor werden darf. Krüppel und Doktor zugleich, das gibt's nicht. Das wär' noch schöner! Ein Doktor braucht einen guten Leumund. Krüppel und schlechter Leumund ist dasselbe. Das wird er zugeben. Ob er vielleicht einen Krüppel kenne, der Doktor sei?

»Ich kenn' einen!« sagte Fischerle. »Ich kenn' einen! Er ist kleiner wie ich. Er hat keine Arme. Er hat auch keine Beine. Es ist ein Jammer um den armen Menschen. Schreiben tut er mit dem Mund und lesen mit den Augen. Ein berühmter Doktor.«

Damit imponierte er den Männern wenig. »Ja das ist was ganz anderes«, einer sprach es für alle, »der war erst ein Doktor, dann haben sie ihm die Arme und Beine abgefahren. Da kann er nichts dafür.«

»Blödsinn!« schrie Fischerle, diese Lügen regten ihn auf. »Er ist so geboren, wenn ich es sag'! Ich weiß, was ich red'. Er ist ohne Arme und Beine auf die Welt gekommen. Ihr seid ja verrückt. Gescheit bin ich, hat er sich gesagt, warum soll ich kein Doktor sein? Da hat er sich hingesetzt und studiert. Ein gewöhnlicher Mensch studiert fünf Jahr, bei die Krüppeln dauert das zwölf. Er hat es mir selbst erzählt. Er ist mein Freund. Um dreißig war er ein Doktor und berühmt. Ich spiel' mit ihm Schach. Er braucht einen nur anschau'n und man ist gesund. Das Wartezimmer ist bumsvoll. Er sitzt auf einem kleinen Wagen und hat zwei Frauen, die helfen ihm. Die ziehen den Patienten aus, klopfen dran, und halten ihn dem Doktor hin. Er riecht nur einen Moment dran und weiß schon, was los ist. Dann ruft er: ›Der nächste Herr bitte!‹ Der Mensch verdient ein Vermögen. So einen guten Doktor gibt's nicht mehr. Mich liebt er heiß. Er sagt, alle Krüppel müssen zusammenhalten. Ich nehm' bei ihm Stunden. Er macht mich zum Doktor, hat er versprochen. Ich soll es niemand sagen, die Leute haben kein Verständnis. Jetzt kenn' ich ihn schon zehn Jahr. Noch zwei Jahr und ich wär' mit dem Studium fertig. Da kommt der japanesische Brief und ich laß alles laufen. Ich möchte mich verabschieden gehn, der Mensch hat es verdient, aber ich trau' mich nicht. Er ist imstand und hält mich zurück, und mit meiner Stelle in Tokio ist es aus. Ich kann von allein ins Ausland. Ein solcher Krüppel wie der bin ich noch lang nicht!«

Einige baten ihn, den Mann herzuzeigen. Halb und halb waren sie schon überzeugt. Fischerle steckte die Nase in seine Westentasche und sagte: »Ich hab' ihn heut nicht mit. Sonst liegt er immer da drin! Was soll ich mir tun?«

Da lachten alle, ihre schweren Arme und Fäuste wackelten auf den Tischen, und weil sie gern lachten und selten Gelegenheit dazu hatten, standen sie sämtlich auf, vergaßen ihre Furcht und stampften, acht Mann hoch, vor die Kabine des Paß-Koch. Zusammen, damit keiner die Schuld allein trüge, rissen sie die Türe auf und brüllten im Chor: »Den Doktor nicht vergessen! Den Doktor nicht vergessen! Er studiert schon zehn Jahr!« Der Paß-Koch nickte. Ja, bis nach Japan! Er war heut gutgelaunt.

Fischerle spürte, wie betrunken er war. Für gewöhnlich machte ihn der Alkohol melancholisch. Jetzt sprang er auf, Paß und Doktortitel schon fast in der Tasche, und tanzte am Bauch der Pavianwirtin durchs Lokal. Seine langen Arme schlang er um ihren Hals, sie reichten bequem. Er krächzte, sie watschelte. Ein Raubmörder, von dem man es nicht wußte, zog einen riesigen Kamm aus der Tasche, legte Seidenpapier drüber und blies eine zärtliche Melodie. Aus Liebe für die Wirtin stampfte ein anderer, einfacher Einbrecher, den falschesten Takt. Die übrigen klatschten sich auf ihre gewaltigen Schenkel. Von der zerbrochenen Türscheibe kam ein feiner Ton. Fischerles Beine krümmten sich noch mehr und die Wirtin starrte verzückt auf seine Nase. »So weit!« kreischte sie, »so weit!« Diese größte liebste Nase fuhr ihr weg nach Japan! Der Raubmörder blies, er dachte an sie, jeder kannte sie genau und jeder war ihr viel schuldig. Drinnen trällerte der Paß-Koch mit, sein Tenor war beliebt, er freute sich auf den Feierabend; seit drei Stunden arbeitete er und in einer war er sicher fertig. Alle Männer sangen, die wirklichen Worte des Liedes waren ihnen fremd, jeder sang, was er sich für sein Leben gern wünschte. »Haupttreffer«, brummte einer und der andere stöhnte »Schatz«. »Einen Goldklumpen groß wie ein Kindskopf«, das wollte der dritte und der vierte eine endlose Türkenpfeife. »Wir sehen hier!« summte es unter einem Schnauzbart, in seiner Jugend war der Inhaber Lehrer und es tat ihm leid um die Pension. Doch überwogen gefährliche Drohungen und am liebsten wären sie alle ausgewandert, keiner mit dem andern, damit der andere dann sieht. Fischerles Kopf sank tiefer und tiefer, seine Begleitung zum Schlager: »Schachmatt, Schachmatt«, verlor sich im Lärm.

Plötzlich säuselte die Wirtin, den Finger am Mund: »Er schläft, er schläft!« Fünf Männer setzten ihn vorsichtig auf einen Stuhl in die Ecke und brüllten: »Psst! Musik aufhören! Fischerle muß sich ausschlafen vor der großen Reise!« Das Seidenpapier überm Kamm verstummte. Sie rückten dicht zusammen und besprachen die Gefahren der Reise bis Japan. Einer schlug auf den Tisch und drohte: in der Wüste Takla-Makan verdurste jeder zweite, die liege genau in der Mitte zwischen Konstantinopel und Japan. Auch der ehemalige Lehrer hatte davon gehört und sagte: »Sven Hedin, das stimmt.« Der Wasserweg war vorzuziehen.

Schwimmen wird der Kleine können, und wenn nicht, trägt ihn der Buckel, so viel Fett hat er drin. Aussteigen darf er nirgends. Bei Indien kommt er vorbei. Die Brillenschlangen lauern im Hafen. Ein halber Biß und er ist tot, weil er ein halber Mensch ist.

Fischerle schlief nicht. Sein Kapital war ihm eingefallen und in der Ecke sah er nach, wohin es ihm beim Tanz gerutscht war. Da fand es sich an Ort und Stelle; er lobte seine Achselhöhlen, wie waren die gebaut, bei einem andern läge diese Herrlichkeit schon längst in den Hosen oder der Boden hätte die Banknoten einfach verschluckt. Er war gar nicht müde, im Gegenteil, er hörte zu, und wenn die Dummköpfe von lauter Ländern und Brillenschlangen sprachen, dachte er an Amerika und seinen millionärischen Palast.

Spät abends, es war schon dunkel, trat der Paß-Koch aus seiner Kabine, in jeder Hand schwenkte er einen Paß. Die Männer verstummten; sie hatten Respekt vor seiner Arbeit, weil er ihn freigebig bezahlte. Leise schlich er sich an den Zwerg heran, legte die Pässe vor ihn auf den Tisch und weckte ihn mit einer bestialischen Ohrfeige auf. Fischerle sah sie kommen und hielt doch still. Bezahlung mußte sein, das wußte er und war froh, wenn man ihn keiner Leibesvisitation unterwarf. »Reklame verlange ich!« schrie der Paß-Koch, er torkelte und lallte. Seit Stunden betrank er sich an seinem japanischen Ruhm. Er stellte den Kleinen auf den Tisch und ließ ihn mit beiden Händen schwören:

Daß er den Paß benützen werde, daß er nichts dafür zahle, daß er ihn den Japanern unter die Nase halte, daß er ihn, Rudolf Amsel, genannt Paß-Koch, dort als das bezeichne, wofür ihn nach seinem Tode sämtliche Menschen in Europa halten würden, für den größten modernen Maler. Daß er täglich von ihm erzähle. Daß er Interviews über ihn gebe. Er sei dann und dann geboren, auf der Akademie habe er es nicht ausgehalten; selbständig und auf eigenen Füßen, ohne Krücken und Vorbilder, ein Mann, ein Wort, habe er sich zu dem aufgeschwungen, was er heute sei.

Fischerle schwor und schwor und schwor. Der Paß-Koch zwang ihn, was er vorsprach, Wort für Wort mit schreiender Stimme zu wiederholen. Zum Schluß trat er feierlich vom Himmel zurück und versprach, dieses Verbrecherlokal vor seiner Abreise zu verachten. »Der Himmel ist ein Dreck!«, so krächzte er, dienstbeflissen und heiser, »ich werde mich vor dem Gesindel hüten und in Japan gründ' ich eine Filiale vom Pavian! Wenn ich zuviel Geld verdiene, schick' ich's euch. Dafür dürft ihr dem Himmel von meiner Abreise nichts erzählen. Diese Zuchthäusler sind imstand' und schicken mir die Polizei auf den Hals. Euch zuliebe nehm' ich den falschen Paß auf meinen Buckel und schwöre, ich hab' ihn freiwillig wollen. Der Himmel kann sich verkriechen!« Dann durfte er sich schlafen setzen, in derselben Ecke. Er hüpfte vom Tisch herunter und steckte den besseren Paß in die Tasche, neben das kleine Schachspiel, wo er am sichersten aufgehoben war. Erst schnarchte er zum Spaß, um die Männer zu belauschen. Doch bald schlief er wirklich, die Arme fest über der Brust gekreuzt, die Fingerspitzen in den Achselhöhlen, so daß er beim leisesten Raubversuch gleich erwachen mußte.

Um vier Uhr morgens, zur Sperrstunde, als hie und da das Gesicht eines Polizisten flüchtig über die Scheibe huschte, wurde Fischerle geweckt. Rasch schneuzte er sich den Schlaf aus der Nase und war gleich munter. Man überbrachte ihm die inzwischen beschlossene Ernennung zum Ehrenmitglied des Pavians. Er dankte stürmisch. Viele Gäste waren hinzugekommen, jedermann wünschte ihm Glück auf die Reise. Hochrufe auf die Schachkunst wurden laut. Tausend gutgemeinte Klapse erdrückten ihn beinah. Grinsend, damit man es merke, verbeugte er sich nach allen Seiten, schrie kräftig: »Auf Wiederseh'n in Tokio beim neuen Pavian!« und verließ das Lokal.

Auf der Straße grüßte er freundlich mehrere Polizisten, die er immer in Gruppen und sehr auf ihrer Hut traf. »Von heut an«, sagte er sich, »bin ich höflich zur Polizei.« Den Himmel, der in der Nähe lag, umging er. Als Doktor beschloß er, mit allen verrufenen Lokalen Schluß zu machen. Auch durfte er nicht gesehen werden. Es war noch stockdunkle Nacht. Aus Sparsamkeit brannte nur jede dritte Gaslaterne. In Amerika gibt es Bogenlampen. Die leuchten ununterbrochen Tag und Nacht. Vor lauter Geld sind die Leute dort verschwenderisch und verrückt. Ein Mensch, der sich schämt, weil seine Frau eine alte Hur ist, muß nicht zu ihr nach Haus'. Er geht einfach zur Heilsarmee; die führt ihre Hotels mit weißen Betten; jeder bekommt zwei Leintücher zu persönlichem Gebrauch, er darf auch ein Jud sein. Warum führt man diese glänzende Kombination nicht in Europa ein? Er klopfte auf seine rechte Rocktasche; da spürte er Schachspiel und Paß zugleich. Im Himmel hätte ihm niemand einen Paß verehrt. Dort dachte ein jeder nur an sich und wie er zu Geld kommt. Der Pavian war nobel. Den Pavian verehrte er. Der Pavian hatte ihn zum Ehrenmitglied ernannt. Das ist keine Kleinigkeit, da verkehren die erstklassigsten Verbrecher! Im Himmel leben die Hunde von ihren Mädchen, sie könnten doch selbst was arbeiten. Er wird sich revanchieren. Der kolossale Schachpalast, den er sich in Amerika erbaut, bekommt den Namen »Schloß Pavian«. Kein Mensch wird wissen, daß eine Spelunke so heißt.

Unter einer Brücke erwartete er den Tag. Bevor er sich hinsetzte, holte er einen trockenen Stein. In Gedanken trug er den neuen Anzug, der seinem Buckel wie angegossen saß, er war schwarz-weiß kariert, nach Maß gemacht und kostete zwei Vermögen. Wer den nicht zu schonen verstand, war Amerika nicht wert. Heftige Bewegungen vermied er, trotz der Kälte. Seine Beine streckte er aus, als wären die Hosen gebügelt. Von Zeit zu Zeit knipste er ein Stäubchen weg, das nutzlos durch die Finsternis leuchtete. Stundenlang kniete ein Schuhputzer vor dem Stein und wichste aus Leibeskräften. Fischerle beachtete ihn nicht. Sprach man mit dem Jungen, so arbeitete er schlecht, es war besser, er blieb bei seiner Wichse. Ein moderner Hut schützte Fischerles Frisur vor dem Wind, der sich gegen Morgen hier zu erheben pflegte, Meeresbrise hieß er. Auf der anderen Seite des Tisches saß Capablanca und spielte in Handschuhen. »Sie glauben vielleicht, ich hab' keine Handschuh'«, sagte Fischerle und zog ein ganz neues Paar aus der Tasche. Capablanca erbleichte, seine waren getragen. Fischerle warf ihm die neuen vor die Füße und rief: »Ich fordere Sie heraus!« »Meinetwegen«, sagte Capablanca, er zitterte vor Angst, »aber Sie sind kein Doktor. Ich spiel' nicht mit jedem.« »Ich *bin* ein Doktor!« entgegnete Fischerle ruhig und hielt ihm den Paß vor die Nase, »lesen Sie, wenn Sie können!« Capablanca gab sich geschlagen. Er weinte sogar und war untröstlich. »Nichts dauert ewig«, sagte Fischerle und klopfte ihm auf die Schulter, »wieviel Jahre waren Sie jetzt Weltmeister? Ein anderer will auch was vom Leben haben. Schauen Sie sich meinen neuen Anzug an! Sind Sie allein auf der Welt?« Doch Capablanca war gebrochen, er sah aus wie ein alter Mann, sein Gesicht war voller Runzeln und die Handschuhe schmierig. »Wissen Sie was«, sagte Fischerle, der arme Teufel tat ihm leid, »ich geb' Ihnen eine Partie vor.« Da stand der Greis auf, wackelte mit dem Kopf, schenkte Fischerle eine eigenhändige Visitenkarte und schluchzte: »Sie sind ein edler Mensch. Besuchen Sie mich!« Auf der Karte stand die genaue Adresse in fremden Buchstaben, wer konnte das lesen? Fischerle plagte sich, jeder Strich war anders, kein Wort kam heraus. »Lernen Sie lesen!« rief Capablanca, er war schon verschwunden, man hörte ihn nur schreien, wie laut er schrie, der wacklige Gauner, »lernen Sie lesen!« Fischerle wollte die Adresse, die Adresse. »Auf der Visitenkarte steht sie!« schrie der Teufel von weitem. Vielleicht kann er nicht Deutsch, seufzte Fischerle und stand da, er drehte die Karte in den Händen herum, er hätte sie zerrissen, aber die Photographie darauf interessierte ihn. Das war er selbst, noch im alten Anzug, ohne Hut, mit Buckel. Die Karte war ein Paß, er selbst lag auf einem Stein, über ihm die alte Brücke, statt der Meeresbrise schien der Tag halbhell.

Er erhob sich und verfluchte feierlich den Capablanca. Das war nicht fair, was er sich eben geleistet hatte. Gut, im Traum darf ein Mensch sich was erlauben, aber im Traum erkennt man auch den wahren Charakter. Fischerle gibt ihm eine Partie vor — er schwindelt ihn mit der Adresse an! Und wo nimmt er die elende Adresse jetzt her?

Zu Hause besaß Fischerle einen winzigen Taschenkalender. Je zwei gegenüberliegende Seiten waren einem Schachmeister gewidmet. Tauchte in der Zeitung ein neues Genie auf, so machte er womöglich noch am selben Tag sämtliche Lebensumstände, vom Geburtsdatum bis zur Adresse, ausfindig und trug sie ein. Beim kleinen Format des Kalenders und seiner eigentlich riesigen Schrift gehörte längere Arbeit dazu, als sich mit den Gewohnheiten der Pensionistin vertrug. Sie fragte ihn, wenn er schrieb, was er da treibe, er sagte kein Wort. Denn für den Fall eines Bruches, mit dem er als Himmelsbewohner rechnete, hoffte er bei den verhaßten Konkurrenten seines Fachs Zuflucht und Protektion zu finden. Zwanzig Jahre lang hielt er seine Liste streng geheim. Die Pensionistin vermutete Liebesgeschichten dahinter. Der Kalender steckte tief in einer Bodenritze unterm Bett. Seine Fingerchen allein waren imstande, ihn zu erreichen. Manchmal verhöhnte er sich und sagte: »Fischerle, was hast du davon? Die

Pensionistin liebt dich ewig!« Aber den Kalender tastete er nur an, wenn eine neue Größe hinein sollte. Dort standen sie alle schwarz auf weiß, auch der Capablanca. Wenn die Pensionistin in die Arbeit geht, heute nacht, wird er es holen.

Der neue Tag begann mit Einkäufen. Doktoren haben eine Brieftasche und wer einen Anzug kauft, muß sie herausziehen, sonst lacht man ihn aus. Bis die Geschäfte öffneten, bekam er graue Haare. Er wollte die größte Brieftasche, kariertes Leder; aber der Preis mußte draußen angeschrieben stehn. Anschwindeln ließ er sich nicht. Er verglich die Auslagen von einigen zehn Geschäften und erhandelte ein ungeheures Stück, das in seiner Rocktasche nur Platz fand, weil sie zerrissen war. Als es ans Zahlen ging, drehte er sich weg. Argwöhnisch umringten ihn die Angestellten. Zwei stellten sich vor die Tür, um frische Luft zu schnappen. Er griff in seine Achselhöhle und zahlte bar.

Unter der Brücke lüftete er sein Kapital, strich es mit demselben Stein, auf dem er gelegen war, glatt und legte die Scheine, ohne sie zu falten, in die karierte Brieftasche. Es wären noch mehr hineingegangen. Man müßte sie schon voll zu kaufen bekommen, seufzte er, dann wär' sie jetzt, mit meinem Kapital dazu, ganz dick. Immerhin würde der *Schneider* merken, was sie enthielt. In seinem vornehmen Geschäft fragte er sofort nach dem Chef. Er kam und blickte überrascht auf den energischen Kunden. Der seltenen Mißgestalt zum Trotz bemerkte er zuallererst den schäbigen Anzug. Fischerle verbeugte sich durch einen Ruck nach oben, wie das seine Art war, und stellte sich vor.

»Ich bin der Schachmeister Doktor Siegfried Fischer. Sie haben mich sowieso nach der Zeitung erkannt. Was ich brauche, ist ein Maßanzug, bis heute abend fertig. Zahle allerhöchste Preise. Die Hälfte bekommen Sie voraus, die zweite Rate beim Empfang. Ich fahre mit dem Nachtzug nach Paris, man erwartet mich beim New Yorker Turnier. Meine ganze Garderobe ist im Hotel gestohlen worden. Sie verstehen, meine Zeit ist Platin wert. Ich wach auf und alles ist weg. Die Einbrecher kommen bei Nacht. Stellen Sie sich den Schreck der Hoteldirektion vor! Wie soll ich auf die Straße? Ich bin abnormal gewachsen, was kann ich dafür; wo findet man schon einen passenden Anzug für mich? Kein Hemd, keine Strümpfe, keine Schuhe, ein Mensch wie ich, der soviel auf Eleganz gibt! Nehmen Sie derweil Maß, ich will Sie nicht aufhalten! Zum Glück haben die in einer Spelunke ein gewisses Individuum aufgetrieben, einen buckligen Krüppel, so was haben Sie noch nicht geseh'n; der hat mir mit seinem besten Anzug ausgeholfen. Und was glauben Sie, was sein bester Anzug war? Der da! So verkrüppelt wie der Anzug bin ich nämlich noch lange nicht. Bei meinen englischen Anzügen merkt niemand was. Klein bin ich, gut, was soll ich mir tun? Aber die englischen Schneider sind Genies, sag' ich, alle Genies, einer wie der andere. Ohne Anzug hab' ich einen Buckel. Ich gehe zum englischen Schneider und der Buckel ist weg. Ein Talent macht den Buckel kleiner, ein Genie schneidert ihn weg. Schad' um die schönen Anzüge! Versichert bin ich natürlich. Dabei kann ich dem Verbrecher noch dankbar sein. Den frischen Paß, gestern ausgestellt, legt er mir auf den Nachttisch. Alles andere nimmt er mit. Da, seh'n Sie — Sie zweifeln an meiner Identität, wissen Sie, bei dem Anzug glaub' ich manchmal selbst, ich bin es nicht. Ich würde gleich drei auf einmal bestellen, aber weiß ich, wie Sie arbeiten? Im Herbst komm' ich wieder nach Europa. Ist Ihr Anzug gut, da werden Sie was erleben. Ganz Amerika schick' ich Ihnen her! Und Sie machen mir einen anständigen Preis, als gutes Vorzeichen. Sie müssen wissen, ich rechne auf die Weltmeisterschaft. Spielen Sie Schach?«

Man nahm ihm sorgfältig Maß. Was ein Engländer könne, werde man auch noch zustande bringen. Man müsse von Beruf kein Schachspieler sein, um den Herrn Doktor zu kennen. Die Zeit sei knapp, aber zwölf Arbeiter stünden ihm zur Verfügung, prima Leute, er, der Chef, werde sich beehren, persönlich zuzuschneiden, was er nur für Ausnahmskunden tue. Als Tarockspieler wisse er die Schachkunst zu schätzen. Meister bleibe Meister, ob jetzt Schneider oder Schach. Ohne sich aufdrängen zu wollen, empfehle er ihm, gleich einen zweiten Anzug zu bestellen. Punkt zwölf Uhr sei die Probe, Punkt acht Uhr beides fix, fertig und parat. Der Nachtzug fahre erst um elf. Bis dahin könne sich der Herr Doktor noch amüsieren. Ob er jetzt Weltmeister werde oder nicht, auf einen solchen Kunden sei man auf jeden Fall stolz. Im Zug würden der Herr Doktor den zweiten Anzug bereuen. Auch bitte er ihn höflichst, den Ruf seines geschätzten Anzuges in New York zu verbreiten. Er werde ihm ein Preischen machen, ein lächerliches Preischen! Tatsächlich verdiene er nichts an dem Anzug, er arbeite aus Liebe zur Kunst für einen solchen Kunden, und was für einen Stoff er wünsche?

Fischerle zog die eigene Brieftasche heraus und sagte: »Genau so. Kariert, dieselbe Farbe, es macht sich besser beim Turnier. Schwarz-weiß kariert wäre mir am liebsten, wie ein Schachbrett, aber das habt ihr Schneider nicht. Bleiben wir bei *einem* Anzug! Bin ich zufrieden, so telegraphier' ich aus New York um einen zweiten. Hand drauf! Ein berühmter Mensch hält, was er verspricht. Diese Wäsche! Diese Wäsche! Den Dreck muß ich mir gefallen lassen! Die Wäsche hab' ich auch von ihm. Jetzt sagen Sie mir, warum hält so ein Krüppel nicht mehr aufs Waschen? Schadet es was? Tut die Seife weh? Mir nicht!«

Der Rest des Vormittags verging mit wichtigen Geschäften. Knallgelbe Schuhe wurden gekauft und ein schwarzer Hut. Die teure Wäsche leuchtete neu, wo der Anzug es ihr erlaubte. Ein Unglück war es, daß man so wenig davon sah. Anzüge müßten durchsichtig sein, wie bei den Weibern; warum soll ein Mann nicht zeigen, was er wert ist? In einer Bedürfnisanstalt wechselte Fischerle die Wäsche. Der Frau gab er ein Trinkgeld und fragte sie, für wen sie ihn halte. »Für einen Krüppel halt«, sagte sie und grinste so dreckig, wie es ihr Beruf mit sich brachte. »Sie meinen, wegen dem Buckel!« sagte Fischerle gekränkt, »der vergeht wieder. Glauben Sie, ich bin so geboren? Ein Geschwür, eine Krankheit, was wollen Sie, in sechs Monaten bin ich wieder grad, sagen wir in fünf. Wie finden Sie die Schuh'?« Da kam ein neuer Gast; ihre Antwort blieb sie schuldig, er hatte schon bezahlt. »Pfui Teufel«, sagte er sich, »was brauch ich die alte Hur! Ich geh einfach baden.«

In der vornehmsten Anstalt verlangte er eine Luxuskabine mit Spiegel. Da er bezahlt hatte, badete er wirklich, zum Verschwender war er nicht geboren. Eine schöne Stunde verbrachte er vor dem Spiegel. Von den Schuhen bis zum Hut stellte er sich vollendet hin, der alte Anzug lag auf dem Luxusdiwan, wer beachtete den Schund? Das Hemd dagegen war gestärkt und blau, eine zarte Farbe, passend und groß, leider dachte man an den Himmel dabei, warum, das Meer ist genauso blau. Unterhosen bekam man bloß weiße, rosarote wären ihm lieber gewesen. An den Sockenhaltern zupfte er, wie fest das klatschte. Auch Fischerle hat Waden, sie sind nicht so krumm, und das Band der

Halter ist Seide, garantiert. In der Kabine fand sich ein Tischchen, aus Rohr geflochten. Palmen, die zu erstklassigen Zimmereinrichtungen gehören, stellt man darauf. Hier bedeutete das Tischchen eine Zugabe zum Bade. Der reiche Mieter schob es vor den Spiegel, holte sein Schachspiel aus der Tasche des verachteten Anzugs heraus, nahm ungeniert Platz und gewann eine Blitzpartie gegen sich selbst. »Wenn Sie der Capablanca wären«, schrie er sich heftig an, »hätt' ich Sie schon sechsmal geschlagen, in derselben Zeit! Bei uns in Europa nennt man das Freßschach! Gehen Sie betteln mit Ihrer Nase! Sie glauben, ich fürcht mich. Eins, zwei und Sie sind kaputt. Sie Amerikaner! Sie Paralytiker! Wissen Sie, wer ich bin? Ein Doktor! Ich hab' studiert! Zum Schachspiel gehört Intelligenz. Und so was war Weltmeister!«

Dann packte er rasch zusammen. Das Tischchen ließ er da. Im »Schloß Pavian« wird er sie zu Dutzenden haben. Auf der Straße wußte er nicht mehr, was kaufen. Das Paket mit den alten Sachen unterm Arm sah nach Papier aus. In der ersten Klasse besitzt man Gepäck. Er kaufte einen Rohrplattenkoffer. Darin schwamm einsam, was er früher am Leibe trug. Bei der Aufbewahrung für Handgepäck gab er ihn ab. Der Beamte meinte: »Leer!« Fischerle sah ihn von unten hinauf hochmütig an. »Sie wären froh, wenn Sie ihn hätten!« Er studierte die Fahrpläne. Zwei Nachtzüge fuhren nach Paris. Den einen konnte er noch lesen, der andere war ihm zu hoch. Eine Dame gab ihm Auskunft. Sie war nicht besonders gekleidet. Sie sagte: »Aber Sie werden sich noch den Hals verrenken, kleiner Mann. Welchen Zug brauchen Sie?« »Doktor Fischer ist mein Name«, entgegnete er herablassend; sie fragte sich, wie er das zuwege bringe. »Ich fahre nach Paris. Gewöhnlich nehm' ich den Zug um 1 Uhr 5, seh'n Sie, den da. Ich höre, es geht ein anderer früher.« Da sie eine bloße Frau war, verschwieg er Amerika, das Turnier und seinen Beruf. »Sie meinen den um elf, sehn'n Sie, hier!« sagte die Dame. »Ich danke, Gnädigste.« Er wandte sich feierlich ab. Sie schämte sich. Sie kannte sich in der Tonleiter des Mitleids aus und hatte falsch gegriffen. Er bemerkte ihre Unterwürfigkeit, sie war aus einem Himmel, gern hätte er ihr ein Schimpfwort zugeworfen, er hatte sie erkannt. Da hörte er das Donnern einer Lokomotive, die einfuhr, und besann sich auf den Bahnhof. Die Uhr zeigte auf zwölf. So verlor er mit Weibern seine kostbare Zeit. In dreizehn Stunden war er auf dem Weg nach Amerika. Wegen des Kalenders, den er sämtlichen Neuigkeiten zum Trotz nicht vergaß, entschloß er sich für den späteren Zug. Dem Anzug zuliebe nahm er ein Auto. »Mein Schneider wartet«, sagte er während der Fahrt zum Chauffeur, »heute nacht muß ich nach Paris und morgen früh nach Japan. Was glauben Sie, wie wenig Zeit ein Doktor hat!« Dem Chauffeur war diese Fuhre unangenehm. Er hatte das Gefühl, daß ein Zwerg kein Trinkgeld gibt, und rächte sich zum voraus. »Sie sind kein Doktor, Herr, ein Kurpfuscher sind Sie!« Chauffeure gab es im Himmel, soviel man wollte. Sie spielten miserabel, wenn sie schon spielten. Ich schenk' ihm die Ehrenbeleidigung, weil er kein Schach kann, dachte sich Fischerle. Im Grunde war er froh, weil er sich so das Trinkgeld ersparte.

Bei der Probe schrumpfte der Buckel ein. Erst traute der Kleine dem Spiegel nicht und fuhr hin, um zu sehen, ob er flach war. Der Schneider blickte diskret zur Seite. »Wissen Sie was!« schrie Fischerle, »Sie sind in England geboren! Wenn Sie wollen, wett ich. Sie sind in England geboren!« Halb und halb gab es der Schneider zu. Er kenne London genau, er sei nicht gerade in London geboren, auf der Hochzeitsreise wäre er beinahe dort geblieben, die große Konkurrenz ... »Das ist erst die Probe. Bis abends ist er weg«, sagte Fischerle und strich sich über den Buckel. »Wie finden Sie den Hut?« Der Schneider war begeistert. Den Preis fand er empörend, die Fasson modern und zu einem passenden Mantel riet er von Herzen. »Man lebt nur einmal«, sagte er. Fischerle gab ihm recht. Er wählte eine Farbe, die das Gelb der Schuhe mit dem Schwarz des Hutes versöhnte, ein grelles Blau. »Außerdem hat mein Hemd dieselbe Nuance.« Der Schneider zog vor soviel Geschmack den Hut. »Der Herr Doktor tragen alle Hemden von einerlei Farbe und Muster», er wandte sich an einige dienernde Angestellte und erklärte ihnen die Eigenheiten dieses berühmten Menschen. »Auf so eine Art und Weise entpuppt sich der strahlende Phönix. Wahre Charaktere ergeben sich selten. Meiner bescheidenen Meinung nach bestärkt das Spiel den Menschen konservativ. Ob Tarock oder Schach, das paßt sich gleich an. Der Geschäftsmann trägt die felsenfeste Überzeugung, er sitzt. Er hebt sich zu der Verkörperung der Ruhe empor. Nach des Tages Feierabend läßt sich gut ruhen. Auch die innigste Familie hat ihre Grenzen im Leben. Bei einer edlen Stammtischkorona drückt unser Herrgott den gestrengen Vaterblick zu. Von jedem andern verlang' ich für den Mantel eine Anzahlung. Bei Ihrem Charakter erlaube ich mir nicht, Sie beleidigen zu wollen.«

»Ja, ja«, sagte Fischerle. »Meine zukünftige Frau lebt in Amerika. Ein Jahr hab' ich sie nicht geseh'n. Der Beruf, der elende Beruf! Die Turniere sind verrückt. *Da* macht man remis, *dort* gewinnt man, meistens gewinnt man, sagen wir immer, und die Zukünftige sehnt sich krank. Soll sie mitfahren, werden Sie sagen. Sie haben leicht reden. Sie stammt nämlich aus einer millionärischen Familie. ›Heiraten!‹ sagen die Eltern, ›oder zu Hause bleiben! Sonst läßt er dich dann sitzen und wir sind blamiert.‹ Gegen das Heiraten hab' ich nichts, als enorme Mitgift kriegt sie ein gestopftes Schloß, aber erst bis ich Weltmeister bin, vorher nicht. Sie heiratet meinen Namen, ich ihr Geld. Das Geld allein nehm' ich nicht. Also auf Wiedersehen um acht!«

Durch die Enthüllung seiner Heiratspläne verbarg Fischerle den tiefen Eindruck, den sein geschilderter Charakter auf ihn machte. Bis jetzt wußte er nicht, daß Männer mehr als *ein* Hemd auf einmal besitzen. Seine ehemalige Frau, die Pensionistin, hatte drei und auch die erst seit kurzem. Der Herr, der jede Woche zu ihr kam, wollte nicht immer dasselbe Hemd sehen. Eines Montags erklärte er, heut habe er es satt, das ewige Rot gehe ihm auf die Nerven. Die Woche fange schön an, er sei total herunter, das Geschäft gehe schlecht. Er habe das Recht, für sein Geld etwas Anständiges zu verlangen. Seine Frau sei auch noch da. Warum, weil sie mager sei? Ein Weib sei sie doch. Auf die Frau lasse er nichts kommen. Sie sei die Mutter seiner Kinder. Er wiederhole: wenn er am nächsten Montag wieder das ewige Hemd vorgesetzt bekomme, verzichte er auf das Vergnügen. Solide Herren seien nicht so dick gesät. Dann ging es doch. Eine Stunde später fühlte er sich sanft. Vor dem Weggehen schimpfte er wieder. Als Fischerle nach Hause kam, stand die Frau ganz nackt in der Mitte des Kabinetts. Das rote Hemd lag zerknüllt in der Ecke. Er fragte, was sie da macht. »Ich wein'«, sagte die komische Figur, »er kommt nicht mehr.« »Was will er?« fragte Fischerle, »ich renn ihm nach.« »Das Hemd paßt ihm nicht«, jammerte die fette Vogelscheuche, »er braucht ein neues.« »Und du versprichst es nicht!« kreischte Fischerle, »wozu hast du dein Maul!« Wie ein Verrückter stürzte er die Treppe hinunter. »Herr!« schrie er auf der Straße, »Herr!«, den Namen wußte niemand. Auf gut Glück lief er weiter und stieß gegen eine Laterne. Gerade hier verrichtete der Herr ein Bedürfnis, das er oben vergessen hatte. Fischerle wartete, bis er damit fertig war. Dann umarmte er ihn nicht, obwohl er ihn gefunden hatte, sondern sagte: »Sie bekommen jeden Montag ein neues Hemd. Das garantier' *ich* Ihnen! Sie ist meine Frau. Ich kann mit ihr machen, was ich will. Beehren Sie uns nächsten Montag wieder!« »Ich werd' sehen, was ich für sie tun kann«, sagte der Herr und gähnte. Damit ihn die Leute nicht kennen, hatte er einen weiten Weg. Am Dienstag drauf kaufte sich die Pensionistin zwei neue Hemden, ein grünes und ein lila. Montag kam der Herr. Er sah gleich nach dem Hemd. Sie hatte das grüne an. Erst fragte er böse, ob es das alte gefärbt sei, ihn schmiere man nicht an, er kenne das genau. Sie zeigte ihm die anderen, und er war sehr zufrieden. Das lila hatte er lieber, am liebsten war ihm das rote, weil es ihn an die erste Zeit erinnerte. So rettete Fischerle durch seine Tüchtigkeit die Frau vor dem Unglück. Sie wäre sonst verhungert bei den unsicheren Zeiten.

Während er an das kleine Kabinett und die viel zu große Frau dachte, beschloß er, auf den Kalender zu verzichten. Vielleicht traf er sie zu Hause. Sie liebte ihn heiß. Vielleicht ließ sie ihn nicht weg. Wenn sie nein sagte, begann sie zu schreien und stellte sich vor die Tür. Da gab es kein Durchkriechen, da gab es kein Beiseiteschieben, sie war dicker als die Tür. Auch den Kopf hatte sie dick; wenn sie sich was hineingesetzt hatte, vergaß sie das Geschäft und blieb die ganze Nacht zu Haus. Da versäumte er den Zug und kam zu spät nach Amerika. Die Adresse des Capablanca fand man in Paris genauso. Wußte sie dort niemand, dann fragte man in Amerika. Millionäre wissen alles. In das Kabinett mochte Fischerle nicht mehr zurück. Unters Bett wär' er zum Abschied gern gekrochen, weil er dort in der Wiege seiner Laufbahn lag. Da hatte er Fallen gestellt und Meister geschlagen, wie der Blitz war er von einem Feld zum andern gestürzt, eine Ruhe herrschte wie in keinem Kaffeehaus, die Gegner spielten gut, weil er selbst der Gegner war — ins »Schloß Pavian« baut er sich genau dasselbe Kabinett, mit demselben Bett für gescheite Züge, er allein darf hinunter. Auf den Abschied verzichtet er. Die vielen Gefühle sind umsonst. Ein Bett ist ein Bett. Er erinnert sich auch so noch genau. Dafür kauft er jetzt elf solche Hemden dazu, alle blau. Wer sie auseinanderhalten kann, wird mit einem Preis belohnt. Der Schneider versteht was von Charakteren; über Tarock soll er schweigen. Das spielen die Esel.

Mit seinem Paket begab er sich wieder auf den Bahnhof, löste den Rohrplattenkoffer aus und legte die Hemden Stück für Stück hinein. Die Verachtung des Beamten schlug in Achtung um. »Noch so ein Dutzend«, dachte der Besitzer, »und er verliert den Verstand.« Als er den Koffer geschlossen in der Hand hielt, zog ihn der beinahe in einen bereitstehenden Zug hinein. Der Beamte nahm ihm die Versuchung ab. An einem besonderen Schalter, den ein Reisebüro für Ausländer eröffnet hatte, verlangte Fischerle in gebrochenem Deutsch eine Fahrkarte erster Klasse nach Paris. Man jagte ihn weg. Er ballte die Faust und krächzte: »So, zur Strafe fahr' ich zweite und die Bahn hat den Schaden! Wartet nur, bis ich im neuen Anzug komm'!« In Wirklichkeit war er nicht böse. Er sah eben keinem Ausländer ähnlich. Vor dem Bahnhof aß er rasch ein Paar heiße Würstel. »Ich könnte in ein Restaurant mit separiertem Tisch hingehn«, sagte er dem Würstelmann, »und ein Heidengeld auf die weißen Tischtücher legen, meine Brieftasche erlaubt's«, er hielt sie dem Ungläubigen unter die Nase, »aber ich bin nicht fürs Essen, ich bin für die Intelligenz!« »Mit so einem Kopf, das glaub' ich!« erwiderte der andere. Auf einem plumpen Körper trug der einen Kindskopf und beneidete jeden, der einen größeren hatte. »Was glauben Sie, was da drin steckt!« sagte Fischerle und zahlte. »Das ganze Studium und Sprachen, sagen wir sechs!«

Den Nachmittag setzte er sich hin und lernte Amerikanisch. In den Buchhandlungen wollte man ihm Lehrbücher für Englisch anhängen. »Meine Herren«, schäkerte er, »Sie haben keinen Dummkopf vor sich. *Sie* haben Ihr Interesse und *ich* hab' meines.« Angestellte wie Inhaber beteuerten, daß man in Amerika Englisch spreche. »Englisch weiß ich, ich mein was Besonderes.« Nachdem er sich davon überzeugt hatte, daß man ihm überall dasselbe sagte, kaufte er ein Buch mit den geläufigsten englischen Redensarten. Er bekam es um die Hälfte, weil dieser Buchhändler sich in jeder Hinsicht von Karl May nährte, anderes nur nebenbei führte und über die Gefahren der Wüste Takla-Makan, die ein solcher Zwerg zu durchqueren gedachte, statt mit der Bahn über Sibirien oder per Schiff über Singapore zu fahren, außer sich und sein Interesse geriet.

Auf einer Bank steckte der kühne Forscher die Nase in den ersten Kursus. Da standen lauter Neuigkeiten, wie »Die Sonne scheint« oder »Das Leben ist kurz«. Leider schien sie wirklich. Es war Ende März und sie biß noch nicht. Sonst hätte Fischerle sich gehütet, ihr nahezukommen. Mit der Sonne hatte er schlechte Erfahrungen. Sie war heiß wie Fieber. Im Himmel schien sie nie. Fürs Schach machte sie einen blöd.

»Ich kann auch Englisch!« rief eine Gans neben ihm. Sie hatte Zöpfe und war um Vierzehn. Er ließ sich nicht stören und las die Neuigkeiten laut vor. Sie wartete. Nach zwei Stunden schlug er das Lehrbuch zu. Dann nahm sie es, als kenne sie ihn zwanzig Jahre, und fragte ihn ab, wozu es der Pensionistin an Genie gefehlt hätte. Er hatte sich jedes Wort gemerkt. »Wieviel Jahre lernen Sie?« fragte die Minderjährige, »wir sind noch nicht soweit, ich lerne erst das zweite Jahr.« Fischerle erhob sich, verlangte sein Eigentum zurück, warf ihr einen bösen, vernichtenden Blick zu und protestierte schreiend: »Auf Ihre Bekanntschaft verzicht' ich! Wissen Sie, wann ich angefangen habe? Vor genau zwei Stunden!« Mit diesen Worten verließ er das zurückgebliebene Geschöpf.

Gegen Abend war ihm der Inhalt des schmalen Buches geläufig. Er wechselte manche Bank, weil die Leute sich fortwährend für ihn interessierten. War es der ehemalige Buckel oder war es sein lautes Lernen? Da der Buckel in den letzten Zügen lag, entschied er sich für das letztere. Wenn jemand sich seiner Bank näherte, rief er schon von weitem: »Stören Sie mich nicht, ich flehe Sie an, ich falle morgen bei der Prüfung durch, was haben Sie davon, Sie sind eine Seele!« Da konnte niemand widerstehen. Seine Bänke füllten sich, die übrigen blieben leer. Man lauschte seinem Englisch und versprach ihm für die Prüfung alle verfügbaren Daumen. Eine Lehrerin verliebte sich in seinen Fleiß und folgte ihm bis ans Ende des Parkes, von Bank zu Bank. Sie habe Zwerge in ihr Herz geschlossen, sie liebe Hunde, aber nur Zwergpintscher, trotz ihren sechsunddreißig Jahren sei sie noch ledig, sie unterrichte fließend Französisch, sie wäre bereit, gegen Englisch mit ihm auszutauschen, von der Liebe halte sie nichts. Lange behielt Fischerle seine Meinung für sich. Auf einmal nannte sie ihre Quartiersfrau eine käufliche Elende und schimpfte auf geschminkte Lippen, Puder gehe noch an. Da hatte er aber genug, eine Frau ohne Schminke, ja wie stellte die sich das Geschäft vor? »Jetzt sind Sie erst 46 und reden schon so«, fauchte er, »was werden Sie mit 56 sagen?« Die Lehrerin ging. Sie fand ihn ungebildet. Nicht alle Menschen ließen sich beleidigen. Die meisten waren zufrieden, wenn sie gratis bei ihm lernten. Ein neidischer Alter verbesserte ihn und wiederholte hartnäckig: in England spreche man *nicht* so, in England spreche man *so.* »Ich sprech' es Amerikanisch!« sagte Fischerle und drehte ihm den Buckel zu. Alle gaben ihm recht. Man verhöhnte den Alten, der Englisch mit Amerikanisch verwechselte, jeder hatte das jetzt zugelernt. Als der unverschämte Mensch, der sicher schon bald achtzig war, mit der Polizei drohte, sprang Fischerle auf und sagte: »Ja, ich geh sie holen!« Da humpelte der Alte zitternd davon.

Mit der Sonne vergingen nach und nach auch die Leute. Einige Buben rotteten sich zusammen und warteten, bis der letzte Erwachsene verschwand. Plötzlich umringten sie Fischerles Bank und brachen in einen englischen Chor aus. Sie heulten »yes« und sie meinten »Jud«. *Vor* seiner Reisefertigkeit fürchtete Fischerle Buben wie die Pest. Heute warf er das Buch beiseite, stieg auf die Bank und dirigierte mit seinen langen Armen den Chor. Er selbst sang dazu, was er eben gelernt hatte. Die Buben brüllten, er brüllte lauter, der neue Hut tanzte wild überm Kopf. »Rascher, meine Herren!« krächzte er dazwischen, die Buben tobten und waren auf einmal erwachsen. Sie nahmen ihn auf die Schulter. »Meine Herren, was tut ihr!« Noch ein paar solche »Herren« und sie blieben endgültig groß. Sie stützten seine Schuhe, sie schützten den Buckel, drei rissen sich um ein Schulbuch, bloß weil es ihm gehörte, einer zog seinen Hut. Beide trugen sie im Triumph voran, er schwankte hintennach, auf schmächtigen Schultern, er war kein Jud und kein Krüppel, er war ein feiner Kerl und verstand sich auf Wigwams. Bis zum Parktor gehörte ihnen der edle Held. Er ließ sich schütteln und war sehr schwer. Draußen setzten sie ihn leider ab. Sie fragten ihn, ob er morgen wieder da sei. Er enttäuschte sie nicht. »Meine Herren«, sagte er, »wenn ich nicht in Amerika bin, bin ich bei euch!« In Aufregung und Eile trotteten sie davon. Zu Hause erwartete die meisten schon Prügel.

Fischerle schlenderte langsam auf der Straße dahin, an der ihn Anzug und Mantel erwarteten. Seit er wußte, daß der Zug um Punkt elf fuhr, hielt er viel von Pünktlichkeit und Versprechen. Für den Schneider schien es zu früh; er bog in eine Nebengasse ein, betrat ein fremdes Kaffeehaus, vor dem ihn die bunten Weiber anheimelten, und trank aus Bewunderung über sein glänzendes Englisch einen starken Schnaps. Er sagte: »Thank you!«, warf das Geld auf die Platte, drehte sich beim Hinausgehen in der Tür erst um, rief so lange »Good-bye!«, bis es alle gehört hatten und lief dem Paß-Koch, dem er sonst entronnen wäre, infolge dieser Verzögerung in die Arme. »Ja, wo hast du den neuen Hut her?« fragte der erstaunt, über den Zwerg nicht weniger als über den neuen Hut, er traf jetzt in der Gegend schon den dritten Kunden. »Pst!« flüsterte Fischerle, legte den Finger an den Mund und zeigte dann nach rückwärts ins Lokal. Um weiteren Fragen zuvorzukommen, hielt er ihm den linken Schuh entgegen und sagte: »Ich hab' mich für die Reise eingedeckt.« Der Paß-Koch verstand und schwieg. Gediegene Arbeit bei Tag und knapp vor einer Weltreise imponierte ihm. Der Kleine tat ihm leid, weil er ohne Geld bis nach Japan mußte. Einen winzigen Augenblick lang dachte er daran, ihm ein paar hohe Banknoten zuzustecken, die Geschäfte gingen gut. Doch Paß *und* Banknoten, das war zuviel. »Wenn du in einer Stadt nichts mehr weißt«, sagte er mehr für sich als zum Kleinen, »so gehst du direkt zu dem Schachmeister. Da findest du leicht was. Die Adressen hast du doch? Ohne Adressen ist ein Künstler verloren. Daß du die Adressen nicht vergißt!«

Dieser hingeworfene Rat genügte, um Fischerle unter sein Bett zurückzuführen. Es war undankbar, ohne Abschied zu verduften. Das Bett konnte nichts für die dumme Frau. Von dem Taschenkalender trennte sich ein Künstler nicht. Der Zug um 1.05 fuhr genauso pünktlich. Punkt 8 kam er auch beim Schneider an. Der Anzug saß wie eine großartige Kombination. Was vom Buckel noch übrigblieb, verschwand unterm Mantel. Die Meister gratulierten einander, jeder dem anderen zu seiner Kunst.

»Wonderful!« sagte Fischerle und fügte hinzu: »Dabei gibt es Menschen, die nicht einmal Englisch können. Ich kenn' so einen. Er möcht' thank you sagen und sagt danke!«

Der Schneider wieder aß Hamandeggs für sein Leben gern. Vorgestern kam er in ein Restaurant und der Kellner verstand ihn nicht.

»Dabei heißt ox Ochs und milk Milch«, nahm ihm der Kunde das Wort aus dem Mund. »Jetzt frag' ich Sie, gibt es eine leichtere Sprache? Da ist Japanisch schon schwerer!«

»Wobei ich mir zu verraten erlaube, wie ich Sie vom ersten Augenblick nach der Linie beim Eintreten vor der Tür für einen tadellosen Sprachkenner empfinden habe müssen; ich teile vollauf Ihre Überzeugung von den unausrottbaren Schwierigkeiten des japanischen Sprachschatzes. Die neidische Fama verlautet von zehntausenden verschiedenen Buchstaben. Überblicken Sie das himmelschreiende Zubehör der ortsüblichen japanischen Zeitungen. Das Annoncenwesen liegt in den Kinderschuhen tief danieder. Die Sprache erzeugt den ungeahnten Krankheitsbazillus für das Geschäftsleben der Wirtschaft. Wir leiden an einem allumfassenden Aufschwung für das Wohlergehen des befreundeten Volkes. Wir nehmen begründeten Anteil an den fruchtlosen Bemühungen, seitdem der Schnitt des unvermeidlichen Krieges im Fernen Osten am baldigen Verheilen ist.«

»Sie haben vollkommen recht«, sagte Fischerle, »und ich werd' Sie nicht vergessen. Da mein Zug schon bald fährt, scheiden wir als Freunde fürs Leben.«

»Bis zum kühlen Elterngrab«, ergänzte der Schneider und umarmte den künftigen Weltmeister. Wenn das Elterngrab über seine Lippen kam, er hatte mehrere Kinder, wurde ihm tief ergriffen und angstvoll zumute. In seinem Todeskampf drückte er den Doktor fest an sich. Am neuen Mantel verfing sich ein Knopf und sprang ab. Fischerle bekam einen Lachkrampf; sein früherer Angestellter, der blinde Knopfhans, fiel ihm ein. Der Schneider, in seinen heiligsten Gefühlen verletzt, forderte eine umgehende Erklärung.

»Ich kenn' einen Menschen«, prustete der Kleine, »ich kenn' einen Menschen, der Knöpfe haßt. Am liebsten möcht' er alle Knöpfe fressen, damit es keine mehr gibt. Was täten da die Herren Schneidermeister, hab' ich mir eben gedacht. Finden Sie nicht auch?«

Da vergaß der Beleidigte seine Zukunft im Elterngrab und lachte dröhnend. Während er den Knopf selbst wieder annähte, versprach er ein übers andere Mal, diese fabelhafte Idee einem Witzblatt zur gefälligen Einsicht übersenden zu wollen. Er nähte langsam, um in Gesellschaft zu lachen. Er tat alles in Gesellschaft, selbst Tränen gewährten ihm, wenn er allein war, kein rechtes Vergnügen. Er bedauerte von Herzen die Abreise des Herrn Doktors. An ihm verlor er seinen besten Freund, weil sie das sicher geworden wären, so sicher zweimal zwei in alle Ewigkeit vier ist. Sie schieden per Du. Der Meister stellte sich in die Tür und blickte ihm lange nach. Bald verlor sich das Bild des wohlgeratenen Zwergs — auf die Herzensbildung kommt es an — in die Umrisse des hervorragenden Mantels, unter dem die Hosen eines bedeutenden Anzugs dankbar zu sehen waren.

Den alten Anzug trug Fischerle wohlverpackt auf die Bahn. Zum drittenmal tauchte er in der Halle auf, ein frisch angezogener Mensch, verjüngt und hochgeboren. Mit königlicher Gleichgültigkeit hielt er den Aufbewahrungsschein zwischen Mittelfinger und Zeigefinger dem Beamten hin und verlangte seinen »neuen Rohrplattenkoffer«. Die Achtung des Beamten ging in Hochachtung über. Mit den Hemden heute nachmittag hatte der Krüppel vielleicht gehandelt, die Eleganz jetzt trug er am eigenen Leib. Mit beiden Armen legte er das Paket in den Koffer und erklärte: »Das lassen wir schön zu! Aufmachen wär' verrückt.« Am Schalter für Ausländer fragte er deutsch und barsch: »Bekomme ich hier eine Fahrkarte erster Klasse nach Paris oder nicht?« »Aber selbstverständlich!« versicherte derselbe Mann, der ihn vor einigen Stunden weggejagt hatte. Daraus entnahm Fischerle mit Recht und mit Stolz, daß er nicht mehr zu erkennen war. »Langsam geht das bei euch, meine Herren!« beschwerte er sich, in englischer Aussprache, sein Lehrbuch hielt er noch unterm Arm. »Hoffentlich fahren eure Züge rascher!« Ob er Schlafwagen wünsche, es seien noch Betten frei. »Bitte. Für den Zug um 1.05. Ist der Fahrplan verläßlich?« »Aber selbstverständlich. Wir befinden uns in einem alten Kulturzentrum.«

»Ich weiß. Das hat mit den Schnellzügen nichts zu tun. Bei uns in Amerika kommt erst das Geschäft. Business, wenn Sie schon soviel Englisch können.« Die auffällige Art, in der dieser kleingewachsene Herr eine volle und karierte Brieftasche hinhielt, bestärkte den Beamten in seiner Überzeugung, einen Amerikaner vor sich zu haben und in der grenzenlosen Ehrfurcht, die einem solchen gebührte. »Ich verzichte auf dieses Land!« sagte Fischerle, nachdem er bezahlt und die Fahrscheine in der karierten Brieftasche versteckt hatte. »Man hat mich übers Ohr gehauen. Man hat mich wie einen Krüppel behandelt und nicht wie einen Amerikaner. Durch meine glänzenden Sprachkenntnisse ist es mir gelungen, die Absichten meiner Feinde zu durchkreuzen. Wissen Sie, daß ich in Lasterhöhlen verschleppt wurde? Gute Schachspieler habt ihr, das ist das einzige, was ich zugeben kann. Der weltberühmte Pariser Psychiater, Professor Kien, ein guter Freund von mir, ist derselben Meinung. Man hat mich unter einem Bett gefangengehalten und durch gefährliche Morddrohungen ein ungeheures Lösegeld von mir erpreßt. Ich habe gezahlt, aber eure Polizei wird mir das Dreifache zurückzahlen. Die diplomatischen Schritte sind eingeleitet. Kulturzentrum ist gut!« Ohne Gruß wandte er sich ab. Mit festem Schritt verließ er die Halle. Um seinen Mund spielte ein verächtliches Zucken. Ihm das Kulturzentrum! Ihm, der hier geboren war und die Stadt noch nie verlassen hatte; der alle Schachzeitungen auswendig kannte, jede Illustrierte im Himmel als erster las und in einem Nachmittag Englisch lernte! Seit seinem Erfolg war er der leichten Erlernbarkeit sämtlicher Sprachen gewiß und nahm sich für die freie Zeit, die ihm sein Beruf als Weltmeister in Amerika übriglasse, pro Woche zwei Sprachen vor. In einem Jahr macht das 66, mehr Sprachen braucht man nicht, wozu, auf die Dialekte pfeift er, die kann man sowieso.

Es war nine o' clock, die große Uhr vor dem Bahnhof ging Englisch. Um zehn werden die Haustore gesperrt. Eine Begegnung mit dem Hausbesorger war am besten zu vermeiden. Der Weg bis zur verfallenen Kaserne, in der Fischerle leider zwanzig Jahre bei einer Hure verschwendet hatte, dauerte vierzig Minuten, forty minutes. Ohne sich zu übereilen, nahm er ihn unter die gelben Schuhe. Hie und da blieb er stehen und schlug unter einer Gaslaterne die Worte, die er sich Englisch dachte, in seinem Buche nach. Sie stimmten immer. Er benannte die Dinge und sprach zu den Menschen, die ihm begegneten, aber leise, damit sie ihn nicht aufhielten. Er wußte noch mehr, als er sich eingebildet hatte. Als er nach zwanzig Minuten nichts Neues traf, ließ er Häuser, Straßen, Laternen und Hunde laufen und setzte sich an eine englische Partie Schach. Diese zog er bis zur dreckigen Kaserne hinaus. Vor dem Haustor gewann er sie und trat in den Flur. Seine ehemalige Frau ging ihm auf die Nerven, aber schon stark. Um ihr nicht in den Schoß zu fallen, versteckte er sich hinter der Treppe. Da hatte er angenehm Platz. Mit den Augen durchbohrte er das Geländer. Von selbst besaß es großartige Löcher. Wenn er wollte, konnte er mit seiner Nase die Treppe verbarrikadieren. Bis zehn Uhr hielt er sich mäuschenstill. Der Hausbesorger, ein lumpiger Schuster, verschloß das Tor und löschte mit wackligen Händen die Treppenbeleuchtung aus. Als er in seine schäbige Wohnung verschwand, sie war kaum doppelt so geräumig wie Fischerlers Frau, krähte dieser leise: »How do you do?« Der Schuster hörte eine helle Stimme, glaubte, ein Weib stehe draußen und wartete, ob sie um Einlaß läute. Alles blieb ruhig. Er hatte sich getäuscht, auf der Straße war jemand vorübergegangen. Er ging hinein und legte sich, durch die Stimme erregt, zu seinem Weib, das er seit Monaten nicht mehr berührt hatte, schlafen.

Fischerle wartete auf die Pensionistin, ob sie kam oder ging. Als gescheiter Mensch mußte er sie an ihrem Zündholz erkennen, sie hielt es immer steil in die Höhe, weil sie auf Zigaretten versessen war, wie keine andere Hur im Haus. Am liebsten wäre es ihm, sie ginge. Dann schliche er sich hinauf, holte den Taschenkalender unterm Bett hervor, verabschiedete sich von der Ruhewiege, dort lag er in seinem Ideal, als er noch ein kleiner Krüppel war, und rannte zum Haus hinaus und fuhr im Taxi zur Bahn. Oben fände er seinen Haustorschlüssel, den er zuletzt in eine Ecke geworfen hatte, aus Wut über ihr kuhdummes Gerede, damals war er zu faul, ihn aufzuheben. Kam sie, statt zu gehen, so brachte sie einen Gast mit. Hoffentlich blieb der nicht lang. Im schlimmsten Fall kriecht Dr. Fischer wie weiland Fischerle ins Kabinett. Hört ihn die Frau, so schweigt sie, sonst wird ihr Herr wild. Bis sie reden kann, ist er weg. Denn wozu lebt so eine Frau den ganzen Tag? Entweder liegt sie mit einem im Bett, oder sie liegt mit keinem im Bett. Entweder sie schwindelt dem einen sein Geld ab, oder sie schenkt es einem andern wieder her. Entweder sie ist alt, dann hat man sie satt, oder sie ist jung, dann ist sie noch dümmer. Gibt sie einem was zu fressen, so frißt sie einen dafür auf, verdient sie nichts, so kann man für sie Taschenkämme stehlen gehen. Pfui Teufel! Wo bleibt da die Kunst? Ein gerade gewachsener Mann stellt sich und seine

Sach' aufs Schach. Während er wartete, drückte Fischerle die Brust heraus. Denn wer weiß, wie der Rücken von Mantel und Anzug morgen aussieht, der Buckel strapaziert sie.

Eine Ewigkeit kam niemand. Von der Dachrinne tropfte es in den Hof. Alle Tropfen fließen in den Ozean. Auf einem Ozeanriesen schifft sich Dr. Fischer nach Amerika ein. New York besitzt zehn Millionen Einwohner. Die Bevölkerung ist in einem Freudentaumel. Auf der Straße küssen sich die Menschen und schreien: Hoch! Hoch! Hoch! Hundert Millionen Taschentücher wehen zum Empfang, an jeden Finger bindet sich jeder Einwohner ein Stück. Die Einwanderungsbehörde verduftet. Was soll sie viel fragen? Eine Deputation der New Yorker Huren legt ihm ihre Himmel zu Füßen. Das gibt es dort auch. Er bedankt sich. Er hat studiert. Flugzeuge malen DR. FISCHER in die Luft. Warum soll man für ihn keine Reklame machen? Er ist mehr wert als Persil. Tausende fallen für ihn ins Wasser. Man soll sie retten, befiehlt er, er hat ein weiches Herz. Capablanca fällt ihm um den Hals. »Retten Sie mich!« flüstert er. Im Lärm bleibt auch Fischerles Herz zum Glück taub. »Scheren Sie sich!« schreit er, er gibt ihm einen Stoß. Capablanca wird von der wütenden Menge zerrissen. Von einem Wolkenkratzer schießen die Kanonen. Der Präsident der Vereinigten Staaten reicht ihm die Hand. Seine Zukünftige zeigt ihm die Mitgift schwarz auf weiß. Er nimmt sie. Subskriptionslisten für »Schloß Pavian« liegen auf. Auf sämtlichen Wolkenkratzern. Die Anleihe wird überzeichnet. Er gründet eine Schule für junge Talente. Sie werden frech. Er schlägt sie hinaus. Im ersten Stock schlägt es elf. Dort lebt eine achtzigjährige Frau mit ihrer Großmutteruhr. In 2 Stunden 5 Minuten fährt der Schlafwagen nach Paris.

Auf den Zehen steigt Fischerle die Treppe hinauf. Solange bleibt die Frau nicht weg. Sicher liegt sie unter einem Gast. Vor dem Kabinett im dritten Stock bleibt er stehen und hört Stimmen. Durch die Ritzen fällt kein Licht. Da er die Frau verachtet, versteht er nichts von ihrem Gerede. Er zieht sich die neuen Schuhe aus und stellt sie auf die erste Stufe der Stiege, näher zu Amerika. Den neuen Hut legt er darüber und bewundert ihn, der noch schwärzer ist als die Finsternis. Vom Englisch-Buch trennt er sich nicht, das versteckt er in der Manteltasche. Leise öffnet er die Tür, darin hat er Übung. Die Stimmen reden weiter, laut und über Beleidigungen. Beide sitzen auf dem Bett. Die Tür läßt er gleich offen und kriecht zur Ritze. Erst steckt er die Nase hinein: der Kalender ist da, er riecht nach dem Petroleum, in dem er vor Monaten einmal schwamm. »Habe die Ehre!« denkt Fischerle und verbeugt sich vor soviel Schachkünstlern. Dann schiebt er den Kalender mit dem Zeigefinger der Rechten bis ans Ende der Ritze und stößt ihn hoch; er hat ihn. Mit der Linken hält er sich den Mund zu, weil er loslachen möchte. Der Gast oben redet nämlich wie der Knopfhans. Er weiß genau, wie der Kalender lag, wo hinten, wo vorn ist und trägt sich auf den letzten leeren Seiten nach bloßem Fingergefühl ein. Viel schwerer als früher fällt es, so klein zu schreiben. Darum kommt auf eine Seite »Doktor«, auf die zweite »Fischer«, auf die dritte »New« und auf die vierte »York«. Die genaue Adresse schreibt er später, bis er weiß, wo das Schloß Pavian seiner Zukünftigen steht. Er hat sich noch zu wenig um diese Heirat bekümmert. Die Sorgen um Kapital, Paß, Anzug und Fahrkarte haben ihm kostbare Tage geraubt. In seiner Nase riecht es nach Petroleum. »Darling!« sagt die Millionärin und zupft ihn dran, sie liebt lange Nasen, kurze kann sie nicht schmecken, wo hat der seine Nase? sagt sie, wenn sie zusammen auf der Straße spazierengehen, alle sind ihr zu kurz, sie ist schön und amerikanisch, sie ist blond wie im Film, sie hat eine riesige Gestalt und blaue Augen, sie fährt nur in eigenen Autos, vor Trams hat sie Angst, da stehen Krüppel und Taschendiebe, die stehlen einem die Millionen aus der Tasche, schad' drum, was weiß sie von seiner früheren Krüppelei in Europa?

»Krüppel und Dreck ist dasselbe!« sagt der Mann auf dem Bett. Fischerle lacht, weil er keiner mehr ist und betrachtet sich die angezogenen Beine des Menschen. Die Schuhe drücken auf den Boden. Wenn er nicht wüßte, daß der Knopfhans zwanzig Groschen besitzt und keinen halben mehr, er würde schwören, der ist es. Doppelgänger kommen vor. Jetzt redet er von Knöpfen. Warum nicht? Er will eben, daß die Frau ihm einen Knopf annäht. Nein, er ist verrückt, er sagt: »Da, friß ihn!« »Gib's ihm zu fressen«, sagt die Frau. Der Mann steht auf und geht zur offenen Tür. »Der steckt im Haus, sag' ich!« »No such' ihn, kann *ich* was dafür?« Der Doppelgänger schlägt die Tür zu und geht auf und ab. Angst kennt Fischerle nicht. Auf alle Fälle kriecht er in die Richtung der Tür.

»Unterm Bett ist er!« schreit die Frau. »Was!« brüllt der Doppelgänger. Vier Hände ziehen den Zwerg hervor; zwei pakken ihn an Gurgel und Nase. »Johann Schwer ist mein Name!« stellt sich in der Dunkelheit jemand vor, läßt die Nase, nicht die Gurgel los, und brüllt: »Da, friß!« Fischerle nimmt den Knopf in den Mund und versucht zu schlucken. Für einen Atemzug gibt die Hand seine Gurgel frei, bis der Knopf geschluckt ist. Im selben Atemzug sucht Fischerles Mund zu grinsen, und er keucht ganz harmlos: »Das ist ja mein Knopf!« da hat ihn die Hand wieder und würgt. Eine Faust schlägt ihm den Schädel ein.

Der Blinde schleudert ihn zu Boden und holt vom Tisch in der Ecke des Kabinetts ein Brotmesser. Mit diesem zerfetzt er Anzug und Mantel und schneidet Fischerle den Buckel herunter. Bei der schweren Arbeit ächzt er, das Messer ist ihm zu stumpf und Licht will er keines machen. Die Pensionistin sieht ihm zu und zieht sich indessen aus. Sie legt sich aufs Bett und sagt: »Komm!« Aber er ist noch nicht fertig. Er wickelt den Buckel in die Fetzen des Mantels, spuckt ein paarmal drauf und läßt das Paket so liegen. Die Leiche schiebt er unters Bett. Dann wirft er sich auf die Frau. »Kein Mensch hat was gehört«, sagt er und lacht. Er ist müde, aber die Frau ist dick. Er liebt sie die ganze Nacht.

Dritter Teil

Welt im Kopf

Der gute Vater

Die Wohnung des Hausbesorgers Benedikt Pfaff bestand aus einer mittelgroßen, dunklen Küche und einem kleinen, weißen Kabinett, in das man vom Hausflur aus zuerst gelangte. Ursprünglich schlief die Familie, die fünf Mitglieder zählte, im größeren Raum, Frau, Tochter und dreimal er selbst, er, der Polizeibeamte, er, der Ehemann, er, der Vater. Die Ehebetten waren, zu seiner häufigen Entrüstung, gleich groß. Dafür zwang er Tochter und Frau zusammen in einem zu schlafen, das andere gehörte ihm allein. Sich selbst legte er eine Roßhaarmatratze unter, nicht aus Verweichlichung, Langschläfer und Weiber haßte er, sondern aus Prinzip. Das Geld brachte *er* nach Hause. Die Reinigung sämtlicher Treppen oblag der Frau, das Aufsperren des Haustores, nachts, wenn jemand läutete, seit ihrem zehnten Lebensjahr der Tochter, damit sie die Feigheit verlerne. Was an Einnahmen für beiderlei Leistungen einging, behielt er, denn er war der Hausbesorger. Hie und da gestattete er ihnen, eine Kleinigkeit auswärts zu verdienen, durch Bedienung oder Waschen. So spürten sie wenigstens am eigenen Leib, wie hart ein Vater arbeiten muß, von dem die Familie lebt. Beim Essen nannte er sich einen Anhänger des Familienlebens, bei Nacht verhöhnte er die ältliche Frau. Sein Züchtigungsrecht übte er aus, sobald er aus dem Dienst kam. An der Tochter rieb er seine rothaarigen Fäuste mit wirklicher Liebe, von der Frau machte er weniger Gebrauch. Sein ganzes Geld ließ er zu Hause; es stimmte immer genau, auch ohne daß er nachzählte, denn als es einmal nicht gestimmt hatte, mußten Frau und Tochter auf der Straße übernachten. Alles in allem war er glücklich.

Damals wurde in dem weißen Kabinett gekocht, das auch als Küche gedacht war. Bei seinem anstrengenden Beruf, der unaufhörlichen Muskelbereitschaft, in der er die Tage und nachts seine Träume verbrachte, brauchte Benedikt Pfaff eine reichliche, nahrhafte, sorgfältige und servierte Kost. In dieser Hinsicht verstand er schon gar keinen Spaß, und wenn seine Frau es bis zu Prügeln brachte, so war sie selber schuld, was er bei der Tochter durchaus nicht behauptete. Mit den Jahren wuchs sein Hunger. Er fand das Kabinett für ein ausgiebiges Kochen zu klein und befahl die Übersiedlung der Küche in das hintere Zimmer. Er stieß — ausnahmsweise — auf Widerstand, doch sein Wille war unüberwindlich. Seither hausten und schliefen alle drei im Kabinett, wo genau ein Bett Platz fand, und der größere Raum wurde fürs Kochen und Essen, fürs Prügeln und für die seltenen Besuche von Kollegen, denen es hier trotz dem reichlichen Essen nie geheuer war, reserviert. Bald nach dieser Veränderung starb die Frau, vor Überanstrengung. Sie kam der neuen Küche nicht nach; sie kochte dreimal soviel wie früher und magerte von Tag zu Tag ab. Sie schien sehr alt, man hielt sie für eine Sechzigerin. Die Wohnparteien, die den Hausbesorger fürchteten und haßten, bedauerten ihn doch in einem Punkt: sie fanden es grausam, daß der kraftstrotzende Mann mit seiner alten Frau leben müsse. In Wirklichkeit war sie um acht Jahre jünger als er und niemand wußte davon. Manchmal hatte sie sich so viel zum Kochen vorgenommen, daß sie längst nicht fertig war, als er heimkam. Oft wartete er volle fünf Minuten aufs Essen. Dann aber riß ihm die Geduld und er prügelte sie, noch bevor er satt war. Sie starb unter seinen Händen. Doch wäre sie in den nächsten Tagen bestimmt und von selbst eingegangen. Ein Mörder war er nicht. Auf dem Totenbett, das er ihr im größeren Raum bereitete, sah sie so krepiert aus, daß man sich vor den Kondolenzbesuchern schämte.

Am Tage nach der Beerdigung begann sein Wonnemond. Ungestörter als bisher verfuhr er mit der Tochter nach Belieben. Bevor er in den Dienst ging, sperrte er sie rückwärts ein, damit sie sich dem Kochen ausschließlicher hingebe. So freute sie sich auch, wenn er heimkam. »Was macht die Arrestantin?« brüllte er und drehte den Schlüssel im Schloß herum. Sie lachte übers bleiche Gesicht, weil sie jetzt für den nächsten Tag einkaufen ging. Das hatte er gern. Vor dem Einkaufen soll sie lachen, da erwischt sie besseres Fleisch. Ein schlechtes Stück Fleisch ist dasselbe wie ein Verbrechen. Blieb sie länger als eine halbe Stunde aus, so wurde er vor Hunger rabiat und trat sie bei ihrer Heimkehr mit Füßen. Da er davon nichts hatte, stieg seine Wut über den schlecht angetretenen Feierabend. Weinte sie sehr, so wurde er wieder gut und sein Programm nahm den normalen Verlauf. Lieber war es ihm, sie kam pünktlich. Von der halben Stunde stahl er ihr fünf Minuten. Kaum war sie weg, stellte er die Uhr um fünf Minuten vor, legte sie aufs Bett ins Kabinett und setzte sich in die neue Küche zum Herd, wo er an den Speisen roch, ohne einen Finger für sie zu rühren. Seine riesigen, dicken Ohren horchten auf den zerbrechlichen Schritt der Tochter. Sie ging unhörbar aus Angst, die halbe Stunde sei herum, und warf von der Tür einen verzweifelten Blick auf die Uhr. Manchmal gelang es ihr, sich ans Bett zu schleichen, trotz der Angst, die dieses Möbelstück ihr einflößte, und die Uhr mit raschem, scheuem Griff um mehrere Minuten zurückzustellen. Meist hatte er sie schon nach einem Schritt gehört, sie atmete zu laut, und überraschte sie auf halbem Wege, denn bis zum Bett waren es der Schritte zwei.

Sie versuchte an ihm vorbeizuschlüpfen und machte sich mit geschickter Hast am Herd zu schaffen. Sie dachte an einen schwächlichen, schmächtigen Verkäufer im Konsumverein, der ihr leiser »Küss' die Hand« sagte als den anderen Frauen und ihren schüchternen Blicken auswich. Um länger in einem Raum mit ihm zu stehen, ließ sie Frauen, die nach ihr an die Reihe kamen, unauffällig vor. Er war schwarz und schenkte ihr einmal, niemand stand mehr im Laden, eine Zigarette. Um diese wickelte sie ein rotes Seidenpapier, worauf sie mit beinahe unsichtbaren Buchstaben Datum und Stunde seiner Schenkung verzeichnete, und trug das leuchtende Päckchen an der einzigen Stelle ihres Körpers, um die sich der Vater nie bekümmerte, am Herzen unter der linken Brust. Vor Schlägen fürchtete sie sich mehr als vor Tritten: da lag sie beharrlich auf dem Bauch, der Zigarette geschah nichts; sonst griffen seine Fäuste überallhin, unter der Zigarette zitterte ihr Herz. Wenn er die zerdrückte, brachte sie sich um. Indessen hatte sie ihre Zigarette längst zu Staub geliebt, weil sie das Päckchen in den tagelangen Stunden ihrer Haft öffnete, besah, streichelte und küßte. Übrig blieb ein Häufchen Tabak, von dem nicht ein Stäubchen sich verlor.

Beim Essen dampfte der Mund des Vaters. Seine kauenden Kinnladen waren so unersättlich wie seine Arme. Sie stand, um seinen Teller rascher wieder zu füllen; der ihrige blieb leer. Auf einmal, fürchtete sie, wird er fragen, warum ich nichts esse. Seine

Worte waren ihr noch schrecklicher als sein Treiben. Was er sprach, verstand sie erst, seit sie erwachsen war, sein Tun wirkte auf sie seit den ersten Augenblicken ihres Lebens. Ich hab' schon gegessen, Vater, wird sie antworten. Iß nur. Doch fragte er sie, in den langen Jahren ihrer Ehe, kein einziges Mal. Während er kaute, war er beschäftigt. Seine Augen hafteten am Teller, starr und verzückt. Mit der Abnahme des Haufens erlosch ihr Glanz. Seine Kaumuskeln ärgerten sich, man gab ihnen zu wenig Arbeit; sie drohten bald loszubrüllen. Wehe dem Teller, wenn er leer wurde! Das Messer hätte ihn zerschnitten, die Gabel durchbohrt, der Löffel zerschellt und die Stimme gesprengt. Aber dazu stand die Tochter daneben. Sie beobachtete gespannt das Treiben auf seiner Stirn. Sobald zwischen den Brauen die erste Spur einer senkrechten Falte erschien, füllte sie nach, gleichgültig, wieviel noch auf dem Teller war. Denn je nach seiner Laune kündigte sich die Falte verschieden rasch an. Das hatte sie gelernt; anfangs, nach dem Tode der Mutter, machte sie es wie diese und richtete sich nach dem Teller. Da kam sie aber schlecht an, von einer Tochter verlangte er mehr. Bald kannte sie sich aus und las ihm die Launen von der Stirn ab. Es gab Tage, an denen er wortlos zu Ende aß. Wenn er fertig war, schmatzte er eine Weile weiter. Darauf horchte sie. Schmatzte er heftig und lang, so begann sie zu zittern, eine böse Nacht stand ihr bevor, und sie suchte ihn mit den zärtlichsten Worten zu einer weiteren Portion zu überreden. Meist schmatzte er nur zufrieden und sagte:

»Der Mensch hat eine Leibesfrucht. Wer ist die Leibesfrucht? Die Arrestantin!«

Dabei wies er auf sie, statt des Zeigefingers verwandte er die geschlossene Faust. Ihre Lippen hatten »die Arrestantin« lächelnd mitzuformen. Sie rückte weiter. Sein schwerer Stiefel schob sich ihr entgegen.

»Der Vater hat einen Anspruch ...« »auf die Liebe seines Kindes.« Laut und gleichmäßig wie in der Schule ratschte sie seinen Satz zu Ende, doch war ihr sehr leise zumute.

»Zum Heiraten hat die Tochter ...« — er streckte den Arm aus — »keine Zeit.«

»Das Futter gibt ihr ...« »der gute Vater.«

»Die Männer wollen sie ...« »gar nicht haben.«

»Was tut ein Mann mit dem ...« »dummen Kind?«

»Jetzt wird sie der Vater gleich ...« »verhaften.«
»Auf dem Vater seinem Schoß sitzt ...« »die brave Tochter.«
»Ein Mensch ist müd von der ...« »Polizei.«
»Wenn die Tochter nicht brav ist, bekommt sie ...« »Schläge.«
»Der Vater weiß, warum er sie ...« »schlägt.«
»Er tut der Tochter gar nicht ...« »weh.«
»Dafür lernt sie, was sich beim ...« »Vater gehört.«

Er hatte sie gepackt und auf seinen Schoß gezogen, mit der Rechten zwickte er sie in den Nacken, weil sie verhaftet war, mit der Linken stieß er sich die Rülpser aus dem Hals. Beides tat ihm wohl. Sie nahm ihren geringen Verstand zusammen, um seine Sätze richtig zu ergänzen und hütete sich zu weinen. Stundenlang liebkoste er sie. Er unterrichtete sie in selbst erfundenen Griffen, schob sie hin und her und bewies ihr, wie sie jeden Verbrecher durch einen saftigen Stoß in den Magen überwältigen könne, denn wem werde davon nicht schlecht?

Dieser Honigmond dauerte ein halbes Jahr. Eines Tages war der Vater pensioniert und ging nicht mehr in den Dienst. Er werde sich jetzt des Bettelunwesens im Hause annehmen. Das Guckloch in fünfzig Zentimeter Höhe war das Ergebnis mehrerer Tage Brütens. Bei den Proben wirkte die Tochter mit. Unzählige Male schritt sie vom Haustor bis zur Treppe und zurück. »Langsamer!« brüllte er, oder »Lauf!« Gleich darauf zwang er sie, in seine alten Hosen zu schlüpfen und ein männliches Subjekt zu spielen. Die Ohrfeigen, die er einem solchen zudachte, erhielt auch sie. Kaum hatte er durchs frisch gebohrte Guckloch seine eigenen Hosen erblickt, als er wütend aufsprang, die Tür aufriß und das Mädchen mit ein paar teuflischen Schlägen zu Boden steckte. »Denn«, entschuldigte er sich nachher bei ihr, als sei er ihr das erstemal zu nahe getreten, »das muß sein, weil du ein Element bist. Das Gesindel wird rasiert! Köpfen wär' gescheiter. Sie fallen zur Last. Das frißt sich in den Gefängnissen satt. Der Staat zahlt und darf bluten! Ich vertilge die Wanzen! Jetzt ist die Katze zu Haus. Die Mäuse gehören ins Loch! Ich bin der rote Kater. Ich freß sie tot! Ein Element muß das Zerquetschen spüren!«

Sie spürte es und freute sich auf ihre schöne Zukunft. Er wird sie nicht mehr einsperren, er wird ja zu Hause sein. Den ganzen Tag sieht er sie, beim Einkaufen darf sie länger wegbleiben, vierzig Minuten, fünfzig, eine ganze Stunde, nein, so lang nicht, sie geht in den Konsumverein, sie sucht sich die leeren Zeiten aus, sie muß sich für die Zigarette bedanken, vor drei Monaten und vier Tagen hat er sie ihr geschenkt, damals war sie aufgeregt, später standen soviel Leute drin, sie hat sich nie bedankt, was wird er sich von ihr denken, wenn er fragt, wie sie geschmeckt hat, sagt sie: gut, und der Vater hat sie ihr beinah weggenommen, er hat gesagt, es ist die feinste Sorte, die raucht er lieber selbst.

Zwar hat der Vater die Zigarette nie zu Gesicht bekommen; das macht nichts, sie will dem schwarzen Herrn Franz danken und ihm sagen, daß die Sorte fein war, der Vater kennt sich aus. Vielleicht bekommt sie wieder eine Zigarette. Die raucht sie gleich dort. Wenn jemand hereinkommt, dreht sie sich weg und wirft die Zigarette rasch über den Ladentisch. Er wird sie schon auslöschen, bevor ein Brand entsteht. Er ist geschickt. Im Sommer führt er die Filiale allein, da hat der Leiter Urlaub. Zwischen zwei und drei ist das Geschäft leer. Er muß aufpassen, daß ihn niemand sieht. Er hält ihr das Streichholz hin und die Zigarette brennt. Ich werd' Sie verbrennen, sagt sie, er fürchtet sich, so zart ist er, als Kind war er immer krank, sie weiß es. Sie sticht nach ihm, da hat sie ihn erwischt. Au, schreit er, meine Hand, das tut weh! Sie ruft: Aus Liebe, und rennt weg. In der Nacht kommt er sie entführen, der Vater schläft, es läutet, sie geht aufsperren. Sie nimmt das ganze Geld mit, übers Nachthemd wirft sie ihren eigenen Mantel, den sie nie tragen darf, nicht den alten des Vaters, da sieht sie wie eine Jungfrau aus, vor dem Haustor steht wer? Er. Eine Karosse mit vier schwarzen Rappen wartet. Er bietet ihr seine Hand. Mit der Linken hält er den Degen, er ist ein Kavalier und verbeugt sich. Er hat gebügelte Hosen an. »Ich bin gekommen«, sagt er. »Sie haben mich verbrannt. Ich bin der edle Ritter Franz.« Sie hat sich das immer gedacht. Für den Konsumverein war er zu schön, ein geheimer Ritter. Er bittet sie um die Erlaubnis, ihren Vater zu töten. Es geht um seine Ehre. »Nein, nein!« fleht sie, »er bringt Eure Hoheit um!« Er stößt sie beiseite, aus der Tasche reißt sie das viele Geld und hält es ihm hin, er blickt sie durchbohrend an, er will die Ehre. Auf einmal trennt er im Kabinett dem Vater das Haupt vom Rumpf. Sie weint vor Freude, wenn ihre arme Mutter das erlebt hätte, sie wär' heut noch am Leben. Herr Ritter Franz nimmt den roten Vaterkopf mit. Unterm Haustor sagt er: »Gnädiges Fräulein, heute haben Sie zum letztenmal aufgesperrt, ich entführe Sie heim.« Dann besteigt ihr kleiner Fuß die Karosse. Er hilft ihr hinauf. Sie darf drinnen sitzen, da ist viel Platz. »Sind Sie volljährig?« fragt er. »Zwanzig vorüber«, sagte sie, man sieht ihr die Zwanzig nicht an, sie war bis heut abend das Schoßkind ihres Vaters. (In Wirklichkeit ist sie sechzehn, wenn er nur nichts merkt.) Einen Mann will sie schon, damit sie von zu Hause wegkommt. Und der schöne schwarze Ritter steht mitten in der fahrenden Karosse auf und wirft sich ihr zu Füßen. Er heiratet sie, nur sie, sonst bricht ihm das tapfre Herz. Sie schämt sich und streichelt sein Haar, das ist schwarz. Er findet ihren Mantel schön. Sie wird ihn tragen bis zu ihrem Tod, er ist noch neu. »Wohin fahren wir?« fragt sie. Die Rappen stampfen und schnauben. Soviel Häuser gibt es in der Stadt. »Zur Mutter«, sagt er, »sie soll sich auch einmal freuen.« Auf dem Friedhof machen die Rappen halt, gleich vorn liegt die Mutter. Hier ist ihr Grabstein. Ritter Franz legt den Kopf des Vaters hin. Das ist sein Geschenk. »Hast du nichts für die Mutter?« fragt er, ach, wie sie sich schämt, wie sie sich schämt, er bringt ihrer Mutter was mit, und sie hat nichts. Da holt sie ein rotes Päckchen unterm Nachthemd heraus, eine Liebeszigarette liegt darin, und legt sie neben den roten Kopf. Die Mutter freut sich über die glücklichen Kinder. Beide knien am Muttergrab nieder und bitten um ihren Segen.

Der Vater kniet vor seinem Guckloch, greift jeden Augenblick nach ihr, zerrt sie zu sich hinunter, hält ihren Kopf vor die Öffnung und fragt sie, ob sie was sieht. Von der langen Probe ist sie zerschlagen, der Hausflur flimmert vor ihrem Aug', auf alle Fälle sagt sie »ja«. »Was, ja!« brüllt der geköpfte Vater, er ist noch ganz lebendig. Heut nacht wird er staunen, wenn die Karosse vor der Tür steht. »Ja, ja!« Er äfft sie nach und verhöhnt sie. »Blind bist doch nicht. *Meine* Tochter blind! Jetzt frag' ich: Was siehst du?« So lange kniet sie, bis sie das Richtige findet. Er meint einen Fleck an der Mauer gegenüber.

Durch seine Erfindung lernt er die Welt neu sehen. An seinen Entdeckungen nimmt sie gezwungen teil. Sie hat zuwenig gelernt und weiß nichts. Bis er stirbt, so in vierzig Jahren, einmal stirbt der Mensch, fällt sie dem Staat zur Last. Dieses Verbrechen läßt er nicht auf sich sitzen. Sie muß was von der Polizei verstehen. So erklärt er ihr die Eigenschaften der Hausbewohner, macht sie auf die verschiedensten Röcke und Hosen aufmerksam und deren Bedeutung für die Kriminalität. Im Eifer seines Unterrichts läßt er zuweilen einen Bettler passieren und hält ihr dieses Opfer dann gehörig vor. Die Hausparteien, sagt er, sind bessere Menschen, aber Subjekte sind sie doch. Denn was geben sie ihm für den besonderen Schutz, den er dem Hause schenkt? Sie stecken die Früchte seines Schweißes ein. Statt sich zu bedanken, reden sie schlecht über ihn. Als ob er schon jemand umgebracht hätt'. Und warum arbeitet er umsonst? Er ist pensioniert und könnte herumliegen oder Weibern nachlaufen oder saufen gehn, er hat ein ganzes Leben gearbeitet und die Faulheit wäre jetzt sein gutes Recht. Aber er hat ein Gewissen. Erstens sagt er sich, besitzt er eine Tochter, für die er sorgen muß. Wer bringt das übers Herz, sie allein zu Hause zu lassen! Er bleibt bei ihr und sie bleibt bei ihm. Der gute Familienvater schließt das Kind an sein Herz. Ein halbes Jahr war sie immer allein, seit die Alte tot ist, er hat in den Dienst müssen, bei der Polizei ist das Leben streng. Zweitens zahlt ihm der Staat eine Pension. Der Staat *muß* sie zahlen, da gibt's keine Schwachheiten, und wenn alles zugrunde geht, die Pension zahlt er zuerst. *Ein* Mensch sagt sich: Ich hab' genug gearbeitet. Ein *anderer* ist dankbar für die Pension und arbeitet freiwillig. Das sind die besten Menschen! Sie fangen die Leut' ab, wo sie können, machen sie halb hin, weil ganz hin ist verboten, und der Staat hat weniger zu tun. Das nennt man eine Erleichterung, weil die Last von den Schultern genommen wird. Die Polizei muß zusammenhalten, die pensionierte auch, solche Gewissen dürfte man überhaupt nie pensionieren. Sie sind unersetzlich und sobald sie sterben, steht eine Lücke da.

Von Tag zu Tag lernte das Mädchen mehr. Sie mußte sich die Erfahrungen des Vaters einprägen und seinem Gedächtnis, falls es versagte, nachhelfen, denn wozu hat man eine Tochter, die den schönsten Teil der Pension verfrißt? Kam ein neuer Bettler, so hieß er sie rasch durchs Guckloch sehen und fragte sie nicht, ob sie den kenne, sondern: »Wann war der zum letztenmal da?« Fallen sind lehrreich, besonders für sie, die immer hereinfiel. War der Bettler erledigt, so wurde die genaue Strafe für ihre Nachlässigkeit festgesetzt und sofort exekutiert. Ohne die Prügelstrafe bringt es der Mensch zu nichts. Die Engländer sind ein kolossales Volk.

Nach und nach hatte Benedikt Pfaff seine Tochter so weit gebracht, daß sie ihn vertreten konnte. Von da ab nannte er sie Poli, was ein Ehrentitel war. Er drückte ihre Eignung zu seinem Berufe aus. Eigentlich hieß sie Anna; aber da ihm der Name nichts sagte, gebrauchte er ihn nie, er war ein Feind von Namen. Titel behagten ihm besser; auf solche, die er selbst verlieh, war er versessen. Mit der Mutter starb auch die Anna. Ein halbes Jahr lang hieß das Mädchen »Du« oder »die brave Tochter«. Seit er sie zur Poli ernannt hatte, war er stolz auf sie. Die Weiber seien doch zu etwas gut, der Mann müsse es eben verstehen, lauter Polis aus ihnen zu machen.

Ihre neue Würde erforderte einen härteren Dienst. Den ganzen Tag saß oder kniete sie neben ihm auf dem Boden bereit, ihn zu vertreten. Es kam vor, daß er auf Augenblicke verschwand; dann übernahm sie seinen Posten. Geriet ein Hausierer oder Bettler in ihr Blickfeld, so war es ihre Pflicht, den Betreffenden mit Gewalt oder List aufzuhalten, bis der Vater ihr das Scheißgefrieß abnahm. Er beeilte sich sehr. Am liebsten machte er alles allein, es genügte ihm, wenn sie zusah. Seine Lebensweise erfüllte ihn immer mehr. Die Mahlzeiten verloren an Interesse für ihn, sein Hunger nahm ab. Nach einigen Monaten beschränkte sich die Bewegung und die Luft, die er sich machte, auf wenige Neulinge. Was da sonst noch bettelte, mied sein Haus wie die Hölle, sie wußten warum. Sein gefürchteter Magen, auf den er viel hielt, bescheidete sich. Die Kochzeit der Tochter wurde auf eine Stunde pro Tag festgesetzt. Der Aufenthalt im hinteren Raum war ihr nur so lange gestattet. Kartoffeln schälte sie an seiner Seite, neben ihm putzte sie das grüne Gemüse und während sie das Fleisch für sein Mittagessen weichschlug, klopfte er zum Vergnügen auf ihr herum. Sein Auge wußte nicht, was die Hand tat, es war starr und stier auf ein- und ausgehende Beine gerichtet.

Fürs Einkaufen billigte er der Poli, da er nur halb soviel aß wie früher, eine Viertelstunde zu. Listig wie sie in der väterlichen Schule geworden war, verzichtete sie oft einen Tag auf den schwarzen Franz, blieb zu Hause und kassierte dann am nächsten zwei Viertelstunden ein. Allein traf sie den Ritter nie. Heimlich stammelte sie den Dank für die Zigarette. Vielleicht verstand er sie, er sah so rücksichtsvoll weg. Nachts blieb sie wach, wenn der Vater längst schlief. Doch er läutete nie, die Vorbereitungen dauerten so lang, ja, wenn sie ihn verbrannt hätte, da müßte er sich beeilen, immer drängten sich die Weiber im Konsumverein. Einmal wird sie, während er ihr den Zettel schreibt, rasch flüstern: »Danke, es muß keine Karosse sein, vergessen Sie den Degen nicht!«

Eines Tages standen die Weiber vor der Tür des Konsumvereins und redeten durcheinander. »Der Franz ist durchgebrannt!« »Schlechte Familie.« »Mit der vollen Kasse.« »Er hat einem nicht ins Gesicht können schauen.« »68 Schilling!« »Die Todesstrafe gehört wieder her!« »Mein Mann predigt das seit Jahren.« Zitternd stürzte sie in den Laden, der Leiter sagte gerade: »Die Polizei ist ihm auf der Spur.« Den Schaden trägt er, weil er ihn allein gelassen hat, vier Jahre steht der Schuft schon im Geschäft, wer hätte sich diesen Charakter gedacht, niemand hat was von seinen Plänen gemerkt, die Kasse war immer in Ordnung, vier Jahre, die Polizei hat eben telephoniert, bis um spätestens sechs sitzt er hinter Schloß und Riegel.

»Das ist nicht wahr!« rief Poli und begann plötzlich zu weinen. »Mein Vater ist selbst bei der Polizei!«

Man beachtete sie wenig, da man einen Geldverlust zu beklagen hatte. Sie lief weg und kam mit leerer Einkaufstasche nach Hause. Ohne den Vater zu begrüßen, sperrte sie sich in das Hinterzimmer ein. Er war beschäftigt und wartete eine Viertelstunde. Dann stand er auf und forderte sie heraus. Sie schwieg. »Poli!« brüllte er, »Poli!« Nichts rührte sich. Er versprach ihr Straflosigkeit, in der festen Absicht, sie dreiviertel tot zu prügeln, wenn sie muckste, auch ganz. Statt ihrer Antwort hörte er einen Fall. Zu seiner Wut sah er sich gezwungen, die eigene Tür aufzubrechen. »Im Namen des Gesetzes!« brüllte er, aus Gewohnheit. Das Mädchen lag stumm und regungslos vor dem Herd. Bevor er hinschlug, drehte er sie ein paarmal herum. Sie war ohnmächtig. Da erschrak er, sie war jung und er konnte sie gut leiden. Einige Male forderte er sie auf, zu sich zu kommen. Ihre Taubheit brachte ihn gegen seinen Willen auf. Immerhin wollte er an einer weniger empfindlichen Stelle beginnen. Als er diese suchte, fiel sein Blick auf die Einkaufstasche. Sie war leer. Jetzt wußte er alles.

Sie hatte das Geld verloren. Er billigte ihre Angst. Für solche Späße war er nicht zu haben. Mit einer ganzen Zehnschillingnote hatte sie das Haus verlassen. Es wird doch nicht alles zum Teufel sein? Er durchsuchte sie gründlich. Zum erstenmal berührte er sie mit Fingern statt mit Fäusten. Er fand ein rotes Päckchen, das Zigarettenstaub enthielt. Er zerriß es und warf es in den Kehricht. Zuletzt öffnete er die Börse. Die Zehnschillingnote lag darin. Keine Ecke war abgefressen. Jetzt wußte er wieder nichts. Ratlos prügelte er sie ins Bewußtsein zurück. Als sie zu sich kam, schwitzte er, so vorsichtig hatte er geschlagen, und dicke Tränen flossen ihm aus dem Mund.

»Poli!« brüllte er, »Poli, das Geld ist eh da!«

»Anna heiß' ich«, sagte sie kalt und streng.

Er wiederholte: »Poli!«, ihre Stimme berührte ihn nah, die flachen Hände ballten sich zu Fäusten, zärtliche Regungen überkamen ihn. »Was kriegt der gute Vater heut zu essen?« klagte er.

»Nichts.«

»Die Poli muß ihm was kochen.«

»Anna! Anna!« schrie das Mädchen.

Plötzlich schnellte sie hoch, gab ihm einen Stoß, der jeden andern Vater umgeworfen hätte, auch er nahm ihn zur Kenntnis, lief ins Kabinett (die Verbindungstür war zersplittert, sie hätte ihn sonst eingesperrt), sprang, um größer zu werden als er, mit den Schuhen aufs Bett und schrie: »Dich kostet es den Kopf! Poli kommt von Polizei! Die Mutter kriegt deinen Kopf!«

Er verstand. Sie bedrohte ihn mit einer Anzeige. Seine Leibesfrucht wollte ihn verleumden. Für wen lebte er? Für wen war er ein solider Mensch geblieben? Da zog er an seinem Busen ein Schlangenelement heran. Sie gehörte aufs Schafott. *Er* richtet ihr die Erfindung ein, damit sie was lernt, jetzt, wo ihm die Welt und die Weiber offenstehen, *er* bleibt bei ihr, aus Erbarmen und weil er seelengut ist. Und *sie* will behaupten, daß er was Unrechtes tut! Das ist nicht seine Tochter! Die Alte hat ihn betrogen. Er war nicht dumm, wie er sie gezüchtigt hat. Ein Riecher war immer in seiner Nase. Sechzehn Jahre hat er sein Geld für eine falsche Tochter hinausgeworfen. Ein Haus kostet nicht mehr. Von Jahr zu Jahr wird die Menschheit schlechter. Bald wird man die Polizei abschaffen und die Verbrecher haben die Macht. Der Staat sagt: Ich zahl' die Pensionen nicht und die Welt geht unter! Der Mensch hat eine Natur. Der Verbrecher greift um sich und der Herrgott wird schauen!

Bis zum Herrgott verstieg er sich selten. Er hatte Respekt vor der allerhöchsten Stelle, die ihm zukam. Der Herrgott war mehr als ein Polizeipräsident. Um so mehr ergriff ihn die Gefahr, in der heute Gott selbst schwebte. Wohl nahm er seine Stieftochter vom Bett herunter und prügelte sie blutig. Aber eine rechte Freude spürte er nicht dabei. Er arbeitete mechanisch, was er sprach, war voller Wehmut und inniger Trauer. Seine Schläge widersprachen der Stimme. Zum Brüllen war ihm alle Lust vergangen. Irrtümlich erwähnte er einmal eine gewisse Poli. Seine Muskeln machten den Fehler sofort wieder gut. Der Name der Weibsperson, die er züchtigte, lautete auf Anna. Sie behauptete mit einer Tochter von ihm identisch zu sein. Er schenkte ihr keinen Glauben. Die Haare fielen ihr aus und da sie sich wehrte, zerbrachen zwei Finger. Sie maulte von seinem Kopf wie ein ganz gemeiner Schlächter. Sie beschimpfte die Polizei. Man sah, wie die beste Erziehung gegen eine böse Anlage nicht aufkommt. Die Mutter war nichts wert. Sie war krank und arbeitsscheu. Er könnte jetzt die Tochter zur Mutter befördern, da gehörte sie hin. Aber er war nicht so. Er verzichtete und ging ins Gasthaus essen.

Von diesem Tag an waren sie sich nur noch Körper. Anna kochte und kaufte ein. Den Konsumverein mied sie. Sie wußte, daß der schwarze Franz eingesperrt war. Für sie hatte er gestohlen, aber er stellte sich ungeschickt an. Einem Ritter gelingt alles. Seit ihre Zigarette weg war, liebte sie ihn nicht mehr. Der Kopf des Vaters saß fester als je; seine Augen bettelten durchs Guckloch um Bettler. Sie bewies ihm ihre Verachtung, indem sie von der Existenz dieser Erfindung keine Notiz mehr nahm. Seine Schule schwänzte sie. Alle paar Tage einmal floß ihm der Mund von neuen Beobachtungen über. Sie verrichtete ihre Arbeit, neben ihn gekauert, hörte still zu und schwieg. Das Guckloch interessierte sie nicht. Bot er ihr mit versöhnlicher Gebärde einen Blick, so schüttelte sie gleichgültig den Kopf. Mit den treuherzigen Gesprächen bei Tisch war es aus. Sie füllte ihren wie seinen Teller, setzte sich hin, aß, wenn auch wenig, und bediente ihn erst wieder, sobald sie sich selber satt fühlte. Er behandelte sie genauso wie früher. Ihr Schrecken ging ihm ab. Er sagte sich unter seinen Schlägen, sie habe kein Gemüt mehr für ihn. Nach einigen Monaten kaufte er vier schöne Kanarienvögel. Drei waren Männchen; ihnen gegenüber hängte er das kleinere Bauer des Weibchens auf. Die drei sangen wie besessen. Auffällig lobte er sie. Sobald sie zu schlagen begannen, ließ er die Klappe über sein Guckloch nieder, erhob sich und hörte sie stehend an. Seine Andacht erlaubte ihm nicht, am Schlusse der Werbung zu klatschen. Doch sagte er »Brav!« und wandte den bewundernden Blick von den Tierchen aufs Mädchen. Alles erhoffte er sich vom feurigen Werben der Kanarienmännchen. Auch ihr Schlag ging an Annas Ruhe spurlos vorüber.

Sie lebte noch mehrere Jahre als Dienstmädchen und Weib ihres Vaters. Er gedieh; seine Muskelkraft nahm eher zu als ab. Aber das wahre Glück war es nicht. Er sagte sich das täglich. Sogar beim Essen dachte er daran. Sie starb an der Schwindsucht, zur großen Verzweiflung der Kanarienvögel, die nur von ihr das Futter nahmen. Sie überstanden das Unglück. Benedikt Pfaff verkaufte die Küchenmöbel und ließ das Hinterzimmer zumauern. Vor den frischen, weißen Kalkbewurf stellte er einen Kasten. Er aß nie mehr zu Hause. Im Kabinett blieb er auf seinem Posten. Jede Erinnerung an den leeren Raum daneben mied er. Da drinnen vor dem Herd hatte er das Gemüt seiner Tochter verloren, er wußte noch heute nicht warum.

»Herr Professer! Das edle Streitroß bekommt seinen Hafer. Es ist ein Vollblut und schlägt aus. In der Menagerie frißt der Löwe sein blutiges Saftfleisch. Warum? Weil der König der Tiere wie ein Donner brüllt. Dem fletschenden Gorilla schenken die Wilden frische Weiber. Warum? Weil der Gorilla von Muskeln kracht. So ist das gerechte Leben! *Mir* zahlt das Haus einen Dreck. Ich bin unbezahlbar. Herr Professer! Sie waren der einzige Mensch auf der Welt, der die Dankbarkeit kennt. Aus schweren Nahrungssorgen hat mich ihr Dussör, wie man sagt, befreit. Zum Schluß frage ich ergebenst: was ist aus Ihnen geworden, Herr Professer? und erlaube mich bestens zu rekommandieren.«

Dies waren die ersten Worte, die Benedikt Pfaff, in seinem Kabinett angelangt, an den Professor richtete, der sich eben das vorgebundene Taschentuch von den Augen nahm. Er entschuldigte sich und zahlte, was er versäumt hatte, das Douceur für zwei Monate.

»Über die Zustände oben sind wir uns im klaren«, sagte er.

»Das will ich meinen!« zwinkerte Pfaff, teils wegen Therese, besonders wegen seines Rechtes, das ihm zerdrückt, aber sofort geworden war.

»Während Sie die gründliche Reinigung meiner Wohnung besorgen, werde ich mich hier in Ruhe sammeln. Die Arbeit drängt.«

»Das ganze Kabinett steht zu Ihrer Verfügung! Herr Professer, Sie sind hier zu Hause! Ein Weib trennt die besten Männer. Zwischen solchen Freunden wie wir existiert eine gewisse Therese nicht.«

»Ich weiß, ich weiß«, unterbrach ihn Kien hastig.

»Lassen Sie mich ausreden, Herr Professer! Wir scheißen auf das Weib! Meine Tochter, das war was anderes!«

Er zeigte auf den Kasten, als ob sie da drin stecke. Dann stellte er seine Bedingungen. Er sei ein Mensch und übernehme die Reinigung der Wohnung oben. Da gebe es viel hinauszufegen. Er werde einige Putzfrauen aufnehmen und das Kommando führen. Nur könne er keine Fahnenflucht vertragen. Fahnenflucht und Meineid gehören zu den identischen Verbrechen. Während seiner Abwesenheit müsse ihn der Herr Professor am Lebensposten des Hauses vertreten.

Weniger aus Pflichtgefühl als aus Herrschsucht wollte er Kien für einige Tage auf die Knie zwingen. Seine Tochter ging ihm heute lebhaft im Kopfe herum. Da sie tot war, sollte der Professor für sie einspringen. Er strotzte von Argumenten. Er bewies ihm, wie ehrlich und treu sie sich liebten. Er schenkte ihm das ganze Kabinett mit allem flüssigen Mobiliar. Knapp vorher stand es bloß zu seiner Verfügung. Auch eine Miete für die Tage, da sein Freund bei ihm wohne, weise er entrüstet zurück.

In kürzester Zeit richtete er eine Klingelleitung ein, die das Kabinett mit der Bibliothek im vierten Stock oben verband. Bei verdächtigen Fällen brauchte der Professor nur auf den Kopf zu drücken. Das Subjekt stieg ahnungslos die Treppe hinauf. Ihm entgegen kam seine Züchtigung und nahm ihn in Empfang. So war für alles gesorgt.

Schon am späten Nachmittag desselben Tages übte Kien seine neue Tätigkeit aus. Er lag auf den Knien und verfolgte durchs Guckloch das Treiben eines reichbewohnten Hauses. Seine Augen sehnten sich nach Arbeit. Langer Müßiggang hatte sie demoralisiert. Um beide zu beschäftigen und keines zu übervorteilen, wechselte er ab. Seine Genauigkeit erwachte. Fünf Minuten pro Auge schien ihm angemessen. Er legte seine Uhr vor sich auf den Boden und richtete sich streng nach ihr. Das rechte Auge zeigte die Neigung, sich auf Kosten des linken zu bereichern. Er wies es in seine Schranken. Sobald ihm die exakten Intervalle in Fleisch und Blut übergegangen waren, steckte er die Uhr wieder ein. Der Banalitäten draußen, die er zu sehen bekam, schämte er sich ein wenig. Die Wahrheit zu sagen, es war immer dasselbe. Zwischen Hosen und Hosen zeigten sich nur geringfügige Unterschiede. Da er die Bewohner des Hauses früher nie beachtet hatte, war die Ergänzung ihrer Gestalten für ihn unmöglich. Hosen nahm er als Hosen hin und fühlte sich hilflos. Doch hatten sie eine angenehme Eigenschaft, die er ihnen zugute hielt: er durfte sie sehen. Viel häufiger passierten Röcke, die fielen ihm lästig. An Umfang und an Zahl nahmen sie mehr Platz ein, als ihnen gebührte. Er beschloß sie zu ignorieren. Seine Hände blätterten unwillkürlich um, als hielten sie ein Bilderbuch fest und teilten den Augen ihre Arbeit vor. Je nach der Geschwindigkeit der Hosen blätterten sie langsamer oder rascher. Vor Röcken wurden die Hände von der Abneigung ihres Herrn ergriffen; sie überblätterten, was er nicht lesen wollte. Dabei gingen oft mehrere Seiten zugleich verloren, was er nicht bedauerte, denn wer weiß, was sich hinter solchen Seiten verbarg.

Langsam beruhigte ihn die Gleichförmigkeit der Welt. Das große Erlebnis des verflossenen Tages verblaßte. Unter die Hin- und Herschreitenden mischte sich selten jene Halluzination. Von einer blauen Farbe hatte sie keine Spur. Die verbotenen Röcke, die ihm ja gleichgültig waren, versuchten es in den verschiedensten Farben. Jenes ganz bestimmte und unverkennbare Blau, grell, beleidigend und gemein, trug niemand. Der Grund für diese Tatsache, die sich statistisch geradezu wie ein Wunder ausnahm, war einfach. Eine Halluzination lebt, solang man sie nicht bekämpft. Man habe die Kraft, sich die Gefahr zu vergegenwärtigen, in der man schwebt. Man erfülle sein Bewußtsein mit dem Bild, vor dem man sich fürchtet. Man verfasse den Steckbrief der Halluzination und halte ihn jederzeit zur Verfügung. Dann zwinge man sich, die Wirklichkeit ins Auge zu fassen und suche sie nach der Halluzination ab. Findet sie sich irgendwo in der realen Welt, so wisse man, daß man verrückt ist, und begebe sich in fachkundige Pflege. Findet sich der blaue Rock nirgendwo, so hat man ihn überwunden. Wer Wirklichkeit und Einbildung noch zu scheiden vermag, ist seiner geistigen Kräfte sicher. Eine Sicherheit, die man sich unter solchen Schwierigkeiten erringt, ist für die Ewigkeit geschaffen.

Abends brachte der Hausbesorger ein Mahl, das Therese gekocht hatte, und rechnete sich dafür, was es im Gasthaus kostete. Kien bezahlte sofort und aß mit Vergnügen. »Wie gut das schmeckt!« sagte er, »ich bin mit meiner Arbeit zufrieden.« Sie saßen nebeneinander auf dem Bett. »Es war doch wieder niemand da, so ein Tag!« seufzte Pfaff und aß mehr als die Hälfte auf, obwohl er eigentlich schon satt war. Kien freute sich über die rasche Abnahme des Gerichts. Bald ließ er den Rest in den Händen des anderen zurück und kniete sich eifrig nieder.

»Ja, was!« brüllte Pfaff, »jetzt haben Sie den Geschmack! Das macht mein Loch. Ein Mensch verliebt sich.« Er strahlte und schlug sich zu jedem Satz auf einen Schenkel. Dann legte er die Schüssel weg, stieß den Professor, der sich in die Dunkelheit zu vertiefen suchte, beiseite und fragte: »Ist alles in Ordnung? Ich schau' nach!« Glotzend brummte er: »Aha! Die Pilz hat wieder ihre Mucken. Um acht kommt sie heim. Der Mann wartet. Was hat sie ihm gekocht? Einen Dreck. Seit Jahren wart' ich auf den Mord. Der andere steht draußen. Dem Mann fehlt's im Blut. Ich tät' sie erwürgen, täglich dreimal. Die Katze! Jetzt steht sie noch immer. Er liebt sie mit Gewalt. Der Mensch hat keine Ahnung. Das macht die Feigheit! Ich seh alles!«

»Aber es ist doch schon dunkel«, warf Kien ein, kritisch und neidisch zugleich.

Den Hausbesorger kam einer seiner Lachstürme an und er fiel seiner ganzen Stärke nach hin. Ein Teil von ihm kam unters Bett zu liegen, der andere erschütterte die Wand. Lange verharrte er so. Kien drückte sich ängstlich in eine Ecke. Das Kabinett strotzte von stehenden Lachwellen, er wich ihnen aus, er störte sie ja. Hier fühlte er sich doch ein wenig fremd. Der einsame Nachmittag war viel schöner. Er brauchte Ruhe. Der barbarische Landsknecht gedieh nur im Lärm. Wirklich erhob er sich plötzlich, schwer wie ein Flußpferd, und prustete:

»Wissen Sie, wie mein seliger Übername bei der Polizei war? Herr Professer« — er legte seine Fäuste auf zwei schwache Schultern — »ich bin der rote Kater! Weil erstens zeichne ich mich durch diese seltene Farbe aus und dann entlarve ich die Dunkelheit. Ich habe Augen! Bei den Raubkatzen ist das eine Sitte!«

Er forderte Kien auf, das ganze Bett für sich allein zu benützen, und verabschiedete sich, er schlafe oben. Endlich in der Tür, empfahl er noch das Guckloch seinem besonderen Schutz. Im Traum stoße der Mensch gern aus, er selbst habe die Klappe einmal beschädigt und sei zu seinem größten Schrecken am nächsten Morgen aufgewacht. Er bitte um Vorsicht und ein Andenken für die kostbare Apparatur.

Sehr müde, verärgert über die Störung seiner stillen Gedanken, drei Stunden war er vor dem Nachtmahl allein gewesen, legte sich Kien aufs Bett und sehnte sich nach seiner Bibliothek, wie er sie bald wieder haben würde: vier hohe Räume, die Wände von oben bis unten mit Büchern ausgekleidet, alle Verbindungstüren immer weit geöffnet, keine ungerechten Fenster, gleichmäßige Beleuchtung von oben, ein Schreibtisch voller Manuskripte, Arbeit, Arbeit, Gedanken, Gedanken, China, wissenschaftliche Kontroversen, Meinung gegen Meinung, in Zeitschriften, ohne einen materiellen Mund, der sie ausspricht, Kien der Sieger, nicht im Faustkampf, im Streit der Geister, Ruhe, Ruhe, rauschende Bücher, erquickend, kein lebendes Wesen, keine grelle Bestie, kein fauchendes Weib, kein Rock. Die Wohnung leichenrein. Reste vor dem Schreibtisch entfernt. Moderne Ventilation für hartnäckigen Moder in Büchern. Noch nach Monaten riechen manche. In den Brutofen damit! Das gefährlichste Organ ist die Nase. Gasmasken erleichtern die Atmung. Ein Dutzend hoch über dem Schreibtisch. Höher, sonst stiehlt sie ein Zwerg. Greift an die lächerliche Nase. Stülp dir eine Gasmaske über. Zwei riesentraurige Augen. Eine einzige bohrende Öffnung. Schade. Abzuwechseln. Siehe Gebrauchsanweisung. Faustkampf zwischen den Augen. Lesen wollen beide. Wer führt hier den Oberbefehl? Jemand knipst gegen die Lider. Zur Strafe laß ich euch schließen. Stockfinsternis. Raubkatzen in der Nacht. Tiere träumen auch. Aristoteles hat alles gewußt. Erste Bibliothek. Zoologische Sammlung. Zoroasters Leidenschaft fürs Feuer. Er galt in seinem Vaterland. Schlechter Prophet. Prometheus, ein Teufel. Der Adler frißt nur die Leber. Friß doch sein Feuer! Theresianum im sechsten Stock — Flammen— Bücher — Flucht über steile Stiegen — rasch, rasch! — Verflucht! — Stauung — Feuer! Feuer! — Einer für alle, alle für einen — einig, einig, einig — Bücher, Bücher, sind wir alle — rot, rot — wer versperrt hier die Treppe? — Ich frage. Ich will Antwort! — Laßt mich vor! — ich bahn' euch den Weg! — Ich stürze mich in die feindlichen Speere! — Verdammt — blau — der Rock — steif starr ein Fels zum Himmel — über die Milchstraße — Sirius — Hunde Fleischerhunde — beißen wir auf den Granit! — Zerbrechen Zähne Mäuler Blut Blut —

Kien erwacht. Trotz seiner Müdigkeit ballt er die Faust. Er knirscht mit den Zähnen. Keine Angst, sie sind noch da. Endgültiges hat er mit ihnen vor. Auch das Blut ist ein Märchen. Das Kabinett drückt. Hier schläft es sich eng. Er springt auf, öffnet die Klappe und beruhigt sich an der großen Gleichförmigkeit draußen. Denn man glaubt nur, daß nichts geschieht. Wer sich an die Dunkelheit gewöhnt, sieht sämtliche Hosen des Nachmittags, eine unaufhörliche Revue, die Röcke dazwischen sind erloschen. In der Nacht tragen alle Menschen Hosen. Ein Dekret betreffs Abschaffung des weiblichen Geschlechts wird vorbereitet. Für morgen ist der öffentliche Anschlag geplant. Der Hausbesorger ruft aus. *Seine* Stimme hört die ganze Stadt, das Land, alle Länder, soweit die irdische Atmosphäre reicht, andere Planeten sollen selber für sich sorgen, wir sind überbürdet, mit Weibern, auf Ausreden steht Todesstrafe, Unkenntnis der Gesetze schützt vor nichts. Alle Vornamen erhalten männliche Endungen, Umarbeitung der Geschichte für die Jugend. Die erwählte historische Kommission hat es leicht, Präsident Professor Kien. Was haben die Frauen in der Geschichte geleistet? Kinder und Intrigen!

Kien legt sich wieder zu Bett. Auf Umwegen schläft er ein. Auf Umwegen gelangt er an den blauen Fels, den er zerschellt geglaubt hat. Will der Fels nicht weichen, geht der Traum nicht weiter, so wacht er pünktlich auf und bückt sich zum Apparat. Er hat ihn ja bei der Hand. Das geschieht einige Zehnmal in einer Nacht. Gegen Morgen verpflanzt er das Guckloch, sein Auge der Gleichförmigkeit, seine Beruhigung, seine Freude, in die Traumbibliothek, die er besitzt. Er bringt gleich an jeder Wand mehrere Öffnungen an. So muß er nicht lange suchen. Überall, wo Bücher fehlen, hat er sich kleine Klappen erbaut, System Benedikt Pfaff. Den Gang seiner Träume lenkt er geschickt, an der Leine führt er sich, wohin auch immer er geraten sei, in die Bibliothek zurück. Unzählige Öffnungen laden zum Verweilen ein. Er bedient sie, wie er es tagsüber gelernt hat, auf den Knien und stellt eindeutig fest, daß es nur Hosen auf der Welt gibt, besonders in der Dunkelheit. Anders gefärbte Röcke verschwinden. Blaue gestärkte Felsen stürzen ein. Er muß nicht mehr vom Bett aufstehn. Seine Träume regulieren sich automatisch. Gegen Morgen schläft er bedingungslos, ohne Abschweifungen. Sein Kopf liegt in ernsten Gedanken auf dem Schreibtisch. —

Schon die erste fahle Helle traf ihn bei der Arbeit. Um sechs besah er sich knieend die Dämmerung, wie sie langsam über den

Korridor schlich. Der Fleck an der Mauer gegenüber nahm seinen wahren Charakter an. Schatten von unklarem Ursprung — von Dingen, nicht Menschen, aber was für Dingen? — warfen sich über die Fliesen, gingen in ein Grau gefährlicher und taktloser Nuance über und näherten sich einer Farbe, durch deren Nennung er sich keineswegs den jungen Morgen zu verderben gedachte. Ohne sich auf sie einzulassen, ersuchte er sie, anfangs höflich, zu verschwinden oder eine andere Farbe anzunehmen. Sie zögerten. Er drängte. Ihre Unsicherheit entging ihm nicht. Er entschloß sich zu einem Ultimatum und drohte, im Falle sie es unbeachtet ließen, mit dem Abbruch der Beziehungen. Er habe noch andere Druckmittel in Händen, er warne sie, er sei nicht wehrlos, plötzlich, aus dem Hinterhalt werde er über sie kommen und ihren Hochmut und Dünkel, ihre Arroganz und Insolenz mit *einem* Beilhieb zertrümmern. Verächtlich und lächerlich seien sie ohnehin, ihre Existenz hange von Fliesen ab. Fliesen zerschlage man wie nichts. Ein Hieb hin, ein Hieb her und ihren jämmerlichen Splitterchen bliebe das Nachtrauern übrig und das Nachdenken — worüber? Nun darüber, ob es gerecht sei, einen harmlosen Menschen zu quälen, der einem nichts zuleid getan habe, der sich soeben, vom Schlaf gestärkt, zu seinem entscheidenden Kampftag anschicke. Denn heute werde das gestrige Unglück ausgemerzt, vernichtet, begraben und vergessen.

Die Schatten schwankten; jene hellen Streifen, die sie voneinander trennten, verbreiterten sich und glitzerten hell. Es kann keinem Zweifel unterliegen, daß Kien seine Feinde von selbst besiegt hätte. Da kamen ihm ein paar wuchtige Hosen zu Hilfe und raubten ihm die Ehre des Sieges. Schwere Beine traten auf die Fliesen und blieben stehen. Ein mächtiger Schuh erhob sich und umkreiste die äußere Öffnung des Gucklochs, liebevoll, so, als wolle er es ja nicht verletzen, als vergewissere er sich seiner alten, vertrauten Form. Dieser Schuh zog sich zurück und ein zweiter erlaubte sich dieselbe Zärtlichkeit, in entgegengesetzter Drehrichtung. Dann schritten die Beine weiter. Man hörte Lärm, ein Klirren wie von Schlüsseln, ein Kreischen und Knarren. Die Schatten ächzten und verschwanden. Jetzt durfte man es sich ruhig gestehen: sie waren blau gewesen, buchstäblich blau. Der plumpe Mensch ging wieder vorüber. Man sollte ihm danken. Auch ohne ihn wäre man fertig geworden. Schatten sind Schatten, ein Gegenstand wirft sie. Entfernt man ihn, so stöhnen die Schatten auf und sterben. Was wurde hier entfernt? Darauf zu antworten, wäre nur der Täter imstande. Herein tritt Benedikt Pfaff.

»Ja, was! Schon auf! Einen saftigen guten Morgen, Herr Professer! Sie sind der Fleiß in Figur. Ich hole ein Öl. Haben Sie das Haustor jammern gehört? Auf dem Bett schläft der Mensch unerschöpflich, ein Winterbär ist ein Waisenkind dagegen. Da haben drei auf einmal drin gelegen, wie die Alte noch gelebt hat und meine selige Tochter. Ich geb' Ihnen einen Rat als Freund und Herbergsvater. Bleiben Sie unten, wo Sie jetzt sind! Da werden Sie, wie man sagt, das Wunder der Natur erleben. Ein Haus steht auf. Alles rennt in die Arbeit. Eilig haben es die Menschen, sie schlafen zu lang, lauter Weiber und Langschläfer. Wenn Sie Glück haben, passieren drei Paar Beine auf einmal. Ein interessanter Anblick! Man kennt sich nicht aus. Aha! denkt sich der Mensch, und derweil ist es ein ganz anderer. Ein brüllendes Theater! Mit dem Lachen sparen, sag' ich. Sonst war das Ihr letzter Morgen vor der Leich'!«

Dröhnend und knallrot vor Freude über seinen Witz ließ er Kien allein. Der widerwärtige Schatten, die vielen häßlichen Streifen stammten also vom Gitter des Haustores. Kaum nennt man die Dinge beim richtigen Namen, so verlieren sie ihren gefährlichen Zauber. Der primitive Mensch benannte alles und jedes falsch. Ein einziger furchtbarer Zauberbann umgab ihn, wo und wann war er nicht gefährdet? Die Wissenschaft hat uns von Aberglauben und Glauben befreit. Sie gebraucht immer die gleichen Namen, mit Vorliebe griechisch-lateinische, und meint damit die wirklichen Dinge. Mißverständnisse sind unmöglich. Wer könnte zum Beispiel hinter einer Tür etwas anderes vermuten als sie selbst und höchstens ihren Schatten?

Doch der Hausbesorger hatte recht. Zahlreiche Hosen verließen das Haus; erst einfache, stumpfe, mit bescheidener Sorgfalt gepflegte, die wenig Hosenbewußtsein verrieten und vielleicht, wie Kien hoffte, einige Intelligenz. Je später es wurde, um so schärfere Hosen tauchten auf; auch die Eile, mit der sie sich bewegten, nahm ab. Wenn ein Messer dem andern zu nahe kam, fürchtete er, sie könnten sich schneiden, und rief: »Achtung!« Allerlei Merkmale fielen ihm auf, er scheute sich nicht, die Farbe zu bestimmen, Stoffart und Wert, die Höhe über dem Boden, voraussichtliche Löcher, die Weite, das Verhältnis zum Schuh, Flecken und deren Ursprung; trotz der Fülle des Materials gelangen ihm einige gute Bestimmungen. Gegen zehn, als es ruhiger wurde, versuchte er aus dem Gesehenen auf Alter, Charakter und Beruf der Träger zu schließen. Eine systematische Bearbeitung, die Bestimmung von Menschen nach Hosen, schien ihm durchaus möglich. Er versprach sich eine kleine Abhandlung darüber, in drei Tagen war sie spielend fertig. Halb im Scherz erhob er Vorwürfe gegen einen gewissen Gelehrten, der ein Schneidergebiet bearbeite. Aber die Zeit hier unten war nun einmal verloren, gleichgültig, was er trieb. Er wußte sehr gut, warum er sich dem Guckloch ergab. Gestern war vorüber, gestern *mußte* vorüber. Und die wissenschaftliche Konzentration tat ihm unendlich wohl.

Zwischen die Männer, die sich an ihre Arbeit begaben, drängten sich hartnäckig und lästig Frauen. Schon in aller Frühe waren sie auf den Beinen. Sie kamen bald wieder und rechneten doppelt. Wahrscheinlich waren sie einkaufen. Man hörte Grüße und überflüssige Freundlichkeiten. Auch die schärfsten und gemessensten Hosen ließen sich aufhalten. Ihre männliche Unterwürfigkeit drückten sie auf mannigfaltige Art aus. Einer klappte die Absätze mit aller Gewalt zusammen, Kiens niedrig gelegene Ohren betäubte ein lauter Schmerz. Andere wiegten sich auf ihren Zehen herum, zwei knickten mit den Knien ein. Bei einigen gerieten die Bügelfalten in leises Zittern. Bedenkenlose Zuneigung verriet sich im spitzen Winkel, den die Hosen mit dem Boden bildeten. *Einen* Mann, einen einzigen, wünschte sich Kien, der gegen irgendein Weib Abneigung kundgab, der stumpfe Winkel spitzen vorzog. Kein solcher kam. Man bedenke die Stunde: eben entrannen die Menschen ihren Betten, ihren rechtmäßigen Frauen, das ganze Haus war ja verheiratet. Der Tag und die Arbeit taten sich vor ihnen auf. Sie beeilten sich hinauszukommen. Von ihren Beinen strömte Frische und Arbeitslust auf den Beschauer über. Welche Möglichkeiten! Welche Kräfte! Kein geistiges Leben erwartete sie, aber Leben, Disziplin; Einordnung; vertraute Zwecke; wohlbewußte Gründe; ein Gewebe, ein Werk, der Ablauf ihrer Zeit, wie sie dem eigenen Willen zufolge eingeteilt war. Und was begegnete ihnen im Hausflur?

Die Frau, die Tochter, die Köchin eines Nachbarn — und nicht der Zufall führte sie zusammen. Die Weiber richteten es so ein; hinter Wohnungstüren paßten sie; kaum hörten sie den Schritt dessen, den sie zu ihrer Liebe verurteilt hatten, als sie ihm nachschlichen, vorschlichen, zur Seite schlichen, kleine Kleopatras, jede zu jeder Lüge bereit, schmeichelnd, wedelnd, um Aufmerksamkeit winselnd, ihre Huld, ihre Schuld verheißend, erbarmungslos den schönen runden Tag zerkratzend, auf den die Männer zugingen, stark und gerüstet, ihn ehrlich zu zerschneiden. Denn diese Männer sind verdorben, sie leben in der Schule ihrer Frauen; sie hassen ihre Frauen, natürlich, aber statt ihren Haß zu verallgemeinern, rennen sie zur nächsten. Eine lächelt und sie bleiben stehen. Wie sie sich erniedrigen, Pläne verschieben, Beine spreizen, Zeit verlieren, winzige Freuden erhandeln! Den Hut ziehen sie so tief, daß er einem Blick und Atem benimmt. Fällt er zu Boden, dann bückt sich eine gekrümmte Hand danach; ein grinsendes Gesicht folgt. Vor zwei Augenblikken war es noch ernst. Der Betreffenden ist es geglückt, einen Mann um seinen Ernst zu bringen. Ihren Hinterhalt haben die Weiber dieses Hauses genau vor dem Guckloch angelegt. Selbst in ihren Heimlichkeiten soll ein Dritter sie bewundern.

Aber Kien bewundert sie nicht. Er könnte sie übersehen, weiß Gott, wie leicht ihm das fiele, eine bloße Sache des Willens. Das Übersehen liegt einem Gelehrten im Blut. Wissenschaft ist die Kunst des Übersehens. Aus einem naheliegenden Grund macht er von seiner Kunst keinen Gebrauch. Analphabeten sind die Weiber, unerträglich und dumm, eine ewige Störung. Wie reich wäre die Welt ohne sie, ein ungeheures Laboratorium, eine überfüllte Bibliothek, intensivster Arbeitshimmel bei Tag und bei Nacht! Eines allerdings gebietet die Gerechtigkeit zur Ehre der Frauen auszusagen: sie tragen Röcke, aber keiner ist blau, so weit und so lang Kien sieht, weckt keine von den Frauen dieses Hauses die Erinnerung an eine, die vor Zeiten über den Flur glitt und schließlich, viel zu spät zwar, eines elenden Hungertodes starb.

Gegen eins erschien Benedikt Pfaff und verlangte Geld für ein Mittagessen. Er müsse es im Gasthof holen und habe nichts bei sich. Der Staat zahle ihm die Pension am Ersten und nicht erst am Letzten des Monats. Kien bat um Ruhe. Seine Tage hier unten seien rar und gezählt. Bald ziehe er in seine Wohnung hinauf. Vorher wünsche er die wissenschaftliche Arbeit am Guckloch zu beenden. Eine »Charakterologie nach Hosen« sei geplant, samt einem »Anhang über die Schuhe«. Zum Essen habe er keine Zeit; morgen vielleicht.

»Ja was!« brüllte der Hausbesorger. »Das gibt's nicht! Herr Professer, ich fordere Sie im guten auf, das Geld herzugeben! In dieser interessanten Stellung verhungert der Mensch. Ich habe eine Sorge für Sie!«

Kien erhob sich und warf einen prüfenden Blick auf die Hosen des Störenfrieds. »Ich bitte Sie, sofort *meine* — Arbeitsstätte zu verlassen!« Den Nachdruck legte er auf »meine«, machte danach eine kleine Pause und stieß die »Arbeitsstätte« wie eine Beleidigung hinaus.

Pfaff riß die Augen auf. Seine Fäuste juckten ihn. Um nicht gleich dreinzuschlagen, rieb er sie schwer an der Nase. Ja ist der Professer verrückt geworden? *Seine* Arbeitsstätte! Was soll er jetzt zuerst? Ihm die Beine zerbrechen, den Schädel einschlagen, das Hirn verspritzen oder für den Anfang eine in den Bauch? Hinaufschleppen zu seinem Weib? Da kann er sich freuen! Den Mörder sperrt sie in den Abort, hat sie gesagt. Auf die Straße hauen? Die Mauer aufbrechen und ins Hinterzimmer einsperren, wo das Gemüt der seligen Tochter verlorengegangen ist?

Nichts von alledem geschah. Auf Pfaffs Befehl hatte Therese ein Essen gekocht, das oben bereitstand, an dem er, koste es, was es wolle, auch die schönste Rache, verdienen mußte. Wirt wäre er gern geworden, nicht nur Athlet. Er zog ein kleines Vorhängeschloß aus der Tasche, schob Kien mit einem Finger beiseite, bückte sich und versperrte seine Klappe.

»Mein Loch gehört mir!« brüllte er. Wieder schwollen die Fäuste. »Kusch!« herrschte er sie wütend an. Mürrisch schoben sie sich in die Tasche. Da lagen sie auf dem Sprung. Sie waren beleidigt. Sie rieben ihr Fell am Futter und knurrten.

»Welche Hosen!« dachte sich Kien, »welche Hosen!« *Einen* Beruf, einen wichtigen, hatte er in den Beobachtungen des Vormittags vermißt: den Raubmörder. Hier trug einer, derselbe, der eben kaltblütig das Instrument zu seinen Untersuchungen absperrte, die typischen Hosen, wie sie einem Raubmörder gebührten: zerbeult, rötlich schimmernd von verblaßtem Blut, von innen her in häßlicher Bewegung, fadenscheinig und klebrig, dick, dunkel, widerwärtig. Wenn Tiere Hosen anhätten, sie würden sie genauso herrichten.

»Das Essen ist bestellt!« fauchte das Tier. »Was bestellt ist, wird bezahlt!« Pfaff pfiff eine Faust heraus, öffnete sie, sehr wider ihren Willen, und hielt die flache Hand hin. »Ich werde nicht draufzahlen, Herr Professer, da kennen Sie mich schlecht! Zechprellereien duld' ich nicht! Ich fordere Sie zum letztenmal auf! Denken Sie an Ihre Gesundheit! Wo kommt der Mensch hin?«

Kien rührte sich nicht.

»Dann muß ich Sie pfänden!« Er verhaftete ihn, sagte »so ein Gestell!«, warf es aufs Bett, durchsuchte sämtliche Taschen, zählte das vorhandene Geld genau zusammen, nahm sich, was ihm für ein Essen gebührte, nicht einen Groschen mehr, nannte sich, seiner Ehrlichkeit wegen, eine Seele und drohte: »Das Essen *schick'* ich her! Mich verdienen Sie nicht. Sie haben eine Undankbarkeit im Leib. Das gehört rasiert! Ich warne Sie! Mein Loch bleibt zugesperrt. So ist das gerechte Leben! Die vielen Hosen machen aus Ihnen den Verbrecher. Ich muß aufpassen. Wenn Sie sich anständig aufführen, sperr' ich morgen wieder auf, aus Rücksicht und Erbarmen. Ich kenn' das. Bleiben Sie brav! Um vier kriegen Sie einen Kaffee. Um sieben kommt ein bescheidenes Nachtmahl. Das zahlen Sie dann! Oder zahlen Sie lieber gleich!«

Eben hatte sich Kien auf die Beine gestellt, da wurde er wieder hingelegt. Um die Scherereien ein für allemal zu erledigen, rechnete Pfaff die Unterhaltskosten für eine Woche aus, für einen Polizeibeamten rechnete er ganz gut, schon beim drittenmal schien die Summe zu stimmen, weil sie hoch war, er nahm sie sich, schrieb unter die Rechnung: »Bestens rekommandiert sich Benedikt Pfaff, Oberbeamter in Pension«, steckte den Wisch, weil er ihn selbst benützt hatte, behutsam unters Kissen, spuckte erst dann aus (womit er teils seiner Enttäuschung über den Professor Ausdruck gab, teils der seiner Fäuste über ihre erzwungene Untätigkeit) und ging. Die Tür blieb ganz. Doch sperrte er von außen zu.

Ein anderes Schloß interessierte Kien mehr. Er zerrte an der Klappe des Gucklochs, sie lockerte sich ein wenig; aufzubringen war sie nicht. Er durchsuchte das Kabinett nach Schlüsseln. Vielleicht paßte einer. Unterm Bett war der Boden leer, den Kasten brach er auf. Alte Uniformteile lagen darin, eine Trompete, ungebrauchte Fausthandschuhe, ein fest verschnürtes Paket mit sauberer, frisch gebügelter Frauenwäsche (lauter weiße Stücke), ein Dienstrevolver, Munition und Photographien, die er sich mehr aus Haß als aus Neugier besah. Ein Vater saß breitbeinig da, die Rechte hielt er verhaftend auf der Schulter einer schmalen Frau; mit der Linken preßte er ein kaum dreijähriges Kind an sich, das schüchtern über seinem Schoß schwebte. Auf der Rückseite las man in dicken, knalligen Buchstaben: »Der rote Kater mit Weib und Kind.« Da fiel Kien ein, wie unendlich lange der Hausbesorger verheiratet war, bevor ihm die Frau starb. Dieses Bild zeigte ihn noch mitten in seiner Ehe. Voller Schadenfreude strich er das Wort »Kater« durch, schrieb »Raubmörder« drüber, legte die Photographie zuoberst hin, auf die Uniformteile, die, nach ihrer Lage zu schließen, häufig gebraucht wurden, und drückte die Schranktüre zu.

Einen Schlüssel! Einen Schlüssel! Was gäbe er für einen Schlüssel! Es war, als hätte man ihm durch jede Pore seiner Haut eine Schnur gezogen; als hätte jemand aus all diesen Schnüren ein Seil gewunden und das starke, dicke, ungefüge Ding reichte durchs Guckloch auf den Korridor hinaus, wo ein ganzes Regiment von Hosen daran zerrte. »Ich will ja, ich will ja«, stöhnte Kien, »man hindert mich!« Verzweifelt warf er sich aufs Bett. Er vergegenwärtigte sich das Gesehene. Mann um Mann zog vorüber. Er holte sie sich zurück, ihre Abhängigkeit von den Frauen verzieh er ihnen nicht und warf ihnen ergänzende Beschuldigungen an den Kopf. Es gab noch genug zu verarbeiten und zu überlegen. Wenn der Geist nur beschäftigt blieb! Vier japanische Himmelswächter, gewaltige Ungetüme, fratzenhaft, fürchterlich, stellte er vor die Tore seines Geistes. Sie wissen, was nicht hinein darf. Erlaubt ist, was die Sicherheit der Gedanken fördert.

Eine Kontrolle vieler angesehener Theorien ist unvermeidlich. Auch die Wissenschaft hat ihre schwachen Punkte. Die Grundlage alles wahren Wissens ist der Zweifel. Das hat schon Cartesius bewiesen. Warum zum Beispiel spricht die Physik von drei Grundfarben? Die Wichtigkeit des Rot wird niemand leugnen. Tausend Beweise sprechen für seine elementare Rolle. Gegen das Gelb wäre einzuwenden, daß es im Spektrum ans

Grün grenzt. Grün aber, das angeblich aus der Mischung von Gelb mit einer unaussprechlichen Farbe resultiert, fasse man mit Vorsicht ins Auge, obwohl es ihm angeblich wohltut. Kehren wir den Tatbestand lieber um! Was aufs Auge günstig einwirkt, kann nicht aus Komponenten bestehen, deren eine das Zerstörendste, Häßlichste, Sinnloseste ist, das sich überhaupt denken läßt. Grün enthält kein Blau. Sprechen wir das Wort ruhig aus, es ist ja wirklich nur ein Wort, nicht mehr, vor allem keine Grundfarbe. Offenbar verbirgt sich irgendwo im Spektrum ein Geheimnis, ein uns fremder Bestandteil, der neben dem Gelb am Entstehen des Grün beteiligt ist. Pflicht der Physiker wäre es, danach zu suchen. Sie haben Wichtigeres zu tun. Täglich überfluten sie die Welt mit neuen Strahlen, alle aus dem Bereich des unsichtbaren Spektrums. Für die Rätsel unseres eigentlichen Lichts haben sie eine Patentlösung gefunden. Die dritte Grundfarbe, die uns fehlt, die wir nach ihren Wirkungen, nicht nach ihrem Wesen kennen, ist, so behaupten sie, das Blau. Man nimmt ein Wort her, koppelt es an ein Rätsel, und das Rätsel ist gelöst. Damit niemand den Betrug durchschaue, wählt man ein unanständiges und allgemein verpöntes Wort; dieses unter die Lupe zu nehmen, haben die Menschen begreiflicherweise große Scheu. Es stinkt, sagen sie sich, und umgehen in weitem Bogen alles, was sich blau anläßt. Der Mensch ist feig. Wo es eine Entscheidung gilt, wird er lieber zehnmal verhandeln; vielleicht läßt sie sich weglügen. So kommt es, daß man bis zum heutigen Tage an die Existenz einer chimärischen Farbe felsenfester geglaubt hat als an Gott. Es gibt kein Blau. Blau ist eine Erfindung der Physik. Gäbe es ein Blau, so trügen typische Raubmörder Haare dieser Farbe. Wie heißt der Hausbesorger? Etwa der blaue Kater? Im Gegenteil: der rote!

Zu den gedanklichen Argumenten gegen die Existenz des Blau gesellen sich empirische. Mit geschlossenen Augen versucht Kien ein Bild zu erzwingen, das die allgemeine Meinung als blau bezeichnen würde. Er betrachtet das Meer. Ein angenehmes Licht geht davon aus, Waldwipfel, über die der Wind fährt. Nicht umsonst vergleichen Dichter, die auf einer Warte stehen, den Wald unter ihnen mit dem Meer. Sie tun es immer wieder. Von gewissen Vergleichen können sie sich nicht trennen. Das hat seinen tieferen Grund. Dichter sind Sinnenmenschen. Sie sehen den

Wald. Er ist grün. In ihrer Erinnerung erwacht ein anderes Bild, ebenso ungeheuer, ebenso grün: das Meer. Das Meer ist also grün. Darüber wölbt sich ein Himmel. Er hängt voller Wolken. Sie sind schwarz und schwer. Ein Gewitter naht. Es will sich nicht entladen. Nirgends ist der Himmel blau. Der Tag verfließt. Wie sich die Stunden eilen! Warum? Wer jagt sie? Vor Nacht wünscht einer den Himmel zu sehen, seine verfluchte Farbe. Sie ist erlogen. Gegen Abend zerreißen die Wolken. Grelles Rot bricht durch. Wo bleibt das Blau? Überall flammt es rot, rot, rot! Dann wird es Nacht. Wieder eine geglückte Entlarvung. Am Rot hat niemand gezweifelt.

Kien lacht. Alles gelingt ihm, was er anpackt, fügt sich seinen Beweisen. Ihm gibt es eine gütige Wissenschaft im Schlaf. Zwar schläft er nicht. Er stellt sich nur so. Schlägt er die Augen auf, so fallen sie auf das verschlossene Guckloch. Zwecklosen Ärger will er sich ersparen. Den Raubmörder verachtet er. Sobald er ihm den Ehrenplatz von neuem gönnt, das heißt jenes Vorhängeschloß entfernt und sich für sein freches Benehmen entschuldigt, schlägt Kien die Augen wieder auf, vorher nicht.

»Bitte, Herr Mörder!« entgegnet die gewisse Stimme.

»Ruhe!« befiehlt er. Über der Farbe Blau hat er eine gewisse Stimme vernachlässigt. Er wird sie austilgen wie den unwiderruflichen Rock. Die Augen schließt er noch fester und befiehlt wieder: »Ruhe!«

»Bitte, da ist das Essen.«

»Unsinn! Das Essen wird der Hausbesorger schicken!« Höhnisch verzieht er die Lippen.

»Er schickt mich ja. Ich muß. Hab' ich vielleicht selber wollen?«

Die Stimme gibt sich entrüstet. Eine kleine List wird sie zum Schweigen bringen: »Ich will kein Essen!« Er reibt sich die Finger. Das hat er gut gemacht. Er geht auf ihre Dummheiten ein. Ein gefürchteter Polemiker, treibt er sie Stück um Stück in die Enge.

»Ach was, ich laß es fallen! Es ist schad' um das schöne Essen. Bitte, wer zahlt's? Ein anderer!«

Die Stimme erlaubt sich schnippische Töne. Sie fühlt sich hier wie zu Hause. Sie gehabt sich, als wäre sie vom Schindanger auferstanden. Ein Künstler hat die Stücke zusammengeflickt, ein großer Künstler, ein Genie. Er versteht es, er bläst Leichen ihre alten Laute ein.

»Bitte das nicht vorhandene Essen ruhig fallen zu lassen! Denn eins, meine liebe Leiche, will ich Ihnen gleich sagen. Angst hab' ich keine. Die Zeiten sind vorbei. Gespenstern reiß' ich die Laken vom Leibe! Ich höre noch immer kein Essen fallen? Sollte ich das Geräusch überhört haben? Ich sehe auch keine Splitter. Meines Wissens ißt man auf Tellern. Porzellan, heißt es, ist zerbrechlich. Vielleicht irre ich mich. Ich würde Ihnen raten, mir jetzt eine Geschichte von unzerbrechlichem Porzellan zu erzählen. Leichen sind erfinderisch. Ich warte! Ich warte!« Kien grinst. Seine grausame Ironie belustigt ihn.

»Bitte, das ist keine Kunst. Offene Augen seh'n was. Blind kann jeder!«

»Ich werde die Augen öffnen, und wenn ich Sie dann nicht sehe, können Sie sich in den Boden hinein schämen! Bis jetzt habe ich fair gespielt. Ich habe Sie nämlich halb ernst genommen. Wenn ich aber sehe, was ich aus Rücksicht für Sie nicht sehen wollte, daß Sie sprechen, ohne dazusein, so ist es aus mit Ihnen. Ich werde die Augen aufreißen, daß Sie staunen! Ich werde mit den Fingern dorthin fahren, wo Ihr Gesicht wäre, wenn Sie eins hätten. Meine Augen öffnen sich schwer, sie haben es satt, nichts zu sehen, aber wenn sie einmal offen sind, dann wehe Ihnen! Der Blick, der sich hier vorbereitet, kennt kein Erbarmen. Eine kleine Geduld noch! Ich warte ein wenig, weil Sie mir leid tun. Verschwinden Sie lieber von selber! Ich genehmige einen ehrenvollen Rückzug. Ich zähle bis zehn, und mein Kopf ist leer. Muß denn immer gleich Blut fließen? Wir sind Kulturmenschen. Sie fahren so noch am besten, glauben Sie mir! Übrigens gehört dieses Kabinett einem Raubmörder. Ich warne Sie. Wenn er kommt, schlägt er Sie tot!«

»Ich laß mich nicht morden!« kreischt die Stimme. »Die erste Frau ja, die zweite nein!«

Schwere Gegenstände fallen auf Kien. Wäre jemand da, er würde glauben, man habe ihn mit Eßgeschirr beworfen. Er ist gewitzigt. Er sieht nichts, obwohl er die Augen geschlossen hält und dieser Zustand Halluzinationen begünstigt. Er riecht Speisen. Der Geruch hat ihn verraten. Seine Ohren hallen von wüsten Beschimpfungen wider. Er hört nicht genau zu. Doch kehrt in jedem Satz das Wort »Mörder!« wieder. Seine Lider halten sich tapfer. Rund um die Augen alle Muskeln ziehen sich fest zusammen. Arme kranke Ohren! Eine Flüssigkeit kriecht über die Brust. »Ich gehe!« schreit die Stimme, jemand horcht wieder auf jedes Wort, »und bringe nichts mehr zum Essen. Mörder sollen verhungern. Dann bleiben die anständigen Menschen am Leben. Eingesperrt ist er sowieso. Pfui, wie ein Tier! Das ganze Bett ist voll. Die Parteien stecken die Nase hinein. Das Haus sagt: verrückt. Ich sag': Mörder. Da geh' ich eben. Es ist ja schad' um den Ärger! Das Kabinett stinkt. Ich kann nichts dafür. Das Essen war gut. Hinten ist auch ein Zimmer. Mörder gehören eingemauert! Ich gehe!«

Da wird es plötzlich ruhig. Ein anderer hätte sich gleich gefreut. Kien wartet. Er zählt bis sechzig. Es ist noch immer ruhig. Er sagt sich eine Rede Buddhas her, im originalen Palitext, keine der längsten. Dafür läßt er nicht eine Silbe aus und wiederholt getreulich, was zu wiederholen ist. Und jetzt öffnen wir das linke Auge halb, sagt er ganz leise, alles ist ruhig, wer sich fürchtet, ist feig. Das rechte Auge folgt nach. Beide blicken in ein leeres Kabinett. Auf dem Bett liegen mehrere Teller, ein Tablett und Besteck, auf dem Boden ein zerbrochenes Glas. Ein Stück Rindfleisch ist da und über den Anzug verstreut Spinat. Eine Suppe hat ihn bis auf die Haut durchnäßt. Alles riecht normal und wirklich. Wer hat das gebracht? Es war doch niemand hier. Er geht zur Tür. Sie ist versperrt. Er rüttelt dran, vergeblich. Wer hat ihn eingesperrt? Der Hausbesorger, als er wegging. Der Spinat existiert ja gar nicht. Er wäscht ihn weg. Die Glassplitter liest er zusammen. Seine Sorgen schneiden ihn. Blut fließt. Soll man am eigenen Blut zweifeln? Die Geschichte berichtet von sonderbarsten Verirrungen. Zum Eßbesteck gehört ein Messer. Um es zu erproben, schneidet er sich, es ist scharf und schmerzt sehr, den kleinen Finger der Linken ab. Viel mehr Blut fließt. Er wickelt die verletzte Hand in ein weißes Handtuch, das vom Bett herunterhängt. Dieses Handtuch ist eine Serviette. In der Ecke liest er sein Monogramm. Wie kommt sie her? Es ist, als hätte jemand durch Decke, Mauern und verschlossene Tür ein fertiges Mittagessen hereingeworfen. Die Fenster sind heil. Er kostet das Fleisch. Es hat den richtigen Geschmack. Es ist ihm übel, er hat Hunger, er ißt es ganz. Mit verhaltenem Atem, steif und bebend, spürt er, wie jeder Bissen den Weg durch die Speiseröhre nimmt. Jemand hat sich eingeschlichen, als er mit geschlossenen Augen auf dem Bett lag. Er horcht. Um nichts zu überhören, hebt er den Finger. Dann sieht er unters Bett und in den Kasten, er findet niemand. Da ist einer dagewesen, ohne ein Wort zu sprechen, und hat sich wieder entfernt; aus Angst. Die Kanarienvögel haben nicht angeschlagen. Wozu hält man die Tiere. Er tut ihnen nichts zu leid. Seit er hier lebt, läßt er sie in Ruhe. Sie haben ihn verraten. Vor seinen Augen flimmert es. Plötzlich schlagen die Kanarienvögel los. Er droht ihnen mit der verbundenen Faust. Er blickt hin: die Vögel sind blau. Sie verhöhnen ihn. Er holt sich einen nach dem andern aus dem Bauer heraus und drückt ihnen die Kehlen zu, bis sie erstickt sind. Begeistert öffnet er das Fenster und wirft die Leichen auf die Straße. Seinen kleinen Finger, eine fünfte Leiche, schleudert er ihnen nach. Kaum hat er alles Blau aus dem Zimmer entfernt, da tanzen die Wände los. Die heftige Bewegung löst sie in blaue Flecken auf. Es sind Röcke, flüstert er und kriecht unters Bett. Er beginnt an seinem Verstand zu zweifeln.

Ein Irrenhaus

An einem aufregend warmen Abend des Spätmärz schritt der berühmte Psychiater Georges Kien durch die Säle seiner Pariser Anstalt. Die Fenster waren weit offen. Zwischen den Kranken spielte sich ein zäher Kampf um den beschränkten Platz an den Gittern ab. Ein Kopf stieß gegen den anderen. Mit Beschimpfungen wurde nicht gespart. Fast alle litten an der unheimlichen Luft, die sie tagsüber im Garten, manche buchstäblich, geschlürft und geschluckt hatten. Als die Wärter sie in ihre Schlafsäle zurückholten, waren sie unzufrieden. Sie wollten noch mehr Luft, keiner gab seine Müdigkeit zu. Bis zur Schlafenszeit holten sie sich an den Gittern, was vom Abend zu spüren war. Hier glaubten sie der Luft, die ihre hellen, hohen Räume erfüllte, noch näher zu sein.

Nicht einmal der Professor, den sie liebten, weil er schön und gütig war, störte sie bei ihrer Beschäftigung auf. Hieß es sonst, er kommt, so scharten sich die meisten Insassen eines Saales zusammen und liefen ihm entgegen. Für gewöhnlich riß man sich um seine Berührung, sei es mit der Hand oder mit Worten, wie heute um die Fensterplätze. Der Haß, den so viele gegen die Anstalt in sich trugen, wo man sie unrechtmäßig festhalte, entlud sich nie über den jungen Professor. Erst seit zwei Jahren war er auch dem Namen nach Direktor der weitläufigen Anstalt, die er früher nur in Wirklichkeit geleitet hatte, der gute Engel eines teuflischen Vorgesetzten. Wer sich vergewaltigt glaubte oder es wirklich war, schob die Schuld auf den allmächtigen, wenn auch inzwischen verstorbenen Vorgänger.

Dieser hatte die offizielle Psychiatrie mit der Hartnäckigkeit eines Irren vertreten. Er hielt es für seine eigentliche Lebensaufgabe, das riesige Material, über welches er verfügte, als Stütze für gangbare Bezeichnungen zu verwenden. In seinem Sinne typische Fälle ließen ihn nicht schlafen. Er hing an der Fertigkeit des Systems und haßte Zweifler. Menschen, besonders Geisteskranke und Verbrecher, waren ihm gleichgültig. Eine gewisse Lebensberechtigung gestand er ihnen zu. Sie lieferten Erfahrungen, aus denen Autoritäten die Wissenschaft erbauten. Er selbst war eine Autorität. Über die Aufbauer pflegte er, ein mürrischer und wortkarger Mensch, eindringliche Reden zu halten, die Georges Kien, sein Assistent, notgedrungen und vor Scham über so viel Beschränktheit kochend, von Anfang zu Ende und von Ende zu Anfang, stundenlang, stehend, anhörte. Wo eine härtere Meinung gegen eine weichere stand, entschied sich der Vorgänger für die härtere. Den Kranken, die ihn bei jedem Rundgang mit derselben alten Geschichte belästigten, sagte er: »Ich weiß alles.« Seiner Frau gegenüber beklagte er sich bitter über den beruflichen Umgang mit solchen Unzurechnungsfähigen. Ihr offenbarte er auch seine geheimsten Gedanken über das Wesen der Geisteskrankheiten, Gedanken, die er der Öffentlichkeit nur vorenthalte, weil sie für das System zu grob und einfach, also gefährlich seien. Verrückt, sagte er mit großem Nachdruck und blickte seine Frau durchdringend und durchschauend an, sie errötete, verrückt werden eben die Menschen, die immer nur an sich denken. Irrsinn ist eine Strafe für Egoismus. Drum kommt in den Anstalten das größte Gesindel des Landes zusammen. Gefängnisse tun denselben Dienst, aber die Wissenschaft braucht Irrenhäuser als Anschauungsmaterial. Anderes hatte er seiner Frau nicht zu sagen. Sie war um dreißig Jahre jünger als er und verschönte seinen Lebensabend. Die erste Frau war ihm durchgebrannt, bevor er sie, wie später die zweite, in die eigene Anstalt steckte, als unheilbar egoistisch. Die dritte, gegen die er außer seiner Eifersucht nichts im Schilde führte, liebte Georges Kien.

Ihr verdankte er seine rasche Karriere. Er war groß, stark, feurig und sicher; in seinen Zügen lag etwas von jener Weichheit, die Frauen benötigen, um sich bei einem Manne heimisch zu fühlen. Wer ihn sah, nannte ihn den Adam des Michelangelo. Er verstand es sehr gut, Intelligenz mit Eleganz zu verbinden. Seine glänzende Begabung wurde durch die Politik seiner Geliebten zu genialer Wirksamkeit gesteigert. Als sie sicher war, daß niemand anderer Nachfolger ihres Mannes in der Anstaltsleitung werden könne als eben Georges, ging sie für ihn durch einen Giftmord, über den sie sogar schwieg. Seit Jahren hatte sie ihn bedacht und vorbereitet; er gelang. Der Mann starb unauffällig. Georges wurde sofort zum Direktor ernannt und heiratete sie aus Dankbarkeit für ihre früheren Dienste; vom letzten hatte er keine Ahnung.

In der harten Schule seines Vorgängers hatte er sich rasch zu dessen genauem Gegenteil entwickelt. Die Kranken behandelte er, als wären sie Menschen. Geduldig ließ er sich Geschichten erzählen, die er schon tausendmal gehört hatte, und zeigte über die ältesten Gefahren und Ängste immer neue Überraschung. Er lachte und weinte mit dem Patienten, der gerade vor ihm saß. Seine Tageseinteilung war bezeichnend: dreimal, gleich nach dem Aufstehen, am frühen Nachmittag, am späten Abend, unternahm er seine Rundgänge, so daß er an keinem Tage auch nur einen einzigen der rund achthundert Insassen übersah. Ein blitzschneller Blick genügte. Wo er eine leise Veränderung, einen Riß, die Möglichkeit, in die fremde Seele zu schlüpfen, gewahrte, griff er rasch zu und nahm den Betreffenden in seine Privatwohnung mit. Statt in einen Warteraum, der nicht existierte, führte er ihn unter klug hingeworfenen Höflichkeiten in sein Arbeitszimmer und wies ihm den besten Platz an. Da erwarb er, wenn er es noch nicht hatte, spielend das Vertrauen von Menschen, die sich jedem andern gegenüber hinter ihre Wahngebilde versteckten. Könige redete er untertänigst als Eure Majestät an; vor Göttern fiel er auf die Knie und faltete die Hände. So ließen sich die erhabensten Herrschaften zu ihm herab und teilten ihm Näheres mit. Er wurde ihr einziger Vertrauter, den sie, vom Augenblick ihrer Anerkennung ab, über die Veränderungen ihrer eigenen Bereiche auf dem laufenden hielten und um Rat angingen. Er beriet sie mit heller Klugheit, als hätte er selbst ihre Wünsche, immer ihr Ziel und ihren Glauben im Auge, vorsichtig verschiebend, Zweifel an seiner Kompetenz äußernd, Männern gegenüber nie autoritär, so bescheiden, daß manche ihm lächelnd Mut zusprachen: schließlich sei er doch ihr Minister, Prophet und Apostel, oder zuweilen sogar der Kammerdiener.

Mit der Zeit entwickelte er sich zu einem großen Schauspieler. Seine Gesichtsmuskeln, von seltener Beweglichkeit, paßten sich im Laufe eines Tages den verschiedensten Situationen an. Da er täglich mindestens drei, trotz seiner Gründlichkeit meist mehr Patienten zu sich lud, hatte er ebenso viele Rollen zu erschöpfen; die flüchtigen, aber treffenden Winke und Worte auf seinen Rundgängen nicht gerechnet, denn diese zählten zu Hunderten.

Heftig umstritten war in der gelehrten Welt seine Behandlung von Bewußtseinsspaltungen der verschiedensten Art. Gebärdete sich zum Beispiel ein Kranker als zwei Menschen, die nichts miteinander gemein hatten oder sich bekämpften, so wandte Georges Kien eine Methode an, die ihm anfangs selbst sehr gefährlich erschien: er befreundete sich mit beiden Parteien. Fanatische Zähigkeit war die Voraussetzung zu diesem Spiel. Um das wirkliche Wesen beider zu erforschen, stützte er jede mit Argumenten, aus deren Wirkung er seine Schlüsse zog. Schlüsse verbaute er zu Hypothesen und erdachte zarte Experimente, um sie zu beweisen. Dann ging er an die Heilung heran. In seinem eigenen Bewußtsein näherte er die getrennten Teile des Kranken, wie er sie verkörperte, und fügte sie langsam aneinander. Er fühlte, an welchen Punkten sie sich vertrügen, und lenkte die Aufmerksamkeit beider Teile durch starke, eindringliche Bilder immer wieder auf diese Punkte, bis sie hier haftenblieb und selbsttätig weiterkittete. Plötzliche Krisen, heftiges Abreißen, gewaltsame Trennungen, wo man schon eine endgültige Vereinigung erhofft hatte, geschahen oft und waren unvermeidlich. Nicht seltener gelang die Heilung. Mißerfolge führte er auf seine Oberflächlichkeit zurück. Irgendein verborgenes Glied hatte er übersehen, er war ein Stümper, er machte sich die Arbeit zu leicht, er opferte lebende Menschen seinen toten Überzeugungen, er war wie sein Vorgänger — da begann er von neuem, mit einem Schub neuer Kautelen und Experimente. Denn an die Richtigkeit seiner Methode glaubte er.

So lebte er in einer Unzahl von Welten zugleich. An den Irrsinnigen wuchs er zu einem der umfassendsten Geister seiner Zeit heran. Er lernte von ihnen mehr, als er ihnen gab. Sie bereicherten ihn um ihre einmaligen Erlebnisse; er vereinfachte sie nur, indem er sie gesund machte. Wieviel Geist und Schärfe fand er bei manchen! Sie waren die einzigen wirklichen Persönlichkeiten, von vollendeter Einseitigkeit, wahre Charaktere, von einer Geradheit und Macht des Willens, um die sie Napoleon beneidet hätte. Er kannte sprühende Satiriker unter ihnen, begabter als alle Dichter; ihre Einfälle wurden nie zu Papier, sie kamen aus einem Herzen, das außerhalb der Dinge schlug, und fielen über sie her wie fremde Eroberer. Beutelüsterne sind die besten Wegweiser nach den Reichtümern unserer Welt.

Seit er zu ihnen gehörte und ganz in ihre Gebilde aufging, verzichtete er auf schöngeistige Lektüre. In Romanen stand immer dasselbe. Früher hatte er mit Leidenschaft gelesen und an neuen Wendungen alter Sätze, die er schon für unveränderlich, farblos, abgegriffen und nichtssagend hielt, großes Vergnügen gefunden. Damals bedeutete ihm die Sprache wenig. Er forderte von ihr akademische Richtigkeit; die besten Romane waren die, in denen die Menschen am gewähltesten sprachen. Wer sich so ausdrücken konnte wie alle anderen Schreiber vor ihm, galt als ihr legitimer Nachfolger. Eines solchen Aufgabe bestand darin, die zackige, schmerzliche, beißende Vielgestalt des Lebens, das einen umgab, auf eine glatte Papierebene zu bringen, über die es sich rasch und angenehm hinweglas. Lesen als Streicheln, eine andere Form der Liebe, für Damen und Damenärzte, zu deren Beruf feines Verständnis für die intime Lektüre der Dame gehörte. Keine verwirrenden Wendungen, keine fremden Worte, je öfter ein Geleise befahren war, um so differenzierter die Lust, die man ihm abgewann. Die gesamte Romanliteratur ein einziges Lehrbuch der Höflichkeit. Belesene Menschen wurden zwangsweise artig. Ihre Teilnahme am Leben der anderen erschöpfte sich in Gratulation und Kondolation. Georges Kien hatte als Frauenarzt begonnen. Seine Jugend und Schönheit fand ungeheuren Zulauf. In jener Periode, die nur wenige Jahre dauerte, ergab er sich den Romanen Frankreichs; an seinem Erfolg hatten sie wesentlichen Anteil. Unwillkürlich ging er mit den Damen um, als liebte er sie. Jede gab seinem Geschmack recht und zog die Konsequenzen daraus. Bei den Äffchen verbreitete sich die Sitte des Krankseins. Er nahm, was ihm in den Schoß fiel, und hatte Mühe, seinen Siegen nachzukommen. Von zahllosen Frauen, zu seinem Dienst bereit, umgeben, verwöhnt, reich, wohlerzogen, lebte er wie Prinz Gautama, bevor er Buddha wurde. Kein besorgter Vater und Fürst schloß ihn vom Elend der Welt ab, er sah Alter, Tod und Bettler, so viele, daß er sie nicht mehr sah. Abgeschlossen war er doch, aber durch die Bücher, die er las, die Sätze, die er sprach, die Frauen, die sich als gierige, geschlossene Mauer um ihn stellten.

Den Weg in seine Heimatlosigkeit fand er mit 28 Jahren. Bei einer Visite, die er der üppigen und zudringlichen Frau eines Bankiers abstattete — sie wurde immer krank, wenn der Mann verreist war —, begegnete er dessen Bruder, einem harmlosen Irren, den die Familie aus Prestigegründen zu Hause gefangenhielt; selbst ein Sanatorium erschien dem Bankier als kreditschädigend. Zwei Zimmer seiner lächerlichen Villa waren dem Bruder reserviert, der hier die Herrschaft über seine Pflegerin führte, eine junge Witwe, dreifach an ihn verraten und verkauft. Sie durfte ihn nie allein lassen, sie mußte ihm in allem zu Willen sein, vor der Welt hatte sie sich als seine Sekretärin auszugeben, denn man führte ihn als Künstler und Sonderling, der für die Menschen wenig übrig habe und heimlich an einem ungeheuren Werk arbeite. Genau so viel war Georges Kien als Leibarzt der Dame bekannt.

Um sich ihrer triefenden Liebenswürdigkeit zu erwehren, bat er sie, ihm die Kunstschätze der Villa vorzuführen. Schwerfällig und einverstanden erhob sie sich von ihrem Krankenlager. Vor den Bildern nackter, aber schöner Frauen, nur solche sammelte ihr Mann, hoffte sie bessere Brücken zu finden. Sie schwärmte für Rubens und Renoir. »In diesen Frauen«, wiederholte sie das Lieblingswort ihres Mannes, »webt der Orient.« Er hatte früher mit Teppichen gehandelt. Für eine ebensolche Auswirkung des Orients hielt er jederlei Üppigkeit in der Kunst. Madame beobachtete Dr. Georges voller Teilnahme. Sie nannte ihn beim Vornamen, weil er »ihr kleiner Bruder« sein könnte. Wo seine Augen hafteten, da verweilte auch sie. Bald glaubte sie entdeckt zu haben, was ihm fehlte. »Sie leiden!« sagte sie, wie im Theater, und blickte auf ihren Busen herunter. Dr. Georges verstand nicht. Er war so zartfühlend. »Der Clou der Sammlung hängt bei meinem Schwager! Er ist ganz harmlos.« Von jenem wirklich schamlosen Bild versprach sie sich mehr. Seit gebildete Menschen das Haus betraten, hatte ihr Mann, notgedrungen und *er* sei hier der Hausherr bellend, das eigentliche Bild seiner Liebe, das erste, das ihm billig einzukaufen geglückt war (er kaufte prinzipiell nur billig und zahlte effektiv), in die Räumlichkeiten des kranken Bruders verbannt. Dr. Kien zeigte keine große Neigung, mit dem Irren zusammenzutreffen. Er meinte eine verblödete Ausgabe des Bankiers vorzufinden. Madame beteuerte, das Bild drüben sei mehr wert als alle übrigen zusammengenommen; sie meinte Kunstwert, aber das Wort hatte in ihrem Mund den eindeutigen Klang, der wie alles von ihrem Mann stammte. Schließlich bot sie sich seinen

Arm an, er gehorchte und folgte. Vertraulichkeiten beim Gehen schienen ihm harmloser als im Stehen.

Die Türe, die zum Schwager führte, war verschlossen. Dr. Georges läutete. Man hörte einen wuchtig schleppenden Schritt. Dann wurde es totenstill. Hinter dem Guckloch erschien ein schwarzes Auge. Madame legte den Finger an den Mund und grinste zärtlich. Das Auge verharrte regungslos. Die beiden warteten geduldig. Der Arzt bedauerte seine Höflichkeit und den empfindlichen Zeitverlust. Plötzlich ging die Türe lautlos auf. Ein angekleideter Gorilla trat vor, streckte die langen Arme aus, legte sie auf die Schultern des Arztes und begrüßte ihn in einer fremden Sprache. Die Frau beachtete er nicht. Seine Gäste gingen ihm nach. An einem runden Tisch hieß er sie Platz nehmen. Seine Gebärden waren roh, aber verständlich und einladend. Über die Sprache zerbrach sich der Arzt den Kopf. Am ehesten erinnerte sie ihn noch an einen Negerdialekt. Der Gorilla holte seine Sekretärin. Sie war notdürftig bekleidet und sichtlich verlegen. Als sie sich gesetzt hatte, wies ihr Herr auf ein Bild an der Wand und klatschte ihr eine über den Rücken. Sie schmiegte sich frech an ihn an. Ihre Scheu verschwand. Das Bild stellte die Vereinigung zweier affenartiger Menschen dar. Madame hob sich und besah es aus verschiedenen Entfernungen, von allen möglichen Seiten. Der Gorilla hielt den männlichen Besuch fest, er hatte ihm wohl viel zu erklären. Georges war jedes Wort neu. Nur eines begriff er: das Paar am Tisch stand in enger Verwandtschaft zu dem Paar auf dem Bild. Die Sekretärin verstand ihren Herrn. Sie antwortete ihm in ähnlichen Worten. Er sprach stärker, mehr aus der Tiefe, hinter seinen Lauten lauerten Affekte. Sie warf manchmal ein französisches Wort hin, vielleicht um anzudeuten, was gemeint sei. »Sprechen Sie nicht Französisch?« fragte Georges. »Aber natürlich, mein Herr!« entgegnete sie heftig, »was denken Sie von mir? Ich bin Pariserin!« Sie überschüttete ihn mit einem eiligen Schwall von Worten, die schlecht ausgesprochen und noch schlechter zusammengefügt waren, wie wenn sie die Sprache schon halb verlernt hätte. Der Gorilla brüllte sie an, sofort schwieg sie. Seine Augen funkelten. Sie legte den Arm auf seine Brust. Da weinte er wie ein kleines Kind. »Er haßt die französische Sprache«, flüsterte sie zum Besuch. »Er arbeitet schon seit Jahren an einer eigenen. Er ist noch nicht ganz fertig.«

Madame hing beharrlich am Bild. Georges war ihr dankbar dafür. Ein Wort von ihr hätte ihn um sein Höflichkeit gebracht. Er selbst fand keines. Wenn der Gorilla nur wieder sprach! Vor diesem einen Wunsch verschwanden alle Gedanken an Zeitknappheit, Verpflichtungen, Frauen, Erfolge, als hätte er von Geburt an den Menschen oder Gorilla gesucht, der seine eigene Sprache besaß. Das Weinen fesselte ihn weniger. Plötzlich stand er auf und verbeugte sich tief und andächtig vor dem Gorilla. Französische Laute vermied er, doch drückte sein Gesicht die größte Hochachtung aus. Die Sekretärin nahm diese Anerkennung für ihren Herrn mit einem freundlichen Nicken entgegen. Da hörte der Gorilla zu weinen auf, verfiel in seine Sprache und erlaubte sich die alte Gewalttätigkeit. Jeder Silbe, die er hervorstieß, entsprach eine bestimmte Bewegung. Für Gegenstände schienen die Bezeichnungen zu wechseln. Das Bild meinte er hundertmal und nannte es jedesmal verschieden; die Namen hingen von der Gebärde ab, mit der er hinwies. Vom ganzen Körper erzeugt und begleitet, tönte kein Laut gleichgültig. Wenn er lachte, breitete er die Arme weit aus. Seine Stirn schien er am Hinterkopf zu tragen. Die Haare waren dort weggerieben, als führe er in den Stunden seiner schöpferischen Tätigkeit unaufhörlich darüber.

Plötzlich sprang er auf und warf sich mit Leidenschaft über den Boden. Georges bemerkte, daß dieser mit Erde belegt war, einer sicher sehr dicken Schicht. Die Sekretärin zerrte am Rock des Liegenden, er war ihr zu schwer. Flehentlich bat sie den Besuch um Hilfe. Sie sei eifersüchtig, sagte sie, so eifersüchtig! Zusammen hoben sie den Gorilla hoch. Kaum saß er, als er von seinem Erlebnis da unten zu erzählen begann. In wenigen gewaltigen Worten, die wie abgeschnittene lebende Baumstämme ins Zimmer geschleudert wurden, vernahm Georges ein mythisches Liebesabenteuer, das ihn bis zum tiefsten Zweifel an sich selbst erschütterte. Er sah sich als Wanze neben einem Menschen. Er fragte sich, wie er begreifen könne, was von tausend Klaftern tiefer kam, als er je hinabzusteigen gewagt hatte. Welche Anmaßung, mit einem solchen Geschöpf an einem Tisch zu sitzen, gesittet, gönnerhaft, an allen Poren der Seele von Fett und täglich frischem Fett verstopft, ein Halbmensch für den praktischen Gebrauch, ohne den Mut zum Sein, weil Sein in unserer Welt ein Anders-Sein bedeutet, eine Schablone für sich, eine aufgezogene Schneiderreklame, durch einen gnädigen Zufall in Bewegung oder in Ruhestand versetzt, je nach dem Zufall eben, ohne den leisesten Einfluß, ohne einen Funken Macht, immer dieselben leeren Sätze leiernd, immer aus gleicher Entfernung verstanden. Denn wo lebt der Normalmensch, der einen Nächsten bestimmt, verändert, gestaltet? Die Frauen, die Georges mit Liebe bestürmen und ihm zuliebe ihr Leben hergäben, besonders wenn er sie gerade umarmt, sind nachher genau dasselbe, was sie vorher waren, glattgepflegte Hauttierchen, mit Kosmetik oder Männern beschäftigt. Diese Sekretärin aber, von Haus aus ein gewöhnliches Weib, nicht anders als andere, ist unter dem mächtigen Willen des Gorillas zu einem eigenartigen Wesen geworden: stärker, erregter, hingebender. Während er sein Abenteuer mit der Erde besingt, packt sie die Unruhe. Sie wirft eifersüchtige Blicke und Bemerkungen in seine Erzählung, rutscht hilflos auf ihrem Stuhl hin und her, zwickt ihn, lächelt, streckt die Zunge; er beachtet sie nicht.

Madame findet am Bilde nicht mehr genug Vergnügen. Sie zwingt Georges aufzustehen. Zu ihrem Erstaunen verabschiedet er sich vom Schwager, als wäre der ein Krösus, und von der Sekretärin, als hätte sie den Trauschein des Krösus in der Tasche. »Er lebt von meinem Mann!« sagt sie draußen, falsche Meinungen haßt sie, das unterschlagene Erbteil verschweigt sie. Der zartfühlende Doktor bittet, den Irren behandeln zu dürfen, aus wissenschaftlichem Interesse, zu seinem Privatvergnügen, für das der Herr Gemahl natürlich keineswegs aufzukommen habe. Sie mißversteht ihn sogleich und stimmt unter einer Bedingung zu, ihrer Anwesenheit bei den Séancen. Da sie Schritte hört, vielleicht ist ihr Mann zurückgekehrt, sagt sie rasch: »Die Pläne des Herrn Doktors machen mich so neugierig!« Georges nimmt sie mit in Kauf. Als ein Überbleibsel aus dem alten schleppt er sie in sein neues Leben hinüber.

Einige Monate hindurch kam er täglich. Seine Bewunderung für den Gorilla wuchs von Besuch zu Besuch. Mit unendlicher Mühe erlernte er seine Sprache. Die Sekretärin half ihm nur wenig; wenn sie zu oft in ihr Französisch heimkehrte, kam sie sich verstoßen vor. Für den Verrat am Mann, dem sie bedingungslos anhing, verdiente sie Strafe. Um den Gorilla bei guter Laune zu erhalten, verzichtete Georges auf den Umweg über gleichgültig welche andere Sprache. Er gab sich wie ein Kind, dem man mit den Worten auch die Beziehungen der Dinge zueinander nahebringt. Hier waren die Beziehungen das Ursprüngliche, beide Zimmer und was sie enthielten lösten sich in ein Kraftfeld von Affekten auf. Die Gegenstände hatten, darin behielt der erste Eindruck recht, keine eigentlichen Namen. Je nach der Empfindung, in der sie trieben, hießen sie. Ihr Gesicht wechselte für den Gorilla, der ein wildes, gespanntes, gewitterreiches Leben führte. Sein Leben ging auf sie über, sie hatten aktiven Teil daran. Er bevölkerte zwei Zimmer mit einer ganzen Welt. Er schuf, was er brauchte, und fand sich nach seinen sechs Tagen am siebenten darin zurecht. Statt zu ruhen, schenkte er der Schöpfung eine Sprache. Was um ihn war, entstammte ihm. Denn die Einrichtung, die er hier gefunden, und das Gerümpel, das man nach und nach zu ihm hinübergeschafft hatte, trug längst die Spuren seiner Wirkung. Den Fremden, der plötzlich auf seinem Planeten gelandet war, behandelte er mit Geduld. Rückfälle des Gastes in die Sprache einer überwundenen, blassen Zeit verzieh er, weil er selbst einmal zu den Menschen gehört hatte. Auch bemerkte er wohl, welche Fortschritte der Fremde machte. Anfangs weniger als sein Schatten, wuchs er zu einem ebenbürtigen Freund heran.

Georges war Gelehrter genug, um eine Abhandlung über die Sprache dieses Irren zu veröffentlichen. Auf die Psychologie der Laute fiel neues Licht. Heftig umstrittene Probleme der Wissenschaft löste ein Gorilla. Die Freundschaft mit ihm brachte Ruhm über einen jungen Arzt, der bisher nur Erfolg gekannt hatte. Aus Dankbarkeit beließ er ihn dort, wo es ihm gefiel. Er verzichtete auf einen Heilungsversuch. Die Fähigkeit, ihn von einem Gorilla in den betrogenen Bruder eines Bankiers zurückzuverwandeln, traute er sich, seit er sich seiner Sprache bemächtigt hatte, wohl zu. Doch er hütete sich vor einem Verbrechen, zu dem ihn nur das Gefühl einer über Nacht erworbenen Macht anreizte, und ging zur Psychiatrie über, aus Bewunderung für die Großartigkeit der Irren, die er sich seinem Freund verwandt vorstellte, mit dem festen Vorsatz, von ihnen zu lernen und keinen zu heilen. Von der schönen Literatur hatte er genug.

Später, als er in Hunderten von Erfahrungen wühlte, lernte er zwischen Irren und Irren zu unterscheiden. Im allgemeinen blieb seine Begeisterung rege. Brennende Teilnahme an Menschen, die sich weit genug von den übrigen entfernt hatten, um für Irre zu gelten, überfiel ihn bei jedem neuen Patienten. Manche kränkten seine empfindliche Liebe, besonders jene schwachen Naturen, die, von Anfall zu Anfall taumelnd, sich nach der hellen Zwischenzeit sehnten — Juden, die nach den Fleischtöpfen Ägyptens jammerten. Er tat ihnen den Gefallen und führte sie nach Ägypten zurück. Die Wege, die er dafür ersann, waren gewiß so wunderbar wie die des Herrn beim Auszug seines Volkes. Gegen seinen Willen wandte man Methoden, die er für ganz bestimmte Fälle empfahl, auch auf andere an, die er, voller Ehrfurcht und in Ergebenheit für seinen Gorilla, nie angetastet hätte. Was er anregte, griff um sich. Der Anstaltsdirektor, bei dem er Assistent war, freute sich über den Lärm, der aus seiner Schule noch hervorging. Man hatte sich gewöhnt, seine Lebensarbeit als abgeschlossen zu betrachten. Siehe da, was für Blüten plötzlich ein Schüler trieb!

Wenn Georges durch die Straßen von Paris ging, kam es vor, daß er einem seiner Geheilten begegnete. Er wurde umarmt und beinahe zu Boden geworfen, als wäre er der Herr eines großen Hundes und kehrte nach langer Abwesenheit heim. Hinter seinen freundschaftlichen Fragen verbarg er eine leise Hoffnung. Er sprach von Wohlergehen, Beruf, Zukunftsplänen und wartete auf kleine Bemerkungen, wie: »Damals war es schöner!« oder »Wie leer und dumm mein Leben jetzt ist!« »Ich wäre lieber wieder krank!« »Warum haben Sie mich gesund gemacht?« »Die Menschen wissen nicht, was für Herrlichkeiten in einem Kopf stekken.« »Geistesgesundheit ist eine Art Stumpfsinn.« »Man müßte Ihnen das Handwerk legen! Sie haben mir meinen kostbarsten Besitz geraubt.« »Ich schätze Sie nur als Freund. Ihr Beruf ist ein Verbrechen an der Menschheit.« »Schämen Sie sich, Sie Seelenschuster!« »Geben Sie mir meine Krankheit wieder!« »Ich werde Sie belangen!« »Gesund reimt sich auf zugrund!«

Statt dessen regnete es Komplimente und Einladungen. Die Leute sahen dick, gesund und gewöhnlich aus. Ihre Sprache unterschied sich in nichts von der des nächstbesten Passanten. Sie handelten oder versahen einen Schalter. Bestenfalls standen sie an einer Maschine. Als er sie noch seine Freunde und Gäste nannte, quälten sie sich mit einer ungeheuerlichen Schuld, die sie für alle trügen, mit ihrer Kleinheit vielleicht, die zu der Größe der gemeinen Menschen in lächerlichem Mißverhältnis stand, mit einer Eroberung der Welt, mit dem Tod, den sie jetzt plötzlich wieder als natürlich hinnahmen. Ihre Rätsel waren verlöscht, früher lebten sie für Rätsel, jetzt für alles, was längst gelöst ist. Georges schämte sich, ohne daß man ihn dazu aufgefordert hätte. Die Angehörigen der Kranken vergötterten ihn, sie rechneten auf Wunder. Selbst wo körperliche Schäden nachgewiesen waren, glaubten sie, er werde es schon irgendwie machen. Seine Fachkollegen bestaunten und beneideten ihn. Seine Gedanken packten sie sofort, sie waren einfach und einleuchtend, wie alle großen Gedanken Daß keiner früher darauf gekommen war! Man beeilte sich, kleine Brocken von seinem Ruhm zu erschnappen, indem man sich zu ihm bekannte und seine Methoden in den verschiedenartigsten Fällen erprobte. Der Nobelpreis war ihm sicher. Längst hätte man ihn dafür vorgeschlagen; seiner Jugend wegen schien es besser, noch einige Jahre zu warten.

So war er von seinem neuen Beruf überlistet worden. Aus einem Gefühl der Armut heraus hatte er begonnen, in tiefster Ehrfurcht vor den Klüften und Gebirgen, die er untersuchte. Und binnen kurzem stand er als Heiland da, von achthundert Freunden, was für Freunden, den jeweiligen Insassen der Anstalt, umgeben, von Tausenden, denen er ihre Nächsten wiedergeboren hatte, verehrt. Denn ohne den Besitz solcher Nächster, die man quält und liebt, scheint niemand das Leben lebenswert.

Dreimal täglich, bei seinen Rundgängen durch die Säle, wurden ihm Ovationen dargebracht. Er hatte sich daran gewöhnt; je heftiger man ihm entgegenlief, je stürmischer man ihn bedrängte, um so sicherer fielen ihm Worte und Mienen ein, wie er sie brauchte. Die Kranken waren sein Publikum. Schon vor dem ersten Pavillon hörte er auf das vertraute Stimmengewirr. Kaum hatte ihn einer durchs Fenster erblickt, als Richtung und Ordnung in den Lärm kam. Auf diesen Umschlag wartete er. Es war, als fingen alle plötzlich zu klatschen an. Unwillkürlich lächelte er. Zahllose Rollen waren ihm in Fleisch und Blut übergegangen. Sein Geist hungerte nach den Verwandlungen des Augenblicks. Ein gutes Dutzend Assistenten folgte ihm, um zu lernen. Manche waren älter, die meisten länger als er bei dem Beruf. Sie betrachteten die Psychiatrie als ein Spezialgebiet der Medizin, sich selbst als Verwaltungsbeamte für Irre. Was in ihr Fach einschlug, hatten sie sich mit Fleiß und Hoffnung angeeignet. Sie gingen mitunter mal auch auf die verrückten Behauptungen der Kranken ein, wie es die Lehrbücher, aus denen sie ihre Wissenschaft bezogen, empfahlen. Vom ersten bis zum letzten haßten sie den jungen Direktor, der ihnen täglich einschärfte, daß sie die Diener und nicht die Nutznießer der Kranken seien.

»Sie sehen, meine Herren«, sagte er ihnen etwa, wenn er allein mit ihnen war, »was für armselige Einfaltspinsel, was für traurige und verstockte Bürger wir sind, gegen diesen genialen Paranoiker gehalten. Wir sitzen, er ist besessen; auf den Erfahrungen andrer wir, von eigenen er. Er treibt mutterseelenallein, wie die Erde, durch seinen Weltraum. Er *darf* sich fürchten. Er wendet mehr Scharfsinn auf, seine Bahn zu erklären und zu schützen, als wir alle zusammengenommen an die unsre. Er glaubt an das, was ihm seine Sinne vortäuschen. Wir mißtrauen unseren gesunden Sinnen. Die wenigen Gläubigen unter uns klammern sich an Erlebnisse, die andre vor Tausenden von Jahren für sie gehabt haben. Wir brauchen Visionen, Offenbarungen, Stimmen — blitzartige Nähen zu Dingen und Menschen —, und wenn wir sie nicht in uns haben, holen wir sie in der Überlieferung. Aus eigener Armut werden wir Gläubige. Noch ärmere verzichten auch darauf. Und er? Er ist Allah, Prophet und Moslim in einer Person. Bleibt ein Wunder darum kein Wunder mehr, weil wir ihm die Etikette Paranoia chronica aufkleben? Wir sitzen auf unserem dicken Verstand wie Habgeier auf ihrem Geld. Der Verstand, wie wir ihn verstehen, ist ein Mißverständnis. Wenn es ein Leben reiner Geistigkeit gibt, so führt es dieser Verrückte!«

Mit gespieltem Interesse lauschten ihm die Assistenten. Wo es um ihr Fortkommen ging, verachteten sie kein Theater. Viel wichtiger als seine allgemeinen Betrachtungen, über die sie heimlich ihre Witze rissen, waren ihnen seine speziellen Methoden. Sie merkten sich jedes Wort, das er, glückliche Eingebung des Augenblicks, einem Kranken hinwarf und wandten es wetteifernd an, in der festen Überzeugung, daß sie damit genau dasselbe leisteten wie er.

Ein alter Mann, der seit neun Jahren in der Anstalt lebte, Dorfschmied von Beruf, war durch die Zunahme der Automobile in seiner Heimatgegend zugrunde gerichtet worden. Seine Frau hielt es nach wenigen Wochen äußerster Armut nicht mehr bei ihm aus und brannte mit einem Unteroffizier durch. Eines Morgens, als er, gerade aufgewacht, über ihr Unglück zu jammern begann, gab sie ihm keine Antwort und war fort. Er suchte sie im ganzen Dorf, dreiundzwanzig Jahre hatte er mit ihr gelebt, als Kind war sie ins Haus gekommen, als blutjunges Geschöpf hatte er sie geheiratet. Er suchte sie in der nahegelegenen Stadt. Auf Anraten der Nachbarn fragte er in der Kaserne nach dem Sergeanten Delboeuf, den er noch nie gesehen hatte. Der werde seit drei Tagen vermißt, hieß es, sicher sei er ins Ausland entwischt, da ihm als Deserteur sonst eine hübsche Strafe bevorstehe. Nirgends fand der Schmied seine Frau. Die Nacht über blieb er in der Stadt. Die Nachbarn hatten ihm Geld geliehen. Er trat in jede Schenke, steckte den Kopf unter die Tische und lallte: »Jeanne, bis du da?« Auch unter den Bänken war sie nicht. Wenn er sich über den Schanktisch beugte, schrien die Leute: »Er geht hinter die Kasse!« und zerrten ihn weg. Von seiner Geburt auf hielten ihn alle für einen ehrlichen Menschen. Seit er mit ihr verheiratet war, hatte er die Frau nie geprügelt. Sie lachte immer über ihn, weil er auf dem rechten Aug' schielte. Er ließ es sich gefallen. Er sagte nur: »Ich heiße Jean! Gleich komm' ich über dich!«, so gut war er zu ihr.

In der Stadt erzählte er den Leuten sein Unglück. Jeder gab ihm einen guten Rat. Ein dreckiger Schuster sagte, er solle froh sein. Den schlug er beinahe tot. Später traf er einen Metzger. Der half ihm suchen, weil ihm Bewegung bei Nacht gut tat, er war sehr dick. Sie alarmierten die Polizei und schnupperten über den Fluß, ob eine Leiche drin schwimme. Gegen Morgen fand man eine Frau, aber sie gehörte einem andern. Dicker Nebel herrschte und Jean der Schmied weinte, als sie es nicht war. Der Metzger weinte auch und erbrach sich in den Fluß. Am frühen Morgen führte er Jean in die Schlachthöfe. Jedermann kannte ihn hier und grüßte. Die Kälber brüllten, es roch nach Schweineblut, die Schweine schrien, Jean schrie lauter: »Jeanne, bist du da!« und der Metzger brüllte, wer hörte da noch die Kälber: »Dieser Schmied ist mein Freund! Man hat seine Frau hergeliefert! Wo ist sie?« Die Männer schüttelten die Köpfe. Da ist die Frau verloren, tobte der Metzger, sie haben sie geschlachtet. Er suchte unter den Schweinen, die hingen in einer langen Reihe. Da hab' ich die Sau! brüllte er. Jean besah sie von allen Seiten, er roch daran, schon lange hatte er keine Blutwürste gegessen, er liebte sie für sein Leben. Und als er sich satt gerochen hatte, sagte er: das ist nicht meine Frau. Da wurde der Metzger böse und fluchte: Scher' dich zum Teufel, Idiot!

Jean hinkte zur Station, die Frau war sein böses Bein, das Geld war weg. Er jammerte »wie komm' ich nach Haus?« und legte sich über die Schienen. Statt der Lokomotive kam ein guter Mensch, der fand ihn und schenkte ihm eine Fahrkarte wegen der Frau. Im Zug war die Fahrkarte falsch. Aber er hat sie mir doch geschenkt! sagte Jean, meine Frau ist fort! In seinen Taschen fand er keinen Sou, auf der nächsten Station holte ihn die Polizei. »Ist sie da? Wo ist sie?« lallte Jean und warf sich den Polizisten an den Hals. »Da ist sie!« sagte die Polizei, zeigte auf sich und nahm ihn mit. So kam er in eine Zelle, da tobte er viele Tage und die Frau ging ganz verloren. Er hätte sie gefunden.

Auf einmal ließen sie ihn nach Hause. Vielleicht ist sie wieder da, dachte er. Das Bett war weg, der Tisch war weg, die Stühle waren weg, alles war weg. In ein leeres Haus kommt die Frau nie mehr.

»Warum ist das Haus leer?« fragte er die Nachbarn.

»Du bist uns Geld schuldig, Jean.«

»Wo soll die Frau jetzt schlafen, wenn sie kommt?« fragte Jean.

»Die Frau kommt nicht. Sie ist mit dem jungen Sergeanten. Schlaf du nur auf dem Boden, du bist jetzt arm!«.

Jean lachte und zündete das Dorf an. Aus dem brennenden Hause seines Vetters holte er das Bett seiner Frau. Bevor er es hinaustrug, würgte er die kleinen Kinder im Schlaf, drei Knaben und ein Mädchen. Er hatte viel Arbeit in dieser Nacht. Bis er den Tisch fand und die Stühle und alles was ihm gehörte, brannte das eigene leere Haus. Er trug seine Habe aufs Feld hinaus, stellte die alte Stube auf und rief Jeanne. Dann legte er sich ins Bett. Er ließ viel Platz übrig für sie, aber sie kam nicht. Eine schöne Zeit lag er da und wartete. Einen Hunger hatte er, besonders in den Nächten, wer kann sich so einen Hunger vorstellen. Fast wäre er aufgestanden vor Hunger, der Regen rann ihm in den Mund, er trank und trank. Wenn es hell war, schnappte er nach den Sternen, hätte er sie gefaßt, er haßte den Hunger. Als er es nicht mehr aushielt, tat er ein Gelübde. Bei der heiligen Jungfrau gelobte er, nicht aufzustehen, bis die Frau ihn gehört hatte und neben ihm lag. Dann fand ihn die Polizei und brach seinen

Schwur. Er hätte ihn gehalten. Die Nachbarn wollten ihn töten. Das ganze Dorf war niedergebrannt. Er freute sich und schrie: »Ich war es! Ich war es!« Die Polizei hatte Angst und fuhr rasch weg.

In der neuen Zelle saß ein Lehrer. Weil der eine schöne Aussprache hatte, erzählte er ihm seine Geschichte. »Wie heißen Sie?« fragte der Lehrer. »Jean Préval.« »Unsinn! Sie heißen Vulkan! Sie schielen und hinken. Sie sind ein Schmied. Ein guter Schmied, wenn Sie hinken. *Fangen* Sie doch die Frau!«

»Fangen?«

»Ihre Frau heißt Venus und der Sergeant heißt Mars. Ich werde Ihnen eine Geschichte erzählen. Ich bin gebildet. Ich hab' nur gestohlen.«

Und Jean hörte zu, die Augen riß er auf. So eine Nachricht, man kann sie fangen! Das ist nicht schwer. Ein alter Schmied hat es gemacht. Die Frau betrog ihn mit einem Soldaten, einem starken, jungen Kerl. Wenn Vulkan der Schmied in die Arbeit ging, schlich sich der schöne Teufel, der Mars, ins Haus und schlief bei der Frau. Der Haushahn sah alles, war entrüstet und verriet es seinem Herrn. Vulkan schmiedete ein Netz, ein feines Stück, so daß man es nicht sah, die alten Schmiede verstanden ihre Kunst, und legte es geschickt ums Bett. Die zwei krochen hinein, das Weib und der Soldat. Da flog der Hahn zum Herrn und krähte: sie sind zu Haus. Rasch holte der Schmied die Vettern und das Dorf. Heut geb' ich euch ein Fest, wartet draußen, wartet! Er schlich sich hinein, ans Bett, sah die Frau und den Teufel, beinahe hätte er geweint. Dreiundzwanzig Jahre lebte er schon mit ihr, nie hatte er sie geprügelt! Die Nachbarn warteten. Er zog das Netz zu, fest zog er, fest, sie waren gefangen, er hatte sie, die Frau. Den Teufel ließ er laufen, jeder aus dem Dorf hieb ihm eine über die Schnauze. Dann kamen sie alle und fragten: wo ist die Frau? Der Schmied hatte sie versteckt. Sie schämte sich, er war froh. *So* muß man es machen! sagte der Lehrer. Die Geschichte ist wahr. Zur Erinnerung hat man drei Sterne nach den Leuten benannt: Mars, Venus, Vulkan. Am Himmel sind sie zu sehen. Für Vulkan braucht man ein gutes Auge.«

»Jetzt weiß ich«, sagte Jean, »warum ich nach den Sternen geschnappt habe.«

Später nahm man ihn fort. Der Lehrer blieb in der Zelle. Dafür fand Jean einen neuen Freund. Dieser Mensch war schön. Mit ihm konnte man reden. Alle wollten zu ihm. Jean fing seine Frau. Manchmal ging die Sache gut. Dann freute er sich. Oft war er traurig. Da kam sein Freund in den Saal und sagte: »Aber Jean, sie liegt im Netz, siehst du sie nicht?« Immer hatte er recht. Der Freund öffnete den Mund und schon war die Frau da. Du schielst ja, sagte sie zu Jean. Er lachte, er lachte und drohte: gleich komm' ich über dich! Ich heiße Jean!

Dieser Schmied, der neun Jahre schon in der Anstalt lebte, war durchaus nicht unheilbar. Die Nachforschungen des Direktors nach seiner Frau blieben ergebnislos. Selbst wenn man sie fand — wer hätte sie zwingen können, zum Manne zurückzukehren? Georges malte sich aus, wie er die Szene, aus der sein Schmied alle Freude nahm, in der Wirklichkeit zu Ende führte. In seiner Wohnung richtete er Bett und Netz her, die Frau wäre endlich aufgetaucht. Jean träte leise herein und zöge das Netz zu. Beide sprächen ihre alten Worte zueinander. Jean geriete in immer größere Erregung. Das Netz und neun Jahre fielen. Ach, wenn ich diese Frau hätte! seufzte Georges.

Alle Tage verhalf er Jean zu ihr. Er wünschte sie so stark herbei, daß er sie ihm hinreichen konnte, als trüge er sie bei sich. Die Assistenten, seine Affen, vermuteten einen geheimen Versuch dahinter. Vielleicht wird er ihn mit diesen Worten heilen. Hatte einer von ihnen allein im Saal zu tun, so versäumte er nicht, die Zauberformel anzubringen. »Aber Jean, sie liegt im Netz, siehst du sie nicht!« Ob Jean traurig oder lustig war, ob er sie anhörte oder sich die Ohren zuhielt, sie bewarfen ihn mit dem herzlichen Einfall ihres Meisters. Schlief er, so weckten sie ihn, schien er verstockt, so schrieen sie ihn an. Sie rüttelten und stießen ihn, warfen *ihm* Beschränktheit vor und verhöhnten die Erinnerung an seine Frau. Der eine Satz wandelte sich in tausend Tonarten, nach ihrem Charakter und ihren Launen, und als nichts fruchtete, sie waren dem Schmied gleichgültig wie Luft, hatten sie einen Grund mehr, über den Direktor zu lachen. Seit Jahren wiederholte der Narr seinen simplen Versuch und glaubte noch immer, mit einem bloßen Satz den Unheilbaren zur Vernunft zu bringen!

Georges hätte sie allesamt entlassen; Verträge seines Vorgängers banden ihn an sie. Er wußte, daß sie den Kranken übelwollten und fürchtete für deren Schicksal, falls er plötzlich wegstürbe. Die kleinliche Sabotage seines doch sicher selbstlosen und in ihren beschränkten Augen nützlichen Werkes begriff er nicht. Nach und nach würde er sich mit Leuten umgeben, die Künstler genug waren, ihm zu helfen. Schließlich kämpften die Assistenten, die er von seinem Vorgänger übernommen hatte, um ihre Existenz. Sie spürten, daß er nichts mit ihnen anfangen konnte, und schluckten seine Brocken, um, sobald ihre Verträge abgelaufen waren, wenigstens als seine gelehrigen Schüler irgendwo unterzukommen. Er hatte auch für die Vorgänge in Menschen, die viel zu einfach, träg und von Geburt an ausgeglichen waren, um je verrückt werden zu können, ein feines Gefühl. Wenn er müde war und von der Hochspannung, mit der ihn seine irren Freunde luden, ausruhen wollte, versenkte er sich in die Seele irgendeines Assistenten. Alles, was Georges tat, spielte in fremden Menschen. Auch seine Ruhe; nur fand er sie hier sehr schwer. Sonderbare Entdeckungen reizten ihn zum Lachen. Was dachten zum Beispiel diese Scheuklappenherzen über ihn? Zweifellos suchten sie nach einer Erklärung für seine Erfolge und die hellsichtige Anhänglichkeit, die er seinen Kranken bewies. Die Wissenschaft hatte ihnen den Glauben an Gründe eingetrichtert. Als Menschen von Fracktemperament hielten sie an den Mehrheitssitten und -anschauungen ihrer Zeit treu fest. Sie liebten den Genuß und deuteten alles und jeden mit dem Wunsch nach Genuß; eine Modemanie der Zeit, die sämtliche Köpfe beherrschte und wenig leistete. Natürlich verstanden sie unter Genuß die althergebrachten Unarten, die der einzelne, seit es Tiere gibt, mit infamer Unermüdlichkeit ausübt.

Von der viel tieferen und eigentlichsten Triebkraft der Geschichte, dem Drang der Menschen, in eine höhere Tiergattung, die Masse, aufzugehen und sich darin so vollkommen zu verlieren, als hätte es nie *einen* Menschen gegeben, ahnten sie nichts. Denn sie waren gebildet und Bildung ist ein Festungsgürtel des Individuums gegen die Masse in ihm selbst.

Den sogenannten Lebenskampf führen wir, nicht weniger als um Hunger und Liebe, um die Ertötung der Masse in uns. Unter Umständen wird sie so stark, daß sie den einzelnen zu selbstlosen oder gar gegen sein Interesse laufenden Handlungen zwingt.

»Die Menschheit« bestand schon lange, bevor sie begrifflich erfunden und verwässert wurde, als Masse. Sie brodelt, ein ungeheures, wildes, saftstrotzendes und heißes Tier in uns allen, sehr tief, viel tiefer als die Mütter. Sie ist trotz ihrem Alter das jüngste Tier, das wesentliche Geschöpf der Erde, ihr Ziel und ihre Zukunft. Wir wissen von ihr nichts; noch leben wir als vermeintliche Individuen. Manchmal kommt die Masse über uns, ein brüllendes Gewitter, ein einziger tosender Ozean, in dem jeder Tropfen lebt und dasselbe will. Noch pflegt sie bald zu zerfallen und wir sind dann wieder wir, arme, einsame Teufel. In der Erinnerung fassen wir es nicht, daß wir je so viel und so groß und so eins waren. »Krankheit«, erklärt ein mit Verstand Geschlagener hier, »die Bestie im Menschen«, beschwichtigt das Lamm der Demut dort und ahnt nicht, wie nah der Wahrheit es danebenrät. Indessen rüstet sich die Masse in uns zu einem neuen Angriff. Einmal wird sie nicht zerfallen, vielleicht in einem Land erst, und von diesem aus um sich fressen, bis niemand an ihr zweifeln kann, weil es kein Ich, Du, Er mehr gibt, sondern nur noch sie, die Masse.

Auf *eine* Entdeckung tat sich Georges etwas zugute, auf eben diese: die Wirksamkeit der Masse in der Geschichte und im Leben des einzelnen; ihr Einfluß auf bestimmte Veränderungen des Geistes. Bei seinen Kranken war es ihm geglückt, sie nachzuweisen. Zahllose Menschen werden verrückt, weil die Masse in ihnen besonders stark ist und keine Befriedigung findet. Nicht anders erklärte er sich selbst und seine Tätigkeit. Früher hatte er persönlichen Neigungen, seinem Ehrgeiz und den Frauen gelebt; jetzt lag ihm nur daran, sich unaufhörlich zu verlieren. In dieser Tätigkeit kam er Wünschen und Sinnen der Masse näher, als die übrigen einzelnen, von denen er umgeben war.

Seine Assistenten versuchten es mit einer Erklärung, die ihnen mehr entsprach. Warum bewundert der Direktor die Narren so? fragten sie sich. Weil er selbst einer ist, aber nur ein halber. Warum heilt er sie? Weil er es nicht verwinden kann, daß sie bessere Narren sind als er. Er beneidet sie. Ihre Anwesenheit läßt ihm keine Ruhe. Sie gelten als etwas Besonderes. In ihm lebt die krankhafte Neigung, soviel Aufmerksamkeit auf sich zu ziehen wie sie. Die Welt betrachtet ihn als einen normalen Gelehrten. Zu mehr wird er es bestimmt nie bringen. Als Direktor einer Anstalt wird er geistesgesund und hoffentlich bald sterben. Ich will verrückt sein! schreit er wie ein kleines Kind. Sein lächerlicher Wunsch ist natürlich auf ein Jugenderlebnis zurückzuführen. Man müßte ihn einmal untersuchen. Die Bitte, ihn als Objekt für eine solche Untersuchung zu verwenden, würde er natürlich abschlagen. Er ist ein Egoist, mit solchen Leuten soll man besser nichts zu tun haben. Die Vorstellung eines Geisteskranken ist von Jugend auf mit seiner Lust verbunden. Er fürchtet die Impotenz. Könnte er sich einreden, daß er verrückt ist, so wäre er immer potent. Jeder Narr macht ihm mehr Freude, als er sich selbst. Warum sollen sie mehr vom Leben haben als ich? klagt er. Ganz zurückgesetzt fühlt er sich. Er leidet an Minderwertigkeitsgefühlen. Aus Neid plagt er sich so lange, bis er sie geheilt hat. Man müßte seine Gefühle kennen, wenn er wieder einen entläßt. Es fällt ihm nicht ein, daß neue kommen. Er nährt sich von den kleinen Triumphen des Moments. *Das* ist der berühmte Mann, den die Welt bewundert! —

— Heute, beim letzten Rundgang, ließen sie es auch an äußerer Dienstbeflissenheit fehlen. Es war zu warm, der Wetterumschlag in den letzten Märztagen lastete auf ihren flachen Seelen. Sie fühlten sich wie die verachteten Insassen. Wohlbestallte Assistenten, hatten sie irgendwo ihre vergitterten Fenster und drückten die Köpfe daran. Sie ärgerten sich über die Ungenauigkeit ihrer Empfindungen. Sonst liefen einige voraus und wetteiferten im Öffnen der Türen, falls Wärter oder Patienten ihnen nicht zuvorkamen. Heute folgten sie Georges in einigem Abstand, zerstreut und mißmutig, den langweiligen Dienst verwünschend, ihren Chef und sämtliche kranken Menschen der Welt. Lieber wären sie jetzt Mohammedaner gewesen und hätten sich, jeder allein, in kleine, wohlausgestattete Paradiese gesetzt. Georges horchte auf den vertrauten Lärm. Seine Freunde bemerkten ihn von den Fenstern, sie blieben so gleichgültig wie seine Feinde hinter ihm. Ein trauriger Tag, sagte er sich leise, Beifall und Haß gingen ihm ab, immer atmete er im Strom fremder Empfindungen. Heute spürte er nichts um sich, nur die schwere Luft.

In den Sälen herrschte häßliche Ruhe. Die Kranken vermieden es, vor ihm zu zanken. Um die Fenster blieb es ihnen doch zu tun. Kaum schloß sich die Tür hinter ihm, als sie wieder stießen und schimpften. Die Weiber baten ihn, ohne ihre Plätze aufzugeben, flehentlich um seine Liebe. Er fand keine Erwiderung. Alle guten und heilenden Gedanken ließen ihn im Stich. Eine, häßlich wie noch nie eine Nacht, kreischte: »Nein, nein, nein! Ich willige nicht in die Scheidung!« Die anderen riefen im Chor: »Wo ist er?« Ein Mädchen lallte begeistert: »Laß mich!« Jean, der gute Jean, drohte seiner Jeanne mit einer Ohrfeige. »Ich hab' sie im Netz, ich will sie fassen, weg ist sie!« klagte er. »Hau ihr nur eine herunter«, sagte Georges, diese zweiunddreißigjährige Treue hatte er satt. Jean schlug zu und schrie selbst für die Frau um Hilfe. In einem anderen Saal weinten alle zugleich, weil es schon dunkel war. »Heut sind sie wie verrückt«, sagte der Wärter. Einer der vielen Herrgötter befahl: »Es werde Tag!« und tobte über die Mißachtung, die man ihm hier entgegenbringe. »Ein kleiner Kommis ist er«, flüsterte sein Bettnachbar Georges im Vertrauen zu. Einer fragte: »Gibt es Gott?« und wünschte dessen Adresse. Über den schlechten Geschäftsgang heute Abend beschwerte sich ein gepflegt dreinblickender Herr, den sein Bruder zugrunde gerichtet hatte. »Sobald ich den Prozeß gewinn, deck' ich mich mit Hemden für zirka fünfzehn Jahre ein!« »Und warum gehen die Leute nackt?« entgegnete tiefsinnig sein bester Freund, sie verstanden sich ausgezeichnet.

Die Antwort auf diese Frage bekam Georges erst im nächsten Saal zu hören. Ein Junggeselle zeigte den übrigen, wie man ihn bei seiner eigenen Frau in flagranti ertappt habe. »Ich reiße ihr die Flöhe vom Leib, sie hat keine angehabt. Da steckt der Schwiegervater den Kopf durchs Schlüsselloch und fordert sein Enkelkind zurück.« »Wo, wo?« kicherten die Zuschauer. Sie waren alle mit demselben beschäftigt; wie gut sie sich verstanden. Die Wärter hörten nicht ungern zu. Ein Assistent, Mitarbeiter einer Zeitung, notierte sich die Stimmung des Abends in bezeichnenden Worten. Georges bemerkte es, ohne hinzusehen, in Gedanken tat er dasselbe. Eine spazierende Wachstafel war er, in die Worte und Gesten sich eindrückten. Statt zu verarbeiten und zu entgegnen, nahm er mechanisch auf. Außerdem war die Wachstafel im Schmelzen. »Meine Frau langweilt mich«, dachte er. Die Kranken erschienen ihm fremd. Jene Hinterpforte, die in ihre fest ummauerten Städte führte, für gewöhnlich nur angelehnt, ihm allein vertraut, blieb heute hartnäckig verschlossen. Aufbrechen? Wozu? Brechen wir lieber ab, morgen ist leider wieder ein Tag. Jeden werde ich in seinem Saal vorfinden, mein ganzes Leben lang werde ich achthundert Patienten vorfinden. Vielleicht vergrößert mein Ruhm die Anstalt. Mit der Zeit werden zwei- bis zehntausend daraus. Pilgerzüge aus allen Ländern vervollkommnen mein Glück. Eine allgemeine Weltrepublik steht in dreißig Jahren zu erwarten. Man ernennt mich zum Volkskommissar für Irre. Reisen über die ganze bewohnte Erde. Inspektion und Parade einer Millionenarmee unbrauchbarer Geister. Links stelle ich die Schwachsinnigen auf, rechts die Starksinnigen. Gründung von Versuchsanstalten für überbegabte Tiere. Heranzüchtung verrückter Tiere zu Menschen. Geheilte Narren entlaß' ich aus meiner Armee mit Schimpf und Schande. Meine Freunde sind mir näher als meine Anhänger. Kleine Anhänger nennt man große. Wie klein ist also meine Frau. Warum geh' ich nicht endlich in die Wohnung? Weil die Frau dort auf mich wartet. Sie will Liebe. Alles will heute Liebe.

Die Wachstafel drückte. Was sich auf ihr verzeichnete, hatte Gewicht. Im vorletzten Saal tauchte plötzlich seine Frau auf. Sie war gelaufen.

»Ein Telegramm!« rief sie und lachte ihm ins Gesicht.

»Deswegen bemühst du dich so?« Freundlichkeit war ihm zur Haut geworden; manchmal wünschte er sich, aus ihr zu fahren, das war dann der Gipfel seiner Grobheit. Er öffnete und las: »Bin total meschugge. Dein Bruder.« Unter sämtlichen möglichen Nachrichten hatte er diese am allerwenigsten erwartet. Ein schlechter Witz? Eine Mystifikation? Nein. Dagegen sprach ein Wort: »meschugge!« Solche Ausdrücke gebrauchte sein Bruder nicht. Gebrauchte er das Wort doch, so war etwas nicht in Ordnung. Er segnete das Telegramm. Eine Reise war unvermeidlich. Er konnte sie vor sich rechtfertigen. Nichts hätte er sich jetzt mehr gewünscht.

Die Frau las. »Wer ist das, dein Bruder?«

»Ach so, ich hab' dir nie von ihm erzählt. Der größte lebende Sinologe. Auf meinem Schreibtisch findest du einige seiner letzten Arbeiten. Seit zwölf Jahren habe ich ihn nicht gesehen.«

»Was wirst du tun?«

»Ich nehme den nächsten Schnellzug.«

»Morgen früh!«

»Nein, jetzt.«

Sie verzog den Mund.

»Ja, ja«, meinte er nachdenklich, »es geht um meinen Bruder. Er ist in falschen Händen. Wie käme er sonst in die Lage, ein solches Telegramm abzuschicken?«

Sie zerriß das Telegramm in winzige Stücke. Hätte sie es nur gleich zerrissen! Die Kranken stürzten sich über die Fetzen her. Jeder liebte sie, jeder wollte ein Andenken von ihr, einige verschluckten das Papier. Die meisten legten es ans Herz oder in die Hosen. Plato der Philosoph stand würdig daneben. Er verbeugte sich und sagte: »Madame, wir leben in der Welt!«

Georges hatte lange geschlafen; da hielt der Zug. Er blickte auf; viele Menschen stiegen ein. Sein Abteil, verhängt, blieb leer. Im letzten Moment, der Zug fuhr schon, ersuchte ihn ein Paar um Platz. Er rückte höflich zur Seite. Der Mann stieß ihn an und entschuldigte sich nicht. Georges, den jede Grobheit unter artigen Kulturaffen erquickte, betrachtete ihn überrascht. Die Frau deutete seine Blicke falsch und bat, kaum daß sie saßen, um Entschuldigung für ihren Mann, er sei blind. »Das hätte ich nicht gedacht«, sagte Georges, »er bewegt sich mit erstaunlicher Sicherheit. Ich bin nämlich Arzt und hatte schon viele blinde Patienten.« Der Mann verbeugte sich. Er war lang und hager. »Stört es Sie, wenn ich ihm vorlese?« fragte die Frau. Die zahme Ergebenheit auf ihrem Gesicht hatte Reiz, sie lebte wohl nur für den Blinden. »Aber im Gegenteil! Sie dürfen nur nicht beleidigt sein, falls ich später einschlafen sollte.« Statt der ersehnten Grobheiten flogen Artigkeiten hin und her. Sie zog einen Roman aus der Reisetasche und las mit tiefer, geschmeichelter Stimme vor.

So wie dieser Blinde mochte Peter jetzt aussehen, steif und verbissen. Was war nur in Peters ruhigen Geist gefahren? Er lebte einsam und sorglos; zu einzelnen Menschen hatte er keinerlei Beziehung. Eine Verwirrung an der Welt, in die empfindliche Naturen zuweilen geraten, war bei ihm unmöglich; seine Welt bestand aus seiner Bibliothek. Ein ungeheures Gedächtnis zeichnete ihn aus. Schwächere Köpfe gingen an zuviel Büchern zugrunde; bei ihm blieb jede Silbe, die er aufnahm, von der nächsten reinlich geschieden. Er war das Gegenteil eines Schauspielers, immer er selbst, nur er selbst. Statt sich in die andern zu verteilen, maß er sie, wie er sie von außen sah, an sich, den er auch nur von außen und vom Kopf her kannte. Darum entging er den sehr großen Gefahren, die eine Beschäftigung mit den östlichen Kulturen, wenn ein einsamer Mensch sie über Jahre hinauszieht, unweigerlich heraufbeschwört. Peter war gegen Laotse und alle Inder gefeit. Aus Nüchternheit neigte er zu Pflicht-Philosophen. Seinen Konfuzius hätte er überall gefunden. Was bedrängte ihn, ein beinahe geschlechtsloses Wesen?

»Du treibst mich wieder in den Selbstmord!« Georges hatte dem Roman mit halbem Ohr zugehört, die lesende Stimme klang angenehm, er verstand ihre Töne; über diesen stupiden Satz des Romanhelden persönlich mußte er plötzlich laut lachen. »Sie würden nicht lachen, mein Herr, wenn Sie blind wären!« fuhr ihn eine zornige Stimme an. Der Blinde sprach, seine ersten Worte waren Grobheiten. »Verzeihen Sie«, sagte Georges, »aber ich glaube nicht an diese Art von Liebe.« »Dann stören Sie einen ernsten Menschen nicht im Genuß! Ich verstehe mich auf die Liebe besser als Sie. Ich bin blind. Das geht Sie nichts an!« »Sie haben mich mißverstanden«, begann Georges. Er spürte, wie der Mann an seiner Blindheit litt und wollte ihm helfen. Da bemerkte er die Frau; sie gestikulierte heftig, abwechselnd legte sie den Finger an den Mund und faltete die Hände, er solle um Gottes willen schweigen, er schwieg. Ihre Lippen dankten. Der Blinde hatte schon den Arm erhoben. Zur Abwehr? Zum Angriff? Er ließ ihn fallen und befahl: »Weiter!« Die Frau las, ihre Stimme zitterte. Vor Angst? Vor Freude über den zartfühlenden Menschen, dem sie da begegnet war?

Blind, blind, eine dunkle, uralte Erinnerung griff um sich, trüb und zähe fraß sie sich hoch. Da war ein Zimmer und ein anderes daneben. Da stand ein weißes Bettchen. Ein kleiner Junge lag darin, ganz rot. Er hatte Angst. Eine fremde Stimme schluchzte: »Ich bin blind! Ich bin blind!« und weinte immer: »Ich will lesen!« Die Mutter ging auf und ab. Sie ging durch die Tür ins Nebenzimmer, wo die Stimme schrie. Da drin war es dunkel, hier war es hell. Der kleine Junge wollte fragen: »Wer schreit so?« Er hatte Angst. Er dachte, dann kommt die Stimme und schneidet ihm die Zunge mit einem Taschenmesser ab. Da begann der Junge zu singen, alle Lieder, die er wußte und fing wieder von vorne an. Er sang laut, er brüllte, der Kopf platzte ihm fast von Tönen. »Ich bin rot«, sang er. Die Tür ging auf. »Willst du wohl ruhig sein!« sagte die Mutter, »du hast Fieber. Was fällt dir ein.« Da stöhnte drüben die schreckliche Stimme und schrie: »Ich bin blind! Ich bin blind!« Der kleine Georg fällt aus dem Bett und kriecht heulend zur Mutter. Er klammert sich an ihre Knie. »Was hast du denn, was hast du denn?« »Der Mann! Der

Mann!« »Wo ist ein Mann?« »Im dunklen Zimmer schreit ein Mann! Ein Mann!« »Das ist doch Peter, dein Bruder Peter.« »Nein, nein!«, der kleine Georg tobt, »laß den Mann, du mußt bei mir bleiben!« »Aber Georg, mein kluger Bub, das ist Peter. Er hat die Masern wie du. Jetzt kann er nichts sehen. Drum weint er ein bißchen. Morgen ist er wieder gesund. Komm, willst du ihn sehen?« »Nein! Nein!«, er sträubt sich. »Es ist doch Peter, ein anderer Peter«, denkt Georg, er winselt leise, solange die Mutter im Zimmer ist. Kaum geht sie zum »Mann« hinüber, versteckt er sich unter der Decke. Wenn er die Stimme hört, heult er laut wieder los. Das dauert lang, solang hat er noch nie geweint. In Tränen verschwimmt das Bild.

Da hatte Georg die Gefahr gepackt, von der Peter sich auch jetzt bedroht fühlte: er fürchtete eine Erblindung! Vielleicht ging es seinen Augen schlecht. Vielleicht mußte er zeitweise mit dem Lesen aussetzen. Was hätte ihn mehr quälen können? Eine Stunde, die aus seinem Plan fiel, genügte, um ihn auf fremde Gedanken zu bringen. Fremd war Peter alles, was ihn selbst betraf. Solange sein Kopf erlesene Tatsachen, Nachrichten, Auffassungen abwog, richtigstellte und verknüpfte, schien ihm der Nutzen seiner Einsamkeit sicher. Wirklich einsam, bei sich, war er nie. Das macht ja den Gelehrten aus, daß er allein lebt, um bei möglichst vielen Dingen zugleich zu sein. Als ob er dann auch nur bei einem einzigen Ding wirklich *wäre*! Wahrscheinlich waren Peters Augen überanstrengt. Wer weiß, ob er gutes Licht bei der Arbeit hatte? Vielleicht war er, gegen seine Gewohnheit und Verachtung, bei einem Arzt gewesen, der ihm unbedingte Schonung und Ruhe empfahl. Eben diese Ruhe, die sich über Tage erstreckte, konnte ihm den Rest geben. Statt sich an den gesunden Ohren für die kranken Augen schadlos zu halten, Musik und Menschen zu hören (was ist reicher als der Tonfall der Menschen?), ging er sicher vor den Büchern auf und ab, zweifelte am guten Willen der Augen, beschwor sie, fluchte ihnen, erinnerte sich voller Grauen an jene Eintagsblindheit seiner Jugend, erstarrte vor Angst, er könnte wieder und für länger blind werden, tobte, verzweifelte und rief, der schroffste und stolzeste Mensch, erst einen Bruder herbei, bevor er Nachbarn, Bekannte oder irgendwen um einige helfende Worte anging. Ich werde ihm diese Blindheit austreiben, nahm sich Georg vor. Leichter ist mir noch keine Heilung vorgekommen. Dreierlei habe ich zu tun: eine gründliche Augenuntersuchung, eine Prüfung der Lichtverhältnisse in seiner Wohnung, eine vorsichtige und liebevolle Aussprache, die ihn von der Unsinnigkeit seiner Befürchtungen, falls sie wirklich keine Begründung haben, überzeugt.

Freundlich blickte er zum groben Blinden hinüber und dankte im Stillen für seine Anwesenheit. Er hatte ihn auf die richtige Deutung des Telegramms gebracht. Ein sensibler Mensch hat von jeder Begegnung Nutzen oder Schaden, weil sie Empfindungen und Erinnerungen in ihm weckt. Die Gleichmütigen sind wandelnde Zustände, nichts fließt ihnen zu, nichts bringt sie zum Überfließen, erfrorene Festungen, so ziehen sie durch die Welt. Warum bewegen sie sich? Was bewegt sie? Zufällig gehen sie als Tiere, eigentlich sind sie Pflanzen. Man könnte sie köpfen und sie blieben am Leben, sie haben ihre Wurzeln. Die stoische Philosophie ist eine für Pflanzen, ein Hochverrat am Tier. Seien wir Tiere! Wer Wurzeln hat, reiße sie aus! Georg fand es angenehm zu wissen, warum der Zug mit ihm so rasch davonfuhr. Blindlings war er eingestiegen. Blindlings hatte er von seiner Jugend geträumt. Ein Blinder stieg ein. Da nahm die Lokomotive plötzlich ihre Richtung: auf die Heilung eines Blinden. Denn ob Peter es *war* oder nur befürchtete, das blieb sich für einen Psychiater gleich. Da durfte man einschlafen. Tiere treiben ihre Neigungen auf die Spitze und brechen sie ihnen dann ab. Am meisten lieben sie den häufigen Wechsel ihrer Geschwindigkeiten. Sie fressen sich satt und lieben sich matt. Ihre Ruhe steigern sie zum Schlaf. Bald schlief auch er.

Die lesende Frau strich zwischen den Zeilen über seine schöne Hand, in die er den Kopf gebettet hatte. Sie meinte, er lausche ihrer Stimme. Manche Worte betonte sie; er solle verstehen, wie unglücklich sie sei. Diese Fahrt werde sie nie vergessen, bald müsse sie aussteigen. Das Buch lasse sie hier, als Andenken, und sie bitte um einen Blick. Bei der nächsten Station stieg sie aus. Den Mann schob sie voran, sonst zog sie ihn hinter sich her. In der Tür hielt sie den Atem an. Ohne sich umzudrehen, sie fürchtete ihren Mann, ihre Bewegungen waren sein Zorn, sagte sie, sie wagte viel: »Leben Sie wohl!« Wieviel Jahre hatte sie diesen Ton gespart. Er vermochte nichts zu erwidern. Sie war beglückt. Leise weinend, von ihrer Schönheit leicht betaumelt, half sie dem

Blinden vom Zug herunter. Sie bezwang sich und warf keinen Blick zum Fenster seines Abteils, wo ihre Ahnung ihn sah. Er hätte ihre Tränen geseh'n, sie schämte sich. Der Roman lag bei ihm. *Er schlief.*

Am Morgen wusch er sich. Abends kam er an. Er stieg in einem bescheidenen Hotel ab. In einem größeren hätte seine Ankunft Aufsehen erregt, da er zu dem Dutzend von Gelehrten zählte, die in den Zeitungen, auf Kosten aller übrigen, beharrlich feilgeboten werden. Den Besuch bei seinem Bruder verschob er auf den nächsten Tag, um dessen Nachtruhe nicht zu stören. Da seine Ungeduld ihn quälte, ging er in die Oper. Bei Mozart war er angenehm geborgen.

Nachts träumte er von zwei Hähnen. Der größere war rot und schwach, der kleinere gepflegt und verschlagen. Ihr Kampf zog sich lange hin, er war so spannend, daß man zu denken vergaß. Sie sehen, sagte ein Zuschauer, was hier aus den Menschen wird! Menschen? krähte der kleine Hahn. Wo sind Menschen? Wir sind Hähne. Kampfhähne. Höhnen Sie nicht! Der Zuschauer zog sich zurück. Er wurde immer kleiner. Plötzlich erkannte man, daß auch er nur ein Hahn war. Aber ein feiger, sagte der rote, es ist Zeit zum Aufstehen. Der kleine gab sich zufrieden. Er hatte gesiegt und flog weg. Der rote Hahn blieb da. Er wurde immer größer. Seine Farbe nahm mit ihm zu. Er tat einem in den Augen weh. Da gingen sie auf. Im Fenster lag eine ungeheure Sonne.

Georg beeilte sich und stand kaum eine Stunde später vor dem Hause Ehrlichstraße 24. Es war fast vornehm und schon charakterlos. Er stieg die vier Stöcke hinauf und läutete an. Eine alte Frau öffnete. Sie trug einen steifen blauen Rock und grinste. Er wollte an sich heruntersehen, ob etwas nicht in Ordnung sei, beherrschte sich aber und fragte: »Ist mein Bruder zu Hause?«

Sofort hörte die Frau zu grinsen auf, starrte ihn an und sagte: »Bitte, hier gibt's keinen Bruder!«

»Professor Georges Kien ist mein Name. Ich suche Dr. Peter Kien, Privatgelehrten von Beruf. Vor acht Jahren hat er bestimmt hier gewohnt. Vielleicht wissen Sie, wo ich hier im Hause seine Adresse erfahren könnte, falls er ausgezogen ist.«

»Ich sag' lieber nichts.«

»Aber erlauben Sie, ich komm' eigens aus Paris. Sie werden mir doch sagen können, ob er hier wohnt oder nicht!«

»Ich bitt' Sie, sind Sie froh!«

»Warum soll ich froh sein?«

»Man ist ja nicht dumm.«

»Sicher.«

»Man könnte Geschichten erzählen.«

»Ist mein Bruder vielleicht krank?«

»Ein feiner Bruder! Man muß sich ja schämen!«

»So reden Sie doch, wenn Sie etwas wissen!«

»Hab' ich vielleicht was davon?«

Georg zog ein Geldstück aus dem Portemonnaie, packte ihren Arm und legte es mit freundlichem Nachdruck auf ihre Hand, die sich von selbst geöffnet hatte. Die Frau grinste wieder.

»Nicht wahr, Sie werden mir jetzt sagen, was Sie über meinen Bruder wissen!«

»Sagen kann jeder.«

»Nun?«

»Auf einmal ist das Leben zu Ende. Bitte noch!« Sie warf die Schultern hoch.

Georg holte ein zweites Geldstück hervor, sie hielt ihm die andere Hand hin. Statt sie zu berühren, warf er die Münze von oben auf sie hinunter.

»Da kann ich ja wieder gehen!« sagte sie und sah ihn böse an.

»Was wissen Sie also über meinen Bruder?«

»Über acht Jahre sind's schon her. Vorgestern ist alles herausgekommen.«

Seit acht Jahren hatte Peter nicht geschrieben. Vorgestern kam das Telegramm. Der Frau mußte etwas Wahres bekannt sein. »Und was haben Sie getan?« fragte Georg, nur um sie zu rascherem Erzählen zu reizen.

»Wir waren ja auf der Polizei. Eine anständige Frau geht gleich auf die Polizei.«

»Natürlich, natürlich. Ich danke Ihnen für die Hilfe, die Sie meinem Bruder geleistet haben.«

»Da sagt man bitte. Die Polizei hat Augen gemacht!«

»Was hat er denn getan?« Georg stellte sich seinen leicht verwirrten Bruder vor, wie er plumpen Polizisten sein Augenleid klagte.

»Gestohlen hat er! Ich sag', es fehlt am Herzen.«

»Gestohlen?«

»Umgebracht hat er sie! Kann ich vielleicht was dafür? Sie war die erste Frau. Die zweite bin ich. Die Stücke hat er versteckt. Hinter den Büchern war ja Platz genug. Dieb hab' ich immer gesagt. Vorgestern kommt der Mörder heraus. Die Schande hab' ich. Warum war ich so dumm? Ich sag' ja, man soll nicht. Das ist bei den Menschen so. Ich hab' gedacht so viel Bücher. Was tut der Mensch zwischen sechs und sieben? Leichen schneiden tut er. Die Stücke führt er spazieren. Kein Mensch hat was gemerkt. Das Bankbuch hat er gestohlen. Bleibt mir vielleicht was in Händen? Ich könnt' ja verhungern. Mich wollt' er auch. Ich bin die zweite. Scheiden laß ich mich dann. Bitte erst zahlt er! Vor acht Jahren hätte er ins Loch gehört! Jetzt steckt er unten drin. Eingesperrt hab' ich ihn! Ich laß mich nicht umbringen!« Sie weinte und schlug die Tür zu.

Peter ein Mörder. Der stille, magere Peter, den seine Schulkameraden immer verprügelt haben. Die Stiege schwankt. Die Decke stürzt ein. Ein Mensch von peinlicher Sauberkeit, Georg, läßt seinen Hut fallen und hebt ihn nicht auf. Peter verheiratet. Wer wußte davon. Die zweite Frau, über 50 alt, häßlich, beschränkt, gemein, kein menschliches Wort bringt sie hervor, vorgestern einem Überfall entronnen. Die erste hat er zerstückelt. Seine Bücher liebt er und benützt sie als Versteck. Peter und die Wahrheit. Hätte er doch gelogen, seine Jugend blind und blau gelogen! Dazu hat man Georg berufen. Das Telegramm ist fingiert, von der Frau oder von der Polizei. Das Märchen von Peters Geschlechtslosigkeit. Ein schönes Märchen wie alle Märchen, aus der leeren Luft gegriffen, dumm. Georg der Bruder eines Lustmörders. Schlagzeilen in allen Zeitungen. Der größte lebende Sinologe! Der beste Kenner Ostasiens! Doppelleben! Rücktritt von der Leitung einer Irrenanstalt. Fehltritt. Scheidung. Assistenten als Nachfolger. Die Kranken, die Kranken, man wird sie quälen, man wird sie behandeln! Achthundert! Sie lieben ihn, sie brauchen ihn, er darf sie nicht verlassen, ein Rücktritt ist unmöglich. Von allen Seiten zerren sie an ihm, du darfst nicht weg, wir gehen mit, bleib' da, wir sind ganz allein, die verstehen unsere Sprache nicht, du hörst uns, du verstehst uns, du lachst zu uns, seine schönen raren Vögel, sie sind da ganz fremd, jeder aus einer anderen Heimat, keiner versteht den Nächsten, sie beschimpfen einander und wissen es nicht einmal, ihretwegen lebt er, er verläßt sie nicht, er *bleibt*. Peters Affäre muß geregelt werden. Sein Unglück ist erträglich. *Er* war für chinesische Schriftzeichen da, Georg für Menschen. Peter gehört in eine geschlossene Anstalt. Er hat zu lange enthaltsam gelebt. Bei der ersten Frau sind seine Sinne mit ihm durchgegangen. Wie hätte er den plötzlichen Übergang meistern sollen? Die Polizei wird ihn herausgeben. Vielleicht gelingt die Überführung nach Paris. Seine Unzurechnungsfähigkeit läßt sich beweisen. Auf keinen Fall tritt Georg von der Leitung seiner Anstalt zurück.

Im Gegenteil, er tritt vor, hebt seinen Hut auf, putzt ihn ab und klopft höflich, aber entschieden gegen die Tür. Kaum hält er den Hut in der Hand, ist er wieder der sichere und weltgewandte Arzt. »Gnädige Frau!« lügt er, »gnädige Frau!« Ein jugendlicher Liebhaber, wiederholt er diese beiden Worte, beschwörend und mit einem Feuer, das ihm selbst lächerlich erscheint, als säße er im Zuschauerraum vor der Bühne, auf der er spielt. Er hört ihre Vorbereitungen. Vielleicht besitzt sie ein Spiegelchen, denkt er, vielleicht pudert sie sich und will mich erhören. Sie öffnet und grinst. »Ich möchte Sie um einige Auskünfte bitten!« Er spürt ihre Enttäuschung. Sie hat eine Fortführung der Liebhabereien oder zumindest noch eine gnädige Frau erwartet. Ihr Mund bleibt geöffnet, der Blick wird sauer.

»Bitte, ich weiß nur Mörder.«

»Kusch!« brüllt eine raubtierische Stimme. Zwei Fäuste erscheinen, ein dicker, roter Kopf folgt nach. »Glauben S' dem Weib nix! Die ist ja plempem! In *meinem* Haus gibt's keine Mörder! So lang *ich* was zu sagen hab', nicht! Vier Kanari war er mir schuldig, wenn Sie der Bruder sind, hochrassige Tiere, privatpersönliche Zucht. Gezahlt hat er. Gut gezahlt hat er. Gleich gestern nacht. Vielleicht mach' ich ihm heut mein Patentloch auf. Der Mensch ist vernarrt. Wollen Sie ihn sehen? Er bekommt zu essen. Was er grad will. Ich hab' ihn eingesperrt. Er hat Angst vor dem Weib. Er kann sie nicht schmecken. Kein Mensch kann die schmecken. Schau'n Sie es an! Was die aus ihm gemacht hat! Hingerichtet hat sie ihn. Sie existiert nicht für ihn, sagt er. Da macht er sich lieber blind. Recht hat er. Sie ist ein Dreck von einem Weib! Wenn er die nicht geheiratet hätt', wär' alles in Ordnung, auch im Kopf sag' ich!« Die Frau will reden, mit einem Seitenhieb des Arms stößt er sie in die Wohnung zurück.

»Wer sind Sie?« fragt Georg.

»In mir erblicken Sie den besten Freund Ihres Herrn Bruders. Ich zeichne Benedikt Pfaff, Oberbeamter in Pension, genannt der rote Kater! Das Haus besorge *ich*. Meine Wenigkeit hat ein scharfes Auge des Gesetzes! Wer sind denn Sie? Von Beruf mein' ich?«

Georg verlangte seinen Bruder zu sehen. Alle Morde, alle Ängste, alle Tücken der Welt waren zerstoben. Der Hausbesorger gefiel ihm. Sein Kopf erinnerte ihn an die aufgehende Sonne heute früh. Er war grob, aber erfrischend, ein unbändig starker Kerl, wie man sie in Kulturstädten und -Häusern selten mehr sieht. Die Treppe dröhnte. Statt sie zu tragen, *schlug* Atlas die arme Erde. Seine gewaltigen Schenkel erdrückten den Boden. Schuhe und Füße waren aus Stein. Die Mauern widerhallten von seinen Worten. Daß die Hausbewohner ihn aushalten, dachte Georg. Ein wenig schämte er sich, weil er der Frau nicht gleich hinter ihren Kretinismus gekommen war. Gerade die Einfachheit ihres Satzbaues hatte ihn von der Wahrheit der Dummheiten, die sie sprach, überzeugt. Er schob die Schuld auf die Reise, auf die Mozartmusik gestern, die ihn seit langer Zeit zum erstenmal seinen täglichen Gedankengängen entrissen hatte, und auf die Erwartung, einen kranken Bruder vorzufinden und nicht eine kranke Pförtnerin. Daß Peter der Strenge an diese komische Alte geraten war, leuchtete ihm ein. Er lachte über die Blindheit und Unerfahrenheit seines Bruders, der sicher ihretwegen telegraphiert hatte, und freute sich, daß der Schaden so leicht zu reparieren war. Eine Frage an den Hausbesorger bestätigte seine Vermutung: sie hatte Peter jahrelang die Wirtschaft geführt und diese ihre ursprüngliche Funktion dazu benützt, um sich in eine angesehenere hinaufzuschleichen. Zärtlichkeit für den Bruder erfüllte ihn, der ihm die mörderischen Scherereien ersparte. Das einfache Telegramm hatte einen einfachen Sinn. Wer weiß, ob Georg nicht morgen schon in der Bahn saß und übermorgen wieder durch seine Säle schritt?

Unten im Hausflur blieb Atlas vor einer Türe stehn, zog einen Schlüssel aus der Tasche und sperrte auf. »Ich geh' voraus«, flüsterte er und stellte einen dicken Finger an den Mund. »Herr Professer, lieber Freund!« hörte Georg ihn drinnen sagen. »Ich bringe dir einen Besuch! Was kriege ich dafür?« Georg trat ein, schloß die

Tür und war erstaunt über das magere Kabinett, das er vorfand. Das Fenster hatte man mit Brettern verschlagen, wenig Licht fiel auf ein Bett und einen Kasten, deutlich wahrzunehmen war nichts. Ein widerwärtiger Geruch nach altem Essen kroch an ihn heran, unwillkürlich griff er sich an die Nase. Wo war Peter? Man hörte ein Scharren, wie in Tierkäfigen. Georg tastete nach der Wand. Wirklich, sie war da, wo er sie vermutete, entsetzlich, diese Enge. »So öffnen Sie doch das Fenster!« sagte er laut. »Das darf nicht sein!« wurde entgegnet, Atlas' Stimme. Peter litt also doch an den Augen, nicht nur an der Frau; das erklärte die Finsternis, in der er sich hielt. Wo war er? »Hier! Hier!« Atlas brüllte, ein Löwe in einem Loch, »er hockt vor meinem Patent!« Georg tat zwei Schritte an der Wand entlang und stieß auf einen Haufen. Peter? Er bückte sich und berührte das Skelett eines Menschen. Er hob es auf, der Mensch zitterte, oder ging hier ein Luftzug, nein, alles war verschlossen, jetzt hauchte jemand, tonlos und matt, wie ein Sterbender, wie ein Gestorbener, wenn er spräche:

»Wer ist das?«

»Ich bin es, Georg, dein Bruder Georg, hörst du mich nicht, Peter!«

»Georg?« Klang kam in die Stimme.

»Ja, Georg, ich wollte dich sehen, ich bin dich besuchen gekommen. Ich komm' aus Paris.«

»Du bist es wirklich?«

»Warum zweifelst du denn?«

»Ich sehe hier schlecht. Es ist so dunkel.«

»Ich hab' dich erkannt, an deiner Magerkeit.«

Plötzlich befahl jemand scharf und streng, Georg erschrak ein wenig: »Verlassen Sie den Raum, Pfaff!«

»Ja, was!«

»Bitte, lassen Sie uns allein«, fügte Georg hinzu.

»Sofort!« befahl Peter, der alte Peter.

Pfaff ging. Der neue Herr war ihm zu fein, er sah aus wie ein Präsident, sicher war er so was. Dem Professer seine Frechheit heimzuzahlen, hatte er später noch Zeit genug. Als Anzahlung schlug er die Tür hinter sich zu, aus Hochachtung für den Präsidenten sperrte er ihn nicht ein.

Georg legte Peter aufs Bett nieder, er merkte kaum, daß er

ihn nicht mehr in den Armen hielt, ging zum Fenster und zerrte an den Brettern. »Ich werde es gleich wieder verhängen«, sagte er, »du brauchst Luft. Wenn dir die Augen weh tun, schließe sie einstweilen.«

»Die Augen tun mir nicht weh.«

»Warum schonst du sie dann? Ich dachte, du hast zuviel gelesen und ruhst sie ein wenig in der Dunkelheit aus.«

»Die Bretter sind erst seit gestern abend da.«

»Hast du sie so fest eingeschlagen? Ich bringe sie kaum weg. Soviel Kraft hätte ich dir nicht zugetraut.«

»Das war der Hausbesorger, der Landsknecht.«

»Landsknecht?«

»Ein käuflicher Rohling.«

»Mir war er sympathisch. Wenn man ihn mit anderen Leuten deiner Umgebung vergleicht.«

»Mir früher auch.«

»Was hat er dir denn getan?«

»Er benimmt sich unverschämt, er duzt mich.«

»Ich glaube, das tut er, um dir seine Freundschaft zu beweisen. Lange kannst du doch gar nicht hier im Kabinett sein?«

»Seit vorgestern mittag.«

»Fühlst du dich seither besser? Auf den Augen, meine ich. Du hast hoffentlich keine Bücher mitgebracht?«

»Die Bücher sind oben. Meine kleine Handbibliothek ist mir gestohlen worden.«

»Ein wahres Glück! Du hättest sonst auch hier zu lesen versucht. Für deine kranken Augen wäre das Gift. Ich glaube, du bist jetzt selbst um ihr Schicksal besorgt. Früher waren dir deine Augen gleichgültig. Du hast sie drauflos mißbraucht.«

»Meine Augen sind vollkommen gesund.«

»Im Ernst? Du hast keinerlei Beschwerden?«

»Nein.«

Unten waren die Bretter. Grelles Licht fiel ins Kabinett. Luft strömte durchs geöffnete Fenster. Georg atmete tief und zufrieden ein. Bisher ließ sich die Untersuchung gut an. Was Peter auf die wohlberechneten Fragen antwortete, war richtig, sachlich, ein wenig nüchtern wie früher. Das Übel lag in der Frau, nur in der Frau, eine Andeutung, die auf sie zielte, hatte er mit Absicht überhört. Für seine Augen fürchtete er nicht, die Art, wie er auf die wiederholte Erkundigung nach ihrem Befinden reagierte, verriet berechtigte Indignation. Georg drehte sich um. Zwei leere Vogelbauer hingen an der Wand. Das Bettzeug hatte rote Flecken. In der Ecke hinten stand ein Waschbecken. Das schmutzige Wasser darin schillerte rot. Peter war noch magerer, als es die Finger vermutet hatten. Zwei scharfe Falten zerschnitten seine Backen. Das Gesicht schien länger, schmäler und strenger als vor Jahren. Vier eindringliche Furchen lagen über der Stirn, als wären die Augen immer weit aufgerissen. Von den Lippen sah man nichts, ein unwilliger Schlitz verriet ihren Ort. Die Augen, arm und wasserblau, prüften den Bruder, sie heuchelten Gleichgültigkeit; um die Winkel zuckte Neugier und Mißtrauen. Den linken Arm hielt Peter auf dem Rücken versteckt.

»Was hast du an der Hand?« Georg nahm sie ihm vom Rükken weg. Sie war in ein durch und durch mit Blut getränktes Tuch gewickelt.

»Ich habe mich verletzt.«

»Wie ist das geschehen?«

»Beim Essen bin ich plötzlich mit dem Messer gegen den kleinen Finger gefahren. Die beiden oberen Glieder hab' ich verloren.«

»Du mußt mit aller Kraft hineingestoßen sein?«

»Die Glieder hingen kaum zur Hälfte vom Finger herunter. Ich dachte, sie sind verloren und schnitt sie ganz weg. Um den Schmerz in einem zu erledigen.«

»Was hat dich so erschreckt?«

»Du weißt es doch selbst.«

»Woher sollte ich es denn wissen, Peter?«

»Der Hausbesorger hat es dir erzählt.«

»Ich finde es selbst sehr sonderbar, daß er mir kein Wort davon gesagt hat.«

»Er ist schuld. Ich wußte nicht, daß er Kanarienvögel hält. Die Käfige hatte er unterm Bett versteckt, der Teufel weiß warum. Einen Nachmittag und den ganzen folgenden Tag war es hier im Kabinett totenstill. Gestern beim Abendessen, als ich gerade ins Fleisch schnitt, ging plötzlich ein höllischer Lärm los. Der erste Schreck hat mich meinen Finger gekostet. Du mußt bedenken, welche Ruhe ich bei der Arbeit gewohnt bin. Ich habe mich aber an dem elenden Kerl gerächt. Er liebt solche rohen

Späße. Ich glaube, daß er die Käfige absichtlich unterm Bett versteckt hat. Er hätte sie doch an der Wand lassen können, wo sie jetzt wieder hängen.«

»Wie hast du dich gerächt?«

»Ich habe die Vögel freigelassen. Bei meinem Schmerz eine milde Rache. Wahrscheinlich sind sie umgekommen. Er war so wütend, daß er mir dann das Fenster mit Brettern zugenagelt hat. Außerdem habe ich ihm die Tiere bezahlt. Er behauptet, daß sie unbezahlbar sind, er habe sie in langen Jahren gezähmt. Natürlich lügt er. Hast du schon je gelesen, daß Kanarienvögel auf Befehl zu singen anfangen und auf Befehl wieder schweigen?«

»Nein.«

»Er wollte so ihren Preis steigern. Man könnte meinen, daß nur Weiber es auf das Geld ihrer Männer abgesehen haben. Das ist ein großer Irrtum. Du siehst, womit ich ihn bezahlt habe.«

Georg lief in die nächste Apotheke, holte Jod, Verbandstoff und einige Kleinigkeiten zu Peters Erfrischung. Die Wunde war ungefährlich; daß ein ohnehin schwacher Mensch soviel Blut verloren hatte, ging ihm nahe. Man hätte ihn gestern gleich verbinden müssen. Dieser Hausbesorger war ein Unmensch, er dachte nur an seine Kanarienvögel. Peters Erzählung klang glaubwürdig. Eine Erkundigung beim Schuldigen, ob sie auch in allen Einzelheiten wahr sei, würde sich trotzdem nicht vermeiden lassen. Am besten wäre es, man ginge gleich in die Wohnung hinauf und hörte sich seine Darstellung der gestrigen wie der früheren Ereignisse an. Georg freute sich gar nicht darauf. Schon zum zweitenmal hatte er sich heute in einem Menschen getäuscht. Er hielt sich, seine Erfolge als Irrenarzt gaben ihm recht, für einen großen Menschenkenner. Der rote Bursche war kein bloßer starker Atlas, sondern tückisch und gefährlich. Sein Spaß mit den Vögeln, die er unterm Bett versteckt hatte, verriet, wie gleichgültig ihm Peter war, für dessen besten Freund er sich ausgab. Er brachte es übers Herz, dem Kranken Licht und Luft zu rauben, indem er das Fenster mit Brettern vernagelte. Um die Wunde kümmerte er sich nicht. Einer seiner ersten Sätze, als Georg ihn kennenlernte, hatte gelautet: der Bruder habe die vier Kanarienvögel, die er ihm schuldig gewesen sei, bezahlt, gut bezahlt. Geld war seine Sorge. Offenbar stand er mit der Frau im Bunde. Bei ihr in der Wohnung hielt er sich auf. Seinem derben

Stoß und den noch unverschämteren Beschimpfungen, mit denen er sie bedachte, hatte sie sich gefügt, nicht ohne halbe Freude zur halben Wut. Sie war also seine Geliebte. Keinen einzigen dieser Schlüsse hatte Georg oben gezogen. So groß war seine Erleichterung gewesen über den Freispruch Peters vom Morde. Jetzt schämte er sich wieder, seinen Scharfsinn hatte er zu Hause gelassen. Wie lächerlich, einer solchen Frau zu glauben! Wie dumm, einem Landsknecht, Peters Name für ihn war treffend, so freundlich zu begegnen! Sicher würde er ihm ins Gesicht grinsen; er hatte ihn ja überlistet. Das Grinsen steckte in diesen Schwindlern drin, sie waren ihres Vorteils und Sieges über Peter gewiß. Sie dachten wohl Wohnung und Bibliothek für sich zu behalten und Peter im Loch da unten zu lassen. Mit einem Grinsen hatte die Frau gegrüßt, als sie die Türe öffnete.

Georg beschloß, Peter zu verbinden, bevor er den Hausbesorger aufsuchte. Die Wunde war wichtiger als jene Aufklärung. Viel Neues würde man nicht erfahren. Irgendein Vorwand, das Kabinett auf eine halbe Stunde zu verlassen, fände sich später leicht.

»Übrigens haben wir uns noch gar nicht recht begrüßt«, sagte er, als er wieder eintrat. »Aber ich weiß, du bist ein Feind von Familienszenen. Fließendes Wasser hast du hier nicht? Im Flur draußen sah ich einen Hahn.«

Er holte Wasser und bat Peter stillzuhalten.

»Das pflege ich von selbst zu tun«, bekam er zur Antwort.

»Ich freue mich auf deine Bibliothek. Als Kind habe ich deine Bücherliebe nicht verstanden. Ich war viel weniger klug als du, ich hatte nicht dein unglaubliches Gedächtnis. Was für ein dummer, genäschiger und verspielter Junge ich war! Am liebsten hätte ich Tag und Nacht Theater gespielt und die Mutter geküßt. Du hattest von Anfang an dein Ziel im Auge. Noch nie ist mir ein Mensch begegnet, der sich so folgerichtig entwickelt wie du. Ich weiß, du hörst angenehme Dinge nicht gern, du möchtest, daß ich schweige und dir Ruhe gebe. Sei mir nicht böse, aber ich will dir keine Ruhe geben! Zwölf Jahre hab' ich dich nicht geseh'n, acht Jahre habe ich nur in Zeitschriften deinen Namen gelesen, eigenhändige Briefe hast du mir als zu kostbar vorenthalten. Es ist wahrscheinlich, daß du mich die kommenden acht Jahre nicht besser behandeln wirst als bisher. Nach Paris kommst du nicht, ich kenne deine Ansicht über die Franzosen und über das Reisen. Mir fehlt die Zeit, dich bald wieder zu besuchen, ich bin mit Arbeit überbürdet. Du hast vielleicht gehört, daß ich in einer Anstalt gleich bei Paris beschäftigt bin. Sag' selbst, wann soll ich dir danken, wenn nicht jetzt? Ich *habe* dir zu danken, du bist von einer übertriebenen Bescheidenheit, du ahnst gar nicht, was ich dir schulde: meinen Charakter, soweit ich einen habe, meine Liebe zur Wissenschaft, meine Existenz, meine Errettung von den Frauen, den Ernst fürs Große und die Andacht zum Kleinen, wie du sie, mehr noch als Jakob Grimm selbst, besitzest. Auch an meiner Schwenkung zur Psychiatrie bist letzten Endes du schuld. Mein Interesse für die Probleme der Sprache hast du angeregt, und mit einer Arbeit über die Sprache eines Irren habe ich den Sprung gemacht. So wie du, bis zur vollendeten Selbstlosigkeit, bis zur Arbeit um der Arbeit und der Pflicht um der Pflicht willen, wie sie Immanuel Kant und lange vor allen Konfuzius fordert, werde ich es freilich nie bringen. Ich fürchte, ich bin zu schwach dazu. Beifall tut mir wohl, ich brauche ihn vielleicht. *Du* bist beneidenswert. Du mußt zugeben, daß Naturen von solcher Willensstärke selten, traurig selten sind. Wie sollten gleich ihrer zwei in einer Familie auftauchen? Übrigens habe ich deine Kant-Konfuzius-Arbeit mit solcher Spannung gelesen, wie nicht einmal Kant oder die Gespräche des Konfuzius selbst. Sie ist scharf, erschöpfend, erbarmungslos gegen alle Andersgläubigen, von einer drückenden Tiefe und Allgemeinheit des Wissens. Vielleicht ist dir jene holländische Kritik zu Augen gekommen, in der man dich den Jakob Burckhardt der östlichen Kulturen nennt. Nur seiest du weniger spielerisch und um vieles strenger gegen dich selbst. Ich halte deine Bildung für universaler als die Burckhardts. Das mag sich zum Teil aus den reicheren Kenntnissen unserer Zeit erklären, zum größeren Teil liegt es an deiner Person, an deiner Kraft zur Einsamkeit. Burckhardt war Professor und hielt Vorlesungen, ein Kompromiß, das auch auf die Formulierung seiner Gedanken von Einfluß war. Großartig deine Deutung der chinesischen Sophisten! Aus wenigen Sätzen, weniger noch als wir sie von den Griechen übrig haben, baust du ihre Welt auf, ihre Wel*ten* muß man sagen, denn sie unterscheiden sich voneinander wie nur eben ein Philosoph vom andern. Am angenehmsten berührt hat mich deine letzte größere Abhandlung. Die Schule des Aristoteles, sagst du, habe im Abendlande dieselbe Rolle gespielt, wie die des Konfuzius in China. Aristoteles, der Enkelschüler des Sokrates, nimmt auch alle übrigen Zuflüsse der griechischen Philosophie in sich auf. Unter seinen mittelalterlichen Anhängern nicht die Geringsten sind sogar Christen. Ebenso haben die späteren Konfuzeaner alles verarbeitet, was ihnen von der Schule des Mo-Ti, den Anhängern der Tao-Lehre und später selbst dem Buddhismus brauchbar und für die Bewahrung ihrer Macht notwendig schien. Eklektiker kann man darum weder die Konfuzeaner noch die Aristoteliker nennen. Unheimlich nahe sind sie sich — wie du zwingend bewiesen hast — in ihrer Wirkung, die einen auf das christliche Mittelalter hier, die anderen auf dieselbe Zeit, von der Sung-Dynastie an, dort. Ich verstehe natürlich nichts davon, ich kann ja kein Wort chinesisch — aber deine Folgerungen gehen jeden an, der seine eigenen Wurzeln begreifen will, den letzten Ursprung seiner Meinungen, des geistigen Mechanismus in ihm. Darf ich wissen, woran du jetzt arbeitest?«

Während er die Hand wusch und verband, beobachtete er beharrlich, aber so unauffällig er konnte, die Wirkung seiner Sätze auf dem Gesicht des Bruders. Nach der letzten Frage hielt er inne.

»Warum siehst du mich denn immer an?« fragte Peter. »Du verwechselst mich mit einem deiner Patienten. Meine wissenschaftlichen Ansichten verstehst du nur halb, weil du zu ungebildet bist. Red' nicht so viel! Mir verdankst du gar nichts. Ich hasse Schmeicheleien. Aristoteles, Konfuzius und Kant sind dir gleichgültig. Jede Frau ist dir lieber. Wenn ich Einfluß auf dich gehabt hätte, wärst du jetzt nicht Direktor einer Idiotenanstalt.«

»Aber Peter, du tust mir ...«

»Ich arbeite an zehn Abhandlungen zugleich. Fast alle sind Buchstabenschnüffeleien, wie du im stillen jede philologische Arbeit nennst. Du lachst über Begriffe. Arbeit und Pflicht sind für dich Begriffe. Du glaubst nur an Menschen, am liebsten an Weiber. Was willst du von mir?«

»Du bist ungerecht, Peter. Ich habe dir gesagt, daß ich kein Wort chinesisch verstehe. ›San‹ heißt drei und ›wu‹ fünf, das ist alles, was ich weiß. Ich *muß* dir ins Gesicht sehen. Woran soll ich denn erkennen, ob ich deinem Finger weh tue? Von selbst würdest du den Mund nicht auftun. Dein Gesicht ist zum Glück etwas gesprächiger als dein Mund.«

»Dann beeile dich! Du hast einen anmaßenden Blick. Laß meine Wissenschaft in Ruhe! Du brauchst kein Interesse für sie zu heucheln. Bleib bei deinen Verrückten! Ich frage dich auch nicht nach ihnen. Du redest zu viel, weil du dich immer unter Menschen herumtreibst!«

»Gut, gut. Ich bin gleich fertig.«

Georg spürte an der Hand, wie gern Peter während dieser scharfen Worte aufgestanden wäre; so leicht war sein Selbstgefühl wieder zu wecken. In Widerspruch pflegte es sich schon vor Jahrzehnten zu äußern. Eine halbe Stunde war's her, daß er am

Boden kauerte, schwach und verschwindend, ein Häuflein Knochen, aus dem die Stimme eines geprügelten Schulkindes ertönte. Jetzt wehrte er sich in knappen, bösen Sätzen und zeigte Lust, seine Körperlänge als Waffe zu verwenden.

»Ich möchte mir deine Bücher oben ansehen, wenn du nichts dagegen hast«, sagte Georg, als er mit dem Verband fertig war. »Kommst du mit oder wartest du auf mich? Du solltest dich heute schonen, dein Blutverlust war stark. Streck dich auf eine Stunde aus! Ich hole dich dann.«

»Was willst du in einer Stunde tun?«

»Deine Bibliothek anschauen. Der Hausbesorger ist doch oben?«

»Für meine Bibliothek brauchst du einen Tag. In einer Stunde siehst du nichts.«

»Ich will nur einen Überblick haben, richtig sehen wir sie uns zusammen an, später.«

»Bleib hier, geh nicht hinauf! Ich warne dich!«

»Wovor?«

»Es stinkt in der Wohnung.«

»Wonach denn?«

»Nach Frau, um keinen stärkeren Ausdruck zu gebrauchen.«

»Du übertreibst.«

»Du bist ein Schürzenjäger.«

»Schürzenjäger? Nein!«

»Röckejäger! Ist dir das lieber?« Peters Stimme schnappte über.

»Ich begreife deinen Haß, Peter. Sie verdient ihn. Sie verdient noch viel mehr.«

»Du kennst sie nicht!«

»Ich weiß, was du gelitten hast.«

»Du redest als ein Blinder von der Farbe! Du hast Halluzinationen. Du nimmst sie deinen Patienten ab. In deinem Kopf sieht es aus wie in einem Kaleidoskop. Formen und Farben schüttelst du nach Belieben zusammen. Farben, sämtliche Farben, wir können ja jede beim Namen nennen! Schweig doch von Dingen, die du nicht selbst erlebt hast!«

»Ich werde auch schweigen. Ich wollte dir nur sagen, daß ich dich verstehe, Peter, ich habe dasselbe erlebt, ich bin anders als früher. Drum hab' ich ja damals mein Fach gewechselt. Frauen sind ein Unglück, Bleigewichte am Geiste der Menschheit. Wer seine Pflicht ernst nimmt, hat sie abzuschütteln, sonst ist er verloren. Die Halluzinationen meiner Patienten brauche ich nicht, weil meine gesunden offenen Augen mehr gesehen haben. In zwölf Jahren habe ich einiges gelernt. Du hattest das Glück, von Anfang an zu wissen, was ich erst mit grausamen Erfahrungen bezahlen mußte.«

Um Glauben zu finden, sprach Georg mit weniger Nachdruck, als ihm zu Gebote stand. Sein Mund nahm einen Zug verjährter Bitterkeit an. Peters Mißtrauen wuchs, auch seine Neugier, deutlich sah man es an der zunehmenden Spannung seiner Augenwinkel.

»Du kleidest dich sehr sorgfältig!« sagte er, einzige Antwort auf alle Resignation.

»Ein häßlicher Zwang! Mein Beruf bringt das mit sich. Auf ungebildete Kranke macht es oft Eindruck, wenn ein Herr, der ihnen vornehm scheint, sie vertraulich behandelt. Manche Melancholiker fühlen sich durch meine Bügelfalten mehr gehoben als durch meine Worte. Heile ich die Leute nicht, so verbleiben sie in ihrem barbarischen Zustand. Um ihnen den Weg zur Bildung, wenn auch einer späten, zu eröffnen, muß ich sie gesund machen.«

»Solchen Wert legst du auf Bildung. Seit wann?«

»Seit ich einen wahrhaft gebildeten Menschen kenne. Die Leistung, die er vollbracht hat und täglich vollbringt. Die Sicherheit, in der sein Geist lebt.«

»Du meinst mich.«

»Wen sonst?«

»Deine Erfolge beruhen auf schamloser Schmeichelei. Jetzt begreife ich den Lärm, den man um dich schlägt. Du bist ein abgefeimter Lügner. Das erste Wort, das du sprechen gelernt hast, war eine Lüge. Aus Vergnügen am Lügen bist du Irrenarzt geworden. Warum nicht Schauspieler? Schäm dich vor deinen Kranken! Bittere Wahrheit ist denen ihr Elend, sie klagen, wenn sie sich keinen Rat mehr wissen. Ich kann mir einen solchen armen Teufel vorstellen, der an Halluzinationen in einer bestimmten Farbe leidet. ›Ich hab' immer Grün vor den Augen‹, klagt er. Vielleicht weint er. Vielleicht hat er sich schon monatelang mit seinem lächerlichen Grün abgeplagt. Was tust du? Ich weiß, was du tust. Du schmeichelst ihm, du packst ihn bei seinen

Achillesfersen, wo hätte er keine, ein Mensch ist aus schwachen Punkten zusammengesetzt, du redest ihn mit ›guter Freund‹ und ›mein Lieber‹ an, er wird weich, erst achtet er dich, dann achtet er sich. Er mag der letzte ärmste Teufel auf Gottes Erdboden sein: du überschüttest ihn mit Hochachtung. Kaum kommt er sich als der Mitdirektor deiner Irrenanstalt vor, den nur ein ungerechter Zufall von der alleinigen Leitung ausgeschlossen hat, als du mit deiner wahren Sprache herausrückst. ›Lieber Freund‹, sagst du ihm, ›die Farbe, die Sie sehen, ist gar nicht grün. Sie ist — sie ist — sagen wir blau!‹ Peters Stimme schnappte über. »Hast du ihn damit geheilt? Nein! Seine Frau zu Hause wird ihn genauso quälen wie früher, sie wird ihn quälen bis zu seinem Tode. ›Wenn Leute krank und am Tode sind, dann gleichen sie sehr den Irren‹, sagt Wang-Chung, ein scharfer Kopf, er lebte im ersten Jahrhundert dieser Zeitrechnung, von 27 bis 98 im China der späteren Han, und wußte mehr von Schlaf, Irrsinn und Tod als ihr mit eurer angeblich exakten Wissenschaft. Heile deinen Kranken von seiner Frau! Solange er sie hat, ist er irrsinnig und am Tode — nach Wang-Chung zwei verwandte Zustände. Entferne die Frau, wenn du kannst! Das kannst du nicht, weil du sie nicht hast. Hättest du sie, du würdest sie für dich behalten, weil du ein Röckejäger bist. Sperr alle Frauen in deine Anstalt, treib mit ihnen, was du willst, leb dich aus, stirb verbraucht und verblödet mit vierzig, wenigstens hast du die kranken Männer geheilt und weißt, wofür du Ruhm und Ehren einstreichst!«

Georg bemerkte sehr wohl, wann Peters Stimme überschnappte. Es genügte, daß seine Gedanken zur Frau oben zurückkehrten. Er sprach noch gar nicht von ihr und schon verriet sich in der Stimme ein schreiender, greller, unheilbarer Haß. Offenbar erwartete er von Georg ihre Entfernung; eine Mission, die ihm so schwer und gefährlich erschien, daß er ihn gleich für ihr Scheitern beschimpfte. Man mußte ihn zwingen, möglichst viel von seinem Haß preiszugeben. Wenn er doch einfach die Ereignisse, so wie sie sich ihm eingeprägt hatten, erzählend bis an ihren Ursprung zurückverfolgte! Georg verstand es, bei solchen Rückblicken den Radiergummi zu spielen, der alle Spuren auf dem empfindlichen Blatt der Erinnerung auslöschte. Aber Peter würde nie von sich erzählen. Seine Erlebnisse hatten Wurzeln in das Gebiet seines Wissens hinübergetrieben. Hier die empfindliche Stelle zu reizen, war leichter.

»Ich glaube«, sagte Georg und legte reizendes Mitleid auf, wer hätte es nicht auf sich bezogen, »daß du die Bedeutung der Frauen stark überschätzt. Du nimmst sie zu ernst, du hältst sie für Menschen wie wir. Ich sehe in den Frauen ein nur vorläufig notwendiges Übel. Manche Insekten schon haben es besser als wir. Eine oder einige wenige Mütter bringen den ganzen Stock zur Welt. Die übrigen Tiere sind zurückgebildet. Kann man enger beisammenleben, als die Termiten es gewohnt sind? Welche furchtbare Summe geschlechtlicher Reizungen müßte ein solcher Stock vorstellen — besäßen die Tiere noch ihr Geschlecht! Sie besitzen es nicht, und die dazugehörigen Instinkte nur in geringem Maße. Selbst dieses Wenige fürchten sie. Im Schwarm, bei dem Tausende und Abertausende von Tieren scheinbar sinnlos zugrunde gehen, sehe ich eine Befreiung von der gespeicherten Geschlechtlichkeit des Stockes. Sie opfern einen kleinen Teil ihrer Masse, um den größeren von Liebeswirrungen freizuhalten. Der Stock würde an Liebe, wäre sie einmal erlaubt, zugrunde gehen. Ich weiß keine großartigere Vorstellung als die einer Orgie im Termitenstock. Die Tiere vergessen — eine ungeheuerliche Erinnerung hat sie gepackt — was sie sind, blinde Zellen eines fanatischen Ganzen. Jedes will für sich sein, bei hundert oder tausend von ihnen fängt es an, der Wahn greift um sich, *ihr* Wahn, ein Massenwahn, die Soldaten verlassen die Eingänge, der Stock brennt vor unglücklicher Liebe, sie können sich ja nicht paaren, sie haben kein Geschlecht, der Lärm, die Erregung, alles Gewohnte überbietend, lockt ein Ameisengewitter an, durch die unbewachten Tore dringen die Todfeinde ein, welcher Krieger denkt an Verteidigung, jeder will Liebe, der Stock, der vielleicht Ewigkeiten gelebt hätte, die Ewigkeiten, nach denen wir uns sehnen, stirbt, stirbt an Liebe, an dem Trieb, durch den wir, eine Menschheit, unser Weiterleben fristen! Eine plötzliche Verkehrung des Sinnreichsten ins Sinnloseste. Es ist — man kann das mit nichts vergleichen, ja, es ist, als ob du dich eines hellichten Tages, bei gesunden Augen und voller Vernunft, mitsamt deinen Büchern in Brand setzen würdest. Niemand bedroht dich, du hast Geld, soviel du brauchst und willst, deine Arbeiten werden von Tag zu Tag umfassender und eigenartiger, seltene alte

Bücher fallen dir in die Hände, du erwirbst wunderbare Manuskripte, keine Frau betritt deine Schwelle, du fühlst dich frei und behütet, durch deine Arbeit, von deinen Büchern — da legst du, ohne Anlaß, in diesem gesegneten und unerschöpflichen Zustand, Feuer an deine Bücher und läßt sie und dich ganz ruhig darin verbrennen. Das wäre ein Geschehen, das entfernt an jenes im Termitenstock heranreichte, ein Hervorbrechen des Sinnlosen, wie dort, nur nicht in so großartigen Maßen. Ob wir das Geschlecht einmal überwinden werden, wie die Termiten? Ich glaube an die Wissenschaft, täglich mehr, und täglich weniger an die Unersetzbarkeit der Liebe!«

»Es gibt keine Liebe! Was es nicht gibt, kann weder ersetzbar noch unersetzbar sein. Mit derselben Sicherheit wünschte ich zu sagen: es gibt keine Frauen. Die Termiten gehen uns nichts an. Wer leidet dort an den Frauen? Hic mulier, hic salta! Bleib bei den Menschen! Daß die Spinnenweiber den Männchen ihre Köpfe abbeißen, nachdem sie die Schwächlinge mißbraucht haben, daß nur weibliche Mücken Blut saugen, gehört nicht hierher. Die Drohnenschlacht bei den Bienen ist eine Barbarei. Braucht man die Drohnen nicht, warum züchtet man sie, sind sie von Nutzen, warum schlachtet man sie? In der Spinne, dem grausamsten und häßlichsten aller Tiere, sehe ich die verkörperte Weiblichkeit. Ihr Netz schillert in der Sonne giftig und blau.«

»Aber du sprichst ja selbst nur von Tieren.«

»Weil ich von den Menschen zuviel weiß. Ich mag nicht anfangen. Von mir schweig' ich, ich bin *ein* Fall, ich kenne tausend ärgere, jeder Fall ist für den Betroffenen der ärgste. Die wirklich großen Denker sind vom Unwert der Frau überzeugt. Such in den Gesprächen des *Konfuzius*, wo du tausend Meinungen und Urteile über alle Dinge des täglichen und mehr als täglichen Lebens findest, *einen* Satz, der die Frauen betrifft! Du findest keinen! Der Meister des Schweigens übergeht sie mit Schweigen. Selbst Trauer über ihren Tod erscheint ihm, der Förmlichkeiten einen inneren Wert zuspricht, als unangebracht und störend. Seine Frau, die er ganz jung geheiratet hatte, der Sitte gemäß, nicht aus Überzeugung, noch weniger aus Liebe, stirbt nach langer Ehe. Ihr Sohn bricht über der Leiche in lautes Klagen aus. Er weint, er schüttelt sich, weil diese Frau zufällig seine Mutter ist, hält er sie für unersetzlich. Da verweist ihm Konfuzius der Vater in harten Worten seinen Schmerz. Voila un homme! Seine Erfahrung gab dieser Überzeugung später recht. Einige Jahre lang verwandte ihn der Fürst des Staates Lu als Minister. Das Land blühte unter seiner Verwaltung auf. Das Volk erholte sich, schöpfte Atem, faßte Mut und Vertrauen zu den Männern, die es führten. Die Nachbarstaaten packte der Neid; sie fürchteten eine Störung des schon zu ältesten Zeiten beliebten Gleichgewichts. Was taten sie, um Konfuzius kaltzustellen? Der schlaueste unter ihnen, der Fürst von Tsi, schickte seinem Nachbarn von Lu, in dessen Diensten Konfuzius stand, achtzig auserlesene Weiber, Tänzerinnen und Flötenspielerinnen zum Geschenk. Sie umgarnten den jungen Fürsten. Sie schwächten ihn, die Politik wurde ihm langweilig, der Rat des Weisen fiel ihm lästig, bei den Weibern gefiel es ihm besser. An ihnen brach sich das Lebenswerk des Konfuzius. Er griff zum Wanderstab und zog, ein Heimatloser, von Land zu Land, am Leiden des Volkes verzweifelnd, neuen Einfluß erhoffend, vergeblich, überall fand er die Machthaber in Händen von Weibern. Er starb verbittert; doch blieb er viel zu edel, um sein Leid je zu klagen. Ich habe es in einigen seiner kürzesten Sätze gefühlt. Ich klage auch nicht. Ich verallgemeinere nur und ziehe zwingende Schlüsse.

Ein Zeitgenosse des Konfuzius war *Buddha*. Ungeheure Gebirge trennten sie, wie hätten sie voneinander wissen sollen? Vielleicht kannte der eine nicht einmal den Namen des Volkes, zu dem der andere gehörte. ›Was ist der Grund, Ehrwürden‹, fragte Ananda, Buddhas Lieblingsjünger, seinen Meister, ›was ist die Ursache, weshalb die Frauen keinen Sitz in öffentlicher Versammlung haben, kein Geschäft betreiben und nicht durch einen eigenen Beruf ihren Lebensunterhalt erwerben?‹

›Jähzornig, Ananda, sind die Frauen; eifersüchtig, Ananda, sind die Frauen; neidisch, Ananda, sind die Frauen; dumm, Ananda, sind die Frauen. Das, Ananda, ist der Grund, das ist die Ursache, weshalb die Frauen keinen Sitz in öffentlicher Versammlung haben, kein Geschäft betreiben und nicht durch einen eigenen Beruf ihren Lebensunterhalt erwerben.‹

Frauen bettelten um Aufnahme in den Orden, Jünger verwandten sich für sie, lange weigerte sich Buddha, ihnen nachzugeben. Jahrzehnte später erlag er seiner Milde, seinem Mitleid für sie und stiftete wider bessere Einsicht einen Nonnenorden. Unter den acht schweren ›Ordnungen‹, die er für die Nonnen erließ, lautet die erste:

›Eine Nonne, wenn sie auch hundert Jahre ordiniert ist, muß vor jedem Mönch, wenn er auch erst an diesem Tag ordiniert ist, die ehrfurchtsvolle Begrüßung vollziehen, vor ihm aufstehen, die Hände zusammenlegen, ihn nach Gebühr ehren. Diese Ordnung soll sie achten, hochhalten, heilig halten, ehren und ihr Leben lang nicht übertreten.‹

Die siebente Ordnung, deren Heilighaltung ihr in denselben Worten eingeschärft wird, lautet: ›Auf keine Weise darf eine Nonne einen Mönch schmähen oder schelten.‹

Die achte: ›Von heute an ist den Nonnen der Pfad der Rede den Männern gegenüber verschlossen. Nicht aber ist den Mönchen der Pfad der Rede den Nonnen gegenüber verschlossen.‹

Trotz diesem Damm, den der Erhabene in seinen acht Ordnungen gegen die Weiber errichtet hatte, überkam ihn, als es geschehen war, große Trauer und er sprach zu Ananda:

›Wäre es den Weibern, Ananda, nicht gewährt, nach der vom Vollendeten verkündigten Lehre und Ordnung die Welt zu verlassen und sich der Heimatlosigkeit zuzuwenden, würde dieser heilige Wandel lange bestehen bleiben; tausend Jahre würde die wahre Lehre bestehen. Da aber, Ananda, ein Weib die Welt verlassen und sich der Heimatlosigkeit zugewandt hat, wird dieser heilige Wandel, Ananda, nicht lange bestehen bleiben; nur fünfhundert Jahre wird die wahre Lehre bestehen.

Wie ein schön gedeihendes Reisfeld, Ananda, von der Krankheit befallen wird, die man Mehltau nennt — dann besteht dieses Reisfeld nicht lange, so bleibt auch, wenn es in einer Lehre und Ordnung den Weibern gewährt wird, die Welt zu verlassen und sich der Heimatlosigkeit zuzuwenden, der heilige Wandel nicht lange bestehen.

Wie eine schön gedeihende Zuckerpflanzung, Ananda, von der Krankheit befallen wird, die man die *blaue* Krankheit nennt, dann besteht diese Zuckerpflanzung nicht lange, so bleibt auch, wenn es in einer Lehre und Ordnung den Weibern gewährt wird, die Welt zu verlassen und sich der Heimatlosigkeit zuzuwenden, der heilige Wandel nicht lange bestehen.‹

Aus der unpersönlichen Sprache des Glaubens höre ich hier eine große, persönliche Verzweiflung, einen schmerzlichen Ton, wie er mir sonst nirgends, in keinem der unzähligen Sätze begegnet ist, die man von Buddha überliefert.

Hart wie ein Baum,
Wie Flüsse so krumm,
Bös wie ein Weib,
So böse und dumm —

lautet einer der ältesten indischen Sprüche, gutmütig gefaßt, wie Sprüche meistens, am furchtbaren Gegenstand gemessen, der ausgesprochen wird, aber für die Volksmeinung der Inder bezeichnend!«

»Was du da sagst, ist mir nur im einzelnen neu. Ich bewundere dein Gedächtnis. Aus einem uferlosen Überlieferungsstoff zitierst du, was in deine Beweisführung paßt. Du erinnerst mich an die alten Brahmanen, die ihre Veden, von größerem Umfang als die heiligen Bücher jedes anderen Volkes, mündlich an Jünger weitergaben, ehe noch eine Schrift bestand. Du hast die heiligen Bücher aller Völker im Kopf, nicht nur die der Inder. Allerdings zahlst du für dein wissenschaftliches Gedächtnis mit einem gefährlichen Mangel. Du übersiehst, was um dich vorgeht. Für deine eigenen Erlebnisse hast du keine Erinnerung. Wenn ich dich bitten wollte, was ich natürlich nicht tue: erzähle mir, wie du an diese Frau geraten bist, wie sie dich belogen und betrogen, verhandelt und umgewandelt hat, erzähle mir die Bosheiten und Dummheiten, aus denen sie nach deinem indischen Spruch besteht, im einzelnen, damit ich mir ein eigenes Urteil bilde und nicht kritiklos das deine annehme — du wärest dazu nicht imstande. Du würdest wohl mir zuliebe deine Erinnerung anstrengen, aber ganz vergeblich. Siehst du, diese Art von Gedächtnis, die dir fehlt, besitze ich, darin bin ich dir turmhoch überlegen. Was mir ein Mensch einmal gesagt hat, der mich treffen oder streicheln wollte, vergesse ich nicht. Bloße Aussagen, einfache Feststellungen, die ebensogut einem anderen wie mir gelten könnten, entgleiten mir mit der Zeit. Gefühlsgedächtnis, wie ich es nennen möchte, besitzt ein Künstler. Beides zusammen, Gefühlsgedächtnis und Verstandesgedächtnis, denn das ist das deine, ermöglichen erst den universalen Menschen. Ich habe dich vielleicht überschätzt. Wenn wir zu einem Menschen verschmelzen könnten, du und ich, so entstünde ein geistig vollkommenes Wesen aus uns.«

Peter zuckte mit der linken Braue. »Memoiren sind uninteressant. Frauen nähren sich, wenn sie schon lesen, von Memoiren. Ich merke mir sehr gut, was ich erlebe. Du bist neugierig, ich nicht. Du hörst täglich neue Geschichten und möchtest heute wieder eine zur Abwechslung von mir. Ich verzichte auf Geschichten. Das ist der Unterschied zwischen uns. Du lebst von deinen Irren, ich von meinen Büchern. Was ist anständiger? Ich könnte in einem Loch hausen, meine Bücher hab' ich im Kopf, du brauchst eine ganze Irrenanstalt. Armer Kerl! Du tust mir leid. Eigentlich bist du eine Frau. Du bestehst aus Sensationen. Laß dich nur laufen, von einer Neuigkeit in die andere! Ich stehe fest. Wenn mich ein Gedanke beunruhigt, läßt er mich Wochen nicht los. Du beeilst dich, gleich einen anderen zu haben. Das hältst du für Intuition. Wenn ich an einer Wahnvorstellung litte, wäre ich stolz auf sie. Was zeugt mehr von Charakter und Stärke? Versuch es mit einem Verfolgungswahn! Ich schenke *dir* meine Bibliothek, wenn du dich dazu aufschwingst. Du bist ein geriebener Aal, jedem starken Gedanken entschlüpfst du. Du bringst keinen Wahn zustande. Ich auch nicht, aber ich hätte Begabung dafür: den Charakter. Dir klingt das wie Prahlerei. Aber ich habe meinen Charakter bewiesen. Aus eigenem Willen allein, von niemandem unterstützt, nicht einmal einen Mitwisser besaß ich, habe ich mich von einem Druck, einer Last, einem Tod, einer Rinde von verfluchtem Granit befreit. Wo wäre ich, wenn ich auf dich gewartet hätte? Oben! Ich bin auf die Straße gegangen, die Bücher hab' ich im Stich gelassen, du weißt nicht, was für Bücher, lerne sie erst kennen, vielleicht bin ich ein Verbrecher. Nach strenger Moral bin ich es, aber ich nehm es auf mich, ich fürcht' mich nicht. Der Tod trennt Ehen. Soll mir weniger erlaubt sein als dem Tod? Was ist der Tod? Ein Aussetzen von Funktionen, ein Negatives, ein Nichts. Ich soll auf ihn warten? Auf die Laune irgendeines zähen, alten Körpers? Wer wartet, wenn man ihm an die Arbeit geht, ans Leben, an die Bücher? Ich habe sie gehaßt. Ich hasse sie noch jetzt, über den Tod hinaus hasse ich sie! Ich habe ein Recht auf Haß; ich werde dir beweisen, daß alle Frauen Haß verdienen; du meinst, ich verstünde mich nur auf den Orient. Die Beweise, die er braucht, holt er sich aus seinen Spezialgebieten — das denkst du dir. Ich werde dir das Blaue vom Himmel herunterholen, aber keine Lügen, Wahrheiten, schöne, harte, spitze Wahrheiten, Wahrheiten jeder

Größe und Art, Wahrheiten fürs Gefühl und Wahrheiten für den Verstand, obwohl bei dir nur das Gefühl funktioniert, du Weib, Wahrheiten, bis es dir blau vor den Augen wird, nicht schwarz, blau, blau, blau, denn blau ist die Farbe der Treue! Aber lassen wir das, du hast mich von unserem ersten Gespräch abgebracht. Wir halten glücklich auf dem Niveau von Analphabeten. Du erniedrigst mich. Ich sollte schweigen. Du machst mich zu einer keifenden Megäre, und ich hätte Argumente!«

Peter jappte. Um den Mund zuckte es heftig. Man sah darin eine Zunge, die verzweifelte Bewegungen vollführte, sie erinnerte an einen Ertrinkenden. Die Falten auf der Stirn gerieten in Unordnung. Er merkte es, während er sprach, und griff mit der Hand hin. Drei Finger legte er in Furchen und strich einige Male nachdrücklich von rechts nach links. Die vierte Furche geht leer aus, dachte Georg. Ein Wunder, daß zum Schlitz ein Mund gehört. Er hat ja Lippen und eine Zunge, wie wir alle, wer hätte das gedacht. Er will mir nichts erzählen. Warum mißtraut er mir? Wie stolz er ist. Er fürchtet, ich verhöhne ihn im stillen, weil er geheiratet hat. Schon als Junge nahm er immer den Mund voll gegen die Liebe, als Mann fand er es gar nicht der Mühe wert, darüber zu reden. »Wenn ich die Aphrodite treffen könnte, würde ich sie erschießen.« Den Begründer der kynischen Schule, Antisthenes, liebte er wegen dieses Ausspruches. Da kam eine alte Vettel und zerrte den Aphrodite-Töter ins Unglück. Der große Charakter! Wie fest er stand! Georg empfand Schadenfreude. Peter beleidigte ihn. Beleidigungen war er gewohnt, aber diese trafen. Peters Worte hatten Sinn. Ohne seine Kranken konnte Georg wirklich nicht leben. Er verdankte ihnen mehr als Brot und Ruhm; sie waren das Substrat seiner geistigen und seelischen Existenz. Jene List, die er angewandt hatte, um Peter zum Sprechen zu reizen, war gescheitert. Statt zu erzählen, beschimpfte er Georg und beschuldigte sich selbst eines Verbrechens. Der Frau war er davongelaufen. Um sich dieser schimpflichen Tatsache nicht gar zu sehr zu schämen, stempelte er sich zu einem Verbrecher. Das Bewußtsein eines Verbrechens, das keines war, ließ sich ertragen. Auch Charaktere beweisen sich ihre Integrität auf Schleichwegen. Peter hatte Grund, sich für einen Feigling zu halten. Er warf nicht die Frau zur Wohnung hinaus, sondern sich selbst. Von der Straße, wo er eine Zeitlang unglücklich umherirrte, eine lange, lächerliche Gestalt, begab er sich in das Kabinett des Hausbesorgers. Hier büßte er die Gefängnisstrafe für sein Verbrechen ab. Damit ihm die Zeit nicht gar zu lange wurde, hatte er vorher seinem Bruder telegraphiert. Diesem kam im ganzen Plan eine besondere Bestimmung zu. Er sollte die Frau hinauswerfen und abfertigen, den Hausbesorger in seine Schranken weisen, dem Charakter sein Verbrechen ausreden und ihn im Triumph in die befreite und gereinigte Bibliothek zurückführen. Georg sah sich hier als wichtigen Teil eines Mechanismus, den ein anderer zur Erhaltung seines bedrohten Selbstgefühls in Bewegung gesetzt hatte. Ein Fingerglied der Linken war die Komödie wert. Noch immer tat ihm Peter leid. Aber dieses Vortäuschen einer Verstörung, dieser Mißbrauch fremder Würde, um die eigene wieder instand zu setzen, dieses Spiel, das man mit ihm trieb, der mit anderen zu spielen gewohnt war, mißfielen ihm. Er hätte gern zu verstehen gegeben, daß er verstand. Er beschloß, Peter in die Ruhe seines gelehrten Lebens zurückzuverhelfen, selbstlos und behutsam, wie es seines Amtes war. Eine kleine Rache behielt er sich für spätere Jahre vor. Wenn er Peter wieder besuchte, und diesen Besuch nahm er sich schon jetzt vor, würde er ihm freundlich, aber unbarmherzig auseinandersetzen, was sich hier im Kabinett zwischen ihnen *wirklich* abgespielt hatte.

»Du hast Argumente? Dann bring sie vor! Ich glaube, deine Sätze werden immer nach China oder Indien zurückmünden.«

Er wählte den langen Weg, der kurze war verschlossen. Da Peter den einfachen Bericht verweigerte, mußte Georg aus vorgeblich wissenschaftlichen Sätzen erschließen, was der Bruder gegen seine Frau auf dem Herzen hatte. Wie sollte er ihm die Dornen aus dem Fleische ziehen, wenn er sie nicht sah? Wie ihn beruhigen, wenn er nicht wußte, wohin die Unruhe sich überall verkrochen hatte, was sie trieb, wie sie sich erklärte, was sie von der Vergangenheit der Menschenrasse hielt, die sie, einen ungeheuren Wechselbalg, der eigenen unterschob?

»Ich werde in Europa bleiben«, versprach Peter, »es läßt sich hier über die Weiber noch mehr sagen. Die großen repräsentativen Volksepen bei Deutschen wie bei Griechen haben Weiberwirren zum Gegenstand. Von einer Beeinflussung kann keine Rede sein. Du bewunderst wohl die feige Rache der Kriemhild? Wirft sie sich selbst in den Kampf, setzt sie sich der leisesten Gefahr aus? Sie hetzt nur andere auf, spinnt Intrigen, mißbraucht, verrät. Und zum Schluß, wenn sie keine Gefahr mehr befürchtet, schlägt sie den gefesselten Günther und Hagen eigenhändig die Köpfe ab. Aus Treue? Aus Liebe für Siegfried, an dessen Tod sie die Schuld trägt? Die Furien peitschen sie? Sie weiß, daß sie an ihrer Rache zugrunde gehen wird? Nein! Nein! Nein! Nichts Großartiges treibt sie. Um den Nibelungenschatz ist es ihr zu tun! Sie hat ihren Schmuck durch ihre Geschwätzigkeit verloren; den Schmuck rächt sie. Unter dem Schmuck befand sich auch ein Mann. Mit dem Schmuck geht er verloren, mit dem Schmuck wird er gerächt. Noch im letzten Augenblick hofft sie den Ort des Schatzes von Hagen zu erfahren. Ich halte es dem Dichter oder dem Volk, welches dem Dichter vorgearbeitet hat, zugute, daß Kriemhild erschlagen wird!«

Sie war also habgierig und hat immerwährend Geld von ihm wollen, denkt Georg.

»Die Griechen waren weniger gerecht. Sie verzeihen der Helena alles, weil sie schön ist. Ich für meine Person zittere jedesmal vor Empörung, wenn ich sie in Sparta munter und hündisch äugelnd an der Seite des Menelaos wieder vorfinde. Als ob nichts geschehen wäre — zehn Jahre Krieg — die stärksten, schönsten, besten Griechen gefallen, Troja niedergebrannt, Paris, ihr Geliebter tot — wenn sie noch schwiege! Jahre sind seither vergangen — aber sie spricht unbefangen von jener Zeit, da ›... um mein hündisch Äugeln die Helden, ihr, die Achaier, zum Kampf vor die troische Festung gezogen‹. Sie erzählt, wie Odysseus sich als Bettler in das belagerte Troja schlich und hier viele Männer tötete.

›Trojas Weiber jammerten laut. Mein Herz aber lachte:
War doch längst mein Sinnen gewandt: ich wollte mit Freuden
Wieder nach Hause und fluchte dem Wahn, mit dem mich die Göttin
Aphrodite verblendet und hieß mich Tochter und Heimat
Schnöde verlassen, mein ehelich Bett und den blühenden Gatten,
Der doch gewiß an Seel und Leib sich jedem vergliche.‹

Vor ihren Gästen erzählt sie diese Geschichte und, wohlgemerkt, vor Menelaos. Für ihn zieht sie daraus die Moral. So schmeichelt sie sich bei ihm wieder ein. So tröstet sie ihn über den alten Ehebruch. Damals fand ich Paris an Seel' und Leib schöner, lautet der Hintersinn ihrer Worte, heute weiß ich, daß du ebenso schön bist.

Wer denkt daran, daß Paris gar nicht mehr lebt? Einem Weib ist der Lebende schöner als der Tote. Was sie hat, das gefällt ihr. Aus dieser Charakterschwäche zieht sie noch Nutzen und schmeichelt.«

Sie hat ihm seine traurige Figur vorgeworfen, denkt Georg, und ihn mit einer weniger traurigen betrogen. Als der Andere starb, ist sie unter Schmeicheleien zurückgekehrt.

»Oh, Homer weiß von den Frauen mehr als wir! Der Blinde muß uns Sehende lehren! Erinnere dich an den Ehebruch der Aphrodite. Hephaistos ist ihr nicht gut genug, weil er hinkt. Mit wem betrügt sie ihn wohl? Vielleicht mit Apollo, dem Dichter, einem Künstler wie Hephaist, der alle Schönheit hätte, die sie am rußigen Schmied vermißt, mit Hades, dem Dunklen und Geheimnisvollen, dem das Unterirdische gehört? Mit Poseidon, dem Starken und Zornigen, der die Stürme über die Meere schickt? Er wäre ihr rechtmäßiger Herr, seinem Meere ist sie entstiegen. Mit Hermes, der sich auf unzählige Schliche, auch die der Weiber, versteht, und dessen Schlauheit und Handelstüchtigkeit sie, die Herrin der Liebe, berücken müßte? Nein, ihnen allen zieht sie Ares vor, der für die Leere seines Kopfs durch eine Fülle von Muskeln entschädigt, einen rothaarigen Tölpel, Gott der griechischen Landsknechte, kein Geistes-, aber dafür ein Faustkind, unbeschränkt nur in seiner Roheit, sonst die Beschränktheit selbst!«

Da hätten wir schon den Hausbesorger, denkt Georg, er hat ihm den zweiten Tort angetan.

»Aus Plumpheit verstrickt er sich in das Netz. Jedesmal, wenn ich lese, wie Hephaist die beiden in sein Netz verlarvt, schlage ich das Buch zu vor Freude und küsse inbrünstig den Namen Homer, zehn-, zwanzigmal. Ich lasse mir aber auch den Schluß nicht entgehn. Ares schleicht sich kläglich weg, er ist zwar ein Esel, aber ein Mann; er hat noch einen Funken Scham im Leibe. Aphrodite entgleitet strahlend nach Paphos, wo ihr Tempel und Altäre bereitstehen und erholt sich von ihrer Schande — alle Götter haben sie im Netz belacht —, indem sie große Toilette macht!«

Als er die beiden ertappte, denkt Georg, schlich sich der Hausbesorger, damals noch bescheiden, verlegen davon und vergaß seine Fäuste, angesichts des reichen Gelehrten. Sie aber setzte, einziger Schutz der Ertappten, eine freche Miene auf, nahm ihre

Kleider ins nächste Zimmer mit und zog sich dort an. Jean, wo bist du?

»Deine Gedanken errate ich. Du meinst, die Odyssee spreche gegen mich. In deinen Augen lese ich die Namen Kalypso, Nausikaa und Penelope. Ich werde dir ihre Schönheit, die *ein* Kritiker unbesehen vom *andern* übernimmt, drei Katzen in einem alten Sack, gleich enthüllen. Vorher erwähne ich, daß Circe, ein Weib, alle Männer in Schweine verwandelt. Kalypso hält Odysseus, den sie von ganzem Leib liebt, sieben Jahre lang fest. Tagsüber sitzt er bitterlich weinend am Strand, elend vor Heimweh und Scham, nachts muß er bei ihr schlafen, er *muß*, Nacht für Nacht, ob er will oder nicht. Er will nicht. Er will nach Hause. Er ist ein tätiger Mensch, voller Kraft, Mut und Geist, ein unheimlicher Kopf, der größte Schauspieler aller Zeiten und trotzdem ein Held. Sie sieht ihn weinen, sie weiß sehr wohl, worunter er leidet. Müßig und von den Menschen, deren Reden und Treiben seine Luft sind, abgesperrt, verspielt er bei ihr seine stärksten Jahre. Sie läßt ihn nicht weg. Sie hätte ihn nie weggelassen. Da überbringt ihr Hermes den Befehl der Götter: Odysseus sei freizusetzen. Sie muß gehorchen. Die letzten Stunden, die ihr übrigbleiben, mißbraucht sie, um sich bei Odysseus in ein günstiges Licht zu setzen. Aus eigenen Stücken entlaß ich dich, sagt sie, weil ich dich liebe, weil du mir leid tust. Er durchschaut sie, aber er schweigt. So handelt eine unsterbliche Göttin: Männer und Liebe stehen ihr noch lange Ewigkeiten bevor, nie wird sie altern. Was kümmert es sie, wie er, der Sterbliche, sein kurzes, kleines, von der Zeit schon halb zernagtes Leben anwendet?«

Sie hat ihm keine Ruhe gegeben, denkt Georg, nicht bei Nacht, nicht bei der Arbeit.

»Von Nausikaa erfährt man wenig. Sie ist zu jung. Immerhin bemerkt man ihre Anlagen. Sie wünscht sich einen Mann wie Odysseus, sagt sie. Sie hat ihn am Strande nackt geseh'n. Das genügt ihr, er war schön. Wer er ist, ahnt sie ja nicht. Sie trifft ihre Wahl nach dem Körper. Von Penelope geht die Legende um, sie habe zwanzig Jahre auf Odysseus gewartet. Die Zahl der Jahre stimmt, aber warum wartet sie denn? Weil sie sich für keinen der Freier zu entscheiden vermag. Die Stärke des Odysseus hat sie verdorben. Kein Mann gefällt ihr mehr. Sie verspricht sich von diesen Schlemmern zu wenig Vergnügen. Sie liebe den Odysseus!

Welches Märchen! Sein alter, schwacher, todmüder Hund erkennt ihn, da er als Bettler daherkommt und stirbt vor Freude. Sie erkennt ihn nicht und lebt munter weiter. Nur vor dem Einschlafen weint sie jede Nacht. Anfangs sehnte sie sich nach ihm, er war ein feuriger und starker Mann. Dann wurde ihr das Weinen zur Gewohnheit, zum Schlafmittel, das sie nicht entbehren mochte. Statt nach einer Zwiebel griff sie nach dem Andenken ihres geliebten Odysseus und heulte sich daran in den Schlaf. Die gute, alte Schaffnerin Eurykleia, das besorgte Mütterchen, von weichem Herzen und immer geschäftig, bricht beim Anblick der erschlagenen Freier, der gehängten Mägde in Frohlocken aus! Odysseus, der Rächer, der eigentlich Beleidigte, muß es ihr verweisen!«

An Penelope und Eurykleia haßt er die Wirtschaftlichkeit, denkt Georg, sie war ja erst seine Wirtschafterin.

»Als das kostbarste und persönlichste Vermächtnis Homers betrachte ich die Worte, die Agamemnon, ein matter blauer Schatten in der Unterwelt, seine Frau hat ihn geschlachtet, zu Odysseus spricht:

›Du auch, sei mit deinem Gemahl nicht allzu vertraulich,
Sag' ihr nie ein völlig Wort, und was du auch wissest,
sondern sag' ihr das eine, das andere halte verborgen ...
Richte du ganz verstohlen dein Schiff zum Lande der Väter,
Daß sie es nicht weiß; denn Glauben und Treu sind nicht bei den Weibern.‹

Grausamkeit ist eine Haupteigenschaft auch der griechischen Göttinnen. Die Götter sind menschlicher. Wann wurde ein Geschöpf erbarmungsloser gequält und durchs Leben gehetzt als Herakles, von Hera, der er nichts als seine Abstammung zu Leide tat? Als er endlich stirbt und die furchtbaren Weiber los wird, die ihm noch seinen Tod zum Höllenfeuer machen, verdirbt sie ihm durch einen heimtückischen Streich die Unsterblichkeit. Die Götter wünschen ihn für seine Leiden zu belohnen, sie schämen sich des Hasses einer hartherzigen Hera; als angemessene Entschädigung verleihen sie ihm die Unsterblichkeit. Da schmuggelt Hera ein Weib in ihr Geschenk. Sie verkuppelt ihn mit ihrer Tochter Hebe. Die Götter sind hochmütig; daß jemand eine der ihrigen zur Frau habe, halten sie für ein Glück. Herakles ist wehrlos. Wäre die Hebe ein Löwe, er schlüge sie mit seiner Keule nieder. Doch sie ist eine Göttin. Er lächelt und dankt. Aus einem gefährlichen Leben hat man ihn wohin verpflanzt? In eine unsterbliche Ehe! Unsterbliche Ehe am Olymp, unter einem blauen Himmel, den Blick auf das blaue Meer ...«

Am meisten fürchtet er die Unauflöslichkeit seiner Ehe. Georg freute sich über die Scheidung, sein Geschenk an den Bruder. Peter schwieg und blickte angespannt vor sich hin.

»Sag' einmal«, begann er zögernd, »ich leide an Augentäuschungen. Ich habe jetzt versucht, mir das Ägäische Meer vorzustellen. Es erscheint mir eher grün als blau. Hat das etwas Ernstliches zu bedeuten? Was hältst du davon?«

»Aber was fällt dir ein! Du bist ein Hypochonder. Das Meer nimmt die verschiedensten Farben an. Du hast einen grünlichen Ton in besonders angenehmer Erinnerung. Mir geht es ähnlich. Ich liebe auch die tückische grüne Farbe, vor Gewittern, an dunklen Tagen.«

»Mir erscheint Blau um vieles tückischer als Grün.«

»Die Beziehung zu den einzelnen Farben ist nach meiner Erfahrung von Person zu Person verschieden. Im allgemeinen gilt Blau als angenehm. Denk' an das schlichte, kindliche Blau auf den Bildern des Fra Angelico!«

Peter schwieg wieder. Plötzlich faßte er Georg am Ärmel und sagte: »Da wir gerade von Bildern sprechen, was hältst du von Michelangelo?«

»Wie kommst du jetzt auf Michelangelo?«

»Genau im Mittelpunkt der Sixtina-Decke wird Eva aus Adams Rippe erschaffen. Die Darstellung dieses Vorganges, der aus der eben begonnenen Besten die Schlechteste aller Welten macht, ist in kleinerem Format gehalten als Adams Erschaffung und der Sündenfall zu beiden Seiten. Eng und erbärmlich ist, was da geschieht: die Beraubung des Mannes um seine schlechteste Rippe, die Spaltung in die Geschlechter, von denen das eine nur einen Bruchteil des anderen bedeutet, aber dieses kleine Ereignis steht im Zentrum der Schöpfung. Adam schläft. Wäre er wach, er hätte seine Rippe verschlossen. Ach, daß der flüchtige Wunsch nach einer Genossin zu seinem Schicksal werden mußte! Gottes Wohlwollen war mit Adams Erschaffung erschöpft. Von da ab behandelte er ihn wie einen Fremden, nicht wie sein Werk. Worte und Stimmungen, die rascher als Wolken verwehn, ließ er ihn entgelten und zwang ihn, seine Launen in alle Ewigkeit zu tragen.

Aus Adams Launen wurden die Triebe des Menschengeschlechts. Er schläft. Gott, der gütige Vater, von höhnischer Milde bei solchem Geschäft, zaubert Eva aus ihm hervor. Mit einem Fuß erst steht sie auf der Erde, der andere steckt noch in Adams Seite. Bevor sie zu knien vermag, faltet sie schon die Hände. Ihr Mund murmelt eine Schmeichelei. Schmeicheleien an Gottes Adresse nennt man Gebete. Nicht die Not hat sie beten gelehrt. Sie ist vorsichtig. Während Adam schläft, hamstert sie eilig einen Schatz guter Werke. Sie hat Instinkt und spürt Gottes Eitelkeit, die riesengroß ist, wie er selbst. Bei den verschiedenen Schöpfungsakten trägt er sich verschieden. Zwischen Werk und Werk wechselt er die Gewänder. In einen weiten, schön fallenden Mantel gehüllt, betrachtet er Eva. Ihre Schönheit sieht er nicht, weil er überall nur sich sieht; ihre Huldigung nimmt er entgegen. Ihre Gebärde ist niedrig und sündig. Von ihrem ersten Augenblick an berechnet sie. Sie ist nackt, aber sie schämt sich nicht vor Gott in seinem weiten Mantel. Schämen wird sie sich erst, wenn ihr eine Sünde mißlingt. Adam liegt matt wie nach einem Beischlaf da. Sein Schlaf ist leicht. Er träumt von der Traurigkeit, die Gott ihm schenkt. Den ersten Traum eines Menschen gebar die Angst vor dem Weib. Wenn Adam aufwacht, Gott läßt sie beide grausam allein, wird sie vor ihm knien, die Hände gefaltet wie vor Gott, auf den Lippen dieselben Schmeicheleien, Treue in den Augen, Herrschsucht im Herzen, und ihn, damit er ihrer nie mehr entraten könne, zur Unzucht verführen. Adam ist großmütiger als Gott. Gott liebt in seiner Schöpfung sich. Adam liebt Eva, das Zweite, das Andere, das Böse, das Unglück. Er vergibt ihr, was sie ist: seine aufgeblähte Rippe. Er vergißt, und aus Einem werden Zwei. Welches Elend in alle Zukunft!«

Eine Laune, eine Aufwallung trägt an seiner Ehe die Schuld. Er hat sie gegen seinen Willen geschlossen. Das verzeiht er sich nicht. Es ärgert ihn, daß er nur an den kategorischen Imperativ und nicht an Gott glaubt. Sonst schöbe er diesem die Schuld zu. Auf die Decke der Sixtina blickt er hinauf, um sich Gott ein wenig vorstellen zu können. Einen anderen glaubwürdigen Bibelgott gibt es in der bildenden Kunst nicht. Er braucht ihn, um ihn zu beschimpfen. Laut spricht Georg irgendeinen verbindlichen Satz, der möglichst weitab von seinen Gedanken liegt:

»Warum in alle Zukunft? Wir sprachen doch vorhin von den

Termiten, die das Geschlecht überwunden haben. Es ist also weder ein unbedingtes noch ein unausrottbares Übel.«

»Ja, und genauso ein Wunder wie der Liebesaufruhr im Termitenstock, und der Brand meiner Bibliothek, der unmöglich ist, ganz ausgeschlossen, undenkbar, ein heller Wahnsinn, eine Verräterei ohnegleichen an Kostbarkeiten, wie sie sonst nirgends beisammen sind, pure Gemeinheit und eine Schmutzerei, wie du sie vor mir nicht einmal zum Scherz aussprechen, geschweige denn annehmen dürftest, du siehst doch, daß ich nicht verrückt bin, ich bin nicht einmal verstört, ich hab' viel mitgemacht, Aufregung ist keine Schande, warum verhöhnst du mich, mein Gedächtnis ist intakt, ich weiß alles, was ich will, ich hab' mich in der Gewalt, warum, weil ich einmal geheiratet habe, ich habe keine einzige Liebschaft hinter mir, was hast du schon für Liebe getrieben, Liebe ist ein Aussatz, eine Krankheit, von den Einzellern an weitervererbt, andere heiraten zwei- und dreimal, ich hatte nichts mit ihr zu tun, du beleidigst mich, das hättest du nicht sagen dürfen, Wahnsinnige tun das vielleicht, *ich* zünde meine Bibliothek nicht an, pack' dich, wenn du darauf bestehst, fahr' in deine Idiotenanstalt zurück, wo hast du deinen Kopf, auf alles, was ich sage, antwortest du mit Ja und Amen! Ich hab' noch keinen eigenen Gedanken von dir gehört, du Schwätzer, du glaubst, du weißt alles! Ich rieche deine höhnischen Gedanken. Sie stinken. Er ist verrückt, denkst du, weil er auf die Frauen schimpft. Ich bin nicht der Einzige! Das werde ich dir beweisen! Nimm deine schmutzigen Gedanken zurück! Von mir hast du lesen gelernt, du Lausbub. Du kannst ja nicht einmal Chinesisch. Ich lasse mich eben nachträglich scheiden. Ich muß meine Ehre rehabilitieren. Die Frau ist zu einer Scheidung nicht notwendig. Sie soll sich im Grab umdrehn. Sie steckt ja gar nicht im Grab. Nicht einmal ein Grab verdient sie. Die Hölle verdient sie! Warum gibt es keine Hölle? Man muß eine einrichten. Für Weiber und Röckejäger, wie du einer bist. Ich sage die Wahrheit! Ich bin ein ernster Mensch. Du wirst jetzt wegfahren und dich nicht um mich kümmern. Ich bin ganz allein. Ich habe meinen Kopf. Ich kann für mich selbst sorgen. Die Bücher vermach' ich nicht dir. Lieber zünde ich sie an. Du stirbst ja schon vor mir, du bist schon verbraucht, das macht dein schmutziges Leben, hör' nur, wie du sprichst, ohne Kraft, in langen, gewundenen Sätzen, du bist immer höflich, du Weib, du bist wie die Eva, aber ich bin nicht Gott, bei mir hast du damit keinen Erfolg! Ruh' dich doch von der Weiblichkeit aus! Vielleicht wirst du wieder ein Mensch. Armes, schmieriges Geschöpf! Du tust mir leid. Wenn ich mit dir tauschen müßte, weißt du, was ich täte? Ich muß nicht, aber wenn ich müßte, wenn es nicht anders ginge, wenn kein Naturgesetz sich meiner erbarmte — ich wüßte doch eine Rettung. Deine Irrenanstalt würde ich anzünden, bis sie lichterloh brennt, mit sämtlichen Insassen, mit mir, aber nicht meine Bibliothek! Bücher sind mehr wert als Verrückte, Bücher sind mehr wert als Menschen, das verstehst du nicht, weil du ein Komödiant bist, du brauchst Applaus, Bücher sind stumm, sie sprechen *und* sind stumm, das ist das Großartige, sie sprechen und du hörst sie rascher, als wenn du hören müßtest. Ich werde dir meine Bücher zeigen, nicht jetzt, später. Du wirst für dein widerwärtiges Bild um Entschuldigung bitten, sonst werf' ich dich hinaus!«

Georg unterbrach ihn nicht, er wollte alles hören. Peter sprach so hastig und erregt, daß keine Freundlichkeiten ihn aufgehalten hätten. Er war aufgestanden; sobald von den Büchern die Rede war, wurden seine kleinlichen Bewegungen weitausholend und bestimmt. Georg bereute das Bild, das er in Ermanglung eines anderen zur Illustrierung der Termiten und ihrer glücklichen Geschlechtslosigkeit, um die Phantasie seines Bruders in diese gewünschte Richtung zu lenken, leider unglücklich, gewählt hatte. Der bloße Gedanke, er könne seine Bücher anzünden, brannte Peter mehr als Feuer. So sehr liebte er seine Bibliothek; sie ersetzte ihm die Menschen. Diesen Schmerz hätte man ihm ersparen sollen; aber auch er war nicht umsonst. Durch ihn erfuhr Georg, daß es ein Heilmittel gegen die Frau gab, sicherer als Gift, eine übermäßige Liebe, die man gegen jenen Haß nur ins Feld zu führen hatte, um ihn auszulöschen und zu vernichten. Für Bücher, die man gegen eine bloß erdachte Gefahr dermaßen in Schutz nahm, verlohnte es sich weiterzuleben. Ich werde die Frau rasch und geräuschlos hinauswerfen, nahm sich Georg vor, den Hausbesorger mit ihr, alles, was an sie erinnern könnte, aus der Wohnung entfernen, die Bibliothek auf ihre Unversehrtheit hin untersuchen, seine Geldaffären regeln, sicher besitzt er wenig mehr oder nichts, ihn ans Herz seiner Bücher zurückführen, einen Tag lang die alte Liebe schüren, ihn an Arbeiten setzen, die er noch von früher her vorhat, und den trockenen Fisch in seinem traurigen Element, er findet es heiter, sich selbst überlassen. Nach einem halben Jahr besuche ich ihn wieder, diese kleinen Sprünge bin ich ihm schuldig, obwohl er mein Bruder ist und ich seinen lächerlichen Beruf verachte. Über seine Ehegeschichte habe ich alles erfahren, was ich brauche. Seine Urteile, die er für objektiv hält, sind durchsichtiger als Wasser. Vorerst muß ich ihn beruhigen. Am ruhigsten ist er, wenn er seinen Haß hinter mythischen oder historischen Weibern versteckt. Hinter diesen Bollwerken seines Gedächtnisses fühlt er sich vor der Frau oben sicher. Sie könnte ihm darauf nicht einmal antworten. Im Grunde ist er beschränkt und von kleinlichem Charakter. Sein Haß gibt ihm einigen Schwung. Vielleicht bleibt ihm etwas davon für seine späteren Arbeiten.

»Du hast dich unterbrochen. Du hattest noch etwas Ernstliches zu sagen«, schnitt Georg ganz ruhig, mit sanfter und erwartungsvoller Stimme Peters holprige Ausfälle ab. So viel Ernst und Bereitwilligkeit verschlug ihm den Zorn. Er setzte sich wieder nieder, suchte in seinem Kopf nach und fand in kürzester Zeit den angeforderten Faden.

»Genau so ein Wunder wie der Liebesaufruhr im Termitenstock und der unmögliche Brand meiner Bibliothek wäre die Zerstörung der Sixtina-Decke durch Michelangelo selbst gewesen. Vielleicht hätte er, trotz vierjähriger Arbeit, auf den Befehl irgendeines verrückten Papstes hin, Figur um Figur übertüncht oder weggeschlagen. Aber die Eva, *diese* Eva hätte er auch gegen hundert päpstliche Schweizer geschützt. Sie ist sein Vermächtnis.«

»Du hast eine feine Nase für die Vermächtnisse großer Künstler. Auch die Geschichte gibt dir recht, nicht nur Homer und die Bibel. Lassen wir Eva, Dalila, Klytämnestra und selbst die Penelope, deren Ruchlosigkeit du bewiesen hast. Sie sind starke Beispiele, ausgezeichnete Demonstrationsfiguren, aber wer weiß, ob sie je gelebt haben? Eine Kleopatra sagt uns Liebhabern der Geschichte tausendmal mehr.«

»Ja — ich hab' sie nicht vergessen, ich war noch nicht soweit. Gut, lassen wir die anderen dazwischen! Du bist nicht so gründlich wie ich. Kleopatra läßt ihre Schwester ermorden — jedes Weib bekämpft jedes Weib. Sie betrügt den Antonius — jedes

Weib betrügt jeden Mann. Sie nützt ihn und die asiatischen Provinzen Roms für ihren Luxus aus — jedes Weib lebt und stirbt für ihre Liebe, zum Luxus. Sie verrät Antonius im ersten Augenblick der Gefahr. Sie redet ihm ein, daß sie sich verbrennt. Er tötet sich indessen. Sie verbrennt sich nicht. Aber ein Trauergewand hat sie gleich zur Hand, das steht ihr gut, damit versucht sie den Oktavian zu ködern. Er war so klug, die Augen niederzuschlagen. Ich wette, daß er sie nie gesehen hat. Der schlaue junge Kerl war mit seinem Panzer gerüstet. Sie hätte es sonst mit ihrer Haut versucht und sich an ihn geschmiegt, gerade während Antonius den Geist aufgab. Ein Mann, dieser Oktavian, ein herrlicher Mann, die Haut schützt er durch seinen Panzer, die Augen, indem er sie niederschlägt! Auf ihren Sirenengesang soll er kein Wort erwidert haben. Ich hab' ihn im Verdacht, daß er sich die Ohren verstopft hatte wie Odysseus seinerzeit. Nun, durch die Nase allein konnte sie ihn nicht kaptivieren. Auf die Nase hat er sich verlassen. Wahrscheinlich war sein Geruchsinn schlecht entwickelt. Ein Mann, ein Mann, wie ich ihn bewundere! Cäsar ist ihr erlegen, er nicht. Dabei war sie inzwischen durch ihr Alter viel gefährlicher, nämlich zudringlicher geworden.«

Sogar das Alter trägt er der Frau nach, dachte Georg, begreiflich. Reichlich lange hörte er noch zu. Keine Missetat eines Weibes, sei sie historisch verbürgt oder bloße Legende, blieb ihm vorenthalten. Philosophen begründeten ihre geringschätzigen Meinungen. Peters Zitate waren verläßlich und prägten sich, da er sie wie ein Schulmeister sprach, auf das Nachdrücklichste ein. Manche Sätze, in alter, aber falscher Erinnerung, wurden berichtigt. Lernen kann man immer, auch von einem Pedanten. Vieles war Georg neu. »Die Frau ist ein Unkraut«, habe der hl. Thomas von Aquin gesagt, »das rasch wächst, ein unvollendeter Mensch; ihr Körper gelangt nur darum früher zur Reife, weil er von minderem Wert ist, weil die Natur sich weniger um ihn bekümmert.« Und wo behandle Thomas Morus, der erste moderne Kommunist, die Ehegesetze seiner Utopier? Im Kapitel von der Sklaverei und den Verbrechen! Attila, der Hunnenkönig, sei von einem Weib, Honoria, der Schwester des römischen Kaisers, in ihre eigene Heimat, nach Italien, gerufen worden, das er zum schönsten Teil plünderte und zerstörte. Wenige Jahre später habe die Witwe desselben Kaisers, Eudoxia, nach dessen Tod mit seinem Mörder und Nachfolger vermählt, die Vandalen über Rom heraufbeschworen. Die berühmte Plünderung verdanke Rom ihr, so wie ihrer Schwägerin die Hunnenplage.

Nach und nach nahm Peters Leidenschaft ab. Er sprach immer ruhiger, furchtbare Verbrechen streifte er leichthin. Das Material war größer als sein Haß. Um nichts zu übergehen, seine Kardinaleigenschaft blieb Genauigkeit, verteilte er ihn gerecht unter allerlei Perioden, Völker und Denker. Auf den einzelnen entfiel da nur wenig. Noch vor einer Stunde hätte die Messalina über sich ganz anderes zu hören bekommen. Mit ein paar Zeilen aus Juvenal kam sie jetzt glimpflich weg. Selbst die Mythologie vieler Negerstämme erschien von Frauenverachtung durchtränkt. Peter holte sich seine Bundesgenossen, wo er sie fand. Analphabeten verzieh er ihre Armut, wenn sie sich auf Frauen verstanden.

Georg benützte eine kleine Gedächtnispause und erlaubte sich, ehrerbietig und in unveränderter Erwartung einen Vorschlag zu unterbreiten, der allerdings bloß eine Mahlzeit betreffe. Peter nahm ihn an; er ziehe vor, außer Hause zu speisen. Das Kabinett habe er satt. Sie gingen in das nächste Restaurant. Georg fühlte sich von der Seite her scharf beobachtet. Kaum öffnete er den Mund, als Peter auf seine Hyänen zurückkam. Doch verloren sich seine Sätze rasch in Schweigen. Da schwieg auch Georg. Einige Minuten ruhten sie sich von ihrer Aufmerksamkeit aus. Im Restaurant nahm Peter umständlich Platz. An seinem Stuhl rückte er so lange, bis er einer anwesenden Dame den Rücken kehrte. Knapp darauf erschien eine zweite, noch älter und blickbereiter; sogar einen Peter musterte sie und stieß sich, dankbar für seine Aufmerksamkeit, die sie bald zu erregen hoffte, nicht an seinem Skelett. Der Zahlkellner, ein Herr von gediegenem Äußern, stand vor Georg, den er für den Gönner des verhungerten Zweiten hielt, und nahm die Speisen auf. Mit leichtem Kopfnicken gegen den Bettler hin empfahl er zweierlei Gerichte; nahrhaftere für diesen, feinere für den Wohltäter. Da erhob sich plötzlich Peter und erklärte scharf: »Wir verlassen dieses Lokal!« Der Kellner bedauerte sehr. Er schob sich selbst die Schuld zu und ergoß sich in Höflichkeit. Georg fühlte sich peinlich berührt. Ohne Erklärung gingen sie. »Hast du die Vettel gesehen?« fragte Peter draußen. »Ja.« »Sie hat zu mir herübergeschaut. Zu mir!

Ich bin kein Verbrecher. Wie untersteht sie sich, mich zu mustern! Was ich getan habe, kann ich verantworten!«

Im zweiten Restaurant nahm Georg eine Loge. Beim Essen setzte Peter seinen unterbrochenen Vortrag fort, langsam und langweilig, die Augen immer auf der Lauer, ob der Bruder auch höre. Er verlor sich in Gewöhnlichkeiten und altbekannten Geschichten. Seine Sprache wurde schleppend. Zwischen den Sätzen legte er sich schlafen. Bald wird er auch die Worte durch Minuten trennen. Georg bestellte Champagner. Spricht er rascher, so wird er eher fertig. Außerdem erfahre ich seine letzten Geheimnisse, falls er welche hat. Peter weigerte sich zu trinken. Er verabscheue den Alkohol. Dann trank er doch. Sonst glaube Georg, er wolle vor ihm was verbergen. Er habe nichts zu verbergen. Er sei die Wahrheit selbst. Sein Unglück wurzle in seiner Liebe zur Wahrheit. Er trank viel. Seine Gelehrsamkeit verschob sich. Er bewies eine erstaunliche Kenntnis historischer Mordprozesse. Mit Feuer verteidigte er das Recht des Mannes auf Beseitigung seiner Frau. Seine Rede ging in die eines Verteidigers über, der vor Gericht erklärt, warum sein Klient die dämonische Frau ermorden mußte. Ihre Dämonie ersieht man aus dem unzüchtigen Leben, das sie gern geführt hätte, aus der aufreizenden Kleidung, aus ihrem Alter, das sie zu verheimlichen pflegte, aus den gemeinen Worten, die ihren Sprachschatz ausmachten, und ganz besonders aus sadistischen Handgreiflichkeiten, die bis zu furchtbaren Prügeln ausarteten. Welcher Mann hätte eine solche Frau nicht ermordet? Diese Argumente führte Peter des langen und eindringlichen aus. Als er fertig war, strich er sich befriedigt, wie ein richtiger Verteidiger, das Kinn. Dann plädierte er für die Mörder weniger begabter Frauen.

Neues über den eigenen Fall seines Bruders erfuhr Georg nicht. Die Meinung, die er sich gebildet hatte, blieb trotz Alkohol intakt. Schäden an pedantischen Hirnen sind leicht zu reparieren. Exakt entstehen sie, exakt werden sie geheilt. Diese Fälle sind die einzigen, die Georg nicht liebt; es sind keine Fälle. Wer angeheitert derselbe bleibt, der er trocken war, verdient die schlechteste Meinung. Welche gefräßige Phantasielosigkeit in diesem Peter! Ein bleiernes Hirn, aus gegossenen Lettern, kalt, starr und schwer. Technisch vielleicht ein Wunder; aber gibt es noch ein Wunder in unserer technischen Zeit? Der kühnste Gedanke, zu dem ein Philologe sich aufschwingt, ist der eines Mordes an seiner

Frau. Aber da muß die Frau schon von monströser Struktur sein, rund zwanzig Jahre älter als der betreffende Philologe, sein boshaftes Ebenbild, das mit lebenden Menschen umgeht wie er mit den Texten großer Dichter. Wenn er den Mord noch ausführte, wenn er die Hand gegen sie erhöbe und nicht im letzten Augenblick zurückzuckte, wenn er an seinem Verbrechen zugrunde ginge, Konjekturen, Manuskripte und Bibliothek, alles, was in sein mageres Herz hineingeht, seiner Rache opferte — dann Ehre seinem Andenken! Aber er fertigt sie lieber ab. Vorher telegraphiert er seinem Bruder. Er bittet um Hilfe für keinen Mord. Dreißig Jahre wird er weiterleben und wirken. In irgendwelchen Annalen leuchtet er als Stern erster Größe bis in alle irdische Ewigkeit fort. Enkelkinder, die in den Jahrbüchern für Sinologie blättern, auch solche Enkelkinder werden zur Welt kommen, müssen seinem Namen begegnen. Denselben Namen trägt Georg. Man sollte ihn wechseln. In fünfzig Jahren ehrt ihn die chinesische Nationalregierung durch eine Statue. Kinder, anmutige, zarte Geschöpfe, mit schiefen Augen, gespannter Haut (wenn sie lachen, neigen sich die härtesten Häuser) spielen auf einer Straße, die nach ihm heißt. Für ihre Augen (ein Bündel Rätsel sind Kinder, sie selbst und alles um sie) werden die Buchstaben eines Namens zum Geheimnis, dessen Träger Zeit seines Lebens klar, durchsichtig, verständig, verstanden war und wenn je ein Rätsel, dann ein sofort gelöstes. Welch ein Glück, daß die Menschen meist nicht wissen, nach wem ihre Straßen benannt sind! Welch ein Glück, daß man überhaupt so wenig weiß!

Am frühen Nachmittag brachte er den Philologen in sein Hotel und bat ihn, sich hier auszuruhen, während er zu Hause seine Affären regle.

»Du willst die Wohnung reinigen«, sagte Peter.

»Ja, ja.«

»Du darfst dich über den argen Gestank dort nicht wundern.«

Georg lächelte; Feiglinge neigen zu Umschreibungen. »Ich werde mir die Nase zuhalten.«

»Die Augen halte offen! Vielleicht siehst du Gespenster.«

»Ich sehe nie Gespenster.«

»Vielleicht siehst du doch welche. Dann sag' es mir!«

»Ja, ja.« Wie geschmacklos seine Witze sind!

»Ich habe eine Bitte an dich.«

»Nämlich?«

»Sprich nicht mit dem Hausbesorger! Er ist gefährlich. Er wird dich attackieren. Du sagst ein Wort, das ihm nicht paßt, und schon schlägt er auf dich los. Ich will nicht, daß du meinetwegen Schaden nimmst. Er zerbricht dir alle Knochen. Täglich wirft er Bettler zum Haus hinaus; vorher verletzt er sie. Du kennst ihn nicht. Versprich mir, daß du dich mit ihm nicht einläßt! Er lügt. Man darf ihm nichts glauben.«

»Ich weiß, du hast mich schon einmal gewarnt.«

»Du versprichst es mir!«

»Ja, ja.«

»Wenn er dir auch nichts tut, mich würde er später verhöhnen.«

Er fürchtet sich schon vor der Zeit, da er wieder allein ist. »Sei sicher, daß ich ihn aus dem Hause entfernen werde.«

»Wirklich?« Peter lachte, seit der Bruder wußte, zum erstenmal. Er griff in die Tasche und reichte Georg ein Bündel zerdrückter Banknoten hin. »Er wird Geld wollen.«

»Das ist wohl dein ganzes Vermögen?«

»Ja. Den Rest findest du oben in edlerer Gestalt.«

Von dieser letzten Phrase wurde Georg beinahe übel. Die eine Hälfte des sehr großen väterlichen Erbteils steckte in toten Bänden, die andere in der Irrenanstalt. Welche Hälfte war besser angebracht? Einen Rest des Geldes hatte er noch bei Peter erwartet. Nicht darum tut es mir leid, sagte er sich, weil ich ihn jetzt sein Leben lang ernähren muß. Seine Armut ärgert mich, weil ich für dasselbe Geld mehreren Kranken helfen könnte.

Dann ließ er ihn allein. Auf der Straße wischte er sich die Hände an seinem Taschentuch ab. Auch über die Stirn wäre er sich gefahren, die Hand hatte er schon erhoben, da entsann er sich Peters ähnlicher Gebärde. Eilig fiel die Hand nieder.

Als er vor der Wohnungstür stand, hörte er lautes Geschrei. Sie stritten sich drinnen. Um so leichter würde er sie bewältigen. Auf sein heftiges Läuten öffnete die Frau. Sie hatte verweinte Augen und trug denselben komischen Rock wie am frühen Morgen.

»Bitte, Herr Bruder!« kreischte sie, »er ist frech! Er hat die Bücher versetzt. Kann ich vielleicht was dafür? Jetzt will er mich anzeigen. Das darf nicht sein, sag' ich! Ich bin eine anständige Frau!«

Georg führte sie mit ausgesuchter Höflichkeit in ein Zimmer. Er bot ihr seinen Arm. Rasch griff sie danach. Vor dem Schreibtisch seines Bruders bat er sie, Platz zu nehmen. Er rückte ihr selbst den Stuhl zurecht.

»Machen Sie es sich bequem!« sagte er. »Sie fühlen sich doch hoffentlich wohl hier! Eine Frau wie Sie müßte man auf Händen tragen. Ich selbst bin leider verheiratet. Sie sollten ein eigenes Geschäft führen. Sie sind die geborene Geschäftsfrau. Man wird uns doch hier nicht stören?« Er ging zur Verbindungstür und rüttelte an der Schnalle. »Verschlossen. Gut. Sperren Sie, bitte, auch die andere Tür zu!«

Sie gehorchte. Er verstand es, *sich* auf der Stelle in den Besitzer und die Hausherren in Gäste zu verwandeln.

»Mein Bruder verdient Sie nicht. Ich habe mit ihm gesprochen. Sie müssen weg von ihm! Er wollte Sie wegen Ihres doppelten Ehebruches anzeigen. Er weiß nämlich alles. Ich hab' ihn davon abgebracht. Einen solchen Mann muß jede Frau betrügen. Ich glaube, er ist gar kein richtiger Mann. Immerhin könnte er es leicht dazu bringen, daß Sie bei der Scheidung für die Schuldige erklärt werden. Sie würden leer ausgehen. Von der ganzen Plage mit dem schlechten Menschen, ich weiß, wie er ist, hätten Sie dann nichts. Sie müßten Ihre alten Tage in Armut und Einsamkeit verbringen. Eine anständige Frau wie Sie, die noch mindestens dreißig Jahre vor sich hat. Wie alt sind Sie denn? Höchstens vierzig. Die Klage hat er heimlich schon eingereicht. Aber ich werde mich Ihrer annehmen. Sie gefallen mir. Sie müssen sofort aus dem Hause. Wenn er Sie nicht mehr sieht, wird er nichts gegen Sie unternehmen. Ich kaufe Ihnen ein Milchgeschäft am anderen Ende der Stadt. Das notwendige Kapital strecke ich unter einer Bedingung vor: Sie dürfen meinem Bruder nie unter die Augen treten. Tun Sie es doch, so fällt das Kapital, das ich Ihnen dazu vorstrecke, wieder an mich zurück. Eine Abmachung dieses Inhalts werden Sie unterzeichnen. Sie kommen gut weg dabei. Er wollte Sie einsperren lassen. Das Gesetz gibt ihm recht. Das Gesetz ist ungerecht. Wegen einiger Bücher, die weggekommen sind, soll eine Frau wie Sie leiden. Das dulde ich nicht. Wenn ich nicht verheiratet wäre! Erlauben Sie, gnädige Frau, daß ich Ihnen als Ihr Schwager die Hand küsse. Geben Sie mir, bitte, genau an, welche Bücher fehlen. Die Ersetzung habe ich mir zur

Pflicht gemacht. Sonst hätte er die Klage nicht zurückgezogen. Er ist ein grausamer Mensch. Wir werden ihn allein lassen. Er soll sehen, wie er weiterkommt. Kein Mensch wird sich um ihn kümmern. So hat er es verdient. Wenn er dann wieder Dummheiten macht, hat er sich selbst die Schuld zuzuschreiben. Jetzt schiebt er alles Ihnen zu. Dem Hausbesorger nehme ich die Stelle. Er hat sich zu Ihnen frech benommen. Von nun an kann er ein anderes Haus besorgen. Sie werden bald wieder heiraten. Seien Sie sicher, daß die ganze Welt Sie um Ihr neues Geschäft beneiden wird. Da heiratet ein Mann gern ein. Sie haben doch, was eine Frau braucht. Nichts fehlt. Glauben Sie mir! Ich bin ein feiner Herr. Wer hält heute noch so viel auf Sauberkeit wie Sie? Dieser Rock ist eine Seltenheit. Und die Augen! Und die Jugend! Und der kleine Mund! Wie gesagt, wenn ich nicht verheiratet wäre — ich würde Sie zur Sünde verführen. Aber vor der Frau meines Bruders habe ich Respekt. Wenn ich später wieder herkomme, um nach dem Dummkopf zu sehen, werde ich mir höflichst erlauben, Sie in Ihrem Milchgeschäft zu besuchen. Dann sind Sie nicht mehr seine Frau. Dann lassen wir unsere Herzen sprechen.«

Er sprach mit Leidenschaft. Jedes Wort hatte die berechnete Wirkung. Sie verfärbte sich. Nach manchen Sätzen wartete er. So viel Schmierenpathos hatte er noch nie gewagt. Sie sagte nichts. Er begriff, daß er es war, der sie mit Stummheit schlug. Er sprach ihr so schön. Sie fürchtete, sie könnte ein Wort verlieren. Die Augen traten ihr aus den Höhlen, erst vor Angst, dann vor Liebe. Die Ohren hatte sie, keine Hündin, doch gespitzt. Aus ihrem Mund floß Speichel. Der Stuhl, auf dem sie saß, knarrte glücklich einen Gassenhauer. Die Hände hielt sie, zu einem Becher geschlossen, ihm entgegen. Sie trank mit Lippen und Händen. Als er diese küßte, verlor der Becher seine Form und ihre Lippen hauchten, er hörte es: bitte noch. Da überwand er seinen Ekel und küßte die Hände wieder. Sie zitterte; bis in die Haare pflanzte sich ihre Erregung fort. Hätte er sie umarmt, sie wäre in Ohnmacht gefallen. Nach seinem letzten Satz, der von Herzen sprach, erstarrte er in einer krönenden Stellung. Die Hand und ein großer Teil des Arms lagen beteuernd über der Brust. Sie besitze ein Sparkassenbuch, sagte sie dann. Bücher seien keine weggekommen, die Pfandscheine habe sie noch. Auffällig und ungeschickt wandte sie sich ab, Verschämtheit einer Schamlosen, und holte aus dem Rock, der wohl eine Tasche enthielt, ein dickes Bündel von Pfandscheinen. Ob er das Sparkassenbuch auch wolle? Sie schenke es ihm aus Liebe. Er dankte. Gerade aus Liebe nehme er es nicht an. Noch während er abwehrte, sagte sie, bitte wer weiß, ob er es verdiene. Das Geschenk reute sie, bevor er es annahm. Ob er sie denn bestimmt besuchen werde, er sei ein Mann. An den wenigen Worten, die sie sprach, gewann sie ihre Fassung wieder. Kaum öffnete er den Mund, war sie ihm von neuem ausgeliefert.

Eine halbe Stunde später half sie ihm bei seiner Unternehmung gegen den Hausbesorger. »Sie wissen wohl nicht, wer ich bin!« schrie Georg den Mann an. »Polizeipräsident von Paris in Zivil! Ein Wort von mir, und mein Freund, der hiesige Präsident, läßt sie verhaften! Ihre Pension verlieren Sie. Ich weiß alles, was Sie auf dem Gewissen haben. Sehen Sie sich diese Scheine an! Über das andere schweige ich vorläufig. Reden Sie nichts! Ich kenne Sie durch und durch. Sie sind ein verkapptes Individuum. Gegen solche Elemente gehe ich rigoros vor. Ich werde meinen Freund, den hiesigen Präsidenten, bitten, seine Truppe zu säubern. Sie verlassen das Haus! Morgen früh sehe ich Sie hier nicht mehr! Sie sind ein Subjekt! Packen Sie Ihre Sachen zusammen! Ich erteile Ihnen eine Rüge, vorläufig. Ich werde Sie ausrotten! Sie Verbrecher! Wissen Sie, was Sie getan haben? Die Spatzen pfeifen es von den Dächern!«

Benedikt Pfaff, der starke, rote Lümmel, zog seine Muskeln ein, kniete nieder, faltete die Hände und bat den Herrn Präsidenten um Vergebung. Die Tochter sei krank gewesen, sie wäre von selbst auch gestorben, bestens rekommandiere er sich, ihn nicht von seinem Posten zu vertreiben. Der Mensch habe nur sein Guckloch. Was bleibe einem übrig? Die paar Bettler müsse man ihm gönnen. Es käme doch eh fast keiner! Das Haus liebe ihn satt. Er habe ein Unglück! Wenn er das gewußt hätte! Der Herr Professer sieht nicht so aus, als ob er einen Polizeipräsidenten zum Bruder hätte. Bis am Bahnhof wäre die Ehre von ihm empfangen worden! Der Herrgott habe ein Einsehen. Dankend erlaube er sich aufzustehen.

Er war mit seiner Huldigung für den hohen Herrn sehr zufrieden. Als er wieder stand, blinzelte er ihn freundlich an.

Georg blieb schroff und streng. In der Sache kam er ihm entgegen. Pfaff verpflichtete sich, alle versetzten Bücher schon am nächsten Morgen persönlich einzulösen. Auf sein Haus mußte er verzichten. Am anderen Ende der Stadt, neben dem Milchgeschäft der Frau, bekam er eine Tierhandlung, die beiden erklärten sich bereit, zusammenzuziehen. Die Frau bedang sich aus, nicht geschlagen und nicht gezwickt zu werden, außerdem dürfe sie die Besuche des Herrn Bruders empfangen, wann der wolle. Pfaff willigte geschmeichelt ein. Gegen das Zwickverbot hatte er Bedenken. Er sei auch nur ein Mensch. Außer der Liebe, zu der sie sich verpflichteten, hatten sie einander zu überwachen. Verirrte sich der eine Teil in die Nähe der Ehrlichstraße, so meldete es der andere sofort nach Paris. Geschäft und Freiheit gingen dann unbarmherzig verloren. Auf die erste Nachricht erfolge telegraphisch ein Haftbefehl. Der Angeber habe Anspruch auf Belohnung. Pfaff schiß auf die Ehrlichstraße, wenn er unter lauter Kanarienvögeln wohne. Therese beschwerte sich: bitte, er scheißt schon wieder. Er soll nicht immer scheißen. Georg redete ihm zu, sich auszudrücken, wie es einem besseren Geschäftsmann gezieme. Er sei jetzt kein armseliger Pensionist, sondern ein gemachter Mann. Pfaff wäre lieber Wirt geworden, am liebsten Zirkusdirektor mit einer eigenen Athletennummer und gezähmten Vögeln, die auf Befehl gleich singen und auf Befehl wieder kuschen. Der Präsident gab ihm die Erlaubnis, falls sein Geschäft soviel trage und er sich treu und brav führe, ein Gasthaus oder einen Zirkus zu eröffnen. Therese sagte nein. Zirkus sei unanständig. Eine Wirtschaft ja. Sie beschlossen, sich in die Arbeit zu teilen. Sie werde das Gasthaus führen, er den Zirkus. Der Herr sei er, die Frau sei sie. Kunden und Gäste aus Paris versprach der Herr Präsident.

Noch am Abend begann Therese mit der sorgfältigen Säuberung der Wohnung. Sie nahm keine Bedienerin auf, sie machte alles allein, um dem Herrn Bruder unnütze Auslagen zu ersparen. Für die Nacht überzog sie das Bett ihres Mannes frisch und bot es dem Herrn Bruder an. In den Hotels werde alles von Tag zu Tag teurer. Sie habe keine Angst. Georg entschuldigte sich mit Peter, den er überwachen müsse. Pfaff verzog sich zum letztenmal in sein Kabinett; der letzte Schlaf sei das treueste Gedenken. Therese scheuerte die ganze Nacht.

Drei Tage später hielt der Besitzer seinen Einzug ins Haus. Sein erster Blick galt dem Kabinett. Es war leer; die Stelle der Klappe bezeichnete ein wüstes Loch in der Mauer. Pfaff, der Erfinder, hatte sein Patent herausgebrochen und eingepackt. Die Bibliothek oben war intakt. Die Verbindungstüren standen sperrangelweit offen. Vor dem Schreibtisch ging Peter einige Male auf und ab. »Die Teppiche haben keine Flecken«, sagte er und lächelte. »Hätten sie Flecken, so würde ich sie verbrennen. Ich hasse Flecken!« Aus den Laden zog er Manuskripte und türmte sie auf dem Schreibtisch hoch. Die Titel las er Georg vor. »Arbeit für Jahre, mein Freund! Und jetzt zeige ich dir die Bücher.« Unter »hier siehst du« und »was glaubst du, habe ich hier«, unter gönnernden Blicken und geduldiger Aufmunterung (nicht jeder beherrschte ein Dutzend östlicher Sprachen zugleich), holte er Bände, die noch vor kurzem im Pfandhaus lagen, und deutete einem willig staunenden Bruder ihre Eigenart. Unheimlich rasch veränderte sich die Atmosphäre; sie schwirrte von Jahres- und Seitenzahlen. Buchstaben erhielten einen umstürzenden Sinn. Gefährliche Kombinationen wurden in ihre Schranken gewiesen. Leichtsinnige Philologen entlarvten sich als Monstren, die man, in blaue Gewänder gehüllt, auf Plätzen dem öffentlichen Spotte preisgeben sollte. Blau als die lächerlichste Farbe, die Farbe der Kritiklosen, Vertrauensseligen und Gläubigen. Eine neu entdeckte Sprache erwies sich als längst bekannt und ihr vermeintlicher Entdecker als Esel. Zornige Rufe gegen ihn wurden laut. Der Mann hatte es gewagt, nach bloß dreijährigem Aufenthalt im Land mit einem Werk über die dortige Sprache hervorzutreten! Auch in der Wissenschaft nahm die Frechheit von Parvenüs überhand. Die Wissenschaft müßte ihre Inquisitionstribunale besitzen, denen sie ihre Ketzer überliefert. Man brauche dabei nicht gleich an den Feuertod zu denken. Die rechtliche Unabhängigkeit der Priesterkaste im Mittelalter habe viel für sich. Wenn es den Gelehrten heute so gut ginge! Wegen irgendeines kleinen, vielleicht eines notwendigen Vergehens werde ein Gelehrter, dessen Arbeit unschätzbar sei, von Laien verurteilt.

Georg begann sich unsicher zu fühlen. Nicht ein Zehntel der besprochenen Bücher war ihm bekannt. Er verachtete dieses Wissen, das ihn erdrückte. Peters Arbeitslust regte sich gewaltig. Sie weckte in Georg die Sehnsucht nach dem Ort, wo er ein ebenso absoluter Herrscher war, wie Peter in seiner Bibliothek. Er nannte ihn rasch noch einen neuen Leibniz und benutzte, um sich für den Nachmittag seiner Macht zu entziehen, einige Wahrheiten als Vorwände. Da war eine harmlose Bedienerin aufzunehmen; das nächste Gasthaus für die regelmäßige Lieferung der Mahlzeiten zu gewinnen; ein Bankdepot zu erlegen, aus dem am Ersten jedes Monats automatisch Zahlungen ins Haus erfolgen sollten.

Spät am Abend nahmen sie Abschied voneinander. »Warum machst du nicht Licht?« fragte Georg. In der Bibliothek war es schon finster. Peter lachte stolz. »Ich kenne mich hier auch im Dunkeln aus.« Seit er zu Hause war, hatte er sich in einen sicheren und beinahe heiteren Menschen verwandelt. »Du schadest deinen Augen!« sagte Georg und schaltete das Licht ein. Peter bedankte sich für die geleisteten Dienste. Mit gehässiger Pedanterie zählte er sie einzeln auf. Den wichtigsten, die Entfernung der Frau, unterschlug er. »Ich schreibe dir nicht!« schloß er.

»Das kann ich mir denken. Bei der vielen Arbeit, die du dir vorgenommen hast.«

»Nicht deswegen. Ich schreibe aus Prinzip niemandem. Briefschreiben ist Müßiggang.«

»Wie du willst. Wenn du mich brauchst, telegraphiere! In sechs Monaten besuche ich dich wieder.«

»Wozu! Ich brauch dich nicht!« Seine Stimme klang zornig. Der Abschied ging ihm wohl nahe. Hinter seiner Grobheit verbarg er Schmerz.

Im Zuge spann Georg seine Gedanken weiter. Wäre es ein Wunder, wenn er ein wenig an mir hängt? Ich habe ihm doch geholfen. Jetzt hat er alles genau, wie er es will. Kein Lufthauch stört ihn.

Die Errettung aus der höllischen Bibliothek stimmte ihn freudig. Voller Ungeduld erwarteten ihn achthundert Gläubige. Der Zug fuhr zu langsam.

Der rote Hahn

Peter sperrte hinter seinem Bruder die Wohnungstüre zu. Sie war durch drei komplizierte Schlösser und breite, schwere Eisenstäbe gesichert. Er rüttelte an ihnen, sie gaben um keinen Nagel nach. Wie aus einem einzigen Stück Stahl war die ganze Türe, hinter ihr war man wirklich zu Hause. Die Schlüssel paßten noch in ihre Schlösser, das Holz hatte eine verwaschene Farbe; es fühlte sich zerkratzt an. Der Rost auf den dunklen Stäben war alt und man nahm nicht recht aus, wo denn die Türe repariert worden war. Der Hausbesorger hatte sie doch zersplittert, damals, als er in die Wohnung einbrach. Ein Tritt von ihm und die Stäbe hatten sich wie Balken gebogen, der elende Lügner, er log mit Fäusten und Füßen, auch die Wohnung trat er einfach ein. Es war einmal ein Monatserster und der Herr Pfaff bekam kein Douceur. »Dem ist was gescheh'n!« Er tobte und stürzte nach der Geldquelle hinauf, sie war ihm ja plötzlich versiegt. Auf dem Wege erschlug er die Treppe. Unter seinen Faustschuhen wimmerte der Stein. Die Menschen traten vor ihre Höhlen, alle Untergebenen seines Hauses, und hielten sich die Nasen zu. »Es stinkt!« klagten sie alle. »Wo?« fragte drohend er. »Aus der Bibliothek.« »Ich stinke nichts!« Er konnte nicht einmal deutsch. Er hatte eine dicke Nase und riesige Nasenlöcher, aber der Schnurrbart darunter war gewichst und reichte in die Löcher hinein. So roch er nur immer die Pomade, und die Leiche, die roch er nie. Sein Schnurrbart war steif und gefroren, tagtäglich strich er ihn an. Er hielt sich rote Pomade in tausend verschiedenen Tuben. Unterm Bett in seinem Kabinett war eine Kollektion von Salbentöpfen, rot in allen Nuancen, rot hier, rot dort, rot drüben. Sein Kopf war ja FEUERrot.

Kien löschte das Licht im Vorzimmer aus. Man hatte nur an einem Schalter zu drehen und schon war es finster. Durch Ritzen drang aus dem Arbeitszimmer ein schwacher Schimmer zu ihm und streifte zärtlich seine Hosen. Wieviel Hosen hatte er gesehen! Das Guckloch existierte nicht mehr. Der Rohling hatte es ausgebrochen. Nun lag die Mauer verödet. Morgen zog ein neuer Pfaff unten ein und mauerte die Wand zu. Hätte man sie gleich verbunden. Die Serviette starrte von Blut. Das Wasser im Becken war gefärbt wie nach einer Seeschlacht bei den Kanarischen Inseln. Warum versteckten sie sich unters Bett? An der Wand war ja Platz genug. Vier Bauer hingen bereit. Sie aber sahen hochmütig über das niedere Volk hinweg. Die Fleischtöpfe waren leer. Da zogen Wachtelvölker daher und Israel hatte zu essen. Alle Vögel wurden umgebracht. Ganz kleine Kehlen haben sie, unter den gelben Federn. Wer sollte das glauben, die mächtige Stimme, und bis man die Kehlen findet! Hat man sie, so preßt man sie zu, der vierstimmige Gesang ist zu Ende, überall spritzt das Blut herum, dickes, warmes Blut, diese Vögel leben immer im Fieber, heißes Blut, es BRENNT einen, die Hosen BRENNEN.

Kien wischte Blut und Schein von seinen Hosen weg. Statt ins Arbeitszimmer, aus dem das Licht über ihn hergefallen war, ging er durch den langen dunklen Korridor in die Küche. Auf dem Tisch lag ein Teller mit Gebäck. Der Stuhl davor war verrückt, als hätte noch eben jemand darauf gesessen. Er schob ihn unfreundlich weg. Er packte die gelben weichen Wecken, sie waren wie Vogelleichen, und füllte sie in die Brotbüchse. Die sah aus wie ein Krematorium. Das versteckte er im Küchenkasten. Auf dem Tisch blieb der Teller allein zurück, leuchtend und blendend weiß, ein Kissen. Darüber lagen die »Hosen«. Therese hatte es aufgeschlagen. Sie hielt erst auf Seite 20. Sie hatte Handschuhe an. »Ich lese jede Seite sechsmal.« Sie will ihn zur Unzucht verführen. Er will nur ein Glas Wasser. Sie holt es. »Ich verreise auf sechs Monate.« »Bitte, das darf nicht sein!« »Es ist notwendig.« »Ich erlaub' es nicht!« »Ich verreise aber doch.« »Dann sperr' ich die Wohnungstür zu!« »Die Schlüssel hab' ich.« »Bitte, wo?« »Hier!« »Und wenn ein BRAND ausbricht?«

Kien trat zur Wasserleitung und drehte den Hahn ganz auf. Mit voller Wucht schoß der Strahl in die schwere Muschel hinein, es hätte sie fast gesprengt. Bald war sie mit Wasser gefüllt. Über den Küchenboden floß die Flut und löschte alle Gefahr. Er drehte den Hahn wieder zu. Auf den Steinfliesen glitt er aus. Er schlüpfte in die Kammer daneben. Sie war leer. Er lächelte sie an. Früher stand hier ein Bett und an der Wand gegenüber ein Koffer. Im Bett schlief die blaue Sieben. Im Koffer waren ihre

Waffen versteckt: Röcke, Röcke und Röcke. Täglich verrichtete sie ihre Andacht vor dem Bügelbrett in der Ecke. Da legten sich die Falten hin, da standen sie gestärkt wieder auf. Später zog sie zu ihm hinüber und nahm sich die Möbel mit. Da erblaßten die Wände vor Freude. Seither sind sie weiß geblieben. Und was stellte Therese dagegen? Mehlsäcke, dicke Mehlsäcke! Sie machte die Kammer zur Vorratskammer, für die bösen mageren Jahre. Von der Decke hingen Schenkel herunter, geräuchert. Der Boden setzte sich steife Zuckerhüte auf. Brotlaibe rollten gegen Butterfässer. Milchkannen saugten sich hart. Mehlsäcke an den Mauern schützten die Stadt vor einem feindlichen Sturm. Für die Ewigkeit war hier gesorgt. Sie ließ sich beruhigt einsperren und pochte auf ihre Schlüssel. Eines Tages schloß sie die Kammer auf. In der Küche fand sich kein Brosam mehr und was fand sich in der Kammer? Die Mehlsäcke waren nur noch Löcher. Statt der Schinken hingen Schnüre herunter. Ausgeronnen waren die Milchkannen und die Zuckerhüte bloß blaues Papier. Der Boden hatte das Brot geschluckt und sich alle Ritzen mit Butter verschmiert. Wer? Wer? Ratten! Ratten tauchen plötzlich auf, in Häusern, die nie welche hatten, man weiß nicht, woher sie kommen, aber sie sind da, sie fressen alles zusammen, gute gesegnete Ratten und lassen für hungrige Weiber einen Haufen Zeitungen zurück, da liegen sie noch, sonst nichts. Zeitungen schmecken ihnen nicht. Ratten hassen Zellulose. Im Dunkeln wühlen sie wohl, aber Termiten sind sie nicht. Termiten fressen Holz und Bücher. Liebesaufruhr im Termitenstock. BRAND IN DER BIBLIOTHEK.

Kien griff, so eilig sein Arm ihm gehorchte, nach einem Zeitungsblatt. Er mußte sich nur wenig bücken, der Stoß reichte bis über seine Knie. Er drückte ihn heftig zur Seite. Der Boden vor dem Fenster in seiner ganzen Breite war von Zeitungen eingenommen; hier wurden die alten Blätter seit Jahren aufgestapelt. Er neigte sich zum Fenster hinaus. Im Hofe unten war es dunkel. Von den Sternen drang Licht bis zu ihm. Für die Zeitung war es nicht genug. Vielleicht hielt er sie zu weit weg. Er näherte sie den Augen, seine Nase berührte das Papier und saugte den Geruch nach Petroleum gierig und angstvoll ein. Da bebte das Papier und knisterte. Aus seinen Nüstern kam der Wind, unter dem das Blatt sich bog, und seine Nägel krallten sich ein. Aber die Augen fahndeten nach einer Überschrift, so groß, daß sie sich lesen ließe.

Hatte er an einer solchen Halt, so las er die Zeitung bei Sternenlicht aus. Als erstes nahm er aus: ein großes M. Von Mord war also die Rede. Gleich dahinter kam wirklich ein O. Diese Überschrift, fett und schwarz, füllte ein Sechstel des Blattes aus. So bauschte man seine Tat auf! Jetzt war er das Stadtgespräch, er, der Ruhe und Einsamkeit liebte. Und Georg bekam noch eine Nummer zur Hand, bevor er die Grenze überschritt. Jetzt wußte auch er schon vom Mord. Gäbe es eine gelehrte Zensur, dann wäre das Blatt halb weiß. Dann fänden die Leute weiter unten weniger Blaues zu lesen. Die zweite Überschrift begann mit einem B und gleich danach kam ein R: BRAND. Mord und Brand verheert die Blätter, das Land und die Köpfe, nichts interessiert sie sosehr, folgt auf den Mord kein Brand, so fehlt ihnen was am Behagen, am liebsten würden sie ihn selber legen, zum Morden fehlt ihnen der Mut, feig sind sie, man sollte keine Zeitungen lesen, dann würden sie von selber eingehen, am allgemeinen Boykott.

Kien warf das Blatt auf den Haufen der übrigen zurück. Die Zeitung, auf die er abonniert war, mußte er abbestellen, schleunigst. Er verließ die häßliche Kammer. Aber es ist doch Nacht, sagte er laut auf dem Gang. Wie soll ich sie jetzt abbestellen? Um weiterzulesen, zog er seine Uhr. Sie bot ihm nur ein Zifferblatt. Die Zeit ließ sich nicht entziffern. MORD UND BRAND waren weniger spröde. In der Bibliothek drüben war ja Licht. Es brannte ihn, die Zeit zu wissen. Er betrat sein Arbeitszimmer.

Es war gerade elf. Doch keine Kirchenglocke schlug. Damals war es hellichter Tag. Gegenüber die gelbe Kirche. Auf dem kleinen Platz die Menschen schlichen aufgeregt hin und her. Der bucklige Zwerg hieß Fischerle. Er heulte zum Steinerweichen. Pflastersteine hüpften auf und nieder. Das Theresianum war von Polizei umstellt. Die Operationen litt ein Major. Den Verhaftbefehl trug er in der Tasche. Der Zwerg hatte ihn selbst durchschaut. Bis ins Stiegenhaus hatten sich Feinde verkrochen. Oben amtierte das Schwein. Bücher gewissenlosen Bestien wehrlos ausgeliefert! Das Schwein stellte ein Kochbuch zusammen mit hundertunddrei Rezepten. Von seinem Bauche hieß es, er sei eckig. Und warum war Kien ein Verbrecher? Weil er den Ärmsten der Armen half. Denn schon bevor sie von der Leiche hörte, erließ die Polizei einen Haftbefehl. Gegen ihn das ungeheure Aufgebot. Mannschaft zu Fuß und zu Pferd. Funkelnagelneue Revolver, Karabiner, Maschinengewehre, Stacheldraht und Panzerwagen — aber gegen ihn ist alles umsonst, sie hängen ihn nicht, sie hätten ihn denn! Unter den Beinen schlüpft man in die Rosen, er und sein getreuer Zwerg. Und nun sind sie ihm auf den Fersen, und er hört das Keuchen und Schnaufen, und der Fleischerhund will ihm an die Kehle. Aber ach, es gibt größeres Elend. Im sechsten Stock des Theresianums, da sagen sich die Bestien gute Nacht, da hält man Tausende von Büchern widerrechtlich verhaftet, Zehntausende, gegen ihren freien Willen, schuldlos, was können sie für das Schwein, vom Erdboden abgeschnitten, hart am SCHWELENDEN Dachboden, ausgehungert, verurteilt, verurteilt zum FEUERFRASS.

Kien hörte Hilferufe. Verzweifelt zog er an der Schnur, welche zum Oberfenster führte, und die Klappen über ihm flogen auf. Er lauschte. Die Hilferufe schwollen an. Er mißtraute ihnen. Er lief ins nächste Zimmer und zog auch hier an der Schnur. Hier tönten die Hilferufe leiser. Der dritte Raum widerhallte gellend, im vierten hörte er sie kaum. Er lief durch die Zimmer zurück. Er lief und lauschte. In Wellen schlugen die Hilferufe auf und ab. Er preßte die Hände gegen die Ohren und hob sie rasch wieder weg, preßte und hob sie weg. Genauso klang auch das oben. Ach, ihn verwirrten seine Ohren. Er zerrte die Leiter, ihrer widerstrebenden Schiene zum Trotz, bis in die Mitte des Arbeitszimmers und stieg auf die höchste Sprosse. Sein Oberkörper ragte übers Dach, an den Scheiben hielt er sich fest. Da hörte er die wilden Rufe; es waren schreiende Bücher. In der Richtung des Theresianums gewahrte er einen rötlichen Schein. Zögernd kroch es über den schwarzen klaffenden Himmel daher. Petroleumgeruch war in seiner Nase. Feuerschein, Schreie, Gestank: das Theresianum BRANNTE!

Geblendet schloß er die Augen. Er neigte den glühenden Schädel. Auf seinen Nacken klatschten Tropfen. Es regnete. Er warf den Schädel zurück und bot dem Regen sein Gesicht. So kühl war das fremde Wasser. Selbst die Wolken hatten Erbarmen. Vielleicht löschten sie den Brand. Da bekam er gegen die Lider einen eisigen Schlag. Ihn fror. Jemand knipste. Man zog ihn splitternackt aus. Man durchsuchte alle seine Taschen. Man beließ ihm das Hemd am Leib. Im Spiegelchen sah er sich selbst. Er war sehr mager. Rote Früchte, dick und geschwollen, wuchsen rings um ihn her. Der Hausbesorger war darunter. Die Leiche versuchte zu reden. Er hörte sie nicht an. Immer sagte sie bitte. Er verstopfte sich die Ohren. Sie klopfte auf den blauen Rock. Er kehrte ihr den Rücken. Vor ihm saß eine Uniform ohne Nase. »Sie heißen?« »Dr. Peter Kien.« »Beruf?« »Der größte lebende Sinologe.« »Unmöglich.« »Ich schwöre.« »Sie schwören falsch!« »Nein!« »Verbrecher!« »Ich bin bei Verstand. Ich gestehe. Bei vollem Bewußtsein. Ich habe sie umgebracht. Ich bin geistesgesund. Mein Bruder weiß es nicht. Schonen Sie ihn! Er ist berühmt. Ich habe ihn belogen.« »Wo ist das Geld?« »Geld?« »Sie haben gestohlen.« »Ich bin kein Dieb!« »Raubmörder!« »Mörder.« »Raubmörder!« »Mörder! Mörder!« »Sie sind verhaftet, Sie bleiben hier!« »Aber mein Bruder kommt. Lassen Sie mich solange frei! Er darf nichts wissen. Ich beschwöre Sie!« Und der Hausbesorger tritt vor, noch ist er sein Freund, und erwirkt ihm wenige Tage Freiheit. Er bringt ihn nach Hause und bewacht ihn, er läßt ihn nicht aus dem Kabinett. Da hat ihn Georg gefunden, im Elend, aber nicht als Verbrecher. Jetzt ist der wieder auf der Bahn, wäre er doch hier geblieben! Er hätte ihm vor Gericht geholfen! Ein Mörder soll sich wohl stellen? Aber er will nicht. Er bleibt hier. Er bewacht das brennende Theresianum.

Langsam hob er die Lider. Der Regen hatte nachgelassen. Jener rötliche Schein war verblaßt, und die Feuerwehr an Ort und Stelle, endlich. Der Himmel klagte nicht mehr. Kien stieg von der Leiter hinunter. Die Hilferufe in allen Zimmern waren verstummt. Um sie nicht zu überhören, falls sie wieder begännen, ließ er die Oberfenster weit offen. In der Mitte des Zimmers hing die Leiter bereit. Stieg die Not aufs höchste, so verhalf sie zur Flucht. Wohin? Ins Theresianum. Das Schwein lag unter Balken verkohlt. Dort unerkannt in der Menge gab es jetzt viel zu tun. Verlaß das Haus! Vorsicht! Panzerautos durchfahren die Straßen. Mit Mann und Roß und Wagen. Die glauben, sie haben ihn schon. Der Herr wird sie grimmig schlagen und er, der Mörder, entwischt. Aber vorher verwischt er die Spuren.

Er kniet vor dem Schreibtisch nieder. Er fährt mit der Hand über den Teppich. Da ist die Leiche gelegen. Ob man das Blut noch sieht? Man sieht nichts. Er bohrt seine Finger tief in die Nasenlöcher hinein. Sie riechen nur ein wenig nach Staub. Kein

Blut. Man muß genauer hinsehen. Das Licht ist schlecht. Es hängt zu hoch. Die Schnur der Tischlampe reicht nicht so weit. Auf dem Schreibtisch liegen Streichhölzer. Er zündet gleich sechs auf einmal an, sechs Monate, und legt sich über den Teppich. Von ganz nahem leuchtet er ihn ab, nach Blutspuren. Die roten Streifen gehören zum Muster. Sie waren schon immer da. Man muß sie vertilgen. Die Polizei hält sie für Blut. Man muß sie ausbrennen. Er drückt die Streichhölzer in den Teppich. Sie erlöschen. Er wirft sie weg. Er zündet sechs neue an. Leise führt er sie über einen der roten Streifen und drückt sie gelinde hinein. Sie hinterlassen eine braune Spur. Bald erlöschen sie. Er entflammt neue. Er verbraucht eine ganze Schachtel. Der Teppich bleibt kühl. Er überzieht sich mit braunen Strichen. Glimmende Reste liegen umher. Jetzt kann man ihm nichts beweisen. Ach, warum hat er gestanden? Vor dreizehn Zeugen. Die Leiche war dabei und der rote Kater mit den Augen bei Nacht. Raubmörder mit Weib und Kind. Es klopft. Polizei steht vor der Tür. Es klopft.

Kien öffnet nicht. Er hält sich die Ohren zu. Er versteckt sich hinter ein Buch. Auf dem Schreibtisch liegt es. Er will darin lesen. Die Buchstaben tanzen auf und ab. Kein Wort ist zu entziffern. Ich bitte um Ruhe! Vor seinen Augen flimmert es glutrot. Das macht der ungeheure Schrecken, nachträglich, über den Brand, wer wäre nicht erschrocken, wenn das Theresianum brennt, unzähligezählige Bücher stehen in Flammen. Er steht. Wie kann man da lesen? Das Buch liegt ja viel zu tief. Setz dich! Er sitzt. Sitzt. Nein, zu Hause, der Schreibtisch, die Bibliothek. Hier hält alles zu ihm. Nichts ist bereits verbrannt. Lesen darf er, wann er will. Aber das Buch ist ja gar nicht offen. Er hat vergessen, es aufzuschlagen. Dummheit verdient Schläge. Er schlägt es auf. Er schlägt die Hand drauf. Es schlägt elf. Jetzt hab' ich dich. Lies! Laß! Nein. Pack! Au! Aus der ersten Zeile löst sich ein Stab und schlägt ihm eine um die Ohren. Blei. Das tut weh. Schlag! Schlag! Noch einer. Noch einer. Eine Fußnote tritt ihn mit Füßen. Immer mehr. Er taumelt. Zeilen und ganze Seiten, alles fällt über ihn her. Die schütteln und schlagen ihn, die beuteln ihn, die schleudern ihn einander zu. Blut. Laßt mich los! Verdammtes Gesindel! Zu Hilfe! Georg! Zu Hilfe! Zu Hilfe! Georg!

Aber Georg ist fort. Peter springt auf. Mit gewaltiger Kraft packt er das Buch und klappt es zu. Da hat er die Buchstaben gefangen, alle, und läßt sie gewiß nicht mehr frei. Nie! Er ist frei. Er steht. Er steht allein. Georg ist fort. Den hat er überlistet. Was weiß der vom Mord. Irrenarzt. Dummkopf. Weitbreite Seele. Aber Bücher stiehlt er gern. Bald sterben soll man ihm. Dann hat er die Bibliothek. Kriegt sie nicht. Geduld! »Was willst du oben?« »Überblick.« »Über*nahme!*« Ja, könnt' dir passen. Schuster bleib bei deinen Trotteln. Er kommt ja wieder. In sechs Monaten. Dann hat er mehr Glück. Testament? Nicht nötig. Der einzige Erbe nimmt sich, was er will. Sonderzug nach Paris. Bibliothek Kien. Ihr Schöpfer? Der Psychiater Georges Kien! Natürlich, wer sonst? Und der Bruder, der Sinologe? Irrtum, das ist kein Bruder, Namensgleichheit, Zufall, ein Mörder, der Mörder seiner Frau, MORD UND BRAND, über allen Zeitungen, zu lebenslänglichem Zuchthaus verurteilt — lebenslänglich — todeslänglich — Totentanz — Goldkalb — Millionenerbschaft — wer wagt gewinnt — weint — Abschied — nein — vereint — vereint bis in den Tod FEUERTOD — Not FEUERSNOT — Brunst FEUERSBRUNST — FEUER FEUER FEUER.

Kien ergreift das Buch auf dem Tisch und droht damit seinem Bruder. Der will ihn bestehlen, auf Testamente sind alle aus, jeder rechnet mit dem Tod seines Nächsten. Zum Sterben ist ein Bruder gut genug, Räuberhölle Welt, Menschen fressen und rauben Bücher. Und alle wollen was, und keiner bleibt, und keiner kann es erwarten. Früher wurde die Habe mit dem Toten verbrannt, ein Testament war nirgends, und übrig, übrig blieben die Knochen. Buchstaben klappern im Buch. Sind gefangen und können nicht heraus. Blutig haben sie ihn geschlagen. Er droht ihnen mit dem Feuertod. So rächt er sich an allen Feinden! Die Frau hat er umgebracht, das Schwein liegt verkohlt, Georg bekommt keine Bücher. Und die Polizei bekommt ihn nicht. Ohnmächtig pochen die Buchstaben. Draußen pocht laut Polizei. »Öffnen Sie!« »Nie!« »Im Namen des Gesetzes!« »Schwätzes.« »Machen Sie auf!« »Lauf!« »Sofort!« »Fort!« »Sie werden erschossen!« »Possen.« »Wir räuchern Sie aus!« »Laus.« Die wollen seine Tür erschlagen. Das glückt ihnen nicht so leicht. Seine Türe ist stark und feurig. Krach. Krach. Krach. Schwerer werden die Schläge. Man hört sie bis zu ihm hinein. Seine Tür ist mit Eisen beschlagen. Und wenn der Rost es zerfrißt? Kein Metall ist allmächtig. Krach! Krach! Schweine stehen vor der Tür und berennen sie mit eckigen Bäuchen. Sicher splittert das Holz. Es sieht ja so alt aus. Sie nahmen die feindlichen Schanzen. Verschanzen! Ho — ruck — krach! Ho — ruck — krach! Geklingel. Um elf läuten die Glocken. Theresianum. Buckel. Ziehen ab mit langen Nasen. Hab' ich nicht recht — ho ruck! Hab' ich nicht recht — ho ruck!

Von den Regalen stürzen sich Bücher zu Boden. Er fängt sie mit langen Armen auf. Sehr leise, damit man ihn von außen nicht höre, trägt er Stoß um Stoß in den Vorraum hinüber. An der eisernen Türe schichtet er sie hoch. Und noch während der wüste Lärm sein Hirn zerfetzt, baut er aus Büchern eine mächtige Schanze. Der Vorraum füllt sich mit Bänden und Bänden. Er holt sich die Leiter zu Hilfe. Bald hat er die Decke erreicht. Er kehrt in sein Zimmer zurück. Regale gähnen ihn an. Vor dem Schreibtisch der Teppich brennt lichterloh. Er geht in die Kammer neben der Küche und schleppt die alten Zeitungen sämtlich heraus. Er blättert sie auf und zerknüllt sie, ballt sie und wirft sie in alle Ecken. Er stellt die Leiter in die Mitte des Zimmers, wo sie früher stand. Er steigt auf die sechste Stufe, bewacht das Feuer und wartet. Als ihn die Flammen endlich erreichen, lacht er so laut, wie er in seinem ganzen Leben nie gelacht hat.

Inhaltsverzeichnis

Erster Teil *Ein Kopf ohne Welt* 5

Der Spaziergang 7
Das Geheimnis 24
Konfuzius, ein Ehestifter 34
Die Muschel 48
Blendende Möbel 60
Liebste Gnädigste 73
Mobilmachung 88
Der Tod 102
Das Krankenlager 113
Junge Liebe 124
Judas und der Heiland 132
Die Millionenerbschaft 144
Prügel 153
Die Erstarrung 165

Zweiter Teil *Kopflose Welt* 179

Zum idealen Himmel 181
Der Buckel 208
Großes Erbarmen 223
Vier und ihre Zukunft 242
Enthüllungen . : 261
Verhungert : 276
Die Erfüllung 296
Der Dieb 309
Privateigentum 326
Das Kleine 358

Dritter Teil *Welt im Kopf* 403

Der gute Vater 405
Hosen 418
Ein Irrenhaus 436
Umwege 459
Listenreicher Odysseus 473
Der rote Hahn 507

Elias Canetti im Carl Hanser Verlag

Die Blendung. Roman
Dramen. Hochzeit. Komödie der Eitelkeit. Die Befristeten
Die Provinz des Menschen. Aufzeichnungen 1942–1972
Das Geheimherz der Uhr. Aufzeichnungen 1973–1985
Das Gewissen der Worte. Essays
Der andere Prozeß. Kafkas Briefe an Felice
Der Ohrenzeuge. Fünfzig Charaktere
Die Stimmen von Marrakesch.
Aufzeichnungen nach einer Reise
Die gerettete Zunge. Geschichte einer Jugend
Die Fackel im Ohr. Lebensgeschichte 1921–1931
Das Augenspiel. Lebensgeschichte 1931–1937

Über Elias Canetti

Hüter der Verwandlung
Beiträge zum Werk von Elias Canetti

Canetti lesen
Herausgegeben von Herbert G. Göpfert

Elias Canettis Anthropologie und Poetik
Herausgegeben von Stefan H. Kaszynski

David Roberts
Kopf und Welt
Elias Canettis Roman ›Die Blendung‹